DER TODESKÜNSTLER

CODY MCFADYEN

DER TODESKÜNSTLER

THRILLER

Aus dem Amerikanischen
von Axel Merz

Weltbild

Die amerikanische Originalausgabe erschien 2007 unter dem Titel *The Face of Death.*

Besuchen Sie uns im Internet:
www.weltbild.de

Genehmigte Lizenzausgabe für Verlagsgruppe Weltbild GmbH,
Steinerne Furt, 86167 Augsburg

Übersetzung: Axel Merz
Umschlaggestaltung: Johannes Frick, Augsburg
Umschlagmotiv: Plainpicture, Hamburg (© plainpicture/Millennium);
buchcover.com, Hamburg (© Antonius)
Gesamtherstellung: Bagel Roto-Offset GmbH & Co. KG, Schleinitz
Printed in the EU

ISBN 978-3-8289-9316-7

2011 2010 2009 2008
Die letzte Jahreszahl gibt die aktuelle Lizenzausgabe an.

Für Brieanna, meine »Kleine B«

Danksagungen

Mein Dank geht an Liza und Havis Dawson für die wie immer großartige Unterstützung, für Ratschläge und Ermunterungen. Dank auch an Danielle Perez und Nick Sayers, meine Lektoren bei Bantam und Hodder – es war ein schwieriges Buch, und sie wollten es erst als fertig betrachten, als es tatsächlich fertig war. Dank auch Chandler Crawford für ihre Repräsentation im Ausland. Und Dank an meine Familie und Freunde, dass sie mich ertragen haben, als ich an diesem Roman schrieb. Ich weiß nicht, wie es bei anderen Schriftstellern ist, aber ich bin manchmal ungenießbar, wenn mir das Schreiben nicht glatt von der Hand geht.

Teil 1

Unten am Wasserloch

Wo die dunklen Wesen trinken

KAPITEL 1

Ich träume vom Angesicht des Todes. Es ist ein Gesicht, das sich ständig verändert und das irgendwann jeder tragen wird, das viele aber zur falschen Zeit tragen. Ich habe in dieses Gesicht geblickt, immer wieder.

Das ist dein Job, Idiotin.

Sagt eine Stimme in meinem Traum.

Die Stimme hat recht. Ich bin Agentin beim FBI Los Angeles und verantwortlich für die Jagd auf den Abschaum des Abschaums. Kindesmörder, Serienkiller, Männer (und manchmal Frauen) ohne jedes Gewissen, ohne Skrupel, ohne Erbarmen. Das ist seit mehr als einem Jahrzehnt mein Job, und wenn ich den Tod auch noch nicht in all seinen Verkleidungen gesehen habe, so doch in den meisten. Der Tod ist stets gegenwärtig, und er ist gefräßig. Er frisst die Seele auf.

Heute Nacht ändert sich das Gesicht des Todes wie ein Stroboskoplicht im Nebel, wandert umher zwischen drei Menschen, die ich einst gekannt habe. Ehemann, Tochter und Freundin. Matt, Alexa und Annie.

Tot, tot und tot.

Ich finde mich vor einem Spiegel ohne Spiegelbild. Der Spiegel lacht mich aus. Er *iaht* wie ein Esel, *muht* wie eine Kuh. Ich schlage mit der Faust zu, und der Spiegel zerspringt. Ein roter Fleck erblüht auf meiner Wange wie eine Rose. Der Fleck ist wunderbar, ich kann ihn fühlen.

Mein Spiegelbild erscheint in den Scherben.

Die Stimme meldet sich wieder: *Auch zerbrochene Dinge spiegeln das Licht.*

Ich erwache aus meinem Traum, indem ich die Augen aufschlage. Es ist eigenartig – vom tiefsten Schlaf in helles Wachsein binnen eines Wimpernschlags.

Wenigstens erwache ich nicht mehr schreiend.

Ich drehe mich auf die Seite, um Bonnie anzuschauen. Ich bewege mich ganz vorsichtig, damit das Bett nicht knarzt. Ich sehe, dass Bonnie bereits wach ist und mir in die Augen starrt.

»Hab ich dich geweckt, Schatz?«, frage ich.

Sie schüttelt den Kopf. *Nein.*

Es ist spät, und es ist einer dieser Augenblicke, wo der Schlaf noch lockt. Wenn Bonnie und ich es zulassen, zieht er uns wieder hinunter in sein Reich. Ich breite die Arme aus, und meine Adoptivtochter kuschelt sich hinein. Ich halte sie fest, aber nicht zu fest. Ich rieche den Duft ihres Haares, und die Dunkelheit umfängt uns wie das Flüstern des Windes.

Als ich erwache, fühle ich mich großartig und so ausgeruht wie lange nicht mehr. Ich fühle mich im Gleichgewicht, friedlich. Es gibt nichts, worüber ich mir Sorgen machen müsste – und das ist eigenartig, denn Sorgen sind mein Phantomgliedmaß. Es ist, als wäre ich in einer Blase, oder im Mutterleib. Ich lasse mich treiben, eine Zeit lang wenigstens, und lausche auf mein eigenes weißes Rauschen.

Es ist Samstagmorgen, nicht nur vom Wochentag her, sondern als Seinszustand. Ich schaue dorthin, wo Bonnie sein sollte, und entdecke nur zerknitterte Laken. Ich spitze die Ohren, höre Bonnies leises Tappen: zehn Jahre alte Füße, die sich durchs Haus bewegen. Eine zehnjährige Tochter zu haben kann sich anfühlen, als würde man mit einer Fee zusammenleben. Magisch.

Ich recke mich, und es fühlt sich großartig an, katzenhaft. Nur eine Sache fehlt, um diesen Morgen perfekt zu machen.

Während dieser Gedanke mir noch durch den Kopf geht, kitzelt es in meiner Nase.

Kaffee.

Ich schwinge mich aus dem Bett und steige die Treppe hinunter zur Küche, in meinem alten T-Shirt, einem meiner »Großmutter-Schlüpfer«, wie ich sie nenne, und albernen Plüschpantoffeln, die wie kleine Elefanten aussehen. Mein Haar ist wirr, als käme ich geradewegs aus einem Hurrikan. Nichts von alledem spielt eine Rolle, weil Samstag ist, denn da ist außer uns Mädchen niemand im Haus.

Bonnie empfängt mich am Fuß der Treppe mit einem Becher heißen Kaffees.

»Danke, Zwerg.« Ich trinke einen Schluck. »Hmmm, lecker.« Der Kaffee ist perfekt.

Ich setze mich an den Küchentisch. Bonnie trinkt ein Glas Milch, und wir sehen uns an. Es ist ein sehr behagliches Schweigen. Ich lächle Bonnie an.

»Ein super Morgen, nicht?«

Sie lächelt zurück, und dieses Lächeln raubt mir einmal mehr das Herz. Sie nickt.

Bonnie spricht nicht. Ihre Stummheit ist kein körperlicher Defekt, sondern rührt daher, dass ihre Mutter ermordet wurde, wobei Bonnie zuschauen musste. Anschließend hat der Killer sie Gesicht zu Gesicht an den Leichnam ihrer Mutter gefesselt. Drei Tage hat Bonnie so gelegen. Seither hat sie kein Wort mehr gesprochen.

Annie, Bonnies Mutter, war meine beste Freundin. Der Killer hatte sie zerfleischt, um mir weh zu tun. Manchmal ist mir bewusst, dass Annie sterben musste, weil sie meine Freundin war. Doch meist verdränge ich dieses Wissen, weil es eine Last ist, die ich nicht tragen kann, und weil es schrecklich ist und düster – ein Schatten so groß wie ein Wal. Würde ich diese Wahrheit zu oft sehen, würde sie mich kaputt machen.

Einmal, ich war vielleicht sechs Jahre alt, war ich wütend

auf meine Mutter. Warum, weiß ich nicht mehr, aber ich hatte damals ein Kätzchen, das ich »Mr. Mittens« getauft hatte. Es kam zu mir, weil es spürte, dass ich wütend war. Tiere spüren so etwas. Das Kätzchen kam aus bedingungsloser Liebe zu mir – und ich versetzte ihm einen Tritt.

Es war nicht verletzt, nicht einmal vorübergehend. Doch von diesem Tag an war es kein Kätzchen mehr. Es zuckte jedes Mal zusammen, wenn ich es streicheln wollte. Ich habe bis zum heutigen Tag Schuldgefühle, wenn ich an Mr. Mittens denke. Es ist nicht bloß ein Stich des schlechten Gewissens, sondern ein scheußliches Gefühl, das einem die Seele verkrüppeln kann. Was ich dem Kätzchen angetan hatte, war aus reiner Bösartigkeit geschehen. Ich habe einem unschuldigen, zärtlichen Wesen Schmerz zugefügt. Ich habe nie jemandem erzählt, was ich Mr. Mittens angetan habe. Es ist ein Geheimnis, das ich mit ins Grab nehmen werde. Eine Sünde, für die ich lieber in der Hölle schmoren würde, als sie zu beichten.

Der Gedanke an meine ermordete Freundin Annie erweckt in mir ein Gefühl, als hätte ich Mr. Mittens totgetreten. Deswegen fühle ich mich besser, wenn ich nicht daran denke, die meiste Zeit jedenfalls.

Annie hat mir Bonnie zurückgelassen. Sie ist meine Buße. Aber es ist nicht fair, denn Bonnie ist ein Zauber, ein Wunder. Sie ist Licht, Heiterkeit und Freude. Buße aber sollte Leiden bedeuten.

»Was hältst du davon, ein paar Stunden herumzuhängen und gar nichts zu tun? Und anschließend gehen wir Shoppen.«

Bonnie überlegt kurz. Das ist eine ihrer Charaktereigenschaften. Sie antwortet selten spontan. Meist denkt sie zuerst nach und achtet darauf, dass sie die Wahrheit sagt, wenn sie antwortet. Ich weiß nicht, ob das eine Folgererscheinung ihrer unvorstellbar grauenhaften Erlebnisse ist, oder ob sie bereits mit diesem Tick geboren wurde.

Sie lässt mich ihre Entscheidung mit einem Lächeln und einem Nicken wissen. *Ja.*

»Cool. Möchtest du jetzt frühstücken?«

Diesmal muss sie nicht überlegen. *Ja!* Die Zustimmung ist augenblicklich und begeistert.

Ich mache mich in der Küche an die Arbeit, brate Schinken, Spiegeleier, mache Toast. Während wir essen, beschließe ich, mit Bonnie über die kommende Woche zu reden.

»Ich habe dir schon erzählt, dass ich mir zwei Wochen frei genommen habe, nicht wahr?«

Sie nickt.

»Ich habe es aus verschiedenen Gründen getan, aus einem ganz besonders. Ich wollte mit dir darüber sprechen, weil … na ja, weil es eine gute Sache ist, aber es könnte ein bisschen hart werden. Für mich, weißt du.«

Bonnie beugt sich vor, beobachtet mich geduldig mit fragendem Blick.

Ich trinke einen Schluck Kaffee. »Weißt du, Bonnie, es ist Zeit, ein paar Dinge wegzutun … Matts Sachen, seine Badezimmersachen. Ein paar von Alexas Spielsachen. Nicht die Fotos oder so. Ich will nicht die Erinnerung auslöschen. Es ist nur …«, ich suche nach Worten, »… es ist nur so, dass sie nicht mehr hier wohnen.«

Kurz und bündig. Ein einzelner Satz. Angefüllt mit all der Bedeutung und dem Wissen, der Angst und der Liebe, der Hoffnung und Verzweiflung der Welt. Ausgesprochen nach der Durchquerung einer Wüste aus Dunkelheit.

Die gegenwärtige Inkarnation meines Jobs beim FBI nennt sich NCVAC-Koordinatorin. Das NCVAC ist das Bundesamt für die Analyse von Gewaltverbrechen. Die Zentrale des NCVAC ist in Washington, D.C., doch in jedem FBI-Büro gibt es einen lokalen Repräsentanten des NCVAC. In ruhigeren Gegenden ist ein Agent für mehrere Gebiete verantwortlich. Doch wir in L.A. sind etwas Besonderes. In unserer Stadt laufen die schlimmsten Psychopathen herum – noch dazu so viele, dass es eine Koordinatorin wie mich plus ein Team aus mehreren Agenten braucht.

Ich bin tüchtig in meinem Job – keine falsche Bescheidenheit. Ich führe ein Team von drei Leuten, alle von mir persönlich handverlesen, alle versierte Profis in der Verbrechensbekämpfung. Ich könnte jetzt bescheiden sein, aber warum sollte ich? Die Psychos, die von meinem Team gejagt werden, können sich ebenso gut gleich erschießen.

Vor einem Jahr haben wir einen Mann namens Joseph Sands gejagt. Ein netter Bursche, den die Nachbarn mochten, ein liebender Vater von zwei Kindern, der dem Hobby frönte, Menschen zu schlachten. Das hat ihm richtig Spaß gemacht. Die jungen Frauen, die er gefoltert und ermordet hat, haben das sicher ein bisschen anders gesehen.

Wir waren diesem Irren so dicht auf den Fersen, dass er schon unseren Atem im Nacken gespürt haben muss, als er meine Welt zum Einsturz brachte. Eines Nachts verschaffte er sich Zugang in mein Haus, und mit nichts weiter als einem Seil und einem Jagdmesser ließ er das leuchtende Universum, wie ich es kannte, in ewiger Dunkelheit versinken. Er tötete Matt, meinen Mann, vor meinen Augen. Er vergewaltigte mich. Entstellte mich. Er benutzte meine Tochter Alexa als menschlichen Schild, der die erste Kugel auffing, die ich auf ihn abfeuerte.

Aber nicht die zweite, und auch nicht die weiteren. Ich pumpte mein ganzes Magazin in ihn, lud nach und jagte ihm auch dieses Magazin in den Balg. Danach kämpfte ich sechs Monate um die Entscheidung, ob ich weiterleben oder mir das Hirn aus dem Kopf pusten sollte.

Dann wurde Annie ermordet, und Bonnie war da, und irgendwann mittendrin bekam das Leben mich wieder in den Griff.

Die meisten Menschen können sich nicht vorstellen, wie es ist, an einem Ort zu sein, wo der Tod dem Leben vorzuziehen ist. Das Leben ist stark. Es hält einen auf verschiedenste Weise fest, mit dem Pochen des Herzens, mit der Sonne auf dem Gesicht und mit dem Gefühl des Bodens unter den Füßen. Es packt dich und hält dich entschlossen fest. Bei mir aber war der Griff des Lebens schwächlich, dünn wie ein Faden. Ein seidener Spinnenfaden, an dem ich scheinbar endlos über einem Abgrund hing. Dann waren es zwei Fäden. Dann fünf. Dann ein Seil. Der Abgrund wich unter mir zurück, und an irgendeinem Punkt erkannte ich, dass das Leben mich wieder fest im Griff hielt – und ich fing wieder an, mir etwas aus dem Leben zu machen. Der Abgrund war verschwunden, einem Horizont gewichen.

»Es wird Zeit, dieses Haus wieder zu einem richtigen Heim zu machen, Schatz. Verstehst du?«

Bonnie nickt. Ich kann sehen, dass sie mich in jeder Beziehung versteht.

»Und jetzt kommt etwas, das dir bestimmt gefällt.« Ich streichle ihr die Wange. »Tante Callie hat sich ein paar Tage freigenommen. Sie kommt her und hilft uns.« Meine Worte rufen ein Lächeln reinster Freude hervor. »Elaina kommt auch vorbei. Freust du dich?«

Sie nickt. *Und wie!*

Wir frühstücken weiter. Nach einiger Zeit träume ich vor mich hin, als mir plötzlich bewusst wird, dass Bonnie mich aufmerksam betrachtet, mit schief gelegtem Kopf. Auf ihrem Gesicht ist ein fragender Ausdruck.

»Du fragst dich, warum sie herkommen?«

Bonnie nickt.

»Weil …« Ich seufze. »Weil ich es alleine nicht schaffe.«

Ich bin felsenfest entschlossen, wieder voranzuschreiten. Doch ich habe auch ein bisschen Angst davor. Ich habe so viel Zeit damit verbracht, mich gehen zu lassen, dass ich misstrauisch bin gegenüber meinem jüngsten Anfall innerer Festigkeit. Ich möchte Freunde um mich haben, die mich stützen, falls ich wieder wacklig werde.

Bonnie steht von ihrem Stuhl auf und kommt zu mir. Ich

spüre so viel Zärtlichkeit in diesem Kind. So viel Güte. Wenn meine Träume das Gesicht des Todes offenbaren, dann offenbart Bonnie das Gesicht der Liebe. Sie streckt die Hand aus, berührt ganz sanft das Narbengewebe, das die linke Seite meines Gesichts verunstaltet. Zerbrochene Scherben. Ich bin der Spiegel.

Mein Herz füllt und leert sich, füllt und leert sich.

»Ich hab dich auch lieb, mein Schatz.«

Eine rasche Umarmung, dann zurück zum Frühstück. Wir essen zu Ende, und ich seufze zufrieden. Bonnie rülpst, laut und heftig. Schockierte Stille – und dann brechen wir beide in Gelächter aus, bis uns die Tränen über die Wangen kullern und wir nur noch kichern können.

»Möchtest du dir Zeichentrickfilme ansehen, Zwerg?«, frage ich, als wir wieder zu Atem gekommen sind.

Ein strahlendes Lächeln, wie die Sonne über einem Feld voller Blumen.

Mir wird bewusst, dass dies der beste Tag ist, den ich seit einem ganzen Jahr gehabt habe. Der allerallerbeste.

KAPITEL 2

Bonnie und ich gehen durch die Glendale Galeria – die Mall aller Malls –, und der Tag ist sogar noch besser geworden. Wir sind in einem Sam Goody's gewesen und haben uns die Auswahl an Musik angesehen. Ich habe mir ein CD-Set gekauft, Best of the 80's, und Bonnie hat die neueste CD von Jewel bekommen. Ihr derzeitiges musikalisches Interesse passt zu ihr: voller Nachdenklichkeit und Schönheit, nicht unglücklich, aber ganz bestimmt nicht überschwänglich. Ich freue mich bereits auf den Tag, an dem sie mich bittet, ihr etwas zu kaufen, weil es sie zum Tanzen bringt, doch heute ist es mir egal. Bonnie ist glücklich. Das ist alles, was zählt.

Wir kaufen uns riesige Salzbrezeln und setzen uns auf eine

Bank, um zu essen und Leute zu beobachten. Zwei Teenager schlendern vorbei, ohne Augen für irgendetwas außer füreinander. Das Mädchen ist fünfzehn oder sechzehn, brünett, reizlos, mit kleiner Oberweite und dickem Hintern, und es trägt eine tief auf den Hüften sitzende Jeans und ein Trägertop. Der Junge ist ungefähr im gleichen Alter und bewundernswert uncool. Groß, dünn, schlaksig, mit dicker Brille, jeder Menge Akne und Haaren bis über die Schultern. Er hat seine Hand in der Gesäßtasche ihrer Jeans, und sie hat den Arm um seine Taille geschlungen. Beide sind jung und dumm, unbeholfen und glücklich. Sie passen zusammen wie die Faust aufs Auge, und ich muss lächeln.

Ich bemerke einen Mann mittleren Alters, der eine hübsche Zwanzigjährige angafft. Sie ist wie ein ungezähmtes Pferd, erfüllt von müheloser Vitalität. Üppiges pechschwarzes Haar, das ihr bis tief in den Rücken reicht. Makellose gebräunte Haut. Ein keckes Lächeln, kecke Stupsnase – einfach alles an ihr ist keck, einschließlich ihres Selbstvertrauens und einer Sinnlichkeit, von der ich glaube, dass sie mehr unterbewusst als absichtlich ist. Sie geht an dem Mann vorbei. Er fängt weiter Fliegen mit offenem Mund. Sie nimmt nicht einmal Notiz von ihm. Wie das eben so ist.

War ich auch mal so?, überlege ich. Schön genug, um den männlichen IQ in den Keller rutschen zu lassen?

Wahrscheinlich. Tja, die Zeiten ändern sich.

Heute bekomme ich ebenfalls Blicke. Doch es sind keine Blicke mehr, die Begehren ausdrücken. Es sind Blicke, die von Neugier bis Abscheu reichen. Es fällt mir schwer, jemandem einen Vorwurf daraus zu machen. Sands hat ganze Arbeit geleistet, als er mir das Gesicht zerschnitten hat.

Die rechte Seite ist makellos und unberührt. Das Grauen ist links. Die Narbe fängt mitten auf der Stirn an, am Haaransatz, zieht sich zwischen den Augenbrauen nach unten und dann in einem nahezu perfekten rechten Winkel nach links. Ich besitze keine linke Augenbraue mehr; dort verläuft jetzt die Narbe. Die holprige Bahn setzt sich fort über meine Schläfe, dann in einer trägen Achterbahn über meine Wange. Von dort geht sie über meinen Nasenrücken zur Nasenwurzel, bevor sie wieder kehrtmacht, eine Diagonale über meinen linken Nasenflügel zeichnet und ein letztes Mal über meinen Kiefer hinunter bis zum Schlüsselbein läuft.

Ich habe eine weitere Narbe, perfekt und gerade, die unter der Mitte meines linken Auges anfängt und bis zum Mundwinkel reicht. Sie ist neuer als die anderen. Der Mann, der Annie getötet hat, hatte mich gezwungen, mir diese Wunde selbst zuzufügen, mit einem Messer, während er mir geifernd und mit gierigen Blicken zuschaute. Es gefiel ihm offensichtlich, mich bluten zu sehen. Ich konnte die Erregung in seinen Augen lesen, ehe ich ihm kurze Zeit später das Hirn aus dem Schädel gepustet habe.

Das alles sind nur die Narben, die jeder sehen kann. Unter dem Halsausschnitt meiner Bluse befinden sich noch mehr. Hervorgerufen von einer Messerklinge und dem kirschroten Ende einer brennenden Zigarre.

Lange Zeit habe ich mich meines Gesichts geschämt. Ich habe die Haare auf der linken Seite lang getragen und zu verbergen versucht, was Joseph Sands mir angetan hat. Doch das Leben hat mein Herz wieder in den Griff bekommen, und inzwischen denke ich anders über diese Narben. Heute bürste ich mein Haar zurück und binde es zu einem Pferdeschwanz zusammen. Soll die Welt ruhig hinsehen.

Der Rest von mir ist gar nicht mal so übel. Ich bin eher klein, sportliche Figur, habe »mundgerechte Titten«, wie Matt sie genannt hat, und eher einen Birnen- als Apfelhintern. Matt liebte meinen Hintern. Manchmal, wenn ich vor dem mannshohen Spiegel stand, fiel Matt hinter mir auf die Knie, packte mein Hinterteil und sah zu mir auf, um mit seiner besten Gollum-Stimme »Mein Schaaatz …« zu röcheln.

Bonnie zupft an meinem Ärmel und reißt mich aus meinen müßigen Erinnerungen. Ich blicke zu der Stelle, die sie mir zeigt. »Möchtest du ins Claire's?«, frage ich.

Sie nickt.

»Kein Problem, Zwerg.« Das Claire's ist eines von den Modegeschäften, die sich auf den Mutter/Tochter-Stil spezialisiert haben. Billiger, jedoch angesagter Schmuck für die Jungen und Alten, Haargummis, Bürsten mit Glitzer.

Wir betreten das Geschäft, und eine knapp über Zwanzigjährige gibt sich als eine der Verkäuferinnen zu erkennen. Sie begrüßt uns mit patentiertem Einzelhandelslächeln, hilfsbereit und verkaufstüchtig. Ihre Augen weiten sich, als sie meine linke Gesichtshälfte sieht. Das Lächeln gefriert und verschwindet.

Ich hebe eine Augenbraue. »Ist was?«

»Nein, ich ...« Sie starrt weiter auf meine Narben, verlegen und entsetzt zugleich. Ich habe beinahe Mitgefühl. Ihre Göttin ist die Schönheit, und mein Gesicht muss für sie aussehen, als hätte der Teufel den Sieg davongetragen.

»Helfen Sie den anderen Mädchen da drüben, Barbara.« Die Stimme ist scharf wie eine Ohrfeige. Ich wende mich um und erblicke eine Frau in den Vierzigern, eine reife Schönheit mit grau meliertem Haar und den verblüffendsten blauen Augen, die ich je gesehen habe. »Barbara!«, sagt sie noch einmal.

Die junge Verkäuferin erwacht aus ihrer Starre, stößt ein knappes »Ja, Ma'am«, hervor und entfernt sich so schnell, wie ihre perfekt pedikürten Füße sie zu tragen vermögen.

»Mach dir nichts draus«, sagt die Frau. »Sie hat ein nettes Lächeln, aber nicht viel im Kopf.« Die Stimme klingt freundlich, und ich öffne den Mund zu einer Antwort, als mir klar wird, dass die Frau nicht zu mir, sondern zu Bonnie gesprochen hat.

Ich schaue auf Bonnie und bemerke, dass ihre Blicke die junge Verkäuferin von hinten durchbohren. Bonnie hat einen Beschützerinstinkt mir gegenüber und ist jetzt stocksauer auf das Mädchen. Dann reagiert Bonnie auf die Stimme der Frau, wendet sich ihr zu und mustert sie mit einem unverhohlen abschätzenden Blick. Die finstere Miene weicht einem scheuen Lächeln. Sie mag die grau melierte Dame.

»Ich bin Judith, und das hier ist mein kleiner Laden. Womit kann ich den beiden Ladys helfen?«

Jetzt spricht sie zu mir. Diesmal mustere ich sie abschätzend und kann keine Falschheit entdecken. Ihre Freundlichkeit ist ungezwungen und echt. Sie ist dieser Frau angeboren. Ich weiß selbst nicht, warum ich frage; die Worte kommen über meine Lippen, bevor ich es verhindern kann: »Warum sind Sie nicht so erschrocken wie die junge Verkäuferin, Judith?«

Judith sieht mich aus ihren klugen, so erstaunlich blauen Augen an und lächelt sanft. »Ach, Kindchen, ich habe erst letztes Jahr den Krebs besiegt. Man hat mir beide Brüste amputieren müssen. Als mein Mann zum ersten Mal das Ergebnis gesehen hat, hat er nicht einmal geblinzelt. Er hat einfach nur gesagt, dass er mich liebt. Schönheit wird hoffnungslos überbewertet.« Sie zwinkert mir zu. »Also, womit kann ich behilflich sein?«

»Smoky«, stelle ich mich vor. »Smoky Barrett. Und das hier ist Bonnie. Wir wollten uns nur ein wenig umsehen. Sie haben uns bereits sehr geholfen, danke.«

»Dann wünsche ich viel Vergnügen, und lassen Sie mich wissen, wenn Sie mich brauchen.«

Ein letztes Lächeln, ein Zwinkern, und weg ist sie. Ihre Freundlichkeit leuchtet ihr nach wie das Glitzern einer Zauberfee.

Wir verbringen gut zwanzig Minuten in dem Geschäft und beladen uns mit Firlefanz. Die Hälfte werden wir wahrscheinlich niemals benutzen, aber das Einkaufen hat Riesenspaß gemacht. Judith bedient uns an der Kasse, und ich sage: »Wiedersehen«, und wir stolpern mit unserer Beute nach draußen. Vor dem Laden werfe ich einen Blick auf die Uhr.

»Wir sollten nach Hause, Schatz. Tante Callie kommt in einer Stunde.«

Bonnie lächelt, nickt und nimmt meine Hand. Wir verlassen die Mall und gehen hinaus in einen perfekten Tag und den kalifornischen Sonnenschein. Es ist, als würden wir eine Postkarte betreten. Ich muss an Judith denken und schaue auf Bonnie hinunter. Sie bemerkt es nicht. Sie scheint frei von Sorgen, so wie ein Kind sein sollte.

Es ist wirklich ein großartiger Tag. Der beste seit langer, langer Zeit. Vielleicht ist es ein gutes Omen. Ich befreie das Haus von Geistern, und das Leben wird besser. Es gibt mir die Gewissheit, das Richtige zu tun.

Doch ich weiß, woran ich mich sofort erinnern werde, wenn ich wieder ins Büro zurückkehre: Da draußen lauern Raubtiere. Vergewaltiger, Mörder und Schlimmeres. Sie wandeln unter dem gleichen blauen Himmel wie wir, baden sich in der Wärme der gleichen gelben Sonne, stets auf der Lauer, stets aufmerksam beobachtend, während sie sich an uns reiben und dabei erschauern und zittern wie finstere Stimmgabeln.

Doch für den Augenblick soll die Sonne einfach nur die Sonne sein. Wie die Stimme in meinem Traum gesagt hat: *Auch zerbrochene Dinge spiegeln das Licht.*

KAPITEL 3

Die Wohnzimmercouch hält uns in ihrem weichen, entspannenden Griff. Es ist eine alte, ein wenig heruntergekommene Couch, hellbeige Mikrofaser, stellenweise fleckig von der Vergangenheit. Ich sehe Weintropfen, die nicht herausgehen wollen, und Essensreste, die wahrscheinlich Jahre alt sind. Unsere Beute aus der Mall wartet in Einkaufstüten auf dem Wohnzimmertisch, der ebenfalls Spuren von vergangenem Missbrauch aufweist. Das Walnussholz war glänzend, als Matt und ich diesen Tisch gekauft haben; heute ist seine Oberfläche zerkratzt und stumpf.

Ich sollte beides auswechseln, doch ich kann nicht, noch

nicht. Diese Möbel waren robust, gemütlich und ehrlich, und ich bin noch nicht bereit, sie in den Möbelhimmel zu schicken.

»Ich möchte mit dir über etwas reden, Bonnie«, sage ich ernst.

Sie wendet sich mir zu und schenkt mir ihre volle Aufmerksamkeit. Sie spürt das Zögern in meiner Stimme, den Konflikt in mir. *Schieß los*, sagt dieser Blick. *Keine Bange, es ist okay.*

Das ist auch so eine Sache, die ich eines Tages hinter uns zu bringen hoffe: Zu häufig ist Bonnie diejenige, die *mich* beruhigt, die *mir* Sicherheit gibt. *Ich* sollte diejenige sein, die Bonnie führt, nicht umgekehrt.

»Ich möchte mit dir darüber reden, dass du *nicht* redest.«

Ihr Blick verändert sich, wechselt von Verständnis zu Beunruhigung.

Nein, sagen ihre Augen. *Nein, darüber will ich nicht sprechen.*

»Schatz …« Ich berühre ihren Arm. »Ich mache mir Sorgen. Ich habe mit einigen Ärzten gesprochen, und sie haben mir gesagt, du könntest irgendwann für immer stumm bleiben, wenn du zu lange nicht sprichst.«

Sie verschränkt die Arme. Ich kann den Widerstreit sehen, den sie innerlich austrägt, doch ich begreife nicht, was sie mir sagen will.

Dann kapiere ich.

»Überlegst du, wie du mir etwas sagen möchtest?«, frage ich.

Sie nickt. *Ja.* Sie hebt einen Finger. Ich habe herausgefunden, dass es *warte* oder *aber* heißt.

»Aber?«

Sie deutet auf ihren Kopf. Macht eine nachdenkliche Miene.

Wieder brauche ich ein paar Sekunden.

»Du weißt nicht, warum du nicht sprichst, aber du denkst darüber nach, ja? Du versuchst, den Grund dafür herauszufinden?«

Ich sehe an ihrer Erleichterung, dass ich ins Schwarze getroffen habe. Nun bin ich an der Reihe, besorgt zu sein.

»Willst du denn nicht, dass jemand dir dabei hilft? Ich könnte dich zu einem Therapeuten bringen …«

Sie springt erschrocken vom Sofa auf. Macht eine hektische, abwehrende Handbewegung.

Auf gar keinen Fall! Niemals!

Diese Bewegung bedarf keiner Erklärung. Ich begreife augenblicklich.

»Okay, schon gut. Keinen Therapeuten.« Ich lege die Hand aufs Herz. »Versprochen.«

Das ist ein weiterer Grund, den Mann zu hassen, der Bonnies Mutter ermordet hat, mag er nun tot sein oder nicht. Er war Therapeut, und Bonnie weiß es. Sie musste hilflos mit ansehen, wie er ihre Mutter umbrachte – und mit ihr Bonnies Vertrauen in seinen gesamten Berufsstand.

Ich strecke die Hand nach ihr aus und ziehe sie an mich. Ich fühle mich unbeholfen und verlegen, doch sie leistet keinen Widerstand.

»Es tut mir leid, Schatz. Es ist nur … ich mache mir Sorgen um dich. Ich liebe dich. Ich habe Angst, dass du vielleicht nie wieder sprechen kannst.«

Sie deutet auf sich und nickt.

Ich auch, sagt sie mir damit.

Zeigt auf ihren Kopf.

Aber ich arbeite daran.

»Also schön«, sage ich. »Für den Augenblick.«

Bonnie erwidert meine Umarmung, zeigt mir, dass alles in Ordnung ist, der Tag nicht ruiniert, kein Schaden angerichtet. Schon wieder ist *sie* es, die *mich* beruhigt.

Nimm es hin. Sie ist glücklich – so, wie es ist. Lass sie in Ruhe.

»Komm, wir sehen uns die coolen Sachen an, die wir gekauft haben. Was meinst du?«

Ein Lächeln. Ein begeistertes Kopfnicken. *Au ja.*

Fünf Minuten später hat der Firlefanz dafür gesorgt, dass Bonnie unsere Diskussion vergessen hat.

Bei mir ist es nicht so. Ich bin die Erwachsene. Ich vergesse meine Sorgen und Ängste nicht über einem Fläschchen Nagellack.

Es gibt eine Reihe von Dingen, die ich Bonnie über meinen zweiwöchigen Urlaub nicht erzählt habe. Auslassungen, keine Lügen. Das Recht einer Mutter: Sie lässt etwas aus, damit ihr Kind ein Kind bleiben kann. Kinder werden früh genug groß und müssen sich mit der Last eines ganzen Erwachsenenlebens herumschlagen.

Ich muss ein paar Entscheidungen treffen, was mein Leben angeht, und ich habe zwei Wochen, um herauszufinden, was ich tun möchte. Diese Frist habe ich mir selbst auferlegt. Ich muss eine Entscheidung fällen, nicht nur für mich, auch für Bonnie. Wir brauchen beide Festigkeit, Sicherheit und ein einigermaßen geregeltes Leben.

Es fing damit an, dass Assistant Director Jones mich vor zehn Tagen in sein Büro hat rufen lassen.

Ich kenne AD Jones, seit ich beim FBI bin. Er war ursprünglich mein Mentor und Rabbi, und er hat meine Karriere gefördert. Jetzt ist er mein Chef. Er ist nicht durch Speichellecken oder Ränkeschmieden auf seinem jetzigen Posten gelandet, sondern weil er ein außergewöhnlicher Agent ist. Mit anderen Worten, er ist echt. Ich respektiere ihn.

AD Jones' Büro ist fensterlos und nüchtern. Er hätte sich ein Eckbüro mit großartiger Aussicht nehmen können, doch als ich ihn einmal deswegen gefragt habe, lautete seine Antwort sinngemäß: »Ein guter Chef sollte nicht allzu viel Zeit im Büro verbringen.«

Jedenfalls saß AD Jones bei meinem Eintreten hinter seinem Schreibtisch, einem großen, schweren Anachronismus aus grauem Metall, den er bereits besitzt, seit ich ihn kenne. Wie der Mann selbst scheint dieser Schreibtisch zu rufen: Rühr mich nicht an, solange ich noch zu etwas gut bin! Die Tischplatte war wie immer übersät mit Stapeln von Akten und Unterlagen. Ein altes Schild aus Holz und Messing verkündet Jones' Dienstrang. Keine Auszeichnungen oder Urkunden schmücken die Wände, obwohl ich weiß, dass er davon mehr als genug hat.

»Setzen Sie sich, Smoky«, sagte er und deutete auf einen der beiden Ledersessel, die vor seinem Schreibtisch stehen.

AD Jones ist Anfang fünfzig und seit 1977 beim FBI. Er fing hier in Kalifornien an und arbeitete sich in der Hierarchie nach oben. Er war zweimal verheiratet und ist zweimal geschieden. Jones ist ein auf derbe Weise gut aussehender Mann. Er neigt dazu, wortkarg zu sein, und manchmal ist er schroff, sogar gefühllos. Aber er ist ein unglaublich guter Ermittler. Ich hatte Glück, dass ich so früh in meiner Karriere mit ihm zusammenarbeiten durfte.

»Was gibt's, Sir?«, fragte ich.

Er nahm sich einen Moment Zeit, bevor er antwortete.

»Ich bin kein besonders taktvoller Mensch, Smoky, also lege ich die Fakten auf den Tisch. Man hat Ihnen einen Job als Ausbilderin in Quantico angeboten. Sie müssen nicht annehmen, aber ich muss Sie darüber informieren.«

Ich konnte es kaum glauben. »Warum?«, stellte ich die offensichtliche Frage.

»Weil Sie die Beste sind.«

Irgendetwas an seinem Verhalten verriet mir, dass mehr dahintersteckte.

»Aber?«

Er seufzte. »Es gibt kein Aber«, sagte er. »Es gibt nur ein Und. Sie sind die Beste. Sie sind mehr als qualifiziert, und Sie hätten den Job in Quantico aufgrund Ihrer Leistungen mehr als verdient.«

»Und was bedeutet dieses Und?«

»Irgendjemand ganz oben in der Chefetage scheint der Ansicht zu sein, dass man es Ihnen schuldig ist.«

»Mir schuldig, Sir?«

»Wegen dem, was Sie geopfert haben.« Seine Stimme war ganz leise geworden. »Sie haben dem FBI Ihre Familie geopfert.« Er strich sich über die Wange. Ich konnte nicht sagen, ob es eine unbewusste Geste war oder eine Anspielung auf meine Narben. »Sie haben eine Menge durchgemacht wegen Ihres Berufs.«

»Na und?«, fragte ich verärgert. »Tue ich denen da oben leid? Oder haben sie Angst, ich könnte irgendwann schlappmachen?«

Er überraschte mich mit einem Grinsen. »Unter normalen Umständen würde ich mich diesem Gedankengang anschließen, Smoky. Aber nein. Ich habe mit dem Direktor gesprochen, und er hat mir klargemacht, dass es keine politische Entscheidung ist. Es soll eine Belohnung sein. Eine Anerkennung.« Er sah mich abschätzend an. »Sind Sie Director Rathbun eigentlich noch nie begegnet?«

»Einmal. Scheint mir ein geradliniger Mann zu sein.«

»Er *ist* geradlinig. Er ist hart, er ist aufrichtig – so aufrichtig, wie sein Rang es ihm erlaubt –, und er sagt, was er meint. Und er meint, Sie wären perfekt für diesen Job. Sie würden eine Gehaltserhöhung bekommen, Sie hätten einen geregelten Tagesablauf für Bonnie, und Sie wären aus der Schusslinie.« Eine Pause. »Er hat mir gesagt, es wäre das Beste, was das Bureau für Sie tun kann.«

»Ich verstehe nicht …«

»Wir wissen beide, dass es eine Zeit gab, als man Sie als Assistant Director in Betracht gezogen hat. Als meine Nachfolgerin.«

»Ja, ich weiß.«

»Das ist vom Tisch, ein für alle Mal.«

Der Schock fuhr durch mich hindurch wie eine Messerklinge.

»Wieso? Weil ich eine Zeit lang von der Rolle war, nachdem Matt und Alexa ermordet wurden?«

»Nein, nichts dergleichen. Viel oberflächlicher. Denken Sie an das Naheliegende, Smoky.«

Ich dachte nach, und dann dämmerte es mir. Auf der einen Seite wollte ich es nicht glauben. Auf der anderen war es typisch für das FBI, durch und durch.

»Es ist wegen meiner Narben, nicht wahr? Es ist ein Problem mit meinem Äußeren.«

Eine Mischung aus Zorn und Schmerz flammte in seinen Augen auf und erstarb dann zu müder Resignation.

»Ich habe Ihnen gesagt, dass er geradeheraus ist, Smoky. Wir leben in einem von Medien beherrschten Zeitalter. Es gibt kein Problem mit Ihrem Aussehen, solange Sie nur Ihr Team leiten.« Seine Lippen verzogen sich zu einem verkrampften Lächeln. »Aber die allgemeine Meinung geht offensichtlich dahin, dass es nicht funktionieren würde, sollten Sie meine Stelle einnehmen. Romantisch, solange Sie die Jägerin sind, schlecht für Rekrutierungsaufgaben, wenn Sie Assistant Director sind. Ich halte das für ausgemachten Blödsinn, genau wie Rathbun, aber so ist es nun mal.«

Eigentlich hätte ich verärgert sein müssen, doch zu meiner Verwunderung empfand ich keinen Zorn. Bloß Gleichgültigkeit.

Es hat eine Zeit gegeben, da war ich genauso ehrgeizig wie jeder andere Agent. Matt und ich hatten darüber gesprochen, hatten sogar für diesen Zeitpunkt geplant. Wir hatten es als selbstverständlich genommen, dass ich die Karriereleiter hinaufklettern würde. Doch die Dinge hatten sich anders entwickelt.

Doch abgesehen von meinen verletzten Gefühlen: Die Bosse hatten recht. Ich war tatsächlich nicht mehr geeignet, das administrative Gesicht des FBI zu werden. Mit meinen Narben war ich furchteinflößend – die kampferprobte Soldatin. Und ich verstand es, andere auszubilden – die hartgesottene Veteranin. Aber auf Fotos zusammen mit dem Präsidenten? Eher nicht.

Andererseits bedeutete der Job als Ausbilderin in Quantico gute Bezahlung, regelmäßige Arbeitszeiten und weniger Stress. Ein Job, nach dem andere sich die Finger lecken. Schüler schießen nicht auf ihre Ausbilder. Sie brechen nicht in deren Wohnungen ein. Sie bringen keine Familien um.

Das alles ging mir binnen weniger Augenblicke durch den Kopf.

»Wie lange habe ich, um über eine Antwort nachzudenken?«

»Einen Monat. Wenn Sie Ja sagen, bleibt Ihnen reichlich Zeit, um die Versetzung anzugehen.«

Einen Monat, dachte ich. *Jede Menge Zeit und doch nicht genug.*

»Was sollte ich Ihrer Meinung nach tun, Sir?«

Mein Mentor hatte nicht eine Sekunde gezögert: »Sie sind die beste Agentin, mit der ich jemals gearbeitet habe, Smoky. Sie sind kaum zu ersetzen. Aber Sie sollten tun, was für Sie am besten ist.«

Und nun sitze ich hier und schaue Bonnie an. Sie ist in ihre Zeichentrickfilme vertieft. Ich denke an den heutigen Tag, den entspannten Morgen, die Rülpser beim Frühstück und die Ausflüge zu Claire's.

Was ist am besten für mich? Was ist am besten für Bonnie? Soll ich sie fragen?

Ja, das sollte ich. Aber nicht jetzt.

Ich beschließe, zunächst einmal mit meinem Plan weiterzumachen und Matts und Alexas Hinterlassenschaften wegzupacken. Von uns gegangen, aber nicht vergessen.

Warten wir ab, wie die Dinge hinterher aussehen.

Dass ich mich irgendwann entscheiden muss, macht mir keinen Stress. Ich habe Möglichkeiten, und Möglichkeiten bedeuten Zukunft, hier oder in Quantico. Alles bewegt sich vorwärts, und das Vorwärts ist Leben. Alles ist viel besser als noch vor sechs Monaten.

Das sagst du dir andauernd. Aber es ist nicht so einfach, und das weißt du. Hinter dieser Gleichgültigkeit verbirgt sich etwas Dunkles und Hässliches.

Ich erschauere und verdränge jeden weiteren Gedanken daran, versuche es zumindest, kuschle mich näher an Bonnie, lasse den Samstag wieder Samstag sein.

»Zeichentrickfilme sind klasse, nicht wahr?«

Bonnie nickt, ohne den Blick vom Fernseher zu nehmen.

KAPITEL 4

»Steht nicht so faul und selbstzufrieden da herum!«, sagt Callie.

Mit strenger Miene steht sie in der Küche. Burgunderrot lackierte Fingernägel trommeln auf die Arbeitsfläche aus schwarzem Granit. Ihr kupferrotes Haar bildet einen lebhaften Kontrast zu den Möbelfronten aus Weißeiche hinter ihr. Missbilligend hebt sie eine perfekt geschwungene Augenbraue.

Bonnie und ich lächeln einander an.

Gäbe es eine Schutzheilige der Respektlosigkeit, es wäre Callie. Sie ist schroff und scharfzüngig und hat die Angewohnheit, alles und jeden »Zuckerschnäuzchen« zu nennen. Gerüchte besagen, dass sie eine Abmahnung in ihrer Personalakte hat, weil sie den Direktor des FBI auch so genannt hat. Ich zweifle keine Sekunde daran. Das ist durch und durch Callie.

Außerdem ist sie wunderschön – auf eine Art und Weise, um die alle sie beneiden, die über zwanzig sind, weil es eine bleibende Schönheit ist, eine Filmstar-Schönheit, der das Alter nichts anhaben kann. Ich habe Fotos von Callie mit zwanzig gesehen, und ich muss ehrlich sagen, dass sie heute, mit achtunddreißig, schöner ist als damals. Sie hat flammend rotes Haar, volle Lippen, lange Beine – sie hätte eine Karriere als Model machen können. Doch statt einer Haarbürste trägt sie eine Kanone in der Handtasche. Ich glaube, gerade durch ihr völliges Desinteresse an der eigenen körperlichen Perfektion wirkt sie noch schöner, als sie ohnehin schon ist. Es ist nicht so, als hätte sie ein schlechtes Bild von sich (weit gefehlt); es ist eher so, dass ihre Schönheit eine Eigenschaft ist, die ihr nichts bedeutet.

Callie ist hart wie Stahl, klüger als die Wissenschaftler bei der NASA und die treueste Freundin, die ich mir nur wünschen kann. Ich habe nie ein Geburtstagsgeschenk oder auch nur eine Grußkarte von ihr bekommen – ihre Liebe offenbart sich durch ihr Tun.

Es war Callie, die mich gefunden hat, im eigenen Blut, neben der Leiche von Joseph Sands. Es war Callie, die mir die Waffe aus der Hand genommen hat, selbst als ich damit auf sie gezielt und den Abzug betätigt habe. Zum Glück war das Magazin leer, klick, klick, klick.

Callie gehört zu meinem Team; wir arbeiten seit zehn Jahren zusammen. Sie hat einen Master-Abschluss in Forensik und einen Verstand, der wie geschaffen ist für unseren Job. Außerdem legt Callie eine gewisse Brutalität an den Tag, wenn es um das Ermitteln geht. Beweise und Wahrheiten sind höhere Mächte für sie. Wenn die Beweislage klar ist, rollt sie stur wie ein Panzer los und walzt dabei alles platt, was ihr im Weg ist – auch Freunde und Bekannte, ganz gleich, wie gut man vorher mit ihr zurechtgekommen sein mag. Sie fühlt sich nicht einmal schuldig deswegen. Die einfachste Lösung ist, kein Verbrecher zu sein; dann kommt man prima mit ihr aus.

Callie ist nicht perfekt. Sie trägt ihre Narben nur besser als wir anderen. Sie wurde mit fünfzehn schwanger, und ihre Eltern haben sie gezwungen, das Kind zur Adoption freizugeben. Callie hat dieses Geheimnis vor jedem verborgen, sogar vor mir – bis vor sechs Monaten. Ein Killer hat es ans Tageslicht gezerrt. Die Leute mögen Callie um ihre Schönheit beneiden, doch sie hat hart gekämpft und gelitten, bis sie der Mensch wurde, der sie heute ist.

»Wir freuen uns.« Ich lächle sie an. »Danke, dass du gekommen bist.«

Sie winkt ab, als wäre das nichts Besonderes. »Ich bin wegen der kostenlosen Mahlzeiten da.« Sie mustert mich finster. »Es gibt doch kostenlose Mahlzeiten?«

Bonnie antwortet für mich. Sie geht zum Kühlschrank, öffnet die Tür und kehrt mit einer Lieblingsspeise von Callie zurück, einer Schachtel mit Schokoladendonuts.

Callie tut, als würde sie eine Träne abwischen. »Gott segne dich, Zuckerschnäuzchen.« Sie lächelt Bonnie an. »Möchtest du mir helfen, ein paar davon zu verputzen?«

Bonnie erwiderte ihr Lächeln. Sie holen sich Milch, eine wichtige Zutat. Ich beobachte sie dabei, wie sie Donuts verschlingen. Dieses Bild, dieser Moment rufen einen Glücksausbruch in mir hervor. Alles ist beinahe so perfekt, wie es nur sein kann. Freunde und Donuts und freudestrahlende Töchter, das Elixier von Lachen und Leben.

»Nein, Zuckerschnäuzchen«, höre ich Callie sagen. »Niemals herunterschlingen, ohne sie vorher in Milch zu tunken. Es sei denn, du hast keine Milch. Das ist die erste Regel des Lebens, vergiss sie niemals: Der Donut ist wichtiger als die Milch.«

Ich blicke meine Freundin voller Staunen an. Sie bemerkt es nicht, ist ganz vertieft darin, ihre Donut-Geschichten zum Besten zu geben. Das alles macht Callie zu einem der mir liebsten Menschen. Ihre Bereitwilligkeit, Spaß zu haben. Unschuldig nach den niedrig hängenden Früchten der Freude zu greifen.

»Ich bin gleich wieder da«, sage ich.

Ich steige die teppichbedeckten Stufen zu meinem Schlafzimmer hinauf und sehe mich um. Es ist ein großzügiges Elternschlafzimmer. Die Schlagläden entlang der Vorderfront können so eingestellt werden, dass sie den Sonnenschein nur teilweise oder mit voller Kraft ins Innere lassen. Die Wände sind in Weißtönen gehalten, die Bettdecke ein hellblauer Farbtupfer. Das Bett beherrscht das Zimmer, ein breites, riesiges, himmlisches Ding mit einer teuren Matratze. Jede Menge Kissen, ganze Berge von Kissen. Ich liebe Kissen.

Es gibt zwei gleiche Schubladenkommoden, eine für Matt und eine für mich, beide in dunklem Kirschholz. An der Decke dreht sich leise ein Ventilator; sein dunkles Brummen ist seit langem der Begleiter meines Schlafs.

Ich setze mich aufs Bett und schaue mich um, nehme das Zimmer in mich auf.

Ich brauche diesen Augenblick, bevor es losgeht. Ein paar Sekunden, um das zu sehen, was war. Nicht das, was werden wird.

Großartige Dinge, schreckliche Dinge und ganz banale Dinge, sie alle haben sich hier ereignet, auf diesem Bett. Sie gehen durch mich hindurch wie Regentropfen durch ein Blätterdach. Ein leises Donnern auf dem Dach meiner Welt.

Irgendwann verlieren Erinnerungen ihre Schärfe. Sie lassen dich nicht mehr bluten. Sie schneiden nicht mehr ins Fleisch; stattdessen wühlen sie dich auf. So ist es auch mit den Erinnerungen an meine Familie, und ich bin froh darüber. Es gab eine Zeit, als jeder Gedanke an Matt oder Alexa mich dazu gebracht hat, mich vor Schmerz zu krümmen. Heute kann ich an sie denken und lächeln.

Es geht weiter, Baby, immer weiter.

Doch Matt spricht noch von Zeit zu Zeit zu mir. Er war mein bester Freund; ich bin noch nicht bereit, seine Stimme aus meinem Innern zu verdrängen.

Ich schließe die Augen und denke daran, wie wir das Bett in dieses Zimmer gebracht haben, nachdem Matt und ich es gekauft hatten. Es war unser erstes Haus. Wir hatten unsere Bankkonten für die Anzahlung leergeräumt und gehofft, einen verständnisvollen Kreditgeber zu finden. Wir hatten ein Haus in einer aufblühenden Gegend von Pasadena gekauft, ein zweistöckiges, neueres Gebäude (eines von den wunderschönen, hundert Jahre alten Häusern konnten wir uns nicht leisen, auch wenn wir es liebend gern getan hätten). Es war ziemlich weit weg von unseren Arbeitstellen, aber keiner von uns wollte in Los Angeles wohnen. Wir wollten eine Familie, und da war

Pasadena sicherer. Das Haus sah aus wie alle anderen ringsum. Es besaß keine Identität, doch es war unser Haus.

»Das ist unser Zuhause«, hatte Matt im Vorgarten zu mir gesagt und mich von hinten umarmt, als wir beide zu dem Haus hinaufgeschaut hatten. »Ich finde, dazu passt ein neues Bett. Es ist ein Symbol.«

Das war natürlich albern. Und ich war natürlich einverstanden. Also kauften wir das Bett und mühten uns ab, es die Treppe hinaufzuwuchten. Beim Zusammenbau des Kopfteils, des Rahmens und des Fußteils kamen wir ganz schön ins Schwitzen, und wir ächzten beim Montieren des Federrahmens. Dann saßen wir schwer atmend auf dem Fußboden des Schlafzimmers.

Matt sah mich an und lächelte. Ruckartig hob und senkte er die Augenbrauen. »Was sagst du dazu, wenn wir ein paar Laken aufs Bett werfen und ein bisschen horizontalen Mambo tanzen?«

Ich musste kichern wegen seiner gespielten Plumpheit. »Du weißt, wie man ein Mädchen umgarnt, so viel steht fest.«

Er setzte eine ernste Miene auf, legte sich eine Hand aufs Herz und hob die andere. »Mein Vater hat mich die Regeln gelehrt, wie man ein Weib ins Bett kriegt. Ich habe versprochen, mich immer daran zu halten.«

»Und was sind das für Regeln?«

»Du sollst beim Sex nie deine Socken tragen. Du sollst wissen, wo die Klitoris ist. Du sollst das Weib in den Armen halten, bis es eingeschlafen ist, bevor du selbst einschläfst. Und Furzen im Bett ist verboten.«

Ich nickte. »Dein Vater war ein kluger Mann. Ich stimme seinen Regeln zu.«

Wir tanzten den ganzen Nachmittag horizontalen Mambo, bis in die Abenddämmerung.

Und nun schaue ich auf das Bett. Fühle es mehr, als dass ich es sehe.

Alexa wurde auf diesem Bett empfangen, in einem verschwitzten, zärtlichen Augenblick, oder vielleicht auch in einem raueren, akrobatischen Moment, wer weiß das noch. Matt und ich kamen zusammen, eins, lösten uns voneinander, zwei, und Alex war entstanden, drei.

Ich verbrachte schlaflose Nächte in diesem Bett, als ich schwanger war. Die Knöchel geschwollen, der Rücken schmerzend. Ich gab Matt für alles die Schuld – mit einer Bitterkeit, die man nur um drei Uhr morgens aufzubringen imstande ist, während 210 Tagen. Und ich liebte Matt für alles. Eine unermessliche Liebe, die eine Mischung war aus reiner Freude und verrückt spielenden Hormonen.

Die meisten Paare sind am Anfang zu selbstsüchtig für eine Ehe. Eine Schwangerschaft vertreibt die Selbstsucht gründlich.

Am Tag, nachdem wir Alexa nach Hause gebracht hatten, legten Matt und ich sie in die Mitte dieses Bettes. Wir legten uns rechts und links daneben und bestaunten ihr Dasein.

Alexa wurde in diesem Bett gezeugt. Sie weinte in diesem Bett. Sie lachte in diesem Bett. Sie war wütend in diesem Bett. Sie hat sich in diesem Bett sogar einmal übergeben, als Matt sie zu viel Eis essen ließ. Ich machte das Bett sauber, und Matt schlief auf der Couch.

Ich habe Lektionen in diesem Bett gelernt. Einmal liebten Matt und ich uns hier. Es war kein Sex, es war Liebe. Wein und Kerzen waren vorausgegangen. Wir hatten eine perfekte CD in der perfekten Lautstärke – laut genug, um Atmosphäre zu schaffen, leise genug, um nicht abzulenken. Der Mond schien hell, und die Nacht war lau. Wir schwitzten gerade ausreichend, um auf eine erotische, aber nicht klebrige Weise feucht zu bleiben. Es war die Definition von Sinnlichkeit.

Und dann furzte ich.

Es war ein damenhafter, leiser Furz, doch nichtsdestotrotz ein Furz. Wir erstarrten. Alles schien in einem langen, peinlichen, verlegenen Moment zu verharren.

Und dann fing das Kichern an. Gefolgt von Lachen. Gefolgt von einem Johlen, das wir mit Kissen erstickten, bis uns einfiel, dass Alexa bei einer Freundin übernachtete, woraufhin wir noch einmal Sex machten, noch sanfter und aufrichtiger.

Man kann Stolz haben, man kann Liebe haben, aber man kann nicht immer beides haben. In diesem Bett lernte ich, dass Liebe besser ist.

Es waren nicht nur Fürze und Gelächter. Matt und ich kämpften auch in diesem Bett. Mein Gott, wir hatten ein paar gute Kämpfe. So nannten wir sie: *gute Kämpfe.* Wir waren überzeugt, dass eine erfolgreiche Ehe hin und wieder einen ordentlichen Kampf, eine handfeste Auseinandersetzung erfordert. Wir waren sehr stolz auf einige unserer »besseren Kämpfe« – im Nachhinein betrachtet natürlich.

Und dann wurde ich in diesem Bett vergewaltigt, und ich musste zusehen, wie Matt starb, während ich an dieses Bett gefesselt war. Schlimme Dinge.

Ich atme ein, atme aus. Die Regentropfen fallen durchs Blätterdach, leise und unerbittlich. Die grundlegende Wahrheit: Du wirst nass, wenn es regnet. Daran führt kein Weg vorbei.

Ich betrachte das Bett und denke an die Zukunft. An all die guten Dinge, die immer noch hier passieren könnten, sollte ich entscheiden, nicht nach Quantico zu gehen. Ich habe keinen Matt mehr, ich habe keine Alexa mehr, aber ich habe Bonnie, und ich habe mich.

Leben, wie es früher war, das ist die Milch. Aber das Leben im Allgemeinen, das war der Schokoladendonut, und der Donut ist wichtiger als die Milch.

»Das also ist der magische Ort.«

Callies Stimme reißt mich aus meinen Erinnerungen. Sie steht in der Tür und sieht mich grüblerisch an.

»Hey«, sage ich. »Danke, dass du gekommen bist. Dass du mir helfen willst.«

Sie betritt das Zimmer, und ihre Blicke schweifen umher.

»Ich hatte zwei Dinge zur Auswahl. Das hier oder Wiederholungen von *Drei Engel für Charlie*. Ich habe mich für das hier entschieden. Abgesehen davon gibt Bonnie mir zu essen.«

Ich muss lächeln. »Wie man eine wilde Callie fängt: mit Schokoladendonuts und einer richtig großen Mausefalle.«

Sie kommt zu mir, lässt sich neben mir auf das Bett fallen. Hüpft ein paar Mal auf und ab. »Sehr hübsch.«

»Ja. Ich habe eine Menge schöner Erinnerungen an dieses Bett.«

»Ich hab mich immer gefragt …« Sie zögert.

»Was?«

»Warum hast du es behalten, Zuckerschnäuzchen? Das ist das gleiche Bett, oder? Wo es passiert ist?«

»Das gleiche Bett, ja.« Ich streiche mit einer Hand über die Steppdecke. »Ich habe darüber nachgedacht, es wegschaffen zu lassen. In den ersten Wochen, nachdem ich wieder zu Hause war, hätte ich in diesem Bett kein Auge zu bekommen und habe deshalb auf dem Sofa geschlafen. Als ich schließlich den Mut fand, es zu versuchen, fühlte das Bett sich richtig an. Ich weiß nicht, wie ich es sonst nennen soll. Ich konnte es nicht ertragen, woanders zu schlafen. In diesem Zimmer, auf diesem Bett sind schlimme Dinge geschehen. Aber ich wollte nicht zulassen, dass diese Dinge stärker sind als all das Schöne. Ich habe die Menschen hier geliebt. Meine Familie. Ich lasse mir das nicht von Joseph Sands wegnehmen.«

Ich kann den Ausdruck in Callies Augen nicht deuten. Traurigkeit. Schuld. Sehnsucht?

»Das ist der Unterschied zwischen uns, Smoky«, sagte sie. »Ich hatte einen einzigen schlimmen Augenblick als Teenager. Ich schlafe ein einziges Mal mit dem falschen Jungen, werde schwanger und muss mein Kind aufgeben. Danach achte ich peinlich darauf, nie wieder eine leidenschaftliche Beziehung einzugehen. Du wirst in diesem Bett vergewaltigt, doch die stärksten Erinnerungen für dich sind die Augenblicke, die du hier mit Matt und Alexa geteilt hast. Ich bewundere deinen Optimismus. Ich bewundere ihn wirklich.« Ihr Lächeln ist melancholisch.

Ich antworte nicht, denn ich kenne meine Freundin. Tröstende Worte wären nur peinlich, beinahe so etwas wie Verrat. Ich bin hier, damit sie diese Dinge sagen kann und weiß, dass jemand sie gehört hat. Nicht mehr und nicht weniger.

»Weißt du, was ich vermisse?«, fragt sie. »Matts Tacos.«

Ich sehe sie überrascht an und muss lachen.

»Die waren lecker, nicht wahr?«

»Ich träume manchmal von diesen Tacos«, sagt Callie mit einem melodramatischen Ausdruck von Sehnsucht in den Augen.

Ich könnte nicht einmal dann kochen, wenn mir jemand eine Pistole an den Kopf hält. Ich würde sogar Wasser anbrennen lassen, wie man so sagt. Wie bei allen Dingen, war Matt auch auf diesem Gebiet der Gründliche. Er kaufte Kochbücher, probierte und experimentierte, und in neun von zehn Fällen waren die Ergebnisse erstaunlich gut.

Er hatte gelernt – ich weiß nicht mehr, von wem –, wie man Tacos selber macht. Nicht das klebrige Zeug, das man zum Fertigbacken im Laden kaufen kann, sondern richtige Selbstgemachte. Man fängt mit einer Tortilla an und verwandelt sie nach und nach in eine halbmondförmige Köstlichkeit. Matt hatte irgendein Gewürz für das Hackfleisch, das mir das Wasser im Mund zusammenlaufen ließ.

Callie ebenfalls. Sie isst für ihr Leben gern, und sie hatte sich drei- oder viermal im Monat zu uns zum Abendessen eingeladen. Ich sehe sie noch vor mir, wie sie Tacos in sich hineinstopft und mit vollem Mund redet. Ich höre noch, wie sie etwas sagt, das Alexa zum Kichern bringt, bis sie sich an ihrer Milch verschluckt und alles aus der Nase prustet, was der absolute Höhepunkt der Albernheiten war.

»Danke«, sage ich.

Sie weiß, was ich meine. *Danke für diese Erinnerung, dieses vergessene Stück bittersüßer Vergangenheit, diesen Schlag in den Unterleib, der weh tut und sich zugleich wunderbar anfühlt.*

Das ist Callie. Sie wirbelt ganz nah an mich heran, umarmt meine Seele, und dann wirbelt sie wieder davon, geht hochmütig auf Distanz.

Sie steht von meinem Bett auf, geht zur Tür, blickt zu mir zurück und lächelt ein spitzbübisches Lächeln.

»Weißt du was? Du brauchst keine Mausefalle. Du musst nur die Donuts mit irgendetwas präparieren. Ich esse die Donuts immer.«

KAPITEL 5

»Wie geht es dir, Smoky?«

Elaina stellte mir diese Frage. Sie ist vor ungefähr zwanzig Minuten erschienen, und nachdem die erforderlichen Umarmungen mit Bonnie abgeschlossen sind, hat sie mich beiseite genommen. Jetzt sitzen wir allein in meinem Wohnzimmer. Elaina sieht mich fest an, durchbohrt mich förmlich mit dem Blick aus ihren braunen Augen. »Und ich will eine ernsthafte Antwort«, sagt dieser Blick.

»Meistens gut, manchmal schlecht«, sage ich ohne zu zögern. Es ist mir noch nie in den Sinn gekommen, Elaina gegenüber unaufrichtig zu sein. Sie ist einer jener seltenen Menschen, die warmherzig und stark zugleich sind.

Ihr Blick wird weicher. »Erzähl mir von dem Schlechten«, sagt sie.

Ich versuche Worte zu finden für meinen neuen Dämon, jenen Teufel, der durch meine Träume tobt, während ich schlafe. Früher habe ich von Joseph Sands geträumt, der mich kichernd und glucksend wieder und wieder vergewaltigt und meine Familie lächelnd und augenzwinkernd ermordet. Doch Sands ist verblasst; heute drehen die Albträume sich um Bonnie. Ich sehe sie auf dem Schoß eines Irren, ein Messer an der Kehle. Ich sehe sie auf einem weißen Teppich, ein Kugelloch in der Stirn, und unter ihr breitet sich ein purpurner Engel aus.

»Angst. Es ist die Angst.«

»Weswegen?«

»Wegen Bonnie.«

Elainas Stirn glättet sich. »Du machst dir Sorgen, ihr könnte etwas zustoßen.«

»Es sind keine Sorgen. Es ist Angst. Ich habe Angst, dass sie nie wieder sprechen könnte und irgendwann den Verstand verliert. Dass ich nicht da sein könnte, wenn sie mich braucht.«

»Und?«, hakt Elaina nach. Sie drängt mich, das wahre Entsetzen in Worte zu fassen, den Dämon in der dunklen Grube beim Namen zu nennen.

»Dass sie sterben könnte, kapierst du denn nicht?«, sage ich ungewollt schnippisch und bedaure es beinahe sofort. »Entschuldige.«

Elaina lächelt, um mir zu zeigen, dass alles in Ordnung ist. »Ich kann deine Angst verstehen, Smoky. Du hast ein Kind verloren. Du weißt, dass es passieren kann. Herrgott, Bonnie wäre fast vor deinen Augen gestorben.« Eine sanfte Berührung, ihre Hand auf meiner. »Ich kann deine Angst sehr gut verstehen.«

»Aber sie macht mich schwach«, sage ich kläglich. »Angst ist Schwäche. Aber Bonnie braucht eine starke Beschützerin.«

Ich schlafe mit einer durchgeladenen Pistole in meinem Nachttisch. Das Haus ist bis unter die Decke voll mit Alarmanlagen. Und um den massiven Riegel an der Eingangstür zu durchtrennen, würde ein Eindringling eine ganze Stunde benötigen. Das alles hilft zwar ein wenig, kann die Angst aber nicht verbannen.

Elaina mustert mich mit einem scharfen Blick und schüttelt den Kopf. »Nein. Bonnie braucht deine Anwesenheit. Deine Liebe. Sie braucht eine Mutter, keine Superheldin. Die wirklichen Menschen sind nun mal kompliziert und im Allgemeinen nicht so, wie wir es uns wünschen, aber wenigstens sind sie da.«

Elaina ist die Frau von Alan, einem Mitglied meines FBI-Teams. Sie ist eine wunderschöne Latina mit melancholischen Augen und sanft geschwungenen Kurven. Doch ihre wahre Schönheit kommt aus dem Herzen. Sie besitzt eine resolute Sanftheit, die einem Schutz und Sicherheit, Liebe und Hingabe verspricht, alles zur gleichen Zeit.

Letztes Jahr haben die Ärzte bei ihr Dickdarmkrebs im zweiten Stadium diagnostiziert. Sie wurde operiert, der Tumor entfernt, gefolgt von Bestrahlungen und Chemotherapie. Sie hält sich tapfer, doch sie hat ihre Haare verloren, ihr dichtes, prachtvolles Haar. Sie trägt diesen Schicksalsschlag auf die gleiche Weise, wie ich meine Narben zu tragen gelernt habe: unverhüllt und für alle sichtbar. Ihr Kopf ist kahl, doch sie versteckt ihn nicht unter einer Bandana oder einem Hut. Doch ich frage mich, ob der Schmerz über diesen Verlust sie trotz ihrer Stärke manchmal aus heiterem Himmel trifft, so wie die Abwesenheit von Matt und Alexa mich bisweilen trifft.

Wahrscheinlich nicht. Für Elaina ist der Verlust ihrer Haare zweitrangig im Vergleich zu der Freude am Leben. Das macht einen Teil ihrer Stärke aus.

Elaina kam mich besuchen, nachdem Sands mir meine Familie genommen hatte. Sie platzte in mein Krankenzimmer, schob die Schwester beiseite und warf sich mit ausgebreiteten Armen über mich. Diese Arme umfingen mich und hielten mich wie Engelsflügel. Ich zersprang in diesen Armen, weinte Ewigkeiten an ihrer Brust. Sie war in diesem Moment meine Mutter und meine Retterin, und dafür werde ich sie immer lieben.

Sie drückt meine Hand. »Ich kann verstehen, dass du so empfindest, Smoky«, sagt sie. »Du könntest nur dann frei von Angst sein, würdest du Bonnie nicht so lieben, aber dazu ist es längst zu spät.«

Meine Kehle schnürt sich zusammen, und meine Augen brennen. Elaina hat recht. Diese Wahrheit ist hässlich und wunderbar und unabwendbar zugleich: Ich muss mit meiner Angst leben, weil ich Bonnie liebe. Ich müsste nur aufhören, sie zu lieben, und die Angst würde verschwinden.

So weit wird es nie kommen.

»Wird es irgendwann besser?«, frage ich sie und stoße einen entmutigten Seufzer aus. »Ich will nicht, dass Bonnie etwas davon merkt.«

Elaina nimmt meine Hände und betrachtet mich mit ihrem unerschütterlichen Blick. »Wusstest du eigentlich, dass ich ein Waisenkind war, Smoky?«

Ich blicke sie erstaunt an.

»Nein.«

Sie nickt. »Ich war Waise. Mein Bruder Manuel und ich, wir waren beide Waisenkinder. Mama und Papa starben bei einem Autounfall. Wir wurden von Abuela aufgezogen, meiner Großmutter. Eine großartige Frau. Ich meine das buchstäblich. Sie hatte wahre Größe. Sie hat sich nie beschwert, kein einziges Mal.« Ihr Lächeln wird melancholisch. »Und Manuel ... er war ein wunderbarer Junge. Gutherzig und warm. Doch er war auch schwach. Er war immer der Erste, der sich eine Erkältung oder Grippe eingefangen hat und der Letzte, der wieder gesund wurde. Eines Tages im Sommer nahm Großmutter Abuela uns mit nach Santa Monica Beach. Manuel geriet in eine Unterströmung. Er starb.«

Ihre Worte sind schlicht und offen, doch ich kann den Schmerz dahinter spüren. Stiller Schmerz. Sie fährt fort: »Ich habe meine Eltern ohne jeden Grund verloren. Ich habe meinen Bruder an einem wunderschönen Sommertag verloren, und seine einzige Sünde bestand darin, dass er nicht kräftig genug strampeln konnte, um zurück an den Strand zu kommen.« Sie zuckt die Schultern. »Worauf ich hinauswill, Smoky ... ich kenne deine Angst. Das Entsetzen, jemanden verlieren zu können, den man liebt.« Sie zieht die Hand weg und lächelt. »Und was tue ich? Ich verliebe mich in einen wunderbaren Mann, der eine gefährliche Arbeit macht, und liege nächtelang wach und habe Angst, nichts als Angst. Manchmal habe ich es an Alan ausgelassen. Ungerechtfertigt.«

»Ehrlich?« Es fällt mir schwer, das mit der Elaina in Einklang zu bringen, die ich kenne.

»Ehrlich. Manchmal denke nicht mal daran, dass ich Alan verlieren könnte, und schlafe wunderbar. Doch die Angst um ihn kommt immer wieder.«

»Warum hast du mir nie davon erzählt, dass du ein Waisenkind warst und deinen Bruder verloren hast?«

Sie zuckt die Schultern.

»Ich weiß nicht. Ich wollte es dir erzählen, damals, als du im Krankenhaus gelegen hast, habe es dann aber doch nicht getan.«

»Warum?«

»Du liebst mich, Smoky. Es hätte deinen Schmerz schlimmer gemacht, anstatt dir zu helfen.«

Sie hat recht.

Elaina lächelt. Es ist ein Lächeln, das viele Farben hat. Das Lächeln einer Frau, die weiß, dass sie das Glück hat, mit einem Mann verheiratet zu sein, den sie liebt, das Lächeln einer Mutter, die niemals eigene Kinder hatte, das Lächeln eines kahlen Rapunzels, das glücklich ist, am Leben zu sein.

Callie erscheint mit Bonnie an ihrer Seite. Beide mustern mich abschätzend.

»Sind wir bereit?«, fragt Callie. »Können wir endlich anfangen?«

Ich zwinge mich zu einem Lächeln. »Na klar.«

»Erklär uns, was wir machen«, sagt Elaina.

»Also. Es ist ein Jahr her, seit Matt und Alexa gestorben sind. Seitdem ist viel passiert.« Ich schaue Bonnie an und lächle. »Nicht nur in meinem Leben. Ich vermisse sie immer noch, und ich weiß, dass sich daran nie etwas ändern wird. Aber …« Ich benutze die gleiche Phrase, die ich früher am Tag Bonnie gegenüber benutzt habe. »Aber sie wohnen nicht mehr in diesem Haus. Ich rede nicht davon, die Erinnerung an sie auszulöschen. Ich behalte jedes Foto, jeden Film. Ich rede von den Dingen, die keinen Nutzen mehr für mich haben. Kleidung. Spielzeug. Persönliche Gegenstände. All die Dinge, die nur gebraucht würden, wenn Matt und Alexa noch hier wären.«

Bonnie sieht mich ohne Zögern oder Zurückhaltung an. Ich lächle ihr zu und lege meine Hand auf ihre.

»Wir sind hergekommen, um dir zu helfen«, sagt Elaina. »Sag uns einfach, was wir tun sollen. Möchtest du die Zimmer unter uns aufteilen? Oder gehen wir alle gemeinsam von einem Zimmer zum nächsten?«

»Gemeinsam.«

»Gut.« Sie zögert. »Mit welchem Zimmer fangen wir an?«

Ich fühle mich wie am Sofa festgeleimt. Ich glaube, Elaina spürt es. Deswegen drängt sie. Sie will, dass ich mich bewege, dass ich etwas tue.

Ich stehe in einer fließenden Bewegung auf. Es ist, als würde ich vom Fünfmeterbrett springen, ohne groß darüber nachzudenken. »Fangen wir in meinem Schlafzimmer an.«

Wir stellen eine Auswahl von Kisten zusammen, eine kunterbunte Mischung aus raschelnder Wellpappe, Karton und reißendem Klebeband. Dann tritt wieder Stille ein. Matt und ich hatten jeder unseren eigenen Schrank im Elternschlafzimmer. Ich blicke auf die Tür seines Kleiderschranks, und das Atmen fällt mir schwer.

»Herrje«, sagt Callie. »Es ist viel zu *ernst* hier drin.«

Sie geht zu den Fenstern und reißt die Plantageläden zuerst bei einem, dann beim zweiten, dann beim letzten auf. Sonnenlicht flutet ins Zimmer, ein Strom aus Gold. Callie öffnet die Fenster mit entschlossenen, beinahe wütenden Bewegungen.

Es dauert einen Moment, bevor eine kühle Brise hereinströmt, gefolgt von den Geräuschen des *Draußen*.

»Wartet hier«, sagt sie und geht zur Schlafzimmertür.

Elaina sieht mich mit erhobenen Augenbrauen an. Ich zucke die Schultern. Wir hören, wie Callie die Stufen hinunterstampft, gefolgt von Geräuschen in der Küche; dann kommt sie wieder nach oben. Sie betritt das Schlafzimmer mit einem Ghettoblaster und einer CD in den Händen. Sie schließt den Ghettoblaster an, legt die CD ein und drückt auf PLAY. Ein stampfender Rhythmus setzt ein, begleitet von einem Elektrogitarrenriff, das vertraut und eingängig ist. Es ist einer von den Songs, den ich tausend Mal gehört habe, ohne zu wissen, wie er heißt, und er bringt mich dazu, mit dem Fuß zu tappen.

»Hits aus den 70ern, 80ern und 90ern«, sagt Callie. »Sie machen gute Laune.«

Callie hat das Zimmer innerhalb von drei Minuten verwandelt. Es ist kein schattiges, düsteres Schlafzimmer mehr, sondern hell und freundlich. Ein ganz gewöhnliches Schlafzimmer an einem schönen Tag.

Ich schaue auf Bonnie hinunter. »Meinst du, wir schaffen das, Schatz?«

Sie lächelt mich an und nickt.

»Also dann«, sage ich, hole tief Luft, gehe zu Matts Kleiderschrank und öffne die Tür.

KAPITEL 6 Die Musik und die Sonne haben geholfen, wenigstens in meinem Schlafzimmer. Wir haben Matts Kleiderschrank ausgeräumt, ohne dass ich allzu traurig geworden bin.

Wir haben seine Hemden und Hosen, Pullover und Schuhe weggepackt. Matts Geruch war überall – und auch sein Geist. Es kam mir so vor, als hätte ich an jedes Kleidungsstück eine besondere Erinnerung. Er hat gelacht, als er diese Krawatte getragen hat. Er hat geweint in diesem Anzug, bei der Beerdigung seines Großvaters. Alexa hat einen Handabdruck aus Marmelade auf diesem Hemd hinterlassen.

Doch die Erinnerungen waren weniger schmerzhaft, als ich erwartet hätte. Sie waren eher bereichernd als bedrückend.

Du machst das gut, Schatz, hörte ich Matts Stimme.

Ich antwortete nicht, doch ich lächelte vor mich hin.

Ich dachte auch über Quantico und das Angebot des FBI nach.

Vielleicht wäre es gar nicht verkehrt, dieses Haus zu verlassen.

Wenn ich es tue, dann nur deshalb, weil ich es will und nicht, um zu flüchten. Ich muss meine Geister zur Ruhe betten, weil sie mir sonst überallhin folgen würden, wohin ich auch gehe. Das tun Geister nun mal.

Wir gingen den Kleiderschrank durch, das restliche Schlafzimmer, dann das Badezimmer, und die ganze Zeit war der Schmerz da, doch er war erträglich. *Bittersüß, aber mehr süß als bitter.*

Wir trugen die Kartons in den Dachboden über der Garage und schoben sie in Ecken, wo sie stehen bleiben und Staub ansetzen würden.

Tut mir leid, Matt, sagte ich stumm.

Es sind bloß Gegenstände, Schatz, antwortete er. *Das Herz setzt keinen Staub an.*

Da hast du recht.

Übrigens, sagt Matt aus dem Nichts heraus. *Was ist mit 1forUtwo4me?*

Ich antworte nicht. Ich stehe auf der Leiter, von der Hüfte aufwärts im Loch zum Dachboden.

»Smoky?«, ruft Callie von der Tür zur Garage aus.

»Ich komme gleich!«

Ja, geht es mir durch den Kopf. *Was ist mit 1forUtwo4me? Was habe ich mir deswegen überlegt?*

In meinem Beruf habe ich gelernt, dass auch gute Männer und Frauen ihre Geheimnisse haben können. Gute Ehemänner und Ehefrauen zum Beispiel, die einander betrügen oder heimlichen Lastern frönen oder sich als doch nicht so gut erweisen, wie von allen angenommen. Und ich habe gelernt, dass alles ans Tageslicht kommt, wenn man gestorben ist, weil andere nach Belieben in deinem Leben herumwühlen können, wenn du tot bist, und du kannst nichts, aber auch gar nichts dagegen tun.

Was mich zu *1forUtwo4me* bringt. Es ist ein Passwort. Matt hatte mir erklärt, wie man ein sicheres Passwort findet, nachdem ein E-Mail-Konto der Familie kompromittiert worden war.

»Man benutzt eine Kombination von Buchstaben und Zahlen. Je länger, desto besser, aber zugleich sollte man es leicht behalten können, sodass man es nicht aufschreiben muss. Zum Beispiel …« Er hatte mit den Fingern geschnippt. »Eins für dich, zwei für mich. Das ist ein Satz, den ich mir gut merken kann. Also ändere ich ihn ein wenig, füge ein paar Ziffern hinzu, und schon habe ich 1forUtwo4me. Albern, zugegeben, aber ich vergesse es nicht, und es ist sehr unwahrscheinlich, dass jemand anders zufällig auf dieses Passwort kommt.«

Er hatte Recht behalten. Es klebte wie Kaugummi an der Schuhsohle. 1forUtwo4me. Ich habe es nie aufschreiben müssen. Ich werde es niemals vergessen.

Ein paar Monate nach Matts Tod hatte ich an seinem Computer gesessen. Wir hatten ein Heimbüro und jeder einen eigenen PC. Ich fühlte mich wie betäubt und suchte nach irgendetwas, das mich aus meiner Lethargie riss. Also ging ich Matts E-Mails durch und schaute mir seine Dateien an. Ich stieß auf ein Verzeichnis, das »Privat« benannt war. Als ich es öffnen wollte, stellte ich fest, dass es durch ein Passwort geschützt war.

1forUtwo4me. Ich hatte es im Kopf, bevor ich überlegen musste. Meine Finger lagen bereits auf den Tasten. Ich wollte es gerade eintippen, als ich innehielt.

Erstarrte.

Was, wenn …?, dachte ich. *Was, wenn PRIVAT tatsächlich privat bedeutet, wie in GEHT MICH NICHTS AN?*

Die Vorstellung war erschreckend gewesen. Und entsetzlich. Meine Phantasie schäumte über.

Eine Mätresse? Pornos? Hat er eine andere geliebt?

Diesen Gedanken auf dem Fuße folgten Schuldgefühle.

Wie kannst du so etwas denken? Es ist Matt. Dein Matt!

Ich hatte das Zimmer verlassen, Mr. 1forUtwo4me eingesteckt und versucht, nicht mehr daran zu denken.

Hin und wieder tauchte er dennoch auf.

Jetzt zum Beispiel.

Wahrheit oder Verdrängung?

»Smoky?«, ruft Callie erneut.

»Ich komme!«, antworte ich und steige die Leiter hinunter.

Ich spüre Matt noch immer.

Er wartet.

1forUtwo4me.

Die Vergangenheit wegzupacken, wird mir bewusst, ist eine schmutzige Angelegenheit.

Wir stehen im Eingang von Alexas Kinderzimmer. Ich spüre Unbehagen. Der Schmerz ist hier stechender, aber immer noch erträglich.

»Hübsches Zimmer«, murmelt Elaina.

»Alexa mochte den Kleinmädchenstil«, sage ich.

Es ist tatsächlich der Traum eines jeden kleinen Mädchens. Das Bett ist riesig, mit einem Himmel, und bedeckt von Rottönen jeder nur denkbaren Schattierung. Die Tagesdecke und die Kissen sind üppig und einladend und rufen einem zu: »Leg dich hin und ertrink in uns.«

Ein Viertel des Fußbodens ist bedeckt von Alexas Kuscheltiersammlung. Es gibt sie in allen Größen und sämtlichen nur denkbaren Spezies, von identifizierbar bis phantastisch.

»Löwen und Tiger und Heffalumps, meine Güte!«, pflegte Matt zu frotzeln.

Ich nehme alles in mich auf, und mir kommt ein Gedanke. Ich frage mich verwundert, wieso ich nicht schon eher daran gedacht habe.

Bonnie hat seit dem Tag, an dem ich sie hierher gebracht habe, bei mir im Schlafzimmer geschlafen. Ich glaube nicht, dass sie je in Alexas Kinderzimmer gewesen ist.

Bleib bei der Wahrheit. Du hast sie nie in das Zimmer gelassen. Du hast sie nie gefragt, ob sie ein Königreich aus Plüschtieren will oder einen purpurnen Berg aus Bettlaken, Decken und Kissen.

Ich knie mich vor Bonnie hin. »Möchtest du etwas von diesen Sachen, Schatz?«, frage ich. Sie sieht mich an, und ihre Augen suchen in den meinen. »Du darfst dir nehmen, was du möchtest.« Ich drücke ihre Hand. »Ehrlich. Du kannst das ganze Zimmer haben, wenn du willst.«

Sie schüttelt den Kopf. *Nein, danke*, sagt sie. *Ich spiele nicht mehr mit Kindersachen*, sagt dieser Blick.

»Okay«, sage ich leise und stehe auf.

»Was willst du mit diesem Zimmer anstellen, Smoky?« Elainas sanfte Stimme reißt mich aus meinen Gedanken.

Ich streiche Bonnie mit einer Hand übers Haar, während ich mich umschaue.

»Nun …«, setze ich zu einer Antwort an, als mein Handy summt.

Callie verdreht die Augen. »Das war's auch schon wieder.«

»Barrett«, melde ich mich.

»Smoky, ich bin's, Alan«, rumpelt eine tiefe Stimme. »Tut mir leid, dich heute zu stören, aber wir haben ein Problem.«

Alan leitet das Team, solange ich Urlaub habe. Er ist mehr als kompetent. Dass er es für erforderlich hält, mich anzurufen, lässt mich schlagartig hellwach werden.

»Was ist passiert?«

»Ich bin in Canoga Park und stehe vor einem Haus, in dem

sich ein Dreifachmord ereignet hat. Sieht schlimm aus, sehr schlimm. Das Dumme ist, in diesem Haus ist ein sechzehnjähriges Mädchen. Sie hält sich eine Waffe an den Kopf und sagt, sie will nur mit dir reden.«

»Sie hat *meinen* Namen genannt?«

»Ja.«

Ich schweige, während ich diese Neuigkeit verarbeite.

»Tut mir leid, Smoky.«

»Gib mir die Adresse«, sage ich. »Callie und ich kommen, so schnell wir können.«

Ich notiere die Anschrift und beende das Gespräch.

Der Tod macht keinen Urlaub, wie es aussieht. Der Tod ist in meinem Job an der Tagesordnung. Wie üblich lebe ich mein Leben auf verschiedenen Ebenen zugleich. Verwandle dieses Haus in ein Zuhause, überlege, ob ich von hier weggehe nach Quantico, versuche eine junge Frau daran zu hindern, sich eine Kugel durch den Kopf zu schießen. Ich kann gehen und gleichzeitig Kaugummi kauen. Hurra, Smoky Barrett!

Ich sehe Bonnie an. »Schatz ...« Ich verstumme, als sie nickt: *Fahr nur.*

Ich blicke zu Elaina. »Elaina ...«

»Ich pass auf Bonnie auf.«

Ich empfinde Erleichterung und Dankbarkeit.

»Callie ...?«

»Ich fahre«, sagt sie.

Ich gehe in die Hocke und schaue Bonnie an. »Tust du mir einen Gefallen, Schatz?«

Sie sieht mich fragend an.

»Versuch zu überlegen, was wir mit all den Stofftieren tun sollen.«

Sie lächelt. Nickt.

»Cool.« Ich richte mich auf, schaue Callie an. »Fahren wir.« Auf mich warten schlimme Dinge, und ich möchte nicht, dass sie ungeduldig werden.

KAPITEL 7 »Alles hübsch versteckt«, sinniert Callie, als wir in die Vorstadtstraße in Canoga Park einbiegen.

Sie redet mehr zu sich selbst, doch als ich mich umsehe, verstehe ich, was sie meint. Canoga Park gehört zu Los Angeles. In L.A. gibt es keine großen Abstände zwischen den Vorstädten und der Innenstadt. Man kann auf einer Straße voller Läden und Werkstätten sein, zwei Blocks weit fahren und sich in einer stillen Wohngegend wiederfinden. Es ist ein unmerklicher Übergang: Ampeln weichen Stoppschildern, und es wird allgemein ruhiger und beschaulicher. Die Stadt lärmt im Hintergrund, verstummt niemals ganz, ist immer da, während die Häuser … nun ja, *hübsch versteckt* liegen.

Die Straße, in die wir eingebogen sind, gehört zu diesen Gegenden, doch sie hat alle Ruhe und Beschaulichkeit verloren. Ich sehe fünf Streifenwagen, einen Minibus sowie zwei oder drei zivile Fahrzeuge. Der obligatorische Helikopter kreist am Himmel.

»Zum Glück haben wir noch Tageslicht«, bemerkt Callie und blickt hinauf zum Hubschrauber. »Ich kann die grellen Scheinwerfer nicht ausstehen.«

Überall sind Leute auf der Straße. Die Mutigeren stehen in ihren Vorgärten, während die Zaghafteren hinter den Gardinen ihrer Fenster versteckt nach draußen spähen. Es ist eigenartig. Die Leute reden über Verbrechen in der City, aber die schlimmsten Morde passieren meist in den ruhigen Vororten.

Callie parkt den Wagen am Straßenrand.

»Bereit?«, frage ich sie.

»Gehen wir's an, Zuckerschnäuzchen.«

Wir steigen aus, und ich bemerke, wie Callie das Gesicht verzieht. Sie legt eine Hand auf das Wagendach, um das Gleichgewicht besser halten zu können.

»Alles in Ordnung?«

Sie winkt ab. »Schmerzen von der letzten Schussverletzung. Ich komm schon zurecht.« Sie greift in eine Jackentasche und zieht eine Medikamentenflasche hervor. »Vicodin, der Freund aller modernen Mütter«, sagt sie, drückt mit dem Daumen den Deckel auf, lässt eine Tablette in ihre Handfläche kullern und schluckt sie. Lächelt. »Hmmm. Lecker.«

Callie wurde vor sechs Monaten angeschossen. Die Kugel hat ihre Wirbelsäule gestreift. Eine bange, angespannte Woche lang wussten wir nicht, ob sie je wieder würde laufen können. Ich dachte, sie hätte sich inzwischen vollkommen erholt.

Da hast du dich wohl geirrt.

Geirrt? Sie trägt ihr Hydrocodon mit sich herum wie andere eine Schachtel Tic-Tac.

»Sehen wir nach, was das Geschrei zu bedeuten hat«, sagt sie.

»Okay.«

Aber das mit den Pillen lasse ich nicht auf sich beruhen, Callie.

Wir gehen zur Absperrung. Ein junger Streifenpolizist hält uns an, ein gut aussehender Bursche. Ich kann seine Aufregung spüren, weil er an dieser spektakulären Polizeiaktion teilnehmen darf. Ich mag ihn auf der Stelle: Er bemerkt die Narben auf meiner linken Gesichtshälfte und zuckt kaum zusammen.

»Sorry, Ma'am«, sagt er. »Ich darf im Augenblick niemanden durchlassen.«

Ich angle nach meinem Dienstausweis und zeige ihn vor. »Special Agent Barrett«, sage ich. Callie folgt meinem Beispiel.

»Entschuldigung, Ma'am«, sagt der junge Beamte, auch an Callies Adresse.

»Null Problemo, Zuckerschnäuzchen«, sagt Callie.

Ich sehe Alan inmitten einer Gruppe von Anzügen und Uniformen. Er überragt sie alle, ein imposantes Bild von einem Mann. Alan ist Mitte vierzig, ein Afroamerikaner, den man nur als *gargantuesk* beschreiben kann. Er ist nicht fettleibig, er ist einfach nur gewaltig. Sein Stirnrunzeln kann ein Verhörzimmer zu einem gefährlichen und winzigen Raum für einen schuldigen Verbrecher machen.

Das Leben liebt die Ironie, und Alan ist keine Ausnahme. Trotz seiner Größe und Kraft ist er ein nachdenklicher Berg von einem Mann, ein brillanter Verstand im Körper eines Footballspielers. Er vereint akribische Präzision mit nahezu unendlicher Geduld. Seine Aufmerksamkeit für das kleinste Detail ist berüchtigt. Eines der besten Zeugnisse für seinen Charakter ist die Tatsache, dass Elaina seine Frau ist und ihn vergöttert.

Alan ist das dritte und älteste Mitglied meines kleinen Teams. Er hat mir anvertraut, er habe überlegt, das FBI zu verlassen, als man bei Elaina Krebs diagnostizierte, damit er mehr Zeit mit ihr verbringen könne. Seitdem hat er nicht wieder darüber gesprochen, und ich habe ihn nicht dazu gedrängt, doch ich bin mir stets der Tatsache bewusst, dass ich Alan verlieren könnte.

Callie schluckt Schmerzmittel und Alan denkt ans Aufhören. Vielleicht solltest du wirklich nach Quantico gehen. Sollen sie das Team doch neu aufbauen.

»Da ist sie«, höre ich Alan in diesem Moment sagen.

Ich mach mich daran, die verschiedenen Reaktionen auf den Anblick meines Gesichts zu katalogisieren, gebe es aber rasch wieder auf. *Nehmt es oder lasst es, Jungs.*

Einer der Männer tritt vor und streckt die Hand aus, um mich zu begrüßen. Die andere Hand hält eine MP5 Maschinenpistole. Er ist in SWAT-Montur gekleidet – Körperpanzer, Helm, Stiefel. »Luke Dawes«, stellt er sich vor. »SWAT-Commander. Danke, dass Sie gekommen sind.«

»Kein Problem«, erwidere ich und deute auf Alan. »Haben Sie was dagegen, wenn ich mich von meinem Mitarbeiter über den Stand der Dinge informieren lasse? Soll keine Beleidigung sein.«

»Kein Problem, Ma'am.«

Ich wende mich Alan zu und verdränge die inneren Stimmen aus meinem Kopf, um mich ganz auf das Naheliegende zu konzentrieren. »Schieß los«, sage ich.

»Vor etwa einer Stunde ging ein Notruf von einem Nachbarn ein, einem Witwer namens Jenkins. Er sagte, dass das Mädchen, Sarah Kingsley, im Schlafanzug und voller Blut in den Vorgarten gestolpert wäre.«

»Woher wusste er, dass sie in seinem Vorgarten war?«

»Sein Wohnzimmer ist auf der Vorderseite des Hauses, und er lässt die Vorhänge immer offen, bis er zu Bett geht. Er hat vor dem Fernseher gesessen und das Mädchen aus dem Augenwinkel bemerkt.«

»Okay. Weiter.«

»Jenkins war geschockt, brachte aber wenigstens den Mut auf, nach draußen zu gehen und nachzusehen, was für ein Problem es gab. Er sagt, das Mädchen sei durcheinander gewesen … *unkonzentriert*, hat er gesagt, und habe gemurmelt, ihre Familie sei ermordet worden. Er habe versucht, sie in sein Haus zu holen, doch das Mädchen habe geschrien und sei davongelaufen, zurück ins Haus ihrer Eltern.«

»Ich nehme an, dieser Jenkins war klug genug, ihr nicht zu folgen?«

»Ja. Sein Heldenmut reichte nur bis in den eigenen Vorgarten. Er rannte ins Haus zurück und rief die Polizei. Zufällig war ein Streifenwagen in der Nähe, also sind sie hergekommen, um die Sachlage zu überprüfen. Die beiden Beamten«, er liest die Namen von seinem Notizblock ab, »Sims und Butler, steigen aus und werfen einen Blick ins Haus – die Vordertür stand sperrangelweit offen. Sie versuchen, das Mädchen zum Rauskommen zu bewegen. Sie reagiert nicht. Sims und Butler sprechen die Sache kurz durch und beschließen, ins Haus zu gehen, um das Mädchen zu holen. Nicht ungefährlich, aber sie sind keine Anfänger, und sie machen sich Sorgen um das Mädchen.«

»Verständlich«, sage ich. »Sind Sims und Butler immer noch hier?«

»Ja.«

»Erzähl weiter.«

»Sie betreten das Haus und finden ein verdammtes Blutbad vor.«

»Warst du drin?«, unterbreche ich ihn.

»Nein. Niemand war im Haus, seit das Mädchen die Waffe in der Hand hat. Jedenfalls, Sims und Butler gehen rein, und es ist offensichtlich, dass irgendwas passiert sein muss, und erst vor kurzer Zeit. Zu unserem Glück hatten Sims und Butler schon früher mit Mordschauplätzen zu tun, also verlieren sie nicht den Kopf. Sie machen einen großen Bogen um alles, das nach Beweis aussieht.«

»Gut.«

»Ja. Sie hören Geräusche im ersten Stock und rufen nach dem Mädchen. Keine Antwort. Sie gehen die Treppe rauf und finden sie im Elternschlafzimmer, zusammen mit drei Leichen. Sie hat eine Waffe.« Alan schaut auf seine Notizen. »Eine Neunmillimeter, vermuten Sims und Butler. Von nun an ändert sich die Situation. Die beiden glauben, das Mädchen wäre vielleicht verantwortlich für das Blutbad. Sie richten ihre Revolver auf sie und sagen ihr, sie solle ihre Waffe fallen lassen. Stattdessen setzt sie sich die Mündung an den Kopf.«

»Und das ändert noch einmal alles.«

»Richtig. Sie weint und schreit die Beamten an: ›Ich will mit Smoky Barrett reden, oder ich bring mich um.‹ Genau diese Worte. Sims und Butler versuchen das Mädchen zu beruhigen, doch als sie die Waffe auf *sie* richtet, geben sie auf. Sie melden den Vorfall und informieren uns …« Er breitet die Arme aus und deutet auf die überwältigende Präsenz von Gesetzesbeamten ringsum. »Und da sind wir.« Er nickt in Richtung des SWAT-Commanders. »Lieutenant Dawes hat deinen Namen schon mal gehört und jemanden beauftragt, sich mit mir in Verbindung zu setzen. Ich bin hergekommen, habe mir ein Bild von der Lage gemacht und dich angerufen.«

Ich drehe mich zu Dawes um und betrachte ihn eingehend. Ich sehe einen durchtrainierten, wachsamen Profi mit kalten

Augen und brünettem Kurzhaarschnitt. Er ist allenfalls mittelgroß, unter eins achtzig, drahtig und hellwach. Er strahlt gelassene Zuversicht aus. Dawes ist ein typischer SWAT-Mann, was ich immer wieder tröstlich finde, wenn ich es sehe.

»Was meinen Sie, Lieutenant?«

Er mustert mich sekundenlang; dann zuckt er die Schultern. »Sie ist sechzehn, Ma'am. Eine Schusswaffe ist eine Schusswaffe, aber …«, wieder zuckt er die Schultern, »sie ist erst sechzehn.«

Zu jung zum Sterben, soll das heißen. *Viel zu jung, als dass ich sie erschießen könnte, ohne mir den Tag zu versauen.*

»Haben Sie einen Vermittler vor Ort?«, frage ich.

Ich meine damit einen Geiselvermittler. Jemanden, der ausgebildet ist, mit Leuten zu reden, die psychisch aus dem Gleichgewicht sind und schlimmstenfalls auch noch Waffen tragen.

»Leider nicht, Ma'am«, antwortet Dawes. »Wir haben zurzeit drei Geiselvermittler in L.A. Irgendjemand hat sich gesagt, dass heute der beste Tag sei, vom Dach des Roosevelt Hotels in Hollywood zu springen – da ist Nummer eins. Dann gibt es einen Vater, der möglicherweise das Sorgerecht für seine Kinder verliert und beschlossen hat, sich eine Schrotflinte an den Kopf zu halten – da ist Nummer zwei. Nummer drei wurde heute Morgen auf dem Weg zu einem Ausbildungsseminar auf einer Kreuzung von einem Laster erwischt, ob Sie's glauben oder nicht.« Er schüttelt den Kopf. »Er liegt im Krankenhaus. Wir sind auf uns allein gestellt.« Er zögert. »Ich hätte verschiedene Mittel, um die Sache hier zu beenden, Ma'am. Tränengas, Hartgummigeschosse … Tränengas würde allerdings den Tatort durcheinanderbringen, und Gummigeschosse … Selbst wenn wir sie damit treffen, könnte das Mädchen sich immer noch eine Kugel in den Kopf jagen.« Er zuckt die Schultern. »Sieht so aus, als wäre es der beste Plan, wenn Sie reingehen und mit diesem verrückten Teenager reden.«

Ich antworte mit einem limonensauren Lächeln. »Danke.«

Er sieht mich mit schief gelegtem Kopf an, und in seinen

Augen erwacht Interesse. »Sie sind eine Art Superschützin, habe ich gehört.«

»Annie Oakley ist eine Niete gegen mich«, antworte ich.

Er sieht mich zweifelnd an.

»Sie kann Kerzenflammen ausschießen und Löcher durch Vierteldollars ballern, Zuckerschnäuzchen«, sagt Callie zu ihm. »Ich hab's mit eigenen Augen gesehen.«

»Ich auch«, sagt Alan.

Das stimmt. Ich habe eine einzigartige Begabung für Handfeuerwaffen. Ich kann tatsächlich Kerzenflammen ausschießen, und ich habe wirklich schon Löcher in Vierteldollarmünzen geschossen, die jemand in die Luft geworfen hat. Keine Ahnung, woher ich das Talent habe.

»Okay«, sagt Dawes skeptisch. »Haben Sie denn schon mal auf Menschen geschossen?«

Es macht mir nichts aus, dass er mir diese Frage stellt. Ich verstehe es, denn ich *habe* bereits auf Menschen geschossen und einige sogar getötet. Ich weiß, dass es richtig ist, diese Frage zu stellen. Es *ist* ein Unterschied, ob man auf ein lebendes oder ein totes Ziel schießt, und man weiß erst, wie riesengroß dieser Unterschied ist, wenn man es selbst erlebt hat.

»Ja«, antworte ich schlicht.

Dass ich mich nicht in Einzelheiten ergehe, überzeugt Dawes wahrscheinlich mehr, als alle Worte es getan hätten. Auch er hat schon getötet, und er weiß, dass kein normaler Mensch sich damit brüsten würde. Oder mehr als nötig darüber reden würde. Oder auch nur darüber *nachdenken* würde, wenn es nicht unbedingt sein muss.

»Also gut. Sie werden eine Schussweste tragen und die Waffe im Anschlag halten. Und falls es zur Entscheidung kommt, ob Sie oder die Kleine … tun Sie, was Sie tun müssen. Ich hoffe, Sie können dem Mädchen diesen Scheiß ausreden.«

»Das hoffe ich auch.« Ich sehe Alan an. »Hast du eine Idee, warum sie nach mir gefragt hat?«

Er schüttelt den Kopf.

»Kannst du mir irgendetwas über das Mädchen sagen?«

»Nicht viel. Die Kingsleys halten sich offenbar sehr für sich. Aber dieser alte Bursche, Jenkins, hat gesagt, das Mädchen sei von den Kingsleys adoptiert worden.«

»Tatsächlich?«

»Ja. Vor ungefähr einem Jahr. Jenkins ist nicht mit der Familie befreundet, aber er und ihr Vater haben hin und wieder ein paar Worte gewechselt. Deshalb wusste er auch, wer das Mädchen war.«

»Hm. Sie könnte die Täterin sein.«

»Möglich. Niemand sonst hat irgendwas gesehen oder gehört. Die Kingsleys waren gute Nachbarn. Mit anderen Worten, sie waren ruhig und haben sich nur um ihren eigenen Kram gekümmert.«

Ich seufze und schaue zum Haus. Was als schöner Tag angefangen hat, geht immer schneller den Bach runter.

Ich blicke Dawes an.

»Wenn ich als Vermittlerin agiere, habe ich hier für den Augenblick das Kommando. Haben Sie ein Problem damit?«

»Nein, Ma'am.«

»Nicht, dass jemand voreilig zu feuern anfängt, Dawes. Ganz gleich, wie lange es dauert. Und fangen Sie nicht hinter meinem Rücken an, sich vom Dach abzuseilen oder sonst etwas in der Richtung.«

Dawes grinst mich an. Er ist nicht beleidigt. Er kennt das. »Ich habe schon mehr als einen solchen Einsatz hinter mir, Agentin Barrett. Und meine Jungs sind nicht besonders scharf darauf, jemanden zu erschießen, auch wenn die Öffentlichkeit es manchmal zu glauben scheint.«

»Gut. Dann holen Sie mir jetzt bitte eine schusssichere Weste.«

»Sie haben keine eigene?«

»Hatte ich, aber sie wurde zurückgerufen. Meine Weste und

vierhundert andere aus der gleichen Serie. Ein Materialfehler, was bei schusssicheren Westen aus naheliegenden Gründen besonders schwerwiegend ist. Ich warte immer noch auf Ersatz.«

»Da hat der Hersteller ja aufgepasst.«

»Ja, ganz toll. Sieht man davon ab, dass ich das Ding vorher dreimal getragen habe, ehe der Hersteller herausfand, dass eine Kugel hindurchgehen könnte.«

Dawes zuckt die Schultern. »Vor einem Kopfschuss schützt auch keine Weste. Es ist ein Glücksspiel.«

Mit dieser ermutigenden Bemerkung geht Dawes davon, um mir eine Kevlar-Weste zu holen.

»Er wirkt ziemlich gelassen«, meint Alan.

»Behalte die Dinge trotzdem im Auge«, sage ich.

»Er muss erst mal an uns beiden vorbei«, brummt Callie. »Ich werde ihm ein Bein stellen, Alan wird ihn einschüchtern, Ende des Problems.«

»Kümmere du dich nur um das, was du machst, wenn du drin bist«, sagt Alan. »Hast du schon mal als Vermittlerin gearbeitet?«

»Ich habe den Kursus absolviert, musste mein immenses Fachwissen aber Gott sei Dank noch nie anwenden.«

»Das Zuhören ist der Schlüssel zum Erfolg«, sagt Alan. »Und keine Lügen, es sei denn, du bist sicher, du kommst damit durch. Es geht darum, eine Beziehung aufzubauen, deshalb sind Lügen Gift. Und mach einen weiten Bogen um emotionale Auslöser.«

»Klar. Ist ja alles ganz einfach.«

»Und komm mir nicht als Leiche wieder.«

»Sehr lustig.«

Dawes erscheint mit der Weste. »Die habe von einem weiblichen Detective«, sagt er, hält die Weste hoch, sieht mich an und runzelt die Stirn. »Sie ist wahrscheinlich zu groß.«

»Haben Sie nichts Maßgeschneidertes?«

Er grinst. »Soll ich die Modezeitschrift auch gleich mitbringen, Agentin Barrett?«

Ich nehme ihm die Weste aus den Händen und funkle ihn an. »Für Sie immer noch Special Agent Barrett, Dawes.«

Das Grinsen verschwindet. »Klar. Seien Sie vorsichtig, Special Agent Barrett.«

»Wäre ich vorsichtig, würde gar nicht erst reingehen.«

»Trotzdem.«

Trotzdem, denke ich. *Was für eine großartige Antwort, was für eine Phrase. Kurz und bündig und ohne jede Bedeutung.*

Sie könnten sterben da drin.

Trotzdem.

KAPITEL 8

Ich stehe vor der offenen Eingangstür des Hauses. Ich schwitze, und die schlecht sitzende Weste, die ich mir über die Bluse geworfen habe, kratzt überall. Ich habe meine Pistole gezogen und entsichert. Der Tag neigt sich dem Ende zu, die Schatten werden länger, und mein Herz hämmert wie ein Schlagzeuger auf Speed.

Ich werfe einen Blick zurück auf die Heerschar von Beamten hinter mir.

Barrikaden wurden vor dem Haus errichtet, direkt an der Straße. Ich zähle vier Streifenwagen und den SWAT-Minibus. Die Uniformierten stehen Wache bei den Barrikaden, bereit, nur einen einzigen Satz zu sagen: *Gehen Sie weiter.* Das SWAT-Team wartet innerhalb des Perimeters – eine Gruppe von sechs tödlichen Männern in schwarzen Monturen und glänzenden Helmen. Die Scheinwerfer der Streifenwagen sind eingeschaltet und auf das Haus gerichtet.

Auf mich.

Meine Arbeit ist eine schmutzige Arbeit. Ich habe mit Körperflüssigkeiten zu tun, mit Verwesung und mit der schlimmsten Sorte menschlichen Abschaums. Es geht darum, Entscheidungen über Leben und Tod zu treffen, wobei man kaum Informationen hat. Der bestausgebildete Cop oder FBI-Agent ist bei weitem nicht gut genug ausgebildet, um mit jeder Situation fertig zu werden. Wenn es zu einer Krise kommt (und es ist immer nur eine Frage der Zeit, wann es so weit ist), wird sie nur zu oft auf die gleiche Art und Weise bereinigt, wie wir es jetzt tun: Ein Agent mit einem Zwei-Wochen-Kursus in Vermittlungstaktik bei Geiselnahmen wird aus dem Urlaub herbeigerufen, in eine schlecht sitzende Kevlar-Weste gesteckt und mit einer Aufgabe betraut, bei der kaum jemand damit rechnet, dass er damit fertig wird. Mit anderen Worten, wir tun unser Bestes mit den bescheidenen Mitteln, die wir haben.

Ich verdränge diese Gedanken und spähe durch die Tür ins Haus.

Ein paar Schweißtropfen bilden sich auf meiner Stirn. Salzige Perlen.

Es ist ein neueres Haus für diese Gegend, zweigeschossig, mit einer Fassade aus Stuck und Holz und einem Ziegeldach. Klassisch südkalifornisch. Es sieht gepflegt aus; wahrscheinlich wurde es irgendwann in den letzten Jahren neu gestrichen. Es ist kein besonders großes Haus, und die Besitzer sind keine stinkreichen Leute, aber es ist ein schmuckes, adrettes Heim einer gut situierten Familie aus der Mittelschicht. Ein Zuhause, das nicht versucht, etwas anderes zu sein.

»Sarah?«, rufe ich hinein. »Ich bin es, Smoky Barrett. Du wolltest mit mir sprechen. Ich bin hier.«

Keine Antwort.

»Ich komme jetzt rein, Sarah. Ich möchte nur mit dir reden. Ich will herausfinden, was passiert ist.« Ich zögere. »Ich weiß, dass du eine Waffe hast, Sarah. Ich habe auch eine. Ich habe sie gezogen. Erschrick also nicht, wenn du mich siehst. Ich habe nicht vor, auf dich zu schießen.«

Ich warte. Wieder keine Antwort.

Ich stoße einen Seufzer aus, fluche lautlos und suche nach einem Grund, nicht in dieses verdammte Haus zu gehen. Mir fällt nichts ein. Ein Teil von mir will, dass es so ist. Es ist eine der nicht allzu geheimen Wahrheiten meines Berufs: Augenblicke wie dieser sind scheußlich; zugleich aber sind es die Situationen, in denen man sich am lebendigsten fühlt. Ich spüre, wie Adrenalin und Endorphine durch meinen Kreislauf rauschen, Angst und Euphorie zugleich. Wunderbar, schrecklich und süchtig machend.

»Ich komme jetzt rein, Sarah, okay?«

Keine Antwort.

Ach, scheiß drauf.

Ich packe den Griff meiner Glock fester, atme tief durch und gehe durch die offene Tür.

Das Erste, was ich rieche, ist Mord.

Ein Schriftsteller hat mich einmal gefragt, wie Mord riecht, und ich habe ihm geantwortet: »Es ist das Blut. Der Tod stinkt, aber wenn der Geruch von Blut stärker ist als alles andere, ist es meistens Mord.«

Er hatte mich gebeten, den Geruch von Blut zu beschreiben.

»Als hätte man den Mund voll Kupfermünzen, die man nicht ausspucken kann«, hatte ich geantwortet.

Genau dieser Geruch schlägt mir jetzt entgegen. Der süßliche, schwere, klebrige Geruch nach Kupfer, der an allem haften bleibt. Auf gewisse Weise erregt er mich.

Ein Killer war in diesem Haus. Und ich bin eine Killer-Jägerin.

Ich gehe weiter. Der Flur unten ist mit roten Hartwood-Dielen ausgelegt. Zu meiner Rechten befindet sich ein geräumiges Wohnzimmer mit beigefarbenem Teppichboden, Kamin und Gewölbedecke. Eine zweiteilige beigefarbene Couch steht in L-Form vor dem Kamin. Große Doppelfenster zeigen hinaus auf den Rasen. Was ich sehe, ist sauber und ordentlich und wenig phantasievoll. Die Besitzer dieses Hauses haben sich alle Mühe gegeben, durch Anpassung zu beeindrucken, nicht durch Extravaganz.

Auf der rechten Seite reicht das Wohnzimmer bis zur Rückseite des Hauses, wo es nahtlos ins Esszimmer übergeht. Der beigefarbene Teppich ebenfalls. Ein Esstisch aus honigfarbenem Holz steht unter einer Deckenlampe, die an einer langen schwarzen Kette von der hohen Decke hängt. Eine einzelne weiße Glastür hinter dem Tisch führt in die Küche. Bieder, das alles. Freundlich, aber nicht leidenschaftlich.

Vor mir befindet sich eine Treppe, die nach rechts auf einen Absatz führt und von dort nach links und hinauf in den ersten Stock. Auch hier beigefarbener Teppich, wie überall. Die Wände entlang der Treppe sind mit gerahmten Fotos verziert. Ich sehe einen Mann und eine Frau, beide jung, die lächelnd beieinanderstehen. Der gleiche Mann, die gleiche Frau, inzwischen ein wenig älter, halten ein Baby. Das Baby, zu einem Teenager herangewachsen, zu einem Jungen, hübsch, mit dunklen Haaren, wie Vater und Mutter. Ich suche alle Bilder ab, kann aber nirgends ein Mädchen entdecken.

Links von der Treppe befindet sich ein Salon. Dicke Glasschiebetüren führen von diesem Zimmer in den mittlerweile schattigen Garten hinter dem Haus.

Ich rieche Blut, überall Blut, Blut und noch mehr Blut. Obwohl jedes Licht im Haus brennt, ist die Atmosphäre düster und bedrückend. Hier ist etwas sehr Schlimmes geschehen. Entsetzen hat die Luft erfüllt. Menschen sind gewaltsam gestorben, und das Gefühl ist erstickend. Meine Pulsfrequenz schnellt in die Höhe. Die Angst der Opfer hängt noch in der Luft, stechend und stark. Genau wie die Euphorie des Killers.

»Sarah?«, rufe ich.

Keine Antwort.

Ich bewege mich vorwärts, auf die Treppe zu. Der Geruch

von Blut wird stärker. Jetzt, da ich in den Salon sehen kann, erkenne ich warum. Auch in diesem Zimmer gibt es eine Couch, die einem großen Breitbildfernseher zugewandt steht. Der Teppich ist rot durchnässt. Hier ist Blut geflossen, in Strömen, mehr Blut, als das Gewebe des Teppichs aufnehmen konnte. Ich kann Lachen sehen, dunkel, dick, gerinnend. Wer immer solche Ströme von Blut verloren hat – er ist in dem Zimmer gestorben.

Doch es ist keine Leiche zu sehen.

Was bedeutet, dass die Leiche bewegt wurde.

Ich sehe mich um, doch ich entdecke keine blutigen Spuren, keinen Hinweis darauf, dass eine Leiche durchs Haus gezerrt wurde. Das Blut ist nicht verschmiert, sondern liegt in Pfützen und Lachen da, sauber umgrenzt, bis auf einen großen, ausgefransten Fleck unweit der Stelle, an der ich stehe.

Vielleicht wurden die Leichen dort aufgehoben.

Was große Körperkraft erfordert. Ein erwachsener menschlicher Leichnam, totes Gewicht, ist sehr schwer zu tragen, geschweige denn zu heben. Jeder Feuerwehrmann oder Sanitäter kann ein Lied davon singen. Einen ausgewachsenen Mann zu tragen ist so, als würde man einen zwei Meter hohen Sack Bowlingkugeln schleppen.

Es sei denn, das Blut stammt von Kindern. Dann wäre das Hochheben und Tragen nicht so schwer gewesen. Oh ja, ein wunderbarer Gedanke.

»Sarah? Ich komme jetzt die Treppe hoch.« Meine Stimme klingt überlaut in meinen Ohren, und übervorsichtig.

Ich schwitze noch immer. *Die Klimaanlage ist ausgeschaltet*, wird mir bewusst. *Wieso?* Ich bemerke tausend Dinge gleichzeitig. Angst und Euphorie, Euphorie und Angst.

Ich nehme meine Pistole in beide Hände und bewege mich langsam die Treppe hinauf. Ich erreiche den Treppenabsatz, wende mich nach links. Der Geruch nach Blut wird immer stärker. Jetzt rieche ich noch andere Dinge. Vertraute Gerüche.

Urin und Kot. Und wieder andere, *nassere* Dinge. Eingeweide, sie haben ihren ganz eigenen Geruch.

Jetzt kann ich etwas hören. Ein schwaches Geräusch. Ich neige den Kopf, lausche angestrengt.

Sarah singt.

Meine Nackenhaare richten sich auf und mein Magen überschlägt sich fast, als das Adrenalin die Endorphine davonspült. Ich zittere am ganzen Körper.

Es ist kein Gesang. Es ist ein grauenvolles Geräusch. Es ist die Art von Lied, die man auf einem Friedhof aus einem Grab zu hören erwartet, mitten in der Nacht, oder aus der schattigen Ecke einer Zelle in einer Irrenanstalt. Es ist ein einzelnes Wort, eine einzelne Note, gesungen in schrecklicher Monotonie.

»Laaa. Laaa. Laaa. Laaa.«

Wieder und wieder, diese eine einzige Silbe, diese einzelne Note, mit einer Stimme, die kaum mehr ist als ein Flüstern.

Es ist die Stimme des Wahnsinns.

Rasch bewege ich mich den zweiten Treppenabsatz hinauf, vorbei an all den lächelnden Gesichtern auf den Fotos an der Wand. Ihre Zähne scheinen im Licht zu glitzern.

Sieh sich das einer an, schießt es mir durch den Kopf, als ich oben angekommen bin. *Noch mehr beigefarbener Teppich.*

Ich stehe in einem kurzen Korridor. Am Ende liegt ein Badezimmer. Sämtliche Lichter brennen, die Tür steht weit offen. Ich sehe *(Überraschung!)* einen beigefarben gefliesten Boden.

Der Korridor biegt vor dem Badezimmer nach rechts ab. Ich nehme an, dass sich direkt hinter der Biegung eine Schlafzimmertür befindet.

Noch mehr Beige, jede Wette.

Mein Herz hämmert in meinem Hals, und *mein Gott, ich schwitze!*

Zu meiner Rechten ist eine weiße Doppeltür. Der Eingang zu einem Ort des Grauens, da bin ganz sicher. Alle Gerüche sind stärker geworden. Sarahs grauenvoller, einsilbiger Gesang kitzelt auf meiner Haut.

Ich strecke die Hand aus, um die Tür zu öffnen. Die Hand zögert über dem Messinggriff. Ich sehe, wie sehr sie zittert.

Ein Mädchen mit einer Waffe ist hinter dieser Tür. Eine durchgeknallte Sechzehnjährige mit einer Kanone, blutüberströmt, die wie eine Irre singt in einem Haus, das wie der Tod riecht.

Nun mach schon, sage ich mir. *Was kann sie dir Schlimmeres antun als dich zu erschießen?*

Eine Menge, du Idiotin. Sie kann dir in die Augen sehen und sich dabei das Hirn aus dem Schädel pusten, oder sie grinst dich an und …

Es reicht, befehle ich mir.

Stille ist in meinem Innern. Meine Seele verstummt.

Meine Hand hört auf zu zittern.

Eine neue Stimme ertönt. Eine Stimme, die Soldaten und Cops und Opfern gleichermaßen vertraut ist. Ich kenne diese Stimme. Sie bietet keinen Trost. Sie bietet nichts außer Gewissheit. Sie spricht die härtesten Worte, und sie lügt niemals, nie, nie, nie. Die Schutzheilige der unwahrscheinlichen Möglichkeiten.

Rette sie, wenn du kannst. Töte sie, wenn du musst.

Meine Hand sinkt auf den Griff, und ich öffne die Tür.

KAPITEL 9

Das Zimmer ist dekoriert in Tod.

Es ist ein extra-großes Schlafzimmer. Das Doppelbett besitzt einen großen Holzkasten mit einem Spiegel dahinter und nimmt dennoch weniger als ein Drittel der Grundfläche ein. An der Wand hängt ein Plasma-Bildschirm. An der Decke ein Ventilator, abgeschaltet. Seine Stille ist symptomatisch für das Haus. Und der beigefarbene Teppichboden ist auch wieder da – unter den gegebenen Umständen beinahe ein Trost.

Weil überall Blut ist. An die Decke gespritzt, an die gelblichen Wände geschmiert, an den Ventilator. Der Gestank ist überwältigend. Mein Mund füllt sich mit noch mehr Kupfermünzen, und ich schlucke meinen eigenen Speichel.

Ich zähle drei Leichen. Einen Mann, eine Frau und einen Jungen im Teenageralter, wie es aussieht. Ich erkenne sie von den Fotos an den Wänden der Treppe. Alle drei sind nackt und liegen auf dem Rücken im Bett.

Das Bett selbst wurde abgezogen. Decken und Laken liegen auf dem Fußboden, zusammengeknüllt und mit Blut getränkt.

Der Mann und die Frau liegen zu den Seiten, der Junge in der Mitte. Die beiden Erwachsenen wurden ausgenommen, im schlimmsten Sinne des Wortes. Jemand hat sie von der Kehle bis in den Schritt aufgeschnitten, in die Leibesöffnung gegriffen und *gezerrt*. Sie sind von innen nach außen gestülpt. Die Kehlen sind aufgeschlitzt. Nasses Grinsen von einem Ohr zum anderen.

»Laaa. Laaa. Laaa. Laaa.«

Mein Blick huscht zu dem Mädchen. Sie sitzt auf dem Fenstersims und blickt in die anbrechende Dunkelheit hinaus, oder in den dämmrigen Garten. In der Ferne erkenne ich die schwachen Umrisse anderer Dächer. Es ist eine Welt des Zwielichts, einfangen zwischen der untergehenden Sonne und den aufflammenden Straßenlaternen. Passend.

Das Mädchen hat eine Waffe in der Hand, und sie drückt sich die Mündung an die rechte Schläfe. Sie hat sich nicht umgedreht, als ich ins Zimmer gekommen bin.

Ich kann es ihr nicht verdenken. Ich würde mich in ihrer Lage auch nicht umdrehen.

Während mein Herz noch hämmert, macht mein Verstand sich an die Arbeit.

Das Blut wurde vom Killer an die Wände geschmiert. Ich kann es an den Mustern erkennen. Kringel, Striche und Schnörkel.

Er hat in diesem Zimmer gespielt. Er hat das Blut seiner Opfer benutzt wie Fingerfarbe, um diese Muster zu erschaffen. Um irgendetwas auszusagen.

Ich blicke auf Sarah. Sie starrt weiter aus dem Fenster, ohne mich wahrzunehmen.

Sie hat es nicht getan. An ihr ist zu wenig Blut, und die Leichen sind zu schwer. Sie hätte niemals eine von ihnen allein die Treppe hinauftragen können.

Ich gehe weiter ins Zimmer hinein. Ich versuche, nicht auf Beweise zu treten, gebe es aber auf: Dazu müsste ich schweben können.

Ströme von Blut, aber nicht an den richtigen Stellen. Wo sind die Morde verübt worden?

Jeder Blutspritzer, den ich sehe, wurde absichtlich dort hinterlassen, wo er sich befindet. Kein einziger ist das Ergebnis einer durchschnittenen Kehle.

Konzentrier dich.

Der Ermittler in mir ist ein losgelöstes Wesen. Er kann sich leidenschaftslos die schlimmsten Dinge ansehen. Doch Leidenschaftslosigkeit brauche ich jetzt nicht. Ich brauche Empathie. Ich schalte den analytischen Teil meines Verstandes aus und richte meine Aufmerksamkeit ganz auf das Mädchen.

»Sarah?«

Ich achte darauf, leise und ruhig zu sprechen, ja nicht bedrohlich.

Keine Antwort. Sie singt weiter in diesem grauenhaft monotonen Flüstern.

»Sarah.« Ein bisschen lauter.

Immer noch keine Reaktion. Die Mündung der Waffe verharrt an ihrer Schläfe. Sie singt weiter.

»Sarah! Ich bin es, Smoky Barrett!« Meine Stimme peitscht durchs Zimmer, viel lauter, als ich vorgehabt hatte, so laut, dass ich selbst zusammenzucke.

Sarah erschrickt ebenfalls. Der Gesang verstummt.

»Du hast nach mir gefragt, Sarah«, sage ich, jetzt wieder leiser. »Ich bin hier. Sieh mich an.«

Die plötzliche Stille ist auf ihre Weise genauso schwer zu ertragen wie vorher das Singen. Sarah starrt unverwandt aus dem Fenster. Die Waffe ist immer noch an ihrer Schläfe.

Langsam, ganz langsam dreht Sarah sich zu mir um. Es ist eine Montage aus ruckhaften Bewegungen, wie eine alte Tür, die in rostigen Angeln geöffnet wird. Das Erste, was mir auffällt, ist Sarahs Schönheit – eine Schönheit, die inmitten des Gemetzels ringsum beinahe ätherisch wirkt, engelsgleich, wie aus einer anderen Welt. Ihr Haar ist dunkel und seidig, so unglaublich wie bei den Models in der Shampoowerbung. Sie hat einen exotischen Einschlag, der europäische Wurzeln verrät. Französische vielleicht. Ihre Gesichtszüge besitzen jene perfekte Symmetrie, von der die meisten Frauen nur träumen können und für die sich viel zu viele in Los Angeles unter die Messer von Schönheitschirurgen legen.

Ihr Gesicht ist ein Gegenspiegel zu meinem, ein Kontrapunkt der Perfektion zu meiner Gesichts-Kraterlandschaft.

Blutspritzer sind auf ihren Armen, auf Stirn und Wangen und auf ihrem langärmligen weißen Nachthemd. Sie hat einen vollen Kussmund, und obwohl ich sicher bin, dass ihre Lippen sonst wunderbar rosig sind, leuchten sie jetzt im bleichen Weiß eines Fischbauchs.

Das Nachthemd verwundert mich. *Wieso trägt sie nachmittags ein Nachthemd?*

Ihre Augen leuchten in einem intensiven Blau, atemberaubend. Doch der Ausdruck darin ist so hoffnungslos, dass mir ganz anders wird.

An die Schläfe all dieser Schönheit gedrückt hält sie immer noch die Mündung einer Neunmillimeter Browning, wie ich jetzt erkenne. Wenn sie den Abzug betätigt, bleibt von der Schönheit nichts mehr übrig.

»Sarah? Kannst du mich jetzt hören?«

Sie starrt mich weiter aus diesen hoffnungslosen, blau leuchtenden Augen an.

»Sarah, ich bin es. Smoky Barrett. Du hast nach mir gefragt, und ich bin gekommen, so schnell ich konnte. Kannst du mit mir reden?«

Sie seufzt. Es ist ein Seufzer, der direkt aus ihrer Seele kommt und durch ihren ganzen Körper geht. Ein Seufzer, der sagt: *Ich möchte mich hinlegen, einfach nur hinlegen und sterben.* Wenigstens sieht sie mich jetzt an. Ich will, dass sie mich ansieht. Ich will nicht, dass der Blick aus diesen Augen umherschweift und auf die Leichen auf dem Bett fällt, sodass sie sich erinnert.

»Sarah? Ich hab eine Idee. Wir gehen nach draußen auf den Flur. Wir müssen nicht woanders hin – wir können uns auf die Treppenstufen setzen. Wir setzen uns, und ich warte, bis du reden willst, okay?« Ich lecke mir über die Lippen. »Was hältst du davon, Sarah?«

Sie neigt den Kopf, eine beiläufige Bewegung, die entsetzlich wirkt, weil sie sich weiterhin die Mündung der Browning an die Schläfe drückt. Es lässt sie wie eine Marionette erscheinen.

Ein weiterer tiefer Seufzer, ein noch abgehackteres Geräusch. Ihr Gesicht ist völlig ausdruckslos. Nur die Seufzer und die Augen verraten mir, dass es in ihr arbeitet.

Lange Sekunden vergehen. Dann nickt sie.

In diesem Augenblick bin ich beinahe dankbar für Bonnies Stummheit. Sie hat mich gelehrt, mich auch ohne Worte zu unterhalten und im Gesicht, in den Augen und den Gesten nuancierte Bedeutungen zu erkennen.

Okay, sagt Sarahs Nicken. *Aber die Waffe bleibt, und ich werde sie wohl auch benutzen.*

Schaff das Mädchen erst einmal aus diesem Zimmer, sage ich mir. *Das ist der erste Schritt.*

»Sehr gut, Sarah. Ich stecke jetzt meine Waffe weg, siehst du?« Ihre Blicke folgen meinen Händen. »So. Und jetzt gehe ich aus dem Zimmer. Ich will, dass du mir folgst. Sieh nur mich an. Das ist wichtig, Sarah. *Nur* mich, hörst du? Sieh nicht nach rechts oder links. Sieh nur auf mich.«

Ich setze mich rückwärts in Bewegung, gehe auf geradem Weg zur Tür. Dabei schaue ich Sarah unverwandt in die Augen, versuche sie durch bloße Willenskraft dazu zu bringen, den Blick nicht von mir zu nehmen.

»Komm, Sarah. Ich bin hier. Komm zu mir.«

Ein Zögern, dann gleitet sie von der Fensterbank. Sie *fließt* fast herunter, wie Wasser. Die Waffe ist noch immer an ihrer Schläfe. Ihr Blick bleibt auf mich gerichtet, als sie mir zur Tür folgt. Sie schaut nicht zur Seite, zum Bett, kein einziges Mal.

Oh ja, geht es mir durch den Kopf. *Ich kann gut verstehen, dass du dich erschießen willst, wenn du auf diese Sauerei blickst.*

Jetzt, da sie steht, schätze ich Sarah auf knapp eins sechzig. Trotz des Schocks bewegt sie sich anmutig. Sie gleitet.

Sie sieht seltsam klein aus in der Nähe der Toten. Ihre nackten Füße sind voller Blut. Entweder bemerkt sie es nicht, oder es ist ihr egal.

Ich gehe weiter rückwärts, um sie durch die Tür zu lassen. Sie schwebt an mir vorbei, den Blick auf meine Hände gerichtet. Ein wachsamer kleiner Zombie.

»Ich werde jetzt die Tür hinter uns schließen, okay, Sarah?«

Sie nickt. *Ist mir egal*, sagt dieses Nicken. *Genauso egal wie der Tod oder das Leben oder sonst was.*

Ich schließe die Tür und erlaube mir einen Moment der Erleichterung. Mit zitternder Hand wische ich mir den Schweiß von der Stirn, atme tief durch und wende ich mich wieder Sarah zu.

Jetzt sieh zu, dass du sie dazu bringst, dir die Waffe zu geben.

»Ich setze mich jetzt hin, in Ordnung, Sarah?«

Ich setze mich so hin, dass die Schlafzimmertür in meinem Rücken ist, ohne den Blickkontakt zu dem Mädchen zu unterbrechen. *Ich bin hier, siehst du? Du hast meine ungeteilte Aufmerksamkeit*, sagen meine Bewegungen.

»Es ist anstrengend zu reden, wenn ich hier unten sitze und du da oben stehst, Sarah«, sage ich und blinzle zu ihr hinauf. Ich deute auf den freien Platz vor mir. »Setz dich.« Ich schaue ihr ins Gesicht. »Du siehst müde aus.«

Sie legt den Kopf auf die Seite. Wieder diese unheimliche Bewegung. Ich beuge mich vor, tätschle mit der flachen Hand den Teppichboden.

»Komm, Sarah. Nur wir beide, sonst ist niemand da. Niemand wird hereinkommen, bevor ich es nicht sage. Niemand wird dir etwas tun, solange ich hier bin. Du wolltest mich sehen.« Ich tätschle erneut den Teppich, schaue ihr in die Augen. »Setz dich zu mir. Entspann dich. Ich halte den Mund, und wir warten hier, bis du mir sagen kannst, was du mir sagen wolltest.«

Sie bewegt sich ohne Vorwarnung, macht einen Schritt rückwärts und setzt sich auf den Boden, mit der gleichen fließenden Eleganz wie vorhin, als sie vom Fenstersims geglitten ist. Sie ist geschmeidig wie eine Tänzerin oder Kunstturnerin.

Ich lächle ihr beruhigend zu. »Gut, Sarah«, sage ich. »Sehr gut.«

Ihre Augen blicken unverwandt in die meinen. Die Mündung der Browning ist unverwandt an ihrer Schläfe.

Während ich über meinen nächsten Schritt nachdenke, fällt mir eine der Schlüssellektionen ein, die ich auf meinem Vermittler-Lehrgang gelernt habe. »Sprechen Sie, wenn Sie wollen, schweigen Sie, wenn Sie wollen. Es geht einzig und allein um Kontrolle«, hatte mein Ausbilder gesagt. »Wenn Sie es mit jemandem zu tun haben, der nicht reden will, und wenn Sie nicht wissen, welche Knöpfe Sie drücken sollen, weil Sie nicht viel über diesen Jemand wissen, müssen Sie den Mund halten. Ihr Instinkt wird Ihnen zwar sagen, dass Sie die Stille ausfüllen müssen, aber das dürfen Sie nicht. Es ist wie bei einem Telefon, das klingelt. Es macht einen verrückt, aber früher oder später hört es auf. Das Gleiche gilt in dieser Situation. Warten Sie einfach. Früher oder später redet Ihr Gegenüber und füllt das Schweigen für Sie aus.«

Ich schaue Sarah in die Augen, mit ruhiger, gelassener Miene, und schweige.

Sarahs Gesicht ist ein Superlativ der Reglosigkeit, des Fehlens jeder Bewegung, geformt aus Wachs. Ihre Mundwinkel zucken nicht. Ich fühle mich wie in einem Wettstreit mit einer Schaufensterpuppe, wer von uns beiden länger starren kann.

Ihre blauen Augen sind das Lebendigste an ihr, und selbst diese Augen erscheinen glasig, unwirklich.

Ich betrachte das Blut an ihr, während ich warte.

Die Spritzer auf ihrer rechten Gesichtshälfte sind länglich, als hätte ein Sturm ihr die Tropfen ins Gesicht geweht.

Vielleicht hat jemand sie mit Blut bespritzt? Mit in Blut getauchten Fingerspitzen?

Ihr Nachthemd sieht grässlich aus. Die gesamte Vorderseite ist blutgetränkt. Ich entdecke Flecken an den Knien.

Als hätte sie gekniet. Vielleicht hat sie versucht, jemanden wiederzubeleben?

Mein Gedankenzug entgleist plötzlich, als sie blinzelt, seufzt und dann wegsieht.

»Sind Sie wirklich Smoky Barrett?«, fragt sie mit müder Stimme, voller Zweifel und Resignation.

Sarah reden zu hören ist erhebend und unwirklich zugleich. Ihre Stimme klingt dunkel und gedämpft, älter als sie ist, und lässt die Frau erahnen, die sie einmal werden wird. Vielleicht.

»Ja, ich bin Smoky Barrett«, antworte ich und deute auf meine Narben. »Die hier kann man nicht fälschen.«

Sie behält die Waffe am Kopf, schaut jedoch auf meine Narben, und ein Anflug von Mitleid füllt einen Teil der Leere in ihrem Gesicht.

»Es tut mir leid«, sagt sie. »Was Ihnen zugestoßen ist. Ich habe darüber gelesen. Ich musste weinen.«

»Danke.«

Warte, bis sie von sich aus kommt. Dräng sie nicht.

Sie senkt den Blick. Seufzt. Schaut mich wieder an.

»Ich weiß, wie das ist«, sagt sie.

»Wie was ist, Sarah?«, frage ich leise.

Ich sehe Schmerz in ihre Augen steigen. Zwei Monde, die sich mit Blut füllen.

»Ich weiß, wie es ist, alles zu verlieren, was man liebt«, sagt Sarah, und ihre Stimme schwankt. »Ich verliere jeden, seit ich sechs Jahre alt bin.«

»Wolltest du mich deshalb sprechen? Um mir zu erzählen, was damals passiert ist?«

»Als ich sechs Jahre alt war«, fährt sie fort, als hätte sie mich nicht gehört, »fing er damit an. Er brachte meine Mutter und meinen Vater um.«

»Wer ist *er*, Sarah?«

Sie blickt mir in die Augen, und ich sehe etwas darin aufflammen, bevor es wieder erlischt.

Was war das? Angst? Wut?

Es war etwas Gigantisches, so viel steht fest. Das war keine Elritze, die kurz zur Oberfläche kommt, bevor sie wieder in der Tiefe verschwindet. Das war ein Seelen-Leviathan.

»Er«, sagt sie mit tonloser Stimme. »Der Künstler. Der meine Eltern getötet hat. Er tötet alles, was ich liebe. Der *Künstler.*« Wie sie das Wort »Künstler« ausspricht, könnte sie auch »Kinderschänder« sagen oder »Vergewaltiger«, so deutlich ist ihre Abscheu zu spüren.

»Hat dieser Künster das hier getan, Sarah?«, frage ich. »War er in diesem Haus?«

Ihre Angst und Resignation weichen einem Ausdruck von Zynismus, der mich schockiert. Er ist viel zu gerissen und verdorben für ein Mädchen von sechzehn Jahren. Wenn Sarahs dunkle Stimme zu einer fünfundzwanzigjährigen Frau gehört, dann gehört dieser Blick einer verschlagenen alten Vettel.

»Tun Sie nicht so mitleidig!«, schreit sie mich plötzlich mit schriller, boshafter Stimme an. »Ich weiß, dass Sie mir nur zuhören wegen …«, sie wackelt mit der Waffe, »dem hier. In Wirklichkeit glauben Sie mir kein Wort!«

Was ist denn jetzt passiert?

Erneut breitet sich Stille zwischen uns aus.

Du verlierst sie, erkenne ich. Angst packt mich. *Tu etwas, um Himmels willen!*

Ich blicke in ihre lodernden Augen und denke an das, was Alan gesagt hat.

Lüg sie nicht an. Nur die Wahrheit. Nichts als die Wahrheit. Im Moment kann sie eine Lüge aus tausend Metern Entfernung riechen, und dann heißt es: Game over.

Meine nächsten Worte sage ich aus dem Stegreif. »Ich mache mir Sorgen um dich, Sarah. Ich weiß, dass du nicht getan hast, was hier geschehen ist. Und ich weiß, dass du dich umbringen willst. Aber du hast nach mir gefragt, also kann ich dir vielleicht etwas geben, etwas sagen, das dich daran hindert, abzudrücken.« Ich beuge mich vor. »Ich kann kein Mitleid mit dir haben, weil ich nicht weiß, was hier passiert ist, aber ich versuche dich zu verstehen. Hilf mir dabei. Bitte. Du hast nach mir gefragt. Warum? Warum hast du nach mir gefragt, Sarah?«

Ich wünschte, ich könnte die Hand ausstrecken und sie schütteln. Stattdessen verlege ich mich aufs Betteln. »Bitte, Sarah. Sag es mir.«

Stirb nicht. Nicht hier. Nicht so.

»Bitte, Sarah. Erklär es mir. Ich möchte es verstehen.«

Es funktioniert. Die Wut verschwindet aus ihren Augen. Der Finger am Abzug der Waffe entspannt sich, und sie wendet den Blick ab. Als sie mich wieder ansieht, hat Schmerz die Wut verdrängt.

»Sie sind meine letzte Hoffnung«, sagt sie. Ihre Stimme klingt dünn und hohl.

»Ich höre dir zu, Sarah«, dränge ich sie. »Sag mir, was du meinst. Was meinst du mit letzte Hoffnung?«

»Meine letzte Hoffnung.« Sie seufzt, und es rasselt in ihrer Kehle. »Mein letzte Hoffnung, jemanden zu finden, der nicht glaubt, dass ich nur Unheil bringe. Der mir glaubt, dass es den Künstler wirklich gibt.«

»Natürlich glaube ich dir!«, sage ich lauter als beabsichtigt und zeige mit dem Daumen über die Schulter auf das Schlafzimmer und das, was sich hinter der Tür verbirgt. »Ich weiß, dass hier etwas passiert ist, womit du nichts zu tun hast. Und ich werde dir zuhören, egal was du mir sagen willst.«

Ich sehe, dass sie überrascht ist von meiner impulsiven Antwort und darüber, dass ich so aufrichtig erstaunt wirke angesichts der Vorstellung, ich würde sie nicht ernst nehmen. Hoffnung leuchtet in ihren Augen auf.

»Wirklich?«, fragt sie in gequältem Flüsterton.

»Wirklich.« Ich zögere. »Sarah, ich weiß bis jetzt noch nicht, was mit dir passiert ist, doch wer immer das hier getan hat, muss sehr stark sein. Viel stärker als du.«

»Hat er …« Ihre Unterlippe bebt. »Heißt das, Sie können *erkennen*, dass er hier war?«

»Ja.«

Stimmt das wirklich?

Gibt es nicht noch eine andere Möglichkeit? Könnte es nicht sein, dass Sarah ihren Vater mit vorgehaltener Waffe die schwere Arbeit tun ließ? Könnte sie trotz allem die Täterin sein?

Nein. Viel zu kompliziert. Viel zu düster. Das Mädchen ist zu jung, um einen derart ausgereiften Geschmack *entwickelt zu haben.*

»Vielleicht«, flüstert Sarah mehr zu sich selbst, »hat er diesmal ja einen Fehler gemacht.«

Ihr Gesicht spannt sich, glättet sich wieder, spannt sich erneut, glättet sich erneut. Hoffnung und Verzweiflung liegen im Widerstreit. Sie lässt die Waffe sinken. Schlägt die Hände vors

Gesicht. Einen Augenblick später ist diese nackte, rohe Qual wieder da. Sie explodiert aus ihr hervor, durchdringend, grauenhaft, animalisch. Das Geräusch eines Kaninchens in den Fängen eines Wolfs.

Hastig greife ich nach der Waffe auf dem Teppich, sichere sie und stecke sie in den Bund meiner Jeans. Dann nehme ich Sarah in die Arme und drücke sie an mich.

Ihre Trauer ist wie ein Unwetter, das mit voller Wucht auf mich niedergeht. Doch ich halte sie ganz fest, und gemeinsam meistern wir den Sturm.

Dann wiege ich sie in den Armen und mache leise, beruhigende Geräusche. Ich fühle mich elend, hilflos und unendlich erleichtert zugleich.

Lieber weinen als tot sein.

Als es vorüber ist, bin ich nass von ihren Tränen. Sarah klammert sich an mich, kraftlos und völlig erschöpft.

Trotzdem rafft sie sich auf und stößt sich von mir ab. Ihr weißes Gesicht ist geschwollen vom Weinen.

»Smoky?«, fragt sie leise. Ihre Stimme ist kaum zu hören.

»Ja, Sarah?«

Sie sieht mich an, und ich bin überrascht von der Kraft, die durch ihre unendliche Erschöpfung hindurch an die Oberfläche drängt.

»Bitte … Sie müssen mir etwas versprechen.«

»Was?«

Sie deutet den Flur entlang. »Mein Zimmer … da hinten. In einer Schublade neben dem Bett, da ist mein Tagebuch. Ich habe alles aufgeschrieben, alles über den *Künstler*.« Sie fällt mir in die Arme. »Versprechen Sie mir, dass Sie es lesen! Nur Sie! Niemand sonst!« Ihre Stimme ist wild. *»Versprechen Sie's!«*

»Ich verspreche es, Sarah. Ich …«

Sie verdreht plötzlich die Augen, bis nur noch das Weiße zu sehen ist, und wird in meinen Armen bewusstlos.

Ein Schauder durchläuft meinen Körper, eine verspätete

Reaktion meiner Nerven. Zitternd hake ich das Funkgerät vom Gürtel und schalte es ein.

»Alles klar so weit«, sage ich ins Mikrofon, und meine Stimme klingt fester, als ich mich innerlich fühle. »Schickt einen Arzt, der sich um das Mädchen kümmert.«

KAPITEL 10

Es ist Nacht geworden in Canoga Park. Das Haus wird von Streifenwagen und Straßenlaternen angeleuchtet, und das SWAT-Team macht sich bereit zum Aufbruch. Der Helikopter ist verschwunden. Es ist wieder ruhig in der Gegend, auch wenn ich den Lärm der Stadt nur ein paar Blocks entfernt hören kann. Überall entlang der Straße brennt Licht hinter den Fenstern. Die Familien sind in ihren Häusern; die Vorhänge sind zugezogen, die Türen verschlossen.

»Gute Arbeit«, hat Dawes zu mir gesagt, während ein Notarztteam die bewusstlose Sarah zu einem Rettungswagen brachte. Das Team arbeitet hektisch; Sarah wird bereits grau im Gesicht, und ihre Zähne klappern unkontrolliert. Sie zeigt alle Anzeichen eines ernsten Schocks.

»Danke.«

»Ich meine es ernst, Agentin Barrett. Das hätte viel schlimmer ausgehen können.« Dawes zögert. »Vor sechs Monaten hatten wir eine Geiselnahme. Ein Methadon-Freak hatte seine Frau zusammengeschlagen und richtete eine Waffe auf sie, während er seine fünf Monate alte Tochter im Arm hielt. Haben Sie je einen von den Typen gesehen, wenn sie total high sind, Agentin Barrett? Es ist eine Mischung aus Halluzinationen und Verfolgungswahn. Da kann der beste Vermittler nichts ausrichten.«

»Was ist passiert?«

Dawes blickt einen Moment zur Seite, doch erst, als ich Gelegenheit habe, den Anflug von Trauer in seinen Augen zu sehen. »Der Mann erschoss seine Frau. Ohne Vorwarnung. Er redete wirres Zeug, und plötzlich, mitten im Satz, verstummte er und drückte ab.« Dawes schüttelt den Kopf. »Man hätte im Einsatzwagen eine Nadel fallen hören können. Ich brauche wohl nicht zu erwähnen, dass wir eingreifen *mussten*.«

Ich weiß, was er meint. »Wenn er die Frau ohne Vorwarnung erschießen konnte …«

Dawes nickt. »Dann konnte er mit dem Baby das Gleiche tun. Unser Scharfschütze hatte ihn bereits im Visier. Er bekam grünes Licht. Es war ein perfekter Schuss, mitten in die Stirn. Der Bursche war auf der Stelle tot.« Dawes seufzt. »Das Dumme ist nur, er hat das Baby fallen lassen. Es schlug mit dem Kopf auf und starb. Unser Scharfschütze hat sich eine Woche später das Leben genommen.« Sein Blick wird durchdringender. »Verstehen Sie, was ich gemeint habe? Es hätte ein ganzes Stück schlimmer kommen können, Agentin Barrett.«

»Sagen Sie Smoky zu mir.«

Er lächelt. »Einverstanden. Glauben Sie an Gott, Smoky?«

Die Frage verblüfft mich. Ich antworte, so ehrlich ich kann. »Ich weiß es nicht.«

»Ich auch nicht.«

Er schüttelt meine Hand und lächelt traurig, nickt mir zu und geht. Seine Geschichte hallt noch in mir wider. Es ist eine tragische Geschichte, deren Helden keine Wahl hatten.

Danke fürs Erzählen, Dawes.

Ich setze mich auf die Bordsteinkante vor dem Haus und versuche mich zu sammeln. Callie und Alan hängen an ihren Handys. Callie beendet ihr Gespräch, kommt zu mir und setzt sich neben mich.

»Gute Neuigkeiten, Zuckerschnäuzchen. Ich hab Barry Franklin angerufen. Er ist bereit, um diesen Fall zu bitten. Er wird in Kürze hier sein.«

»Danke«, sage ich.

Mordfälle fallen mit wenigen Ausnahmen nicht in die Zuständigkeit der Bundesbehörden. Ich darf nicht einfach einen Mordfall an mich reißen, nur weil mir danach ist. Alles, was wir tun, erfordert die Zusammenarbeit und Zustimmung der örtlichen Polizei. Wie die meisten Agenten (und örtlichen Cops) ziehe ich es vor, mir meine Verbindungsleute selbst auszusuchen. Und hier kommt nun Barry Franklin ins Spiel. Er ist Detective beim Morddezernat des LAPD. Wenn er einen Fall möchte, gehört er ihm.

Ich habe ihn bei meinem allerersten Fall als Chefin meines Teams in Los Angeles kennengelernt. Ein Geisteskranker machte Jagd auf Obdachlose: Er verbrannte sie und schnitt ihnen die Füße als Trophäen ab. Barry bat das FBI um Hilfe bei der Erstellung eines Täterprofils. Keinen von uns interessierte die Rangelei zwischen FBI und örtlicher Polizei; keinem ging es darum, die Lorbeeren zu ernten. Wir wollten den Mistkerl fangen, nichts anderes, und wir schnappten ihn.

Barry ist ein hervorragender Ermittler, und er verweigert mir, der FBI-Agentin, den Zutritt zu einem Tatort nicht. Wenn ich ihn nett frage, spricht er das magische Wort aus: *Amtshilfe*. Es ist dieses eine Wort, das uns die Tür weit aufstößt und uns Zutritt zu einem Fall gewährt. Bis zu diesem Augenblick sind wir rechtlich betrachtet bloß Zuschauer.

»Wie fühlst du dich?«, fragt Callie.

Ich reibe mir mit den Händen durchs Gesicht. »Ich bin eigentlich im Urlaub, Callie. Aber was ich vorhin gesehen habe …« Ich schüttle den Kopf. »Unvorstellbar. Der Tag fing so großartig an, und jetzt fühle ich mich einfach scheiße. Zu viele ekelhafte Fälle hintereinander, nehme ich an.«

Die meisten Leute denken wahrscheinlich, jeder Mord ist schlimm. Rein technisch gesehen haben sie recht, doch das Entsetzen hat Abstufungen. Das Ausweiden einer ganzen Familie steht ziemlich weit oben auf der Skala.

»Du brauchst ein Haustier«, sagt Callie.

»Ich brauche einen guten Lacher«, entgegne ich kläglich.

»Nur einen?«

»Nein. Du hast recht. Ich brauche eine ganzes Heer an Lachern. Ich möchte aufwachen und lachen, und am nächsten Tag noch einmal, und am Tag darauf wieder. Dann kann auch mal ein beschissener Tag kommen, ohne dass er sich gleich so schrecklich anfühlt.«

Callie tätschelt meine Hand. »Besorg dir lieber einen Hund.«

Ich muss lachen, genau wie sie es vorgehabt hat.

Quantico, sagt eine Stimme in meinem Inneren. *Da gibt's keine Sarahs, keine ausgeweideten Leichen, nichts PERSÖNLICHES, das dir unter die Haut geht.*

Alan kommt zu uns, während er immer noch in sein Handy spricht. Als er vor uns steht, hält er das Handy vom Ohr weg. »Elaina möchte wissen, wie es mit heute Abend aussieht«, sagt er zu mir. »Wegen Bonnie.«

Ich denke nach. Ich brauche dringend Barrys Hilfe, damit er seine Spurensicherung in das Haus schickt. Damit ich selbst ins Haus und mich gründlich umsehen kann.

Der Fall gehört offiziell noch nicht uns, aber ich bin nicht bereit, einfach wegzufahren.

»Ich glaube, es wird spät«, sage ich zu Alan. »Könntest du Elaina fragen, ob sie Bonnie für die Nacht zu sich nimmt?«

»Kein Problem.«

»Sag ihr, ich melde mich morgen.«

Alan hält sich das Handy wieder ans Ohr und geht davon, während er die Neuigkeiten weitergibt.

»Was ist mit mir?«, fragt Callie.

Ich lächle müde. »Du musst im Urlaub arbeiten, genau wie ich. Wir treffen uns mit Barry und besprechen, wie es weitergeht.« Ich zucke die Schultern. »Und dann werden wir sehen. Vielleicht machen wir weiter Urlaub, vielleicht auch nicht.«

Sie stößt einen dramatischen Seufzer aus. »Sklaventreiberin. Ich will eine Gehaltserhöhung.«

Alan kommt zu uns zurück. »Bonnie ist in guten Händen«, sagt er. »Wie geht's jetzt weiter?«

Es wird Zeit, dass ich das Kommando übernehme. Das ist schließlich meine vorrangige Funktion. Ich leite ein Team von Koryphäen, von denen jeder ein Spezialgebiet hat, auf dem er nahezu unschlagbar ist. Callie ist ein Star auf dem Gebiet der Forensik. Alan ist eine Legende im Vernehmungszimmer, und er ist der Beste, wenn es darum geht, sich in einer Gegend umzuhören. Er übersieht nicht das kleinste Detail. Leute wie Alan und Callie folgen einem nicht, weil sie einen mögen. Sie folgen dir nur, wenn sie dich respektieren.

Meine Spezialität ist das Verständnis der Leute, die wir jagen. Ich kann mich bis zu einem gewissen Grad in sie einfühlen. Wie ich das mache? Indem ich einen Tatort *sehe*, nicht nur ansehe. Jeder kann sich den Schauplatz eines Mordes anschauen, und die Leiche. Die Rekonstruktion der Tat, *das* ist die Kunst. Warum dieser Tote? Warum gerade hier? Was sagt das über den Killer aus? Manche sind begabt, wenn es um die Beantwortung solcher Fragen geht, manche sind sehr begabt, und manche sind begnadet. So wie ich.

Viele Leute glauben, einen Serienkiller zu *verstehen*, weil sie sich Spielfilme über Massenmörder anschauen oder Thriller lesen. Sie reden über psychopathische Sexualität und was weiß ich. Diese Leute verfehlen den entscheidenden Punkt um eine Meile.

Ich habe einmal versucht, das in einem Vortrag vor einer Gruppe aufgeweckter junger FBI-Anwärter zu erklären. Ich erzählte ihnen von einem berüchtigten Fall in New Mexico. Ein Mann und seine Freundin hatten seit Jahren Frauen gejagt und entführt. Sie schleppten ihre Opfer in einen speziell präparierten Raum, angefüllt mit Käfigen und Folterinstrumenten, und verbrachten Tage damit, sie zu vergewaltigen und zu quälen. Das Meiste von dem, was sie taten, nahmen sie auf Video auf. Eines ihrer Lieblingsinstrumente war ein Viehstock, der Stromschläge austeilt, die sogar mühelos einen Ochsen in die Knie zwingen.

»Es gibt Videoaufzeichnungen«, sagte ich, »auf denen man sehen kann, wie Rauch aus der Vagina einer jungen Frau aufsteigt, weil die Täter einen Viehstock benutzten, um sie damit zu penetrieren.«

Allein diese Information – und es gibt viel Schlimmeres und Abgründigeres – reichte aus, dass alle verstummten und einige der jungen Gesichter weiß wurden.

»Einer unserer Agenten, eine junge Frau, hatte die Aufgabe, detaillierte Zeichnungen der Peitschen, Ketten, Sägen und der anderen Perversitäten und Sexspielzeuge anzufertigen, die das Paar in seiner Folterkammer an den entführten Frauen ausprobiert hatte. Die Agentin erledigte ihren Job. Sie brauchte vier Tage. Ich habe die Zeichnungen gesehen, sie waren gut. Sie wurden sogar vor Gericht verwendet. Ihr Vorgesetzter lobte die Agentin und sagte ihr, sie solle ein paar Tage freinehmen. Nach Hause fahren, sich um ihre Familie kümmern, wieder einen klaren Kopf bekommen.« An diesem Punkt zögerte ich und ließ den Blick über die jungen Gesichter schweifen. »Die Agentin fuhr nach Hause und verbrachte den Tag mit ihrem Mann und ihrer kleinen Tochter. In der Nacht, als sie schliefen, schlich die Frau nach unten, nahm ihre Dienstpistole aus dem Waffensafe und schoss sich in den Kopf.«

Ein paar meiner Zuhörer stöhnten dumpf. Die anderen schwiegen.

Ich zuckte die Schultern. »Es wäre einfach, die Frau als psychisch zu schwach zu kategorisieren. Man könnte sogar unterstellen, dass sie vielleicht zuvor schon an Depressionen litt, oder dass in ihrem Leben etwas nicht in Ordnung war, von dem niemand wusste. Aber ich kann Ihnen verraten, dass sie seit acht Jahren Agentin war, eine makellose Bilanz hatte und keinerlei mentale Krankheitsgeschichten aufwies.« Ich schüttelte den Kopf. »Ich glaube, sie hat einfach zu genau hingeschaut, ist zu weit aus sich herausgegangen und hat sich dabei verirrt. Wie ein Boot auf dem Ozean, wenn das Ufer nicht mehr in Sicht ist. Ich glaube, diese Frau fand sich in dem Boot wieder, wie sie hilflos dahintrieb, und wusste keinen Weg mehr zurück. Sie hatte sich zu weit vorgewagt.« Ich beugte mich auf dem Podium vor. »Aber genau das tun mein Team und ich. Wir wagen uns *bewusst* weit vor. Wir sehen ganz genau hin und hoffen, dass wir stark genug sind, damit fertig zu werden, ohne dass wir hilflos in einem Boot enden, das davongetrieben wird.«

Der Administrator war nicht besonders glücklich über meinen Vortrag gewesen. Es war mir egal. Ich hatte die Wahrheit gesagt.

Der Selbstmord der jungen Agentin war für mich kein Rätsel. Nicht das Hinsehen war das Problem. Das Problem war, nicht mehr hinzusehen. Man muss imstande sein, nach Hause zu gehen und die Bilder abzuschalten, die einem wie ein Dieb in der Nacht auf leisen Sohlen durch den Verstand schleichen wollen. Die junge Agentin hatte das nicht gekonnt, und so hatte sie sich eine Kugel in den Kopf geschossen, damit die Bilder verschwanden. Ich konnte das gut nachvollziehen.

Genau das hatte ich den FBI-Anwärtern damals sagen wollen. Dass es kein Spaß ist. Es ist kein Nervenkitzel, keine Herausforderung, an der man sich messen kann, keine Grusel-Achterbahn. Es ist eine Arbeit, die getan werden muss.

Meine Begabung – oder mein Fluch – ist es, die Begierden von Serienmördern zu verstehen. Zu wissen, warum sie so fühlen und denken. Ein klein wenig *selbst* zu fühlen, was sie empfinden, oder auch mehr. Es ist ein Vorgang, der in meinem Innern abläuft und der zum Teil auf Ausbildung und Beobachtung, zum größten Teil aber auf der Bereitwilligkeit beruht, mich auf diese Menschen einzulassen. Sie singen vor sich hin, ein Lied, das nur sie allein hören, und man muss aufmerksam lauschen, will man Melodie und Takt mitbekommen. Die Melodie und der Takt sind wichtig. Sie bestimmen den Tanz.

Das Wichtigste in meinem Job ist ein höchst unnatürlicher Akt: Ich wende mich bei solchen Tätern nicht ab, sondern beuge mich im Gegenteil vor, um genauer hinzuschauen. Ich atmete tief die Luft durch die Nase, um ihre Witterung aufzunehmen. Ich berühre sie mit der Zungenspitze, um ihren Geschmack zu erkennen. Es hat mir geholfen, eine Reihe dieser Bestien zu fangen. Es hat mir auch Albträume beschert und Augenblicke, in denen ich mich gefragt habe, ob es auch bei mir eine Perversität ist, die mich vorantreibt, und ob ich *zu viel* verstanden habe.

»Barry kommt her«, sage ich zu Alan. »Es ist sein Fall. Aber tun wir erst mal so, als wäre es unserer. Callie, ich möchte, dass du mit mir zusammen den Tatort begehst. Ich brauche dein forensisches Urteil. Alan, du hörst dich in der Gegend um. Finde heraus, was die Nachbarn wissen.«

»In Ordnung«, sagt er und zieht einen kleinen Notizblock aus der Innentasche seines Jacketts. »Ned und ich sind schon unterwegs.«

Alan nennt seinen Notizblock »Ned«. Sein Lehrer hat stets gesagt, der Notizblock wäre der beste Freund des Ermittlers, und ein Freund sollte einen Namen haben. Er hat von Alan verlangt, dass er sich einen Namen für seinen Notizblock ausdenkt, und so wurde Ned geboren. Der Lehrer lebt längst nicht mehr, doch der Ned blieb. Es ist eine Art Aberglaube, nehme ich an, Alans Version der Glückssocken eines Baseballspielers.

Callie schaut zu einem schwarzen Buick hinüber, der soeben in den abgesperrten Bereich rollt. »Ist das Barry?«, fragt sie.

Ich stehe auf und erkenne Barrys massiges, bebrilltes Gesicht hinter der Windschutzscheibe. Erleichterung überkommt mich. Jetzt kann ich endlich anfangen, etwas zu tun.

»Ich hätte nicht übel Lust, Ihnen die Hölle heißzumachen, weil Sie mir ein Rendezvous verdorben haben«, sagt Barry, als wir uns einander nähern. »Aber Sie sehen aus, als hätten Sie selbst einen beschissenen Abend gehabt.«

Barry ist Anfang vierzig. Er ist massig, ohne fett zu sein, er ist kahlköpfig, trägt eine Brille und hat ein eher hausbackenes Gesicht – jene Art von hausbacken, die im richtigen Licht süß wirkt. Trotz dieser Handicaps trifft er sich ständig mit hübschen jüngeren Frauen. Alan nennt es »das Barry-Phänomen«. Unerschütterliches Selbstvertrauen, ohne arrogant zu sein. Er ist humorvoll, intelligent und durch und durch aufrichtig. Alan meint, viele Frauen finden diese Kombination von Selbstsicherheit und großem Herzen unwiderstehlich.

Aber ich glaube, das ist nur ein Teil der Wahrheit. Ich sehe eine unnachgiebige Kraft in Barry, die unter seiner Liebenswürdigkeit schlummert wie ein Gewitter in der Ferne. Barry hat unvorstellbar schreckliche Dinge gesehen. Er weiß, dass das Böse Wirklichkeit ist, und was es anrichten kann. Barry ist ein Menschenjäger, und auf einer gewissen Ebene, einer beinahe schon animalischen Ebene, hat das eine erotische Wirkung.

Ich weiß, dass sein Murren bloß Show ist; wir haben längst vergessen, wer wem noch einen Gefallen schuldet, und genaugenommen scheren wir uns beide einen Dreck darum.

»Nun denn«, sagt er und zückt ein Notizbuch, seinen eigenen Ned, bereit, zur Sache zu kommen. »Was haben Sie für mich, Smoky?«

»Rituelle Schlachtung. Ausgeweidete Opfer. Ein Meer von Blut. Das Übliche«, sage ich.

Ich berichte ihm, was ich weiß. Es ist nicht viel, doch es ist der Anfang eines jener gegenseitigen Rapports, die bei uns so gut funktionieren. Wir werden den Tatort besichtigen, und während wir das tun, werden wir uns gegenseitig Beobachtungen zuwerfen und unsere Schlussfolgerungen verfeinern. Für einen Unbeteiligten mag es ziellos wirken, doch es hat Methode, auch wenn es nach Chaos aussieht.

»Drei Tote?«, fragt er.

»Drei, die ich gesehen habe. Aber ich bin ziemlich sicher, dass es nicht mehr sind. Die Streifenbeamten waren im Haus, und sie haben nichts von weiteren Leichen gesagt.«

Er nickt und tippt mit seinem Stift auf den Notizblock. »Sie sind sicher, dass das Mädchen es nicht getan hat?«

»Ganz sicher«, sage ich mit Nachdruck. »Sie hatte nicht genug Blut an der Kleidung. Wenn Sie reingehen, werden Sie sehen, was ich meine. Es ist … schmutzig. Außerdem bin ich sicher, dass wenigstens einer der Toten unten im Haus ermordet und dann hinauf ins Schlafzimmer getragen wurde. Das Mädchen besitzt nicht annähernd genug Kraft dafür.«

Barry blickt zum Haus und denkt nach; dann zuckt er die Schultern. »Ich glaube eigentlich auch nicht, dass das Mädchen es getan haben könnte«, sagt er. »Was Sie beschreiben, hört sich nach einem Täter an, der eine solche Schweinerei nicht zum ersten Mal anrichtet. Was gibt's sonst?«

»Ich habe Alan losgeschickt, damit er sich bei den Nachbarn umhört. Sie haben doch nichts dagegen?«

»Absolut nicht. Alan ist der richtige Mann, wenn es um so etwas geht.«

»Wann können wir ins Haus?«, frage ich. Ich bin begierig darauf, voller Energie. Ich will endlich anfangen, mir diesen Killer anzuschauen.

Barry blickt auf die Uhr. »Ich schätze, die Spurensicherung ist jeden Augenblick hier – noch ein Gefallen, den Sie mir schulden. Sobald die Leute da sind, können wir unsere Papierschuhe überziehen und uns an die Arbeit machen.«

Ich fange draußen vor dem Haus an. Barry und Callie warten geduldig.

Ich untersuche die Vorderfront des Hauses. Ich blicke die Straße hinauf und hinunter, schaue zu den Häusern auf beiden Seiten. Ich versuche mir vorzustellen, wie es hier tagsüber aussieht.

»Das ist eine Familien-Wohngegend«, konstatiere ich. »Lebendig, aktiv. Es war Samstag, also waren die meisten Leute zu Hause. Ganz schön riskant, heute hierherzukommen. Unser

Freund ist entweder übermütig oder verdammt kompetent. Mit hoher Wahrscheinlichkeit ist es nicht seine erste Tat. Ich schätze, er hat schon häufiger gemordet.«

Ich gehe los, den Weg entlang zur Eingangstür. Ich stelle mir vor, der Täter zu sein, wie er den gleichen Weg nimmt. Gut möglich, dass er die Morde begangen hat, als ich mit Bonnie beim Shoppen gewesen bin. Vielleicht auch, während ich Matts Schlafzimmerschrank ausgeräumt habe. Leben und Tod, Seite an Seite, ohne etwas voneinander zu ahnen.

Ich zögere, bevor ich durch die Eingangstür trete. Ich versuche ihn mir vorzustellen, hier, an dieser Stelle. War er aufgeregt? Gelassen? War er wahnsinnig?

Ich spüre nichts. Ich weiß noch nicht genug über ihn.

Ich betrete das Haus. Barry und Callie folgen.

Im Haus riecht es immer noch nach Mord. Der Geruch ist sogar noch schlimmer geworden, intensiver, weil mehr Zeit vergangen ist.

Wir gehen zum Salon. Ich starre auf den blutgetränkten Teppichboden. Der Fotograf der Spurensicherung ist damit beschäftigt, alles abzulichten.

»Das ist eine verdammte Menge Blut«, stellt Barry fest.

»Er hat ihnen die Kehlen durchgeschnitten«, informiere ich ihn. »Von einem Ohr zum anderen.«

»Das erklärt das viele Blut.« Er blickt sich um. »Wie Sie bereits gesagt haben. Keine Blutspuren nach oben.«

»Ja. Trotzdem, das alles verrät uns ein wenig über den Täter.«

»Zum Beispiel?«, fragt Barry.

»Was er tut, macht ihm Spaß. Mit einer Klinge zu töten ist etwas Persönliches. Es ist ein Akt der Wut und des Hasses, doch auf einer anderen Ebene ist es auch ein Akt der Freude und der Lust. So tötet man eine Geliebte. Die einzige Möglichkeit, noch persönlicher zu werden, sind die bloßen Hände. Manchmal tötet ein Killer auf diese Weise, weil es ihm Freude bereitet, so zu töten. Weil es ein Zeichen von Respekt ist, ein Dank an das Opfer dafür, dass es sein Leben hergibt.« Ich deute mit einer ausholenden Geste auf das blutige Zimmer. »Blutvergießen kann sowohl intim sein, als auch unpersönlich. Blut ist Leben. Man schlitzt sein Opfer auf, um dem Blut nahe zu sein, wenn es fließt. Das Blut ist ein Weg in den Tod. Schweine lässt man auf genau die gleiche Art und Weise ausbluten. Wie hat der Täter es gesehen? Intim oder unpersönlich? Bedeuteten sie ihm nichts – oder alles?«

»Was ist Ihre Meinung?«

»Ich weiß es nicht. Noch nicht. Jedenfalls gab es kein Zögern, egal wie der Killer es gesehen haben mag. Kein Zögern, keine Zweifel. Man tötet nicht mit einem Messer, wenn man Zweifel hat. Es ist ein Akt der Gewissheit. Eine Pistole schafft Distanz, aber ein Messer? Ein Messer muss aus unmittelbarer Nähe benutzt werden. Außerdem ist ein Messer ein Hinweis, dass die Art des Tötens für den Täter genauso wichtig ist wie der Tod selbst.«

»Wieso?«

Ich zucke die Schultern. »Eine Pistole tötet schneller.«

Callie geht im blutigen Zimmer umher und schüttelt den Kopf.

»Was ist?«, frage ich sie.

Callie deutet auf eine dunkle Lache zu ihren Füßen. »Das stimmt nicht.« Sie deutet auf eine weitere Lache ein Stück weiter links. »Das stimmt nicht.«

»Wieso?«, fragt Barry.

»Die Analyse von Blut erfordert die Anwendung von Biologie und Chemie, Physik und Mathematik. Wir haben keine Zeit für einen detaillierten Vortrag, deshalb muss es reichen, wenn ich sage, dass die Viskosität des Blutes und das Teppichmaterial mir verraten, dass diese beiden Lachen absichtlich hinterlassen wurden.« Sie kommt näher zu uns und deutet auf die größere Lache in der Nähe des Eingangs zum Salon. »Seht ihr diese

Linien hier?« Callie beugt sich vor und zeigt auf eine Blutlinie, die breiter wird, je weiter sie sich von uns entfernt, und die in einem beinahe runden Fleck mit ausgefransten Rändern endet. »Erkennt ihr, wie es aussieht? Wie eine riesige Kaulquappe.«

»Ja«, antworte ich.

»So etwas sieht man ständig, nur in kleinerem Maßstab. Spritzer aller Art erzeugen einen langen, schmalen Fleck mit einem definierten, erkennbaren dicken Ende. Das schmale Ende des Flecks, der ›Schwanz‹, zeigt immer zum Ursprung. Das hier ist eine größere Version eines solchen Spritzers. Dass den Opfern die Kehle durchgeschnitten wurde, passt dazu.« Sie zeigt auf verschiedene Stellen. »Man kann es hier erkennen, und hier, und hier. Und seht ihr das Blut an der Wand, direkt daneben?«

Ich blicke zu der Stelle. Ich sehe weitere »Kaulquappen«, nur kleiner, zusammen mit einer Anzahl Tropfen in verschiedenen Größen. »Ja.«

»Stell dir das Blut in einem Körper als Flüssigkeit in einem Behälter unter Druck vor. Stich ein Loch in den Behälter, und es spritzt heraus. Die Blutspritzer sind, vereinfacht gesagt, bei einem solchen Vorgang entstanden. Die Menge und Geschwindigkeit, mit der das Blut spritzt, ist abhängig vom Druck im Körper und der Größe der Austrittsöffnung, also der Wunde. Das Blut spritzt mit mehr oder weniger hohem Druck aus der Wunde, bis es auf einen Gegenstand trifft und ein typisches Muster hinterlässt – ›Kaulquappen‹, Tropfen mit ausgefransten Rändern und so weiter.«

Sie deutet erneut auf den Teppich und die Wand. »Hier sieht man Hinweise auf arterielle Spritzer – in der Nähe der Fußleiste und an den Linien auf dem Teppich. Seht ihr? Spontane Bewegung in einer Richtung, erzeugt durch Druck, einem ziemlich hohen Druck, wie beispielsweise bei einer arteriellen Verletzung. Das lässt den Schluss zu, dass diese Spritzer bei den Morden entstanden sind. Diese beiden anderen aber resultieren *nicht* aus einem Mord. Wenn ich raten müsste würde ich sagen, dass das Blut dorthin gegossen wurde. Aus einem Behälter, zum Beispiel. Es sind Pfützen. Das Blut ist nicht gespritzt, sondern getropft oder geflossen. Der Größe der Lachen nach zu urteilen, würde ich sagen, dass hier Blut auf den Boden gegossen wurde, zumal die Ränder der Lachen nicht ausgefranst sind, sondern scharf.«

Jetzt, da Callie es erklärt hat, erkenne ich es auch. Die Lachen sind zu gleichmäßig, zu sauber, zu rund. Wie Sirup auf Pfannkuchen.

»Also hat er eines seiner Opfer hier unten getötet«, sagt Barry. »Was dann? War ihm das Zimmer vielleicht nicht blutig genug?«

Callie zuckt die Schultern. »Keine Ahnung, warum er das getan hat. Ich kann aber mit ziemlicher Gewissheit sagen, dass diese beiden Lachen als Letzte hinzugekommen sind. Das Blut ist noch nicht so stark geronnen wie an der Stelle, wo der Mord verübt wurde.«

»Hmmm.« Barry sieht mich an. »Was meinen Sie? Wer immer hier unten ermordet wurde – starb er als Letztes der drei Opfer, oder als Erstes?«

»Wahrscheinlich zuletzt«, sage ich. »Als ich in dieses Zimmer kam, war das Blut noch frisch, wohingegen das Blut an den Wänden oben im Schlafzimmer getrocknet aussah.«

Irgendetwas an der gläsernen Schiebetür erweckt meine Aufmerksamkeit. Ich gehe dorthin.

»Barry, sehen Sie sich das an!«

Ich deute auf das Schnappschloss. Es ist unverschlossen, und die Tür steht einen Spalt weit offen. Kaum zu erkennen, es sei denn, man steht direkt davor, so wie wir jetzt.

»Das ist wahrscheinlich die Stelle, wo er sich Zugang zum Haus verschafft hat«, vermutet Callie.

»Machen Sie ein paar Aufnahmen davon, bevor ich die Tür öffne«, sagt Barry zum Fotografen des Spurensicherungsteams.

Der Fotograf, ein blasser, schüchtern aussehender Bursche mit Vornamen Dan, schießt Bilder vom Schnappschloss und der Tür.

»Das sollte genügen«, sagt er schließlich.

»Danke.« Callie lächelt ihn an.

Dan bekommt einen roten Kopf und senkt den Blick. Er lächelt, doch sein Mund ist verschlossen. Offenbar hat Callies Schönheit ihm beinahe die Sprache verschlagen.

»Kein … Problem«, bringt er mit trockenem Hals hervor, bevor er davonschlurft.

»Reizend«, sagt Callie an Barry gewandt.

»Ja …« Er ist ganz in die Untersuchung des Schlosses vertieft. »Scheint aufgebrochen worden zu sein. Ich kann Werkzeugspuren erkennen.«

Er schiebt die Glastür auf. Sie öffnet sich nach links. Macht man sie von außen auf, muss man sie also nach rechts schieben.

Ein rechtshändiger Killer hätte sie wahrscheinlich mit der linken Hand geöffnet, weil er in der rechten Hand … was hält? Ein Messer? Eine Tasche?

Wir gehen durch die Tür hinaus in den Garten. Es ist dunkel, doch ich kann erkennen, dass es ein großer Garten ist. Ich sehe die dunklen Umrisse eines rechteckigen Swimmingpools. Eine einzelne mittelgroße Palme ragt auf der linken Seite in den Abendhimmel.

»Gibt es hier hinten kein Licht?«, fragt Barry.

Callie sucht an der Wand neben der Glastür nach einem Schalter. Als sie ihn gefunden und betätigt hat, erwartet uns die nächste böse Überraschung.

Der Schalter hat nicht nur die Gartenbeleuchtung aktiviert, sondern auch die Lichter im Pool.

»Gütiger Himmel«, flüstert Barry.

Der hellblaue Innenanstrich des Pools bildet dank der Unterwasserscheinwerfer eine Insel aus schimmernder Helligkeit im Dunkel der Umgebung. Das Wasser scheint zu leuchten.

Umso deutlicher ist die träge schwebende, beinahe schwarze Wolke aus Blut zu sehen. Der größte Teil schwimmt auf der Wasseroberfläche, ungleichmäßig verteilt, eine Mischung aus Klumpen, rosafarbenem Schaum und glattem Öl.

Ich gehe zum Pool und blicke ins Wasser.

»Keine Waffe hier drin«, stelle ich fest. »Und keine Kleidung.«

»Aber jede Menge Blut«, sagt Barry. »Mein Gott, man kann stellenweise nicht bis auf den Boden sehen …«

Ich schaue mich im Garten um. Er ist auf allen Seiten von einer zwei Meter hohen Ziegelsteinmauer umgeben, eine Seltenheit in den Vororten von Los Angeles. Die Mauerkrone ist mit Efeu bewachsen, dessen Ranken bis fast zum Boden reichen, was im Zusammenspiel mit den Sträuchern im Garten eine beeindruckende Privatsphäre schafft. Das Haus lässt ein Maximum an Licht ins Innere, während der Garten bestens vor neugierigen Blicken geschützt ist.

Ich denke an das Schlafzimmer, diese Hölle aus Blut und Tod.

Er hat sich Zeit gelassen da oben, überlege ich. *Er hat gespielt und gemalt und seinen Spaß gehabt. Aber es war eine schmutzige Arbeit, und deshalb hat er …*

»Er hat den Pool benutzt«, sage ich.

Callie hebt die Augenbrauen. Barry sieht mich fragend an. Mir wird bewusst, dass ich den anderen einen Schritt voraus bin – ich habe das Schlafzimmer gesehen, sie noch nicht.

»Der Täter war am helllichten Tag hier. Es ist Samstag, also sind die Leute zu Hause. Es ist ein schöner, sonniger Samstag. Die Leute sind draußen in ihren Gärten, genießen das Wetter, fahren Rad.« Ich deute auf das Fenster des großen Schlafzimmers im ersten Stock. »Unser Freund hat sich im Schlafzimmer beschäftigt. Überall ist Blut – an den Wänden, an der Decke –, doch es sind keine Spritzer von den Morden. Er hat es absichtlich dorthin gebracht. Wahrscheinlich war er von oben bis unten voll Blut. Er musste es abwaschen, und er wollte es hier tun. Es gefiel ihm, das Blut hier abzuwaschen.«

»Warum hat er nicht eins der Badezimmer im Haus benutzt?«, fragt Callie. »Es ist ein ziemliches Risiko, in den Garten zu gehen. Privatsphäre oder nicht – er muss den Schutz des Hauses verlassen. Jemand könnte klopfen, während er hier draußen ist, oder nach Hause kommen, und er würde es nicht einmal bemerken.«

»Der Bursche ist cleverer, als ich dachte«, sagt Barry. »Wahrscheinlich weiß er, dass wir die Abflüsse in den Badezimmern überprüfen werden. Es ist viel schwieriger, im Filtersystem des Pools irgendwas von ihm zu finden. Das Chlor ist nicht gerade freundlich zu Hautschuppen oder Haaren.«

Ich betrachte den Pool. Er ist ungefähr sechs Meter lang und scheint überall die gleiche Tiefe zu besitzen. Eine einzelne Treppe führt hinunter ins Wasser. Glasierte Fliesen umgeben das Becken und bilden eine Liegefläche.

»Die Fliesen sind an verschiedenen Stellen nass«, sage ich. »Ich …«

»Komm da weg, Smoky«, unterbricht Callie mich unvermittelt und mit scharfer Stimme. »Sofort. Wir müssen zurück ins Haus.«

Barry und ich blicken sie verdutzt an.

»Warum wohl sind die Fliesen nass?«, fragt Callie.

Ich begreife. »Weil er hier draußen herumgelaufen ist, wahrscheinlich nackt und barfuß, und Fußabdrücke hinterlassen hat … die wir zerstören, wenn wir hier herumtrampeln.«

»Stimmt«, sagt Barry. »Verdammt.«

»Die Spurensicherung muss den gesamten Garten mit einer Ultraviolettlampe absuchen«, sagt Callie. »Zentimeter für Zentimeter, und wenn es noch so langwierig ist. Gott sei Dank ist das nicht mein Job heute Nacht.«

Spuren wie latente Finger- oder Fußabdrücke, Sperma und Blutspritzer fluoreszieren unter bestimmten Umständen in ultraviolettem Licht. Callie hat recht. Wenn der Killer nackt hier draußen herumgelaufen ist, bestehen gute Aussichten, Spuren von ihm zu entdecken.

Wir kehren durch die gläserne Schiebetür ins Haus zurück und bleiben im Salon stehen, während wir nach draußen blicken.

»Sie vermuten also, der Pool hat nicht nur dem Abwaschen von Beweisen gedient?«, fragt Barry mich.

»Ich vermute …«, setze ich an und verstumme, als mir plötzlich die Bilder deutlich vor Augen stehen, wie so oft, wenn ich mich in die Gedanken eines Psychopathen versetze. Es schwimmt aus irgendeiner dunklen Ecke meines Unterbewusstseins nach oben, völlig ausformuliert. »Ich glaube, er hat es genossen, hier draußen im Freien etwas Schreckliches zu tun. Er hat die Familie am helllichten Tag getötet und in ihrem Blut gebadet. Dann hat er sich ausgezogen und ein ausgedehntes Bad im Pool genommen, während die Leichen in dem nicht klimatisierten Haus lagen. Die Leute in der Nachbarschaft feierten Kindergeburtstage, schnitten Hecken, mähten Rasen und grillten ihre Steaks, ohne zu ahnen, dass unser Freund hier war und den Tag auf seine Weise genoss.« Ich schaue Barry an. »Das Gefühl von Triumph muss überwältigend gewesen sein. Wie ein Vampir, der im Sonnenschein umherspaziert. Ein Gefühl von Macht … Selbstsicherheit. Ja, man muss verdammt selbstsicher sein, am helllichten Tag hierherzukommen und mit einem Messer zu töten. Es passt zusammen.«

»Krankes Schwein«, sagt Barry und schüttelt den Kopf. Er seufzt. »Also dreht er ein paar Runden im Pool, legt sich womöglich in die Sonne und lauscht den Nachbarn, während er sich selbst auf die Schulter klopft. Aber es bleibt die Frage nach der zeitlichen Abfolge. Sie sagen, das Blut am Tatort unten war frisch. Okay, aber wie erklärt sich das? Er tötet zwei Opfer oben im Haus, malt mit ihrem Blut seine Wandgemälde, geht runter schwimmen und tötet dann das dritte Opfer? Und was macht Sarah, während sich das alles abspielt?«

Ich zucke die Schultern. »Das wissen wir noch nicht.«

»Ich hasse es, wenn diese Kerle mir zusätzliche Arbeit machen«, brummt Barry. »He, Thompson!«, brüllt er dann, und wie durch Magie erscheint der junge Uniformierte, der uns am Nachmittag bei der Absperrung aufhalten wollte.

»Sir?«

»Lassen Sie niemanden in den Garten, bevor die Spurensicherung nicht ihr Okay gibt.«

»Verstanden, Sir.« Er bezieht vor der Schiebetür Posten. Er ist immer noch aufgeregt, dabei zu sein.

»Wollen wir jetzt ins Badezimmer gehen?«, fragt Barry uns.

Es ist eine rhetorische Frage. Wir haben jetzt die Witterung aufgenommen, und was mich betrifft, bringt mich nichts und niemand mehr davon ab.

Wir steigen die Treppe hinauf. Barry übernimmt die Führung, und Callie ist hinter mir. Oben am Treppenabsatz wirft Barry einen kurzen Blick ins Schlafzimmer.

»Ist das nötig, dass Sie beide reinkommen?«, fragt eine gereizte Stimme. »Sie trampeln auf alle Spuren!«

Die Stimme gehört John Simmons, dem Schichtführer des Spurensicherungsteams beim LAPD. Er ist jähzornig, schroff und vertraut keinem außer sich selbst, wenn es um die Beweissicherung bei einem Mordfall geht. Doch Simmons' Macken sind verzeihlich. Er ist einer der Besten.

»Eigentlich sind wir zu dritt, Zuckerschnäuzchen«, sagt Callie und tritt vor, sodass er sie ebenfalls sehen kann.

John Simmons ist schon sehr lange in seinem Job, ein Mann Ende fünfzig, und das sieht man. Ihn lächeln zu sehen ist wie ein Sechser im Lotto. Doch Callie hat einen solchen Volltreffer verdient, wie es scheint.

»Calpurnia!«, ruft Simmons und grinst von einem Ohr zum anderen. Er kommt zu uns, schiebt Barry und mich aus dem Weg und umarmt Callie. Sie erwidert die Umarmung, während Barry verwundert zuschaut. Ich habe diese Begrüßung schon häufiger erlebt, und ich kenne den Grund dafür. Barry nicht.

»Während meines Studiums der Forensik habe ich ein Praktikum bei Johnny gemacht«, erklärt Callie und schaut dabei Barry an.

»Sie ist sehr talentiert«, sagt Simmons liebevoll. »Calpurnia war einer meiner wenigen Erfolge. Jemand, der die Wissenschaft zu schätzen weiß.«

Simmons sieht zu mir und mustert mich. Er betrachtet ganz unverhohlen meine Narben, doch das stört mich nicht. Ich weiß, dass sein Interesse aus vorurteilsfreier Neugier herrührt.

»Agentin Barrett«, sagt er schließlich und nickt.

»Hallo, Sir.«

Ich habe John Simmons schon immer »Sir« genannt, und er hat mir nie angeboten, ihn mit Vornamen anzureden. Außer Callie kenne ich niemanden, der »Johnny« zu Simmons sagen darf. Dafür ist er vermutlich der Einzige, der Callie ungestraft »Calpurnia« nennen darf. Sie hasst ihren richtigen Vornamen wie die Pest.

»Nun, Calpurnia«, sagt Simmons und wendet sich wieder Callie zu. »Sie passen mir doch gut auf meinen Tatort auf, nicht wahr? Damit nichts zertrampelt oder angefasst wird, das nicht zertrampelt oder angefasst werden darf?«

Callie hebt die rechte Hand und legt die linke auf ihre Brust. »So wahr mir Gott helfe.«

Dann berichtet sie ihm, was wir im Garten gefunden haben. Simmons belohnt sie mit einem weiteren liebevollen Lächeln. »Gut gemacht, Calpurnia«, sagt er. »Ich schicke sofort jemanden los, der sich darum kümmert.« Er betrachtet Barry und mich mit einem letzten misstrauischen Blick, bevor er zur Seite tritt und uns durchlässt.

Wir betreten das Schlafzimmer. Simmons eilt nach unten,

um Leute loszuschicken, die sich den Pool und den Garten vornehmen.

Wir sind allein.

Nun, da ich meine Aufmerksamkeit nicht mehr auf Sarah richten muss, sehe ich mich zum ersten Mal richtig in diesem Zimmer um.

Mr. und Mrs. Dean und Laurel Kingsley passten perfekt in das Klischee der »fitten Vierziger«. Sie waren gebräunt, hatten gut aussehende Gesichter, soweit man es noch beurteilen kann, muskulöse Beine und einen gewissen Schliff, eine Vitalität, die ich selbst unter diesen Umständen noch zu erkennen vermag.

»Verdammt, der Kerl hat wirklich Selbstvertrauen«, sage ich. »Nicht nur, dass er am Wochenende hergekommen ist, und am helllichten Tag. Er hat es mit zwei kräftigen, sportlichen Erwachsenen und zwei Teenagern aufgenommen.«

Deans Augen sind weit aufgerissen und verwandeln sich bereits in Totenaugen, grau und stumpf wie Seifenkahm in einer Badewanne. Laurels Augen sind geschlossen. Beide haben die Lippen gebleckt, was mich an einen knurrenden Hund oder jemanden erinnert, der mit vorgehaltener Waffe zum Lächeln gezwungen wird. Deans Zunge ragt hervor, während Laurels Zähne zusammengebissen sind.

Für immer, denke ich. *Sie wird nie mehr den Mund öffnen, in alle Ewigkeit nicht.*

Ein absurder Gedanke, und doch lässt er mich frösteln.

»Er hat wahrscheinlich eine Waffe benutzt, um sie einzuschüchtern, bestimmt nicht nur ein Messer«, sage ich. »Ein Messer wirkt auf die meisten Opfer nicht bedrohlich genug. Wahrscheinlich hatte unser Freund eine Pistole. Irgendetwas, das groß und gefährlich genug aussah.«

Dean und Laurel sehen vom Schlüsselbein abwärts aus, als hätten sie beide eine Handgranate verschluckt.

»Ein einzelner langer Schnitt bei jedem«, sagt Barry. »Er hat irgendetwas sehr Scharfes benutzt.«

»Wahrscheinlich ein Skalpell«, pflichte ich ihm bei. »Aber es sind keine sauberen Schnitte. Man kann an den Wunden erkennen, dass er gezögert hat. Sehen Sie die gezackten Stellen?«

»Ja.«

Er hat seine Opfer mit zitternder Hand aufgeschnitten. Dann hat er hineingegriffen, gepackt, was immer er greifen konnte, und gezerrt wie ein Angler, der einen Fisch ausnimmt. Ich stehe über Mrs. Kingsley und blicke auf die Wunde. Ich kann das mittlere Drittel ihrer Wirbelsäule sehen, denn es gibt keine Organe mehr, die mir die Sicht versperren könnten.

»Diese zögernden Schnitte sind eigenartig«, sage ich nachdenklich.

»Wieso?«, fragt Barry.

»Weil er ansonsten vor Selbstvertrauen nur so strotzt.« Ich beuge mich vor, um genauer hinzusehen, untersuche diesmal die aufgeschlitzten Kehlen. »Die Schnitte am Hals sind sauber und geradlinig. Da gab es kein Zögern.« Ich richte mich auf. »Aber vielleicht irre ich mich. Vielleicht sehen die Schnitte so zittrig aus, weil er erregt war. Vielleicht hatte er einen Orgasmus.«

»Wie nett«, sagt Callie.

Im Unterschied zu seinen Eltern ist der Körper des Jungen, Michael, weitgehend unversehrt. Er ist weiß vom Blutverlust, doch ihm wurde die Würdelosigkeit des Ausnehmens erspart.

»Warum hat er den Jungen nicht so zugerichtet?«, fragt Barry.

»Entweder war er ihm nicht wichtig – oder er war der Wichtigste von allen«, sage ich.

Callie umrundet langsam das Bett, während sie die Leichen von allen Seiten in Augenschein nimmt. Immer wieder schweift ihr Blick zum Boden oder zu den Blutspritzern an den Wänden.

»Was siehst du?«, frage ich.

»Die Halsschlagadern aller drei Opfer wurden durchtrennt.

Er hat sie völlig ausbluten lassen, bevor er dann die beiden Erwachsenen aufgeschnitten und ausgeweidet hat.«

»Woran können Sie das erkennen?«, fragt Barry.

»Es gibt nicht genügend Blut, das sich in den Leibeshöhlen oder unter den freigelegten Organen hatte sammeln können. Womit wir zum nächsten Problem kämen: Wo ist das restliche Blut? Ich habe eine Stelle gesehen, wo eines der Opfer gestorben ist, unten im Salon. Was ist mit den anderen beiden?« Callie deutet auf die Wände. »Das meiste Blut ist dort. Es gibt ein paar Flecken auf dem Teppich, aber nicht genug. Die Laken und Bettdecken sind blutig, aber die Menge ist längst nicht ausreichend.« Callie schüttelt den Kopf. »In diesem Zimmer wurde niemandem die Kehle durchgeschnitten, das ist sicher.«

»Das ist mir auch schon aufgefallen«, sage ich. »Er hat sie irgendwo anders ausbluten lassen. Wo?«

Ein Augenblick vergeht, bevor wir drei wie auf ein stummes Zeichen den kurzen Gang hinunterblicken, der vom Schlafzimmer zum großen Bad führt. Ich setze mich wortlos in Bewegung. Barry und Callie folgen mir.

Als wir das Bad betreten, finden wir die Antwort.

»Oh, Himmel«, stößt Barry hervor. »Damit ist die Frage geklärt.«

Die Badewanne ist groß und dazu gedacht, darin zu entspannen und zu träumen. Sie ist gut ein Viertel voll mit gerinnendem Blut.

»Er hat sie in der Wanne ausbluten lassen.« Ich deute auf zwei große rostbraune Flecken auf dem Teppich. »Als er fertig war, hat er sie herausgehoben und dort nebeneinander hingelegt.«

Mein Verstand arbeitet auf Hochtouren, und meine Wahrnehmung der Dinge, die sich hier ereignet haben, wird schneller und schneller. Ich drehe mich um und gehe ins Schlafzimmer zurück, um mir Handgelenke und Knöchel von Dean und

Laurel Kingsley genauer anzusehen. Callie und Barry sind mir gefolgt und beobachten mich verwundert.

Ich deute auf die Leichen. »Keine Spuren an Handgelenken oder Knöcheln. Es sind zwei Erwachsene. Groß, sportlich. Du zwingst sie, sich nackt auszuziehen, du steckst sie in die Wanne, schlitzt ihnen die Kehle auf, einem nach dem anderen, lässt sie ausbluten, einen nach dem anderen … ergibt das einen Sinn?«

»Nein«, sagt Barry. »Sie hätten sich gewehrt. Wie hat er das gemacht?«

»Ockhams Rasiermesser«, sage ich. »Die einfachste Antwort: Sie *haben* sich nicht gewehrt.«

Barry runzelt verblüfft die Stirn; dann klärt sich seine Miene, und er nickt. »Richtig«, sagt er. »Sie waren außer Gefecht. Vielleicht betäubt.« Er schreibt eine weitere Notiz in seinen Block. »Ich lasse das Labor bei der Autopsie danach suchen.«

»Wenn das stimmt«, sage ich, »wenn sie wirklich betäubt wurden, musste er drei Körper tragen, einschließlich dem Opfer, das er unten im Haus umgebracht hat.« Ich sehe Barry an. »Was würden Sie sagen, wie groß war Mr. Kingsley? Eins fünfundachtzig?«

»Eher eins neunzig«, sagt Barry. »Und fünfundachtzig bis neunzig Kilo schwer.«

Ich stoße einen leisen Pfiff aus. »Er hätte Kingsley in die Badewanne wuchten müssen, als dieser betäubt war …« Ich schüttle den Kopf. »Unser Freund ist entweder groß oder stark oder beides.«

»Immerhin«, sagt Barry. »Wir suchen schon mal *nicht* nach einem kleinen, schmächtigen Burschen.«

»Es könnten natürlich auch zwei gewesen sein«, sagt Callie und sieht mich an. »Wir hatten es schon häufiger mit Pärchen oder Teams zu tun.«

Sie hat recht. Gemeinschaftlich begangene Morde sind nicht ungewöhnlich. Mein Team und ich haben schon mehr als ein perverses Kaffeekränzchen gejagt.

»Keine sichtbaren Hinweise auf sexuelle Misshandlungen«, bemerkt Barry. »Aber das bedeutet noch nicht viel. Wir können nichts mit Bestimmtheit sagen, bevor die Gerichtsmedizin sich die Leichen nicht ganz genau angeschaut hat.«

»Sie sollen zuerst den Jungen untersuchen«, sage ich.

Barry sieht mich mit erhobener Augenbraue an.

»Er wurde nicht ausgeweidet.« Ich deute auf die Leiche von Michael Kingsley. »Und er ist sauber. Ich würde sagen, der Killer hat ihn gewaschen, *post mortem*. Es sieht so aus, als hätte er ihm auch die Haare gekämmt. Vielleicht war es kein Sexualmord – aber hier ging irgendetwas vor. Der Täter war nicht so wütend auf Michael. Aber warum?«

»Gute Frage«, sagt Barry und schreibt eifrig mit.

Ich sehe mich im Zimmer um, betrachte die Blutspuren an den Wänden und der Decke. An manchen Stellen sehen sie aus wie Spritzer, als hätte ein Künstler rote Farbe aus einer Dose auf eine leere Leinwand geschleudert. Doch ich erkenne Feinheiten. Schnörkel und Symbole. Streifen. Das Offensichtlichste aber ist: Das Blut ist überall.

»Das Blut ist der Schlüssel zu ihm«, murmle ich. »Und zu dem Ausweiden. Es gibt keinerlei Hinweise auf Folterung, bei keinem der Opfer, und der Killer hat sie ausbluten lassen, bevor er sie aufgeschnitten hat. Ihr Schmerz war ihm nicht so wichtig. Er wollte, was in ihnen war. Insbesondere ihr Blut.«

»Warum?«, fragt Barry.

»Kann ich noch nicht sagen. Es gibt zu viele mögliche Muster. Blut ist Leben … man kann Blut trinken, man kann es benutzen, um die Zukunft vorherzusagen. Suchen Sie sich aus, was Sie wollen. Aber es ist wichtig.« Ich schüttle den Kopf. »Eigenartig.«

»Was?«

»Alles, was ich bisher gesehen habe, deutet auf einen desorganisierten Täter. Die Verstümmelungen, die Malereien mit Blut. Desorganisierte Täter sind chaotisch. Sie können nicht vorausplanen und verfangen sich immer wieder im Augenblick. Sie verlieren die Kontrolle und …«

»Und?«

»Wie kommt es, dass der Junge nicht aufgeschlitzt wurde, und wieso ist Sarah noch am Leben? Es passt nicht zusammen.«

Barry sieht mich nachdenklich an. Zuckt die Schultern.

»Gehen wir in ihr Zimmer«, sagt er. »Vielleicht finden wir dort ein paar Antworten.«

KAPITEL 11

»Wow!«, sagt Callie.

Sie hat zwei Gründe für diesen Ausruf.

Erstens – und sehr offensichtlich – die Worte an der nackten Wand neben dem Bett.

»Ist das Blut?«, fragt Barry.

»Ja«, bestätigt Callie.

Die Lettern sind groß. Die Schwünge sind wütend, jeder ein Ausdruck von Hass und Wut.

DIESER ORT = SCHMERZ

»Was zur Hölle soll das bedeuten?«, fragt Barry.

»Ich weiß es nicht«, lautet meine Antwort. »Aber es scheint ihm wichtig zu sein.«

Genau wie das Blut und die ausgenommenen Eingeweide.

»Interessant, dass er es in Sarahs Schlafzimmer geschrieben hat, findest du nicht auch?«, fragt Callie.

»Ja. Und es ist so verdammt aufschlussreich«, brummt Barry. »Warum können diese Psychos nie etwas Nützliches oder Sinnvolles schreiben? ›Hi, ich heiße John Smith, wohne in der 222 Oak Street und gestehe alles.‹«

Der zweite Grund für Callies Ausruf des Erstaunens findet sich im Dekor. Ich muss daran denken, wie ich heute in Alexas Zimmer gestanden habe. Sarahs Zimmer unterscheidet sich grundlegend von diesem Girly-Stil.

Der Teppich ist schwarz. Die Vorhänge vor den Fenstern sind schwarz und zugezogen. Das Bettlaken, Kissenbezüge und die Tagesdecke auf dem breiten Himmelbett sind schwarz. Alles in grellem Kontrast zum Weiß der Wände.

Es ist ein ziemlich großes Zimmer. Ungefähr anderthalbmal so groß wie ein gewöhnliches Kinderzimmer in den meisten Häusern, vielleicht drei auf vier Meter. Selbst mit dem großen Bett, einem kleinen Computertisch, einem Bücherregal und einem kleinen Beistelltisch mit Schubladen neben dem Bett bleibt noch genügend Platz im Zimmer, um sich zu bewegen. Doch das Zimmer wirkt kahl und strahlt Kälte aus.

»Ich bin kein Experte«, sagt Barry. »Aber in meinen Augen sieht es so aus, als hätte dieses Mädchen Probleme. Und damit meine ich nicht die Leichen im Haus.«

Ich untersuche den Nachttisch neben dem Bett. Er ist ungefähr so hoch wie ein Barhocker und besitzt auch dessen Fläche. Auf dem Nachttisch steht ein schwarzer Wecker, doch die drei Schubladen interessieren mich am meisten.

»Können wir jemanden herkommen lassen, der Fingerabdrücke von diesem Schränkchen nimmt?«, frage ich Barry. »Jetzt gleich?«

Er zuckt die Schultern. »Schätze ja. Warum?«

Ich erzähle ihm von dem Versprechen, das ich Sarah in Bezug auf ihr Tagebuch gegeben habe. Barry blickt unbehaglich drein.

»Sie hätten ihr dieses Versprechen nicht geben dürfen, Smoky«, sagt er. »Ich darf Ihnen das Tagebuch nicht überlassen, das wissen Sie doch.«

Ja, das weiß ich. Es verstößt gegen die Regel der geschlossenen Beweiskette und mindestens einem weiteren Dutzend forensischer Regeln, deren Missachtung bei John Simmons wahrscheinlich einen Herzinfarkt hervorrufen würde.

»Holen wir Johnny«, sagt Callie. »Ich habe eine Idee, wie wir vorgehen könnten.«

Simmons blickt sich in Sarah Kingsleys Schlafzimmer um. »Also, Calpurnia«, sagt er. »Erklären Sie mir bitte, was Sie hier zu bewerkstelligen versuchen?«

»Uns ist klar, Johnny, dass Smoky das Tagebuch nicht mitnehmen kann. Aber könnten wir nicht eine Kopie davon machen, indem Sie jede Seite fotografieren?«

»Sie wollen allen Ernstes, dass mein Fotograf seine Zeit darauf verschwendet, Seite für Seite das Tagebuch dieses Mädchens zu knipsen?«

»Genau.«

»Und warum sollte ich Ihrem Wunsch entsprechen?«

»Weil Sie es können, Johnny, und weil es nötig ist.«

»Na schön, Calpurnia«, sagt er und geht zur Tür. »Ich schicke Ihnen Dan gleich nach oben.«

Ich blicke ihm verwundert hinterher. Seine augenblickliche und vollständige Kapitulation ist mir ein Rätsel.

»Wieso war das so einfach?«, fragt Barry, nicht minder erstaunt.

»Das magische Wort war ›nötig‹«, erklärt Callie. »Johnny duldet keine überflüssige Bewegung an einem Tatort. Aber wenn sein Team gebraucht wird, um einen Fall zu klären, lässt er seine Leute tagelang arbeiten, wenn es sein muss.« Sie zeigt ein schiefes Grinsen. »Ich spreche aus Erfahrung.«

Das Tagebuch ist schwarz – natürlich. Glattes schwarzes Leder, kleines Format. Es ist weder maskulin noch feminin. Es ist funktional.

Dan, der schüchterne Fotograf, ist zu uns gekommen, die Kamera schussbereit.

»Wir brauchen ein Bild von jeder Seite, in der richtigen Reihenfolge und mit ausreichend hoher Auflösung, um sie auf normalem Druckerpapier ausdrucken und vor allem lesen zu können«, sagt Callie.

Dan nickt. »Quasi eine Fotokopie des Tagebuchs.«

»Ganz genau, Zuckerschnäuzchen.«

Dan errötet einmal mehr. Hüstelt. Die überraschende Nähe zu Callie macht ihm schwer zu schaffen. »Äh, ja … kein Problem. Hmmm«, stammelt er. »Ich habe eine Gigabyte-Karte auf Reserve, die ich dafür nehmen kann. Ich gebe sie Ihnen, wenn ich fertig bin.«

»Wir brauchen also nur noch jemanden, der die Seiten offen hält«, sagt Callie. Sie hebt die Hände und zeigt die Latexhandschuhe, die sie bereits angezogen hat. »Das mache ich.«

Dan beruhigt sich wieder, sobald er hinter seiner Kamera in Sicherheit ist. Barry und ich sehen zu, während er arbeitet. Der Raum ist still, die Stille nur durchbrochen vom Klicken des Kameraverschlusses und Dans gemurmelten Kommandos, wenn Callie die Seiten umblättern soll.

Ich schaue auf Sarahs Handschrift und entdecke zumindest eine Andeutung von Weiblichkeit. Die Schrift ist präzise, ohne kleinkariert zu wirken. Eine geschmeidige, exakt geschwungene Schrift, geschrieben in – Überraschung! – schwarzer Tinte.

Eine Menge Geschriebenes. Seite um Seite um Seite. Ich frage mich nachdenklich, worüber ein Teenager schreibt, der sich mit Schwarz umgibt. Ich frage mich, ob ich es wissen will.

Es ist ein lebenslanger Kampf für mich: Dinge nicht zu wissen. Ich bin mir der Schönheit des Lebens durchaus bewusst, wenn ich sie antreffe. Doch ich vergesse auch zu keiner Zeit, wie entsetzlich das Leben werden kann, wie monströs. Für mich wäre der Zustand des Glücks leichter zu erreichen, wenn ich nicht ständig diese widerstreitenden Kräfte in Einklang bringen müsste. Wenn ich nie fragen müsste: »Wie kann ich glücklich sein, wenn ich weiß, dass genau in diesem Augenblick jemand anders an einem anderen Ort etwas Grauenhaftes durchmacht?«

Ich erinnere mich, wie ich eines Nachts mit Matt und Alexa nach Los Angeles geflogen bin. Wir kamen aus dem Urlaub zurück. Alexa hatte den Platz am Fenster. Als wir im Landeanflug durch die Wolken sanken, stieß sie einen überraschten Laut aus.

»Sieh nur, Mami!«

Ich beugte mich zum Fenster und blickte nach draußen. Unter uns lag Los Angeles, ein Meer von Lichtern, von Horizont zu Horizont.

»Ist das nicht schön?«, rief Alexa.

Ich lächelte. »Es ist wunderschön, Liebes.«

Es war wunderschön gewesen. Und grauenvoll zugleich. Weil ich wusste, dass genau in diesem Moment irgendwo dort unten Haie in diesem Meer aus Lichtern auf Beutezug waren. Noch während Alexa mit großen Augen auf die Stadt schaute, wurden dort unten Frauen vergewaltigt, Kinder missbraucht und andere Abscheulichkeiten begangen, an die ich gar nicht erst denken wollte.

Mein Vater hat mir einmal gesagt: »Vor die Wahl gestellt wird ein Durchschnittsmensch lieber unwissend lächeln als die Wahrheit hören.«

Ich hatte herausgefunden, dass es tatsächlich so war. Für die Opfer – und für mich selbst.

Es ist nur Wunschdenken, diese Hoffnung auf »Nichtwissen«. Ich werde Sarahs Tagebuch lesen, und ich werde mich von dieser schwarzen kursiven Schrift führen lassen, wohin sie mich führen will, und dann werde ich wissen, was sie mir erzählt.

Das Geräusch der Kamera erfüllt den Raum und erschreckt mich jedes Mal, wenn Dan den Auslöser betätigt.

Es ist kurz vor neun, als ich mit Barry nach unten gehe. John Simmons bemerkt Barry und winkt uns zu sich. Er hält eine Digitalkamera in der Hand.

»Es gibt gute Nachrichten«, sagt er. »Wir konnten latente Fußabdrücke von den Fliesen am Pool abnehmen. Sehr sauber.«

»Großartig!«, sage ich.

»Zu schade, dass wir keine Datenbank haben, mit denen wir die Abdrücke vergleichen können«, bemerkt Barry.

»Nichtsdestotrotz sind die Fußabdrücke *bemerkenswert*«, erklärt Simmons.

Barry runzelte die Stirn. »Wie meinen Sie das?«

Simmons reicht ihm die Kamera. »Sehen Sie selbst.«

Es ist eine digitale Spiegelreflexkamera mit einem LCD-Bildschirm auf der Rückseite, auf dem man die aufgenommenen Bilder begutachten kann. Die Auflösung dieser Kameras reicht heutzutage völlig aus, um damit einzelne Abdrücke zu fotografieren. Das Foto auf dem Schirm ist winzig, doch wir können sehen, was John meint.

»Sind das Narben?«, frage ich.

»Ich denke schon.«

Die Fußsohle ist bedeckt von Narben. Lange, dünne Narben, die ausnahmslos quer verlaufen.

Barry gibt Simmons die Kamera zurück. »Haben Sie so etwas schon mal gesehen?«

»Ja, allerdings. Ich habe drei Einsätze als Freiwilliger bei Amnesty International geleistet und bei Post-mortem-Untersuchungen von Folteropfern geholfen. Außerdem war ich bei der Spurensicherung an vermuteten Folterschauplätzen dabei. Diese Narben sehen aus, als wäre das Opfer mit einem Rohrstock ausgepeitscht worden.«

Ich zucke zusammen. »Das müssen schreckliche Schmerzen sein.«

»Unerträgliche Schmerzen. Wenn es nicht fachgerecht gemacht wird, kann es das Opfer für den Rest seines Lebens verkrüppeln. Im Allgemeinen soll eine Bastonade, wie man solche Schläge auf die Fußsohlen nennt, dem Opfer lediglich Schmerz zufügen.«

»Sind die Narben auf beiden Füßen?«, fragt Barry.

»Auf beiden.«

Wir schweigen, während wir über diese Wendung der Dinge nachdenken. Die Möglichkeit, dass unser Freund irgendwann eine Folter über sich ergehen lassen musste, ist für das Täterprofil von immenser Bedeutung.

»Es stimmt mit dem Bild eines desorganisierten Täters überein«, bemerke ich.

Selbst wenn andere Dinge nicht dazu passen.

»Die Bastonade wird hauptsächlich in Südamerika und Teilen des Mittleren Ostens angewendet«, sagt Simmons. »Außerdem in Singapur, Malaysia und auf den Philippinen.«

»Sonst noch etwas, das wir wissen sollten?«, fragt Barry.

»Bis jetzt nicht. Wir sind dabei, den Inhalt des Filtersystems zu isolieren, aber das dauert eine Weile. Wir müssen abwarten.«

Das forensische Bearbeiten eines Tatorts ist ein Prozess aus *Identifikation* und *Individualisierung*. Von Individualisierung sprechen wir, wenn ein Beweisstück von einer spezifischen Quelle herrührt. Fingerabdrücke können einer einzigen Person zugeordnet werden, so wie Geschosse in den meisten Fällen einer bestimmten Waffe zugeordnet werden können. Die ultimative Individualisierung ist die DNA-Analyse.

Die große Mehrzahl an Beweisen jedoch lässt sich nicht individualisieren, lediglich identifizieren. Die Identifikation ist der Prozess des Klassifizierens von Beweisen aus einer gemeinsamen, jedoch nicht spezifischen Quelle. Ein Beispiel: feinste Metall- oder Rostpartikel, die man im eingeschlagenen Schädel eines Opfers findet und die sich als Material identifizieren lassen, das üblicherweise zur Herstellung von Hämmern benutzt wird.

Die beiden Bereiche können sich selbstverständlich überschneiden. Wir haben einen Verdächtigen und überprüfen, ob er einen Hammer besitzt. Das Opfer hat Verletzungen am Kopf, die mit dem Abdruck des verdächtigen Hammers übereinstimmen. Weitere Untersuchungen ergeben DNA-Spuren des Opfers an den Kanten des Hammerkopfes. Wir nehmen Fingerabdrücke vom Griff und finden lediglich die des Verdächtigen. Identifikation und Individualisierung, beides im Zusammenspiel, besiegeln das Schicksal des Täters. Es ist ein mühsamer Prozess, der nicht nur technisches Fachwissen erfordert, sondern auch die Fähigkeit zu logischer Deduktion und zum Verknüpfen von Fakten.

Ich hatte vorhin das Sichtbare bemerkt, das Blut im blauen Wasser des Pools, und hatte vermutet, dass unser Täter im Pool gebadet hat. Callie nahm meine Beobachtung auf, stellte ihre eigenen Analysen an und führte uns zu dem unsichtbaren Fußabdruck.

Die Präzision eines Sherlock Holmes ist eine nette Phantasie, mehr nicht. Die Wahrheit ist, dass wir wie denkende Staubsauger sind. Wir saugen alles in uns auf, verarbeiten es und hoffen, dass wir das Ergebnis begreifen.

Ich stehe mit Barry auf dem Rasen und warte darauf, dass Callie und Dan, der schüchterne Fotograf, fertig werden. Es war ein langer Tag. Alan packt bestimmt bald zusammen. Ich möchte weg von hier.

Barry zieht ein Päckchen Marlboros aus der Brusttasche seines Hemds. *Meine alte Marke*, denke ich sehnsüchtig.

»Möchten Sie auch eine?«, fragt er und bietet mir die Packung an.

Ich kämpfe gegen das allgegenwärtige Verlangen. »Nein, danke.«

»Aufgehört?«

»Ich rauche in Gedanken bei Ihnen mit.«

»Und ich puste gern ein wenig Rauch in Ihre Richtung, wenn Sie mich nett darum bitten«, sagt er, während er ein Streichholz entzündet. Er bringt die Flamme an die Spitze, bis sie rot glüht, und nimmt einen tiefen, genussvollen Zug.

Ich schaue zu, wie er den Rauch ausstößt. Er bildet eine

Wolke, die beinahe unbewegt in der Luft schwebt. Nicht die kleinste Brise ist da, um ihn zu vertreiben. Meine Nüstern blähen sich. Der süße Duft der Sucht … mjam, mjam, mjam.

»Ich werde morgen früh mit dem Mädchen reden«, sagt Barry. »Wäre hilfreich, wenn Sie dabei sein könnten.«

»Rufen Sie mich rechtzeitig auf dem Handy an.«

»Mach ich.« Er deutet mit einer Handbewegung zum Haus. »Wie sehen Sie das alles bis jetzt?«

»Vieles ist verwirrend. Was klar zu sein scheint – es steckt eine Botschaft hinter den Taten des Killers. Die Frage lautet, ist sie an uns gerichtet oder an ihn selbst? Will er, dass wir verstehen, was das viele Blut bedeutet? Hat er deswegen die Nachricht an der Wand hinterlassen? Geschah es aus Absicht? Oder hat er es getan, weil Stimmen in seinem Kopf ihn dazu aufgefordert haben?« Ich drehe mich zum Haus um. »Wir wissen, dass dieser *Künstler* sehr viel Selbstbewusstsein besitzt, und er ist mutig und kompetent. Wir wissen jedoch nicht, ob er ein organisierter oder ein desorganisierter Täter ist. Wir wissen noch nicht, was er *fürchtet*.«

Barry runzelte die Stirn. »Fürchtet? Wie meinen Sie das?«

»Serienkiller sind narzisstisch veranlagt. Es mangelt ihnen an Einfühlungsvermögen in andere Menschen. Sie wählen ihre Tötungs- oder Foltermethode nicht danach aus, was ihre Opfer ihrer Meinung nach fürchten. Das würde Einfühlungsvermögen erfordern. Stattdessen wählen sie ihre Methoden und ihre Opfer basierend auf ihren *eigenen* Ängsten und Befürchtungen aus. Ein Mann, der Zurückweisung von schönen blonden Frauen fürchtet, entführt genau diese Art Frauen. Er foltert sie mit glimmenden Zigarettenspitzen, bis sie ihm sagen, dass sie ihn lieben, weil die schöne blonde Mami den Penis unseres Psychos mit ihren Mentholzigaretten verbrannt hat. Das ist zwar stark vereinfacht, aber es ist das zugrunde liegende Prinzip. Methode und Opfer sind alles. Die Frage, auf die ich eine Antwort suche, lautet: Wer war in diesem Haus das Opfer? Sarah oder die Kingsleys? Oder vielleicht beide? Die Antwort darauf führt uns zu allem anderen.«

Barry blickt mich an. »Sie haben eine Menge finsterer Gedanken im Kopf, Barrett.«

Ich setze zu einer Antwort an, als mein Handy summt.

»Spreche ich mit Agentin Barrett?« Eine Männerstimme, irgendwie vertraut.

»Wer spricht da?«

»Al Hoffman, Ma'am. Ich bediene die Hotline.«

Die Hotline ist die FBI-Version eines lebenden 24/7-Anrufbeantworters. Wer an der Hotline sitzt, kennt die Kontaktnummer von jedem Mitarbeiter, angefangen beim Assistant Director bis zur Putzfrau. Wenn beispielsweise jemand aus Quantico jemanden aus L.A. sprechen möchte und es ist nach Dienstschluss, ruft er die Hotline an.

»Was gibt's, Al?«, frage ich.

»Ich habe einen eigenartigen anonymen Anruf für Sie, Agentin Barrett.«

Meine Nackenhaare richten sich auf.

»Männlich oder weiblich?«

»Männlich. Die Stimme war gedämpft, als hätte er etwas über die Sprechmuschel gehalten.«

»Was hat der Anrufer gesagt?«

»Er hat gesagt … ich zitiere: ›Sag dem Miststück mit dem Narbengesicht, dass es noch mehr Tote gegeben hat und dass Gerechtigkeit getan wurde.‹ Dann nannte er mir eine Adresse in Granada Hills.«

Ich bin stumm.

»Agentin Barrett?«

»Konnten Sie die Nummer zurückverfolgen, Al?«

Die Frage ist eine Formalität. Die Hotline verfügt seit dem 11. September über eine automatische Zurückverfolgung, doch das ist eine vertrauliche Information.

»Es war ein Mobiltelefon. Wahrscheinlich eine geklonte

Nummer, oder gestohlen oder über einen Dienst, der das Zurückverfolgen unmöglich macht.«

»Geben Sie mir trotzdem die Nummer, Al. Und die Adresse bitte.«

Er liest von einem Blatt ab. Ich bedanke mich und beende das Gespräch.

»Was ist passiert?«

Ich berichte Barry vom Inhalt des Anrufs.

Er starrt mich einen Moment lang ungläubig an. »Verdammte Scheiße. So eine elende Scheiße!«, tobt er los. »Sie nehmen mich auf den Arm, Smoky! Verdammt, glauben Sie, dass es real ist?«

»›Dieser Ort ist Gerechtigkeit‹? Die Ähnlichkeit ist viel zu groß, als dass es Zufall sein könnte.«

»Der Dreckskerl weiß, wie man anderen Leuten den Samstagabend versaut, so viel steht fest«, murmelt Barry. Er schnippt seine Zigarette auf die Straße. »Warten Sie einen Moment, ich sag Simmons Bescheid, dass wir von hier verschwinden. Sie schnappen sich Callie, und dann werden wir losfahren und herausfinden, worin für diesen Hurensohn der Unterschied zwischen Schmerz und Gerechtigkeit besteht.«

Alan ist immer noch nirgends zu sehen. Ich rufe ihn auf seinem Handy an. »Ich bin drei Häuser weiter unten und esse bei Mrs. Monaghan Plätzchen«, berichtet er. »Sie ist eine sehr nette Lady, die freiwillig bei der Nachbarschaftswache mitmacht.«

Alan legt eine übermenschliche Geduld an den Tag, wenn es darum geht, Zeugen zu befragen. Unerschütterlich. Seine »nette Lady, die freiwillig bei der Nachbarschaftswache mitmacht« ist mit großer Wahrscheinlichkeit eine verschrobene, neugierige Person, die jeden mit scharfem Auge beobachtet und mit noch schärferer Zunge über die Leute herzieht.

Ich berichte Alan über den Anruf von der Hotline.

»Möchtest du, dass ich mitkomme?«, fragt er.

»Nein, esst ihr mal eure Plätzchen und bringt die Befragungen zu Ende.«

»Machen wir. Aber ruf mich an und lass mich wissen, was ihr vorgefunden habt. Und Smoky … sei bitte vorsichtig.«

Ich überlege, ob ich mit dem gleichen Spruch antworten soll, den ich Dawes an den Kopf geknallt habe, doch ich entscheide mich dagegen. Alans Stimme klingt zu aufrichtig besorgt.

»Bin ich«, verspreche ich ihm.

KAPITEL 12

Wir fahren auf dem Freeway 118 nach Osten. Die Straße ist belebt, jedoch nicht verstopft, ein Dauerzustand auf den Freeways von Los Angeles.

Ich bin nervös, schlecht gelaunt und düsterer Stimmung. Dieser Tag geht mehr und mehr vor die Hunde.

»Wieso ausgerechnet du?«, fragt Callie und stört mich in meiner Selbstmitleid-Party.

»Wieso ausgerechnet ich *was?*«

»Wieso hat der Böse Mann ausgerechnet dich angerufen?«, will sie wissen.

Ich denke darüber nach.

»Vielleicht hat er es geplant, aber das glaube ich eigentlich nicht. Ich glaube eher, er war dort.«

»Wie bitte?«

»Ich glaube, er war dort. Er hat uns beobachtet. Er hat uns kommen sehen, und er hat mich erkannt.«

Es ist ein Hauptthema bei der Ermittlungsarbeit und im Profiling, dass Täter zum Ort ihres Verbrechens zurückkehren. Die Gründe dafür sind endlos. Beispielweise möchte der Täter herausfinden, wie die Ermittlungen vorangehen. Oder er will die Erfahrung des Tötens noch einmal durchleben. Macht spüren.

»Ich glaube, er hat von Anfang an vorgehabt, uns über das zweite Verbrechen zu informieren. Er hat beschlossen, am Tatort herumzuhängen, zu sehen, was passiert, und uns dann anzurufen. Zufällig *waren* wir am Tatort.«

»Und dabei hat er dich erkannt.«

»Leider«, sage ich seufzend.

»Barry hat den Blinker gesetzt. Wir müssen hier abfahren.«

Barry kennt die Gegend, in die wir fahren. Die Adresse ist ein Wohnblock.

»Kein Drecksloch, aber auch nichts Großartiges«, hat er gesagt. »Ich hatte dort vor vier Jahren mal einen Fall von Selbstmord.«

Ich fahre ihm hinterher, und wir biegen nach rechts auf den Sepulveda Boulevard ab. Hier herrscht mehr Betrieb als auf dem Freeway. Es ist Samstagabend; die Leute sind unterwegs in die Restaurants und Bars. Das Hamsterrad des Lebens in der großen Stadt dreht sich.

»Ich frage mich, ob dieser Tatort frischer ist als der letzte«, sagt Callie. »Meinst du, er lässt die Sau raus? Eine ganze Nacht lang?«

»Ich weiß es wirklich nicht, Callie. Dieser Typ ist mir ein Rätsel. Er zerstückelt die Eltern, lässt den Sohn aber unversehrt, die Tochter sogar am Leben. Er bemalt ein Zimmer mit ihrem Blut, plant aber gut genug voraus, seine Opfer vorher unter Drogen zu setzen. Auf der einen Seite erscheint er psychopathisch und desorganisiert, auf der anderen Seite zielgerichtet und kontrolliert. Es ist ganz merkwürdig.«

Sie nickt. »Das Schwimmen im Pool war impulsiv.«

Killer sind Menschen, und Menschen sind komplex. Doch im Laufe der Jahre haben wir gelernt, dass es Muster gibt, nach denen wir suchen können. Sämtliche Serienkiller werden angetrieben vom Zwang zu töten. Das Wie und Warum jedoch kann Welten auseinanderliegen.

Organisierte Killer, die Ted Bundys dieser Welt, folgen im Allgemeinen einem Plan. Sie sind die Eis-Männer, die mit dem Durchblick. Sie sind besonnen und kaltblütig bis zum Augenblick des eigentlichen Aktes. Sie verspüren nicht unbedingt den Zwang, ihre Opfer zu entpersönlichen, und sie können wunderbare Schauspieler sein, die sich unauffällig unter uns andere mischen, ohne dass wir etwas von ihren perversen Neigungen ahnen.

Desorganisierte Killer sind ein anderes Kapitel. Sie sind wie Jeffrey Dahmer oder David Berkowitz, der »Son of Sam«. Sie haben Schwierigkeiten, sich an andere anzupassen. Häufig fallen sie ihren Nachbarn oder Kollegen durch eigenartiges Verhalten auf. Es fällt ihnen schwer, ihre Zwänge zu kontrollieren; daher haben sie Mühe, sich an einen längerfristigen Plan zu halten. In der Methodologie des desorganisierten Killers finden sich willkürliche Opfer und aberwitzige Verstümmelungen. Es ist das Reich von Kannibalismus und von Frauen mit abgetrennten Brüsten oder zerfetzten Genitalien.

Oder von Ehemann und Ehefrau, ausgenommen wie erlegtes Wild.

Das Ausweiden steht für Ekstase, Raserei, Wahnsinn. Die bewusste *Entscheidung*, Sarah am Leben zu lassen, wäre höchst ungewöhnlich für einen Killer in diesem emotionalen Zustand. Und doch hat er genau das getan.

»Er scheint einen Plan zu verfolgen«, sagt Callie. »Vielleicht liegen die Dinge nicht so einfach, wie es scheint.«

»Sarahs Worte deuten darauf hin, dass sie sein eigentlich beabsichtigtes Opfer ist. Warum also so viel Gewalt gegen die anderen? Das passt nicht zusammen.«

»Noch nicht.«

Callie hat recht. Am Ende fügt sich alles zusammen. So ist es immer. Serienkiller werden vielleicht nicht immer gefasst, doch sie sind niemals originell – nicht, wenn man betrachtet, was sie antreibt. Sie mögen schlauer sein, als wir es gewöhnt sind, sie mögen furchteinflößender oder entsetzlicher sein, doch am Ende werden sie alle von ihren Zwängen getrieben. Ein Muster ist unausweichlich. Das ist eine Tatsache, und der können sie nicht entkommen, ganz gleich, wie rational sie in anderer Hinsicht sind.

»Ja, ich weiß. Sag mal, was hat es eigentlich mit deinen Schmerzen und den Tabletten auf sich?«, frage ich sie, ohne dass ich es eigentlich will und bevor ich darüber nachdenken kann.

Callie sieht mich mit erhobenen Augenbrauen an. »Das ist ein ziemlich unvermittelter Themenwechsel.« Ich biege nach rechts ab, folge Barry. »Nun, die Ärzte meinen, es ist das Resultat eines unbedeutenden Nervenschadens. Sie sagen, es könnte heilen, sind aber nicht mehr so optimistisch wie vor einem halben Jahr.«

»Wie schlimm sind die Schmerzen?«

»Manchmal sind sie ziemlich stark. Aber das ist nicht das eigentliche Problem. Das Problem ist, dass ich sie ständig habe. Unterschwellige Schmerzen, die nie weggehen. Das ist schlimmer als gelegentliche starke Schmerzen, für mich jedenfalls.«

»Und das Vicodin hilft dir?«

Ich sehe sie von der Seite lächeln. »Smoky, wir beide sind aus vielen Gründen befreundet. Einer davon ist, dass wir uns nur die Wahrheit sagen. Frag mich, was du wirklich wissen willst.«

Ich seufze. »Du hast recht. Ich mache mir Sorgen wegen der möglichen Abhängigkeit. Ich sorge mich um dich.«

»Verständlich. Also gut, dann sage ich die Wahrheit. Eine Abhängigkeit ist unvermeidlich. Ich schätze, es wäre jetzt schon schwierig für mich, damit aufzuhören. In drei Monaten ist es noch nicht schlimmer. Die Wahrheit ist, wenn sich das Problem bis dahin gelöst hat, bekomme ich für den Rest meines Lebens irgendwelche Schmerzmittel, was mit ziemlicher Sicherheit das Ende meiner beruflichen Laufbahn bedeutet. Deswegen, Smoky, liebe Freundin, tust du recht daran, dich um mich zu sorgen, und damit stehst du nicht alleine da. Ich erlaube dir hiermit, mich einmal im Monat zu fragen, wie es mir geht, und ich verspreche dir, ehrlich zu antworten und dir zu sagen, wie die Dinge stehen, damit du die richtigen Entscheidungen treffen kannst. Ansonsten möchte ich nicht darüber reden, okay?«

Ich blicke sie sprachlos an. »Tust du denn alles, was die Ärzte dir sagen?«, frage ich, als ich meine Stimme wiedergefunden habe.

»Selbstverständlich.« Sie klingt erschöpft. »Physiotherapie hauptsächlich. Ich möchte wieder gesund werden. Es gibt fünf Dinge in meinem Leben, die für mich wichtig sind: mein Job, meine Freunde, meine Tochter, mein Enkelsohn und meine gelegentlichen sexuellen Abenteuer. Ich bin einigermaßen zufrieden, wie es läuft. Wenn ich den Job verliere ...« Sie schüttelt den Kopf. »Es würde eine verdammt große Lücke reißen. Okay, jetzt haben wir ungefähr so viel über mich geredet, wie ich im Moment ertragen kann.«

Ich blicke sie an und belasse es dabei.

In Gedanken jedoch mache ich mir eine Notiz mit dem Vermerk »Dringend«. Noch eine Sache, die mir im Kopf herumgehen wird. Ich müsste eigentlich meine Vorgesetzten informieren und Callie in den Innendienst versetzen, doch das werde ich nicht, und das weiß sie. Callie ist eine erbarmungslose Jägerin, wenn es darum geht, selbst den unbedeutendsten Spuren zu folgen. Das rührt daher, weil sie auch mit sich selbst erbarmungslos ist. Wenn sie das Gefühl hat, zu einer Belastung für das Team zu werden, muss ich sie nicht erst suspendieren. Sie wird von selbst die Konsequenzen ziehen.

Es sei denn, ich gehe nach Quantico. Dann hätte ich nichts mehr damit zu tun ...

Barry biegt nach links in eine der ruhigeren Wohnstraßen ein. Ich folge ihm einen Block weit. An einem Stoppschild biegen wir ein weiteres Mal links ab, dann sofort wieder nach rechts, direkt auf einen Anwohnerparkplatz.

»Jetzt weiß ich, was er eben gemeint hat, wegen dieser Gegend«, bemerkt Callie und blickt durch die Windschutzscheibe nach draußen.

Es ist ein alter Wohnkomplex von der Sorte, wie sie in den Siebzigern gebaut wurden, ein zweistöckiger Block mit einem grünen Innenhof, um den herum sich ungefähr vierzig Wohnungen ziehen. Die Fassade ist mit braunem Holz verkleidet, und der Sockel aus Beton ist schmutzig und an verschiedenen Stellen gerissen. Der Asphalt des Parkplatzes ist ebenfalls gesprungen, und es gibt keine Markierungen für die einzelnen Stellplätze. Zwei große Müllcontainer stehen direkt an der Hauswand. Beide sind randvoll, kurz vor dem Überquellen.

Wir steigen aus und gehen zu Barry.

»Hübsche Gegend, was?«, sagt er mit einem Kopfnicken auf unsere Umgebung.

»Ich hab schon Schlimmeres gesehen«, antworte ich. »Wohnen möchte ich hier allerdings nicht.«

»Na, der Innenhof ist eigentlich ganz okay. Welche Nummer hat die Wohnung?«

»Zwanzig.«

»Erster Stock also. Gehen wir.«

Barry hat recht, der Innenhof ist *okay*. Nicht groß, doch in besserem Zustand als das Äußere des Blocks. Er besitzt eine Mittelfläche aus Rasen und Bäumen, ordentlich geschnitten und gepflegt. Sämtliche Wohnungstüren zeigen auf den Innenhof hinaus, zwei Etagen, die ein großes Quadrat bilden. Man kann die Stadt hier drinnen hören, doch der Lärm ist gedämpft und abseits. Der Hof war als Oase der Privatsphäre gedacht, aber dafür ist er zu klein und beengt. Er ist eher wie eine Wagenburg, die sich gegen den unausweichlichen Ansturm der Stadt zu wappnen trachtet.

»Apartment zwanzig ist in der oberen linken Ecke«, erklärt Barry.

»Gehen Sie voran«, sage ich.

Wir ziehen unsere Waffen aus den Halftern und steigen die Treppe hinauf. Ich sehe Lichter in den meisten Fenstern.

Jeder hier hat seine Vorhänge ständig geschlossen; es gibt keine andere Möglichkeit, sich wenigstens ein bisschen Privatsphäre zu schaffen. Wir erreichen den oberen Treppenabsatz. Die Tür zu Nummer zwanzig befindet sich zwei Wohnungen weiter zu unserer Rechten.

Barry drückt sich an die Wand, während er zu der Tür huscht. Wir folgen ihm genauso schnell. Er streckt die freie Hand aus und klopft laut. Ein Cop-Klopfen.

»Polizei! Öffnen Sie bitte die Tür!«

Stille.

Stille ringsum, ganz unvermittelt. Vor einer Sekunde noch haben Radios geplärrt, und Fernseher sind gelaufen. Jetzt ist alles still. Ich kann spüren, wie die übrigen Bewohner den Atem anhalten und lauschen. Wie sie die Wagenburg umkreisen.

Barry klopft erneut, noch lauter.

»Machen Sie auf! Los Angeles Police Department! Wenn Sie nicht öffnen, müssen wir uns gewaltsam Zutritt verschaffen.«

Wir warten.

Keine Reaktion.

»Der Anruf verschafft uns einen Rechtfertigungsgrund«, murmelt er und zuckt die Schultern. »Mal schauen, ob die Tür verschlossen ist. Dann müssen wir den Hausmeister suchen.«

»Nur zu«, sage ich.

Er streckt die Hand aus und versucht den Knopf zu drehen. Die Tür ist unverschlossen. Barry sieht uns an.

»Fertig?«

Wir nicken.

Er stößt die Tür mit einer schnellen Bewegung weit auf und springt dabei zur rechten Seite, während er die Waffe mit beiden Hände in Anschlag bringt. Ich folge seinem Beispiel auf der linken Seite der Tür.

Vor uns liegt ein Wohnzimmer, an das sich direkt eine Küche anschließt. Der Teppich ist alt, schmutzig und von einem unansehnlichen Braun. An einer Wand steht ein schwarzes Ledersofa gegenüber einem billigen Unterhaltungscenter mit 65-Zentimeter-Bildschirm. Der Fernseher ist eingeschaltet, der Ton heruntergedreht. Eine Dauerwerbesendung läuft.

»Hallo?«, ruft Barry in die Wohnung.

Keine Antwort.

Vor dem Ledersofa steht ein billiger, zerschrammter Tisch. Auf dem Tisch liegen verschiedene Hochglanz-Pornohefte, daneben ein Glas mit etwas, das aussieht wie Vaseline. Rechts ein überquellender Aschenbecher.

»Hier drin riecht es wie Füße und Arsch«, brummt Barry.

Er schleicht ins Apartment, die Waffe schussbereit. Ich folge ihm. Callie bildet den Abschluss. Die Küche ist leer. Das Spülbecken steht voll mit schmutzigem Geschirr. In einer Ecke brummt ein alter zweiteiliger Kühl-Gefrierschrank.

»Die Schlafzimmer liegen hinten raus«, sagt Barry.

Es ist ein sehr kurzer Weg durch einen sehr schmalen Flur bis zu den Schlafzimmern. Wir passieren ein einzelnes Bad auf der rechten Seite. Ich sehe weiße Fliesen und eine weiße Wanne. Das Bad ist klein und schmutzig und stinkt nach Urin. Nichts Erwähnenswertes auf der Arbeitsfläche um das Waschbecken herum. Der Spiegel ist fleckig und ebenfalls unsauber.

Die Schlafzimmer liegen einander gegenüber. Die Tür zu dem Zimmer auf der rechten Seite steht offen, und ich sehe eine Art Bürozimmer. Unter einem alten Metallschreibtisch steht ein Computer, auf dem Tisch ein Neunzehn-Zoll-Flachbildschirm, an den Wänden ein paar Regale aus Hüttensteinen und Dielenbrettern. Die Regale sind fast leer, lediglich ein paar Taschenbücher und Porno-Videos stehen darin. Auf dem obersten Brett steht eine Wasserpfeife, zu einem Viertel gefüllt mit trübem Pot-Wasser.

Es ist eine seltsame, traurige Wohnung. Die einzigen Dinge von Wert, die ich bisher gesehen habe, sind das Ledersofa, der Fernseher und der Computer. Alles andere ist billig, vom Sperrmüll geklaubt und alt, abgenutzt und mit einer dicken, fettigen Schmutzschicht überzogen.

»Ich rieche irgendwas«, murmelt Barry und nickt in Richtung der Tür zum anderen Schlafzimmer. Sie ist geschlossen.

Ich nähere mich vorsichtig, und da ist er wieder: der kupferartige, klebrige, süßliche Geruch. Centstücke in meinem Mund.

»Ich mache jetzt die Tür auf«, flüstert Barry.

»Okay.« Ich packe meine Waffe fester. Das Herz schlägt mir bis zum Hals. Barry und Callie sehen so nervös aus, wie ich mich fühle.

Barry packt den Knauf, zögert eine Sekunde, dann stößt er die Tür weit auf, während er in einer fließenden Bewegung die Waffe hebt.

Der Geruch von Blut schießt heraus und umhüllt uns, zusammen mit dem Gestank von Schweiß, Fäkalien und Urin. Ich sehe die versprochenen Worte an der Wand über dem Bett:

DIESER ORT = GERECHTIGKEIT!

Sie sehen verwegen und stolz aus, beinahe freudig.

Unter den Worten liegt etwas, das einmal ein Mann gewesen ist. Neben dem Mann liegt eine junge Frau. Ihre Haut ist unnatürlich weiß, wie Alabaster.

Wir senken die Waffen. Die Bedrohung war da, doch sie ist längst verschwunden.

Dieses Schlafzimmer ist eine Fortsetzung des Motivs der gesamten Wohnung: traurig und klein. Auf einem Stuhl in einer Ecke hängt schmutzige Kleidung. Das Bett ist breit, doch es besteht aus nichts weiter als einer Matratze auf einem Metallrost in einem Metallrahmen. Kein Kopfstück, kein Fußteil. Keine Nachtschränke.

Auf dem Bett liegt ein nackter Mann mit aufgeschnittener Leibeshöhle. Seine Eingeweide sind ausgenommen. Er ist Latino, ein kleiner Mann; ich schätze ihn auf nicht mehr als eins siebzig. Er ist mager, zu mager. Wahrscheinlich ist er der

Raucher. Sein dunkles Haar ist von grauen Strähnen durchsetzt; wahrscheinlich ist er irgendwo zwischen fünfzig und fünfundfünfzig Jahre alt.

Das Mädchen ist eine Weiße und sieht aus wie ein Teenager, sechzehn, vielleicht achtzehn Jahre. Sie hat ein einigermaßen hübsches Gesicht und schmutzig-blonde Haare. Kleine, hübsche Brüste. Sommersprossen auf den Schultern. Der Schambereich ist rasiert. Mit Ausnahme der durchschnittenen Kehle erscheint sie unverletzt. Mir fällt auf, dass ihre Augen geschlossen sind, wie die von Laurel Kingsley. Sie sieht nicht aus, als wäre sie mit dem Mann verwandt, und ich frage mich, was sie in dieser Wohnung gemacht hat, in dieser traurigen kleinen Wohnung bei diesem älteren Mann mit seinen Hochglanzmagazinen und der Vaseline auf dem Wohnzimmertisch.

Noch etwas fällt mir auf, eine vage Ähnlichkeit zwischen diesem Tatort und dem Haus der Kingsleys: Beide Male hat der Täter die Kinder nicht angetastet, während die Erwachsenen aufgeschlitzt und ausgeweidet sind.

Er tötet die Kinder, doch er verstümmelt sie nicht. Warum?

»Die Wohnung ist zu klein«, sagt Callie. »Wir sollten das Zimmer nicht betreten, bevor die Spurensicherung hier war.«

»Einverstanden«, sagt Barry und steckt seine Pistole ins Halfter zurück. »Das war eindeutig unser Freund, Smoky, meinen Sie nicht auch?«

»Ohne jeden Zweifel.«

Das Gesicht des Mannes ist in einem Schrei erstarrt, einem grauenhaften Brüllen. Das Gesicht des Mädchens ist ruhig, passiv, was ich viel unheimlicher finde und sehr viel erschütternder.

»Okay, Smoky. Von diesem Augenblick an bin ich offiziell überlastet und ersuche offiziell um Hilfe«, sagt Barry.

Ich zwinge mich, den Blick von den leeren Gesichtszügen des toten Mädchens abzuwenden. »Du weißt, was das bedeutet«, sage ich zu Callie.

Sie seufzt und bläst die Wangen auf. »Ich wecke Gene, und wir machen uns an die Arbeit.«

Gene Sykes ist der Leiter des Kriminallabors beim FBI Los Angeles. Er und Callie haben in der Vergangenheit bereits häufiger zusammengearbeitet. Das werden sie nun wieder tun, und ich weiß, dass sie in dieser Wohnung jede Spur finden werden, die es zu finden gibt.

»Warte«, sage ich, als mir ein Gedanke kommt. »Welches Zeitfenster siehst du zwischen diesen Morden hier und den Kingsley-Morden?«

»Nach dem Zustand der Leichen zu urteilen würde ich sagen, dieser Tatort hier ist vielleicht einen Tag alt«, sagt Callie.

»Also hat er zuerst hier gemordet und ist dann zu den Kingsleys gefahren. Eigenartig.«

»Wieso?«, fragt Barry.

»Ritueller Serienmord folgt normalerweise einem bestimmten Zyklus. Der Mord selbst ist der Höhepunkt dieses Zyklus, dann folgt Depression. Damit meine ich nicht, dass der Killer sich bloß niedergeschlagen fühlt. Ich rede von einer tiefen und erschütternden Depression. Unser Täter jedoch hat erst hier gemordet, ist am nächsten Tag aufgewacht und hat die Kingsleys getötet. Das ist sehr ungewöhnlich.«

»Alles an diesem Fall ist ungewöhnlich. Alles an diesem Fall ist scheiße«, brummt Barry.

Während Callie sich mit Gene in Verbindung setzt, erhalte ich einen Anruf von Alan.

»Ich bin hier fertig«, sagt er. »Alles okay bei euch?«

»Das kommt darauf an, wie du ›okay‹ definierst«, antworte ich und berichte in knappen Worten, was wir vorgefunden haben.

»Er hat uns den ›großen Gefallen‹ getan.«

Von einem »großen Gefallen« reden wir, wenn der Täter ein zweites Mal zugeschlagen hat, bevor wir Zeit gefunden haben, über den ersten Tatort nachzudenken. Sehr häufig liefert der erste Tatort nicht genügend Spuren, als dass sie uns zum Täter führen könnten. In diesen Fällen können wir nichts tun als warten, bis er erneut zuschlägt, und hoffen, dass er beim zweiten Mal sorgloser zu Werke geht. Oder beim dritten Mal.

Oder beim vierten Mal.

Es ist entmutigend und weckt tiefe Schuldgefühle gegenüber den Opfern. »Der große Gefallen« ist ein sarkastischer Ausdruck – und zugleich auch wieder nicht. Der Killer hat uns einen zweiten Tatort geliefert, ohne dass wir uns deswegen schuldig fühlen müssen, weil es passiert ist, ehe wir die Verantwortung übernommen haben. Erst von diesem Augenblick an lastet alles Weitere auf uns.

»Was hast du herausgefunden?«, frage ich Alan.

»Nichts. Niemand hat etwas Ungewöhnliches bemerkt. Keine fremden Fahrzeuge, keine fremden Personen. Andererseits ist das hier eine von den Wohngegenden der absolut mittleren Mittelschicht.«

Alan bezieht sich auf eine Studie, die er mir vor kurzem hat zukommen lassen. Es ist eine soziologische Arbeit, die sich mit kriminologischen Ermittlungen befasst. In der Studie wird untersucht, wie technologischer Fortschritt, gesellschaftliche Veränderungen und die Wahrnehmung von Verbrechen als solchen unsere Arbeit immer schwieriger machen. Es geht im Grunde darum, dass die Menschen ihre Nachbarn in früheren Zeiten meist besser kannten. Wohngegenden waren Gemeinschaften. Frauen waren in erster Linie zu Hause und kümmerten sich um die Kinder. Das Ergebnis war eine größere Anzahl aufmerksamer Zeugen, was die nicht-forensische Arbeit erleichtert hat. Außenseiter fielen stärker auf.

Mit den Jahren stieg die Verbrechensrate. Frauen gingen arbeiten. Selbst dort, wo die Verbrechensrate im Grunde gar nicht stieg, gab es eine diesbezügliche Sensibilisierung. Hinzu kam, dass Dinge, die früher unter den Teppich gekehrt wurden – beispielsweise die Misshandlung von Frauen und Kindern, Kindesmissbrauch und Vergewaltigung in der Ehe –, immer mehr wie die Verbrechen empfunden wurden, die sie schon immer gewesen waren. Sie fanden Eingang in die Medien. Die Leute erkannten, dass jeder Nachbar seine Frau schlagen oder seine Kinder missbrauchen konnte. Dass der typisch amerikanische, stets gut gelaunte, fröhliche High-School-Quarterback ein brutaler Vergewaltiger sein konnte. Familien zogen sich in ihre Wagenburgen zurück, und der Radius dieser Burgen wurde von Jahr zu Jahr kleiner.

Heutzutage, so stellt die Studie fest, gibt es diesen alten Gemeinschaftssinn in den meisten Mittelschicht-Wohngegenden gar nicht mehr. Die große Mehrzahl der Bewohner kennt die Namen der Nachbarn rechts und links, aber das ist auch schon alles.

Ärmere Wohngegenden tendieren im Gegensatz dazu zu mehr Zusammenhalt. Reichere Wohngegenden tendieren zu mehr Sicherheitsbewusstsein und Wachsamkeit. Die Studie kommt zu dem Schluss, dass die beste Gegend für ein Verbrechen jene Viertel sind, in denen die »mittlere Mittelschicht« lebt, wo jedes Zuhause eine Insel ist, weil in diesen Gegenden ein Verbrechen eher durch Forensik gelöst wird als durch die Beobachtungen von Zeugen.

»Trotzdem«, sagt Alan unbeeindruckt. »Drei Häuser weiter fand eine Geburtstagsparty statt. Jede Menge Kinder und Eltern zu Besuch.«

»Was uns zumindest verrät, dass unser Freund nicht auffällig ist«, sage ich. »Möglicherweise hat er eine Uniform getragen.«

»Das glaube ich nicht. Ich habe nachgefragt. Niemand kann sich erinnern, einen Gas-, Elektro- oder Telefonmenschen gesehen zu haben. Abgesehen davon wäre das am Wochenende ohnehin nicht der klügste Schachzug gewesen.«

»Ja. Er würde eher auffallen als in der Menge verschwinden.«

»Genau.«

»Er ist ein verwegener Mistkerl, Alan. Meine Güte, am helllichten Tag, wenn alle zu Hause sind. Warum tut er das?«

»Du glaubst, es hat was zu bedeuten?«

»Ich glaube es nicht, ich weiß es. Man geht ein solches Risiko nicht ohne Grund ein. Unser Freund steht auf Botschaften, und er hat uns eine solche geschickt, indem er so vorgegangen ist, wie er es getan hat.«

»Und wie lautet seine Botschaft?«

»Das weiß ich noch nicht«, erwidere ich seufzend.

»Du wirst es bestimmt herausfinden. Wie sieht der Schlachtplan aus?«

»Barry hat uns offiziell um Hilfe gebeten, also sind wir dran an diesem Fall. Aber fahr jetzt nach Hause. Wir machen morgen früh weiter.«

»Bist du sicher?«

»Absolut. Ich fahre selbst nach Hause. Ich hab zu viele Informationen und zu wenig Antworten. Ich brauche Zeit zum Nachdenken, und die Forensik braucht Zeit, um ihre Arbeit zu tun.«

»Ruf mich morgen an.«

Ich verlasse die Wohnung. Barry ist draußen und lehnt am Geländer. Der Himmel ist klar in dieser Nacht; ich kann mehr Sterne sehen als gewöhnlich. Ihre Schönheit lässt mich kalt. *Was ist das für ein Gestank? Oh, das bin ich selbst. Ich rieche nach Tod.*

»Schon irgendeinen Sinn hinter allem erkannt?«, fragt Barry.

»Ich habe noch keine Antworten, falls Sie das meinen. Nur weitere Fragen.«

»Zum Beispiel?«

»Nach den Zusammenhängen. Was haben die Kingsleys mit diesen Leichen hier zu tun? Was hat es mit den Kindern auf sich? Warum weidet er deren Leichen nicht aus? Warum schließt er nur die Augen der Frauen und lässt die der Männer offen? Warum hat er Sarah am Leben gelassen, und welche

Verbindung hat Sarah zu *diesem* Tatort hier? Gibt es überhaupt einen Zusammenhang?«

»Wie wollen Sie vorgehen?«

»Callie sowie Gene und seine Leute werden diesen Tatort hier unter die Lupe nehmen, während Simmons und sein Team bei den Kingsleys weitermachen. Wir müssen Sarah morgen vernehmen, und wir haben ihr Tagebuch.« Ich halte inne, wende mich Barry zu. »Ich fahre nach Hause.«

Er hebt überrascht die Augenbrauen. »Tatsächlich?«

»Ja. Mir schwirrt der Kopf. Ich habe einen Teenager daran gehindert, sich das Hirn aus dem Schädel zu schießen, und ich habe fünf Tote zu viel gesehen. Ich bin vollgestopft mit Informationen über den Täter, die meisten davon widersprüchlich. Ich brauche eine Dusche und eine Tasse Kaffee, und dann werde ich in Ruhe über alles nachdenken.«

Barry hebt die Hände in einer Geste der Kapitulation. »Hey, ich bin nicht Ihr Gegner! Ich komme in Frieden!«

Er bringt mich gegen meinen Willen zum Kichern. Er schafft das fast so gut wie Callie. Aber nur fast. »Tut mir leid. Könnten Sie mir einen letzten Gefallen tun?«

»Klar.«

»Finden Sie heraus, wer die Toten sind. Der Mann und das Mädchen. Vielleicht hilft es mir, ein paar Dinge besser zu verstehen.«

»Kein Problem. Ich rufe Sie auf dem Handy an, sobald ich es weiß. Außerdem beordere ich ein paar Uniformierte hierher, die Ihren Leuten behilflich sein können.«

»Danke, Barry.«

Callie kommt aus der Wohnung.

»Gene und sein Team sind unterwegs. Sie sind verschlafen und mies drauf.«

Ich erzähle Callie, was ich mit Barry besprochen habe.

»Dann ist der Urlaub also vorbei?«

»Längst.«

KAPITEL 13

Wie viel Leben kann man an einem einzigen Tag leben?

Ich bin zu Hause, und ich bin allein. Bonnie schläft heute Nacht bei Elaina und Alan. Es wäre egoistisch gewesen, sie zu wecken, nur damit sie mir Gesellschaft leisten kann. Ich bin frisch geduscht und sitze auf meiner Couch vor einem Fernseher, der nicht eingeschaltet ist, die Füße auf dem Wohnzimmertisch, und starre ins Nichts.

Ich habe Mühe, den Tag zu verarbeiten.

Es ist ein Trick, den zu lernen ich früh gezwungen war: wie man einen Tatort hinter sich lässt, wenn man nach Hause kommt. Wie aber trennt man diese beiden Welten, die der Toten und die der Lebenden? Wie verhindert man, dass sich das eine mit dem anderen vermischt? Es sind Fragen, die jeder Cop und jeder FBI-Agent für sich selbst beantworten muss. Ich hatte nicht immer Erfolg, doch ich kam einigermaßen zurecht. Es fing normalerweise damit an, dass ich mich zum Lächeln zwang. Wenn ich lächeln konnte, dann konnte ich auch länger lächeln. Wenn ich länger lächeln konnte, konnte ich lachen. Und wenn ich lachen konnte, konnte ich die Toten ruhen lassen.

Mein Handy summt. Es ist Barry.

»Hi«, begrüße ich ihn.

»Ich habe ein paar Informationen über die Opfer in der Wohnung für Sie. Sehr interessant.«

»Schießen Sie los.«

»Der Name des Mannes lautet Jose Vargas, achtundfünfzig Jahre alt. Er stammt aus dem sonnigen Argentinien. Hat wegen Diebstahl, Überfall, versuchter Vergewaltigung und Missbrauch von Minderjährigen gesessen.«

»Netter Bursche.«

»Und ob. Er wurde der Zuhälterei, der Kindesmisshandlung und des Missbrauchs von Tieren verdächtigt, aber nicht verurteilt.«

»Missbrauch von Tieren?«

»Sexueller Missbrauch, wie es scheint.«

»Oh. Igitt.«

»In den Siebzigern gab es Mutmaßungen, dass er als Schleuser arbeitet, aber man konnte ihm nichts beweisen. Das ist bis jetzt alles, was ich über Mr. Vargas herausgefunden habe. Niemand wird ihn vermissen.«

»Und das Mädchen?«

»Bis jetzt noch nichts. Kein Ausweis in der Wohnung. Ich habe eine Tätowierung mit kyrillischen Schriftzeichen auf ihrem linken Arm gesehen, falls das etwas nutzt.«

»Russisch?«

»Scheint so. Obwohl es nicht bedeutet, dass sie Russin ist. Noch eine Sache. Sie hat Narben an den Fußsohlen. Die gleichen Narben, wie wir sie im Haus der Kingsleys gefunden haben. Allerdings nicht so alt.«

Ein Adrenalinstoß schießt in meinen Kreislauf.

»Das ist wichtig, Barry. Die Narben sind ein Schlüssel.«

»Ja, ich bin ganz Ihrer Meinung. Das ist alles, was ich für den Augenblick habe. Callie und Sykes nehmen die Bude hier völlig auseinander. Ich fahre zurück zum Haus der Kingsleys. Ich ruf Sie morgen früh an.«

»Okay. Danke, Barry.«

Ich lehne mich auf dem Sofa zurück und starre an die Decke. Sie ist überzogen mit jenem »akustischen Popcorn«, das früher einmal völlig normal war und heute so verschmäht wird. Matt und ich hatten vorgehabt, es abzukratzen, aber wir sind nicht mehr dazu gekommen.

Narben, denke ich. *Narben und Kinder. Diese beiden Fakten sind wichtig. Aber was sagen sie aus?*

Ohne einen Augenzeugen oder ein Geständnis oder ein Video, das den Täter bei der Tat zeigt, bleibt uns nur eine Möglichkeit: Alles sammeln, so schnell wie möglich, es analysieren, einreihen und versuchen, es zu verstehen. Die Kreise der

Ermittlungen sollten nicht immer weiter gezogen werden, sondern immer enger.

Ich lasse mich nach unten gleiten, sodass ich vor dem Wohnzimmertisch auf dem Fußboden sitze anstatt auf der Couch. Ich reiße Seiten aus dem Notizbuch und breite sie vor mir aus.

Es ist Zeit, dass ich meine Gedanken ordne. Ich muss alles aufschreiben und vor mich hinlegen, damit ich die Zusammenhänge zwischen diesen Fällen sehen kann, mit den *Augen*.

Auf eine Seite schreibe ich in großen Druckbuchstaben **TÄTER** als Titelzeile.

Ich kaue auf meinem Stift, denke nach. Dann fange ich an zu schreiben.

Methodologie: Er schneidet seinen Opfern die Kehle durch. Ein intimer Akt. Er lässt sie ausbluten. Blut ist wichtig für ihn. Es steht für irgendetwas. Nach dem Tod weidet er die Erwachsenen aus. Möglicherweise setzt er sie zuerst unter Drogen, um sie besser kontrollieren zu können.

Auffälligkeiten: Er verstümmelt die Kinder nicht, nur die Erwachsenen. Warum?

Weniger Wut auf Frauen als auf Männer, verdeutlicht durch die Tatsache, dass er die Augen der weiblichen Opfer schließt. Er will, dass die Männer alles sehen, aber nicht die Frauen. Warum?

Ist er schwul?

Ich denke über diese Möglichkeit nach. Es ist viel zu früh, und wir besitzen zu wenig Erkenntnisse, um eine fundierte Entscheidung zu treffen. Die bloße Tatsache, dass er den Frauen nicht so zusetzt wie den Männern, ist verräterisch. Rituelle Serienkiller schließen so gut wie immer eine sexuelle Komponente mit ein, und das Geschlecht der Opfer verrät für gewöhnlich die sexuelle Orientierung des Täters. Jeffrey Dahmer war homosexuell, also tötete er homosexuelle Männer. Heterosexuelle Täter ermorden Frauen. Und so weiter.

»Mordopfer sind häufig Menschen, die den Täter entmutigen und in Wut versetzen«, hat einer meiner Lehrer einmal gesagt. »Wer wäre besser dazu geeignet, jemanden in Wut zu versetzen und zu entmutigen, als das Objekt der persönlichen Begierde? Oder, um es derber auszudrücken«, hatte er weiter ausgeführt, »welches Geschlecht sieht er vor sich, wenn er die Augen schließt und sich selbst befriedigt? Einen Mann oder eine Frau? Die Antwort verrät uns das Geschlecht seiner Opfer.«

Ich nicke. Das muss ich im Auge behalten. Ich mache mit meinen Notizen weiter.

Mörder hat Tat am helllichten Tag verübt. Warum das Risiko? Es muss einen Grund dafür geben.

Mörder hat Sarah am Leben gelassen.

Er kommuniziert mit den Gesetzesbehörden. Ein Planer.

Er will uns etwas sagen.

Er hat eine Botschaft an der Wand im Haus der Kingsleys hinterlassen, »Dieser Ort = Schmerz«, Und eine weitere Botschaft in der Wohnung von Vargas: »Dieser Ort = Gerechtigkeit.«

(Notiz: Warum Schmerz bei Sarah und Gerechtigkeit bei Vargas? Das ist wichtig.)

Erscheint desorganisiert.

Ich blicke auf die geschriebene Zeile. Klopfe mit dem Stift gegen meine Zähne. Treffe eine Entscheidung. Schreibe vier Worte hinzu, unterstreiche eines:

Erscheint desorganisiert, ist es aber nicht.

(Theorie: Das Ausweiden in diesen Fällen ist kein Hinweis auf einen Kontrollverlust des Täters. Es ist Teil seiner Botschaft an uns, genau wie das Blut und das Morden während des Tages.)

Schlussfolgerung: Täter ist organisiert. Komponenten, die desorganisiert erscheinen, sind lediglich Teil seiner Botschaft an uns.

Ockhams Rasiermesser schlägt einmal mehr zu. Ein organisierter Killer kann manchmal wie ein desorganisierter erscheinen. Umgekehrt jedoch niemals. Er hat die ganze Zeit einen Plan verfolgt, hat Entschlossenheit, Kontrolle und Vorausschau gezeigt.

Er ist organisiert.

Bekannte Merkmale: Die Fußsohlen sind vernarbt. Möglicherweise eine Folge von erlittener Folter (Bastonade), wie sie in Südamerika, im Mittleren Osten, Singapur, Malaysia und auf den Philippinen vorkommt.

(Notiz: Vargas kommt aus Südamerika. Zufall?)

Ja, sicher, sage ich mir spöttisch. *Zufall, jede Wette.*

(Notiz: Unbekannte weibliche Tote in der Wohnung von Vargas hat ähnliche Narben an den Fußsohlen. Welcher Zusammenhang besteht hier?)

Etwas anderes vom Kingsley-Tatort fällt mir ein. Ich kehre zu dem Abschnitt über Methodologie zurück und füge hinzu:

Hinweise auf zögernde, unsichere Schnitte bei Mr. und Mrs. Kingsley. Seine erste Tat? Oder Ergebnis sexueller Erregung?

Unsicherheit ist ein Hinweis auf einen Neuling, einen Jäger, der noch keine ruhige Hand hat, der seinen Rhythmus noch nicht gefunden hat. Das passt nicht zu dem Mann, den ich in meinem Verstand sehe. Ich glaube nicht, dass er gezögert hat. Ich glaube, seine Hand hat gezittert, weil er zu erregt war, um sich beherrschen zu können.

Er schont die Frauen, indem Er ihnen die Augen schließt, auch wenn Er sie trotzdem tötet und ausweidet. Er tötet die Kinder, doch Er schließt ihnen weder die Augen, noch weidet er sie aus.

Ich lese den Abschnitt erneut. Und noch einmal. Irgendetwas klingelt in meinem Verstand, klopft, verlangt Einlass. Ich bin vertraut mit diesem Gefühl und weiß, dass ich mich still verhalten und warten muss, bis es von selbst zu mir hereinkommt.

Warum die Abstufungen? Männer sind schlimmer als Frauen, doch Frauen sind immer noch schlimmer als Kinder.

Das Klopfen endet, und die Tür schwingt weit auf.

Er wurde von Männern verletzt. Er wurde nicht unmittelbar von Frauen verletzt, doch sie haben ihn nicht geschützt. Beides geschah, als Er noch ein Kind war.

Es gibt keinen Beweis für diese Schlussfolgerungen, nichts, das man unter ein Mikroskop legen oder auf einem Bildschirm zeigen könnte, doch ich weiß, ich habe recht. Ich spüre es. Ich spüre den Killer.

Männer sind Gegenstand seiner Wut und seiner Ängste. Er lässt ihre Augen offen, damit sie alles sehen können, was mit ihnen geschieht. Frauen sterben – und haben es verdient –, doch sie sterben einen leichteren, barmherzigeren Tod. Er schließt ihnen die Augen.

Eine Mutter vielleicht? Eine Mutter, die ihn nicht vor einem Vater beschützt hat, von dem er missbraucht wurde? Wenn die Mutter ebenfalls vom Vater missbraucht wurde, würde der Killer sie hassen und zugleich mit ihr fühlen.

Die Kinder sind nicht verstümmelt, nicht aufgeschlitzt, doch ihre Augen sind offen. Sie können sehen, was ihnen geschieht.

Seht her, was ich mit ihm getan habe. Seht, was die Welt uns antut.

Das Mädchen in Vargas' Apartment war eine Mischung von beidem. Die Augen geschlossen und nicht ausgeweidet. War es ein Zugeständnis an ihr Alter? Beinahe eine Frau, aber größtenteils noch Kind? Hat das den Killer verwirrt?

Was hat das alles überhaupt zu bedeuten? Zwei Mordschauplätze, zwei Mordserien an zwei unmittelbar aufeinanderfolgenden Tagen. Hass gegen Männer, Wut auf Frauen, Mitgefühl mit den Kindern. Dieser Ort = Schmerz. Dieser Ort = Gerechtigkeit …

Eine Erkenntnis erscheint in meinem Kopf, wie ein Windstoß. Ich blinzle, als es mir dämmert. Ich schreibe es auf.

Es geht um Rache. Rache für erlittenes Unrecht, nicht für eingebildeten Missbrauch.

Schmerz für einige, Gerechtigkeit für andere. Beides zusammen ist Rache. Es passt zu den Opfern und der Methodologie des Täters.

Aufgeregt denke ich genauer darüber nach.

Darum kommt er am helllichten Tag. »Ihr seid nicht sicher, nirgendwo«, sagt Er zu seinen Opfern, den Objekten seiner Rache. »Ich bringe die Gerechtigkeit zu euch, selbst wenn die Sonne am Himmel steht, selbst in eurem Zuhause, umgeben von anderen.«

Weil Gerechtigkeit rechtschaffen ist, und weil die Rechtschaffenen unüberwindlich sind.

Vielleicht ist er schwul, vielleicht auch nicht, doch die sexuelle Komponente findet sich nicht in der Gegenwart, während der Tat, sondern in der Vergangenheit. Er übt Rache für einen Missbrauch, der in der Vergangenheit liegt und mit fast absoluter Sicherheit sexueller Natur war.

Sexueller Missbrauch durch Männer.

Meine wachsende Aufregung gerät aus der Bahn, als ich auf das Unerklärte stoße.

Was ist mit Sarah? Warum hat er sie am Leben gelassen? Wichtiger noch: Rache ist persönlich. In welcher Verbindung steht Sarah zu ihm?

Ich muss einsehen, dass ich im Moment keine Antwort auf diese Fragen habe. Alles andere aber erscheint mir richtig.

Rache ist sein Motiv, Rache bestimmt die Wahl seiner Opfer und seine Mordmethode. Sarah ist lediglich ein Teil des Puzzles – ein Teil, für das ich noch nicht den richtigen Platz gefunden habe.

Ich überlege noch ein wenig länger und komme zu dem Schluss, dass ich für den Augenblick nichts mehr hinzufügen kann.

Nimm dir die Opfer vor.

Ich nehme mir die nächste Seite und überschreibe sie mit:
JOSE VARGAS:

Achtundfünfzig Jahre, aus Argentinien.

(Notiz: Herausfinden, wie lange er bereits in den Vereinigten Staaten lebt und wie er hierhergekommen ist.)

Auffälligkeiten: Exsträfling. Gewalttäter, einschließlich Verbrechen gegen Kinder.

Ich denke über die offensichtliche Verbindung nach. Hat Vargas den Killer irgendwann missbraucht?

Stand in den Siebzigern unter Verdacht des Menschenschmuggels.

Todesursache: Kehle wurde durchschnitten. Nach dem Tod ausgeweidet.

Frage: Stand Vargas auf irgendeine Weise mit Sarah oder den Kingsleys in Verbindung? Oder nur mit dem Killer?

Eine fehlende Verbindung zwischen den beiden verschiedenen Opfergruppen würde darauf hindeuten, dass der Killer mit irgendetwas angefangen hat, das er seit längerer Zeit plant und nun so schnell wie möglich durchziehen will.

Mach eine Liste, prüf es nach …

Vargas scheint weiterhin Sex mit Minderjährigen gehabt zu haben. (Wurde zusammen mit einer nicht identifizierten minderjährigen Begleiterin aufgefunden.)

Ich lese die Seite noch einmal durch, dann lege ich sie weg, nehme eine neue und überschreibe sie mit:

SARAH KINGSLEY:

Adoptivtochter von Dean und Laurel Kingsley (Wie lautet ihr richtiger Nachname?)

Sechzehn Jahre.

Killer hat sie am Leben gelassen. (Warum?)

Sie sagt, ihre leiblichen Eltern wären ermordet worden. (Verifizieren.)

Anmerkung: Sie sagt, ihre leiblichen Eltern wären vom gleichen Täter ermordet worden.

Auffälligkeiten: Sie behauptet, der Killer verfolgt sie seit Jahren.

Ich richte den Blick an die Decke. Sarah ist ein Schlüssel zu diesem Fall, das ist unübersehbar. Sie ist die einzige lebende Zeugin, und sie behauptet, den Killer, den *Künstler*, zu kennen. Gleichzeitig ist sie eine signifikante Anomalie im Tatmuster des Killers. Er hat sie am Leben gelassen.

Er hat sie am Leben gelassen als Teil seines Racheplans.

Wenn Sarah die Wahrheit sagt, ist er schon seit einer ganzen Weile mit diesem Plan zugange. Er ist nicht größenwahnsinnig, er ist imstande, Begierden und Wünsche zu differenzieren, und er ist äußerst gerissen. Das alles ist schlecht für uns. Kontrollierte Killer auf einem Rachefeldzug sind schwerer zu fassen als Sexualtäter, Sadisten oder Ritualmörder. Sie sind nicht wahnsinnig genug.

Doch warum die Intimität?

Bei Rachemorden sieht man im Allgemeinen mehr Wut als Freude. Es geht um Zerstörung. Was ich bei den Kingsleys gesehen habe, war nahezu ausgewogen. Die Botschaften an den Wänden, das Ausweiden: Hinweise auf Wut. Das passt. Die Blutmalereien des *Künstlers* aber passen nicht. Sie waren ein sexueller Akt. Erinnerungen, zu denen er später masturbieren kann.

Das ist nur oberflächlich, wird mir bewusst. Der Schlüssel ist das Rachemotiv. Das andere ist eine Anomalie, doch der menschliche Verstand ist voll davon. Interessant, aber nicht beweiserheblich.

Ich wende mich wieder der Seite zu.

Sarah hat am Kingsley-Tatort nach mir gefragt, doch sie hatte bereits vorher geplant, sich mit mir in Verbindung zu setzen. (Warum mit mir?)

Sie hat ein Tagebuch geführt, von dem sie behauptet, dass es beweiserheblich ist.

Ich spüre, wie meine Energie erlahmt. Ich möchte weitermachen, doch ich bin für heute mit meinen Kräften am Ende.

Konzentrier dich. Wie willst du deine Leute morgen aufteilen?

Barry und ich werden Sarah Kingsley befragen.

Callie und Gene werden die Spurensicherung in Vargas' Wohnung zu Ende führen.

Jeder erhält eine Kopie von Sarahs Tagebuch und den Auftrag, es zu lesen.

Es muss wohl bis Montag warten, doch wir brauchen gründliche Hintergrundinformationen über Sarah und sämtliche Opfer. *Wir müssen die Zusammenhänge finden!*

Ich lese, was ich bisher geschrieben habe, und nicke zufrieden. Wir haben immer noch einen weiten Weg vor uns, doch ich kann den Killer jetzt sehen. Ich habe ein erstes, noch schwaches Gefühl für ihn entwickelt. Eine dumpfe Befriedigung regt sich in mir.

Nicht mal ein Tag, mein Freund, und ich weiß bereits, warum du tust, was du tust.

Ich lege den Stift beiseite und entspanne mich.

Gott, bin ich müde. Nicht nur körperlich. Bei weitem nicht.

Mein Handy summt. Ich schaue auf das Display. Es ist Tommy. Meine Stimmung hebt sich ein wenig.

Tommy Aguilera ist mehr als ein Freund und weniger als ein Ehemann. Mehr als ein Liebhaber, aber kein Mann, den ich Nacht für Nacht neben mir haben muss. Tommy ist eine Möglichkeit. So weit die kurze Zusammenfassung.

Tommy ist ehemaliger Agent des Secret Service und arbeitet heute als privater Security-Berater. Wir haben uns kennengelernt, als er noch beim Secret Service war. Ich hatte in einem Fall ermittelt, bei dem es um den Sohn eines kalifornischen Senators gegangen war, der Geschmack an Vergewaltigung und Mord gefunden hatte. Tommy war beauftragt gewesen, den Senator zu schützen – einen Abtreibungsgegner, der tonnenweise Morddrohungen erhalten hatte –, und hatte im Zuge der Ereignisse dessen Sohn erschießen müssen. Meine Aussage bewahrte Tommy vor einem politischen Feuersturm, der seine Karriere mit Sicherheit beendet hätte.

Er hatte gesagt, ich solle ihn wissen lassen, falls ich je etwas brauchte. Ich hatte ihn vor sechs Monaten beim Wort genommen, und anschließend war etwas sehr Interessantes passiert: Ich hatte ihn geküsst, und er hatte meinen Kuss erwidert. Besser noch, er hatte mich ausgezogen und mich gewollt, mit Narben und allem anderen. Es hatte mich zum Weinen gebracht und mir bei meiner Heilung geholfen. Matt war die Liebe meines Lebens gewesen. Er war mein Seelenverwandter. Er war unersetzlich. Doch ich brauchte einen Mann, der mir sagte, dass ich trotz allem schön war, und der es mit Schweiß und Taten bewies, nicht mit Worten. Tommy hatte genau das getan.

Wir schlafen drei- oder viermal im Monat miteinander. Ich habe viel zu tun, Tommy hat viel zu tun, und es ist in Ordnung so. Das perfekte Arrangement. Für den Moment.

Ich nehme das Gespräch entgegen. »Hey, Tommy.«

»Hey. Ich dachte, ich melde mich mal. Ist doch nicht zu spät?«

Tommy verleiht dem Wort »lakonisch« eine ganz neue Bedeutung. Es ist nicht so, dass er ungern mit Leuten redet oder dass es ihm an Vokabular fehlt. Es ist seine Art. Er hört lieber zu.

»Nein. Ehrlich gesagt, bin ich eben erst nach Hause gekommen. Ich war an einem Tatort.«

»Ich dachte, du hättest frei. Du wolltest doch umräumen und renovieren?«

»Habe ich auch, aber ein Mädchen war am Tatort. Es hat sich eine Pistole an den Kopf gehalten und verlangt, mit mir zu reden. Ich musste hin.«

»Alles gut gegangen?«

»Es war schlimm, aber das Mädchen lebt.«

»Gut.« Eine lange Pause. »Ich weiß, was du heute vorhattest. Ich wollte dich nicht stören, aber ich wollte wissen, wie es dir geht.«

Ja, sagt meine innere Stimme. *Wie geht es mir?*

»Mir geht's bescheiden. Kannst du vorbeikommen?«

»Bin schon unterwegs.«

Er legt auf.

Taten, nicht Worte. Das ist Tommys Art.

Tommy klopft an meiner Tür, und ich lasse ihn rein. Er sieht mich von oben bis unten an; dann führt er mich wortlos zur Couch. Er setzt sich und zieht mich neben sich, nimmt mich in die Arme, und ich seufze und lasse mich gegen ihn sinken.

Er streichelt mir nicht über den Kopf oder redet beruhigend auf mich ein. So was macht Tommy nicht. Stattdessen ist er Stärke, Zuversicht und Sicherheit. Als würde er sagen: »Was immer du brauchst – und wenn es nur das hier ist.«

Ich bleibe so, den Kopf an seine Brust gelehnt, und genieße es, ihn zu spüren. Er fühlt sich an wie ein in Samt gehüllter Fels. Tommy ist eine Mischung aus derb und attraktiv, ein dunkelhaariger Latino mit dem geschmeidigen, muskulösen Körper eines Tänzers und den rauen Händen eines Holzfällers. Er ist die männliche Version von Callie; Frauen fühlen sich zu ihm hingezogen wie Lemminge zu einer Klippe. Sie sehnen sich danach, in diese tiefen, dunklen Augen zu springen. Tommy hat eine große Narbe an der linken Schläfe, doch dieser Makel macht ihn eher noch anziehender.

Er schiebt mich sanft von sich.

»Möchtest du darüber reden?«

Ich berichte ihm, was passiert ist. Ich erzähle ihm von meinem Morgen und Nachmittag mit Bonnie und Callie, von Sarah und den ausgeweideten Leichen, von Dean und Laurel Kingsley, von der Badewanne voller Blut, von dem ermordeten Vargas und seiner noch nicht identifizierten Begleiterin.

»Heftig«, sagt er, als ich fertig bin.

»Ja. Es ist mir an die Nerven gegangen.«

Er nickt zu den Notizbuchseiten, die auf dem Wohnzimmertisch liegen. »Deine Gedanken zu dem Fall?«

Ich nicke.

»Was dagegen, wenn ich einen Blick drauf werfe?«

»Nur zu.«

Er nimmt die Blätter an sich und liest sie durch. Dann legt er alles wieder zurück und schüttelt den Kopf.

»Hört sich kompliziert an«, sagt er.

»So ist es anfangs immer.« Ich sehe ihn an und lächle. »Danke, dass du vorbeigekommen bist. Ich fühle mich besser. Ein wenig.«

»Kein Problem.« Er schaut sich um. »Wo ist Bonnie?«

»Über Nacht bei Alan und Elaina.«

»Hm.«

Ich sehe ihn an, entdecke ein schwaches Lächeln, das um seine Lippen spielt. Ich grinse und boxe ihn gegen die Brust. »Hörst du wohl auf. Ich habe gesagt, es geht mir ein bisschen besser, und du stellst dir schon wieder vor, wie ich nackt aussehe?«

»Offen gestanden stelle ich es mir andauernd vor.«

Ich hebe den Kopf, er senkt den Kopf, und unsere Lippen treffen sich. Meine Verzweiflung macht die Berührung beinahe elektrisch, und heißes Verlangen jagt durch mich hindurch, emotional, mental, physisch. Ich stecke meine Zunge in seinen Mund. Ich schmecke Tommy – mit einem leichten Schuss Bier.

Ich rücke ihn so zurecht, dass ich auf seinem Schoß sitze. Er bewegt eine Hand nach oben, unter meine Bluse, unter meinen BH, eine fließende Bewegung. Das Gefühl seiner schwieligen Fingerkuppen an meiner Brustwarze ist unbeschreiblich. Ich stöhne, und ich spüre, wie er unter mir hart wird.

Einer der Gründe, warum ich Sex immer sehr gemocht habe, ist die Tatsache, dass man das Triebhafte und Primitive mit dem Sanften und Zärtlichen vermischen kann. Man kann ein klein bisschen verderbt sein, ein klein wenig animalisch, und es ist völlig okay. Wenn man sich bereits schmutzig und im Widerstreit fühlt und ein wenig verzweifelt ist, so wie ich in diesem Moment, kann Sex mühelos mit einem mithalten.

Ich löse meine Lippen von Tommys und nehme seinen Kopf zwischen die Hände. Seine Finger kneten weiter meinen Nippel, sein Schwanz pocht heiß, und seine Augen sind dunkel vor Lust.

»Fick mich«, sage ich mit heiserer Stimme. »Reiß mir die Sachen vom Leib, leg mich übers Sofa und besorg es mir.«

Er erstarrt für einen Moment, die Finger bewegen sich nicht mehr, und seine Augen suchen in meinem Gesicht. Er scheint meine Genehmigung und mein Einverständnis zu finden. Beides braucht er, um zu handeln.

Er hebt mich hoch, von sich herunter, setzt mich hin, packt meine Bluse und zerrt sie mir in einer groben Bewegung über den Kopf und die Arme. Er wirft sie achtlos beiseite, greift hinter mich, löst den Verschluss meines BHs, reißt ihn mir von den Schultern. Er zögert einen Moment, während er auf meine Brüste hinuntersieht; dann schiebt er mich auf den Rücken. Seine derben Hände packen zu und drücken, doch ohne Schmerzen zu verursachen. Er bringt mich dazu, den Rücken durchzubiegen und den Kopf in den Nacken zu legen. Er saugt an meinen Brüsten, umspielt mit der Zunge meine Brustwarzen, um meine Begierde noch stärker zu entflammen, bevor er sich wieder zurückzieht.

Jetzt wendet er sich meiner Hose zu, zieht den Reißverschluss herunter, zerrt mir die Jeans über Hüften und Beine und nimmt das Höschen dabei gleich mit. Ich bin jetzt splitternackt, liege nass und mit gespreizten Beinen vor ihm und fühle mich wie Jezabel hoch zwei.

Sein Mund senkt sich zwischen meine Beine, und ich komme auf der Stelle, schreie laut und erschauere am ganzen Körper. Die Zeit zieht sich wie Gummi, die Welt verschwimmt. Ich wälze mich schamlos in meiner Lust, Eva mit dem Apfel, eine rollige Katze.

Sein Mund verlässt mich. Er erhebt sich, und ich beobachte benommen, wie er sich entkleidet. Sein Schwanz springt federnd ins Freie. Ich stoße ein Knurren aus, und es ist Jezabel hoch drei. Ich greife nach ihm, während er sich ein Kondom überrollt. Er packt meine Handgelenke, zieht mich zu sich, legt die Arme um meine Taille, hebt mich hoch, trägt mich zur Sofalehne und legt mich dorthin, mit dem Bauch nach unten, die Hände auf den Kissen, den Hintern in die Luft gereckt.

Ich spüre, wie er hinter mir in Stellung geht, und dann ist er auch schon in mir, eine Hand an meiner Hüfte, die andere auf meiner Schulter, und stößt, stößt, stößt, erfüllt mein Verlangen.

Es ist animalisch. Genau das, was ich brauche. Eine unwiderstehliche Macht, eine Gezeitenwoge, die über mir zusammenschlägt, mich ertränkt und beim Zurückfluten die Leichen mit ins Meer nimmt.

Ich lasse mich überwältigen, und ich nehme, was er mir anbietet. Ich habe mehr als einen Orgasmus, während er auf seinen eigenen hinarbeitet, und als er schließlich kommt, spannt sich sein ganzer Körper, und seine Finger graben sich in mein Fleisch, nicht genug, um zu verletzen, doch es reicht für einen kurzen, süßen Schmerz.

Dann ist es vorbei. Wir lösen uns voneinander, sinken aufs Sofa, verausgabt, befriedigt und ein wenig zittrig.

Nach ein paar Sekunden sieht Tommy mir in die Augen. »Wow«, sagt er.

»Selber wow.« Ich lächle ihn an. Erwidere seinen Blick. »Danke.«

»Jederzeit.« Ich sehe dieses Grinsen um seine Lippen spielen. »Das meine ich wörtlich. *Jederzeit.*«

Ich küsse ihn auf die Wange. Das bedrückte Gefühl von vorhin ist verflogen. Ich kann die Toten immer noch flüstern hören, doch jetzt habe ich ein wenig Abstand.

Tommy löst sich von mir und geht in die Küche. Ich bewundere seinen Hintern auf dem Weg nach draußen und seine

Vorderseite, als er zurückkommt, ein Bier für sich selbst in der einen Hand, eine Flasche Wasser für mich in der anderen. Er setzt sich zu mir, und wir schmiegen uns aneinander.

Ich nehme einen Schluck Wasser. Schnüffle prüfend die Luft. »Es riecht nach Sex.«

»Wie riecht Sex denn?«

»Wie …« Ich lege den Kopf auf die Seite und lächle, als mir die richtigen Worte einfallen. »Wie frischer Schweiß und ein sauberer Schwanz.«

Er trinkt aus seiner Dose. »Feurig und gebildet zugleich.« Er küsst mich in den Nacken. »Sexy.«

»Willst du mir sagen, dass du mich liebst, weil ich so bin?«

»Ich liebe dich wegen deines Hinterns. Ich mag dich wegen deines Verstandes.«

»Arsch.«

»Was?«

»Du hast ›Hintern‹ gesagt. Es klingt, als wärst du ein Vierjähriger. Sag ›Arsch‹.«

»Kann ich nicht.«

Ich drehe mich zu ihm um und schaue ihn an. Hebe eine Augenbraue. »Machst du Witze?«

»Nein.«

Ich schaue ihn an und sehe, dass er es tatsächlich ernst meint. Ich kuschle mich an ihn. »Was bist du doch für ein Pfadfinder, Tommy.«

Ich kann nicht anders, ich pruste los. Die Bewegung, die mein Lachen erzeugt, verwandelt sich in etwas anderes, und Tommy beweist mir, dass er keine leeren Versprechungen gemacht hat mit seinem *Jederzeit*.

Eine Stunde später liegen wir nackt auf dem Teppich, die Füße auf dem Wohnzimmertisch.

»Ich schätze, das war's für mich«, sagt Tommy. Er klingt zufrieden.

»Ein schlechter Tag muss schließlich für irgendwas gut sein.«

»Wo wir gerade davon reden«, sagt er. »Ich hatte da eine Idee. Oder auch zwei.«

Ich drehe mich zu ihm und betrachte sein Profil.

»Ja?«

»Als du den Tatort beschrieben hast … dass der Killer die Opfer in der Badewanne hat ausbluten lassen. Du weißt, dass sie da noch am Leben sein mussten?«

»Ja.«

Kein Blutfluss, wenn man tot ist. Das Herz pumpt nicht mehr.

»Trotzdem musste er sie irgendwie festhalten. Du hast Drogen als eine Möglichkeit erwähnt. Ich nehme an, damit liegst du richtig. Jede Wette, dass er ein Relaxans benutzt hat. Auf diese Weise können die Opfer sich nicht mehr rühren und müssen hilflos mit ansehen, was er mit ihnen anstellt. Mehr Nervenkitzel für diesen Irren.« Er zuckt die Schultern. »Nur so ein Gedanke, weißt du?«

Ich streiche mit einem Finger über die Locken seiner Brusthaare und denke nach. Tommy hat recht, wird mir klar. Ich habe ihm in groben Zügen erzählt, wie der Tag gelaufen ist, doch aus dem Wenigen hat er ein Gefühl für den Killer entwickelt, von dessen Hunger und davon, *wie* er hungert. Ich habe an Drogen gedacht, zugegeben, doch ein Muskel-Relaxans ist etwas Spezielles, und eine Überlegung wert.

Wann hast du daran gedacht, Tommy? Bevor wir Sex hatten oder danach? Oder währenddessen?

Ich bin schon wieder bereit, und ich frage mich nur einen winzigen Moment nach dem Warum. Ich habe heute jede Menge Leichen gesehen. Ich bin noch am Leben. Sex ist eine Möglichkeit, sich lebendig zu fühlen.

Ich gehe mit der Hand tiefer und bekomme etwas zu packen.

»Ich gehe diesem Hinweis morgen nach«, sage ich. »Aber jetzt möchte ich, dass du dich anstrengst, richtig anstrengst, und deine Ausbildung vom Secret Service benutzt. Tu deine Pflicht.«

Er kneift in meinen Nippel, stellt sein Bier weg, und wir verbringen eine weitere Stunde damit, uns zu beweisen, dass wir am Leben sind.

Erschöpft. Verausgabt. Glücklich.

»Ich habe noch eine Idee«, sagt Tommy und beendet das wohlige Schweigen.

»Du scheinst eine Menge nachzudenken, wenn wir Sex haben.«

»Ich habe meine besten Einfälle beim Sex.«

»Ach?«

»Es gibt ein Motiv, das sowohl *Schmerz* als auch *Gerechtigkeit* beinhaltet.«

»Ja, ich weiß.«

Er hebt eine Augenbraue. »Tatsächlich?«

»Das älteste Motiv von allen«, sage ich. »Rache.«

»Ich dachte, ich wäre dir damit vielleicht zuvorgekommen.«

Ich küsse ihn auf die Wange. »Sei nicht traurig. Wann hattest du denn Zeit, darüber nachzudenken?«

Er grinst mich an. »Orgasmen klären den Verstand.«

Ich muss lachen, und erst jetzt wird mir bewusst, um wie vieles besser ich mich fühle. Um Welten besser. Ich habe mich schlecht gefühlt, und Tommy rief an, kam vorbei, wir hatten Sex und redeten über die Arbeit und …

Ich zucke innerlich zusammen, als mir ein neuer Gedanke kommt.

Sind wir ein Paar?

Die Vorstellung ist genauso eigenartig, wie sie mir tröstend und vertraut erscheint. Einer der Vorteile einer Ehe ist das Gefühl von Sicherheit, das sich entwickelt. Die Sicherheit, immer wenigstens eine Person in der eigenen Ecke zu haben. Wenn alle anderen dich enttäuschen, dich verraten, dich im Stich lassen, so hast du diesen einen Menschen, der zu dir hält. Du bist niemals wirklich allein. Diese Sicherheit zu verlieren ist, als würde man einen Teil von sich selbst verlieren. Der leere Platz im Bett juckt in der Nacht wie ein amputiertes Körperteil.

Haben wir die Grenze überschritten? Die Grenze vom Ungezwungenen zur Bindung und Verpflichtung?

»Was ist?«, fragt Tommy.

Ich schüttle den Kopf. »Ich habe gerade an uns gedacht. Ist nicht wichtig.«

»Tu das nicht.«

»Was?«

»Denk nicht über irgendetwas nach und sag, es wäre nichts. Du musst mir nicht erzählen, worüber du nachgedacht hast, aber sag mir nicht, es wäre nichts.«

Ich blicke ihm suchend in die Augen. Finde keinen Zorn darin, nur Aufrichtigkeit und Sorge.

»Tut mir leid, Tommy. Ich habe nur überlegt …« Ich muss schlucken. *Warum ist es so schwer, die Worte auszusprechen?* »Tommy, sind wir ein Paar?«

Er lächelt mich an. »Natürlich.«

»Oh.«

»Hör mal, Smoky, ich sag ja nicht, dass es Zeit ist für uns, zusammenzuziehen oder zu heiraten. Aber wir sind zusammen. So sehe ich es jedenfalls.«

»Oh. Wow.«

Er schüttelt belustigt den Kopf. »Du warst glücklich verheiratet. Du bist daran gewöhnt, dass ›zusammen‹ das Gleiche bedeutet wie Liebe und Ehe. Ich liebe dich nicht.«

Mir ist plötzlich ganz schlecht. »Du … nein?«

Er streckt die Hand aus, streichelt meine Wange. »Tut mir leid. Ich hab das nicht so gemeint, wie es sich in deinen Ohren anhören muss. Was ich sagen wollte … Ich bin noch nicht so weit. Aber wenn wir auf dem gleichen Weg weitergehen wie bisher, werde ich eines Tages aufwachen und dich lieben. Das ist die Straße, auf der wir uns befinden. Wir sind zusammen.«

Ich habe Schmetterlinge im Bauch, und die Übelkeit weicht Aufregung. »Ehrlich?«

»Absolut.« Er sieht mich aus zusammengekniffenen Augen an. »Was denkst du darüber?«

Ich kuschle mich an ihn.

»Es gefällt mir«, sage ich, und mir wird bewusst, dass es die Wahrheit ist.

Es gefällt mir tatsächlich. Und ich habe keine Schuldgefühle, spüre keine Missbilligung von Matts Geist.

Aber was ist mit Quantico? Soll ich warten, bis Tommy mich liebt, und ihn dann einfach sitzen lassen?

Das ist ein weiterer Faktor, den du in deine Überlegungen einbeziehen musst, antworte ich mir selbst. *Noch mehr Entscheidungen.*

Nur, dass es nicht so einfach ist. Ich könnte Tommy verletzen mit meiner Entscheidung. Einen neuen Anfang machen? So einfach ist mein Leben nicht. Ich weiß, dass Alan und Callie und Elaina mir beistehen und mich unterstützen würden, sollte ich beschließen, den Job in Quantico anzunehmen. Alle wären traurig, doch die Bindungen sind zu alt und zu stark. Wir würden uns nicht verlieren.

Mit Freunden und Familie kann man eine Beziehung über große Entfernung führen. Mit einem Mann, der einen liebt, geht das nicht.

Vergiss nicht deine stumme Pflegetochter, deine Pillen einwerfende Freundin und 1forUtwo4me*! Vergiss nicht, dass du das Haus noch nicht leergeräumt hast und eine Freundin, die eben erst den Krebs besiegt hat. Vergiss nicht, dass die Grabsteine von Matt und Alexa hier in L.A. stehen und nicht in Virginia. Wer soll ihnen Blumen bringen?*

»Weißt du, was ich möchte?«, frage ich leise, indem ich meine Geister für den Augenblick verdränge.

Er schüttelt den Kopf.

»Ich möchte, dass du mich nach oben bringst und mir beim Einschlafen hilfst.«

Er hebt mich ohne ein weiteres Wort auf die Arme und trägt mich die Treppe hinauf. Wir kommen an Alexas Zimmer vorbei, doch ich denke nicht darüber nach, und dann sind wir in meinem Bett, und er hält mich, er ist da, und ich kann endlich einschlafen, während er mich sicher hält, mein Wächter gegen die Toten.

KAPITEL 14 »Ich habe heute Morgen im Krankenhaus angerufen«, berichtet Barry, als wir gemeinsam über den Parkplatz gehen. »Das Mädchen sei wegen des Schocks behandelt worden, außerdem wegen Prellungen und Abschürfungen an Handgelenken und Knöcheln. Ansonsten ist sie unverletzt.«

»Das ist wenigstens etwas.«

Ich berichte ihm, was ich mir bisher zu diesen beiden Fällen überlegt habe. Einschließlich meiner Idee von Rache als verbindendem Motiv.

»Interessant. Allerdings passt Sarah nicht ins Spiel. Wenn wir sie und die Kingsleys außen vor lassen, würde es Sinn ergeben. Vargas hatte es mit Minderjährigen, schon seit langer Zeit. Vielleicht steht er darauf, ihnen die Fußsohlen zu peitschen und sie zu foltern. Eines der Kinder wird erwachsen und nimmt Rache. Es würde sogar erklären, warum er das ermordete Mädchen nicht verunstaltet hat. Er hat ihm die Augen geschlossen, hat es aber nicht ausgeweidet.«

»Ja.«

»Aber Sarah und die Kingsleys? Ich sehe nicht, wo die in

dieses Bild passen.« Er zuckt die Schultern. »Trotzdem, das Rache-Motiv ist nicht schlecht.«

»Vielleicht kann Sarah ein bisschen Licht in die Sache bringen.«

»Warten Sie einen Moment«, sagt Barry nervös, als wir uns dem Eingang nähern. »Ich brauche eine Zigarette, bevor wir reingehen.«

Ich lache leise. »Sie mögen auch keine Krankenhäuser, hm?«

Er zuckt die Schultern, als er seine Zigarette anzündet. »Als ich das letzte Mal in einem Krankenhaus war, habe ich meinem Dad beim Sterben zugesehen. Was soll man daran mögen?«

Barry sieht bleich und übernächtigt aus. Mir fällt auf, dass er die gleichen Sachen trägt wie am Abend zuvor.

»Waren Sie überhaupt zu Hause?«, frage ich ihn.

Er macht ein paar Züge; dann schüttelt er den Kopf. »Nein. Simmons hat bis um sieben Uhr heute Morgen am Tatort gearbeitet. Ich musste ein paar Software-Experten hinzuziehen. Sie sind immer noch dort.«

»Wieso?«

»Der Junge … Michael hieß er, nicht wahr? Sein Computer ist mit einem verdammt guten Verschlüsselungsprogramm gesichert. Die Softwarespezialisten haben mir erklärt, wie es technisch funktioniert, aber das war mir zu hoch. Jedenfalls wird die Festplatte leergeputzt, wenn man das falsche Passwort eingibt. So viel habe ich begriffen.«

Hey, versuch's mit 1forUtwo4me. Man kann nie wissen.

Ich unterdrücke ein Blinzeln. »Interessant.«

»Es kommt noch besser, Smoky. Die Experten sagen, es wäre ein maßgeschneidertes Programm, hoch entwickelt, und sie glauben nicht, dass der Junge selbst das Programm auf seinem Computer installiert hat.«

»Warum nicht?«

»Zu komplex. Hat irgendwas mit dem Verschlüsselungsalgorithmus zu tun, sagen sie. Eine bessere Verschlüsselung als das Militär.«

»Dann könnte der Killer die Software installiert haben.«

»Mein Gedanke.«

»Es würde Sinn ergeben. Er hat uns etwas zu sagen. Deshalb die Schrift an den Wänden, an beiden Tatorten. Deshalb hat er mich über die Hotline angerufen und mir von Vargas erzählt. Er will uns etwas sagen, doch er tut es in seinem Tempo.«

»Ich mag es, wenn die Typen so clever sein wollen. Es bedeutet, dass sie drauf und dran sind, Fehler zu begehen.«

»Wurde sonst noch etwas gefunden?«

»Wir haben die Fußabdrücke und den Computer. Keine Fingerabdrücke, keine Haare, keine Fasern. Die Fußabdrücke sind allerdings gut. Wenn wir ihn zu fassen kriegen, können wir ihn eindeutig identifizieren. Wie ich schon sagte, der Bursche ist nahe dran, Fehler zu machen. Die Leichen wurden zum Pathologen gebracht. Wir warten noch auf das Ergebnis der Obduktionen. Haben Sie schon was von Callie gehört?«

»Ich habe noch nicht mit ihr geredet. Ich rufe sie an, sobald wir hier fertig sind.«

»Vielleicht hat er sich an dem anderen Tatort ebenfalls dumm angestellt.« Barry nimmt einen weiteren tiefen Zug von seiner Zigarette. »Was dieses Mädchen angeht … ich habe bis jetzt noch nicht viel. Sie ist seit einem Jahr bei den Kingsleys. Ihr richtiger Name ist Sarah Langstrom.«

Sarah Langstrom. Ich spreche den Namen in Gedanken langsam aus.

»Ich habe nach einer Akte gesucht«, fährt Barry fort. »Sarah wurde mit fünfzehn wegen Drogenbesitzes verhaftet – sie hat am helllichten Tag an einer Bushaltestelle gesessen und einen Joint geraucht. Morgen kriege ich ihre Akte von der Fürsorge.«

»Sie sagt, ihre Eltern wären ermordet worden. Als sie sechs Jahre alt war.«

»Das ist ja großartig. Ich liebe diese glücklichen Geschichten.«

Barry seufzt. »Wie möchten Sie bei der Vernehmung vorgehen?«

»Direkt und offen. Dieses Mädchen …« Ich schüttle den Kopf. »Wenn sie das Gefühl bekommt, dass wir nicht offen zu ihr sind oder sie nicht ernst nehmen, wird sie uns nicht mehr vertrauen. Ich glaube sowieso nicht, dass sie uns allzu sehr vertraut.«

»Wie Sie meinen.« Er nimmt einen letzten Zug von seiner Zigarette, bevor er sie wegschnippt. »Sie geben das Tempo vor.«

Sarah hat ein Einzelzimmer im Kinderflügel des Krankenhauses. Barry hat einen Mann draußen vor der Tür postiert. Schon wieder der junge Thompson. Er wirkt erschöpft, aber immer noch aufgeregt.

»Irgendwelche Besucher?«, fragt Barry ihn.

»Nein, Sir. Niemand.«

»Dann tragen Sie uns ein.«

Es ist ein ziemlich hübsches Zimmer für ein Krankenhaus – was in meinen Augen so viel heißt wie das beste Zimmer in Bates' Motel. Die Wände sind in warmem Beige gestrichen, der Boden ist eine Holz-Imitation. *Besser als graues Linoleum und Gefängnisgrün an den Wänden.* Das Zimmer hat ein großes Fenster, die Vorhänge sind beiseite gezogen. Sonnenlicht strömt herein.

Sarah liegt in ihrem Bett am Fenster. Sie dreht uns den Kopf zu, als wir eintreten.

»Ach du grüne Neune!«, höre ich Barry flüstern.

Sie sieht klein und bleich und müde aus. Barry ist entsetzt. Ein Grund mehr, dass ich ihn mag. Er ist nicht abgestumpft wie die meisten seiner Kollegen.

Ich trete zu Sarah ans Bett. Sie lächelt nicht, doch ich bin erleichtert, weil ich nicht mehr diese schreckliche Leere in ihren Augen sehe wie gestern.

»Wie geht es dir?«, frage ich.

Sie zuckt die Schultern. »Ich bin müde.«

Ich nicke mit dem Kopf in Barrys Richtung. »Das ist Barry Franklin vom Morddezernat. Er ist für deinen Fall zuständig. Barry ist ein Freund von mir, und ich habe ihn gebeten, deinen Fall zu übernehmen, weil ich ihm vertraue.«

Sarah sieht Barry an. »Hi«, sagt sie desinteressiert und wendet sich wieder zu mir. »Wenn ich Sie richtig verstehe, wollen Sie mir nicht helfen«, sagt sie mit einer Stimme, aus der Leere und Resignation klingen.

Ich blinzle überrascht.

»Hey, immer langsam, Sarah. Die örtliche Polizei ist von Amts wegen mit dem Fall beauftragt. So ist das nun mal. Was aber nicht bedeutet, dass ich nicht daran mitarbeite.«

»Lügen Sie mich an?«

»Nein.«

Sie starrt mich sekundenlang an, die Augen zusammengekniffen, misstrauisch, während sie die Wahrheit meiner Worte abzuschätzen versucht. »Okay«, sagt sie schließlich. »Ich glaube Ihnen.«

»Gut!«, antworte ich.

Ihr Gesichtsausdruck ändert sich. Hoffnung, gemischt mit Verzweiflung. »Haben Sie mein Tagebuch gefunden?«

Ich wähle meine Worte mit Bedacht. »Ich konnte das Original nicht an mich nehmen. Wir haben Vorschriften, wie wir an einem Verbrechensschauplatz vorgehen müssen. Allerdings …«, füge ich rasch hinzu, als ich sehe, wie sie die Hoffnung schon wieder aufgeben will. »Allerdings habe ich jede Seite deines Tagebuchs fotografieren lassen. Die Dateien werden noch heute Morgen ausgedruckt und zu mir gebracht. Dann kann ich alles lesen, als wären es die Seiten aus deinem richtigen Tagebuch.«

»Heute?«

»Ich verspreche es.«

Sarah betrachtet mich mit einem weiteren langen, misstrauischen Blick.

Dieses Mädchen vertraut keinem, denke ich. *Keinem Menschen auf der Welt. Warum ist sie so geworden?*

Ich bin nicht sicher, ob ich es wissen will.

»Sarah«, sage ich mit freundlicher Stimme. »Wir müssen dir ein paar Fragen stellen. Über das, was gestern in dem Haus passiert ist. Würdest mit uns darüber reden?«

Sie mustert mich mit einem Blick, in dem viel zu viel Erfahrung und eine Gleichgültigkeit liegt, die ich schon früher bei Opfern beobachtet habe. Es fällt ihnen leichter, auf diese Weise mit ihren Erlebnissen umzugehen.

»Ich glaub schon«, sagt sie ausdruckslos.

»Stört es dich, wenn Barry dabei ist? Nur ich stelle die Fragen. Barry sitzt bloß da und hört zu.«

Sie zuckte die Schultern. »Mir egal.«

Ich ziehe einen Stuhl an ihr Bett. Barry setzt sich auf einen Stuhl bei der Tür. Das gehört zu unserer Taktik. Er kann alles hören, was Sarah sagt, doch er bleibt unauffällig im Hintergrund. Er macht es Sarah leicht zu vergessen, dass er da ist.

Erinnerungen von Opfern sind etwas sehr Intimes, Persönliches. Es ist, als würden sie ein Geheimnis preisgeben. Barry weiß das, und er weiß auch, dass Sarah sich wohler in ihrer Haut fühlt, wenn sie diese Geheimnisse nur mit mir teilen muss.

Sarah hat den Kopf abgewandt und starrt zum Fenster hinaus. In die Sonne, weg von mir. Ihre Hände sind verschränkt. Ich sehe, dass ihre Fingernägel schwarz lackiert sind.

Bringen wir es hinter uns, sagt meine innere Stimme.

»Weißt du, wer es getan hat, Sarah?« Die Schlüsselfrage. »Weißt du, wer die Kingsleys ermordet hat?«

Sie starrt weiter aus dem Fenster. »Nicht so, wie Sie meinen, nein. Ich kenne seinen Namen nicht, und ich weiß nicht, wie er aussieht. Aber er war schon früher in meinem Leben.«

»Als er deine Eltern umgebracht hat.«

Sie nickt.

»Du warst sechs, als es passiert ist?«

»Sechster Juni«, sagt sie. »An meinem Geburtstag. Alles Liebe zum Geburtstag und so weiter.«

Ich schlucke, verliere für einen Moment innerlich die Fassung.

»Wo ist es passiert?«

»Malibu.«

Ich werfe einen Seitenblick zu Barry. Er nickt, kritzelt einen Vermerk in sein Notizbuch. Wenn tatsächlich etwas Derartiges in Malibu passiert ist, können wir die Details später anfordern.

»Erinnerst du dich, was damals passiert ist? Als du sechs geworden bist?«

»Ich erinnere mich an alles.«

Ich warte, hoffe, dass sie von sich aus erzählt. Sie tut es nicht.

»Woher weißt du, dass der Mann, der gestern die Kingsleys umgebracht hat, derselbe ist, der vor zehn Jahren deine Eltern ermordet hat?«

Sie dreht sich zu mir um und schaut mich an, und ich sehe Resignation und unterdrückte Wut auf ihrem Gesicht. »Das ist eine dämliche Frage.«

»Und was wäre keine dämliche Frage?«

»*Warum* ist es der gleiche Mann?«

Verdammt. Sie hat recht. Das ist die treffendste Frage von allen.

»Weißt du warum?«

Sie nickt.

»Möchtest du es mir erzählen?«

»Ich erzähle Ihnen ein bisschen. Den Rest müssen Sie nachlesen.«

»Okay.«

»Er …« Sie kämpft mit sich. Vielleicht sucht sie nach den richtigen Worten. »Er hat einmal zu mir gesagt, ›Ich erschaffe dich neu, nach meinem Bild.‹ Er hat nicht erklärt, was er damit meint, aber genau das hat er gesagt. Er sagte, er würde mich und mein Leben auf die gleiche Weise betrachten wie ein Künstler einen Klumpen Ton, und dass ich seine Skulptur bin. Er hatte sogar einen Namen für diese Skulptur. Einen Titel.«

»Wie lautet er?«

Sie schließt die Augen. »Ein zerstörtes Leben.«

Das Geräusch von Barrys Kritzeln verstummt. Ich starre Sarah an, während ich zu verdauen versuche, was sie mir soeben gesagt hat.

Organisiert, denke ich. *Organisiert und getrieben von einem obsessiven Zwang. Rache ist das Motiv, und sie zu zerstören ist ein Teil davon. Ein großer Teil.*

Sarah spricht weiter. Ihre Stimme ist leise, abwesend. »Er tut Dinge, um mein Leben zu verändern. Um mich traurig zu machen, Hass in mir zu wecken. Um mich einsam zu machen. Um mich zu *verändern*.«

»Hat er dir je erzählt, warum er das tut?«

»Als alles anfing, hat er gesagt: ›Auch wenn es nicht deine Schuld ist, dein Schmerz ist meine Gerechtigkeit.‹ Ich habe damals nicht verstanden, was er damit meint. Ich verstehe es jetzt noch nicht.« Sie sieht mich fragend an. »Verstehen Sie es?«

»Noch nicht. Wir vermuten, es könnte eine Art Rache sein, die ihn antreibt.«

»Rache? Wofür?«

»Das wissen wir noch nicht. Du sagst, er tut Dinge, um dein Leben zu verändern. Um dich zu verändern. Was für Dinge?«

Eine lange Pause. Ich kann nicht sagen, was sich hinter Sarahs Augen abspielt. Ich sehe nur, dass es riesig und traurig und nichts Neues für sie ist.

»Es ist wegen mir«, sagt sie schließlich ganz leise und kleinlaut. »Er bringt jeden um, der gut zu mir ist oder gut zu mir sein könnte. Er tötet alles, was ich liebe und was mich liebt.«

»Und das ist vorher niemandem aufgefallen?«

Von einer Sekunde auf die andere verliert sie die Fassung und keift mich an, dass ich zusammenzucke. Ihre blauen Augen blitzen. »Es steht alles in meinem Tagebuch! *Lesen* Sie's! Wie oft soll ich es Ihnen denn noch sagen, mein Gott! Mein Gott, *mein Gott!*«

Sie wendet sich ab, starrt wieder hinaus in die Sonne, zitternd und bebend und außer sich vor hilfloser Wut. Ich kann spüren, wie sie sich löst, sich in sich selbst zurückzieht.

»Tut mir leid, Sarah«, sage ich beruhigend. »Ich werde dein Tagebuch lesen. Jede Seite. Versprochen. Aber jetzt muss ich wissen … was ist gestern passiert? In deinem Haus? Erzähl mir bitte alles, woran du dich erinnern kannst.«

Es dauert eine Weile, bis sie antwortet. Sie ist nicht mehr wütend. Sie sieht müde aus, zu Tode erschöpft.

»Was wollen Sie wissen?«

»Alles, von Anfang an. Bevor er ins Haus gekommen ist. Was hast du gemacht?«

»Es war Vormittag. So gegen zehn. Ich hab mein Nachthemd angezogen.«

»Du hast dein Nachthemd angezogen? Wieso?«

Sie lächelt, und die alte Vettel, die Sarah in sich verborgen hält, ist wieder da, mit voller Wucht, und kichert hässlich.

»Michael hat es gesagt.«

Ich runzle die Stirn. »Warum hat Michael gesagt, dass du dein Nachthemd anziehen sollst?«

Sie sieht mich mit geneigtem Kopf an.

»Damit er mich ficken kann. Was denn sonst?«

KAPITEL 15

»Du und Michael hattet Sex?«

Ich bin stolz auf mich. Es ist mir gelungen, angesichts dieser Enthüllung ruhig zu bleiben.

»Nein, nein, nein. Nur zwei Menschen, die gleich sind, können Sex miteinander haben. Ich hab mich von Michael *ficken* lassen, damit er den Mund hält und Dean und Laurel nicht anlügt und sie dazu bringt, mich wegzuschicken.«

»Er hat dich dazu gezwungen?«

»Er hat mich erpresst.«

»Wie? Was hattest du angestellt?«

Sie sieht mich ungläubig an. »Angestellt? Ich hatte überhaupt nichts *angestellt.* Aber das hätte keine Rolle gespielt. Michael war der perfekte Sohn. Lauter Einsen, Kapitän der Schulmannschaft. Er hat nie etwas Schlechtes getan.« Die Bitterkeit in ihrer Stimme ist ätzend wie Säure. »Wer war ich denn? Eine Streunerin, die die Kingsleys bei sich aufgenommen hatten. Michael sagte, wenn ich nicht mit ihm schlafe, würde er Pot in meinem Zimmer verstecken. Dean und Laurel waren nette Leute, und sie waren gut zu mir. Aber sie hatten nicht viel Toleranz gegenüber irgendetwas … Unüblichem. Sie hätten mich weggeschickt. Ich dachte, ich könnte noch zwei Jahre aushalten, bis ich achtzehn bin. Dann wäre ich erwachsen gewesen und hätte selbst gehen können.«

»Also hast du mit ihm geschlafen, wenn er es verlangt hat?«

»Ein Mädchen muss schließlich sehen, wo es bleibt.« Ihre Stimme trieft vor Sarkasmus, doch ich spüre auch die Selbstverachtung tief in ihr, die mir fast das Herz zerreißt. »Er wollte immer nur, dass ich ihm einen blase, und er wollte mich vögeln.« Sie blickt auf ihre Hände. Sie zittern, ein schroffer Gegensatz zu der Härte in ihrem Gesicht. »Hey, ich bin schon lange keine Jungfrau mehr, okay? Was ist schon groß dabei?«

»Die Kingsleys haben nichts gemerkt?«

»Nein.« Sie zögert. »Abgesehen davon … sie haben mich gut behandelt. Ich wollte nicht, dass sie etwas davon erfahren. Es hätte ihnen wehgetan. Das hatten sie nicht verdient.«

»Also hast du dein Nachthemd angezogen. Was ist dann passiert?«

»Er kam zu meiner Schlafzimmertür.«

»Michael?«

»Nein. Der Fremde. Der *Künstler*. Er war plötzlich da. Ohne Vorwarnung. Er trug eine Strumpfhose über dem Kopf, wie früher auch schon.« Sie kaut einen Moment auf der Unterlippe, während sie von der Erinnerung übermannt wird. »Er hatte ein Messer in der Hand. Er war fröhlich, entspannt, und er lächelte mir zu. Er sagte Hallo, war freundlich und normal, und dann … dann sagte er noch, er hätte ein Geschenk für mich.« Sie zögert. »Er sagte: ›Es war einmal ein Mann, der hatte den Tod verdient. Er war ein begabter Dichter. Ein Laie, aber begabt. Er schuf hübsche Worte, doch in seinem Innern war er finster. Eines Tages kam ich zu diesem Mann. Ich kam zu ihm, setzte seiner Frau eine Waffe an den Kopf und befahl ihm, ein Gedicht für sie zu schreiben. Ich sagte ihm, es wäre das Letzte, das sie hören würde, bevor ich ihr das Gehirn aus dem Kopf puste. Der Dichter tat, was ich ihm befohlen hatte, und ich tötete beide, gelobt sei der Herr. Als sie tot waren, weidete ich sie aus, damit alle Welt die Dunkelheit in ihrem Innern sehen konnte.‹«

Die Botschaft, denke ich. *Er nimmt sie aus, damit wir sehen können, wer sie wirklich waren.*

Auch die religiöse Anspielung bleibt mir nicht verborgen. Fanatismus bei Serienkillern ist fast immer ein Anzeichen von Wahnsinn.

Allerdings nicht in diesem Fall. Sein Glaube wurde nicht entflammt von seinem Durst nach Rache. Er ist mit seinem Glauben aufgewachsen.

»Hat er dir dieses Gedicht gegeben?«, frage ich. »War es das Geschenk?«

»Ein Blatt, ja. Er hat gesagt, er hätte es für mich noch einmal abgetippt. Ich steckte das Blatt in mein Nachthemd, nachdem ich es auf sein Verlangen hin gelesen hatte.« Sie nickt in Richtung des Nachttischs neben ihrem Krankenbett. »Es liegt in der

Schublade. Lesen Sie es nur. Er hatte recht, es ist ziemlich gut, wenn man die Umstände seiner Entstehung bedenkt.«

Ich ziehe die Schublade auf. Dort liegt ein unscheinbares gefaltetes Blatt Papier. Ich falte es auseinander und lese:

DU BIST ES.

Wenn ich atme,
Bist du es.

Wenn mein Herz schlägt,
Bist du es.

Wenn mein Blut fließt,
Bist du es.

Wenn die Sonne aufgeht,
Wenn die Sterne leuchten,

Bist du es.
Du bist es.

Ich lese kaum jemals Gedichte, und so kann ich nicht beurteilen, was ich soeben gelesen habe. Ich weiß nur, dass mir die Schlichtheit gefällt, und ich frage mich, in welchem Moment es wohl entstanden ist.

»Es stimmt, wissen Sie?«, sagt Sarah in diesem Augenblick.

Ich blicke auf. »Was stimmt?«

»Wenn er sagt, dass es so gewesen ist, dann ist es so gewesen.« Sie schließt die Augen. »Der Künstler hat gesagt, dass die Tinte des Originals verschmiert sei, weil der Dichter beim Schreiben geweint habe. Außerdem wäre das Blut seiner Frau darauf. ›Hübsche kleine Spritzer‹, hat er gesagt. ›Von dem Kopfschuss, mit dem ich sie getötet habe.‹«

»Was geschah als Nächstes?«

Sie blickt zur Seite und fährt mit leiser Stimme fort:

»Er wollte wissen, wie mir das Gedicht gefällt. Es schien ihn wirklich zu interessieren. Ich habe ihm nicht geantwortet, aber das hat ihm anscheinend nichts ausgemacht. ›Schön, dich wiederzusehen‹, hat er gesagt. ›Dein Schmerz ist wundervoller als je zuvor.‹«

»Sarah … wie genau kannst du dich daran erinnern, wie er spricht und was er sagt?«

»Ich habe ein gutes Gedächtnis für Stimmen und dafür, was Leute sagen. Es ist kein fotografisches Gedächtnis oder so, aber besser als bei jedem, den ich kenne. Und ich konzentriere mich auf ihn, wenn er zu mir spricht. Auf die Art, wie er redet. Auf die Dinge, die er dabei tut.«

»Das ist sehr gut«, sage ich ermutigend. »Das hilft uns bestimmt weiter. Wie groß ist dieser … der Künstler?«

»Eins achtzig, schätze ich.«

»Ein Schwarzer oder ein Weißer?«

»Weiß. Glatt rasiert.«

»Kräftig? Dünn? Athletisch? Schmächtig?«

»Er ist nicht dick, eher kräftig. Sehr stark. Er hat einen perfekten Körper. *Perfekt.* Offenbar trainiert er wie ein Besessener.«

Ich höre, wie Barry wieder Notizen kritzelt.

»Erzähl weiter, Sarah. Was ist dann passiert?«

»›Ich bin fast fertig mit deinem Bildnis, Sarah‹«, hat er gesagt. »›Zehn lange Jahre voller Hochs und Tiefs und Wendungen und Sorgen. Ich habe dich beobachtet, wie du dich gebogen hast und wie du zerbrochen bist. Es ist interessant, findest du nicht? Wie oft ein Mensch zerbrechen kann und trotzdem wieder auf die Beine kommt? Du bist nicht mehr das Mädchen von damals, als wir uns aufgemacht haben zu unserer Reise. Ich kann die Risse und Sprünge sehen, die Stellen, wo du dich zusammenflicken musstest.‹« Sarah bewegt sich unruhig im Bett. »Das waren nicht genau seine Worte, aber im Wesentlichen das, was er gesagt und gemeint hat.«

»Ich verstehe genau, was du meinst«, versichere ich ihr.

Sie fährt fort: »Er hatte eine Tasche bei sich. Er öffnete sie, nahm eine kleine Videokamera hervor und richtete sie auf mich.«

»Das hat er schon öfter getan, nicht wahr?«

Sarah nickt. »Ja. Er sagt, dass er meinen Untergang dokumentiert. Dass es wichtig sei, weil es ohne diese Dokumentation keine Gerechtigkeit gäbe.«

Killer sammeln Trophäen. Das Video ist seine.

»Was hat er dann getan?«

»Er hat mich angesehen und gesagt: ›Ich möchte, dass du an deine Mutter denkst.‹« Sie dreht sich zu mir um. »Möchten Sie sehen, was er gesehen hat?«

Bevor ich Nein sagen kann, verändern sich ihre Augen, und mir stockt der Atem.

Sarahs Augen füllen sich mit einer Trauer und einer Sehnsucht, so lebendig wie ein Sonnenaufgang. Ich sehe unerfüllte Hoffnung und eine unendliche Verlorenheit darin.

Sie wendet sich ab, und ich bekomme wieder Luft.

Wie hat sie das gemacht?

»Was geschah dann, Sarah?« Ich bin ein wenig zittrig.

»Er saß eine Weile da, während er mich durch die Kamera beobachtete. Dann fing er an, mit mir zu reden. ›Weißt du, was bei dieser Sache das Aufregendste für mich ist, Sarah? Die Dinge, die ich *nicht* kontrollieren kann. Nimm dieses Haus hier. Eine Familie, die dich freundlich aufgenommen hat, ohne wirklich warmherzig zu sein. Ein Sohn, der aller Welt ein perfektes Gesicht zeigt und dich erpresst, damit du ihm den Schwanz lutschst. Es ist erstaunlich. Auf der einen Seite ist es purer Zufall. Ich habe dieses Zuhause nicht erschaffen. Auf der anderen Seite bist du nur hier, weil ich dafür gesorgt habe. Hast du je daran gedacht, wenn Michaels Schwanz in deinem Mund war? Dass du hier bist und in sein Gesicht sehen musst wegen der Dinge, die ich getan habe?‹« Sarah lacht sarkastisch. »Er hatte recht. Ich *habe* bei diesen Gelegenheiten an den Künstler denken müssen.« Ich sehe, dass ihre Hände immer noch zittern.

Woher hat er gewusst, dass Michael sie missbraucht? Ich mache mir eine gedankliche Notiz, die ich erst einmal für mich behalte.

»Sprich weiter«, ermuntere ich Sarah.

»Dann wurde er gemein.« Sie starrt wieder nach draußen, während sie weiterspricht. »›Weißt du, was Michael aus dir gemacht hat, Sarah – in dem Augenblick, in dem du als Gegenleistung für sein Schweigen in die Knie gegangen bist? Er hat dich zu einer Hure gemacht.‹«

Sarah schlägt die Hände vors Gesicht, und ihre Schultern beben.

»Ist alles in Ordnung?«, frage ich leise.

Sie stößt einen tiefen Seufzer aus, fast ein Schluchzen. Der Augenblick vergeht, und sie lässt die Hände in den Schoß sinken.

»Es geht so«, sagt sie tonlos. Und dann erzählt sie weiter von ihrer Begegnung mit dem Mann, den sie »den Künstler« nennt.

»›Zufall, und auch wieder nicht‹, hat er gesagt. ›Ich musste nichts weiter tun, als dich auf die Straße zu setzen, wie Gott es mir befohlen hat. Ich wusste, dass ich mich auf die menschliche Natur verlassen konnte und deine Reise hart werden würde, solange ich diejenigen aus dem Weg räumte, die freundlich zu dir waren. Es ist immer nur eine kleine Minderheit, die sich um andere kümmert, Little Pain. Nicht mehr als ein Regentropfen in einem Sturm.‹« Sarah sieht mich an. »Er hat recht. Er mag die Karten gezinkt und meinem Leben einen Stoß versetzt haben, aber die Leute, die mir schlimme Dinge angetan haben …« Sie reibt sich die Arme, als wäre ihr plötzlich kalt. »Er hat sie nicht dazu gezwungen. Sie haben es aus eigenem Antrieb getan.«

Ich will sie trösten, will ihr sagen, dass nicht alle Menschen böse sind, dass es viele gute Leute auf der Welt gibt, doch ich habe gelernt, diese Regung zu unterdrücken. Opfer wollen keine Worte des Mitgefühls. Sie wollen, dass ich die Zeit für sie zurückdrehe, dass ich die Dinge ungeschehen mache.

»Sprich weiter«, sage ich.

»Er redete weiter. Er mag es, sich selbst reden zu hören. ›Unsere gemeinsame Zeit ist bald zu Ende‹, sagte er. ›Ich bin fast so weit, meine Arbeit zu vollenden. Ich habe die letzten wenigen Stücke gefunden, nach denen ich gesucht habe, und sehr bald schon werde ich mein Meisterwerk enthüllen.‹ Er steckte die Kamera wieder ein und erhob sich. ›Es ist Zeit für den nächsten Abschnitt deiner Reise, Little Pain. Folge mir.‹«

»Warum nennt er dich ›Little Pain‹?«

»Es ist sein Kosename für mich. Ich bin sein kleiner Schmerz.« Grelle Wut lodert in ihren Augen. »Ich *hasse* diesen Namen!«

»Kann ich dir nicht verdenken«, murmle ich. »Was ist als Nächstes passiert?«

»Ich ging zur Tür, wie er es von mir verlangte, doch dann blieb ich stehen. Sinnlos, ich weiß, aber ich dachte, ich müsste ihn dazu bringen, dass er mich zwingt, durch die Tür zu gehen. Als hätte es etwas zu bedeuten, dass ich nicht freiwillig ging. Blöd, was?«

Blöd vielleicht, denke ich. *Doch es gibt mir Hoffnung für dich.*

»Was dann?«

»›Stell dich nicht so an‹, sagte er und packte mich am Arm. Er trug dicke Handschuhe, doch ich konnte trotzdem spüren, wie hart und stark seine Hände waren. Er zerrte mich durch den Korridor in Dean und Laurels Schlafzimmer.« Sarah blickt mich nachdenklich an. »Der Fenstersims, auf dem ich saß, als Sie reingekommen sind, wissen Sie noch? Ich erinnere mich, wie ich durch das Fenster nach draußen geschaut und gedacht habe, was für ein wunderschöner Tag draußen war.«

»Erzähl weiter.«

»Er schob mich durch den Gang zum Badezimmer.« Sie erschauert. »Dort hatte er sie beide. Dean und Laurel, meine ich.«

Ihr Blick ist unendlich müde. »Sie waren nackt, und sie waren am Leben. Sie bewegten sich nicht. Ich wusste nicht warum, bis er es mir sagte. ›Sie stehen unter Drogen‹, sagte er. ›Ich habe ihnen eine Injektion verpasst.‹ Miva-irgendwas-Chlorid, nannte er das Zeug, das er ihnen gegeben hatte. Er sagte, es würde sie wach halten, und sie könnten Schmerzen spüren und uns hören und alles, aber sie könnten sich nicht bewegen.«

Ein Punkt für mich wegen der Drogen, zwei Punkte für Tommy wegen des Relaxans, denke ich.

Mir kommt ein Gedanke. »Würdest du seine Stimme wiedererkennen, Sarah? Nicht nur die Worte oder die Art und Weise, wie er spricht, sondern den Klang?«

Sie nickt ernst. »Ich kann sie nicht vergessen. Ich träume manchmal nachts davon.«

»Erzähl weiter, Sarah.«

»Er hatte Dean mit dem Gesicht nach unten. Laurel lag auf dem Rücken. Er stellte seine Kamera auf ein Stativ und schaltete sie ein. Dann hat er Dean aufgehoben wie ein Baby, als wäre er ganz leicht, und ihn in die Badewanne gestellt. ›Komm her, Little Pain‹, befahl er mir. Ich ging zur Wanne. ›Sieh in seine Augen‹, befahl er mir. Ich gehorchte.« Sarah schluckt. »Ich konnte sehen, dass er die Wahrheit gesagt hatte. Dean wusste, was vor sich ging. Er war wach, bei vollem Verstand.« Sie erschauert. »Er hatte furchtbare Angst. Ich konnte es in seinen Augen sehen. Er hatte *grauenhafte* Angst.«

»Was geschah dann?«

»Der Künstler befahl mir, von der Wanne zurückzutreten. Er bog Deans Kopf nach hinten, sodass sein Kinn vorgestreckt war.« Sie verrenkt den Hals, um es mir zu zeigen. »So ungefähr. ›Wenn man den Moment seines Todes gekommen sieht, erkennt man die Bedeutung von Wahrheit und von Angst, Mr. Kingsley‹, sagte er. ›Man fragt sich, was als Nächstes kommt, die himmlische Herrlichkeit oder die Feuer der Hölle. Vor gar nicht langer Zeit habe ich einen Studenten der Philosophie gefoltert, einen bösen, bösen Menschen. Ich schnitt ihm ins Fleisch, verbrannte ihn, verpasste ihm Elektroschocks. Ich wartete. Bevor wir anfingen, hatte ich zu ihm gesagt: Falls er eine einzige, wahre Beobachtung über das Leben machen könnte, würde ich seinem Schmerz ein Ende bereiten. Am Morgen des zweiten Tages, als ich ihn gerade kastrierte, schrie er plötzlich: *Wir leben alle in den Augenblicken vor unserem eigenen Tod!* Ich hielt mein Versprechen und erlöste ihn. Ich denke jedes Mal an diese Wahrheit, bevor ich jemanden töte.‹«

Sarah schluckt. »Dann schnitt er Deans Kehle durch. Einfach so.« Ihre Stimme klang fern und leise. »Ohne Vorwarnung. Blitzschnell. Das Blut sprudelte hervor. Er hielt Deans Kopf gepackt, sodass das Blut in die Wanne lief. Ich … ich konnte nicht fassen, wie *viel* Blut es war.«

Ungefähr viereinhalb Liter in einem durchschnittlichen menschlichen Körper. Längst nicht genug, um ein Spülbecken zu füllen – doch Blut soll normalerweise *innen* bleiben, deswegen kommen einem viereinhalb Liter manchmal wie vierzig vor.

»Was ist dann passiert?«

»Es dauerte eine Weile. Zuerst spritzte das Blut aus ihm. Dann tropfte es nur noch. Schließlich hörte es auf. ›Schau wieder in seine Augen, Little Pain‹, verlangte er von mir. Ich gehorchte.« Sie schloss die Augen. »Dean war tot. Sein Blick war leer.«

Sie schweigt ein paar Sekunden, während sie sich erinnert.

»Er hob Dean aus der Wanne und legte ihn auf den Teppich.«

Erneut Schweigen, noch länger diesmal.

»Und dann?«, bohre ich nach.

»Ich weiß, was Sie denken«, flüstert sie. Ihre Stimme ist voller Selbstverachtung, und sie weicht meinem Blick aus.

»Was, Sarah? Was denke ich?«

»Wie ich zusehen konnte, als er das getan hat, ohne dass ich versucht habe, wegzulaufen.«

»Sieh mich an, Sarah.« Ich lege Nachdruck in meine Stimme und warte, bis sie gehorcht. »Das habe ich nicht gedacht. Ich weiß, dass er schnell war. Er hatte ein Messer. Du hast gewusst, dass du keine Chance hattest, ihm zu entwischen.«

Sie verzieht das Gesicht und erschauert. Es ist eine Woge, die von Kopf bis Fuß geht, durch Leib und Seele.

»Das stimmt. Aber es … es ist nicht der einzige Grund.« Wieder weicht sie meinem Blick aus.

»Was ist der andere Grund?«, frage ich mit sanfter Stimme.

Ein trauriges Schulterzucken. »Ich wusste, dass er mich nicht töten würde. Ich wusste, wenn ich einfach nur dort stand und zusah und tat, was er sagte, würde er mich nicht töten. Weil er mich *so* haben will. Lebend und voller Schmerz.«

»Meiner Meinung nach«, sage ich vorsichtig, »und meiner Erfahrung nach ist es besser, voller Schmerz zu leben, als tot zu sein.«

Sie mustert mich misstrauisch. »Glauben Sie?«

»Ja.« Ich deute auf meine Narben. »Ich sehe sie jeden Tag, und ich denke jeden Tag daran, wofür sie stehen. Es tut weh. Trotzdem bin ich lieber lebendig als tot.«

Ein bitteres Lächeln Sarahs. »Sie würden vielleicht anders denken, wenn Sie das alle paar Jahre wieder durchmachen müssten.«

»Vielleicht«, sage ich. »Vielleicht auch nicht. Aber hier und jetzt zählt nur, dass du noch am Leben bist.«

Ich kann ihr ansehen, wie sie über meine Worte nachdenkt. Ich kann nicht erkennen, zu welchem Schluss sie gelangt.

»Dann«, fährt sie fort, »dann stellte er sich über Laurel. Eine ganze Minute lang sah er sie nur an. Sie rührte sich nicht, blinzelte nicht einmal … aber sie weinte.« Sarah schüttelt den Kopf. Die Erinnerung verfolgt sie. »Es war eine einzelne nasse Linie von Tränen im Winkel jeden Auges. Der Künstler lächelte sie an, doch es war kein glückliches Lächeln. Er hat sich nicht über sie lustig gemacht oder so. Er wirkte beinahe traurig. Er beugte sich vor und schloss ihr mit den Fingern die Augen.«

Bis zu diesem Moment haben wir nicht gewusst, dass er den Frauen *vor* ihrem Tod die Augen schließt. Es bestätigt meine Vermutung, dass Männer sein vorrangiges Ziel sind. Schloss er Laurel die Augen, weil er nicht wollte, dass sie sah, was als Nächstes kam?

Aber warum? Er hat sie trotzdem umgebracht.

Ich schiebe diese Gedanken vorerst beiseite.

»Was ist dann passiert, Sarah?«

Sie wendet den Blick von mir ab. Ihre Miene verändert sich, ebenso ihre Stimme, die plötzlich hölzern klingt, mechanisch. Als sie spricht, ist es ein Stakkato. »Er stand auf. Er nahm sie, stellte sie in die Wanne, schlitzte ihr die Kehle auf. Ließ sie ausbluten. Legte sie auf den Teppich.« Sie versucht, diese Erinnerung so schnell wie möglich abzuhandeln. Ich brauche ein paar Sekunden, bis mir der Grund dafür klar wird.

»Du hast Laurel nähergestanden als Dean, nicht wahr?«, frage ich leise.

Sie weint nicht, doch sie schließt für einen Moment die Augen.

»Sie war immer nett zu mir.«

»Was ist als Nächstes passiert, Sarah?«

»Ich musste ihm helfen, die Leichen ins Schlafzimmer zu bringen. Er brauchte meine Hilfe eigentlich gar nicht. Ich glaube, er wollte mich beschäftigen, damit ich nicht auf die Idee kam wegzulaufen. Wir trugen zuerst Dean ins Schlafzimmer, dann Laurel. Er packte sie unter den Armen, ich trug sie an den Füßen. Sie waren so *blass*. Ich habe noch nie so weiße Menschen gesehen. Weiß wie Milch. Wir haben sie aufs Bett gelegt.«

Sie verstummt.

»Was dann, Sarah?«

Ich sehe ein wenig von der trostlosen Leere, wie ich sie gestern Abend bei ihr gesehen habe. Ein wenig von dem Mädchen am Fenster, das sich die Pistole an den Kopf gehalten und monoton vor sich hin gesungen hat.

»Er hatte eine lange Lederhülle in seiner Tasche. Er öffnete sie und zog ein Skalpell hervor. Er reichte es mir, und dann befahl er … befahl er … befahl er mir, sie aufzuschneiden. ›Von der Kehle bis zum Unterleib‹, sagte er. ›Nur ein einziger entschlossener Schnitt. Ich lasse *dich* das tun, Little Pain. *Du* sollst freilegen, was sie im Innern wirklich sind.‹« Ihre Augen werden ein wenig glasig. »Es war, als wäre ich überhaupt nicht da. Als wäre ich nicht ich selbst. Ich erinnere mich nur, wie ich gedacht habe, tu, was du tun musst, um am Leben zu bleiben, wieder und wieder, während ich das Skalpell nahm und zu Laurel ging und sie aufschnitt, und dann ging ich zu Dean und schnitt ihn ebenfalls auf. Dann schälte ich ihre Haut zurück, weil der Künstler es mir befahl. Als Nächstes musste ich die Muskeln durchschneiden und zur Seite ziehen, und dann kamen die Knochen und die Eingeweide, und ich musste die Hände in ihre Bäuche stecken und ziehen und ziehen. Es war wie Gummi wie Gelee und nass und stinkend und dann war es vorbei.« Ihr Kopf sinkt nach vorn, und sie schweigt.

Die Worte kommen aus ihr hervorgesprudelt ohne Interpunktion, wie eine Flut. Sie haben sie ausgeleert und mich angefüllt, Abwasser, ein toter Fluss, eine Flutwelle aus nacktem Entsetzen. Ich will aufstehen und davonlaufen und nie wieder etwas von Sarah hören oder sehen oder an sie denken müssen.

Das kannst du nicht. Sie hat noch mehr zu sagen.

Ich schaue Sarah an. Sie starrt schweigend auf ihre Hände.

»Tu, was du tun musst, um am Leben zu bleiben, habe ich mir immer wieder gesagt«, flüstert sie schließlich. »Er grinste nur und filmte alles. Tu, was du tun musst, um am Leben zu bleiben. Am *Leben* bleiben.«

»Sollen wir aufhören?«, frage ich.

Sie wendet sich mir zu, mit verwirrtem Blick.

»Was?«

»Ob wir aufhören sollen? Brauchst du eine Pause?«

Sie starrt mich an, scheint wieder zu sich zu kommen. Sie presst die Lippen aufeinander und schüttelt den Kopf.

»Nein. Ich will es hinter mich bringen.«

»Bist du sicher?«

»Ganz sicher.«

Vielleicht, vielleicht auch nicht. Doch ich muss den Rest erfahren, und ich glaube, Sarah muss es sich von der Seele reden.

»Also. Was ist als Nächstes passiert?«

Sie reibt sich mit den Händen durchs Gesicht. »Er befahl mir, mit ihm nach unten zu kommen. Ich folgte ihm in den Salon. Michael saß dort auf der Couch, splitternackt. Auch er konnte sich nicht mehr bewegen.

Der Künstler lachte und tätschelte Michael den Kopf. ›Jungs sind Jungs, wie? Aber das wusstest du bereits, Little Pain, nicht wahr? Michael war ein böser Junge. Er hatte eine Videokamera laufen, während du zwischen seinen Beinen gekniet hast. Ich habe die Bänder auf einem meiner Aufklärungsbesuche gefunden. Keine Sorge, Little Pain, ich werde sie mitnehmen. Es bleibt unser kleines Geheimnis.‹ Er riss Michael von der Couch hoch und zerrte ihn über den Teppich.« Sarah runzelt die Stirn. »Ich hatte immer noch das Skalpell. Er hatte es mir nicht weggenommen, so sicher war er, dass ich nichts versuchen würde.« Sie zuckt elend die Schultern. »Er zerrte Michael vor mich hin, und dann sagte er, jetzt wäre ich an der Reihe. ›Nur zu‹, sagte er. ›Du hast oben ja gesehen, wie ich es gemacht habe. Von einem Ohr zum anderen, ein breites rotes Grinsen.‹ Ich sagte Nein.« Sie schüttelt den Kopf, eine Geste der Verzweiflung. »Als hätte es ihn interessiert. Als hätte es irgendetwas ausgemacht.« Ihr Gesicht ist voller Schmerz, verzerrt und von Selbsthass erfüllt. »Letzten Endes kann man sich auf eines verlassen – ich tue alles, was ich tun muss, um zu überleben. ›Tu es‹, befahl der Künstler, ›oder ich schneide dir die Brustwarzen ab und gebe sie dir zu essen.‹« Sie stockt, senkt erneut den Blick. »Ich habe es getan«, sagt sie schließlich kleinlaut. Sie sieht mich an, voller Angst, was ich vielleicht denke. »Ich wollte nicht, dass er stirbt«, sagt sie mit bebender Stimme. »Auch wenn er mich erpresst und zum Sex gezwungen hat und all die anderen gemeinen Dinge. Ich wollte nicht, dass er stirbt.«

Ich ergreife ihre Hand. »Ich weiß.«

Sie lässt ihre Hand einen Moment in der meinen, bevor sie sie wegzieht.

»Michael blutete und blutete und blutete. Es hörte überhaupt nicht mehr auf. Und dann musste ich dem Künstler helfen, seine Leiche die Treppe hinaufzutragen. Er legte ihn auf das Bett, zwischen Dean und Laurel.

›Es ist nicht deine Schuld‹, sagte er. Ich dachte zuerst, er spricht zu mir, dann erst erkannte ich, dass er zu Michael redete. Ich hatte Angst, er könnte mich zwingen, Michael aufzuschneiden, aber das hat er nicht getan.« Sie stockt. »Ich wurde … wahnsinnig. Ich glaube, der Künstler hat es gemerkt. Wahrscheinlich dachte er, ich könnte irgendwas versuchen, denn er befahl mir, das Skalpell fallen zu lassen. Ich hatte tatsächlich daran gedacht, ihn anzugreifen. Ehrlich. Aber dann ließ ich das Skalpell los, wie er es mir befohlen hatte.«

»Und nun bist du hier und lebst«, sage ich, um sie zu ermutigen.

»Ja … ja.« Erneut diese unendliche Müdigkeit.

»Was ist dann passiert?«

»Er befahl mir, mit ihm ins Badezimmer zu kommen. Er beugte sich über die Wanne und tauchte eine Hand in das Blut. Er fing an, mich damit zu bespritzen. ›Im Namen des Vaters und der Tochter und des Heiligen Geistes‹, sagte er dabei. Er bespritzte mein Gesicht und meine Sachen mit Blut.«

Die tränenförmigen Spritzer, die mir gestern Abend aufgefallen waren. Eine Frage kommt mir in den Sinn.

»Hat er genau das gesagt, Sarah? ›Im Namen des Vaters und der Tochter und des Heiligen Geistes‹? Nicht ›Im Namen des Vaters und des Sohnes‹?«

»Er hat genau das gesagt.«

»Erzähl bitte weiter.«

»Dann sagte er zu mir, dass er jetzt ein paar … Dinge tun müsste. Er müsse sich Ausdruck verleihen. Er zog seine Sachen aus.«

»Ist dir irgendetwas an ihm aufgefallen?«, frage ich. »Muttermale, Narben oder so?«

»Ein Tattoo. Auf seinem rechten Oberschenkel, wo niemand es sehen kann, solange er nicht nackt ist.«

»Was für ein Tattoo?«

»Ein Engel. Kein hübscher Engel. Er hatte ein böses Gesicht und ein Flammenschwert. Ziemlich schaurig.«

Ein Racheengel vielleicht? Sieht er sich so? Oder ist es ein Symbol für das, was er tut?

»Wenn ich einen Zeichner zu dir schicken würde, könntest du dieses Tattoo beschreiben?«

»Sicher.«

Ich kann mir nicht vorstellen, dass dieser Psycho sich mit einem Entwurf aus irgendeinem Vorlagenbuch zufrieden geben würde. Er hat das Tattoo bestimmt selbst entworfen und jemanden genau so ausführen lassen, wie er es haben wollte. Gut möglich, dass es uns gelingt, den Tattoo-Künstler aufzuspüren.

»Sonst noch etwas?«

»Als ich ihn nackt sah, konnte ich erkennen, dass er sich am ganzen Körper rasiert. Achselhöhlen, Brust, Beine, am Schwanz, überall.«

Das ist nicht ungewöhnlich für einen organisierten Verbrecher. Die meisten studieren die grundlegenden Prinzipien der Forensik und versuchen, uns möglichst wenige verwertbare Spuren zu hinterlassen. Serienvergewaltiger rasieren sich mit schöner Regelmäßigkeit die Köperhaare.

»Was ist mit Leberflecken? Narben?«

»Nur das Tattoo.«

»Das ist gut, Sarah. Wenn wir ihn finden, wird uns das helfen, ihn festzunageln.«

»Okay.« Sie wirkt lustlos.

»Er hat sich also ausgezogen. Was dann?«, muntere ich sie auf.

»Er war hart.«

»Du meinst, er war erigiert?«

»Ja.«

Ich beiße mir auf die Unterlippe, stelle die Frage, die ich fürchte. »Hat er … hat er dich angefasst?«

»Nein. Er hat mich nie gevögelt. Er hat es nie auch nur versucht.«

»Was hat er dann getan?«

»Er nahm zwei Paar Handschellen aus seinen Hosentaschen. ›Ich muss dich jetzt fesseln‹, sagte er. ›Damit ich meine Arbeit beenden kann, ohne Angst zu haben, du könntest davonlaufen.‹ Er fesselte mir die Hände auf den Rücken, dann fesselte er meine Fußgelenke. Er trug mich ins Schlafzimmer und setzte mich auf den Fußboden. Ich wehrte mich nicht.«

»Erzähl weiter.«

»Er ging nach unten und kam mit einem großen Topf zurück.«

»Einem Kochtopf?«

»Ja. Er füllte ihn mit Blut aus der Wanne, und dann …« Sie zuckt die Schultern. »Sie haben gesehen, wie das Schlafzimmer aussieht.«

Er hatte eine kleine Party. Er bespritzte die Wände. Fingermalereien aus der Hölle.

»Wie lange ging das so?«

»Ich weiß es nicht«, sagt Sarah tonlos. »Ich weiß nur, dass überall Blut war, als er fertig war. Überall. Auch er selbst war von oben bis unten voller Blut.« Sie verzieht das Gesicht. »Mein Gott, er war so *stolz!* Er beendete seine … Arbeit, stand für einen Moment am Fenster und starrte nach draußen. ›Was für ein schöner Tag!‹, sagte er. ›Wie von Gott gemacht.‹ Er schob das Fenster auf und stand da, splitternackt und voller Blut.«

»Danach ist er schwimmen gegangen, nicht wahr?«

Sie nickt. »Er ließ mich im Schlafzimmer liegen und ging nach unten. Ein paar Minuten später hörte ich ihn im Pool plantschen.« Sie sieht mich an. »Ich wurde immer benommener. Alles verschwamm. Ich dämmerte immer wieder weg. Ich dachte, ich verliere den Verstand oder so.«

Wer würde das nicht?

Sie seufzt. »Ich weiß nicht, wie viel Zeit verging. Ich erinnere mich nur, dass ich dagelegen habe, und es fühlte sich an, als würde ich immer wieder einschlafen und hochschrecken. Aber ich bin nicht eingeschlafen. Ich glaube, ich bin immer wieder ohnmächtig geworden, immer wieder. Einmal, als ich wach wurde, war er zurück.« Sie erschauert. »Er war wieder sauber, kein Blut mehr an ihm. Er stand über mir und sah mich an. Ich verlor wieder das Bewusstsein. Als ich erwachte, war ich unten im Erdgeschoss, und er war angezogen. Er hielt einen Topf in den Händen. ›Ein bisschen hier‹, sagte er, kippte den Topf und ließ ein wenig Blut auf den Teppich im Salon laufen. ›Und ein bisschen dort‹, sagte er, ging in den Garten hinaus und schüttete den Rest Blut aus dem Topf in den Pool.«

»Weißt du, warum er das getan hat?«, frage ich sie.

Die harten, viel zu alten Augen blicken mich an. »Ich glaube … er dachte, dass es richtig ist. Wie bei einem Gemälde. Der Fleck auf dem Teppich, das Wasser im Pool, alles brauchte ein klein wenig mehr Rot, bis es richtig für ihn war.«

Ich starre sie an; dann räuspere ich mich. »Was ist als Nächstes passiert?«

»Er hat sich mit seiner Kamera vor mich gesetzt und fing an zu filmen. ›Weißt du, was du alles warst, Little Pain?‹, sagte er zu mir. ›Du warst Waise, Lügnerin, Hure. Mein Schmerzensengel. Und jetzt bist du eine Mörderin. Du hast soeben ein menschliches Wesen getötet. Denk für einen Moment darüber nach.‹ Dann sagte er nichts mehr und filmte mich nur mit seiner Kamera. Ich weiß nicht, wie lange das ging. Ich verlor wieder das Bewusstsein.

Als ich wach wurde, nahm er mir die Handschellen ab und sagte, dass er jetzt gehen würde. ›Wir haben es fast geschafft, Little Pain. Wir sind fast am Ende unserer Reise angekommen. Ich möchte, dass du dich immer daran erinnerst … es ist nicht deine Schuld, doch dein Schmerz ist meine Gerechtigkeit.‹

Dann ging er.« Sarah starrt mich an. »Ich verlor erneut das Bewusstsein, wurde wach, wurde ohnmächtig, wurde wach. Alles wurde schwarz. Das Nächste, woran ich mich erinnern kann, sind Sie. Sie stehen im Schlafzimmer und reden mit mir.«

»Du kannst dich nicht erinnern, dass du mich angerufen hast?«

»Nein.«

Ich lege den Kopf auf die Seite und sehe sie an. »Warum hast du mich angerufen, Sarah?«

Sie mustert mich mit einem abschätzenden Blick, der mich für einen Moment an Bonnie erinnert.

»Seit ich sechs Jahre alt war, kam dieser Mann immer wieder in mein Leben und nahm mir jeden und alles weg, was ich liebte. Und niemand glaubt mir, dass es ihn gibt!« Ihre Blicke bewegen sich über mein Gesicht; unverhohlen studiert sie meine Narben. »Ich habe gelesen, was Ihnen zugestoßen ist, und ich dachte, dass Sie mir vielleicht glauben würden … dass Sie wissen, wie das ist. Alles zu verlieren, meine ich. Und jeden Tag aufs Neue daran erinnert zu werden. Und sich zu fragen, ob es besser wäre zu sterben als zu leben.« Sie zögert. »Ich habe vor ein paar Monaten das Tagebuch angefangen und alles aufgeschrieben. Jede hässliche Geschichte. Ich wollte irgendwie mit Ihnen in Verbindung treten und es Ihnen zum Lesen geben.« Sie zuckt unmerklich die Schultern. »Ich schätze, jetzt haben Sie's.«

Ich lächle sie an. »Ja, Sarah. Jetzt hab ich's.« Ich beiße mir auf die Unterlippe. »Sarah, was dieser Mann zu dir gesagt hat … dass du jetzt eine Mörderin wärst … du weißt, dass das nicht stimmt?«

Sie fängt an zu zittern. Das Zittern wird zunehmend heftiger, erfasst bald den ganzen Körper. Ihre Augen sind weit aufgerissen, die Haut blass, die Lippen weiß und fest zusammengepresst.

»Barry! Die Krankenschwester, schnell!«, sage ich erschrocken.

»Nein!«, protestiert Sarah.

Ich sehe sie an. Sie schüttelt den Kopf wie zur Untermauerung ihrer Worte; dann verschränkt sie die Arme vor der Brust und wiegt sich vor und zurück, vor und zurück. Ich beobachte sie, bereit, jederzeit den Alarmknopf zu drücken. Eine halbe Minute vergeht, und das Beben verebbt allmählich. Schließlich kehrt die Farbe in Sarahs Gesicht zurück.

»Ist alles in Ordnung?«, frage ich sie und fühle mich augenblicklich dumm deswegen. Es ist eine ohnmächtige Frage, ohne jeden Verstand.

Sie schiebt sich eine Haarlocke aus der Stirn.

»Das passiert manchmal«, sagt sie leise, doch mit überraschend klarer Stimme. »Es kommt aus dem Nichts, einfach so, wie ein Anfall.« Ihr Kopf ruckt herum. Sie starrt mir in die Augen, und ich bin erstaunt, wie viel Klarheit und Kraft ich darin erblicke. »Ich bin fast am Ende, verstehen Sie? Entweder Sie finden ihn und halten ihn auf, oder ich nehme ihm das, was er am meisten will …«

»Und was ist das?«

Ihr Blick ist fest und doch gehetzt. Verloren. »Mich. Er will mich, mehr als alles andere. Wenn Sie ihn nicht fangen können, bringe ich mich um. Verstehen Sie?«

Sie wendet sich wieder zum Fenster, zur Sonne. Ich könnte mit ihr diskutieren, ich könnte protestieren, doch mir wird klar, dass sie für den Moment nicht mehr bei uns ist.

»Ja«, antworte ich leise und freundlich. »Ich verstehe dich, Sarah.«

»Und?«, fragt Barry, als wir draußen auf dem Parkplatz stehen. »Was halten Sie von dieser Geschichte?« Er raucht schon wieder. Ich würde auch gern eine rauchen.

»Es ist eine scheußliche, eine absolut grauenhafte Geschichte.«

»Kann man wohl sagen.« Barry nickt. »Wenn sie die Wahrheit erzählt, heißt das.«

»Glauben Sie ihr nicht?«

»Ich habe schon einige verrückte Geschichten gehört. Eine Menge Lügen. Diese Geschichte klang nicht danach.«

»Stimmt.«

»Was halten Sie von der Selbstmorddrohung?«

»Sie ist ernst gemeint.«

Das ist alles, was ich sage. Alles, was ich sagen muss. Ich kann sehen, dass Barry genauso darüber denkt.

»Was ist mit unserem Freund, dem Psycho?«

»Da bin ich mir immer noch nicht im Klaren. Sein Motiv ist mit beinahe hundertprozentiger Sicherheit Rache. Rache bedeutet ihm alles. Er war bereit, auf die eigenhändige Verstümmelung der Leichen zu verzichten, damit er Sarah dazu zwingen konnte. Sie zu quälen, sie zu verletzen war ihm wichtiger, war für ihn erfüllender, als sie selbst aufzuschlitzen und auszuweiden.«

»Aber nicht sie zu töten«, meint Barry.

»Mit Ausnahme des Jungen, ja. Sarah zu zwingen, den Jungen zu verstümmeln, ihren Schmerz zu beobachten, das reichte ihm. Obwohl Mord nach Sarahs Worten erregend für ihn ist. Das Spielen mit Blut ist das rituelle, das sexuelle Element.«

Ich reibe mir mit den Händen durchs Gesicht, versuche mich zusammenzureißen und halbwegs in die Normalität zurückzukehren. »Sorry, ich bin wohl keine große Hilfe.«

»Hey, wir haben schon mehr als einmal zusammen an einem Fall gearbeitet. So läuft's nun mal bei Ihnen.«

Er hat recht. So läuft es bei mir. Beobachten, nachempfinden, nachdenken, analysieren – und dann alles noch einmal von vorn, bis die Silhouette des Killers sich langsam abzeichnet, bis sie nicht mehr unscharf ist, sondern deutlich umrissen. Es ist chaotisch und widersprüchlich, doch so läuft es bei mir.

»Können Sie einen Zeichner zu Sarah schicken?«, frage ich. »Das Tattoo ist ohne Zweifel ein eindeutiges Erkennungsmerkmal.«

»Ja. Mache ich.«

»Ich setze mich mit Callie in Verbindung. Mal sehen, was sie bis jetzt bei Vargas entdeckt hat. Ich sage ihr, dass sie sich auch bei Ihnen melden und Bericht erstatten soll. Wenn die Spurensicherung nichts erbringt, sollten wir erst einmal die Vergangenheit der Opfer durchleuchten, insbesondere die von Vargas. Ich glaube, dort liegt die Antwort verborgen. Basierend auf dem Rachemotiv und darauf, wie er mit den Körpern von Kindern umgeht, interessiert mich auch der Aspekt des Menschenschmuggels. Ich will wissen, mit wem die Opfer Kontakt hatten, und wann.«

»Das ist dann Ihr Job.«

»Wieso?«

»Menschenschmuggel fällt unter die Zuständigkeit der Bundesbehörden. Des FBI, genaugenommen. Und das FBI war an Vargas dran.«

»Was denn – hier?«

»In Kalifornien. Ich befasse mich mit der Vergangenheit der Kingsleys. Und der von Sarah. Ich überprüfe, ob ihre Eltern tatsächlich ermordet wurden. Sobald ich etwas vom Gerichtsmediziner höre, melde ich mich. Verdammt, ich hab 'ne Menge Arbeit.«

»Ich sorge dafür, dass Callie Ihnen eine Kopie des Tagebuchs zukommen lässt.«

Wir stehen beide da und denken nach, überlegen, ob wir nichts außer Acht gelassen haben.

»Ich glaube, das wär's für den Augenblick«, sagt Barry schließlich. »Ich melde mich bald wieder bei Ihnen.«

»Diese Wohnung war ein widerliches Schweineloch, Zuckerschnäuzchen.«

»Ich weiß. Was habt ihr gefunden?«

»Wo soll ich anfangen? Die Tötungsmethode war die gleiche wie bei den Kingsleys. Der Täter hat ihnen die Kehlen durchgeschnitten und sie in der Badewanne ausbluten lassen. Vargas wurde ausgeweidet. Keine zögernden Schnitte an ihm.«

Ich erzähle ihr von meinem Gespräch mit Sarah.

»Dieser Irre hat *sie* die Leichen aufschneiden lassen?«

»Ja.«

Stille. »Nun, das würde die Schnitte erklären. Weiter. Das Mädchen in Vargas' Wohnung wurde nicht aufgeschnitten, wie du gesehen hast. Wir haben ihre Identität noch nicht feststellen können. Fest steht, dass sie noch jung war, zwischen dreizehn und fünfzehn. Sie hat ein Tattoo, ein Kreuz mit kyrillischer Schrift darunter, übersetzt ungefähr: ›Danke Gott, denn Gott ist Liebe.‹«

»Eigenartig, dass eine junge Amerikanerin eine kyrillische Tätowierung trägt. Vielleicht ist sie Russin oder hat russische Eltern. Das ergäbe Sinn.«

Russische Banden sind zu einem bedeutenden Faktor im Menschenschmuggel geworden, einschließlich minderjähriger Prostituierter.

»Die Narben an ihren Füßen ähneln denen, die wir bei den

Fußabdrücken am Pool der Kingsleys gefunden haben, sieht man davon ab, dass es viel weniger sind. Und sie sind relativ frisch. Der Gerichtsmediziner schätzt, dass die Narben nicht älter als sechs Monate sind.«

»Eigenartiger Zufall, meinst du nicht? Das Mädchen und der Killer haben die gleichen Narben.«

»Ich glaube nicht, dass es Zufall ist. Alle anderen Abdrücke, die wir gefunden haben, gehören zu den beiden Opfern. Wir haben eine Tonne Haare und Fasern. Jede Menge Spermaflecken, allerdings alt und ausgetrocknet. Du weißt schon – blättrig.«

»Danke für diese bildhafte Beschreibung.«

»Ich habe den Computer nur flüchtig in Augenschein genommen, habe aber E-Mails und verschiedene Dokumente gefunden. Außerdem massenhaft Pornographie. Irrsinnig viel Pornographie. Ich habe den Computer ins Büro bringen lassen, wo ich mich eingehend damit befassen werde. Mr. Vargas war wirklich kein netter Mann.«

»Hat der Killer mit seinem Blut gespielt? Und dem des Mädchens?«

»Du meinst, ob er wieder Klassiker der Fingermalerei an den Wänden hinterlassen hat? Nein.«

Er überließ das Ausweiden der Kingsleys Sarah. Vielleicht war die Blutmalerei eine Ersatzhandlung. Eine Art Trostpreis.

»Was ist mit dem Tagebuch?«

»Ich bin unterwegs zum Büro. Ich drucke es aus, sobald ich dort bin.«

»Gib mir Bescheid, wenn du fertig bist.«

Ich erreiche James auf seinem Handy.

»Was willst du?«, fragt er mürrisch.

Eine solche Begrüßung ist längst keine Überraschung mehr. So ist James nun mal, das vierte und letzte Mitglied meines Teams. Er ist Öl in jedermanns Feuer, eine Sense im Getreidefeld. Er ist irritierend, unsympathisch und macht einen rasend. Wir nennen ihn »Damien«, wenn er nicht dabei ist, nach der Figur aus *Das Omen*. Damien, des Satans Sohn.

James ist nur aus einem Grund in meinem Team: Seine Intelligenz ist überragend. Er hat mit fünfzehn die Highschool abgeschlossen, hatte erstklassige Ergebnisse in den Hochschuleignungsprüfungen, hatte mit zwanzig seinen Doktor in Kriminologie und kam mit einundzwanzig zum FBI – das Berufsziel, das er angestrebt hatte, seit er zwölf war.

James hatte eine ältere Schwester, Rosa. Sie starb, als James zwölf war, von der Hand eines Serienkillers, der seine Opfer grinsend mit einem Schweißbrenner bearbeitete. James begrub Rosa zusammen mit seiner Mutter und beschloss am Grab der Schwester, den Rest seines Lebens Jagd auf solche Psychos zu machen.

Ich weiß nicht, was James außerhalb des Jobs treibt. Ich weiß nichts über sein Privatleben; ich weiß nicht einmal, ob er überhaupt eins hat. Ich bin seiner Mutter nie begegnet. Ich weiß nicht, ob er jemals im Kino war. Er hat das Radio immer ausgeschaltet, wenn ich bei ihm im Wagen mitfahre. Er zieht Stille seichter Unterhaltung vor.

Er ist absolut rücksichtslos, wenn es um die Gefühle anderer geht. Er schwankt zwischen brennender Feindseligkeit und völliger Gleichgültigkeit, das ultimative: »Es ist mir egal, wie du dich fühlst, es interessiert mich nicht, und ich muss es auch nicht wissen.«

Doch James hat einen messerscharfen Verstand. Eine kompromisslose, strahlende Brillanz, so hell wie die Flamme eines Bogenlichts. Er besitzt eine weitere Fähigkeit – eine, die er mit mir teilt und die uns miteinander verbindet, ob wir wollen oder nicht: Er kann in den Verstand eines Killers blicken, ohne davor zurückzuscheuen. Er kann dem Bösen mitten ins Gesicht starren und dann eine Lupe nehmen, um noch genauer hinzusehen.

In Zeiten wie diesen ist er unschätzbar wertvoll, ein Kamerad, und wir fließen zusammen wie Boote auf einem Strom, wie Regen in einen Fluss.

»Wir haben einen neuen Fall«, sage ich.

In knappen Worten schildere ich ihm, was bisher passiert ist.

»Was hat das mit meinem freien Sonntag zu tun?«, will er wissen.

»Callie schickt dir noch heute einen Kurier mit dem Tagebuch vorbei.«

»Und?«

»Und ich möchte, dass du es liest.« Zorn wallt in mir auf. »Ich lese es auch. Sobald wir fertig sind, setzen wir uns zusammen und reden darüber.«

Eine lange Pause, gefolgt von einem noch längeren, sehr aufgesetzten Seufzer. »Meinetwegen.«

Er legt ohne ein weiteres Wort auf. Ich starre einen Moment auf mein Telefon; dann schüttle ich den Kopf und frage mich, wieso ich überrascht bin.

KAPITEL 16

»Wie geht's, Schatz?«, frage ich Bonnie.

Auf dem Parkplatz war mir klar geworden, dass ich alles in Bewegung gesetzt hatte, dass alles Notwendige getan wurde. Was bedeutete, dass ich eine Zeit lang Mutter sein konnte. Es ist eine Fähigkeit, die man lernen muss, wenn man einen Job hat wie ich: sich die Zeit zu nehmen. Die Verbrechensfälle, für die man verantwortlich ist, sind wichtig. Es geht buchstäblich um Leben und Tod. Trotzdem muss man hin und wieder zum Essen nach Hause.

Wir sitzen in Alans und Elainas Wohnzimmer. Alan ist mit Besorgungen unterwegs. Ich habe ihn über den bisherigen Stand der Ermittlungen informiert, für den Augenblick jedoch keine Aufgabe für ihn. Elaina ist in der Küche und macht uns etwas zu trinken. Bonnie und ich sitzen auf der Couch und blicken einander an.

Sie lächelt und nickt. *Gut*, heißt das.

»Freut mich zu hören.«

Sie deutet auf mich.

»Wie es mir geht?«

Sie nickt.

»Gut.«

Sie runzelt die Stirn. *Lüg mich nicht an.*

Ich muss grinsen. »Ich habe ein Recht auf ein paar Geheimnisse, Baby. Eltern müssen ihren Kindern nicht alles erzählen.«

Sie zuckt die Schultern. Eine einfache Bewegung mit einer ganz spezifischen Bedeutung. *Wir sind anders.*

Bonnies Körper ist zehn Jahre alt, doch damit hört es auch schon auf. Ich habe häufiger das Gefühl, mit einem Teenager unter einem Dach zu wohnen, nicht mit einem kleinen Mädchen. Früher habe ich Bonnies Reife auf ihre grauenvollen Erlebnisse zurückgeführt. Heute weiß ich es besser.

Bonnie ist hochbegabt. Ihre Begabung liegt nicht in kindlichem Genie, sondern in ihrer Fähigkeit zu beobachten, sich zu konzentrieren, zu verstehen. Wenn sie sich etwas in den Kopf setzt, bleibt sie bis zum Ende dabei und untersucht die Dinge in all ihrer Vielschichtigkeit.

Vor ein paar Monaten hatte ich Bedenken, weil sie irgendwann wieder in die Schule muss. Sie gab mir zu verstehen, dass ich mir keine Sorgen machen sollte. Dass sie irgendwann wieder zur Schule gehen und alles nachholen würde. Sie hatte mich bei der Hand genommen und ins Wohnzimmer geführt. Matt und ich hatten uns dort eine hübsche Bibliothek zugelegt. Wir lasen gerne, und wir glaubten an die Macht von Büchern. Wir hatten vorgehabt, unsere Leidenschaft für das Lesen an Alexa weiterzugeben, und hatten einen Schreiner mit dem Bau von Bücherregalen beauftragt, die sich von Wand zu Wand und vom Boden bis unter die Decke zogen. Wir warfen niemals ein gelesenes Buch weg.

Jeden Monat verbrachten Matt und ich eine Stunde damit, neue Bücher für unsere Sammlung auszuwählen. Shakespeare. Twain. Nietzsche. Platon. Wenn wir glaubten, dass ein Werk etwas Wertvolles mitzuteilen hatte, kauften wir es und stellten es in unsere Bibliothek.

Es war teilweise Sammlung, teilweise Arbeitsbücherei. Nichts war schiere Eitelkeit. Das war unsere Regel: Kauf nie ein Buch um der Bewunderung anderer wegen.

Matt und ich waren nicht arm, doch als reiche Leute konnte man uns auch nicht bezeichnen. Wir würden kein großes Vermögen hinterlassen. Wir hatten gehofft, Alexa eines Tages ein abbezahltes Haus, Erinnerungen an die Liebe ihrer Eltern und vielleicht ein wenig Geld auf der Bank vererben zu können. Außerdem wollten wir ihr etwas hinterlassen, das speziell von uns stammte. Etwas, das nur ihre Eltern ihr hinterlassen konnten und das aus dem Herzen kam: diese Bibliothek. Eine kleine Sammlung der wichtigsten Werke der Menschheit. Es war ein Traum, den Matt und ich geteilt hatten und den wir verwirklichen konnten, ob reich oder nicht.

Alexa hatte erst angefangen, sich für dieses Zimmer zu interessieren, als sie starb. Seither habe ich kein Buch mehr gekauft. Ich habe geträumt aufzuwachen und den Raum in Flammen vorzufinden. Ich habe geträumt, wie die Bücher schreien, während sie brennen.

Bonnie zog mich in dieses vergessene (gemiedene) Zimmer. Sie nahm ein Buch aus dem Regal und reichte es mir. *Wie man Skizzen anfertigt*, von einem unbekannten, doch offensichtlich talentierten Autor. Sie deutete auf sich selbst. Es hatte ein paar Sekunden gedauert, bis ich begriff, was sie mir sagen wollte. »Das hast du gelesen?«

Sie hatte gelächelt und genickt, erfreut, dass ich verstanden hatte. Dann hatte sie ein anderes Buch aus dem Regal gezogen. *Grundlagen der Aquarelltechnik.* Und noch eins. *Kunst und Landschaften.*

»Alle?«, hatte ich Bonnie ungläubig gefragt.

Sie hatte genickt.

Bonnie hatte auf sich gedeutet, hatte eine nachdenkliche Miene imitiert und dann mit einer umfassenden Bewegung auf die gesamte Bibliothek gezeigt.

Ich hatte sie angeschaut, bis es mir gedämmert hatte. »Wenn du etwas wissen willst, kommst du hierher und liest in einem Buch darüber nach?«

Kopfnicken. Lächeln.

Ich kann lesen und lernen, und vor allem will *ich es*, hatte sie mir zu verstehen gegeben. *Reicht das nicht?*

Ich war nicht sicher, ob es reichte. Schule bestand schließlich nicht nur aus Lesen, sondern auch aus Schreiben und Rechnen. Okay, sie hatte das Lesen gemeistert, doch was war mit allem anderen? Abgesehen davon gab es den Sozialisierungsaspekt. Altersgenossen, Freundinnen, Jungs. Der komplexe Lernprozess, die Welt mit anderen zu teilen.

Das alles war mir durch den Kopf gegangen. Dass Bonnie Bücher über Kunst und Malerei gelesen hatte und nun regelmäßig malte – gut malte –, hatte mich in gewisser Weise beschwichtigt, einige meiner Ängste zum Verstummen gebracht und mir erlaubt, das Problem auf ein späteres Datum zu verschieben.

»Okay, Schatz«, hatte ich gesagt. »Vorerst.«

Ihre geistige Frühreife zeigte sich noch auf vielerlei andere Weise, nicht nur in ihrer Malerei, beispielsweise auch in ihrer Fähigkeit, aufmerksam zuzuhören, in ihrer erstaunlichen Geduld und ihrer beinahe übernatürlichen Gabe, in emotionalen Dingen genau den Punkt zu treffen.

Sie war noch ein Kind, doch sie war in vielen Dingen wacher als ich.

Ich seufze. »Ich war heute bei einem Mädchen namens Sarah.«

Ich erzähle ihr eine zensierte Version von Sarahs Geschichte. Ich verrate ihr nicht, dass Michael Kingsley Sarah zum Sex gezwungen hat, und ich verschweige die bildhaften Einzelheiten vom Tod der Kingsleys. Ich erzähle die wichtigen Dinge: dass Sarah eine Waise ist, dass sie sich von jemandem verfolgt fühlt, den sie den »Künstler« nennt, dass sie eine zutiefst verzweifelte junge Frau ist und kurz davor steht, für immer und ewig in bodenlose Dunkelheit zu stürzen.

Bonnie lauscht mit nachdenklichem Interesse. Als ich fertig bin, sieht sie zur Seite, tief in Gedanken. Nach einer Weile wendet sie sich wieder zu mir, deutet auf sich selbst, dann auf mich und nickt. Ich brauche einen Moment, bis unsere telepathische Verständigung funktioniert.

»Sarah ist wie wir, sagst du?«

Sie nickt, zögert, deutet dann mit Nachdruck auf sich.

»Mehr wie du«, sage ich.

Ein Nicken.

»Weil sie gesehen hat, wie die Menschen, die sie liebt, ermordet wurden? So wie du mitansehen musstest, wie deine Mom getötet wurde?«

Sie nickt; dann schüttelt sie den Kopf. *Ja*, sagt sie, *aber nicht nur das.* Sie beißt sich auf die Unterlippe, während sie nachdenkt. Sie sieht mich an, deutet auf sich, dann schiebt sie mich von sich. Jetzt ist die Reihe an mir, sich auf die Unterlippe zu beißen. Ich starre sie an – und plötzlich begreife ich. »Sie ist so, wie du wärst, wenn du mich nicht hättest.«

Sie nickt. Ihr Gesicht ist traurig.

»Allein.«

Ein Nicken.

Mit Bonnie zu »reden« ist wie Piktogramme zu lesen. Nicht alles ist auf Anhieb ersichtlich. Symbole spielen eine große Rolle. Bonnie sagt nicht, dass sie und Sarah ein und dasselbe sind. Sarah ist ein junges Mädchen, das alles verloren hat, was ihr wichtig war, und – an dieser Stelle enden die Ähnlichkeiten –

das nun allein auf der Welt ist. *Sarah ist das, was ich sein könnte, wenn es keine Smoky gäbe*, sagt Bonnie. *Wenn mein Leben aus Waisenhäusern und Erinnerungen an meine Mom und ihren Tod bestünde und sonst nichts.*

Ich schlucke mühsam. »Ja, Kleines. Das ist eine ziemlich treffende Beschreibung.«

Auch Bonnie hat ihre Narben. Sie ist stumm. Noch immer leidet sie unter gelegentlichen Albträumen, die sie im Schlaf schreien lassen.

Doch sie ist nicht allein.

Sie hat mich, und ich habe sie, und das macht einen gewaltigen Unterschied.

Ich sehe Sarah jetzt klarer vor mir. Ich höre, wie sie nachts schreit, und niemand ist da, der sie hält, wenn sie erwacht. Es ist schon sehr lange niemand mehr für sie da.

Ein Leben, das einen dazu bringt, sich mit Schwarz zu umgeben, geht es mir durch den Kopf. Warum auch nicht? Alles ist Dunkelheit, und es ist besser, man ruft sich diese Tatsache ständig ins Gedächtnis. Es ist besser, man macht sich erst gar nicht so etwas wie *Hoffnung*.

Das Klingen von Glas reißt mich aus meinen Gedanken. Elaina ist mit unseren Getränken zurückgekehrt.

»Orangensaft für euch beide, Wasser für mich«, sagt sie lächelnd und setzt sich zu uns.

»Danke«, sage ich, und Bonnie nickt. Wir trinken den Saft.

»Ich habe gehört, wie du Bonnie die Geschichte erzählt hast«, sagt Elaina. »Von dem Mädchen Sarah. Eine furchtbare Geschichte.«

»Sarah ist in einem schlimmen Zustand.«

»Was wird mit ihr?«

»Wahrscheinlich nehmen wir sie in Schutzhaft, wenn sie aus dem Krankenhaus entlassen wird. Und später … nun, es kommt darauf an. Sie ist sechzehn. Sie wird entweder zu Pflegeeltern kommen oder in ein Waisenhaus, bis sie volljährig ist.«

»Würdest du mir einen Gefallen tun?«

»Ja, sicher.«

»Sagst du mir Bescheid, bevor sie aus dem Krankenhaus entlassen wird?«

Ich schaue sie verwundert an, doch nur für einen kurzen Moment. Es ist schließlich Elaina. Ihre Beweggründe sind leicht zu durchschauen. Insbesondere angesichts ihrer Enthüllung, dass sie als Waise aufgewachsen ist. »Elaina, es wäre keine gute Idee, sich dieses Mädchens anzunehmen. Ganz abgesehen davon, dass da draußen ein Psychopath herumläuft, der auf sie fixiert zu sein scheint … das Mädchen ist ziemlich kaputt. Sie ist sehr verletzt, doch sie hat auch etwas verdammt Hartes an sich. Ich weiß nichts über ihre Vergangenheit, ob sie Drogen nimmt oder stiehlt oder sonst etwas. Aber ich halte es für keine gute Idee.«

Elaina schenkt mir ihr liebevolles Lächeln. Ein Lächeln, das sagt: *Ich liebe dich, Smoky, aber du bist ein verdammter Dickschädel.*

»Ich weiß deine Sorge zu schätzen, Smoky, aber das ist eine Sache, die Alan und ich miteinander ausmachen können.«

»Aber …«

Ein rasches Kopfschütteln erstickt meinen Einwand im Keim. »Versprich mir, dass du mich vor ihrer Entlassung anrufst.«

Ende der Vorstellung. Game over. Gib auf, wenn du weißt, was gut für dich ist. Ich liebe dich trotzdem.

Ich kann nicht anders, ich muss lächeln. Elaina bringt einen zum Lächeln. Sie ist dazu geboren.

Ich kapituliere. »Versprochen.«

Elaina hat Bonnie tagsüber bei sich und passt auf sie auf (häufig auch abends). Sie und Alan sind zu einem Teil von Bonnies Familie geworden. Es funktioniert. Sie wohnen nicht weit von mir weg, und es gibt niemanden auf der Welt, dem ich mehr vertrauen würde. Und Bonnie liebt sie beide. Ich kämpfe mit dem Problem von Bonnies Stummheit, und ich weiß, dass ich mich bald um ihre weitere schulische Ausbildung kümmern muss. Doch für den Augenblick funktioniert es so, wie es ist.

Elaina und Alan waren sofort bereit, auf meine Ängste und Befürchtungen einzugehen, ohne Fragen zu stellen oder mir das Gefühl zu vermitteln, dass ich mich töricht verhalte. Sie haben ihr Haus mit Alarmanlagen sichern lassen (bis unters Dach, genau wie meins), und Tommy hat ein einfaches Videoüberwachungssystem installiert. Außerdem schläft Alan in dem Haus, ein Riese mit einer Pistole.

Ich schulde den beiden eine ganze Menge.

»Ich verspreche es«, sage ich noch einmal.

Alan ist nach Hause gekommen. Er spielt mit Bonnie Schach und ist auf der Verliererstraße. Elaina ist in der Küche und bereitet uns ein spätes Mittagessen, während ich mit Callie telefoniere.

»Ich hab alle Seiten ausgedruckt, Zuckerschnäuzchen. Was jetzt?«

»Mach noch sechs Ausdrucke, Callie. Einen für Barry, einen für James, einen für Alan, einen für AD Jones, einen für Dr. Child und einen für dich selbst. Lass ihnen die Ausdrucke per Kurier bringen. Ich rufe sie an und gebe ihnen Bescheid. Ich möchte, dass alle dieses Tagebuch lesen. Sobald wir damit fertig sind, setzen wir uns zusammen und reden darüber.«

»Einverstanden. Was ist mit den Ausdrucken für Alan und dich?«

Ich blicke zur Küche. »Hast du Hunger?«

»Ist Wasser nass? Umkreist der Mond die Erde? Ist eine Primzahl nur durch eins und durch sich selbst teilbar? Ist …«

»Komm vorbei.«

Ich habe Assistant Director Jones am Telefon. Ich habe ihn zu Hause angerufen, um ihn mit knappen Worten über unseren neuen Fall zu informieren. Das lernt man in jeder Bürokratie als Erstes: Lass den Boss niemals im Dunkeln tappen.

»Moment, warten Sie«, sagt er und unterbricht meinen Bericht. »Wie hieß noch mal der Mann am zweiten Tatort?«

»Jose Vargas.«

Er stößt einen leisen Pfiff aus.

»Am besten, Sie kommen morgen zu mir ins Büro, Smoky«, sagt er.

»Warum?«

»Weil ich Ihnen etwas über Vargas erzählen kann. Die Menschenschmugglerbande. Ich habe an diesem Fall mitgearbeitet.«

»Im Ernst?«

Barry hat erzählt, dass die Bundesbehörden an dem Fall gearbeitet haben. Die Tatsache, dass AD Jones selbst bei der zuständigen Sondereinheit war, kommt für mich unerwartet. Vielleicht hilft es mir weiter.

»Ernsthaft, Smoky. Kommen Sie morgen in mein Büro.«

»Jawohl, Sir.«

»Gut. Haben Sie über die andere Sache nachgedacht, über die wir gesprochen hatten?«

Das soll wohl ein Witz sein.

»Ein wenig.«

Kurze Pause. Ich nehme an, er wartet darauf, dass ich etwas sage und meine einsilbige Antwort erläutere. Als ich es nicht tue, lässt er das Thema fallen.

»Ich möchte regelmäßige Briefings, Smoky. Und ich will dieses Tagebuch sehen!«

»Es ist bereits zu Ihnen unterwegs, Sir, und müsste innerhalb der nächsten Stunde eintreffen.«

Callie kommt kurze Zeit nach meinem Gespräch mit AD Jones. Bonnie hat mit Alan Schach gespielt und ihm die Feinheiten des Spiels gezeigt. Callie setzt sich neben Bonnie, und die beiden spielen gemeinsam gegen Alan, der plötzlich Mühe hat, sich nicht sämtliche Figuren vom Brett rauben zu lassen.

Während der unausweichlichen Revanche manövriert Elaina mich auf ihre sanfte, entschlossene Art in die Küche.

»Wie sieht es nun aus?«, fragt sie, als wir allein sind. »Wann wollen wir beenden, was wir gestern Morgen angefangen haben?«

1forUtwo4me?

Ich schiebe mir einen Cracker in den Mund, als sie mir diese Frage stellt, und erstarre nun. Dann kaue ich mühsam weiter, schlucke und fühle mich schuldig, obwohl ich nicht genau weiß warum.

»Smoky!«, tadelt sie mich, packt mich beim Kinn und hebt mein Gesicht, sodass ich ihr in die Augen sehe. »Ich bin es, Elaina!«

Ich sehe sie an, lasse ein wenig von ihrer Güte in mich fließen, Mutterleib und Wärme und Geborgenheit und Liebe. Ich seufze. »Ich weiß es nicht«, sage ich und zucke die Schultern. »Sorry. Die Wahrheit? Ich werde es beenden, daran besteht kein Zweifel. Wann?« Ich schüttle den Kopf. »Ich weiß es noch nicht.«

»Meinetwegen. Aber du gibst mir Bescheid, wenn es so weit ist?«

»Sicher«, murmle ich und kaue auf meinem Cracker. »Selbstverständlich.«

»Du hast dich sehr gut geschlagen, Smoky, und dieses Haus auszuräumen war eine gute Idee. Ich möchte sicher sein, dass du es zu Ende bringst.«

Dann lächelt sie, trotz kahlem Kopf und Chemotherapie – eines von jenen Elaina-Lächeln, die weitere Worte unnötig machen.

Es ist früher Abend, als Bonnies Gähnen mir verrät, dass es Zeit wird, nach Hause zu fahren.

Ich bin länger bei Alan und Elaina geblieben, als ich eigentlich vorhatte, doch ich habe ihre Gesellschaft gebraucht. Callies Witzeleien und Alans gespielter Ärger, weil Bonnie ihn wieder und wieder im Schach geschlagen hat, Elainas allgegenwärtige Wärme und Bonnies breites Grinsen, das alles hat mir geholfen, etwas von dem wiederzugewinnen, als was dieses Wochenende angefangen hat. Ein ganz normales Leben.

Kannst du das alles aufgeben? Solltest du es aufgeben? Ist Quantico die Lösung?

Sei still, sage ich mir.

»Ich fahre zurück ins Büro«, verrät Callie mir an der Tür. »Ich beschäftige mich mit Mr. Vargas' Computer. Ich bin sicher, dass mich auf seiner Festplatte eine Menge widerwärtiger Dinge erwarten.«

»Mach nicht so lang«, sage ich zu ihr. »Wir treffen uns morgen in aller Frühe zu einer ersten Besprechung im Büro.«

Alan, Elaina und Callie werden zweimal umarmt – einmal von Bonnie, dann von mir. Ich arbeite mit meiner Familie. Meine Familie ist meine Arbeit, so ist mein Leben geworden.

Das kommt davon, dass du mit der Pistole verheiratet bist.

Doch meine Laune ist zu gut, als dass ich auf meinen eigenen Köder anbeiße.

KAPITEL 17

»Ich werde eine Zeit lang mit Lesen beschäftigt sein, Schatz«, sage ich zu Bonnie. »Du musst nicht wach bleiben, wenn du müde bist, okay?«

Ich habe ihr das schon viele Male gesagt. Die Antwort ist stets Nein. Bonnie könnte während eines Bombenangriffs schlafen – Hauptsache, sie ist nicht alleine. Sie schüttelt den Kopf, lächelt und gibt mir einen Kuss auf die Wange.

»Gute Nacht, Schatz«, sage ich und gebe ihr ebenfalls einen Kuss.

Ein letztes Lächeln, und sie wendet sich von mir ab, dreht

sich in den kühlen Schatten. Ich bleibe allein in meiner kleinen Insel aus Licht zurück, um zu lesen und über das Gelesene nachzudenken.

Ich habe meine Notizen von gestern Abend bei mir. Ich füge ein paar Details hinzu, die wir heute herausgefunden haben.

TÄTER:

Unter **Methodologie** schreibe ich dazu:

Befragung von Sarah Langstrom bestätigt die Vermutung, dass er seine Opfer unter Drogen setzt.

Er hat Sarah gezwungen, die beiden Kingsleys aufzuschneiden und auszuweiden und anschließend Michael die Kehle aufzuschlitzen. (Sein Verhalten ihr gegenüber ist spezifisch. Warum?)

Unter **Auffälligkeiten** füge ich hinzu:

Des Ausweiden ist seine Methode, die innere Wahrheit seiner Opfer ans Licht zu bringen. Weitere Unterstützung der Theorie von Rache als Motiv.

Er schließt die Augen der weiblichen Opfer, bevor er sie tötet, weidet sie aber trotzdem aus. Sie mögen es weniger verdient haben, doch sie verdienen es in seinen Augen **dennoch**.

Täter berichtet von früheren Opfern einschließlich einem verheirateten Dichter und einem Studenten der Philosophie.

Kunst mit dem Blut der Ermordeten ist eine Eigenart. Unwesentlich und unnötig. Warum tut er es dennoch? Ersatz dafür, dass Sarah die Opfer aufschneiden musste?

Keine erkennbare sexuelle Pathologie. Mord erregt ihn, doch er vergeht sich nicht an den Leichen, was auch Sarah bestätigt.

Natürlich könnte es sein, wird mir bewusst, dass das Skalpell sein Penis-Ersatz ist. Das Schneiden könnte dann der sexuelle Akt sein.

Religiöse Anspielungen. Er bekommt seine Befehle von Gott?

Unter **Beschreibung** füge ich hinzu:

Weißer oder zumindest weißes Erscheinungsbild.

Etwa eins achtzig groß.

Rasiert sich sämtliche Körperhaare ab.

Sportlich und muskulös. »Perfekter Körper.« Trainiert mit Gewichten. **(Narzissmus?)**

Schlüssel: Eine Tätowierung auf seinem rechten Oberschenkel: Engel mit einem Flammenschwert. Mit großer Wahrscheinlichkeit hat er das Tattoo selbst entworfen.

Ich füge Notizen bezüglich des Verschlüsselungsprogramms hinzu, das wir auf Michael Kingsleys Computer gefunden haben. Wenn der Killer es aufgespielt hat, deutet dies auf technische Kenntnisse hin oder zumindest Zugriff auf hoch entwickelte Software.

Ich denke über die Tätowierung nach. Sie repräsentiert entweder seine Handlungen oder ihn selbst. Er scheint genügend bei Verstand, dass die erste Möglichkeit zutrifft, doch die »Blutkunst« ist auf jeden Fall ein Akt des Wahnsinns, was merkwürdig und beunruhigend zugleich ist.

Fängt er vielleicht schon mit der Dekompensation an?

Dekompensation ist im einfachsten Fall der Prozess des Übergangs aus einem stabilen in einen instabilen Zustand. Er ist nicht bei jedem Serienkiller anzutreffen, doch es handelt sich um ein verbreitetes Phänomen. Ted Bundy war jahrelang als vorsichtiger, charismatischer Serienmörder erfolgreich. Gegen Ende seiner »Karriere« jedoch verlor er die Kontrolle über sich, was den Behörden bei seiner Überführung und Festnahme half.

Dr. Child, so ziemlich der einzige Profiler, den ich wirklich respektiere, hat sich einmal mit mir über dieses Thema unterhalten, und jetzt kommt mir in den Sinn, was er damals gesagt hat.

»Ich glaube«, sagte er, »dass sämtliche Gewaltverbrecher bis zu einem bestimmten Grad wahnsinnig sind. Ich meine damit nicht die gesetzliche Definition des Wortes. Ich meine, dass das Empfinden von Freude beim Ermorden eines anderen menschlichen Wesens nicht dem Verhalten eines geistig gesunden Individuums entspricht.«

»Da stimme ich Ihnen zu«, sagte ich. »Schuldig wegen Wahnsinns, sozusagen.«

»Genau. Serienmord ist ein Verhalten, das durch eine unendlich lange Periode von größtem seelischen Stress hervorgerufen wird. Es ist ein Verhalten, das weiteren Stress erzeugt. Das verlangt Paranoia, es ist obsessiv, und der wichtigste Faktor: *Es steht nicht unter der Kontrolle des Individuums.* Ungeachtet der möglichen Konsequenzen – der zunehmenden Wahrscheinlichkeit seiner Verhaftung und Verurteilung – *will* der Täter nicht aufhören und *kann* es auch gar nicht. Die Unfähigkeit, ein Verhalten zu beenden, von dem man weiß, dass es destruktiv ist, stellt eine Form von Psychose dar, oder?«

»Sicher.«

»Deswegen erleben wir meiner Meinung nach bei sehr vielen Serientätern das Phänomen der Dekompensation, mögen sie organisiert oder desorganisiert sein oder irgendetwas dazwischen. Der Druck, von innen und von außen, eingebildet und real, wird immer größer, und schließlich zerbricht der bereits angeknackste Verstand endgültig.« Er lächelte, doch es war kein fröhliches Lächeln. »Ich denke, in ihnen allen lauert der gleiche rasende Wahnsinn und wartet nur auf seine Chance zum Ausbruch. Ausreichend Stress vorausgesetzt, erwacht er zum Leben.« Er seufzte. »Worauf ich hinauswill, Smoky … hüten Sie sich, diese Monster in Schubladen einzuordnen. Es gibt keine Regeln in diesem Geschäft, nur Richtlinien.«

Der Punkt bei diesem neuen Fall: Die Blutkunst ist nicht von Bedeutung. Rache als Motiv ergibt einen Sinn und wird uns helfen, den Killer zu enttarnen. Sein Umgang mit den Kindern ist von Bedeutung, und auch das wird uns helfen. Die Tätowierung? Das ist etwas für die Forensik. Ich muss mich darauf konzentrieren, den »Künstler« zu finden, nicht darauf, seine Bedeutung zu ermitteln. Ob er sich wie ein Racheengel *fühlt* oder ob er glaubt, *selbst* der Racheengel zu sein, ist für den Augenblick nichts als unbedeutende Gedankenspielerei.

Ich nehme die Blätter mit meinen Notizen über Sarah. Ich korrigiere ihren Namen.

Sarah Langstrom:

Seit ungefähr einem Jahr bei den Kingsleys.

Dann weiß ich nicht mehr weiter.

Was haben wir sonst noch über Sarah herausgefunden?

Zwei Dinge kommen mir in den Sinn. Ich schreibe sie nieder, weil es Tatsachen sind, auch wenn keine von beiden von besonderer Bedeutung zu sein scheint.

Sie ist eine Überlebenskünstlerin.

Sie verliert langsam den Verstand. Sie ist selbstmordgefährdet.

Endlich etwas Neues.

Weitere ungelöste Fragen, aber das ist in Ordnung. Es geht darum, die Vorwärtsbewegung nicht einzustellen. Hinsehen, untersuchen, schlussfolgern, postulieren, indizieren, profilieren. Wir haben keine Beschreibung des Täters, aber wir haben ein grundlegendes Verständnis seines Motivs. Wir haben eine lebende Zeugin. Wir haben einen Fußabdruck. Wir wissen, dass der Killer Videos als Trophäen anfertigt. Wenn wir ihn zu fassen kriegen, werden diese Videos ihn überführen.

Wir haben außerdem Sarahs Tagebuch. Ich muss dieses Tagebuch lesen und sehen, wohin es führt. Die Opfer sind der Schlüssel zum Killer, und nach allem, was ich bis jetzt weiß, ist Sarah offensichtlich seine Favoritin. Der Grund für seine Taten.

Ich lege meine Notizen beiseite und werfe einen ersten Blick auf das, was Callie mir gegeben hat.

Die Seiten sind weiß, vergrößert, größer als das Original und leicht zu lesen. Sarahs fließende schwarze Handschrift lädt mich ein, und sie beginnt ihr Tagebuch, indem sie sich direkt an mich wendet.

Liebe Smoky Barrett,
ich kenne Sie. Ich habe von Ihnen gehört, habe Sie auf die gleiche Weise studiert, wie man eine Person studiert, die vielleicht die einzige und letzte Hoffnung darstellt, die man hat. Ich habe Ihr Foto angestarrt, bis mir die Augen tränten, und ich kenne jede Ihrer Narben.

Ich weiß, dass Sie für das FBI in Los Angeles arbeiten. Ich weiß, dass Sie böse Menschen jagen und tüchtig in Ihrem Job sind. Aber das alles ist unwichtig und auch nicht der Grund, weshalb Sie mir Hoffnung geben.

Sie geben mir Hoffnung, weil auch Sie Opfer gewesen sind.

Sie geben mir Hoffnung, weil Sie vergewaltigt wurden, weil man Sie zerschnitten hat, weil Sie verloren haben, was Sie liebten.

Wenn es jemanden gibt, der mir Glauben schenkt, dann Sie.

Wenn jemand es beenden kann, dann Sie.

Stimmt das? Oder träume ich nur und sollte mir lieber gleich die Pulsadern aufschneiden?

Ich nehme an, wir werden es herausfinden. Ich kann mir die Pulsadern später ja immer noch aufschneiden.

Ich habe das hier ein »Tagebuch« genannt, aber es ist keins. Es ist eine schwarze Blume. Ein Buch der Träume. Ein Pfad hinunter zum Wasserloch, wo sich die dunklen Wesen zum Trinken einfinden.

Gefällt Ihnen das? Es ist eine Geschichte. Hier auf dem Papier werden Sie sehen, wie ich mich bewege. Wie ich laufe. Es ist der einzige Ort, an dem Sie es sehen. Hier kann ich mich bewegen, hier kann ich rennen. Ich bin mehr ein Sprinter als ein Langläufer, wie Sie sehen werden.

Würden Sie von mir verlangen, Ihnen zu erzählen, was ich hier niederschreibe, könnte ich es nicht. Aber geben Sie mir einen Stift und einen Block oder einen Computer und eine Tastatur, und ich schreibe, schreibe, schreibe.

Ich glaube, das habe ich zum Teil von meiner Mutter. Sie war Künstlerin, und ich habe offenbar etwas von ihr geerbt. Der Rest kommt wohl daher, dass ich nach und nach wahnsinnig werde.

Richtig verrückt, übergeschnappt. Auf dem Papier wird der Wahnsinn sichtbar, grell und ungefiltert. Ich denke über das nach, was ich fühle, und schreibe es auf. Ich schildere Ihnen einen Weg hinunter zum Wasserloch. Ich habe vor zwei Jahren mit dem Schreiben angefangen, an einer der Schulen, die ich besucht habe. Der Lehrer, ein anständiger Mann namens Mr. Perkins (Sie werden gleich erfahren, warum ich weiß, dass er ein anständiger Mann war), las die erste Geschichte, die ich jemals geschrieben habe, und bat mich, nach dem Unterricht zu bleiben. Als wir allein waren, sagte er mir, dass ich großes Talent hätte. Dass ich vielleicht sogar ein Wunderkind sei.

Aus irgendeinem Grund brachte dieses Lob Crazy zum Vorschein. Crazy ist eine von jenen Kreaturen, die unten am Wasserloch trinken, dunkelhäutig, großäugig und irrsinnig. Crazy ist wütend. Crazy ist gemein und hinterlistig. Crazy ist verrückt, wie der Name schon sagt.

Crazy packte Mr. Perkins im Schritt und sagte: »Danke sehr! Soll ich Ihnen einen blasen, Mr. P.?«

Einfach so.

Ich werde nie vergessen, was daraufhin geschah. Seine Gesichtszüge entgleisten, und sein Schwanz wurde hart. Beides gleichzeitig. Er riss sich los und stotterte und ging aus dem Zimmer. Ich nehme an, er bekam es mit der Angst, und das mache ich ihm wirklich nicht zum Vorwurf. Ich vermute, das entgeisterte Gesicht, das Stottern, war der echte Mr. Perkins. Wie ich bereits sagte, ein sehr anständiger Mann.

Ich verließ das Klassenzimmer. Ich war ganz aufgeregt, fiebrig, ich grinste, und mein Herz hämmerte. Ich ging aus der Schule nach hinten, nahm ein Feuerzeug, verbrannte diese Geschichte und weinte, während sie brannte und die Asche vom Wind davongeweht wurde.

Seit damals habe ich eine Menge geschrieben, und ich habe alles verbrannt.

Inzwischen, wo ich mit dieser Geschichte hier anfange, bin ich fast sechzehn, und obwohl ich sie am liebsten ebenfalls verbrennen würde, werde ich es nicht tun.

Warum erzähle ich Ihnen das? Aus zwei Gründen.

Der erste Grund ist schwerwiegend: Sie müssen wissen, dass ich meinen Geisteszustand in mir sehen kann. Er ist wie ein flackerndes Licht. Früher war dieses Licht stark und hell und gleichbleibend. Heute ist es schwach und flackert manchmal stark. Es ist umgeben von Punkten aus Dunkelheit, die es wie Motten umkreisen, wie ein Schwarm dicker schwarzer Motten. Eines Tages – bald, wenn sich nichts ändert – werden die schwarzen Punkte zu viele sein. Sie werden das Licht, meinen Verstand, zum Erlöschen bringen, und ich werde für den Rest meines Lebens singen und nie wieder ein Wort hören.

Wenn ich also manchmal ein wenig sprunghaft bin, wenn ich Ihnen merkwürdig erscheine, dann liegt es daran, dass ich mich mit den Fingernägeln an der Klippe über dem Abgrund des Wahnsinns festkralle. Ich verbringe einen großen Teil meiner Zeit damit, das flackernde weiße Licht zu beobachten. Ich habe Angst, dass es verschwunden sein könnte, wenn ich zu lange wegschaue. Ich habe Angst, mich nicht erinnern zu können, dass dieses Licht je da gewesen ist.

Crazy ist unten am Wasserloch. Es ist nur ein kurzer Weg von dem schlechten Wasser bis zu mir. Es geht ganz schnell, und dann tue oder sage ich Dinge, die ich besser nicht tun oder sagen würde, okay?

Okay.

Der zweite Grund ist: Ich hätte ein richtiges Tagebuch schreiben können, eine hübsche, faktische Abhandlung der Dinge, die ich erlebe.

Aber ich bin talentiert. Ich bin ein Wunderkind!

Warum also nicht eine Geschichte schreiben?

Und das habe ich getan.

Ob alles wahr ist? Das kommt darauf an, wie man Wahrheit definiert. Konnte ich die Gedanken meiner Eltern lesen? Weiß ich, was sie wirklich gedacht haben, als der Künstler zu uns ins Haus kam und sie geholt hat? Nein.

Die Wahrheit ist, dass ich es nicht weiß. Nicht wissen kann.

Die Wahrheit ist, dass *ich es weiß.*

Drei Teile Wahrheit, ein Teil Dichtung. Die Wahrheit liegt in der Zeit und im Ort und in den grundlegenden Ereignissen. Die Wahrheit liegt in den Gedanken und Motiven. Weil die Geschichte nur existiert, wo wir uns an sie erinnern – ist es da schlecht, sie mit ein wenig Menschlichkeit aufzufüllen, selbst wenn diese Menschlichkeit nur ausgedacht ist?

Sie waren meine Eltern, und ich habe sie geliebt, also habe ich sie als Charaktere dargestellt, mit Gedanken und Hoffnungen und Gefühlen, und dann habe ich das Geschriebene gelesen und geweint.

Ja, habe ich gesagt.

So waren sie.

Niemand kann mir erzählen, es wäre anders gewesen. Er soll es ja nicht wagen, weil sonst Crazy vom Wasserloch angerannt kommt, jede Wette, und die Kontrolle übernimmt.

Nein, meine Eltern haben mir nie über ihr Sexleben erzählt. Scheiße, sie waren meine Familie, und ich möchte, dass sie Ihnen lebendig vorkommen, lachend und schwitzend und so, damit Sie fühlen, wie sie schreien, Schmerzen erleiden und sterben.

Okay?

Einige Dinge fand ich erst später heraus, indem ich Fragen stellte. Ich fragte zum Beispiel Cathy, und sie gab ehrliche Antworten. Ich glaube nicht, dass Cathy ein Problem mit irgendwas hat, das ich über sie geschrieben habe. Ich hoffe nicht. Manche Dinge beschreibe ich so, wie ich sie in Erinnerung habe, auch wenn ich die Erinnerungen eines jüngeren Selbst durch den Verstand eines älteren Selbst filtere. Der Geist dieser Erinnerungen, der guten und der schlechten, ist jedenfalls wahr. Heute, mit sechzehn Jahren, bin ich in der Lage, Dingen eine Stimme zu geben, die ich mit sechs oder neun oder was weiß ich wie viel Jahren nur denken konnte.

Einiges sind Dinge, die das Monster mir erzählt hat.

Wer weiß, was davon wahr ist und was nicht? Aber ich schweife ab.

Wie soll ich anfangen? Es war einmal …?

Warum nicht? Warum soll man eine Horrorgeschichte nicht genauso anfangen lassen wie ein Märchen? Es endet immer gleich, egal wie es anfängt: unten am Wasserloch, neben den dunklen Wesen mit den zu großen Augen und dem Wasser, das ans Ufer plätschert, wobei es sich anhört wie ein schmatzender Riese.

Es hilft, sich die Geschichte wie einen Traum zu denken, wenn Sie sie lesen. Das tue ich ebenfalls. Eine schwarze Blume, ein Buch voller Träume. Ein mitternächtlicher Trip hinunter zum Wasserloch. Kommen Sie und träumen Sie mit mir, erleben Sie einen Albtraum, trotz leuchtender Lampen und offener Augen …

Es war einmal vor langer Zeit, als eine jüngere Sarah, die noch nicht auf das flackernde weiße Licht in sich achtete und die Crazy noch nicht begegnet war …

Nein, nein. Es stimmt zwar, aber an der Stelle möchte ich eigentlich nicht anfangen.

Also, noch mal: Es war einmal vor langer Zeit ein Engel, und dieser Engel war meine Mom.

Das Erste, woran ich mich erinnere, wenn ich an sie denke: Sie hat das Leben geliebt. Das Zweite ist ihr Lächeln. Mom hat niemals aufgehört zu lächeln.

Das Letzte, woran ich mich erinnere: Sie hat nicht mehr gelächelt, als der Künstler sie ermordet hat.

Daran erinnere ich mich am deutlichsten.

Sarahs Geschichte

Erster Teil

KAPITEL 18 Sam Langstrom schüttelte den Kopf und blickte seine Frau verwirrt an.

»Damit ich das richtig verstehe«, sagte er und zwang sich, ihr Lächeln zu erwidern. »Ich habe dich gefragt, wann wir zu Sarahs Zahnarzttermin müssen. Und um mir eine Antwort zu geben, willst du zuerst von mir wissen, wie spät es *jetzt* ist?«

Linda runzelte die Stirn. »Ja. Und?«

»Nun, Schatz, der Zahnarzttermin steht bereits. Und wir wissen, wie lange wir brauchen, um von hier zur Zahnarztpraxis zu kommen. Was also hat die momentane Uhrzeit damit zu tun, wann wir losmüssen?«

Linda wurde wütend. Sie sah ihrem Mann in die Augen. Sie bemerkte das Funkeln, das ihr stets ein Lächeln entlockte und ihr sagte: Ich habe meinen Spaß, aber nicht auf deine Kosten. Ich mag deinen Tick, das ist alles.

Er liebte ihre exzentrischen Eigenarten, und sie wusste, dass sie reichlich davon hatte. Sie war eine schreckliche Hausfrau; er war ein wenig zu ordentlich. Sie war rastlos und ging gern aus; er blieb lieber zu Hause. Sie war schnell verärgert; er war geduldig. Sie waren in vieler Hinsicht das genaue Gegenteil, doch Unterschiede ziehen sich an, und manchmal ergänzen sie einander.

In jenen Bereichen des Lebens, wo Gummi auf Asphalt trifft, waren Linda und Sam wie eine Person, reagierten wie ein Verstand. Liebe bis zum Lebensende. Loyalität dem anderen gegenüber, egal was geschah. Liebe für Sarah, ihre Tochter, immerwährend, bedingungslos, unendlich.

Sarah war die Verkörperung ihres vereinigenden Prinzips: Liebe und werde geliebt.

Ihre Seelen passten an den richtigen und wichtigen Stellen zusammen, doch an anderen waren sie Welten auseinander. Wie in diesem Augenblick, als Sams nüchterner Verstand auf Lauras eher unkonventionelle Gedankengänge traf und abprallte. Mit einem Lächeln.

»Es hat etwas mit Gleichgewicht und Harmonie zu tun«, erklärte sie ihm grinsend. »Wenn wir um halb eins fahren müssten, um pünktlich dort zu sein, und wenn es schon Viertel nach zwölf wäre und ich weiß, dass ich zwanzig Minuten brauche, um mich fertig zu machen, dann …« Sie zuckte die Schultern. »Dann kämen wir erst um fünf nach halb eins los, und du müsstest ein wenig schneller fahren.«

Er schüttelte in gespieltem Erstaunen den Kopf. »Irgendetwas stimmt nicht mit dir, so viel steht fest.«

Sie trat an ihn heran und küsste ihn auf die Nase. »Es ist genau das, was du so an mir liebst. Meine perfekten Fehler. Also, noch mal. Wie spät ist es?«

Er blickte auf die Uhr. »Zehn nach zwölf.«

»Siehst du, Dummerchen? Wir kommen um halb los. Das war doch gar nicht so schwer, oder?«

Er musste lachen. Er konnte nicht anders.

»Prima«, sagte er. »Dann lasse ich die Bestien raus und mache den Zwerg fertig.«

Die »Bestien« waren ihre beiden schwarzen Labrador Retriever, liebevoll auch bekannt als die »dunklen Mächte der Zerstörung«, oder, wie Sarah sie häufig nannte, »Hündchen«. Es waren zwei Dreißig-Kilo-Bündel aus größtenteils undressierter Liebe und Anhänglichkeit, absolute Wilde, ungeeignet für die zivilisierte Gemeinschaft.

Sam öffnete das Babygitter, das er als Barriere errichtet hatte, um die Bestien aus dem Rest des Hauses zu verbannen, und wurde augenblicklich mit einem Kopfstoß in den Hintern belohnt.

»Danke, Buster«, sagte er zu dem kleineren Rüden.

Kein Problem, erwiderte Buster, wedelte mit dem Schwanz und grinste ein breites Hundegrinsen.

Die größere Hündin, Doreen, umkreiste ihn wie eine mental gestörte Person – oder vielleicht ein Hai auf Beutezug –, während sie immer wieder die gleiche lautlose, jedoch offensichtliche Frage stellte.

Gibt es endlich Fressen? Gibt es endlich Fressen? Gibt es endlich Fressen?

»Sorry, Doreen«, sagte Sam, während sie ihn weiter unablässig umkreiste. »Das Mittagessen findet heute ein wenig später statt. Allerdings …« Er schenkte ihr einen übertrieben erwartungsvollen Blick. »Wenn ihr nach draußen geht, könnte ich euch vielleicht ein *Leckerchen* geben!«

Beim Wort »Leckerchen« katapultierte Doreen sich mit allen vieren in die Luft wie ein Springstock, eine spontane körperliche Zurschaustellung der allergrößten Freude.

Hurra!, schien sie zu sagen. *Dad ist großartig! Dad ist wunderbar!*

»Ich weiß«, sagt Sam grinsend. »Dad ist großartig. Dad ist wunderbar.«

Er ging zum Schrank und nahm ein paar Hundekekse hervor. Doreen sprang weiterhin unablässig in die Luft, außer sich vor Freude. Buster war kein Springer; er zog es vor, sich ein wenig würdevoller zu benehmen – doch auch er machte einen ziemlich erfreuten Eindruck.

»Kommt, ihr zwei!«, sagte Sam und ging zu der gläsernen Schiebetür, die nach hinten in den Garten führte.

Er öffnete sie und trat nach draußen. Die Bestien folgten ihm. Er schloss die Tür und stand vor ihnen, einen Hundekeks in jeder Hand.

»Sitz!«, befahl er den Bestien.

Beide gehorchten. Ihre Blicke waren so starr auf die Hundekekse gerichtet wie der Suchkopf einer Lenkrakete auf ihr Ziel. »Sitz« war eines der wenigen Kommandos, das sie beherrschten. Sie gehorchten allerdings nur, wenn dem Kommando die Aussicht auf Belohnung folgte.

Sam senkte die Hände, bis sie auf gleicher Höhe mit den Nasen der Bestien waren. »Wartet!«, ermahnte er sie zur Vorsicht. Wenn sie versuchten, sich ihre Leckerchen zu schnappen, bevor »Wartet!« aufgehoben wurde, ließ er sie noch länger warten, was sie überhaupt nicht mochten. »Wartet!«, sagte er einmal mehr. Doreen zitterte vor Begierde und fing an zu sabbern. Sam erbarmte sich ihrer und sagte das erlösende Wort, auf das sie so ungeduldig warteten: »Okay.«

Zwei Schnauzen voller Zähne schossen auf die Hundekekse in seinen Händen zu, und irgendwie gelang es ihnen, die Beute zu nehmen, ohne seine Finger abzubeißen. Sam nutzte die Ablenkung, um verstohlen die Schiebetür zu öffnen und ins Haus zurückzutreten. Er schloss die Tür hinter sich.

Buster merkte es als Erster. Mitten im Kauen hielt er inne und blickte Sam durch die Scheibe hindurch an. Der Treuebruch seines Herrn stand in seinen Augen.

Du lässt uns im Stich?, schienen diese Augen zu fragen.

»Bis bald, Kumpel«, murmelte Sam lächelnd.

Zeit, um nach der dritten Bestie zu sehen, die ebenfalls in diesem Haus lebte. Sam war ziemlich sicher, dass sie sich versteckt hatte. Sarah war nicht begierig auf den Besuch beim Zahnarzt. Sam war insgeheim der gleichen Meinung. Er fühlte sich stets ein wenig schuldig, wenn er sie zu einem ihrer Arzttermine brachte, weil er wusste, dass sie unweigerlich in Tränen endeten. Er bewunderte Lindas kühlen Kopf und ihre praktische Ader in diesen Dingen. Schmerz zum Guten des Kindes, das Vorrecht der Mutter. Keine starke Seite bei den meisten Vätern.

»Zwerg?«, rief er laut. »Bist du so weit?«

Keine Antwort.

Sam ging zu Sarahs Zimmer. Die Tür stand offen. Er steckte den Kopf hinein und sah seine Tochter auf dem Bett sitzen. Sie drückte Mr. Huggles an ihre Brust.

»Liebling?«, fragte er.

Das kleine Mädchen richtete den Blick auf ihn und raubte ihm das Herz. *Ach je und oh weh!*, sagten diese Augen so ausdrucksvoll wie eine Baby-Robbe. *Ach je und oh weh, Eltern zu haben, die einen zwingen, zum Zahnarzt zu gehen …*

Mr. Huggles, ein Affe, gebastelt aus alten Socken, starrte Sam aus anklagenden Augen an.

»Ich möchte nicht zum Zahnaaazt, Daddy«, sagt Sarah kummervoll.

»Zahn*arzt*, Liebes«, antwortete er. »Niemand geht gerne zum Zahnarzt.«

»Und warum gehen die Leute dann zu ihm?«

Die perfekte Logik eines Kindes, dachte er.

»Weil man seine Zähne verlieren kann, wenn man nicht darauf Acht gibt.«

Er beobachtete, wie seine Tochter über diese Antwort nachdachte, richtig nachdachte.

»Darf Mr. Huggles mitkommen?«, fragte sie.

»Na klar.«

Sarah seufzte, immer noch nicht glücklich, jedoch bereit, sich in ihr Schicksal zu ergeben. »Okay, Daddy«, sagte sie.

»Danke, Baby.« Er warf einen Blick auf die Uhr. Perfektes Timing, um diese Verhandlung zu beenden. »Komm, Mr. Huggles, du und ich gehen nachsehen, wo Mommy steckt.«

Anders als das Drama, das dem Besuch vorangegangen war, verlief der eigentliche Zahnarzttermin kurz und schmerzlos. Sarahs misstrauische Wachsamkeit hatte sich schließlich unter dem Ansturm von Dr. Hamiltons nicht enden wollender Fröhlichkeit gelegt. Er hatte sogar Mr. Huggles untersucht.

Dies hatte die ganze Familie in Feierstimmung versetzt, was zu Eiscreme und einem Ausflug an den Strand geführt hatte. Es war beinahe drei Uhr nachmittags, als sie wieder nach Hause kamen. Die Bestien vergaßen ihren Unmut, so spät gefüttert zu werden, weil sie so verdammt glücklich darüber waren, dass sie sogleich etwas zu fressen bekamen.

Es gab die obligatorische Begrüßung mit viel Tätscheln, die Durchsicht der Post und die technische Brillanz der Programmierung der Fernsehsendungen des Abends, die aufgezeichnet werden sollten. Sam nannte es die »Heimkomm-Zeremonie«. Es war die Checkliste, die man jedes Mal beim Nachhausekommen abarbeitete, wenn man mehr als ein paar Stunden weg gewesen war. Die alltäglichen Dinge des Lebens. Manche Männer mochten es nicht, wie Sam wusste. Er liebte es. Es war Trost, es war richtig, es war seins.

»Hast du für morgen alles vorbereitet, Sarah?«, hörte er seine Frau fragen.

Am nächsten Tag war Sarahs Geburtstag. Die Frage war rein rhetorischer Natur.

Er zuckte zusammen, als statt einer Antwort ein Kreischen aus dem Mund seiner Tochter erklang. Es war ein ohrenbetäubendes, trommelfellzerreißendes, unartikuliertes Geräusch.

»Geschenke! Party! Kuchen!«, schrie sie und sprang in höchster Erregung auf und ab. Ganz ähnlich wie Doreen früher am Tag, sinnierte Sam. Die Hündin und seine Tochter wiesen von Zeit zu Zeit bestürzende Ähnlichkeiten auf.

»Spring nicht auf dem Sofa, Zwerg«, brummte er, während er seine Post durchging.

»Sorry, Daddy.«

Ein gewisses *selbstsicheres* Gefühl, das sich in die nun einsetzende Stille erstreckte, ließ ihn den Blick auf seine Tochter richten. Er wappnete sich innerlich, als er in ihre Augen sah. Ausgelassener Schalk. Das Versprechen, dass sie einen Angriff plante.

Sie kicherte, ein psychopathischer Kobold. »Darf ich dann auf dich springen, Daddy?«

Sie stieß einen Schrei aus, der wie das Quieken eines Schweins klang, das geschlachtet werden sollte, und katapultierte sich in die Luft. Sie landete auf ihm wie ein Kissen, das gefüllt war mit Gänsedaunen und Steinen.

Er *ächzte* und *stöhnte* ein wenig. *Mehr als noch vor einem Jahr*, dachte er bei sich. In nicht allzu ferner Zukunft waren seine Tage als menschliches Trampolin vorbei. Er würde sie vermissen.

Doch im Augenblick war Sarah noch klein und leicht genug. Er lächelte und schlang die Arme um seine Tochter.

»Zo…«, sagte er mit übertriebenem Akzent und gespielt finsterer Stimme. »Du weizt, wazz dazz beteutet, oter?«

Er spürte, wie sie erstarrte und vor Angst und Entzücken bebte. Sie wusste, was als Nächstes kam.

»Ezz beteutet, dazz wir dich folzern müzzen … *eine Kitzelfolzer!*«

Die Folter begann, und es gab noch mehr Gekreische. Doreen fing an zu bellen und hüpfte auf der Stelle, während der unendlich geduldige Buster sich das Spielchen ungerührt anschaute.

Alberne Menschen und ein dummer Hund, schienen seine Blicke zu sagen.

»Nicht so laut«, ermahnte Linda Langstrom die beiden, während sie zusah, wie ihr Mann und ihre Tochter herumbalgten. Es war eine halbherzige Mahnung. So, als würde sie versuchen, dem Wind das Wehen zu verbieten.

In Wahrheit teilte sie das Entzücken der beiden. Sam war immer so friedlich und gelassen, die Ruhe für ihren Sturm. Nicht, dass er steif gewesen wäre. Sam besaß einen trockenen Humor, der sie unweigerlich zum Lachen brachte, eine treffsichere Art, die Komödie zu sehen, die das Leben war, doch er besaß auch eine gewisse Stille. Eine Neigung, sich selbst nicht ernst zu nehmen, und dabei ernst zu sein. Doch für seine Familie warf er diese Neigung stets gern über Bord.

Ganz sicher jedenfalls, als er mir seinen Antrag gemacht hat.

Sie waren beide am College gewesen. Er machte seinen Abschluss in Computerwissenschaften, sie in Kunst. An manchen Tagen hatten ihre Stundenpläne sich überschnitten. Sie hatte ein abendliches Seminar, das eine Stunde nach dem Ende seiner letzten Vorlesung anfing, er hatte einen Nachtjob – sie hatten sich damals wirklich anstrengen müssen, um Zeit füreinander zu finden.

Sam hatte beschlossen, sie zu fragen, ob sie ihn heiraten wollte, und er hatte sich zu dieser Gelegenheit in einen Smoking geworfen. Es war eine seiner Marotten. Sobald er den Entschluss gefasst hatte, etwas zu einem bestimmten Zeitpunkt zu tun, und auf eine bestimmte Weise, hielt er unverrückbar daran fest. Es war eine Eigenschaft, die einnehmend oder auch ärgerlich sein konnte, je nach den Umständen.

Es war einer von den Tagen mit ihrem »Ein-Stunden-Zeitfenster« gewesen. Sam hatte keine Möglichkeit, zu ihrer Wohnung zu fahren (sie wohnten bereits seit einem Jahr zusammen), seinen Smoking anzuziehen und rechtzeitig wieder bei Linda zu sein, um seinen Antrag vorzubringen, bevor er zu seiner Nachtschicht musste.

Sams Lösung hatte darin bestanden, dass er den Smoking den ganzen Tag getragen hatte, während sämtlicher Vorlesungen, in der Hitze des Mittags und trotz der Frotzeleien seiner Kommilitonen.

Dann war das einstündige Zeitfenster gekommen – und da stand er und raubte ihr den Atem. Kein Junge mehr, aber noch nicht ganz ein Mann, albern und töricht und attraktiv und auf einem Knie, und Linda sagte Ja, selbstverständlich. Sam machte den Abend blau, und sie ließ ihre Vorlesungen ausfallen. Sie rauchten Gras und liebten sich die ganze Nacht, während die Musik laut spielte. Sie schafften es zu keinem Zeitpunkt, sich völlig ihrer Kleidung zu entledigen; als Linda am nächsten Morgen erwachte, hatte Sam immer noch die Fliege von seinem Smoking um den Hals.

Ein Jahr später heirateten sie. Zwei Jahre darauf hatten beide ihre College-Abschlüsse. Sam fand sofort einen Job bei einer Software-Firma, wo er sich selbst übertraf. Linda malte, bildhauerte, machte Fotos und wartete geduldig darauf, »entdeckt« zu werden.

Zwei Jahre später war sie immer noch unbekannt, und ihr kamen die ersten Zweifel. Die Gewissheit der frühen Zwanziger schwand, als sie fünfundzwanzig wurde.

Sam hatte ihre Zweifel zerstreut – auf eine Weise, für die sie ihn noch heute liebte.

»Du bist eine großartige Künstlerin, Baby«, hatte er gesagt und ihr dabei tief in die Augen geschaut. »Du wirst es schaffen.«

Drei Wochen später war er von der Arbeit nach Hause gekommen und in Lindas Studio getanzt – buchstäblich getanzt, Tangoschritte –, mit einem mehr als ernsten Ausdruck im Gesicht und einer Phantomrose zwischen den Zähnen.

»Fahren wir«, hatte er gesagt und die Hand nach ihr ausgestreckt.

»Einen Augenblick noch«, hatte Linda geantwortet und sich auf ihren Pinselstrich konzentriert. Es war ein Gemälde von einem Baby, allein im Wald, und sie *liebte* es.

Er hatte gewartet und weitergetanzt.

Linda hatte ihr Bild beendet und beobachtete ihn mit verschränkten Armen und einem Lächeln auf den Lippen. »Was ist denn los, du alberner Mann?«

»Ich habe eine Überraschung für dich«, antwortete er. »Los, fahren wir.«

Sie hatte eine Augenbraue hochgezogen. »Eine Überraschung?«

»Ja.«

»Was für eine Überraschung?«

»Die Sorte von Überraschung, die dich überraschen wird natürlich.« Er hatte mit dem Fuß gescharrt und mit der Hand zur Tür gedeutet. »Los, mach dich fertig. Setz dich in Bewegung, geh schon nach draußen.«

»Hey!«, hatte sie erwidert und indigniert getan. »Ich bin nicht dein Pferd. Und ich muss mich erst umziehen.«

»Nichts da. Tarzan sagen Jane gehen, sofort.«

Sie hatte gekichert (niemand konnte sie so zum Kichern bringen wie Sam) und sich schließlich von ihm aus dem Haus und in den Wagen zerren lassen. Er war mit ihr den Highway hinuntergefahren und hatte die Ausfahrt genommen, die zu dem neuen, eben erst eröffneten Einkaufszentrum führte. Dort hatte er den Parkplatz angesteuert.

»Die Überraschung ist in der Mall?«

Er hatte mit den Augenbrauen gewackelt, was sie zu neuerlichem Kichern gebracht hatte.

Es war eine überdachte Mall, und Sam hatte Linda hineingeführt, durch das Gedränge der Besucher, immer weiter und weiter, bis er unvermittelt stehen geblieben war.

Sie standen vor einem mittelgroßen leeren Laden.

Sie runzelte die Stirn. »Ich verstehe nicht.«

Sam deutete mit ausholender Handbewegung auf den leeren Laden.

»Der gehört dir, Baby. Das ist der Raum für deine Galerie. Du kannst dir einen Namen ausdenken, deine Bilder und Fotos hierher schaffen und dich der Öffentlichkeit *präsentieren*, bis sie dich entdeckt.« Er hatte die Hand ausgestreckt und ihr Gesicht gestreichelt. »Die Leute müssen deine Bilder nur sehen, Linda. Sobald sie sie gesehen haben, wissen sie, was ich schon lange weiß.«

Sie hatte sich gefühlt, als wäre ihr die Luft aus den Lungen gesaugt worden. »Aber … aber … ist das nicht teuer, Sam?«

Sein Lächeln war ein wenig nachdenklich geworden. »Es ist

nicht billig. Ich habe Geld vom Haus genommen, eine Hypothek. Du kannst ungefähr ein Jahr lang überleben, ohne Profit zu machen. Danach wird es ein bisschen unsicher.«

»Ist das … ist das denn vernünftig?«, hatte sie ihn heiser gefragt. Sie wollte so gerne, was er ihr anbot, doch sie bezweifelte ihre künstlerischen Fähigkeiten.

Sam grinste. Es war ein wunderbares Grinsen, erfüllt von Glück und Kraft. Ganz Mann jetzt, überhaupt kein Junge mehr. »Es geht nicht darum, ob es vernünftig ist. Es geht um uns.« Das Lächeln wich Ernsthaftigkeit. »Es ist ein Spiel, Baby. Eine Wette auf dich. Ob wir gewinnen oder verlieren, wir müssen es tun.«

Sie hatten gespielt, und sie hatten gewonnen. Die Örtlichkeit war perfekt ausgewählt, und obwohl sie nicht reich wurde, erwirtschaftete Linda einen ordentlichen Gewinn. Wichtiger noch, sie machte, was sie gerne tat, und ihr Mann sorgte dafür, dass es so blieb. Es umhüllte ihre Beziehung mit einer neuen Schicht von Gewissheit und Beständigkeit. Dies war das Geheimnis ihrer Liebe, und ihre Liebe blieb ihnen wichtiger als Geld, Stolz oder die Anerkennung durch andere.

Sie liebten einander weiter, im Leben und im Schlafzimmer. Zwei Jahre später kam Sarah zur Welt.

Sam pflegte zu scherzen, dass Sarah ein »rotgesichtiges, eierköpfiges kleines Ding« war. Linda hatte voller Staunen zugesehen, wie dieser winzige Mund mit untrüglichem Instinkt ihre Brustwarze gesucht und gefunden hatte. Das Leben hatte Linda von neuem gepackt, etwas Undefinierbares und Gigantisches, Neues und Uraltes zugleich. Sie hatte versucht, dieses Gefühl mit Farbe und Pinsel auf die Leinwand zu bringen. Sie hatte es nicht geschafft, kein einziges Mal, doch selbst die Fehlschläge waren wunderbar gewesen.

Linda beobachtete ihren Mann und ihre Tochter bei ihrem Kitzelwettstreit, während Doreen auf ihre debile, hündische Weise Luftsprünge vollführte und versuchte, dabei zu sein.

Sarah war etwas Besonderes. Der Eierkopf war natürlich binnen Stunden verschwunden, und im Lauf der Jahre war Sarah immer schöner geworden. Sie schien das Raupen- und Puppenstadium überspringen und direkt zum Schmetterling werden zu wollen, wenngleich im elterlichen Kokon. Linda wusste nicht, woher ihre Schönheit kam.

»Vielleicht haben wir Glück«, pflegte Sam zu scherzen. »Vielleicht wird sie ja noch hässlich, wenn sie ins Teenager-Alter kommt. Dann muss ich keine Schrotflinte kaufen.«

Linda war anderer Meinung. Sie war ziemlich sicher, dass ihr kleiner Zwerg die Jungs eines Tages von den Socken hauen würde.

»Ich glaube, sie ist eine Mischung unserer besten Teile«, hatte Sam einmal gesagt.

Linda gefiel diese Vorstellung.

KAPITEL 19 Sarah plapperte beim Abendessen ununterbrochen über ihren bevorstehenden Geburtstag, mit blitzenden Augen und voller Energie. Linda fragte sich, wie um alles in der Welt sie ihre Tochter so weit beruhigen konnte, dass sie zu Bett ging. Ein verbreitetes Problem bei Eltern, das »Weihnachts-Syndrom«.

An Weihnachten jedoch konnte sie Sarah wenigstens sagen, dass der Weihnachtsmann nicht kommen würde, bevor sie eingeschlafen wäre. Geburtstage stellten eine wesentlich größere Herausforderung dar.

»Glaubst du, ich bekomme viele Geschenke, Mommy?«

Sam sah seine Tochter nachdenklich an. »Geschenke? Wieso solltest du Geschenke bekommen?«

Sarah ignorierte ihren Vater. »Und einen großen Kuchen, Mommy?«

Sam schüttelte bedauernd den Kopf. »Ganz sicher keinen

Kuchen«, sagte er. »Das Kind ist im Fieberwahn. Weich in der Birne.«

»Daddy!«, tadelte Sarah ihren Vater.

Linda lächelte. »Jede Menge Kuchen und Geschenke, Baby. Aber du wirst dich gedulden müssen«, ermahnte sie ihre Tochter. »Die Party fängt erst nach dem Mittagessen an, das weißt du.«

»Ich weiß! Aber ich wünschte, es wäre wie Weihnachten, wo man seine Geschenke gleich morgens bekommt!«

Bingo, dachte Linda. *So hinterhältig und so offensichtlich. Wieso habe ich nicht vorher daran gedacht?*

»Ich sage dir, was wir machen, Kleines«, sagte sie. »Wenn du heute Abend schlafen gehst – *rechtzeitig* schlafen gehst – und mir keinen Ärger machst, darfst du morgen früh ein Geschenk auspacken. Was sagst du dazu?«

»Ehrlich?«

»Ehrlich. Wenn«, sie hob mahnend den Finger, »wenn du rechtzeitig zu Bett gehst.«

Sarah nickte mit dem Kopf auf jene übermäßig begeisterte Weise, wie alle kleinen Kinder es tun. Ganz nach hinten, in den Nacken, dann nach vorn, auf die Brust, und wiederholen.

»Dann also abgemacht.«

Sam brachte seine Tochter zu Bett. Buster folgte ihnen wie immer, gewohnheitsmäßig. Doreen gehörte zu jener Sorte Hund, die alle gleichermaßen liebte. Sie würde wahrscheinlich noch einen Einbrecher schwanzwedelnd durch das Haus führen, froh um seine Gesellschaft und in der Hoffnung auf ein Leckerchen für ihre Hilfe. Buster liebte seine Familie ebenfalls, doch er war wählerischer, und seine Sicht der Welt mehr von Misstrauen geprägt. Er liebte ausgewählte Menschen, *seine* Menschen, und er liebte sie von ganzem Herzen.

Sarah liebte er am meisten von allen. Und er schlief jede Nacht bei ihr im Bett.

Sarah war unter der Bettdecke. Buster sprang aufs Bett und rollte sich neben ihr zusammen. Er legte den Kopf auf ihren kleinen Bauch.

»Alles fertig, Zwerg?«

»Ein Kuss!«, verlangte sie und streckte die Arme nach ihrem Vater aus.

Sam beugte sich vor, gab ihr einen Kuss auf die Stirn und ließ sich von ihr umarmen.

»Wie wäre es mit jetzt?«, fragte er.

Sie riss die Augen weit auf. »Mein Kleines Pony!«, kreischte sie.

»Kleines Pony« war eine Kinderfigur, Feenstoff gemischt mit Pony-Stoff, was in unglaublich hellblauen Ponys mit pinkfarbenen Mähnen resultierte. Sarah hatte eine »Kleines Pony«-Puppe, mit der sie schlief.

»Hmmm …«, sagte Sam und blickte sich suchend um. »Wo ist denn unser Kleiner Esel?«

»Daddy!«, rief Sarah halb entrüstet, halb entzückt.

Väter necken ihre Töchter auf mancherlei Weise; dies war eine von Sams Methoden. Er hatte vor einem Jahr angefangen, »Pony« gegen »Esel« auszutauschen. Zuerst war Sarahs Entsetzen darüber echt gewesen, doch mit der Zeit war es zu einer Tradition zwischen ihnen geworden, und er wusste mit absoluter Sicherheit, dass sie gemeinsam darüber lachen würden, sobald Sarah älter war.

Er fand die Puppe auf dem Fußboden neben ihrem Bett und legte sie in Sarahs wartende Hände. Sie drückte die Puppe an sich, während sie sich weiter unter die Bettdecke wand. Die Bewegung zwang Buster, den Kopf zu heben. Er funkelte sie an und seufzte einen tiefen Hundeseufzer. *Das schwere Los eines ungeliebten Haustiers*, schien dieser Seuzfer zu sagen.

»Wie wäre es mit jetzt?«, fragte Sam.

»Du musst jetzt gehen, Dad!«, tadelte sie ihn. »Ich muss

rechtzeitig einschlafen, damit ich morgen früh mein Geschenk bekomme.«

»Okay, Süße. Ich hab dich lieb.«

»Ich hab dich auch lieb, Daddy.«

Er konnte nicht wissen, dass es das allerletzte Mal war, dass er ihr das sagen würde.

Sarah kniff die Augen zusammen, tätschelte Buster und versuchte, an nichts mehr zu denken. Morgen war ihr Geburtstag! Sie würde sechs Jahre alt sein, fast eine Erwachsene, was zwar interessant war, doch die *Geschenke* waren noch viel aufregender!

Sie blickte sich in ihrem Zimmer um, betrachtete die Wände, erhellt vom Licht im Flur, das durch die halb offene Tür in ihr Zimmer fiel. Die Wände waren von Hand bemalt mit Bildern, das Werk ihrer Mutter. Sarahs Blick heftete sich auf ihr Lieblingsbild: das Baby allein im Wald.

Jemand, der nur davon hörte, ohne es zu sehen, mochte annehmen, dass es ein gruseliges Bild war. Doch das war es nicht, ganz und gar nicht.

Das Baby, ein Mädchen, lag friedlich und mit geschlossenen Augen auf einem Bettchen aus Moos. Zu seiner Linken standen Bäume, zur Rechten plätscherte ein Bach. Die Sonne schien, am Himmel waren ein paar Wolken, und wenn man genau hinsah, konnte man in diesen Wolken ein lächelndes Gesicht erkennen, das auf das kleine Mädchen herabblickte.

»Schaut das Gesicht auf das Baby, Mommy?«

»Ja, Schatz. Auch wenn es allein im Wald ist, die Frau in den Wolken wacht über es. Es ist nie allein.«

Sarah hatte das Bild angestarrt. Es hatte ihr gefallen.

»Das Baby bin ich, nicht wahr, Mommy? Und die Frau in den Wolken, das bist du?«

Ihre Mutter hatte gelächelt, dieses Lächeln, das Sarah so sehr liebte. Es hatte keine Geheimnisse, keine versteckten Bedeutungen. Es war wie die Sonne, strahlend und hell und glücklich und wärmend.

»Ja, Baby. Das bedeutet dieses Bild für dich, für mich und für jeden, der es anschaut.«

Sarah war verwirrt gewesen. »Bist du auch für andere Menschen die Frau in den Wolken?«

»Nein, die Frau in den Wolken ist die Mutter. Die Mutter für andere Menschen, egal ob sie erwachsen sind und irgendwo draußen in der Welt unterwegs. Sie sind niemals allein, ihre Mütter sind immer bei ihnen.« Sie hatte ihre Tochter genommen und spontan umarmt, und Sarah hatte gelacht. »So sind Mütter, überall. Sie wachen für alle Zeiten über ihre Kinder.«

Das Bild war ein Geschenk zu Sarahs fünftem Geburtstag gewesen. Es hing an der Wand gegenüber dem Fuß ihres Bettes. Ein Talisman.

Sarahs Mutter kaufte nie Geburtstagsgeschenke. Sie machte sie selbst. Sarah liebte jedes einzelne davon. Sie konnte gar nicht abwarten zu sehen, was sie morgen bekommen würde.

Sie schloss einmal mehr die Augen und tätschelte Buster (der ihre Hand leckte), während sie versuchte, sich auf das Einschlafen zu konzentrieren.

Sobald sie ihre Bemühungen einstellte, schlief sie ein. Mit einem Lächeln im Gesicht.

Als Sarah erwachte, bemerkte sie als Erstes, dass Buster nicht da war. Seltsam. Der Hund ging mit ihr zusammen schlafen und stand mit ihr zusammen auf, jeden Tag.

Als Zweites fiel ihr auf, dass die Sonne nicht schien. Auch das war seltsam. Es war dunkel, wenn sie die Augen zum Schlafen schloss, und es war hell, wenn sie sie wieder aufschlug. So war es immer.

Die Dunkelheit hatte etwas Ungewöhnliches. Etwas Schweres, Bedrohliches. Sie fühlte sich nicht mehr so an wie die Dunkelheit vor ihrem Geburtstag. Sie war mehr wie die Dunkelheit in einem Schrank, in dem man eingesperrt war. Stickig, heiß und ganz nah an einem dran.

»Mommy?«, flüsterte Sarah. Ein Teil von ihr wunderte sich, warum sie nicht lauter nach ihrer Mutter rief. Wenn sie wirklich von Mommy gehört werden wollte, warum flüsterte sie dann?

Ihr sechsjähriger Verstand lieferte die Antwort: Sie hatte Angst, dass irgendetwas, irgendjemand anders sie ebenfalls würde hören können. Was immer es war, das diese bedrohliche Dunkelheit erschaffen hatte.

Ihr Herz schlug unglaublich schnell, und ihr Atem ging noch schneller. Sarah näherte sich einer Panik, dem Ort, an dem man aus einem Albtraum erwacht – nur dass nach einem Albtraum immer Buster bei ihr gewesen war, und jetzt war er verschwunden …

Sieh auf das Bild, Dummerchen, schalt sie sich.

Sie suchte in der Dunkelheit nach dem Gemälde ihrer Mutter an der Wand. Das Baby, schlafend im Moos, friedlich und geborgen. Sie starrte auf das Gesicht in den Wolken. Das Gesicht bedeutete Mommy, es drängte die unheimliche Dunkelheit zurück, es sagte, dass Buster draußen im Garten war, dass er die Hundeklappe benutzt hatte, um sich zu erleichtern und dass sie nur aufgewacht war, weil sie gemerkt hatte, dass Buster gegangen war. Bald würde er zurück sein, und sie würde wieder einschlafen und am Morgen erwachen, und dann wäre ihr Geburtstag.

Ihr Herzschlag beruhigte sich bei diesen Gedanken. Ihr Atem ging wieder langsamer, und ihre Angst versiegte. Sie kam sich beinahe dumm vor.

Schon fast erwachsen und Angst in der Dunkelheit wie ein kleines Baby.

Dann hörte sie die Stimme, und sie wusste, dass es die Stimme eines Fremden war, hier in ihrem Haus, in der Dunkelheit.

Das Entsetzen kehrte zurück, und ihr Herz stockte. Sie erstarrte, die Augen weit aufgerissen.

»Ich habe noch nie ein wildes Tier gesehen, das sich selbst bemitleidet hat«, sagte die fremde Stimme, wobei sie sich der Tür näherte. »Ein wildes Ding liebt dich, bis es hungrig ist und dich fressen will.«

Die Stimme war weder tief noch hoch, sondern irgendwo in der Mitte.

»Hörst du mich, Sarah? Diese Worte hat ein berühmter Dichter geschrieben.«

Er stand draußen vor ihrer Tür. Sarahs Zähne klapperten, auch wenn sie es nicht gewahr wurde.

Das war schlimmer als das schlimmste Entsetzen. Das war wie Aufwachen von einem Albtraum und erkennen, dass das Ding aus dem Albtraum einem *nach draußen gefolgt* war, dass es durch den Flur rumpelte und einen *packen* wollte, einen halten, während es lachte und stöhnte und man selbst schrie und schrie und den Verstand verlor.

»Wir können viel von den Tieren lernen, Sarah. Mitleid, ob für sich selbst oder für andere, ist nutzlos. Das Leben geht weiter, ob wir sterben oder nicht, ob wir glücklich sind oder unglücklich. Dem Leben ist es egal. Skrupellosigkeit, *das* ist eine nützliche Emotion. Gott ist ohne Skrupel. Das ist ein Teil seiner Schönheit und seiner Macht. Zu tun, was richtig ist, ohne Rücksicht auf die Toten und Unschuldigen.«

Er zögerte. Sarah konnte ihn beinahe atmen hören. Doch vor allem hörte sie ihr eigenes Herz, so laut, dass sie meinte, ihre Trommelfelle müssten davon platzen.

»Buster hatte kein Mitleid mit sich selbst, Sarah. Du sollst wissen, dass er sich ohne Zögern auf mich gestürzt hat. Er wusste, dass ich wegen dir gekommen bin, und er ging sofort auf mich los, ohne eine Spur von Angst. Er wollte mich töten, um dich zu retten.«

Eine weitere Pause. Dann ein lang anhaltendes, leises Kichern.

»Ich möchte, dass du eines weißt, Sarah. Buster ist tot, weil er dich geliebt hat.«

Die Tür flog weit auf, und dort stand der Fremde, und er schleuderte etwas auf Sarahs Bett.

Das Licht aus dem Flur fiel auf den Gegenstand: Busters abgetrennter Kopf, die Zähne gebleckt, die Augen weiß vor rasender Wut.

In diesem Moment löste Sarah sich aus ihrer Starre. Sie schrie und schrie.

KAPITEL 20

»Du musst genau aufpassen, Sarah, und du musst zuhören. Das ist erst der Anfang.«

Sie waren im Wohnzimmer. Mommy und Daddy saßen auf Sesseln, Handschellen an Händen und Füßen. Sie waren nackt. Ihren Dad so zu sehen war Sarah peinlich und machte ihre Angst noch schlimmer. Doreen lag am Fußboden und beobachtete alles. Sie schien nicht zu merken, dass etwas nicht in Ordnung war.

Bleib liegen, Hündchen, dachte Sarah. *Vielleicht tötet er dich dann nicht, wie er es mit Buster getan hat.*

Sarah saß im Nachthemd auf dem Sofa, mit Handschellen gefesselt.

Der Fremde stand da, eine Waffe in den Händen. Er hatte eine Strumpfhose über den Kopf gezogen. Die Strumpfhose verzerrte seine Gesichtszüge. Es sah aus, als wäre es von der Hitze einer Fackel geschmolzen.

Ihre Angst war immer noch grauenhaft, doch sie hatte sich ein Stück von ihr entfernt. Es war wie ein Schrei in der Ferne. Es war ein erstarrtes, furchtbares Warten, während die Axt des Henkers am höchsten Punkt ihrer Bahn verharrte und in der Luft hing.

Sarahs Eltern hatten Angst. Ihre Münder waren mit Klebeband verschlossen, doch ihre Augen verrieten ihre Angst. Sarah spürte, dass sie mehr Angst um ihre Tochter hatten als um sich selbst.

Der Fremde ging zu ihrem Daddy und beugte sich vor, sodass er ihm in die Augen sehen konnte.

»Ich weiß, was du denkst, Sam«, sagte er. »Du willst wissen *warum?* Ich würde dir gern eine Antwort darauf geben. Ehrlich. Ich wünsche es mir selbst mehr als alles andere. Aber Sarah hört zu, verstehst du? Und sie könnte es später anderen erzählen. Meine Geschichte darf aber nicht erzählt werden, bevor sie nicht zu Ende ist.

Ich sag dir was, Sam. Es ist nicht deine Schuld, aber dein Tod ist meine Gerechtigkeit. Es ist auch nicht Sarahs Schuld, aber ihr Schmerz ist meine Gerechtigkeit. Ich weiß, dass du das nicht verstehst. Aber das ist in Ordnung, Sam. Du musst es nicht verstehen. Du musst nur eines wissen: Was ich dir gesagt habe, ist die Wahrheit.«

Er richtete sich wieder auf.

»Reden wir über Schmerz. Schmerz ist eine Form von Energie. Er kann erzeugt werden wie Elektrizität. Er kann fließen wie Strom. Er kann gleichmäßig sein oder pulsierend. Er kann stark und überwältigend sein, oder schwach und störend. Schmerz kann einen Mann zum Reden bringen. Was viele Menschen nicht wissen – Schmerz kann einen Mann auch zum Nachdenken bringen. Er kann einen Menschen nach seinem Abbild formen. Er kann ihn zu dem machen, was er selbst ist.

Ich kenne den Schmerz, Sam. Ich habe ihn verstanden. Er hat mich Dinge gelehrt. Zum Beispiel, dass die Menschen ihn fürchten. Zugleich können sie viel mehr Schmerz ertragen, als sie glauben. Wenn ich dir beispielsweise sage, dass ich dir eine Nadel in den Arm ramme, wirst du Angst bekommen. Wenn ich es tatsächlich tue, wird der Schmerz unerträglich sein. Aber wenn ich es wieder tue, und wieder und wieder, jede Stunde, ein ganzes Jahr lang, wirst du dich daran gewöhnen. Es wird dir niemals gefallen, doch du fürchtest dich auch nicht mehr davor. Genau darum geht es.«

Der Fremde richtete den Blick auf Sarah.

»Ich werde diese metaphorische Nadel in Sarah stechen«, sagte er. »Wieder und wieder und wieder, Jahre über Jahre. Ich werde den Schmerz benutzen, um sie zu formen, wie ein Künstler. Ich werde sie nach meinem eigenen Bild formen, und ich werde dieses Bild ›Ein zerstörtes Leben‹ nennen, denn das wird es sein.«

»Bitte tun Sie meiner Mom und meinem Dad nichts«, sagte Sarah. Sie war überrascht vom Klang ihrer eigenen Stimme. Sie wirkte fremd, weit entfernt und viel zu ruhig für das, was hier geschah.

Der Fremde war ebenfalls überrascht. Er schien ihre Bitte gutzuheißen, denn er nickte und lächelte mit seinem verformten Gesicht unter der Strumpfhose. »Sehr gut! Da haben wir sie: Liebe. Ich möchte, dass du dich an diesen Augenblick erinnerst, Sarah. Du sollst ihn nie wieder vergessen, denn es ist der letzte Augenblick in deinem Leben, an dem du ohne Schmerz gewesen sein wirst, richtigen Schmerz. Glaub mir, er wird dich in den kommenden Jahren begleiten.« Er zögerte, sah ihr in die Augen. »Und jetzt wirst du still sein und zusehen.«

Sie gehorchte, als er sich zu ihren Eltern umwandte. Noch immer fühlte sich alles wie im Traum an, neblig und undeutlich. Angst war da, Entsetzen war da, Tränen waren da, doch alles waren nur undeutliche, verschwommene Nadelstiche. Dinge, die am Horizont lauerten. Sarah musste sich anstrengen, um sie zu sehen, und sie verspürte einen heftigen Widerwillen, einen *erdrückenden* Widerwillen, so schwer, dass sie das Gewicht nicht zu heben vermochte.

Sie hatte in Busters tote Augen gesehen, sie hatte geschrien, und dann war ihr Herz weggegangen. Nicht für immer, nicht weit, doch weit genug, dass sie seine Schreie nicht ständig hören musste.

Buster …

Ein Schmerz wartete in diesem Wort, stark genug, um eine Seele für immer herunterzusaugen. Irgendwie wusste Sarah, dass Buster nur der Anfang war. Der Fremde war mehr als eine schwarze Woge, er war ein ganzer Ozean aus Schwärze. Ein riesiges, leeres Nichts in Menschengestalt mit einer Präsenz, die stark genug war, Lichtwellen zu krümmen und die Geräusche von Lachen und Güte zu verschlucken.

Es ist der Instinkt jeder zivilisierten Gesellschaft, Kinder vor dem Bösen zu schützen, nur verliert sie dabei mitunter eine grundlegende Wahrheit aus den Augen: Jedes Kind ist zu jeder Zeit bereit, an die Existenz von Ungeheuern zu glauben.

Sarah wusste, dass der Fremde ein Ungeheuer war. Sie hatte diese Tatsache in dem Augenblick akzeptiert, als er Busters abgetrennten Kopf auf ihr Bett geschleudert hatte.

»Sam und Linda Langstrom«, sagte der Fremde in diesem Moment. »Bitte hören Sie mir genau zu. Sie müssen wissen, dass der Tod unausweichlich ist. Ich werde Sie beide töten. Für Sie gibt es keine Hoffnung auf ein Überleben. Sie müssen sich vielmehr darauf konzentrieren, was Sie noch unter Kontrolle haben: Was mit Sarah geschieht.«

Linda Langstroms Herzschlag hatte sich beschleunigt, als der Fremde gesagt hatte, dass er sie töten würde. Sie konnte nicht anders; der Wunsch zu leben war überwältigend. Doch als er ihnen sagte, dass Sarahs Schicksal noch nicht entschieden sei, hatte sie sich wieder ein wenig beruhigt. Sie hatte Sarah angeschaut, voller Angst, und dem Fremden nur halb zugehört. Jetzt richtete sie den Blick auf ihn.

Der Fremde lächelte. »Ja. So ist es gut. Das ist eine andere Liebe als die Liebe Gottes, die wirkliche Macht besitzt. Die Liebe einer Mutter zu ihrem Kind. Mütter sind imstande zu töten, zu foltern und zu verstümmeln, wenn es darum geht, ihre Kinder zu retten. Sie lügen und stehlen und prostituieren sich, um ihre Kinder zu ernähren. Darin liegt eine gewisse göttliche

Erhabenheit. Dennoch ist nichts jemals so stark wie die Kraft, die einen durchströmt, wenn man sich Gott anvertraut.«

Er beugte sich vor, bis seine Augen auf gleicher Höhe mit denen Lindas waren. »Ich habe diese Kraft. Deshalb werde ich Sie töten, werde mein Werk an Sarah vollenden. Deshalb muss ich mich niemals entschuldigen. Die Starken müssen sich niemals entschuldigen, weil sie diese einzigartige Kraft haben. Die Starken brauchen nur zu atmen, fest und regelmäßig.« Er richtete sich wieder auf. »Was tut diese Kraft, wenn sie von einer geringeren Liebe herausgefordert wird? Sie demonstriert ihre Macht, indem sie andere zwingt, eine Wahl zu treffen. Ich werde Sie jetzt vor eine Wahl stellen, Linda. Sind Sie bereit?«

Linda Langstrom sah dem Fremden in die Augen, starrte auf die verzerrten Strumpfhosen-Gesichtszüge. Sie erkannte, dass jeder Versuch, mit diesem Mann zu verhandeln, zum Scheitern verurteilt war. Es war, als würde man mit einem Stein reden, einem Stück Holz, einer Klapperschlange. Linda erkannte, dass sie für diesen Mann völlig unbedeutend war, ein Nichts.

Sie beantwortete seine Frage mit einem stummen Nicken.

»Gut«, sagte der Fremde.

War es Einbildung, oder ging sein Atem schneller? Geriet er in Erregung?

»Sehr gut, Linda. Sam, Sie müssen jetzt ebenfalls genau zuhören.«

Die Aufforderung an Sam war unnötig; Sam hatte nicht eine Sekunde den Blick von dem Fremden genommen. Sam hatte ihn angestarrt, und in seinem Herzen brannte ein Hass von solcher Intensität, dass es beinahe unerträglich war. Sein Verlangen nach Mord war alles verzehrend.

Nimm mir diese Handschellen ab, tobte er innerlich, *und ich reiße dich in Stücke. Ich reiße dir das Herz aus dem Leib, ich schlage deinen Kopf gegen den Boden, bis dein Schädel platzt und dein Hirn durchs Zimmer spritzt …*

»Sarah wird überleben. Sie beide werden sterben, doch Sarah

wird überleben. Wenn Sie diesbezüglich Sorgen haben, seien Sie beruhigt. Ich werde Sarah nicht töten.« Er zögerte. »Allerdings könnte ich beschließen, ihr Schmerzen zuzufügen.«

Er wechselte die Waffe in die linke Hand, griff mit der rechten in seine Gesäßtasche und brachte ein Feuerzeug zum Vorschein. Es war ein schickes Ding, vergoldet, mit Perlmutt und einem eingearbeiteten liegenden Dominostein auf einer Seite.

Er klappte den Deckel des Feuerzeugs auf und betätigte das Reibrad. Eine kleine Flamme schoss empor, unten blau, oben gelb.

»Ich könnte Sarah verbrennen«, murmelte der Fremde, während er die Flamme betrachtete. »Ich könnte ihr Gesicht entstellen. Ihre Nase in einen unförmigen Klumpen Narbengewebe verwandeln, ihre Augenbrauen wegsengen, ihre Lippen schwärzen.« Er lächelte, während er unverwandt in die Flamme sah. »Ich könnte sie buchstäblich *formen*, indem ich die Flamme als Messer benutze. Feuer ist stark und skrupellos. Ohne jede Liebe. Eine lebendige Repräsentation der Macht Gottes.«

Unvermittelt klappte er das Feuerzeug wieder zu und steckte es ein. Dann wechselte er die Pistole von der linken zurück in die rechte Hand.

»Ich könnte sie tagelang damit bearbeiten. Glauben Sie mir – ich weiß, wie man das macht. Wie man dafür sorgt, dass es bleibt. Sie würde nicht sterben, doch sie würde bereits in der ersten Stunde darum betteln, dass ich sie töte, und sie würde den Verstand verlieren, lange bevor es Abend ist.«

Seine Worte und die Gewissheit, mit der er sprach, versetzten Linda erneut in unsägliche Angst. Sie zweifelte nicht eine Sekunde an seinen Worten. Er würde ihr Baby verstümmeln, und er würde dabei lächeln und fröhlich pfeifen. Linda erkannte, dass sie die noch mehr fürchtete als den Tod, und für einen Moment (einen sehr kurzen Moment) spürte sie Erleichterung. Eltern sagen sich gern, dass sie bereit sind, für ihre Kinder zu sterben – doch würden sie das wirklich tun? Wenn eine

Waffe gezückt wird, würden sie sich dann zwischen die Waffe und ihr Kind stellen? Oder würde etwas Primitiveres die Kontrolle übernehmen?

Ich würde für Sarah sterben, erkannte Linda, und trotz allem, was gerade geschah, verspürte sie Stolz. Es war ein befreiendes Gefühl. Es vermittelte ihr Entschlusskraft. Sie konzentrierte sich auf das, was der Fremde sagte. Was musste sie tun, um ihn daran zu hindern, Sarah mit seinem Feuerzeug zu verstümmeln?

»Sie können es verhindern, Linda«, sagte der Fremde. »Sie brauchen nur Ihren Mann zu erwürgen.«

Sam schrak aus seinem blinden Hass hoch.

Was hat er gerade gesagt?

Der Fremde griff in eine Tasche neben dem Sofa und brachte eine kleine Kamera und ein Stativ zum Vorschein. Er befestigte die Kamera auf dem Stativ und richtete sie so aus, dass sie auf Sam und Linda zeigte. Er drückte auf einen Knopf. Ein musikalisches Signal ertönte, und Linda begriff, dass sie nun gefilmt wurden.

Was hat er gerade gesagt?

»Ich möchte, dass Sie die Hände um seinen Hals legen, Linda, und dass Sie ihm in die Augen sehen, wenn Sie ihn erwürgen. Ich möchte, dass Sie ihm beim Sterben zusehen. Tun Sie es, und ich werde Sarah nicht verstümmeln. Weigern Sie sich, und ich werde sie mit Feuer bearbeiten, bis sie qualmt.«

Sams Hass war verflogen, in weite, weite Ferne. War dieser Hass überhaupt jemals da gewesen? Sam kam es gar nicht so vor. Er war benommen. Er fühlte sich, als hätte jemand ihm mit einem Hammer ins Gesicht geschlagen. Zugleich hatte er das Gefühl, als wäre seine Begriffsfähigkeit auf ein übermenschliches Maß geschärft worden. Wahrheiten dämmerten ihm wie eine Serie von Peitschenknallen.

Dieses führt zu jenem, jenes führt zu … und das Ergebnis ist immer das Gleiche. Das Ergebnis ändert sich nicht.

Er und Linda würden sterben, wurde ihm mit plötzlicher Gewissheit klar.

Zu plötzlich?

Nein. Dieser Mann war unerbittlich. Es war kein Test, den er mit ihnen veranstaltete. Es war kein Trick. Er war hergekommen, um sie zu töten. Sam würde sich nicht befreien und seine Familie retten. Es würde keine plötzliche Erlösung geben, wie in einem Hollywoodfilm. Das Böse würde siegen und ungeschoren davonkommen.

Dieses führt zu jenem, und jenes führt zu …

Nur ein Endergebnis stand noch nicht fest, das Wichtigste von allen: Was geschah mit Sarah?

Sam blickte seine Tochter an. Unendliche Trauer überkam ihn.

Was würde aus Sarah? Ihm wurde bewusst, dass er es niemals erfahren würde. Sein kleines Mädchen würde weiterleben, *falls* es überlebte. Sams Leben würde hier enden. Er würde nie erfahren, ob sein Opfer Sarah gerettet hatte oder nicht.

Sie sah so zerbrechlich aus, so klein. Das Sofa war nur einen Meter entfernt, doch es konnte genauso gut ein Lichtjahr sein. Eine neue Woge der Trauer überflutete ihn. Er würde seine kleine Tochter niemals wieder in die Arme nehmen! Der Kuss, den er ihr gestern Abend gegeben hatte, die Umarmung … es war das letzte Mal gewesen.

Er blickte zu Linda. Sie lauschte den Worten des Fremden, sah ihn konzentriert an. Ein letztes Mal nahm Sam ihren Anblick in sich auf: ihre braunen Augen, ihr kastanienbraunes Haar … dann schloss er die Augen und *erinnerte* sich so angestrengt an sie, dass er sie beinahe riechen konnte, ein Duft nach Handwaschseife und Frau; er erinnerte sich an sie, angezogen und schick, und er erinnerte sich an sie, nackt und stöhnend unter ihm, in ihrem Studio, bedeckt von Farbe und Schweiß.

Er erinnerte sich an seine Tochter, an jene Woge von Liebe,

die er empfunden hatte, als ihr erster Schrei erklungen war … eine Liebe, die inniger und wundervoller war, als er je zu träumen gewagt hätte.

Er erinnerte sich an ihr Lachen, an ihre Tränen und an ihr Vertrauen.

Er erinnerte sich, empfand Trauer, wollte kämpfen, doch …

Das Ergebnis ist immer das Gleiche.

Er öffnete die Augen, wandte sich Linda zu, und diesmal erwiderte sie seinen Blick. Er versuchte, mit den Augen zu lächeln, versuchte ihr sein tiefstes Inneres zu zeigen, und dann … schloss er die Augen, blinzelte einmal, nickte unmerklich.

Es ist okay, Baby, sagte er zu ihr. *Tu es. Es ist okay.*

Linda wusste, was er ihr sagte. Natürlich wusste sie es; sie hatten sich mehr als einmal ohne Worte unterhalten. *Wir mögen auf mancherlei Weise unterschiedlich sein*, sagte er, *doch wo es drauf ankommt, wo das Gummi den Asphalt berührt, sind wir wie eine Person.*

Eine Träne stahl sich aus ihrem rechten Auge.

»Ich werde jetzt den Knebel entfernen und Ihre Handschellen aufschließen. Sie werden die Hände um seinen Hals legen und zudrücken, bis er tot ist. Sie werden ihn töten, und Sarah wird dabei zusehen, und es wird schrecklich für Sie sein, ich weiß. Doch ich werde Sarah nicht anrühren, sobald ich mit Ihnen beiden fertig bin.«

Er neigte den Kopf, als er offenbar zum ersten Mal bemerkte, dass eine lautlose Kommunikation zwischen Linda und Sam stattfand.

»Sie haben sich bereits entschieden, nicht wahr? Sie beide.« Er schwieg für einen Moment. »Hast du gehört, kleine Sarah? Mommy wird Daddy umbringen, damit ich dich nicht mit Feuer verbrenne. Weißt du, was du daraus lernen solltest?«

Keine Antwort.

»Die gleiche Lektion wie schon vorhin. Mommy wird etwas Grausames tun, um dich zu schützen. Hast du verstanden,

Sarah? Mommys Skrupellosigkeit wird dich retten. Ihre Entschlossenheit, für dich Schmerz auf sich zu nehmen, wird dich retten. Ihre Kraft, mit der sie ihre Mutterliebe beweist.«

Sarah hörte die Worte des Fremden, doch sie waren unwirklich. Sie glaubte an Monster, doch ihre Monster verloren am Ende immer.

Oder etwa nicht?

Gott sorgte dafür, dass guten Menschen nichts wirklich Schlimmes zustoßen konnte. Dies hier war nicht anders. Es war unheimlich, es war grauenvoll, es war furchtbar, dass Buster tot war. Doch wenn sie sich zusammenriss, würde der Fremde nicht gewinnen. Daddy würde ihn aufhalten, oder Gott würde ihn aufhalten, vielleicht sogar Mommy.

Sie verschloss die Ohren vor dem, was der Fremde sagte, und konzentrierte sich auf das Warten, auf den Moment, an dem alles vorüber war, an dem Mommy und Daddy und Doreen wieder okay wären.

Linda Langstrom hörte den Fremden zu ihrer Tochter reden. Hass und Verzweiflung und Wut tobten in ihr. Wer war dieser Mann? Er war mitten in der Nacht in ihr Haus gekommen, ohne Angst, ohne Zögern. Er hatte mit einer Pistole in der Hand ihr Schlafzimmer betreten und sie mit einem Flüstern geweckt. »Ein Laut, und Sie sind tot. Tun Sie etwas anderes, als ich Ihnen sage, sind Sie tot.«

Er hatte von Anfang an die absolute Kontrolle gehabt. Er war eine unwiderstehliche Macht und ein Fels in der Brandung, und jetzt hatte er sie in eine Ecke getrieben, aus der es nur einen einzigen Ausweg gab. Sie musste Sam töten, sonst würde er Sarah foltern. Welche Wahl hatte sie bei derart unerbittlichen Optionen? Der Fremde besaß die vollkommene Macht. Vielleicht würde er Sarah trotzdem foltern. Vielleicht würde er sie sogar töten.

Vielleicht aber auch nicht. Und diese Möglichkeit … nun, welche Wahl blieb ihr?

Ihre Wut war ohnmächtig, das war ihr bewusst. Ihre Verzweiflung raubte ihr die Luft. Sam würde sterben. Sie würde ebenfalls sterben. Sarah würde *vielleicht* überleben. Wer würde sie aufziehen? Wer würde sie lieben?

Wer würde Lindas Baby aus den Wolken herab beobachten?

»Ich werde Ihnen jetzt die Knebel abnehmen. Sam, Sie dürfen zwei letzte Sätze sagen, einen zu Ihrer Frau, einen zu Ihrer Tochter. Linda, Sie dürfen nur einen Satz sagen. Sollten Sie sich nicht an diese Vorgabe halten, wird Sarah brennen. Haben Sie verstanden?«

Beide nickten.

»Sehr schön.«

Er entfernte zuerst Lindas Knebel, dann den von Sam.

»Ich lasse Ihnen eine Minute Zeit. Ein Satz ist nicht viel, wenn es die letzte Gelegenheit ist, etwas zu sagen. Bitte seien Sie nicht leichtsinnig.«

Sam sah seine Tochter an, dann seine Frau. Er blickte zu Doreen, die ihn schwanzwedelnd betrachtete – der dumme, liebenswerte Hund.

Er wunderte sich, dass er keine Angst verspürte. Auf der einen Seite sah er alles überscharf und deutlich vor sich, auf der anderen war es verschwommen und surreal. Schock? Vielleicht.

Er zwang sich zur Konzentration. Was sollte er sagen? Was sollte er zu Linda sagen, die ihn mit ihren eigenen Händen würde töten müssen? Was wollte er seiner Tochter sagen? Woran sollte sie sich erinnern?

Alles Mögliche ging ihm durch den Kopf. Sätze mit fünfzig Worten, Entschuldigungen, Abschiedsworte. Letzten Endes stieß er die Worte ohne zu überlegen hervor und hoffte inbrünstig, dass es die richtigen waren.

Er blickte seine Frau an. »Du bist ein vollendetes Kunstwerk«, sagte er zu ihr.

Er sah seine Tochter an. »Ich liebe dich.«

Sarah blickte ihn für einen Moment überrascht an, dann lächelte sie jenes Lächeln, das ihm vom ersten Augenblick an das Herz geraubt hatte. »Ich liebe dich, Daddy«, antwortete sie.

Linda blickte ihren Mann an und kämpfte gegen den dicken Kloß aus Trauer, der ihre Kehle zudrückte. Was sollte sie ihm sagen? Ihrem Sam, der sie immer wieder errettet hatte? Er hatte sie vor ihren Selbstzweifeln errettet, er hatte sie davor bewahrt, ein Leben ohne die Liebe zu ihm zu leben. Ein einziger Satz? Sie hätte ein ganze Jahr lang reden können, ohne Pause zu machen, und es wäre immer noch nicht genug gewesen.

»Ich liebe dich, Sam.« Die Worte sprudelten aus ihr hervor, und sie wollte sie schreien, sie zurücknehmen, sie waren nicht genug, es konnte nicht das Letzte sein, das sie jemals zu ihrem Mann sagen würde.

Dann aber bemerkte sie seinen Blick und dieses Lächeln, und sie begriff, dass es vielleicht nicht der perfekte Satz gewesen sein mochte, doch es war der einzig mögliche Satz. Sie hatte ihre erste Liebe geheiratet, die Liebe ihrer Jugend. Sie hatte ihn geliebt, durch Freude und Zorn hindurch, mit Küssen und Schreien. Liebe war, wo es angefangen hatte, und Liebe war, wo es enden würde.

Sie rechnete damit, dass der Fremde etwas sagen würde, dass er sich lustig machen würde über ihre letzten Worte, doch das tat er nicht. Er stand da und wartete schweigend. Beinahe respektvoll.

»Ich danke Ihnen, dass Sie sich an die Vorgabe gehalten haben«, sagte er schließlich. »Ich möchte Sarah wirklich nicht foltern.« Eine kurze Pause. »So. Nun werden wir mit dem Erwürgen anfangen. Es ist nicht so einfach, wie Sie vielleicht glauben, also hören Sie bitte genau zu, was ich Ihnen sage.«

Linda und Sam hörten dem Fremden zu, doch sie blickten sich dabei unverwandt in die Augen. Sie unterhielten sich ohne Worte. Der Fremde redete und redete und gab Linda eine kurze Anleitung, wie sie ihren Mann zu töten hatte.

»Es muss nicht schmerzhaft sein oder eine bestimmte Zeit dauern. Wenn er rasch stirbt, ist es mir auch recht. Er muss nur sterben. Sie werden sich auf diese und diese Stellen konzentrieren …« Er deutete auf Bereiche hoch an Sams Hals, in der Nähe des Kiefers. »Hier verlaufen die Halsschlagadern. Wenn Sie den Blutfluss unterbrechen, wird er bewusstlos, bevor der Mangel an Luft ihn tötet. Gleichzeitig müssen Sie Druck mit beiden Händen ausüben, um die Luftzufuhr abzuschneiden.« Der Fremde demonstrierte es, ohne Sam zu berühren. »Sie drücken so lange zu, bis er zu atmen aufhört. Ganz einfach. Ich werde ihm die Hände wieder auf dem Rücken fesseln, damit er nicht versuchen kann, sich aus Ihrem Griff zu befreien.« Der Fremde zuckte die Schultern. »So was passiert, sogar bei Selbstmördern. Ein Mann hatte sich eine Plastiktüte über den Kopf gezogen und um den Hals herum mit Klebeband verschlossen, dann hat er sich die Hände mit Handschellen auf dem Rücken gefesselt. Ich nehme an, er hat seine Meinung geändert, als das Atmen schwierig wurde. Er hat sich fast die Daumen abgerissen, so verzweifelt hat er versucht, seine Hände aus den Handschellen zu befreien. So was wollen wir hier nicht.«

Sam war sicher, dass der Fremde recht hatte. Er spürte seine Angst, weit abseits, doch allzeit präsent. Sie klopfte an seine Tür.

Kleines Schweinchen, kleines Schweinchen, lass mich rein …

Nein. Er wollte nicht sterben, das war die Wahrheit. Doch er würde sterben. *Dies führt zu jenem, jenes führt zu … Und das Ergebnis ist stets das Gleiche.* Rette Sarah. Du kannst nicht immer kriegen, was du möchtest. Das Leben ist ungerecht …

… und dann wirst du sterben.

Sam seufzte. Er blickte sich ein letztes Mal um. Das Wohnzimmer, die Küche, die im Halbdunkel liegende Eingangshalle davor. Sein Heim, wo er seine Frau geliebt und seine Tochter aufgezogen und seinen gerechten Kampf gekämpft hatte. Dann blickte er Sarah an, das lebende, atmende Resultat der

Liebe zwischen ihm und Linda. Zuletzt schaute er Linda in die Augen. Es war ein tiefer, anhaltender Blick, und er versuchte ihr mit diesem Blick viele Dinge zu sagen und hoffte, dass sie sie verstand, oder wenigstens einen Teil davon. Dann schloss er die Augen.

Oh, Sam, nein … Linda begriff, was er tat, was er soeben getan hatte. Er hatte sich verabschiedet. Er hatte die Augen geschlossen, und sie wusste, dass er nicht vorhatte, sie wieder zu öffnen. Logik machte einen großen Teil von Sams Charakter aus. Das war eines der Dinge, die sie an ihm liebte, und es war zugleich eine der Eigenschaften, die sie immer wieder ärgerten. Er hatte diese Fähigkeit, drei Schritte in die Zukunft zu sehen und Dinge zu begreifen, während sie noch lange darüber rätselte.

Sam hatte wahrscheinlich längst gewusst, dass sie sterben würden, noch bevor der Fremde es ihnen zum ersten Mal gesagt hatte. Er hatte die Situation analysiert, hatte die möglichen Motive des Fremden abgewogen und war zu dem unausweichlichen Schluss gekommen. Seit diesem Moment hatte er nur gewartet.

»Fick dich selbst!«

Die Worte sprudelten aus Linda hervor, bevor sie sich daran hindern konnte, getrieben von Emotion, nicht von Logik. Der Fremde stockte, starrte sie an, legte den Kopf zur Seite.

»Verzeihung … was haben Sie gesagt, Linda?«

»Fick dich selbst!«, rief sie. »Ich werde es nicht tun!«

Sie sah zu Sam. Warum hatte er die Augen nicht geöffnet?

Der Fremde beugte sich vor. Er betrachtete sie einen langen Moment, starrte ihr in die Augen, und sie fühlte sich an eine Statue erinnert. An kalten, gefühllosen, harten Stein.

»Sie machen einen Fehler«, sagte er schließlich.

Er knebelte sie wieder, dann knebelte er Sam. Er schien nicht wütend oder aufgebracht bei seiner Arbeit. Ohne ein weiteres

Wort ging er zu Sarah, knebelte sie ebenfalls, packte ihre gefesselten Hände und riss sie vor. Er steckte seine Pistole in die Hose und griff in die Gesäßtasche, um das glänzende, goldene Feuerzeug hervorzunehmen. Linda erstarrte vor Entsetzen, als sie das Klicken des aufklappenden Deckels hörte. Der Fremde schlug das Feuerzeug an, und es brannte.

Er achtete darauf, dass Linda genau sehen konnte, wie er Sarahs Handfläche über die Flamme hielt. Drei volle Sekunden lang.

Sarah schrie die ganze Zeit. Der Fremde tat, was seinen Worten zufolge die einzige Pflicht der Starken war: Er atmete weiter, fest, ruhig und gelassen.

KAPITEL 21 Sarah konnte nicht glauben, wie sehr es schmerzte. Sie musste aufhören zu schreien, damit sie durch die Nase atmen konnte.

All die Dinge, die in der Ferne auf der Lauer gelegen hatten, waren plötzlich ganz nah. Ihre Emotionen waren eine unablässige Serie aus blendend grellen Blitzen in ihr, Entsetzen, Angst, Schmerz, Trauer. Dieses Monster war unüberwindlich. Niemand konnte ihm entkommen, so viel wusste Sarah nun. Das Wissen war niederschmetternd. Vernichtend.

Ihre Mutter hatte getobt, als der Fremde Sarah verbrannt hatte. Linda hatte sich so heftig gegen ihre Fesseln gestemmt, dass sie sich das Fleisch von den Knochen gerissen hätte, wären die Innenseiten der Handschellen nicht gepolstert gewesen. Mommy war immer noch Mommy, doch in Mommy brannte eine alles verzehrende, bedrohliche Energie, wie Sarah es noch niemals gesehen hatte.

Selbst der Fremde war beeindruckt.

»Wunderbar!«, sagte er anerkennend zu Linda. »Sie sind sicherlich die furchteinflößendste Frau, die ich je gesehen habe.«

Sarah musste ihm zustimmen.

»Das Problem ist, Linda, dass Sie trotzdem keine Chance gegen mich haben.« Er schüttelte den Kopf. »Begreifen Sie das denn nicht? Sie können nicht gewinnen. Sie können mich nicht schlagen. Ich bin die Macht. Ich bin die Gewissheit. Ihre Optionen haben sich nicht verändert. Tun Sie, was ich Ihnen sage, oder Sie werden mit ansehen, wie ich Sarah so lange mit dem Feuerzeug bearbeite, bis sie in einer Kuriositätenschau im Zirkus auftreten kann.«

Sarahs Mutter hatte sich nach diesen Worten äußerlich beruhigt. Sarah hatte einen Blick zu ihrem Daddy geworfen, doch Sams Augen waren immer noch geschlossen.

»Ich gebe Ihnen ein paar Augenblicke Zeit, damit Sie sich sammeln können. Eine ganze Minute. Danach werden Sie mir entweder sagen, dass Sie bereit sind, und wir machen weiter, oder ich werde Sarah *ernsthaft* mit dem Feuer bearbeiten.«

Sarah erbebte bei dem Gedanken an noch mehr Feuer, noch mehr Schmerz. Und was hatte er gemeint mit »und wir machen weiter«? Sie war an einem weit entfernten Ort gewesen, wo sie darauf gewartet hatte, dass das Monster weggehen würde. Es hatte während der ganzen Zeit geredet, irgendetwas Wichtiges. Sie strengte sich an, versuchte sich zu erinnern.

Irgendetwas über Mommy und Daddy …

Mommy sollte Daddy umbringen …

Dann fiel es ihr wieder ein, und sie riss die Augen weit auf. Der ferne Ort winkte einmal mehr.

Linda war voll mit weißem Rauschen und Statik, ein einziger großer Kurzschluss der Seele. Wut hatte die Kontrolle übernommen, und sie hatte sich nicht bezähmen können. Sie hatte Rot gesehen, ihr Hass und ihre Frustration waren über sie gekommen und hatten das Wenige an Gleichgewicht zerquetscht, das sie noch besessen hatte. Ihre Handgelenke schmerzten; sie fühlte sich schwindlig von zu viel Sauerstoff, und ihr war speiübel von dem Adrenalinschwall, der in ihren Kreislauf geschossen war.

Sam, der verdammte Sam, hatte immer noch die Augen geschlossen. Linda wusste warum, und sie hasste ihn dafür. Sie hasste ihn dafür, dass er recht haben musste. Dafür, dass er wusste, dass es keine andere Wahl gab. Dass es vorbei war. Und dafür, dass er es akzeptierte.

Nein, nein, sie liebte Sam, sie hasste ihn nicht. Das war Sam, so war er; das machte seine Persönlichkeit aus. Seinen Verstand, den sie so sehr an ihm liebte. Seine Klarheit, seine Brillanz. Er war so mutig, so unendlich mutig. Er hatte ihr Lebwohl gesagt, die Augen geschlossen und ihr seinen Hals angeboten, bereit, ihre würgenden Hände zu empfangen.

WWST?

Der Spruch war ihr irgendwie in den Sinn gekommen. *Was würde Sam tun?*

Es war ein Mantra, das sie stets dann benutzt hatte, wenn ihre Emotionen und ihre Vernunft im Widerstreit gelegen hatten. Sam war ruhig, Sam war logisch, Sam war so beständig, wie es nur ging. Durchaus imstande zu Zorn, wenn es darauf ankam, doch auch fähig, mit einem Achselzucken über Kleinigkeiten hinwegzusehen.

Wenn jemand ihr auf dem Freeway die Vorfahrt nahm und sie vor Sarah laut zu schimpfen und zu fluchen anfing, hielt sie irgendwann inne und fragte sich: WWST? Was würde Sam tun?

Es funktionierte nicht immer, doch es hatte sich in ihr Gedächtnis eingebrannt, und es erschien nun, wo sie es am meisten brauchte.

Sam würde die Fakten abwägen. Linda nahm einen tiefen Atemzug und schloss die Augen.

Fakt: Wir können nicht entkommen. Er hat uns gefesselt, die Handschellen geben nicht nach. Wir sitzen in der Falle.

Fakt: Er lässt nicht mit sich handeln.

Fakt: Er wird uns töten.

Diese beiden letzten Fakten standen fest. Die ruhige Gelassenheit des Fremden, die fachmännische Art, mit der er alles erledigte, einschließlich dem Verbrennen von Sarahs Hand, ließen nicht den geringsten Zweifel an dem, was er vorhatte. Er würde genau das tun, was er gesagt hatte.

Aber wird er Sarah verschonen, wenn wir tun, was er verlangt?

Fakt: Wir können es nicht mit Sicherheit sagen.

Diese Gedankenkette hatte bewirkt, dass Sam die Augen geschlossen hatte. Dies führt zu jenem, jenes führt zu … und das Ergebnis ist stets das Gleiche.

Fakt: Die Möglichkeit, dass er Sarah verschont, ist alles, was uns geblieben ist. Das Einzige, das wir vielleicht noch kontrollieren können.

Sie öffnete die Augen. Der Fremde beobachtete sie.

»Haben Sie Ihre Entscheidung getroffen?«, fragte er.

Sie blinzelte einmal. Ja. Er entfernte das Klebeband von ihrem Mund.

»Ich tue es«, sagte sie.

Erneut dieses erregte Glitzern in seinen Augen, wie ein Geist, der auftauchte und wieder verschwand.

»Ausgezeichnet«, sagte er. »Ich werde zuerst Sams Hände hinter seinem Rücken fesseln.«

Er tat es in raschen, geübten Bewegungen. Sam hielt die Augen geschlossen und leistete keinen Widerstand.

»Und nun, Linda, werde ich Ihnen die Handschellen abnehmen. Sie könnten auf den Gedanken kommen, erneut auszurasten.« Er schüttelte den Kopf. »Versuchen Sie es nicht. Es würde zu nichts führen, außer dass ich Sarahs Hand verbrenne, bis sie nicht mehr zu erkennen ist. Verstehen Sie, was ich sage?«

»Ja«, antwortete sie mit hasserfüllter Stimme.

»Gut.«

Er schloss die Handschellen auf. Sie überlegte für eine Sekunde, ob sie ihn angreifen sollte. Sie überlegte, ihn am Hals zu packen und zuzudrücken, mit aller Kraft und Angst und ihrem Hass, bis ihm die Augen aus dem Kopf quollen.

Doch das war reine Phantasie, und sie wusste es. Er war ein erfahrenes Raubtier, und er kannte die Tricks seiner Beute.

Ihre Handgelenke pochten. Es war ein dumpfer, tiefer Schmerz. Sie hieß das Gefühl willkommen. Es erinnerte sie an Sarahs Geburt. Ein wundervoller Schmerz, und zugleich beinahe unerträglich.

»Tun Sie es«, befahl der Fremde mit tonloser, gepresster Stimme.

Linda blickte Sam an, der die Augen immer noch geschlossen hatte, ihren wunderbaren Mann, ihren wunderbaren Freund. Er war stark, wo sie schwach war, er war zärtlich, er konnte gefühllos und arrogant sein, er war verantwortlich für ihre längsten Lachanfälle und ihren größten Kummer. Er hatte an ihrer äußerlichen Schönheit vorbeigeschaut auf die hässlicheren Teile, und er hatte sie trotzdem noch geliebt. Er hatte sie niemals im Zorn angerührt. Sie hatten Augenblick voller Liebe und Zärtlichkeit und Sex geteilt, hatten es im Freien in einem Gewitter miteinander getrieben, zitternd, während das kalte Wasser von ihrer nackten Haut abgeperlt war und sie so laut geschrien hatte, dass sie den Wind übertönte.

Linda erkannte, dass sie diese Liste endlos fortsetzen konnte.

Sie streckte die Hände aus. Sie zitterten. Als sie seinen Hals berührten, würgte sie.

Sinnes-Erinnerungen.

Die Berührung löste Zehntausende von Erinnerungen an weitere kostbare Augenblicke aus. Eine Million winziger, rasiermesserscharfer Schnitte auf ihrer Seele, und sie blutete aus allen zugleich.

Er öffnete die Augen, und aus einer Million Schnitten wurde ein einziger furchtbarer, alles verzehrender Schmerz.

Von all seinen äußerlichen Eigenschaften liebte sie seine

Augen am meisten. Sie waren grau, intensiv, umgeben von langen Wimpern, um die jede Frau ihn beneidet hätte. Sie waren zu einer unglaublichen Tiefe imstande, zu unglaublichen Emotionen.

Sie erinnerte sich, wie er sie aus diesen Augen an einem Hochzeitstag über den Tisch hinweg angesehen hatte. Er hatte gelächelt.

»Weißt du, was ich mit am meisten an dir liebe?«, hatte er sie gefragt.

»Was?«

»Deinen wunderbaren Irrsinn. Wie du das Chaos zu einer Skulptur oder einem Gemälde arrangieren kannst, obwohl du nicht mal Ordnung in einer Wäscheschublade halten kannst, und wenn dein Leben davon abhängt. Ich liebe es, dass du niemals einen blauen Lidschatten vergisst, aber niemals pünktlich die Telefonrechnung bezahlst. Du bringst eine Wildnis in mein Leben, ohne die ich längst verloren wäre.«

Sam zeigte ihr in diesem Moment seine Liebe, das konnte sie sehen. Diese Augen, diese intensiven grauen Augen, leuchteten vor Liebe, Trauer, Wut, Schmerz, Freude. Sie fiel in diese Augen, und sie hoffte, dass er all das verstand, was sie selbst in diesem Moment fühlte.

Er zwinkerte ihr zu, und sie musste lachen – ein ersticktes Lachen, doch ein Lachen –, und dann schloss er die Augen wieder, und sie wusste, dass er bereit war, und dass sie niemals bereit sein würde, dass aber die Zeit gekommen war.

Sie drückte zu.

»Wenn Sie nicht fester zudrücken, wird es ziemlich lange dauern, bis er tot ist«, sagt der Fremde.

Linda drückte fester. Sie spürte Sams Herzschlag unter ihren Fingern, spürte sein *Leben*, und sie fing an zu weinen. Tiefe, raue Schluchzer entrangen sich aus ihrer Kehle, stiegen aus jenem Teil von ihr auf, der am stärksten schmerzte.

Sam hörte seine Frau weinen. Er spürte, wie ihre Hände

sich um seinen Hals schlossen. Sie drückte an den richtigen Stellen zu; der Blutfluss zu seinem Gehirn wurde unterbrochen. In seinem Kopf entstand ein gewaltiger Druck, zusammen mit Schwindelgefühl und einem undeutlichen Schmerz in der Brust. Seine Lungen fingen an zu brennen.

Er hielt die Augen geschlossen, starrte ins Schwarze. Er betete, dass er imstande sein würde, sie geschlossen zu lassen, während er starb. Er wollte nicht, dass Linda ihn sehen musste, dass sie zusehen musste, wie das Leben aus ihm wich.

Das Brennen wurde schlimmer, die Panik setzte ein.

Kämpf dagegen an, Sam, befahl er sich. *Halt durch. Es dauert nicht mehr lange, du verlierst das Bewusstsein.*

Es war so weit, er spürte es kommen. Schwarze Bereiche rings um sein Bewusstsein. Funken. Sobald er in diese Schwärze stürzte, war es vorbei. Diese Funken waren der letzte Rest von ihm. Zuerst würde er von Schwärze umfangen werden, und dann war er selbst die Schwärze.

Ooops.

Er hatte bereits einen Moment verloren. Statt Funken hatte es einen Blitz gegeben, nicht aus Licht, sondern aus Dunkelheit. Ihm wurde bewusst, dass er nicht merken würde, wenn es so weit war. Es würde ihn plötzlich überfallen. Ein Blitz aus Dunkelheit, und dann würde die Dunkelheit bleiben. Für immer.

Wieder ein Blitz. Dieser war strahlend hell, blendend, unerträglich in seiner Lieblichkeit. Sam und Linda, nackt im Gewitter, die Regentropfen prasselten herab, so *kalt*. Sie erschauerten und sie liebten sich und sie saß über ihm, und Blitze zuckten über den Himmel rings um ihren Kopf, als er kam, so unglaublich *stark* …

… Sarah weinte im Kreißsaal, und es raubte ihm den Atem, seine Knie waren weich, er war erfüllt von solchem *Triumph* …

… Sarah rannte auf ihn zu, die Haare flatterten im Wind, sie hatte die Arme ausgebreitet, lachte die Welt an, Linda rannte auf ihn zu, die Haare im Wind, sie lachte, lachte, lachte die Welt an …

Ich liebe dich ich liebe dich ich liebe dich ich liebe …

Das letzte dunkle Aufblitzen, und Sam Langstrom war tot.

Er lächelte.

KAPITEL 22

Lindas Verstand war völlig leer.

Sam saß zusammengesunken in seinem Sessel. Sie hatte gespürt, wie sein Puls sich unter ihren Fingern beschleunigt hatte und dann schwach geworden war, bis er schließlich ganz verschwand.

Sie spürte Sams Blut an ihren Fingern. Es war nicht wirklich dort, doch sie spürte es. Ein Wort ging ihr durch den Kopf, wieder und wieder, wie eine riesige schwarze Fledermaus, die die Sterne verdeckte. *Horror. Horror. Horror …*

»Das war sehr gut, Linda.«

Warum ändert sein Tonfall sich nie?, fragte sie sich. *Er klingt immer gleich. Gelassen und zufrieden, während er unaussprechliche Dinge tut …*

Sie erschauerte und kämpfte gegen ein Schluchzen an.

Vielleicht ist er innerlich gar nicht da. Vielleicht ist er wie ein Golem, erschaffen aus Lehm, ohne Seele, die ihn durch das Leben führt.

Lindas Blick ging zu ihrer Tochter. Sie spürte, wie ihr Herz sackte. Sarah hatte die Augen weit aufgerissen, doch sie sah nichts. Sie starrte, doch es war ein entrücktes Starren, weit weg. Sie schaukelte vor und zurück, vor und zurück. Ihre Lippen waren so fest zusammengepresst, dass sie weiß erschienen.

Ich weiß, wie du dich fühlst, Baby, dachte Linda verzweifelt.

»Ich weiß, dass Sie voller Schmerzen sind«, sagte der Fremde in diesem Augenblick. Sein Tonfall wurde plötzlich beruhigend.

»Wir werden das alles jetzt bald beenden, all diesen grauenvollen, unerträglichen Schmerz, für immer beenden.«

Er blickte Sarah an, sah, wie sie vor und zurück schaukelte. In einem Mundwinkel hatte sich ein Speichelfaden gebildet, der bis zu ihrem Kinn hinabreichte.

»Ich werde mein Wort halten, wissen Sie? Solange Sie tun, was ich sage, solange Sie nicht abweichen, werde ich ihr nichts tun.«

Du hast ihr schon genug getan, für den Rest ihres Lebens, dachte Linda. Vielleicht hatte Sarah eine Chance, falls sie nicht starb. Man konnte sich von einem emotionalen Trauma erholen, nicht jedoch vom Tod.

Der Fremde ging zu Sam. Er nahm Schlüssel aus der Jackentasche, kniete nieder und entfernte die Handschellen, mit denen er Sam an den Füßen gefesselt hatte. Dann trat er hinter Sam und löste auch die Handschellen hinter seinem Rücken. Sam kippte nach vorn und schlug schlaff zu Boden wie ein Sandsack.

»So werden wir es machen«, sagt der Fremde zu Linda. »Hören Sie genau zu. Ich werde Ihnen diese Schlüssel geben. Bitte lösen Sie die Handschellen um Ihre Knöchel.« Linda tat wie geheißen. Der Fremde griff mit der linken Hand hinter sich und zog eine Pistole aus dem Hosenbund. »Ich werde diese Waffe hier auf den Fußboden legen.« Er tat es. Er trat hinter Sarah und hielt ihr die Waffe an den Kopf.

»Gleich werde ich zu zählen anfangen. Sobald ich bei fünf angekommen bin, werde ich Sarah in den Kopf schießen – falls Sie die Pistole bis dahin nicht dazu benutzt haben, sich selbst zu erschießen. Anschließend werde ich Sie stundenlang vergewaltigen und tagelang foltern. Haben Sie das verstanden?«

Linda nickte teilnahmslos.

»Gut. Noch etwas. Eine Pistole ist eine mächtige Waffe. Sie könnten sie berühren und auf dumme Gedanken kommen. Sie könnten beschließen, etwas Tapferes und Wahnwitziges zu versuchen. Tun Sie es nicht. In dem Moment, in dem sich der Lauf in meine Richtung bewegt, werde ich Sarah erschießen. Sobald der Lauf in irgendeine andere Richtung als Ihren Kopf zeigt, werde ich Sarah erschießen. Haben Sie das verstanden?«

Linda starrte ihn wortlos an.

»Linda«, fragte der Fremde geduldig. »Haben Sie verstanden, was ich gesagt habe?«

Sie brachte ein Nicken zustande. Es kostete sie alle Kraft. Sie war so unendlich müde.

Sam, mein Sam ist tot, dachte sie. *Ich fühle mich auch schon tot.*

Sie blickte hinunter auf die Waffe auf dem Teppich. Die Waffe, die sie gleich in die Hand nehmen würde. Die Waffe, die allem ein Ende machen, die sie zu Sam bringen würde, die Sarah retten würde *(hoffentlich)*.

»Ich werde Ihnen das gleiche Geschenk gewähren wie Ihrem Mann vorhin. Ein Satz. Ein einziger Satz, mehr nicht. Dies ist Ihre letzte Chance, etwas zu Sarah zu sagen.«

Linda blickte zu ihrer zitternden, wunderschönen, weißlippigen Tochter.

Wird sie sich überhaupt daran erinnern, was ich ihr sage?

Linda hoffte es inbrünstig. Sie hoffte, dass ihre Worte sich irgendwie in Sarahs Gedächtnis einbrennen würden, dass sie sich später daran erinnern würde, und dass sie ihr ein Trost sein würden.

Vielleicht hört sie die Worte in ihren Träumen.

»Ich bin in den Wolken und wache über dich, Sarah. Immer.«

Sarah schaukelte weiter vor und zurück, vor und zurück. Aus ihrem Mundwinkel floss Speichel.

»Das war sehr hübsch«, sagte der Fremde. »Danke, dass Sie sich an meine Vorgabe gehalten haben.«

Da war sie erneut, diese Wut. Dieser brennende, weiß glühende Hass, wie rollende Lava, wie explodierende Sonnen.

»Eines Tages werden Sie sterben«, flüsterte sie mit bebender Stimme. »Und es wird ein schlimmer Tod sein. Wegen dem hier. Wegen all der Dinge, die Sie getan haben.«

Der Fremde starrte Linda an, dann lächelte er.

»Karma«, sagte er schließlich. »Ein interessantes Konzept.« Er zuckte die Schultern. »Vielleicht haben Sie recht. Falls ja, dann ist das *eines Tages*. Irgendwann. Wir sind aber im *Jetzt*, nicht im Irgendwann. Und im Jetzt fange ich nun an zu zählen.« Er zögerte. »Ich werde langsam zählen. Langsame Herzschläge. Sie haben Zeit, bis ich bei fünf angekommen bin.«

»Das Letzte, woran ich denken werde, bist du. Wie du einen schlimmen Tod stirbst.« Die Worte waren wertlos. Sie änderten nichts. Es war der letzte Widerstand, zu dem sie fähig war. Der Fremde schien sie nicht einmal zu hören.

»Eins«, sagte er.

Linda zwang sich, ihre Wut zu beherrschen. Zu der Pistole zu blicken, die der Fremde auf den Boden gelegt hatte.

Das ist es also.

Alles Unwesentliche ringsum verblasste. Es war, als hätte jemand die Lautstärke des Lebens heruntergedreht. Sie hörte ihr Herz schlagen und das langsame Zählen des Fremden.

Eins war vorbei. Als Nächstes käme die Zwei, dann die Drei, dann die Vier. Und dann …? Sollte sie warten, bis sie die Fünf hörte? Oder sollte sie den Abzug kurz vorher drücken?

Warum warten? Zögere nicht …

»Eins« echote noch immer durch ihren Kopf, als sie sich zu der Pistole bewegte. Sie hörte das Wort in der Luft vibrieren. Sie hatte das Gefühl, als würde die Zeit langsamer ablaufen, als wäre jede Sekunde angefüllt mit einem ganzen Leben voller scharfer Ecken und Kanten, und als stieße sie sich an allen zugleich.

Im Leben gibt es mehr Schmerz als Freude. Das wusste sie als Künstlerin. Es war eine geheime Zutat, die sie ihrem Potpourri aus Gemälden und Skulpturen hinzufügte.

Die scharfen Ecken und Kanten lassen uns spüren, dass wir noch lebendig sind.

Sie kniete auf dem Teppich nieder und nahm die Waffe hoch. Sie achtete darauf, dass der Lauf nicht auf den Fremden zeigte.

»Zwei.«

Sie war schockiert, als er sprach. Das Wort fühlte sich an wie ein Schlag ins Gesicht.

Der Schreck verging.

Linda staunte über die Kälte des Stahls. Die glatt polierte Oberfläche. Das brutale, schreckliche Versprechen, das von diesem Ding ausging.

Diese Ende in Richtung des Feindes, dachte sie und betrachtete den Lauf.

Irgendjemand hatte diese Dinger erfunden. Irgendjemand hatte diese Dinger erträumt, skizziert, entworfen und verfeinert. *Nehmen wir ein Stück Stahl und füllen es mit Stahlmantelgeschossen, und nehmen wir Treibladungen, die diese Geschosse in andere menschliche Wesen jagen.*

»Drei.«

Diesmal war ihre Reaktion auf die nächste Zahl eher klinisch distanziert.

Die Waffe war mit einem Schalldämpfer ausgestattet. Es war eine Waffe, wie Meuchelmörder und Killer sie benutzten, die heimlich und leise mordeten.

Und doch war es nur ein Stück Metall. Nicht mehr, nicht weniger. Es war nichts Menschliches. Eine Waffe war nicht zu vermenschlichen. Man zielte mit ihr und feuerte, fertig.

Was sagten die Marines? *Das ist mein Gewehr. Es gibt viele wie dieses, aber dieses hier ist meins …*

»Vier.«

Die Zeit blieb stehen. Sie wurde nicht einfach langsamer – sie erstarrte. Sie war bedeckt von Eis. Eingeschlossen in Bernstein.

Und dann ein Blitz.

Sam auf dem Fußboden.

Blitz.

Sam in ihren Armen.

Blitz.

Sam beim Auflegen des Telefons. Das Gesicht weiß. Er blickt sie an. »Mein Großvater ist gestorben.« Tränen, und Sam erneut in ihren Armen.

Blitz.

Sam über ihr, die Augen dunkel von einer Mischung aus Lust und Liebe, das Gesicht verzerrt vor Ekstase. Sie drängt ihn auszuhalten, nur noch eine Sekunde, nur noch eine weitere Sekunde, nur noch eine weitere Sekunde …

Das ist der Augenblick, erkannte sie beinahe staunend. Dieses Gefühl, das man hat, wenn man ganz dicht vor dem Orgasmus steht, wenn man sich spannt, wenn man versucht, die drohende Explosion und das blendende Licht abzuwehren. Der Punkt, an dem man aufhört zu atmen, an dem das Herz zu schlagen aufhört, der Moment zwischen Leben und Tod.

Blitz.

Sarah.

Blitz.

Sarah lachend.

Sarah weinend.

Sarah lebend.

Oh.

Gott.

Sarah.

In einem letzten Gedankenblitz wurde Linda bewusst, dass sie dies am meisten von allem vermissen würde: die Liebe zu ihrer Tochter. Sie war durchdrungen von einer Sehnsucht, von einem Verlangen, das die Summe von allem war, was sie je beim Malen oder Bildhauern empfunden hatte.

Wenn Schmerz Regen sein könnte, dann war dies ein Ozean voller Regen.

Es brach in einem Heulen aus ihr hervor. Sie konnte es nicht kontrollieren. Es barst einfach hervor. Ein Schrei so qualvoll, dass er Vögel mitten im Flug anhalten konnte.

Selbst der Fremde verzog das Gesicht bei diesem Heulen. Nur ein klein wenig. Es war wie körperliche Gewalt.

SarahSamSarahSamSarahSamSarah

Blitz.

Der Schuss hallte durch den Raum, ein leiser, gedämpfter Donnerschlag.

Sarah hörte für einen Moment auf zu schaukeln.

Die linke Seite von Lindas Kopf explodierte.

Linda hatte sich geirrt.

Ihr letzter Gedanke war nicht der an den Tod des Fremden gewesen.

Ihr letzter Gedanke war Liebe gewesen.

Hey, ich bin's, die Sarah von heute. Ich schreibe über die Vergangenheit und mache hin und wieder einen Sprung in die Gegenwart. Es ist die einzige Möglichkeit, wie ich das hier schaffen kann. Was meine Mom angeht – vielleicht war ihre letzte Empfindung Angst, vielleicht empfand sie gar nichts. Ich weiß es nicht. Ich kann es nicht wissen. Sie war da und Daddy war da und ich war da und der Künstler war da, das alles stimmt. Er zwang meine Eltern, sich zu töten, während ich zusehen musste. Ob es wahr ist, dass meine Mommy am Ende so tapfer war, allein in ihrem Kopf? Ich weiß es nicht.

Genauso wenig wie Sie.

Ich weiß nur, dass meine Mom voller Liebe war. Sie sagte immer, dass ihre Familie ein Teil ihrer Kunst sei. Sie sagte, ohne Daddy und mich würde sie immer noch malen, doch die Farben wären ganz andere. Dunkel.

Ich würde gerne denken, dass sie Gewissheit hatte in diesem letzten Augenblick. Die Gewissheit, mir das Leben zu retten.

Ich weiß nicht, ob ihr letzter Gedanke Liebe war. Ihr letzter Akt war es auf jeden Fall.

KAPITEL 23 Ich schließe Sarahs Tagebuch mit zitternden Händen und werfe einen Blick auf meine Nachttischuhr. Es ist drei Uhr morgens.

Ich brauche eine Pause. Ich bin gerade erst am Anfang von Sarahs Geschichte, und ich bin schon jetzt erschüttert und rastlos. Sie hat sich nicht getäuscht. Sie hat Talent. Sie schreibt allzu lebendig. Das glückliche, unbeschwerte Leben von früher steht in scharfem Kontrast zu dem bitteren Humor ihrer Einleitung. Ich fühle mich traurig, schmutzig, niedergeschmettert.

Wie hat sie es genannt? Einen Trip zum Wasserloch.

Ich kann es vor meinem geistigen Auge sehen. Ein obszöner Vollmond am Himmel, dunkle Kreaturen, die verpestetes Wasser trinken …

Ich erschauere, weil ich spüre, wie die Angst in mir aufsteigt. Schlimme Dinge, die Sarah zustoßen, nur einen Schritt entfernt von den schlimmen Dingen, die Bonnie zugestoßen sind …

Ich werfe einen Blick zu Bonnie. Sie schläft tief und fest, das Gesicht entspannt, ein Arm über meinem Bauch. Ich löse mich vorsichtig von ihr, hebe ihren Arm mit der gleichen sanften Vorsicht von mir, als wäre es ein Marienkäfer, den ich in meinem Garten in die Freiheit entlasse. Bonnie öffnet kurz den Mund, dann rollt sie sich zusammen und schläft weiter.

Zu Anfang ist sie bei der kleinsten Bewegung aufgewacht, bei der kleinsten Veränderung. Dass sie inzwischen friedlich weiterschlafen kann, dämpft meine Sorgen ein wenig. Es geht ihr allmählich besser. Sie spricht immer noch nicht, doch es geht ihr besser. Wenn ich sie nur irgendwie am Leben erhalten kann …

Ich gleite aus dem Bett und schleiche auf Zehenspitzen aus

meinem Schlafzimmer, die Treppe hinunter und in die Küche. Ich greife in das Fach über dem Kühlschrank und finde mein geheimes Laster und meine kleine Schande. Eine Flasche Tequila. Jose Cuervo, ein guter Freund von mir, genau wie in dem Song.

Ich schaue die Flasche an und sage mir: *Du bist keine Alkoholikerin.*

Ich habe viel Zeit damit verbracht, über diese Aussage nachzudenken. Ungefähr in der Art, wie alle Verrückten sagen, dass sie nicht verrückt sind. Ich habe mich analysiert, ohne im Zweifel für mich zu sprechen, und bin zu folgendem Schluss gelangt: Ich bin keine Alkoholikerin. Ich trinke zwei-, dreimal im Monat. Ich trinke niemals zwei Tage hintereinander. Ich trinke so lange, bis ich eine angenehme Betäubung spüre, doch nicht mehr. Niemals so viel, bis ich wirklich betrunken bin.

Doch es steckt eine Wahrheit dahinter, ein großer, greller Elefant mitten im Raum: Ich habe niemals getrunken, um mich zu trösten, als Matt und Alexa noch lebten. Niemals, nicht ein einziges verdammtes Mal, nein, Sir.

Das macht mir Sorgen.

Ich hatte einen Großonkel väterlicherseits, der alkoholkrank war. Er war nicht der lustige, charmante, freundliche betrunkene Onkel. Er war nicht der künstlerisch veranlagte, sich selbst quälende, bemitleidenswerte betrunkene Onkel. Er war peinlich und gewalttätig und gemein. Er stank nach Alkohol und manchmal nach Schlimmerem. Er packte mich bei einem Familientreffen einmal so fest am Arm, dass ich hinterher einen blauen Fleck hatte, brachte seinen stinkenden Mund einen Zentimeter vor mein verängstigtes Gesicht (ich war damals erst acht) und sagte irgendetwas Undeutliches, Widerliches und Abscheuliches, das ich bis heute nicht ganz entziffert habe.

Die Dinge, die wir als Kinder sehen, hinterlassen einen bleibenden Eindruck. Wenn ich an einen Alkoholiker denke, sehe ich das Bild meines Onkels. Jedes Mal, wenn ich getrunken habe und vor dem »klein wenig zu viel« stand, tauchte Onkel Joeys unrasiertes, gerötetes, rheumatisches Gesicht vor meinem geistigen Auge auf. Ich erinnere mich an den Gestank von Whiskey und von faulenden Zähnen und den verwegenen Blick in seinen Augen. Und das brachte mich jedes Mal zur Besinnung und hinderte mich daran, auch nur einen einzigen Schluck mehr zu trinken.

Nicht lange nach dem Tod meiner Familie fand ich mich in der Spirituosenabteilung des Supermarkts wieder. Mir wurde bewusst, dass ich noch nie etwas anderes als eine Flasche Wein gekauft hatte, ganz sicher nicht in einem Supermarkt und definitiv nicht am helllichten Tag. Dann fiel mein Blick auf den Tequila, und das Lied kam mir in den Sinn.

Scheiß drauf, dachte ich bei mir.

Ich packte die Flasche in den Wagen, zahlte dafür, ohne der Kassiererin in die Augen zu schauen, und eilte nach Hause.

Dort angekommen verbrachte ich vielleicht zehn Minuten mit dem Kinn in der Hand und starrte die Flasche an, während ich mich fragte, ob ich im Begriff stand, zu einem Klischee zu werden. Ob ich so etwas würde wie Onkel Joey, und ob der Apfel vielleicht nicht weit vom Stamm gefallen war.

Nein, überlegte ich. *Niemand bemitleidet Onkel Joey. Mit dir aber werden alle Mitleid haben.*

Der Tequila ging runter wie Öl. Es tat gut. Es war ein gutes Gefühl.

Ich wurde nicht betrunken. Mir wurde nur leicht im Kopf. Und weiter habe ich es bisher noch nie getrieben.

Das Problem, wie ich es heute sehe, besteht darin, dass ich mit dieser Gewohnheit weitergemacht habe, selbst als der Schmerz über den Verlust meiner Familie nachzulassen begann. Heute hilft mir der Tequila über meine Angst, oder in Zeiten großen Drucks. Genau da liegt die Gefahr – nicht zu trinken, weil ich es möchte, sondern weil ich es *brauche*. Davon abgesehen weiß ich, dass es keine gesunde Angewohnheit ist.

»Auf die Rationalisierung!«, murmle ich und proste der Luft zu.

Ich kippe den Schnaps in einem einzigen Schluck hinunter, und es fühlt sich an, als hätte ich Abbeizer oder Feuer geschluckt, doch es ist ein gutes Gefühl, das den Druck hinter meinen Augen abbaut und mir beinahe augenblicklich Zufriedenheit schenkt. Und genau darum geht es mir. Zufriedenheit ist viel schwerer zu erreichen als Freude, das habe ich immer gedacht. Doch ein einzelnes Glas Tequila reicht mir, um genau das zu bewirken.

»Jose Cuervo, da do do do dah dah …«, singe ich mit flüsternder Stimme.

Ich überlege, ob ich ein zweites Glas trinken soll, und entscheide mich dagegen. Ich drehe den Verschluss auf die Flasche und stelle sie in den Schrank zurück. Ich spüle das Glas aus, achte sorgfältig darauf, jede Spur von Geruch zu beseitigen. Weitere winzige rote Warnlampen, ich weiß: Alleine trinken und die Spuren verbergen. Letzten Endes muss ich es akzeptieren, rationalisiert oder nicht; mein Trinken ist noch nicht außer Kontrolle, noch nicht, und ich hoffe inständig, dass ich es merke, bevor es jemals so weit kommt.

Ich denke ein paar Sekunden nach. Warum geht mir Sarahs Geschichte so sehr unter die Haut? Warum hatte ich das Bedürfnis aufzustehen und zu Mr. Cuervo in die Küche zu rennen? Es ist eine furchtbare Geschichte, doch es ist nicht die erste dieser Art, die ich höre. Verdammt, ich habe selbst eine furchtbare Geschichte erlebt! Warum trifft mich die hier so schwer?

Bonnie hat den Nagel längst auf den Kopf getroffen: Weil Sarah Bonnie ist, und Bonnie Sarah. Bonnie malt, Sarah schreibt, beide haben ihre Eltern verloren, beide sind in der Seele verletzt. Wenn Sarah untergeht, ist Bonnie dann ebenfalls zum Untergang verdammt? Die Angst ist mein größtes Problem dieser Tage.

Ich habe meine Ängste heruntergespielt, als ich mit Elaina über Bonnie gesprochen habe. Wenn die Angst kommt, ist es mehr als bloßes Unbehagen. Die Angst lässt mich nach Atem ringen. Sie bringt mich dazu, mich im Badezimmer einzuschließen und auf dem Boden zu sitzen, die Arme um die Knie geschlungen, und vor Panik zu zittern.

Posttraumatisches Stresssyndrom, würde ein Seelenklempner wahrscheinlich diagnostizieren. Ich nehme an, das trifft sogar zu. Doch ich bin nicht daran interessiert, diese Sache aufrecht durchzustehen. Ich will sie durchleiden, und ich hoffe, dass Bonnie dabei nicht endgültig auf der Strecke bleibt.

In diesen Augenblicken, so habe ich herausgefunden, kann ich mich am besten dadurch ablenken, dass ich an irgendetwas anderes denke. Doch was mir diesmal in den Sinn kommt, ist nicht sonderlich hilfreich.

1forUtwo4me, Baby.

Warum, Matt? Ich habe meinen Frieden mit Alexa geschlossen. Warum kann ich keinen Frieden mit dir schließen? Warum kann ich dich und uns nicht vergessen?

Er schüttelt den Kopf.

Weil du du bist. Du musst immer alles wissen. Du bist so gemacht. Gott oder wer auch immer hat dich so gemacht.

Er hat natürlich recht. Es ist eine Wahrheit, die für alles gilt. Sarahs Tagebuch, 1forUtwo4me, die Zukunft. Es ist eines der Dinge, die mich antreiben, die mir helfen, durch meine Ängste zu navigieren: das Verlangen zu sehen, wie eine Geschichte endet. Meine Geschichte in diesem Fall. Bonnies Geschichte, die Geschichte des nächsten Opfers.

Was ist mit meiner eigenen Geschichte?

Quantico. Ein Elefant in meinem ganz eigenen Zimmer. Er erscheint, als ich darüber nachdenke, mit traurigen und klugen Augen. Ich streichle seine dicke graue Haut und mir wird klar, was mich an Quantico stört.

Es reizt mich nicht. Nicht genug.

Hier sitze ich, wird mir bewusst, und sie bieten mir einen Trostpreis an, weil mein Gesicht nicht mehr auf ein Poster passt. Hier sitze ich und denke über eine Versetzung nach, die mich von der einzigen Familie trennt, die mir geblieben ist. Eine Versetzung, die eine frische, vielversprechende Beziehung beendet: die zu Tommy. Eine Versetzung, die dieses Haus und seine Erinnerungen ein für alle Mal wegpacken würde.

Wenn man bedenkt, dass ich meine Freunde und mein Leben aufgeben würde, müsste ich mich innerlich zerrissen fühlen. Stattdessen schwanke ich in meiner Entscheidung. Warum?

Es ist nicht so, als wären die Dinge nicht allmählich besser geworden. Matts und Alexas Sachen wegzupacken ist ein Fortschritt. Keine Albträume mehr zu haben ist ein Fortschritt. Einen Teil von mir mit einem anderen Mann als Matt zu teilen, selbst wenn es nur ein winzig kleiner Teil ist – auch das ist ein Fortschritt.

Warum bedeutet mir das alles nicht viel mehr?

Die Einsicht entzieht sich mir für den Moment, doch ich spüre zumindest, dass hier das Unbehagen liegt, nach dem ich gesucht habe. Vielleicht habe ich mir selbst etwas vorgemacht. Vielleicht ist das, was ich als emotionales Wachsen betrachtet habe, bloß das Laufenlernen trotz meiner Behinderungen.

Vielleicht sind jene Teile von mir, die am stärksten empfinden, so schlimm verletzt worden, dass sie nie wieder funktionieren.

Das erklärt aber nicht, wieso du jetzt Alkohol brauchst, oder?

Es wird Zeit, den Elefanten wegzuschieben. Er geht lautlos, doch er starrt mich aus diesen klugen, traurigen Augen an, die sagen: »Es stimmt, wir Elefanten haben ein langes Gedächtnis, passend zu unseren Rüsseln und Stoßzähnen. Aber wir haben keine Reißzähne.«

Ich lecke mir über die eigenen Zähne und suche nach Zufriedenheit, doch ich spüre bereits jetzt, dass sie mir heute nicht gegeben ist, genauso wie der Schlaf nicht kommen will.

Zufriedenheit.

Warte, Elefant!, rufe ich. *Komm zurück!*

Er kommt zurück – schließlich ist es mein Elefant, mein ganz persönlicher. Er sieht mich aus seinen geduldigen Augen an.

Mir ist gerade klar geworden, was der Grund dafür ist. Es liegt daran, dass ich trotz aller Fortschritte, die ich gemacht habe, immer noch nicht glücklich bin. Verstehst du?

Er berührt mich mit seinem Rüssel. Sieht mich aus seinen klugen Augen an. Er weiß, was ich meine. Er versteht mich. *Ich bin nicht unglücklich oder denke an Selbstmord. Aber das bedeutet noch lange nicht, dass ich glücklich bin.*

Erinnerungen, sagen die klugen Augen des Elefanten. *Erinnerungen haben manchmal lange Zähne.*

Ja, denke ich zurück. *Und die glücklichen Erinnerungen haben die längsten Zähne von allen.*

Das ist das Problem. Ich habe wahres Glück kennengelernt. Wahre, erfüllende, bis in die Seele reichende Zufriedenheit. Sich »okay« zu fühlen reicht mir nicht mehr. Es ist, als wäre ich auf einer Droge gewesen, die die Welt strahlen lässt. Und nun, da ich wieder runter bin und unter Entzug leide, ist es zwar nicht so, als wäre die Welt an sich schlecht – doch sie strahlt nicht mehr.

Ich bin mir nicht sicher, ob Bonnie oder Elaina oder Callie oder auch nur der J-O-B mich je wieder auf diese Weise zufrieden machen werden. Ich liebe sie alle, doch ich misstraue ihrer Fähigkeit, die Leere in mir zu füllen und das Strahlen in die Welt zurückzubringen. Das ist hässlich und selbstsüchtig, aber es ist wahr.

Deswegen ist Quantico so verlockend für mich. Eine nukleare Veränderung, eine Atompilzwolke aus »Anders«. Vielleicht ist es das, was ich wirklich brauche. Einen brutalen Bruch, um mich bis in mein Innerstes zu erschüttern und meine Knochen durchzurütteln.

Der Elefant stampft davon, ohne dass ich es ihm erlaubt hätte. Wenn ich Tequila trinke, kann ich ohne Scham mit meinen Bildern reden, scheint es.

Elefant, denke ich. *Dein Name ist »Nicht-Glücklich«. Oder vielleicht »Nicht-strahlend«.*

Wird Quantico das ändern?

Wer weiß das schon? Ich brauche eine Zigarette.

Ich seufze und ergebe mich in meine Schlaflosigkeit, in mein Wachsein. Zeit, das Persönliche beiseitezuschieben und mich in die Arbeit zu stürzen. Es ist eine alte Lösung, doch sie funktioniert immer und verbannt garantiert die Elefanten, die einen sonst plagen.

Ich gehe nach oben, packe meine Notizen und kehre ins Wohnzimmer zurück. Ich setze mich aufs Sofa und versuche meine Gedanken zu ordnen.

Ich nehme die Seite mit der Überschrift TÄTER und füge hinzu: ALIAS »DER KÜNSTLER«.

Ich denke über das nach, was ich bisher in Sarahs Tagebuch gelesen habe. Dann fange ich an zu schreiben. Meine Notizen sind weniger strukturiert und mehr aus dem Stegreif heraus.

ER MUSSTE SCHMERZ ERLEIDEN – ER FÜGT ANDEREN SCHMERZEN ZU. AUS RACHE.

DIE FRAGE JEDOCH BLEIBT: WARUM SARAH?

Die logische Antwort wäre, dass er Sarah für etwas bezahlen lässt, das ihre Eltern getan haben. Doch er hat Sam und Linda Langstrom gesagt, dass es nicht ihre Schuld sei. *Es ist nicht Ihre Schuld, doch Ihr Tod ist meine Gerechtigkeit.* Hat er Sarah willkürlich ausgewählt?

Ich schüttle den Kopf. Nein. Es gibt eine Verbindung, und sie ist nicht metaphorisch. Ich habe das Gefühl, etwas zu übersehen. Etwas, das mir direkt in die Augen starrt. Etwas darüber, wie der Künstler gesprochen hat, zu wem er gesprochen hat …

Ich richte mich kerzengerade auf. Plötzlich bin ich voller Spannung.

Wenn Sarahs Bericht exakt ist, hat der Künstler zu Linda gesprochen, als er »Ihr Tod ist meine Gerechtigkeit« gesagt hat.

Zu Linda.

Ein Satz, den ich heute gehört habe, kommt mir in den Sinn.

Der Vater und die Tochter …

Die Rache des Künstlers ist nicht willkürlich, und er liebt seine Botschaften. Das war kein unbedachter Ausrutscher.

Ich fange an zu schreiben.

Was, wenn das Objekt der Rache eine Generation zurückreicht? Gestern, als er Sarah mit Blut bespritzt hat, hat der Künstler zu ihr gesagt: »Der Vater und die Tochter und der Heilige Geist.« Er hat zu Linda Langstrom gesagt: »Es ist nicht Ihre Schuld, doch Ihr Tod ist meine Gerechtigkeit.« Könnte es sein, dass es um Lindas Vater geht? Sarahs Großvater?

Ich lese, was ich geschrieben habe, und erneut geht ein Schwall von Energie durch mich hindurch.

Ich bin in meinem Büro, in meinem Haus, und faxe James die Seiten mit meinen Notizen. Ich habe ihn nicht angerufen; James wird das Faxgerät hören und aufwachen. Er wird wütend sein und verstimmt, doch er wird die Seiten lesen. Es ist wichtig, dass er weiß, was ich herausgefunden habe.

Der Großvater.

Es erscheint mir zumindest möglich, sehr gut möglich.

Das Gerät piepst und lässt mich wissen, dass es fertig ist. Ich kehre nach unten zurück, schaue auf die Uhr. Fünf Uhr morgens. Die Zeit läuft weiter.

Ich will, dass endlich Morgen ist, verdammt, und zwar schnell!

Mir kommt ein Gedanke.

Sarah hat gesagt, dass niemand ihr glaubt, was den Künstler angeht.

Warum? Nach allem, was ich bisher gelesen habe, ergibt das keinen Sinn.

Ich schaue zu den Tagebuchseiten, die auf dem Wohnzimmertisch warten. Ich blicke zur Uhr und rechne aus, wie viele Stunden mir noch bleiben.

Es gibt nur eine Möglichkeit, die Antwort auf meine Frage zu finden.

Sarahs Geschichte

Zweiter Teil

KAPITEL 24 *Und? Wie gefällt Ihnen meine Geschichte bisher? Nicht schlecht für ein Mädchen, das noch nicht ganz sechzehn ist, nicht wahr? Wie ich bereits sagte, ich bin eher Sprinter als Langläufer, und wir sind durch den ersten Teil gesprintet, nicht wahr? Eine Zusammenfassung: Glückliche kleine Sarah, böser Mann kommt vorbei, toter Buster, tote Mommy, toter Daddy, unglückliche kleine Sarah.*

Ich finde, meine Version ist besser. Mehr Spannung und so, wissen Sie?

Jetzt machen wir einen Sprung. Einen Sprung zum nächsten Abschnitt.

Zuerst ein paar Hintergrundinformationen. Ich war nach allem, was passiert war, ziemlich benebelt. Irgendwie landeten Doreen und ich hinten im Garten. Doreen, das arme Dummerchen, wurde hungrig oder durstig oder beides und schaffte es nicht, mich zum Aufstehen zu bewegen (ich lag auf dem Beton der Terrasse und sabberte vor mich hin), also fing sie an zu heulen. Meine Güte, dieser Hund konnte richtig laut heulen.

Wie dem auch sei, unsere Nachbarn, John und Jamie Overman, alarmierten die Cops wegen all dem Lärm, und weil sie wohl auch über den Zaun gelinst hatten und mich auf der Terrasse liegen sahen. Wahrscheinlich dachten sie: Hey, das ist aber merkwürdig!

Zwei Bullen kamen vorbei, ein Typ namens Ricky Santos und eine Frau namens Cathy Jones, die neu war bei der Polizei, wie ich später erfuhr. Cathy wird zu einer HAUPTFIGUR, einem TRAGENDEN CHARAKTER in meiner Geschichte.

Im Lauf der Jahre fing sie sogar an – im Gegensatz zu allen anderen –, sich für mich und meine Geschichte zu interessieren.

Mehr dazu später. Kehren wir jetzt wieder in die Erzählung aus Sicht der dritten Person zurück.

Zeit für einen weiteren Trip hinunter zum Wasserloch. Alles bereit?

3 – 2 – 1 – Los!

Vor langer, langer Zeit waren die Dinge einmal ziemlich aus dem Ruder gelaufen …

Sarah trank Wasser durch einen Strohhalm und kämpfte gegen ihre Müdigkeit an.

Eine ganze Woche war verstrichen. Eine Woche, während der sie auf Watte geschwebt war wegen der Beruhigungsmittel, die die Ärzte ihr gegeben hatten. Eine Woche voller verstohlener Stimmen, die in ihrem Kopf flüsterten. Eine Woche voller Schmerz.

Eines Tages war sie aufgewacht, ohne sofort wieder loszuschreien. Das war das Ende ihrer Besuche im Watteland gewesen. Sie hatte immer noch Träume, sicher. In diesen Träumen waren ihre Eltern

(nichts sie waren nichts sie waren überhaupt nichts)

und Buster war ein

(nichts war nichts war überhaupt nichts)

Sarah erwachte zitternd aus diesen Träumen.

Jetzt im Moment aber war sie hellwach. Eine Polizistin saß auf einem Stuhl neben ihrem Bett und stellte Fragen. Sie hieß Cathy Jones, und sie schien eine nette Frau zu sein, doch ihre Fragen waren verwirrend.

»Sarah«, fing sie an, »weißt du, warum deine Mommy deinem Dad wehgetan hat?«

»Weil der Fremde sie dazu gezwungen hat«, antwortete Sarah.

Cathy runzelte die Stirn. »Welcher Fremde?«

»Der Fremde, der Buster den Kopf abgeschnitten hat. Der mir die Hand verbrannt hat. Er hat Mommy gezwungen, zuerst Daddy wehzutun und dann sich selbst. Er sagte, er würde mir nichts tun, wenn sie gehorcht.«

Cathy starrte Sarah fassungslos an. »Willst du damit sagen, dass noch jemand anders in eurem Haus war? Jemand, der deine Mommy gezwungen hat, diese Dinge zu tun?«

Sarah nickte.

Cathy lehnte sich beunruhigt zurück.

Was, zur Hölle …?

Cathy wusste, dass die Spurensicherung das Haus der Langstroms untersucht hatte. Sie hatten nichts gefunden, das auf etwas anderes als Mord mit anschließendem Selbstmord hindeutete. Es gab sogar einen Abschiedsbrief von der Mutter, in dem stand: *»Es tut mir sehr leid. Bitte kümmert euch um Sarah.«* Außerdem hatte man Linda Langstroms Fingerabdrücke auf mehreren belastenden Gegenständen gefunden, insbesondere der Bügelsäge, mit der der Kopf des Hundes abgetrennt worden war, dann am Hals ihres Mannes und an der Pistole, mit der sie sich selbst erschossen hatte.

Darüber hinaus hatte Sarahs Mutter Antidepressiva genommen. Es gab keinerlei Hinweis, dass jemand sich gewaltsam Zutritt ins Haus verschafft hatte. Sarah war am Leben gelassen worden. Wenn es aussieht wie ein Hund und bellt wie ein Hund, dann besteht die große Wahrscheinlichkeit, dass es ein Hund ist … Die Detectives hatten Cathy gebeten, eine Aussage von Sarah einzuholen, um die Vorgänge zu bestätigen. Es war ein loses Ende, mehr nicht – hatten sie gedacht.

Was also tue ich hier?

Ricky Santos' Stimme erklang in Cathys Kopf.

Nimm ihre Aussage auf. Deswegen bist du hier. Nimm sie auf, gib sie den Detectives und mach dich wieder an deine Arbeit. Alles Weitere ist nicht dein Problem.

»Erzähl mir alles, woran du dich erinnerst, Sarah.«

Sarah blickte der Polizistin hinterher, als sie aus dem Zimmer ging.

Sie glaubt dir nicht.

Das war Sarah bewusst geworden, als sie ihre Geschichte zur Hälfte erzählt hatte. Erwachsene glaubten immer, Kinder wüssten überhaupt nichts. Sie irrten sich. Sarah jedenfalls wusste, wenn sie nicht ernst genommen wurde. Cathy war eine nette Frau, doch sie glaubte ihr kein Wort, was den Fremden betraf. Sarah runzelte die Stirn. Nein, das war nicht ganz richtig. Es war nur, dass sie irgendwie nicht zu glauben schien, dass …

Sarah überlegte, wie sie es in Worte fassen sollte.

Es ist nicht so, dass sie denkt, ich würde lügen. Aber sie glaubt auch nicht, dass ich ihr die Wahrheit sage.

Als wäre ich

(verrückt)

Sarah lehnte sich im Krankenbett zurück und schloss die Augen. Sie spürte, wie der Schmerz herannahte wie auf schwarzen Pferden. Die Pferde galoppierten in ihre Seele und stiegen auf die Hinterbeine und wieherten und schnaubten, und ihre Hufe scharrten schwarze Fetzen aus Sarahs Herz.

Manchmal war der Schmerz, den sie spürte, ganz klar und scharf umrissen. Es war kein dumpfer Schmerz, nicht wie ein Hintergrundgeräusch. Es war eine klaffende Wunde, blanke Nervenenden und Feuer. Es war eine Schwärze, die über ihr zusammenschlug und sie den Tod herbeiwünschen ließ. In solchen Augenblicken lag sie in ihrem Bett in der Dunkelheit und versuchte ihr Herz dazu zu bringen, dass es zu schlagen aufhörte. Mommy hatte ihr einmal eine Geschichte erzählt, über weise Männer in China, die sich ein Grab graben, sich davorsetzen und mit schierer Willenskraft ihr Leben beendeten. Ihre Herzen hörten auf zu schlagen, und sie kippten vornüber in das wartende Loch.

Sarah versuchte es ihnen nachzumachen, doch wie sehr

sie sich auch konzentrierte, wie sehr sie es sich wünschte, sie konnte nicht sterben. Sie atmete weiter, ihr Herz schlug weiter, und – das war am schlimmsten – es schmerzte weiter. Es war ein Schmerz, der nicht weggehen wollte, der nicht schwächer wurde und nicht verebbte.

Sie konnte nicht sterben, also rollte sie sich in ihrem Bett zusammen und weinte lautlos in sich hinein. Weinte und weinte und weinte, stundenlang. Weinte, weil ihr jetzt klar geworden war, dass Mommy und Daddy und Buster nicht mehr lebten, dass sie gegangen waren und nie, nie wieder zurückkehren würden. Nie wieder.

Nach der Trauer kamen die Wut und die Scham.

Du bist sechs! Hör auf, wie eine Heulsuse zu weinen!

Sie hatte keinen Erwachsenen, der ihr hätte sagen können, dass es völlig in Ordnung war, wenn man mit sechs Jahren noch weinte, also rollte sie sich erneut in der Dunkelheit zusammen und versuchte zu sterben und weinte und schämte sich für jede Träne.

Cathy glaubte ihr nicht. Cathy hielt sie für eine Geschichtenerzählerin, und das ließ eine neuerliche Woge des Schmerzes über Sarah hinwegfluten.

Es machte sie traurig und wütend zugleich. Mehr als alles andere weckte es in ihr das Gefühl, allein zu sein.

Cathy saß im Streifenwagen und blickte aus dem Fenster. Ricky trank einen Milchshake und musterte sie von der Seite.

»Die Geschichte von dem Mädchen geht dir an die Nerven, was?«, fragte er.

»Ja. Wie man's auch sieht, es sind schlechte Neuigkeiten: Wenn wir uns nicht irren, ist sie verrückt geworden. Wenn wir uns irren, schwebt sie in großer Gefahr.«

Ricky saugte an seinem Strohhalm und betrachtete die Innenseiten seiner Sonnenbrille.

»Du solltest versuchen, die Geschichte zu vergessen, Partner. So funktioniert das bei uns Uniformierten. Wir kommen nicht dazu, die Dinge bis zum Ende zu verfolgen, jedenfalls nicht oft. Wir erscheinen an einem Tatort, sichern alles und übergeben es dann an die Detectives. Rein, raus, fertig. Wenn du Dinge mit dir rumschleppst, ohne dass du etwas daran ändern kannst, wirst du mit der Zeit verrückt. Warum sonst enden Cops als Trinker oder vor der Mündung ihrer eigenen Revolver?«

Cathy wandte sich zu ihm.

»Du meinst also, ich soll einen Dreck darauf geben?«

Santos lächelte sie an. Es war ein trauriges Lächeln.

»Du sollst dich darum kümmern, solange es dein Problem ist. Das habe ich gemeint. Du wirst in deiner Dienstzeit noch hundert Sarahs sehen. Vielleicht mehr. Tu das Richtige für sie, solange es dein Job ist, und dann vergiss die Geschichte und kümmere dich um deinen nächsten Auftrag. Wir kämpfen in einem Zermürbungskrieg, Partner, nicht in einer einzelnen Schlacht.«

»Vielleicht«, sagte sie.

Jede Wette, fügte sie in Gedanken hinzu, *dass du auch einen Fall hast, der dich nicht mehr losgelassen hat. Ich denke, Sarah wird mein Fall werden.*

Sie fühlte sich besser, nachdem sie sich das gesagt hatte.

Mein Fall.

»Ich bin gleich wieder zurück«, sagte sie zu Santos.

Der blickte sie auf seine undeutbare Weise an. Eine Sphinx in den Schatten.

»Okay«, sagte er und saugte an seinem Strohhalm.

Sie hatten vor einem Jack In The Box neben dem Krankenhaus geparkt. Cathy stieg aus dem Streifenwagen und überquerte die Straße. Sie betrat das Krankenhaus durch die Vordertür und lief durch die langen Korridore bis zu Sarahs Zimmer.

Sarah saß aufrecht in ihrem Bett und starrte durch das

Fenster nach draußen. Der Ausblick zeigte den Parkplatz des Krankenhauses.

Wie deprimierend. Genau das Richtige, um ihren Heilungsprozess zu beschleunigen, Leute.

»Hallo«, sagte Cathy.

Sarah drehte sich zu ihr um und lächelte. Einmal mehr bewunderte Cathy die Schönheit dieses kleinen Mädchens.

Sie kam an Sarahs Bett.

»Ich wollte dir das hier geben.«

Cathy hielt eine Visitenkarte in den Fingern.

»Da stehen mein Name und meine Nummer drauf. Und meine E-Mail-Adresse. Falls du mal Hilfe brauchst, melde dich bei mir, okay?«

Sarah nahm die Visitenkarte und betrachtete sie, bevor sie Cathy wieder anschaute.

»Cathy?«

»Ja, Sarah?«

»Was passiert jetzt mit mir?«

Der Schmerz, den Cathy bis zu jenem Moment auf Armeslänge von sich gehalten hatte, stieg ihr bis in die Kehle. Sie kämpfte ihn mit einem mühsamen Schlucken zurück.

Was wird nun aus dir, Kleine?

Soweit Cathy wusste, hatte Sarah keine lebenden Verwandten. Das war ungewöhnlich, kam aber immer wieder vor. Was bedeutete, dass der Staat die Vormundschaft über sie erhalten würde.

»Jemand wird herkommen, der sich um dich kümmert, Sarah.«

Sarah dachte über diese Antwort nach. »Und wenn ich ihn nicht mag?«

Cathy verzog innerlich das Gesicht.

Kann schon sein.

»Du wirst ihn ganz bestimmt mögen, Sarah. Mach dir keine Sorgen deswegen, hörst du?«

Mein Gott, diese Augen. Ich muss hier raus!

»Verlier die Karte nicht, okay? Und ruf mich an, wenn du mich brauchst.«

Sarah nickte. Sie brachte sogar ein Lächeln zustande, und mit einem Mal wollte Cathy nicht mehr aus dem Zimmer gehen, sondern *rennen*. Sarahs Lächeln war herzzerreißend.

»Bye, Kleine«, sagte sie leise, drehte sich um und ging.

»Bye, Cathy!«, rief Sarah ihr hinterher.

Als sie wieder im Streifenwagen saß, wurde sie von Santos gemustert, der seinen Milchshake inzwischen ausgetrunken hatte.

»Und?«, fragte er. »Fühlst du dich jetzt besser?«

»Nicht unbedingt.«

Er musterte sie noch ein paar Sekunden. Er schien über etwas nachzudenken.

»Du wirst sicher ein verdammt guter Cop, Cathy«, sagte er schließlich. Dann drehte er den Zündschlüssel und setzte rückwärts aus der Parklücke, während Cathy ihn überrascht anschaute.

»Das ist das Netteste, das jemals ein Kollege zu mir gesagt hat, Santos.«

Er lächelte, als er den Vorwärtsgang einlegte und in den fließenden Verkehr einfädelte.

»Dann brauchst du dringend neue Freunde, Jones. Trotzdem, kein Problem.«

KAPITEL 25

Sarah saß im Wagen und staunte, wie die Frau sich veränderte.

Karen Watson war in ihrem Krankenzimmer erschienen und hatte Sarah erklärt, dass sie von der Fürsorge geschickt worden war und sich von nun an um sie kümmern würde. Karen hatte einen wirklich netten Eindruck gemacht und viel gelächelt. Sarah hatte so etwas wie Hoffnung verspürt.

Doch kaum waren sie aus dem Krankenhaus, hatte Karen sich verändert. Sie war immer schneller gegangen und hatte Sarah mit sich gezerrt.

»Los, steig ein, Kind!«, hatte sie befohlen, als sie bei ihrem Wagen waren.

Ihre Stimme hatte sich *gemein* angehört.

Sarah war verwirrt wegen dieser Veränderung und versuchte, einen Sinn dahinter zu erkennen.

»Bist du böse auf mich?«, fragte sie.

Karen blickte sie nur kurz an, bevor sie den Motor anließ. Sarah sah die stumpfen Augen, die lieblos gekämmten braunen Haare, die schweren Gesichtszüge. Die Frau wirkte müde. *Wahrscheinlich sieht sie immer müde aus*, dachte Sarah.

»Du bist mir im Grunde völlig egal, Prinzessin, wenn du die Wahrheit wissen willst. Mein Job ist, dir ein Dach über dem Kopf zu verschaffen und nicht, dich zu lieben oder deine Freundin zu sein oder sonst was in der Art. Kapiert?«

»Ja«, antwortete Sarah kleinlaut.

Sie fuhren davon.

Die Parkers wohnten in einem heruntergekommenen Haus in Canoga Park im San Fernando Valley. Das Haus sah aus wie seine Besitzer: Es hatte dringende Arbeiten nötig, die niemals getan werden würden.

Dennis Parker war Mechaniker. Sein Vater war ein guter Mann gewesen. Er hatte die Arbeit an kaputten Autos geliebt und seinem Sohn beigebracht, wie man sie reparierte. Dennis hasste diese Arbeit – er hasste jede Arbeit – und sorgte dafür, dass es jeder erfuhr.

Er war ein großer Mann, gut eins achtzig, mit breiten Schultern und muskulösen Armen. Er hatte schütteres dunkles Haar, einen immer sichtbaren Stoppelbart und erdfarbene, gemein aussehende Augen.

Dennis pflegte seinen Freunden zu erzählen, dass es drei Dinge gab, die er mehr liebte als alles andere: »Zigaretten, Whiskey und Muschis.«

Rebecca Parker war eine typische kalifornische Blondine mit zu harten Zügen, um wirklich attraktiv zu sein. Sie war genau vier Jahre lang schön gewesen, von sechzehn bis zwanzig. Ihr nachlassendes Äußeres kompensierte sie im Schlafzimmer – nicht, dass es viel Geschick erfordert hätte, um Dennis zufriedenzustellen. Er war üblicherweise bis zum Kragen abgefüllt, wenn er versuchte, ihr an die Wäsche zu gehen. Sie besaß schwere Brüste, eine schlanke Taille und »einen knackigen kleinen Hosenarsch«, wie Dennis ihn zu nennen pflegte.

(Anmerkung von Sarah: Das stimmt wirklich. Theresa hat mir erzählt, dass sie es selbst aus seinem Mund gehört hat. Sehr charmant, nicht wahr? Oh, und wer Theresa ist? Lesen Sie weiter, finden Sie es heraus!)

Rebeccas Job war einfach: Sie musste drei Pflegekinder aufziehen, die maximale Anzahl, die sie von Rechts wegen aufnehmen durften. Sie erhielten für jedes Kind Geld, und dieses Geld machte einen beträchtlichen Anteil ihres Einkommens aus.

Rebeccas Pflichten erstreckten sich auf die Ernährung der Kinder, darauf, sie zur Schule zu schicken und dafür zu sorgen, dass weder sie noch Dennis sichtbare Spuren auf ihren Körpern hinterließen, wenn sie ihnen eine Tracht Prügel verabreichten. Der Trick bestand darin, die Kinder genügend zu beaufsichtigen, damit die Fürsorge nicht ärgerlich wurde, jedoch nicht so sehr, dass es ihre gesamte Freizeit in Anspruch nahm oder – wichtiger noch – ihr eigenes Geld.

Karen Watson klopfte an der Haustür der Parkers, während Sarah neben ihr stand. Sie hörte sich nähernde Schritte; dann wurde die Tür geöffnet. Rebecca Parker spähte durch die Fliegentür nach draußen. Sie trug ein Tanktop und Shorts und hielt eine Zigarette zwischen den Fingern.

»Hallo, Karen«, sagte sie und öffnete die Fliegentür. »Kommen Sie rein.« Sie lächelte. »Und du musst Sarah sein.«

»Hi«, sagte Sarah.

Sarah fand, dass die neue Lady nett aussah, doch sie begriff allmählich, dass das Aussehen täuschen kann. Außerdem rauchte die Frau. Igitt!

Karen und Sarah betraten das Heim der Parkers. Es war halbwegs sauber und roch nach kaltem Zigarettenrauch.

»Sind Jesse und Theresa in der Schule?«, erkundigte sich Karen.

»Selbstverständlich«, antwortete Rebecca. Sie führte den Besuch ins Wohnzimmer und bedeutete ihnen, auf dem Sofa Platz zu nehmen.

»Wie geht es den Kindern?«, fragte Karen.

Rebecca zuckte die Schultern. »Es fehlt ihnen an nichts. Sie essen normal. Sie nehmen keine Drogen.«

»Dann scheint ja alles bestens zu sein«, sagte Karen und deutete mit einem Kopfnicken auf Sarah. »Wie ich Ihnen bereits am Telefon sagte, Sarah ist sechs. Ich muss sie rasch unterbringen, und ich dachte dabei an Sie und Dennis. Ich weiß, dass Sie nach einem dritten Pflegekind Ausschau halten.«

»Seit Angela weggelaufen ist, ja.«

Angela war eine hübsche Vierzehnjährige gewesen, deren Mutter an einer Überdosis Heroin gestorben war. Sie war bereits ein schwerer Fall gewesen, als Karen sie zu den Parkers gebracht hatte, doch Karen wusste, dass die Parkers mit ihr fertig würden. Vor zwei Monaten schließlich war Angela weggelaufen. Karen vermutete, dass sie auf die gleiche schiefe Bahn geraten würde wie ihre Hurenmutter.

»Es ist der übliche Kram. Sie müssen Sarah in der Schule anmelden, dafür sorgen, dass sie ihre Schutzimpfungen bekommt und so weiter. Sie wissen schon.«

»Ja, wissen wir.«

Karen nickte zufrieden. »Dann lasse ich Sarah bei Ihnen. Ich habe ihre Tasche mitgebracht; sie hat reichlich Garderobe, Unterwäsche und Schuhe, also müssen Sie sich in der Hinsicht vorläufig keine Gedanken machen.«

»Klingt gut.«

Karen erhob sich, schüttelte Rebecca die Hand und ging zur Vordertür. Sarah wollte ihr folgen.

»Du bleibst hier, Kind.« Karen wandte sich an Rebecca. »Wir bleiben in Verbindung.«

Mit diesen Worten war sie gegangen.

»Ich zeig dir dein Zimmer, Süße«, sagte Rebecca.

Sarah folgte der Frau durch einen benommenen Nebel hindurch.

Was passiert hier? Warum bleibe ich hier? Und wo ist Doreen? Was haben sie mit meiner Doreen gemacht?

»Hier ist es.«

Sarah blickte durch die geöffnete Tür in das Zimmer. Es war klein, drei mal drei Meter, mehr nicht. Es war mit einer einzelnen Kommode und zwei kleinen Betten möbliert. Die Wände waren kahl.

»Warum stehen zwei Betten hier drin?«, fragte Sarah.

»Weil du dieses Zimmer mit Theresa teilst.« Rebecca deutete auf die Kommode. »Du kannst deine Sachen in die untere Schublade tun. Warum packst du nicht gleich aus und kommst dann zu mir in die Küche?«

Es war Sarah gelungen, all ihre Sachen in die viel zu kleine Schublade zu quetschen. Ihre Schuhe hatte sie unter ihr Bett gestellt. Beim Auspacken hatte sie einen vertrauten Geruch wahrgenommen – den Duft des Weichspülers, den ihre Mutter benutzt hatte. Er hatte sie überrascht, und zugleich war es wie ein Schlag in die Magengrube gewesen. Sarah hatte ihr

Gesicht in einem Hemd verborgen, um ihr Weinen zu verbergen.

Schließlich waren ihre Tränen versiegt, und sie leerte den Rest ihrer Sachen aus der kleinen Tasche, die Karen ihr mitgegeben hatte. Sie setzte sich auf ihre Bettkante, erfüllt von Befremden und einem dumpfen Schmerz.

Warum bin ich hier? Warum kann ich nicht in meinem eigenen Zimmer schlafen?

Sie verstand das alles nicht.

Vielleicht wusste diese Frau mehr, diese Rebecca.

»Da bist du ja«, sagte Rebecca, als Sarah in der Küche erschien. »Hast du deine Sachen weggepackt?«

»Ja.«

»Komm her, setz dich zu mir an den Tisch. Ich hab dir ein Bologna-Sandwich gemacht und dir ein Glas Milch hingestellt … du magst doch Milch? Du hast keine Laktose-Unverträglichkeit oder so?«

»Ich mag Milch.« Sarah setzte sich auf den ihr zugewiesenen Stuhl und nahm das Sandwich in die Hand. Sie war sehr hungrig. »Danke sehr«, sagte sie zu Rebecca.

»Kein Problem, Zuckerpüppchen.«

Rebecca nahm ihr gegenüber am Tisch Platz und steckte sich eine Zigarette an. Sie rauchte und beobachtete Sarah, während das kleine Mädchen aß.

Traurig und blass und klein. Das ist wirklich schlimm. Aber früher oder später muss sie lernen, was alle lernen müssen: Die Welt ist hart und ungerecht.

»Ich werde dir ein paar Regeln erklären, die in diesem Haus gelten, Sarah. Dinge, die du wissen und an die du dich halten musst, solange du hier bei uns lebst, okay?«

»Okay.«

»Erstens, wir sind nicht hier, um dich zu unterhalten, kapiert? Wir sind hier, um dir ein Dach über dem Kopf zu geben, dich zu füttern und zu kleiden und dich zur Schule zu schicken. All diese Dinge. Aber du musst dich schon selbst beschäftigen, wenn du Langeweile hast. Dennis und ich haben unser eigenes Leben und unsere eigenen Dinge zu erledigen. Wir haben keine Zeit, deine Spielgefährten zu sein, klar?«

Sarah nickte.

»Okay. Also weiter. Du hast Pflichten hier im Haus. Mach deine Arbeit, und du kriegst keine Schwierigkeiten. Lass sie liegen, und wir geraten aneinander. Schlafenszeit ist zehn Uhr abends. Keine Ausnahmen. Das bedeutet, dass das Licht aus ist und du unter der Bettdecke liegst. Die letzte Regel ist ganz einfach, aber sie ist trotzdem wichtig. Gib keine Widerworte. Tu, was wir dir sagen. Wir sind die Erwachsenen, und wir wissen, was das Beste für dich ist. Wir geben dir ein Zuhause und ein Dach über dem Kopf, und wir erwarten, dass du uns mit Respekt behandelst. Hast du das verstanden?«

Wieder ein Nicken.

»Gut. Hast du Fragen?«

Sarah blickte auf ihren Teller. »Warum wohne ich hier? Warum kann ich nicht zurück nach Hause?«

Rebecca runzelte verblüfft die Stirn.

»Weil deine Mom und dein Dad tot sind, Süße, und weil es sonst keinen gibt, der dich will. Dennis und ich nehmen Kinder wie dich bei uns auf. Kinder, die keinen anderen Ort haben, zu dem sie gehen könnten. Hat Karen dir das nicht erklärt?«

Sarah schüttelte den Kopf und starrte weiter auf ihren Teller. Sie wirkte wie betäubt.

»Danke sehr für das Sandwich«, sagte sie kleinlaut. »Darf ich jetzt auf mein Zimmer?«

»Geh nur«, sagte Rebecca, drückte ihre Zigarette aus und steckte sich eine neue an. »Es ist normal, wenn ihr Neuen in den ersten paar Tagen weint, das ist okay. Aber du musst schnell lernen, hart zu werden. Das Leben geht weiter, weißt du?«

Sarah starrte Rebecca an, während sie versuchte, die Worte

der Frau zu begreifen. Dann verzog sie das Gesicht und flüchtete vom Tisch.

Rebecca sah ihr hinterher. Sie nahm einen tiefen Zug von ihrer Zigarette.

Hübsches Ding. Eine Schande, was ihr zugestoßen ist.

Sie winkte ab, obwohl sie alleine war. Ihre Augen, mit zu viel Mascara geschminkt, funkelten wütend und elend.

Wirklich zu schade. Die Welt ist verdammt hart.

Sarah lag auf ihrem fremden neuen Bett in ihrem fremden neuen Zuhause und hatte sich zusammengerollt. Sich klein gemacht. Sie wünschte sich

(Woandershin)

Vielleicht konnte sie ja verschwinden.

(Woandershin)

Vielleicht konnte sie sich nach Hause zurückwünschen, zu Mommy und Daddy. Ein plötzlicher Gedanke ließ sie neuen Mut schöpfen: Vielleicht war das alles ja nur ein besonders langer, besonders schlimmer Traum. Vielleicht war sie am Abend vor ihrem Geburtstag eingeschlafen und noch gar nicht wieder richtig aufgewacht.

Sie runzelte die Stirn, als sie angestrengt über diese Möglichkeit nachdachte. Wenn es stimmte, musste sie nichts weiter tun, als in ihrem Traum einschlafen.

»Ja«, flüsterte sie leise zu sich selbst.

Das war es! Sie musste nur einschlafen (hier, in ihrem Traum), und dann würde sie in der wirklichen Welt aufwachen. Buster wäre da, an sie gekuschelt, und das Bild ihrer Mutter wäre da, an der Wand am Fuß ihres Bettes, und es wäre Morgen. Sie würde aufstehen und nach unten gehen zu Mom und Daddy, und alles würde wie früher sein.

Sarah umarmte sich selbst in ihrer Aufregung. Das musste die Lösung sein für – sie blickte sich im Zimmer um – das alles hier.

Du musst nur die Augen zumachen und einschlafen, und wenn du aufwachst, ist alles wie früher.

Weil sie völlig erschöpft war und erst sechs Jahre alt, bereitete das Einschlafen ihr keine Mühe.

KAPITEL 26

»Wach auf.«

Sarah rührte sich. Jemand rüttelte sie. Jemand mit einer sanften Frauenstimme.

»He, wach auf, kleines Mädchen.«

Sarahs erster Gedanke war: Es hat funktioniert! Das war Mommy, die gekommen war, um sie zu wecken. Es war ihr Geburtstag!

»Ich hatte einen schlimmen Traum, Mommy«, murmelte sie.

Keine Antwort.

Dann: »Ich bin nicht deine Mommy, kleines Mädchen. Komm schon, wach auf. Es ist gleich Essenszeit.«

Sarah öffnete verwundert die Augen. Es dauerte einen Moment, bevor sie das Mädchen deutlich sehen konnte, das zu ihr sprach. Es hatte die Wahrheit gesagt: Es war nicht Mommy.

Es ist kein Traum. Es ist alles Wirklichkeit.

Sarah akzeptierte diese schmerzhafte und unumstößliche Wahrheit.

Mommy ist tot. Daddy ist tot. Buster ist tot, und Doreen ist weg. Ich bin ganz allein, und sie kommen nie wieder.

Etwas von dem, was Sarah fühlte, musste sich auf ihrem Gesicht gezeigt haben, denn das fremde Mädchen schaute sie besorgt an.

»Hey, ist alles in Ordnung?«

Sarah schüttelte den Kopf. Sie konnte nicht reden.

Das Gesicht des anderen Mädchens wurde weich.

»Verstehe. Na ja, jedenfalls … ich bin Theresa. Ich schätze, wir sind Pflegeschwestern.« Sie zögerte. »Wie heißt du?«

»Sarah.« Ihre Stimme klang schwach und weit entfernt.

»Sarah. Das ist ein hübscher Name. Ich bin dreizehn. Wie alt bist du?«

»Sechs. Ich hatte gerade Geburtstag.«

»Cool.«

Sarah musterte das fremde, freundliche Mädchen. Theresa war hübsch. Sie sah ein wenig nach Latino aus, mit braunen Augen und dicken schwarzen Haaren, die ihr bis knapp über die Schultern reichten. Sie hatte eine kleine Narbe dicht unter dem Haaransatz. Volle, sinnliche Lippen ließen ihr ernstes Gesicht weicher erscheinen. Sie war hübsch, doch sie sah auch müde aus, fand Sarah. Wie eine nette Person, die einen schweren Tag hinter sich hatte.

»Warum bist du hier, Theresa?«

»Meine Mom ist gestorben.«

»Oh.« Sarah war nicht sicher, wie sie darauf reagieren sollte. »Meine auch. Und mein Daddy«, sagte sie dann.

»Das ist Scheiße.« Eine lange Pause. Dann, leise und sorgenvoll: »Tut mir echt leid, Sarah.«

Sarah nickte. Sie spürte, wie ihr Gesicht heiß wurde und wie es in ihren Augen stach.

Sei nicht so eine alte Heulsuse!

Theresa schien es nicht zu bemerken. »Ich war acht, als meine Mom starb«, sagte sie, während Sarah lauschte und mit den Tränen kämpfte. »Ein wenig älter als du heute, aber nicht viel. Darum weiß ich, wie du dich fühlst. Und ich weiß, was auf dich zukommt. Weißt du, was das Wichtigste ist? Du musst lernen, dass du den meisten Leuten egal bist. Du bist allein. Ich weiß, das ist nicht schön, aber je früher du das erkennst, desto besser bist du dran.« Sie verzog das Gesicht. »Du gehörst zu keinem von diesen Leuten. Du bist nicht mit denen verwandt.«

»Aber … aber wenn ich ihnen egal bin, warum tun sie das? Warum haben sie mich aufgenommen?«

Theresa schenkte Sarah ein müdes Lächeln. »Geld. Sie werden dafür bezahlt.«

Sarah starrte ins Leere, während sie versuchte, Theresas Worte zu verdauen. Ihr kam ein erschreckender Gedanke.

»Sind sie böse?«

Theresas Miene war wütend und traurig. »Manchmal, ja. Hin und wieder gerätst du auch an eine gute Pflegefamilie, aber meistens sind es böse Leute.«

»Sind unsere Pflegeeltern böse?«

Über Theresas Gesicht huschte ein Schatten, den Sarah nicht zu deuten vermochte.

»Ja.« Theresa verstummte, wandte den Blick ab. Dann atmete sie tief durch und lächelte. »Für dich wahrscheinlich nicht so sehr. Vor Rebecca musst du keine Angst haben. Sie trinkt nicht, so wie Dennis. Wenn du tust, was sie dir sagt, und ihr keine Scherereien machst, lässt sie dich in Ruhe. Ich glaube nicht, dass sie dich oft verprügeln werden.«

Sarah wurde blass. »Mich verprügeln?«

Theresa drückte ihr die Hände. »Halt dich zurück, und dir passiert nichts. Und sprich Dennis nicht an, wenn er betrunken ist.«

Sarah lauschte Theresas Ratschlägen mit dem Pragmatismus eines Kindes, trotz ihrer Angst. Sie glaubte Theresa, dass sie diesen Leuten egal war, dass sie kleine Mädchen schlugen, und dass sie lieber nicht mit Dennis reden sollte, wenn er getrunken hatte.

Die Welt wurde immer furchterregender, und Sarah fühlte sich von Minute zu Minute einsamer.

Sie blickte auf ihre Hände. »Du hast gesagt, wir wären Pflegeschwestern. Heißt das … bedeutet dass, dass du meine Freundin bist, Theresa?«

Es war demütig und traurig und einsam und versetzte Theresa einen Stich in die Brust.

»Na klar, Sarah. Wir sind Freundinnen.« Sie zwang Überzeugungskraft in ihre Stimme. »Wir sind sogar Schwestern, schon vergessen?«

Sarah brachte ein Lächeln zustande. »Nein. Nicht vergessen.«

»Braves Mädchen. So, jetzt komm. Es ist Zeit zum Essen.« Theresa blickte streng. »Sei niemals unpünktlich zum Essen, das macht Dennis stinkwütend.«

Sarah hatte schreckliche Angst vor Dennis, gleich vom ersten Augenblick an, als sie ihn sah.

Er war ein schwelender Vulkan, voller Hitze, der jederzeit auszubrechen drohte. Jeder, der ihm begegnete, spürte das.

Er war

(gefährlich)

und

(gemein)

Er starrte Sarah an, als sie und Theresa sich an den Tisch setzten.

»Du bist Sarah?«, fragt er mit rumpelnder Bassstimme. Die Frage klang wie eine Drohung.

»J-ja.«

Er musterte sie ausgiebig, bevor er seine Aufmerksamkeit auf Rebecca richtete.

»Wo ist Jesse?«

Rebecca zuckte die Schultern. »Weiß nicht. Er ist ziemlich trotzig in letzter Zeit.«

Sarah starrte immer noch Dennis an, aus weit aufgerissenen Augen, und erkannte den Ausdruck, der bei diesen Worten in seinem Gesicht erschien: Es war purer Hass.

»Tja«, sagte er. »Ich schätze, ich muss etwas dagegen unternehmen.« Sein Gesicht wurde wieder verschlossen. »Essen wir.«

Es gab Hackbraten. Sarah fand ihn ganz gut. Nicht so gut wie den von Mommy, aber einigermaßen. Das Essen verlief schweigend. Die Stille wurde nur gestört vom Geklapper der Bestecke und den Kaugeräuschen. Dennis hatte eine Dose Bier und nahm große Schlucke zwischen den einzelnen Bissen. Sarah bemerkte, dass er häufig zu Theresa starrte, während Theresa seinem Blick sorgsam auswich.

Dennis war bei seiner dritten Dose Bier, als das Essen vorbei war.

»Ihr Mädchen räumt den Tisch ab und wascht das Geschirr«, befahl Rebecca. »Dennis und ich gehen nach nebenan und sehen fern. Wenn ihr fertig seid, dürft ihr auf euer Zimmer.«

Theresa nickte und stand auf, um das Geschirr einzusammeln. Sarah half ihr dabei. Das Schweigen hielt an. Rebecca rauchte ihre Zigarette und starrte Dennis mit einer Mischung aus Zorn und Verzweiflung an, während Dennis Theresa anstarrte. In seinem Gesicht stand etwas, das Sarah nicht zu entziffern vermochte.

Das alles war ihr völlig fremd. Das Essen zu Hause war stets mit Gesprächen und Geschichten und Lachen verbunden gewesen, und immer waren die Hunde dabei gewesen. Daddy hatte Sarah gehänselt, Mommy hatte aufgepasst und gelächelt. Buster und Doreen hatten andächtig dagesessen und darauf gehofft, dass Bissen vom Tisch für sie abfielen.

Daheim war Sarah etwas Besonderes gewesen, und alles war hell und freundlich und voller Liebe.

Hier war alles schwierig. Gefährlich. Hier war Sarah nichts Besonderes.

Sie folgte Theresa in die Küche und zum Spülbecken.

»Ich wasche die Teller vor«, sagte Theresa, »und du stellst sie in den Geschirrspüler. Weißt du, wie man das macht?«

Sarah nickte. »Ich hab Mommy auch immer dabei geholfen.«

Theresa lächelte ihr zu. Sie machten sich an die Arbeit und fielen bald in einen harmonischen Rhythmus. Fast schien alles normal.

»Wer ist Jesse?«, fragte Sarah.

»Der Junge, der hier wohnt. Er ist sechzehn.« Theresa zuckte die Schultern. »Jesse ist ganz nett, aber in letzter Zeit ist er Dennis gegenüber sehr trotzig. Ich glaub nicht, dass er noch lange hier sein wird.«

Sarah stellte eine Hand voll Gabeln in den Besteckkorb. »Warum nicht?«, fragte sie. »Was wird denn mit ihm passieren?«

»Dennis ist stinkwütend auf Jesse. Irgendwann wird er ihn verprügeln, aber diesmal wird Jesse sich wehren. Selbst Karen Watson, die alte Wachtel, wird das noch einsehen.«

Sarah nahm einen Teller, den Theresa ihr reichte. »Ist Ms. Watson gemein?«

Theresa blickte sie verwundert an. »Gemein? Rebecca und Dennis sind gemein, aber Karen Watson ist das Böse in Person!«

Sarah dachte darüber nach. Das Böse in Person.

Sie beendeten ihre Arbeit. Theresa gab Reinigungspulver in den Geschirrspüler und schaltete die Maschine ein. Sarah lauschte dem gedämpften *Klang-Klang* und empfand so etwas wie Trost dabei. Es hörte sich an wie zu Hause.

»Jetzt gehen wir auf unser Zimmer«, sagt Theresa. »Auf dem kürzesten Weg. Inzwischen ist Dennis wohl ziemlich betrunken.«

Sarah spürte erneut heraufziehende Gefahr. Allmählich begriff sie, dass das Leben hier in diesem Haus so war. Es war, als bewegte man sich mitten in der Nacht durch ein Minenfeld voller Eierschalen, während der Feind mit gespitzten Ohren nach dem kleinsten Geräusch lauschte. Die Atmosphäre in diesem Haus war angespannt und schwer und voller (Sarah spürte es) greifbarer Gefahren.

Sie folgte Theresa, als diese die Küche verließ, und warf einen Blick zum Sofa, als sie am Wohnzimmer vorbeikamen. Was sie dort sah, schockierte sie. Rebecca und Dennis küssten sich. Das war keine große Sache; Daddy und Mommy hatten sich auch immer wieder vor Sarah geküsst. Doch Rebecca hatte keine Bluse an, und Sarah konnte ihre Brüste sehen!

Sarahs Magen zog sich bei dem Anblick zusammen. Sie wusste instinktiv, dass sie so etwas nicht sehen sollte. Küssen war in Ordnung, Brüste waren in Ordnung (sie war schließlich ein Mädchen), aber Brüste und Küssen … ihr Gesicht brannte, und sie fühlte sich unwohl.

Sie betraten ihr Zimmer, und Theresa schloss die Tür, wobei sie sorgfältig darauf achtete, ja kein Geräusch zu machen.

(Eierschalen im Minenfeld, Anspannung und Gefahr. Eierschalen und Gefahr.)

Sarah saß auf der Bettkante. Sie fühlte sich ganz schwach.

»Tut mir leid, dass du das sehen musstest«, murmelte Theresa wütend. »Sie sollten so was nicht tun, wenn andere sie dabei beobachten können. Besonders nicht vor Kindern.«

»Ich will nicht hier sein … Ich mag nicht hier sein«, sagte Sarah leise und verzagt.

»Ich auch nicht, Sarah.« Theresa verstummte. »Ich will dir noch was verraten«, sagte sie schließlich. »Du kannst es jetzt noch nicht verstehen, aber irgendwann. Vertrau keinem Mann. Männer wollen nur eins … das, was du auf dem Sofa gesehen hast. Manchen ist es sogar egal, wie alt du bist. Einige von denen mögen es umso mehr, je jünger du bist!«

In Theresas Stimme schwang eine Bitterkeit mit, die Sarah verwundert den Kopf heben ließ. Die Dreizehnjährige saß auf ihrem Bett und weinte lautlose Tränen voller Wut. Sie wollte nicht, dass Sarah etwas davon merkte.

Sarah sprang vom Bett und setzte sich neben Theresa, legte die kleinen Arme um das ältere Mädchen und drückte es. Sie tat es ohne nachzudenken; es war ein Reflex, wie bei einer Pflanze, die sich nach der Sonne dreht.

»Nicht weinen, Theresa. Bitte, wein nicht.«

Das ältere Mädchen schluchzte, wischte sich die Tränen ab und zwang sich zu einem zittrigen Lächeln.

»Was für eine Heulsuse ich bin.«

»Es ist doch alles gut«, sagte Sarah. »Wir sind Schwestern. Schwestern dürfen voreinander weinen.«

Theresa sah niedergeschlagen aus, angefüllt mit einer Mischung aus alten Wunden und altem Glück. Sie vermengten sich in ihrem Geist, eine schlammige dunkle Flut aus wenig Weiß und viel Grau.

Später würde Sarah sich an diesen Augenblick erinnern, überzeugt, dass diese Begebenheit Theresa dazu gebracht hatte, jene Dinge zu tun, die sie später tun würde.

»Ja«, antwortete Theresa mit zittriger Stimme. »Wir sind Schwestern.« Sie umarmte Sarah und drückte sie an sich. Sarah schloss die Augen und atmete tief ein. Theresa roch wie ein Feld voller Blumen im Sommer. Für einen Moment, einen kurzen Moment fühlte sich Sarah sicher.

»Hey«, sagte Theresa und löste sich mit einem Lächeln von Sarah. »Hast du Lust auf ein Spiel? Wir haben aber nur Go-Fish.«

»Ich spiel gerne Go-Fish!«

Sie setzten sich aufs Bett, spielten Karten und ignorierten das Stöhnen und Ächzen, waren in Sicherheit auf ihrer kleinen Insel in einem Meer voller Eierschalen.

KAPITEL 27

Sarah und Theresa spielten anderthalb Stunden, dann redeten sie zwei Stunden miteinander. Das Zimmer war wie ein Zufluchtsort vor den Wahrheiten, die sie beide hergebracht hatten. Theresa hatte von ihrer Mutter erzählt und Sarah ein Foto gezeigt.

»Sie ist wunderschön«, hatte Sarah ehrfürchtig gesagt.

Das stimmte. Die Frau auf dem Foto war Mitte zwanzig, eine Latina mit exotischem Einschlag, lachenden Augen, rassigem Gesicht und kastanienbrauner Haarmähne.

Theresa hatte das Foto ein letztes Mal angeschaut, bevor sie es mit einem Lächeln wieder unter ihrer Matratze versteckt hatte.

»Ja, sie war wunderschön. Und immer fröhlich. Hat immer wegen irgendwas gelacht.« Theresas Gesicht war ernst geworden, der Blick entrückt. »Sie wurde vergewaltigt und ermordet, von einem Fremden. Von einem Mann, der Frauen gerne wehtut.«

»Meine Mommy wurde auch von einem bösen Fremden ermordet.«

»Ehrlich?«

Sarah nickte ernst. »Ja. Aber keiner will mir glauben.«

»Warum nicht?«

Sarah erzählte die Geschichte von dem Fremden. Von den Dingen, zu denen er ihre Eltern gezwungen hatte. Als sie fertig war, schwieg Theresa längere Zeit.

»Das ist eine verdammt heftige Geschichte«, sagte sie schließlich.

Sarah hob den Blick und sah ihre neue Schwester hoffnungsvoll an. »Du glaubst mir?«

»Natürlich glaub ich dir.«

In diesem Moment empfand Sarah innige Zuneigung zu dem älteren Mädchen.

Jahre später fragte sie sich, ob Theresa ihr wirklich geglaubt hatte. Doch letztlich war die Antwort unwichtig. Theresa hatte ihr ein Gefühl von Geborgenheit und Hoffnung gegeben, als sie beides am meisten gebraucht hatte. Dafür liebte Sarah sie für immer.

Kurz vor zehn Uhr klopfte Rebecca an ihre Zimmertür.

»Zeit zum Schlafengehen«, sagte sie.

Dann lagen die Mädchen in der Dunkelheit und starrten an die Decke.

Sarah verspürte ein klein bisschen Erleichterung. Was sie erlebt hatte, war schlimm gewesen. Furchtbar schlimm. Die meisten Dinge waren immer noch schlimm, und Sarah wusste, dass dieses Haus kein guter Ort war. Und sie wusste nicht, was die Zukunft für sie bereithielt. Doch sie war nicht mehr allein, und das bedeutete sehr viel in diesem Augenblick.

»Theresa?«, flüsterte sie.

»Ja?«

»Ich bin froh, dass du meine Pflegeschwester bist.«

Eine Pause.

»Ich auch, Sarah. Und jetzt schlaf.«

Sarah schlief zum ersten Mal seit vielen Tagen ohne Träume, als sie von Geräuschen geweckt wurde.

Ein Mann war im Zimmer, in den Schatten, und hockte über Theresas Bett.

Der Fremde!

Sarah wimmerte.

Die Geräusche verstummten. Eine lastende Stille breitete sich aus.

»Sarah?«, fragte eine rumpelnde Männerstimme. »Bist du wach?«

Sarah begriff, dass die Stimme Dennis gehörte. Aus Entsetzen wurde Verwirrung, gefolgt von einer schleichenden Unruhe.

Was macht er hier?

»Antworte, Mädchen!«, zischte Dennis. »Bist du wach?«

Seine Stimme klang böse und gemein. Sarah wimmerte erneut und nickte.

Er kann dich nicht sehen, dummes Ding!

»J-ja«, stotterte sie.

Stille. Sie hörte Dennis atmen.

»Schlaf weiter. Oder sei still. Was auch immer.«

»Es ist alles in Ordnung, Sarah«, sagte Theresa leise in der Dunkelheit. »Schließ einfach die Augen und halt dir die Ohren zu.«

Sarah schloss die Augen und zog sich die Bettdecke über

den Kopf. Sie zitterte am ganzen Leib. Angestrengt lauschte sie in die Dunkelheit.

»Los jetzt, nimm ihn in den Mund!«, hörte sie Dennis flüstern.

»I-ich will nicht. Bitte, bitte, lass mich in Ruhe.« Theresas Stimme klang ganz elend.

Ein klatschendes Geräusch, gefolgt von einem Ächzen Theresas, das Sarah erschauern ließ.

»Nimm ihn in den Mund, oder ich steck ihn dir rein, wo's richtig wehtut!«

Die darauf folgende Stille schien kein Ende nehmen zu wollen. Dann nasse Geräusche.

»So ist es gut. Braves Mädchen.« Sarah hatte keine Ahnung, was dieses »braves Mädchen« bedeutete, doch sie wusste, dass es irgendetwas Schlimmes sein musste.

(Sehr böse)

Sie spürte die Anwesenheit von etwas sehr, sehr Bösem im Zimmer. Etwas Hässlichem. Sie fühlte sich schmutzig und schämte sich, ohne zu wissen warum.

Die Geräusche veränderten sich, wurden schneller, und verstummten dann. Dennis stöhnte – ein tiefes, grauenhaftes Stöhnen, das Sarah Schauer über den Rücken jagte.

Wieder eine lange Stille. Die Geräusche von Bewegung, von Bettlaken. Die Dielen knarrten. Schritte. Sie hörte, wie jemand zu ihrem Bett kam.

(Monster)

Die Schritte verstummen, und Sarah wusste, dass Dennis neben ihr stand. Auf sie hinunterstarrte. Sie versuchte nicht zu atmen, sich nicht zu rühren. Versuchte

(Nichts sein)

Sie konnte Dennis riechen. Rauch und Alkohol, durchsetzt mit süßlichem Schweiß, weckten in ihr den Wunsch zu schreien und zu würgen.

»Du bist ein hübsches kleines Ding, Sarah«, murmelte Dennis. »Wenn du groß bist, wirst du sicher eine gut aussehende junge Lady sein. Vielleicht komme ich dich dann öfters besuchen.«

(Nichts sein Nichts sein Nichts sein)

Sarah hatte so schreckliche Angst, dass ihr übel wurde.

Sie spürte, wie Dennis sich entfernte. Hörte seine Schritte, die sich zur Tür bewegten und dann aus dem Zimmer.

Dann waren sie allein. Sarah hörte ihren eigenen Herzschlag, schnell wie der eines Kolibris, laut wie eine Trommel.

Schließlich beruhigte er sich so weit, dass sie ein anderes Geräusch hören konnte. Theresa weinte leise.

Sprich mit ihr!

Ich hab Angst. Ich will nicht unter der Decke hervor. Bitte, ich bin erst sechs, und ich will nichts mehr davon nichts mehr nichts mehr …

Halt die Klappe! Sie ist deine SCHWESTER! Deine Schwester, du Angsthase!

Sarah kniff die Augen ein letztes Mal fest zusammen und schlug sie dann auf, holte tief Luft und fasste allen Mut, den ihr kindliches Herz aufzubringen vermochte. Sie schlug die Bettdecke zurück.

»Theresa?«, flüsterte sie. »Was ist?«

Schniefende Geräusche.

»Mir geht es gut, Sarah. Schlaf weiter.«

Sie klang überhaupt nicht, als ginge es ihr gut. Ganz und gar nicht.

»Soll ich zu dir kommen und dich umarmen … bei dir schlafen?«

Eine Pause.

»Nein, komm nicht her. Nicht in … *dieses Bett.* Ich komme zu dir.«

Sarah beobachtete Theresas Schatten, der sich erhob und auf sie zubewegte. Die Bettfedern knarrten, als das ältere Mädchen zu ihr ins Bett stieg.

Sarah streckte die Hände aus, berührte Theresas Schultern

und bemerkte, dass das ältere Mädchen schluchzte, das Gesicht ins Kissen gepresst, um das Geräusch zu ersticken.

Sarah zerrte mit ihren kleinen Händen an Theresas Schultern, zog sie zu sich.

»Theresa, bitte nicht weinen.«

Theresa ließ sich ohne Widerstand von Sarah in die Arme nehmen, legte den Kopf an Sarahs Brust und schluchzte, schluchzte, schluchzte. Sarah streichelte ihr übers Haar und weinte selbst.

Was war passiert? Vor ein paar Stunden hatten sie noch Go-Fish gespielt und waren glücklich gewesen, und dann war Dennis gekommen und hatte diese bösen bösen bösen bösen Dinge getan.

Eine neue Angst durchflutete Sarah.

Vielleicht ist es von jetzt an immer so.

Sie presste die Lippen zusammen und schüttelte den Kopf.

Nein. Der liebe Gott würde nicht zulassen, dass das Leben so gemein ist.

Irgendwann wurde Theresas Schluchzen leiser, dann schniefte sie nur noch, und dann verstummte sie ganz. Ihr Kopf blieb an Sarahs Brust, und Sarah streichelte ihr weiter übers Haar. Mommy hatte das bei ihr immer gemacht, wenn sie traurig oder wütend war, und es hatte jedes Mal geholfen.

Vielleicht tun das alle Mommys. Vielleicht hat Theresas Mommy es auch getan.

»Männer sind böse, Sarah«, sagte Theresa unvermittelt.

»Mein Daddy war nicht böse!«, antwortete Sarah und bedauerte die Worte augenblicklich.

Sarah war erst sechs, doch sie wusste, dass Theresa nicht über Männer wie Daddy redete. Sie redete über Männer wie Dennis. Auch wenn er der erste *dieser* Männer war, dem Sarah je begegnet war, so wusste sie doch, dass Theresa hundert Prozent recht hatte mit ihm.

»Nein, dein Daddy war bestimmt nicht böse«, sagte Theresa. Es klang nicht aufgebracht.

»Theresa?«

»Ja?«

»Was hat Dennis damit gemeint, dass er mich später mal besuchen kommt?«

Neuerliches Schweigen, angefüllt mit Dingen, die Sarah nicht zu deuten vermochte.

»Mach dir darüber keine Gedanken, kleine Schwester«, sagte Theresa schließlich. Die Zärtlichkeit in ihren Worten ließ Sarah unerwartet die Tränen in die Augen schießen. Theresa streichelte Sarahs Wange. »Ich werde das nicht zulassen. Er wird dich nicht kriegen, das verspreche ich dir.«

Sarah glaubte Theresa aufs Wort. Sie schlief ein.

KAPITEL 28

»Welche Farbe, Schatz?«

Es war Sonntag, und Sarah war mit ihrer Mutter im Atelier. Sie hatte manchmal Lust, einfach dazusitzen und ihrer Mommy beim Malen oder Bildhauern zuzuschauen. Ihre Mutter sah am wunderschönsten aus, wenn sie Künstlerin war.

Dieses Gemälde war eine Landschaft. Berge im Hintergrund, davor eine große freie Wiese mit ein paar üppigen Bäumen. Die Farben waren leuchtend und surreal: Ein purpurner Himmel, buttergelbes Gras, die Sonne ein unwahrscheinliches Orange.

»Welche Farbe soll ich für die Blätter der Bäume nehmen?«, fragte Linda.

»Die echten Farben, Mommy. Aber leuchtender.«

Sarah besaß nicht das Vokabular, doch Linda verstand genau, was ihre Tochter meinte. So war es immer: Sarah sah etwas vor dem geistigen Auge und versuchte es zu beschreiben, und Linda musste herauszufinden, was sie meinte.

»Leuchtender? Du meinst heller? Wie eine Glühbirne, die heller leuchten kann?«

Sarah nickte.

»Okay.«

Linda machte sich gedankenverloren daran, Rot- und Orangetöne zu mischen.

»Gefällt dir dieses Bild überhaupt?«

»Ganz toll, Mommy! Es macht, dass ich losgehen und spielen und springen und laufen möchte.«

Missionsziel erreicht, dachte Linda zufrieden und begann, die Blätter in zu leuchtenden, zu hellen Farben zu malen. Sarah beobachtete sie dabei.

Plötzlich verharrte Linda und wurde starr. Sie hatte Sarah den Rücken zugewandt und stand dort, ohne sich zu rühren, wie zu Eis erstarrt.

»Was ist, Mommy?«

Beim Klang von Sarahs Stimme zuckte Linda zusammen; dann drehte sie sich wie in Zeitlupe um. Unendlich langsam. Als sie Sarah das Gesicht zuwandte, zuckte das Mädchen entsetzt zurück.

Linda stieß einen lautlosen Schrei aus, die Augen weit, der Mund aufgerissen, die Zähne gebleckt.

»Mommy!«

Lindas Hände flogen an die Schläfen. Der Pinsel segelte durch die Luft und bespritzte Sarah mit Blut.

Sarah sah das Bild hinter ihrer Mutter. Die Blätter an den Bäumen brannten.

Der Schrei war mit einem Mal nicht mehr lautlos. Es war ein schrecklicher Laut, als hätte jemand den Deckel von der Hölle genommen. Er spielte in Stereo, voller Echos und Hall und Wut.

»Was hast du getan? Was hast du nur getan? Was hast du nur …«

Sarah wachte auf.

»Was hast du getan?«

Der Schrei war echt. Er war hier, jetzt, in diesem Haus.

Der Fremde?

Die Tür zu ihrem Schlafzimmer stand offen.

»Dennis! O Gott! Was hast du getan, Theresa!«

Sarah begriff, dass Rebecca schrie.

Mach, dass du aus dem Bett kommst, du Angsthase! Theresa braucht deine Hilfe!

Sarah wimmerte vor Entsetzen.

Ich will nicht mehr tapfer sein müssen!

Sie weinte und zitterte vor Angst, doch sie überwand sich, aus dem Bett zu steigen. Ihre Beine schienen jemand anderem zu gehören. Sie wackelten, waren völlig kraftlos.

Sarah ging zur Tür, doch als sie dort ankam, erstarrte sie.

Was, wenn dort noch mehr

(Nichts)

lauert. Da draußen?

Was, wenn Theresa zu einer

(Nichts)

(Busterkopf)

?

Beweg dich, Angsthase. Du bist sechs. Hör auf, dich wie ein Baby zu benehmen.

Sarah schob sich nach draußen auf den Flur. Ihre Angst war jetzt so stark, dass sie schluchzte.

»Was hast du getan?«, kreischte Rebecca.

Sarahs Schluchzen wurde stärker, während sie sich zwang, weiter in die Richtung zu gehen, aus der Rebeccas Schreie kamen. Ihr lief die Nase, und die Welt verschwamm vor ihren Augen.

Ich will nicht hinsehen! Ich will das nicht sehen!

Die andere Stimme war jetzt freundlicher.

Ich weiß, dass du Angst hast. Aber du musst. Für Theresa. Sie ist deine Schwester.

Sarah nickte zur Antwort und zwang ihre Füße, sich weiterzubewegen.

Dann war sie in der Tür zu Rebeccas und Dennis' Zimmer. Da war Theresa, auf dem Fußboden. Sie saß mit hängendem Kopf dort, ein Messer im Schoß. Es war blutverschmiert. Rebecca war nackt und völlig hysterisch, wie verrückt, und strich in hektischen Bewegungen über Dennis' Körper. Auch sie war voller Blut.

Dennis rührte sich nicht. Seine Augen standen offen.

Schlagartig erkannte Sarah, dass Dennis

(Nichts)

»Was hast du *getan?*«

Sarah ächzte.

Oh nein. Theresa hat das getan!

Sarah stürzte zu Theresa, kauerte sich vor sie hin, schüttelte sie.

»Theresa! Was ist? Was ist?«

Theresas Gesicht war schlaff und bleich, ihre Augen blickten stumpf.

»Hallo, kleines Mädchen«, flüsterte sie. »Ich hab dir ja gesagt, er wird dich niemals belästigen. Niemals.«

Sarah wich vor Entsetzen zurück.

»Geh die Polizei rufen, Sarah.«

Theresa senkte den Kopf und schaukelte vor und zurück, vor und zurück.

Sarah starrte sie verwirrt an, voller Angst.

Was soll ich denn jetzt tun?

Die Karte! Von der Polizistin! Ruf sie an! Jetzt!

Sie rannte aus dem Zimmer, und ihr wurde mit einem Mal bewusst, dass die Eierschalen und die Gefahr aus diesem Haus verschwunden waren. Sie fragte sich, wie das hatte geschehen können.

Viele Jahre später wusste sie es. Doch da glaubte sie längst nicht mehr an Gott.

KAPITEL 29 Sarah saß in Cathy Jones' Privatwagen. Cathy war nicht im Dienst, doch das kleine Mädchen hatte sie angerufen, also war sie hergekommen, nachdem sie auf der Wache Meldung gemacht hatte.

Das ist eine verfluchte, grauenhafte Geschichte, überlegte Cathy und blickte Sarah an. Die Wangen und Augen des Mädchens waren rot vom Weinen.

Wer kann es ihr verdenken? Sie kommt in eine neue Familie, und der Pflegevater wird schon in der ersten Nacht von einem der anderen Kinder ermordet. Mein Gott.

»Sarah? Was ist passiert?«

»Dennis … ist zu Theresa ins Bett gekommen. Er hat böse Dinge getan … und gesagt, er kommt in ein paar Jahren auch zu mir ins Bett.« Sarah schluchzte wieder. »Theresa hat zu mir gesagt, sie lässt das nicht zu. Darum hat sie Dennis getötet. Wegen mir.«

Sarah warf sich in Cathys Arme und schluchzte hemmungslos.

Cathy erstarrte. Sie war unverheiratet, hatte keine Kinder und wusste nicht, wie sie sich verhalten sollte.

Nimm sie in die Arme, Dummkopf!

Sie drückte das kleine Mädchen an sich. Sarah weinte noch heftiger.

Und jetzt sag etwas zu ihr.

»Pssst. Es ist wieder gut, Sarah. Ich bin ja da. Alles wird gut.«

Doch Cathy wusste, wie leer diese Worte waren. Sie glaubte selbst nicht daran. Kein bisschen. Sie glaubte nicht, dass alles wieder gut werden würde. Niemals.

»Das hat das Mädchen gesagt?«

Sarahs Weinen war zu einem Schniefen verebbt. Cathy hatte sie allein gelassen, um zu Nick Rollins zu gehen, dem zuständigen Detective.

»Ja, Sir. Sie sagt, dass der Pflegevater zu dem anderen Mädchen ins Bett gestiegen ist.«

»Scheiße.« Rollins schüttelte den Kopf. »Wenn das stimmt, ändert sich natürlich alles. Wenn er Theresa vergewaltigt hat und gedroht hat, das Gleiche mit dem kleineren Mädchen zu tun …« Er zuckte die Schultern. »Dann wird sie wohl kaum wegen Mordes vor Gericht gestellt.«

Beide blickten auf, als weibliche Beamte Theresa in Handschellen abführten. Das Mädchen ließ den Kopf hängen, blickte zu Boden und bewegte sich wie ein gefesseltes Gespenst.

»Was soll ich jetzt tun?«, fragte Cathy den Detective.

»Bleiben Sie bei der Kleinen. Jemand von der Fürsorge ist auf dem Weg hierher.«

»Ja, Sir.«

Cathy beobachtete, wie Theresa auf den Rücksitz eines Streifenwagens verfrachtet wurde. Dann ging sie zu ihrem eigenen Wagen. Sarah starrte durch die Windschutzscheibe nach draußen in die Dunkelheit.

»Cathy?«, sagte Sarah, kaum dass die Polizistin bei ihr war.

»Ja?«

»Du hast mir nicht geglaubt, als ich dir von dem Mann in unserem Haus erzählt habe, nicht wahr?«

Cathy überlegte. *Was sage ich ihr jetzt?* »Ich war nicht sicher, ob ich dir glauben soll, Sarah. Du warst sehr … durcheinander.«

Sarah blickte Cathy forschend in die Augen. »Aber du hast es den anderen Polizisten gesagt? Was ich dir erzählt habe?«

»Ja.«

»Und sie haben mir auch nicht geglaubt, oder?«

Cathy räusperte sich nervös. »Nein, Sarah. Sie haben dir nicht geglaubt.«

»Warum nicht? Glauben sie, ich lüge?«

»Nein. Es ist nur … sie haben kein Zeichen dafür finden können, dass ein fremder Mann in eurem Haus war. Manchmal, wenn so schlimme Dinge passieren, sind die Leute hinterher durcheinander. Nicht nur Kinder, auch Erwachsene. Deshalb wissen die anderen Polizisten, dass du nicht lügst, sondern verwirrt warst.«

Sarah starrte wieder nach draußen.

»Ich war nicht verwirrt, aber …« Sarah stockte. »Oh, die böse Frau ist da.«

Cathy sah eine erschöpft aussehende Frau mittleren Alters, die in ihre Richtung kam.

»Die böse Frau?«, sagte sie. »Das ist Ms. Watson von der Fürsorge. Du kennst doch Ms. Watson?«

Sarah nickte. »Theresa hat gesagt, sie ist das Böse in Person.«

Cathy musterte das kleine Mädchen mitleidig.

»Sarah, sieh mich an«, sagte sie sanft.

Sarah gehorchte.

»Du hast meine Karte«, sagte Cathy. »Und du rufst mich an, wenn du meine Hilfe brauchst.« Sie deutete mit einem Nicken zu Karen Watson. »Okay, Sarah?«

»Okay.«

Karen half Sarah beim Packen ihrer Kleider und Schuhe. Sie war wieder richtig nett. Sarah wusste warum: Es waren andere Leute anwesend, die Karen beobachteten. Sarah wusste, dass Karen wieder gemein werden würde, sobald sie allein waren.

Schließlich stiegen sie ins Auto und fuhren los, und wie nicht anders zu erwarten, musterte Karen Sarah mit wütenden Blicken. Sarah war es egal. Sie war todmüde.

»Wie konntest du das nur tun«, murmelte Karen. »Jetzt wirst du sehen, was passiert, wenn du dich nicht bei einer Pflegefamilie einfügen kannst.«

Sarah hatte keine Ahnung, wovon Karen redete. Und sie war zu traurig, um Angst zu haben.

Oh, Theresa, warum, warum, warum? Du hättest vorher mit mir reden sollen. Wir waren Schwestern. Jetzt bin ich wieder ganz allein.

Sie waren vor einem großen einstöckigen Gebäude angekommen, aus grauem Beton, umgeben von hohen Zäunen.

»Da wären wir«, sagte Karen. »Das ist ein Waisenhaus. Hier wirst du bleiben, bis ich es für richtig halte, dir eine neue Chance bei Pflegeeltern zu geben.«

Sie stiegen aus dem Wagen. Sarah folgte Karen in das Heim. Sie gingen durch einen langen Flur zu einem Empfangsschalter. Eine dünne, müde wirkende Frau Mitte vierzig erhob sich. Karen reichte ihr ein Formular.

»Sarah Langstrom«, sagte sie zu der Frau.

Die Frau las das Formular durch, warf einen Blick auf Sarah und nickte Karen zu.

»Okay.«

»Wir sehen uns später, Prinzessin«, sagte Karen, wandte sich um und ging davon.

»Hi, Sarah«, sagte die dünne Frau. »Ich bin Janet. Ich bringe dich jetzt erst mal zu Bett, und morgen früh zeige ich dir dann alles, einverstanden?«

Sarah nickte bloß.

Ist mir egal, dachte sie. *Mir ist alles egal. Ich will nur schlafen.*

Sarah folgte Janet durch den Gang und durch zwei verschlossene Türen, dann noch eine. Die Wände waren in Gefängnisgrün gestrichen, die Böden ausgetretenes graues Linoleum. Alles war trostlos und trist. Der Gang, den sie durchquerten, wurde rechts und links von Türen gesäumt. Vor einer der Türen blieb Janet stehen und öffnete sie umständlich und leise.

»Pssst«, sagte sie und legte einen Finger an die Lippen. »Die anderen schlafen.«

Janet ließ die Tür einen Spalt offen, damit sie das Licht aus dem Flur nutzen konnten. Sarah sah, dass sie sich in einem großen Zimmer befand, einigermaßen sauber, mit sechs doppelstöckigen Eisenbetten. In den Betten schliefen Mädchen verschiedenen Alters.

»Da«, flüsterte Janet und deutete auf eines der Betten. »Das untere ist deins. Toilette und Waschraum sind auf dem Gang. Musst du noch einmal?«

Sarah schüttelte den Kopf. »Nein. Ich bin nur müde.«

»Dann leg dich schlafen. Wir sehen uns morgen früh.«

Janet wartete, bis Sarah unter die Bettdecke geschlüpft war, bevor sie ging. Die Tür klickte leise, und dann war es dunkel. Sarah war froh. Sie hatte keine Angst vor der Dunkelheit, weil sie zurück war an der Stelle, wo sie

(nichts sein)

wollte.

Sie wollte nicht an Theresa denken oder an Dennis oder Blut oder Fremde oder an das Alleinsein. Sie wollte nur die Augen schließen und überall Schwarz sehen.

Sie war eben erst in einen erschöpften Schlaf gefallen, als sie von einer würgenden Hand an ihrem Hals geweckt wurde. Sie riss die Augen auf.

»Still!«, zischte eine Stimme.

Die Stimme gehörte einem Mädchen. Einem kräftigen Mädchen. Die Hand um Sarahs Hals war wie ein Schraubstock.

»Ich bin Kirsten«, sagte die Stimme. »Ich bin die Chefin hier, klar? Was ich sage, wird gemacht. Kapiert?«

Sie löste ihren Griff um Sarahs Hals. Sarah hustete.

»Warum?«, fragte sie, nachdem sie wieder Luft bekam.

»Warum was?«

»Warum muss ich machen, was du sagst?«

Eine Hand schoss aus der Dunkelheit und versetzte Sarah eine Ohrfeige. Der Schmerz war ein Schock.

»Weil ich die Stärkste bin. Wir reden morgen früh weiter.«

Der Schatten verschwand. Sarahs Wange brannte. Sie fühlte sich einsamer als je zuvor.

Ja, aber weißt du was?

Was?

Wenigstens bist du keine Heulsuse mehr.

Sarah spürte keine Trauer. Sie spürte Wut.

Als sie erneut in den Schlaf fiel, erinnerte sie sich an die Worte, die Kirsten gesagt hatte.

Weil ich die Stärkste bin.

Ein letztes Aufflammen von Wut.

Nicht für immer.

Dann übermannte sie der Schlaf der Erschöpfung.

Hi, da bin ich wieder.

Rückblickend muss ich sagen, dass Kirsten nicht ganz falschlag. So ist nun mal das Leben im Heim. Die Starken beherrschen die Schwachen. Sie hat mich das gelehrt, obwohl ich ihr damals nicht dankbar war. Verdammt, ich war gerade erst sechs! Heute bin ich älter, heute kenne ich die Wahrheit.

Irgendjemand musste es tun.

Ich lernte meine Lektion gut.

Ich lege das Tagebuch beiseite, als die aufgehende Sonne mich durch das Fenster hindurch begrüßt. Ich schaffe es unmöglich bis zum Ende, bevor ich aufstehen und zur Arbeit muss. Wenigstens habe ich meine Antwort. Niemand hat Sarah glauben wollen, weil der Killer seine Spuren verwischt hat, als er die Langstroms ermordete. Niemand war hinter Sarah her, und alle dachten wahrscheinlich, dass sie nur eine Pechsträhne hatte. Die Ereignisse bei ihrer ersten Pflegefamilie verstärkten diesen Eindruck noch.

Und weil das so ist, stellt sich eine neue Frage: Warum hat der Künstler beschlossen, gerade jetzt aus der Finsternis hervorzukommen?

Sämtliche anderen Fragen lasse ich erst mal außen vor. Die Fragen bezüglich Sarah und ihrer Seele, zum Beispiel. Diese Probleme sind viel zu schlimm für einen so schönen Sonnenaufgang.

Teil 2

Männer, die Kinder fressen

KAPITEL 30 Ich fluche auf den Regen und mache mich bereit für den Sprint vom Parkplatz zu den Stufen des FBI-Gebäudes.

In Südkalifornien hat es in den vergangenen zehn Jahren sehr wenig geregnet. Dafür gab es jede Menge Sonne. Mutter Natur scheint die verlorene Zeit mit extremen Regenfällen ungefähr alle drei Tage wettmachen zu wollen. Es fing im Februar an und geht inzwischen seit zwei Monaten so. Es zerrt an den Nerven.

Niemand in L.A. läuft mit einem Regenschirm durch die Gegend, selbst wenn es klüger wäre. Ich mache da keine Ausnahme. Ich schiebe mir die Kopie von Sarahs Tagebuch unter die Jacke, um sie vor der Feuchtigkeit zu schützen, packe meine Tasche und lege den Daumen auf den Knopf, damit ich die Zentralverriegelung meines Wagens betätigen kann, nachdem ich ausgestiegen bin.

Ich öffne die Wagentür und sprinte los, während ich unablässig vor mich hin fluche. Ich bin bis auf die Haut durchnässt, ehe ich die Treppe erreiche.

»Der Regen hat Sie aber ganz schön erwischt, Smoky!«, ruft Mitch mir zu, als ich die Sicherheitsschleuse passiere.

Er erwartet keine Antwort außer einem Grinsen oder einer Grimasse. Mitch ist Chef der Security-Abteilung des Gebäudes, ein ergrauter Exsoldat von vielleicht fünfundfünfzig Jahren mit Falkenaugen und einer kalten Ausstrahlung.

Ich gehe tropfend zu den Aufzügen und fahre hinauf in die Etage, in der mein Büro liegt. Die Kollegen, die mit mir nach oben fahren, sehen genauso aus wie ich. Wie nasse Katzen. Niemand hat einen Schirm.

Ich eile über den Flur, biege nach rechts, dann nach links ab und ziehe eine Tropfenspur hinter mir her, bis ich die Räume erreiche, in denen mein Büro untergebracht ist und die bei den anderen Mitarbeitern im Haus nur »Death Central« heißen, »Todeszentrale«. Ich trete ein, und das Aroma von frischem Kaffee steigt mir in die Nase.

»Gütiger Gott, du bist ja völlig durchnässt!«, ruft Callie.

Ich mustere sie mit einem vernichtenden Blick. Wie nicht anders zu erwarten, ist sie völlig trocken, so schön wie immer und perfekt zurechtgemacht. Nun ja, vielleicht nicht ganz perfekt. Ihre Augen sind müde. Eine Mischung aus Schmerz und Schmerzmitteln? Oder nur Schlafmangel?

»Ist der Kaffee fertig?«

Callie deutet auf die Kanne. »Frisch gebrüht.«

Ich schenke mir eine Tasse ein.

Alan und James kommen aus dem hinteren Teil des Büros, und dann sitzen wir in behaglichem Schweigen zusammen, trinken Callies göttlichen Kaffee und lassen den Morgen mit der angemessenen Langsamkeit beginnen.

»Okay«, sage ich schließlich. »Ich habe angefangen, Sarahs Tagebuch zu lesen. Eine wenig erbauliche Lektüre.«

»Kann mal wohl sagen«, sagt Callie.

Ich reibe mir mit einer Hand über die müden Augen. »Wie weit seid ihr gekommen?«

»Bis zur Ankunft im zweiten Heim«, sagt Alan.

»So weit bin ich noch nicht gekommen«, gestehe ich. »Callie?«

»Ich hab's zu Ende gelesen«, sagt sie.

»Ich auch«, murmelt James.

»Seid ihr auf irgendwelche beweiserheblichen Dinge gestoßen?«

James überlegt kurz. »Ja und nein. Sarah kommt in ein weiteres Heim, und das endet nicht gut. Sie macht schlimme Erfahrungen, wird sexuell missbraucht. Aus ermittlungstechnischer Sicht gibt es drei Bereiche, die wir genauer untersuchen müssen, basierend auf Sarahs Tagebuch. Da wäre das erste Verbrechen der Mordserie, die Ermordung ihrer Eltern. Dann die Polizistin, die sich für Sarah interessiert hat, diese Cathy Jones. Sie verschwindet irgendwann, und Sarah weiß nicht warum. Und schließlich wären da noch die früheren Opfer des Künstlers, der Dichter und der Philosophiestudent, die er Sarah gegenüber erwähnt hat.«

»Okay«, sage ich. »Reden wir über das Motiv. Rache. Oder ist jemand anderer Meinung?«

»Nein«, sagt Alan. »Die Frage ist nur, Rache wofür? Und was hat Sarah mit alledem zu tun?«

»Die Sünden der Väter«, sage ich.

Alle sehen mich verwirrt an. Ich erzähle ihnen von meinen Schlussfolgerungen der letzten Nacht.

»Interessant«, murmelt Callie. »Etwas, das der Großvater getan hat … Möglich wär's.«

»Betrachten wir das Gesamtbild. Dieser Künstler hat zu Sarah gesagt, dass er sie ›nach seinem Ebenbild neu formen‹ will. Er bezeichnet sie als seine Skulptur und gibt ihr sogar einen Titel: ›Ein zerstörtes Leben.‹ Was sagt uns das?«

»Wenn er Sarah nach seinem Bild formen will, meint er, dass *sein* Leben zerstört wurde«, sagt Alan.

»Genau. Also entwickelt er einen langfristigen Plan. Nicht den Plan, Sarah zu töten, sondern sie emotional zu zerstören. Das ist verdammt pathologisch. Es verrät uns, dass unser Freund von seiner Mommy nicht bloß ignoriert wurde. Ihm wurde etwas angetan, etwas sehr Schlimmes, auf das es für ihn nur eine Antwort gibt: Das Leben eines kleinen Mädchens zu vernichten. Was meint ihr?«

»Nach diesem ›Ebenbild‹-Konzept zu urteilen«, sagt Alan,

»wurde er in jungen Jahren zum Waisen gemacht. Deshalb hat er Sarahs Eltern getötet.«

»Gut möglich. Was noch?«

»Wahrscheinlich ist dieser Künstler in einer wenig liebevollen Umgebung aufgewachsen«, sagt James. »Er hat alles und jeden zerstört oder getötet, das eine Stütze für Sarah hätte werden können. Er hat das Mädchen völlig isoliert.«

»Sehr gut. Weiter.«

»Außerdem«, fährt James fort, »können wir davon ausgehen, dass er sexuell missbraucht wurde.«

»Worauf stützt du diese Annahme?«

»Es ist eine Schlussfolgerung. Er war Waisenkind, ohne emotionalen Halt, und geriet in die falschen Hände. Statistisch gesehen bedeutet das mit hoher Wahrscheinlichkeit, er *wurde* sexuell missbraucht.«

»Callie? Hast du etwas hinzuzufügen?«, frage ich.

Ihr Lächeln ist geheimnisvoll. »Ja. Aber für den Augenblick möchte ich lediglich James beipflichten. Ich werde erst etwas sagen, wenn alle anderen fertig sind.«

Ich blicke sie stirnrunzelnd an. Sie lächelt bloß.

»Also wurde der Künstler zum Waisen gemacht und missbraucht«, fahre ich fort. »Die Frage lautet: Wofür will er Rache? Dafür, dass er zum Waisen wurde? Oder dafür, dass er missbraucht worden ist? Oder für beides? Und warum so viele verschiedene Opfer?«

»Ich verstehe nicht …«, sagt Alan.

»Wir haben Sarah als lebendes Opfer, eine Art symbolische Empfängerin seiner Rache. Wenn wir diesen Gedankengang weiter verfolgen, sind die Kingsleys nebensächlich und austauschbar. Es war ihr Pech, dass sie Sarah adoptiert hatten. Aber wir haben nicht nur die Kingsleys, sondern auch – nach Sarahs Schilderung – einen Dichter und einen Philosophiestudenten. Warum gerieten sie in die Schusslinie? Und warum gibt es unterschiedliche Mordmethoden bei ihnen und bei Vargas?«

Alan schüttelt den Kopf. »Keine Ahnung.«

»Vargas erhielt die gleiche Behandlung wie die Kingsleys«, meint James. »Ihm wurde die Kehle durchschnitten, und er wurde ausgeweidet. Grauenhaft, aber nicht die schmerzvollste Art zu sterben. Mit dem Dichter und dem Philosophen scheint es anders gewesen zu sein. Offenbar sind sie sehr langsam und qualvoll gestorben. Das gilt auch für Sam und Linda Langstrom. Es war weder schnell noch schmerzlos.«

»Du meinst, er ändert seine Mordmethode basierend auf der Schwere des Vergehens, das sein Opfer begangen haben?«, fragt Callie.

»Er glaubt, dass er Gerechtigkeit übt. Nach diesem Muster verdient nicht jedes Verbrechen die gleiche Bestrafung.«

Alan nickt. »Okay. Nennen wir sie primäre und sekundäre Opfer. Demzufolge wären Vargas und die Kingsleys sekundäre Opfer. Sarahs Eltern, der Dichter und der Philosoph wären primäre Opfer, die den schlimmsten Tod verdient haben, den er ihnen zufügen kann.«

»Ja«, sagt James.

»Nur dass wir davon ausgehen, dass Sam und Linda Langstrom auf ihre Weise nebensächlich waren«, gibt Alan zu bedenken. »Nachkommen des *eigentlichen* Übeltäters.«

»Für den Künstler waren sie nicht nebensächlich«, sagt James. »Es passt in unsere Konstruktion. Wenn nun Großvater Langstrom irgendetwas getan hat, das dem Künstler Schaden brachte, als er noch ein Kind war? Der alte Langstrom lebt nicht mehr, also kann der Künstler sich an ihm nicht mehr rächen. Was macht er also? Er tut sich an Langstroms Nachkommen gütlich.«

»Das würde bedeuten, dass er die Taten von Großvater Langstrom als besonders verabscheuenswürdig einstuft«, füge ich hinzu.

»Basierend auf dem, was er Sarah angetan hat, meinst du?«, fragt James.

»Ja.«

»Woher weißt du denn, ob der Philosoph und der Dichter, wer immer sie gewesen sein mögen, nicht ebenfalls Kinder hatten? Woher weißt du, dass es nicht noch mehr Sarahs gibt?«

Ich zögere, während ich über diesen ziemlich unappetitlichen und furchtbaren Gedanken nachsinne. »Ich weiß es nicht. Okay. Also gehen wir für den Moment davon aus, dass der Künstler als Kind zum Waisen gemacht wurde, in die falschen Hände fiel und missbraucht wurde. Die Narben auf seinen Fußsohlen stützen diese Theorie. Sonst noch etwas?«

»Jetzt bin ich an der Reihe«, meldet Callie sich zu Wort. »Ich habe einen guten Teil meines Abends damit verbracht, mich in Mr. Vargas' Computer umzusehen. Es wimmelt nur so von Pornographie aller Art, einschließlich Kinderpornos. Er ist nicht wählerisch, was seine Perversion angeht. Außer den Kinderpornos habe ich Koprophagie und Sodomie gefunden.« Sie verzieht das Gesicht. »Und Emetophilie, das Essen von Erbrochenem.«

»Okay, das reicht, wir kriegen so langsam eine Vorstellung«, sagt Alan angewidert.

»Sorry. Das alles schien aber nur Vargas' eigenem Konsum zu dienen. Es untermauert, was wir bereits von ihm wissen: Er war ein unangenehmes Individuum. Seine E-Mails waren ebenfalls keine Offenbarung. Der Videoclip allerdings schon.«

»Ein Video? Wovon?«, frage ich.

Sie deutet auf ihren Monitor. »Kommt zu meinem Schreibtisch, und ich zeige es euch.«

Wir bilden einen Halbkreis. Der Mediaplayer ist bereits gestartet. »Seid ihr bereit?«, fragt Callie.

»Fang an«, antworte ich.

Sie klickt auf Play. Einen Augenblick ist der Schirm schwarz. Dann erscheint ein hässlicher Teppich.

»Den kenne ich«, sage ich. »Das ist der Teppich aus Vargas' Wohnung.«

Die Kamera zittert und schwenkt nach oben. Das Bild bewegt sich, als würde ein Betrunkener filmen, als die Kamera auf einem Stativ befestigt wird. Sie kommt zur Ruhe und ist auf das traurige Bett gerichtet, in dem wir Vargas und das Mädchen tot aufgefunden haben. Ein nacktes Mädchen steigt ins Bett, gerade erst am Anfang der Pubertät. Sie nimmt sich einen Moment Zeit, um sich zu positionieren. Sie posiert auf Händen und Knien. Ihre Hände sind mit Handschellen gefesselt.

»Das ist das Mädchen von gestern Abend«, sage ich.

Eine Stimme aus dem Off murmelt etwas. Ich kann die Worte nicht verstehen, doch das Mädchen hebt den Kopf und blickt direkt in die Kamera. Ihr Gesicht ist beinahe unterwürfig und unterscheidet sich nicht allzu sehr von ihrer Totenmaske. Sie hat sehr schöne blaue Augen, doch sie sind so hohl wie ein Fass. Voll mit nichts.

Jose Vargas kommt ins Bild. Er ist angezogen, trägt eine Bluejeans und ein schmutzigweißes T-Shirt. Man sieht ihm sein Alter an. Sein Rücken ist leicht gekrümmt. Er ist unrasiert. Sein Gesicht wirkt müde, doch seine Augen leuchten. Er freut sich auf das, was er gleich tun wird.

»Ist das eine Gerte in seiner Hand?«, fragt Alan.

»Ja«, antwortet Callie.

Die Gerte ist ein dünner Zweig, von einem Baum oder Strauch abgeschnitten. Ich kann an einem Ende noch eine Andeutung von Grün erkennen. Vargas hat sich auf eine altmodische körperliche Züchtigung vorbereitet.

Er tritt hinter das Mädchen. Beugt sich vor, scheint die Kamera zu überprüfen. Nickt vor sich hin. Mustert das Mädchen mit kritischem Blick.

»Den Arsch höher, *puta!*«, ruft er.

Das Mädchen blinzelt kaum. Sie wackelt ein wenig mit dem Hintern und reckt ihn höher.

»So ist es besser.« Vargas überprüft erneut Zimmer und Kamera. »So ist es gut.« Ein letztes Nicken zu sich selbst; dann wendet er sich der Kamera zu. Er lächelt ein hässliches Lächeln, voller brauner Zähne und Zahnlücken.

»Der Kerl braucht dringend seine Dritten«, murmelt Alan.

»So, Mister Sie-wissen-schon-wer«, fängt Vargas an. »Hallo. Buenos Dias. Ich bin es, Ihr alter Freund Jose.« Vargas deutet auf das Mädchen. »Manche Dinge ändern sich schätzungsweise nie.« Er breitet die Hände aus, deutet auf das Zimmer um sich herum. Zuckt die Schultern. »Andere Dinge ändern sich gewaltig. Geld beispielsweise. Mit Geld sieht es dieser Tage nicht so gut aus. Die ganzen Jahre im Gefängnis, ich habe nicht mehr so viele – wie sagt man so schön? – berufliche Fähigkeiten.« Ein weiteres Zahnlückenlächeln. »Aber ich *habe* Fähigkeiten, richtig? Sie wissen das sehr genau. Ich erinnere mich an Sie. An die Dinge, die Sie mich gelehrt haben, als ich jung war, in den besseren Zeiten. Ich zeige Ihnen, an *wie viel* ich mich erinnere. Einverstanden?«

Vargas hält die Gerte hoch. Lächelt.

»Züchtige deinen Besitz. Hinterlasse niemals Spuren, die den Wert schmälern könnten. Jose hat es nicht vergessen!«

Vargas nimmt den Arm zurück. Sein Mund öffnet sich. Ganz weit. Ein unbeschreiblich hungriger Ausdruck erscheint auf seinem Gesicht. Ich bezweifle, dass er sich dessen bewusst ist. Die Gerte verharrt am höchsten Punkt, zittert in seiner erregten Hand und saust dann pfeifend herab. Das Auftreffen auf die Fußsohlen des Mädchens ist beinahe unhörbar, doch ihre Reaktion ist extrem. Ihre Augen quellen hervor, ihr Mund öffnet sich zu einem weiten »O«. Einen Moment später schießen lautlose Tränen in ihre Augen. Sie beißt die Zähne zusammen, versucht den Schmerz zu ertragen.

»Sag die Worte, *puta!*«, befiehlt Vargas.

»Du … bist … Gott«, stammelt das Mädchen. »Ich danke dir … Gott.«

»Der Akzent klingt Russisch«, bemerkt James.

Vargas schlägt erneut mit der Gerte zu. Seine Augen leuchten noch heller, sein Mund ist noch weiter. Er sabbert. Er ist wie besessen.

Diesmal bäumt sich das Mädchen auf, stößt einen Schrei aus.

»Die Worte!«, befiehlt Vargas grinsend.

Es geht noch eine Weile so weiter. Als es vorbei ist, schwitzt Vargas und atmet schwer, und seine Augenlider flattern. Ich kann eine Wölbung in seiner Hose erkennen. Das Mädchen schluchzt hemmungslos.

Vargas stolpert ein wenig umher; dann scheint ihm der ursprüngliche Plan wieder einzufallen. Er streicht sich eine Locke strähniger Haare aus der Stirn und grinst schmutzig in die Kamera.

»Sehen Sie? Ich habe *nichts* vergessen.« Das Mädchen schluchzt lauter. »Halt die Fresse, verdammte *puta!*«, schnarrt Vargas sie an, wütend wegen der Unterbrechung. Sie schlägt die Hände vor den Mund, um ihr Schluchzen zu unterdrücken.

»Ich denke, Mister Sie-wissen-schon-wer, dass Sie Jose Geld geben werden für das, woran er sich erinnert.« Ein weiteres groteskes Lächeln. »Gehen Sie nur, sehen Sie sich alles noch einmal in Ruhe an. Ich weiß, dass Sie es sowieso tun würden, richtig? Jose erinnert sich auch daran. Sie genießen diese Dinge. Sie sehen sich dieses Video noch einmal an und denken darüber nach, was Sie zu Jose sagen werden, wenn Sie ihn wiedersehen. Adios.«

Vargas wirft einen Blick auf das schluchzende Mädchen, reibt sich im Schritt und lächelt in die Kamera.

Der Bildschirm wird schwarz.

»Wow«, sage ich. Mir ist übel.

»Mister Sie-wissen-schon-wer. Das ist originell. Wir wissen also, dass Vargas jemanden erpresst hat, der mit der Praxis der Bastonade vertraut ist«, stellt Alan fest.

»Verhaltensmodifikation«, wirft James ein. »Folter kombiniert mit erzwungener, repetitiver Verwendung einer erniedrigenden Phrase, die Unterwürfigkeit zum Ausdruck bringt.«

»Er schlägt seinem Opfer auf die Fußsohlen, um keine Spuren auf anderen Körperteilen zu hinterlassen und den Wert zu verringern«, fügt Alan hinzu.

»Es passt alles zusammen«, sage ich. »Der Künstler hat ebenfalls Narben auf den Fußsohlen. Das ist kein Zufall. Vargas' Erpressungsversuch zeigt, dass Dritte involviert sind, und er deutet außerdem in die Richtung von sexuellem Missbrauch.«

»Weißt du«, sagt Alan und schüttelt den Kopf, »wenn der Mistkerl sich an Vargas und seinesgleichen halten würde, hätte ich vielleicht kein so großes Problem mit ihm.« Seine Miene ist grimmig. »Aber ein Kerl, der so etwas einem Kind antut, hat den Tod verdient.«

Niemand erhebt Einwände.

»Ich habe die Festplatte von Vargas' Computer gründlich untersucht«, sagt Callie. »Ich hatte Hoffnung, noch mehr zu finden. Dass Vargas das Video enkodiert hat, um es irgendwo auf einen Server zu laden oder so ähnlich.« Sie schüttelt den Kopf. »Kein Glück. Ich schätze, er hat es enkodiert, auf eine DVD gebrannt und dem Mann geschickt, den er damit erpresst hat.«

»Vielleicht haben wir hier die Verbindung zu dem Menschenschmuggel, in den Vargas verwickelt war«, sage ich. »Barry meint, das FBI hätte diesen Fall bearbeitet. Hier in Kalifornien sogar. Es ist ein entscheidender Punkt, dem wir nachgehen müssen.« Ich reibe mir übers Gesicht, gehe nach vorn ins Büro zurück. »Okay. Was noch?«

»Eine gravierende Veränderung in seinem Verhalten«, sagt James. »Als der Künstler die Langstroms ermordet hat, hat er versucht, seine Spuren zu verwischen. Jetzt ist er gewissermaßen ins Licht getreten. Warum?«

»Das könnte alle möglichen Gründe haben«, meint Alan. »Vielleicht ist er krank, vielleicht stirbt er, vielleicht geht ihm die Zeit aus. Vielleicht hat es eine Weile gedauert, bis er die Identität der Personen herausgefunden hatte, von denen er glaubt, dass er sie töten muss. Der interessante Zusammenhang ist hier, dass alles genau zu der Zeit geschieht, als Vargas seinen Erpressungsversuch startet. Sieht ganz so aus, als wären ein paar längst vergrabene Dinge mit einem Mal wieder ans Licht gekommen.«

»Es deutet auf ein Endspiel hin«, sage ich. »Der Künstler weiß, dass wir hinter ihm her sind. Verdammt, er hat uns geradezu herausgefordert. Er sieht die Dinge zu einem Abschluss kommen.«

»Und was tun wir als Nächstes, Zuckerschnäuzchen?«

Ich denke über Callies Frage nach. Wir könnten in viele verschiedene Richtungen ermitteln. Welche haben die größten Aussichten auf Erfolg?

»Es wird Zeit, dass wir uns aufteilen. Alan, ich möchte, dass du die Langstroms übernimmst. Beschaff sämtliche Informationen, die du kriegen kannst … über ihren Tod, ihren Hintergrund. Dreh jeden Stein um. Finde heraus, wer die Großväter sind. Wenn ich mich nicht irre, spielt einer von ihnen eine wichtige Rolle. Ruf Barry an, wenn du jemanden brauchst, der dich bei der zuständigen Polizei abschirmt.«

»Verstanden.«

»James, du übernimmst zwei Aufgaben. Ich möchte, dass du in der VICAP-Datenbank nach unserem Dichter und diesem Philosophiestudenten suchst. Vielleicht finden wir heraus, wer die beiden sind.«

Das VICAP ist eine spezielle Falldatei, die dem Zweck dient, Gewaltverbrechen miteinander in Verbindung zu bringen, unter anderem, um Täterprofile zu erstellen.

»Meinetwegen«, sagt James. »Und die zweite Aufgabe?«

Ich informiere ihn über das Verschlüsselungsprogramm auf Michael Kingsleys Rechner. »Finde heraus, wie weit die Spezialisten damit sind und ob sie unsere Hilfe benötigen. Darüber hinaus möchte ich, dass wir uns demnächst in meinem Büro unterhalten.«

»Meinetwegen.«

Er fragt nicht, was ich damit meine. Er weiß, was ich möchte: Mit ihm gemeinsam einen genaueren Blick auf den Künstler und seinen mentalen Zustand werfen – die einzige Art von geistiger Begegnung, zu der James und ich fähig sind.

»Was mache ich?«, fragt Callie.

»Ruf Barry an. Finde heraus, wie weit sein Polizeizeichner mit der Tätowierung ist. Und erkundige dich, ob er Fortschritte bei der Identifizierung des toten Mädchens aus Vargas' Wohnung gemacht hat.«

»Sonst noch was?«

»Für den Augenblick nicht.«

Alle setzen sich in Bewegung. Ich gehe in mein Büro und schließe die Tür. Ich muss dringend mit AD Jones reden. Ich muss wissen, was er über Vargas weiß, doch im Licht dessen, was ich gestern Nacht in Sarahs Tagebuch gelesen habe, wartet eine andere, dringendere Aufgabe auf ihre Erledigung. Ich wähle Tommys Nummer. Er antwortet beim zweiten Klingelzeichen.

»Hallo!«

»Hi.« Ich lächle in mich hinein. »Du könntest mir einen professionellen Gefallen tun.«

»Und der wäre?«

»Ich brauche einen Personenschützer.«

»Für dich?«

»Nein. Für das Opfer, von dem ich dir erzählt habe. Ein sechzehnjähriges Mädchen namens Sarah Langstrom.«

Tommy ist sofort bei der Sache. »Wissen wir, wer hinter ihr her ist?«

»Nicht vom Sehen, nein.«

»Wissen wir, wann er zuschlagen wird?«

»Nein. Und es gibt einen Haken. Sie ist offensichtlich nicht sein eigentliches Ziel. Der Killer tötet die Menschen, die ihr nahestehen.«

Er zögert. »Ich kann es nicht selbst übernehmen. Du weißt, dass ich das tun würde, aber ich bin mitten in einer Sache.«

»Ich weiß.« Ich frage nicht, was für eine »Sache« das ist. Tommys Untertreibungen sind eine Form von Kunst. Gut möglich, dass er mit mir telefoniert, während er in seinem Wagen sitzt, von Killern umzingelt.

»Hast du keine eigenen Leute dafür?«, fragt er.

»Nur für allgemeine Observation. Ich brauche aber einen richtigen Bodyguard, rund um die Uhr. Ich hole die Genehmigung von meinem Chef ein. Das FBI zahlt deine Rechnung.«

»Verstanden. Okay, ich habe jemanden. Eine Frau. Sie hat wirklich was drauf.«

Ich spüre, wie er zögert.

»Aber?«, frage ich.

»Es sind nur Gerüchte.«

»Und was für welche?«

»Dass sie ein paar Jahre damit verbracht hat, Leute aus dem Weg zu räumen.«

Ich muss schlucken.

»Was für Leute?«, frage ich dann.

»Personen, die die Regierung der Vereinigten Staaten aus dem Weg geräumt haben will … angeblich. Wenn du glaubst, dass es so etwas gibt.«

Ich muss das verdauen.

»Was hältst du von ihr, Tommy?«

»Sie ist loyal, und sie ist absolut tödlich. Du kannst ihr vertrauen.«

Ich reibe mir die Augen, während ich nachdenke. Schließlich seufze ich. »Okay. Gib ihr meine Nummer.«

»Mach ich.«

»Du kennst ziemlich interessante Leute, Tommy.«

»Genau wie du.«

Ich muss wieder lächeln. »Ja. Genau wie ich.«

»Ich muss jetzt auflegen.«

»Ich weiß, ich weiß. Du bist mitten in einer Sache. Wir reden später.«

Er legt auf. Ich bleibe für einen Moment sitzen, während ich mich frage, wie ich mir jemanden vorstellen muss, den Tommy als »loyal und absolut tödlich« beschreibt. Ein Klopfen an der Tür reißt mich aus meinen Gedanken.

James steckt den Kopf ins Zimmer.

»Bist du so weit?«, fragt er.

Ich blicke auf die Uhr an der Wand. AD Jones kann noch eine Weile warten, schätze ich.

»Sicher. Reden wir über den Künstler.«

KAPITEL 31

James und ich sitzen in meinem Büro, hinter verschlossenen Türen.

Nur du und ich, mein unliebenswürdiger Freund.

James, der misanthropische James, besitzt die gleiche Gabe wie ich. Sein Mangel an Takt, sein rüdes Benehmen – James ist ein Arschloch durch und durch –, nichts von alledem zählt, wenn wir zusammenhocken und uns in das Böse versetzen. James sieht es wie ich. Er hört und spürt und begreift.

»Du bist im Vorteil, James«, sage ich. »Du hast das Tagebuch zu Ende gelesen. Hast du auch die Notizen gelesen, die ich dir gefaxt habe?«

»Ja.«

»Sag mir, was du denkst.«

Er starrt auf eine Stelle an der Wand über meinem Kopf.

»Ich glaube, das Rache-Motiv ist zutreffend. Das Video mit Vargas, die Botschaften an den Wänden – insbesondere die Anspielungen auf Gerechtigkeit –, das alles passt. Was ich allerdings beim Lesen des Tagebuchs gespürt habe: Der Killer hat angefangen, seine Paradigmen zu vermischen.«

»Rede so, dass ich es verstehe, James.«

»Der ursprüngliche Zweck ist Rache, vollkommen zielgerichtet, ohne Abschweifung. Er war das Opfer von schlechten Menschen. Er verübt Rache gegen jene, die dafür verantwortlich sind – oder in Sarahs Fall, wie wir vermuten, gegen die Nachkommen der Verantwortlichen. Das ist die Spur, der wir folgen, und ich denke, dass es Früchte tragen wird.« Er lehnt sich im Sessel zurück. »Doch werfen wir einen Blick auf die Art und Weise, wie er seine Gerechtigkeit austeilt.«

»Schmerz.«

James lächelt, was selten geschieht. »Stimmt. Am Ende wartet stets der Tod, ohne Ausnahme. Wie schnell seine Opfer sterben … nun, es hängt davon ab, wie viel Schmerz sie seiner Meinung nach verdient haben. Er ist besessen von diesem Thema. Ich denke, er hat die Grenze überschritten und empfindet inzwischen wirkliche Freude beim Zufügen von Schmerz.«

Ich denke darüber nach. Das Verhalten, das James beschreibt, ist leider allzu verbreitet. Die Missbrauchten werden zu Missbrauchern. Vergewaltige ein Kind, und du erhöhst die Wahrscheinlichkeit, dass es als Erwachsener selbst ein Vergewaltiger wird. Gewalt ist etwas Ansteckendes.

Ich stelle mir den Künstler vor, auf den Knien, wie das arme blonde Mädchen in dem Videoclip, während irgendein Mistkerl ihm geifernd auf die Fußsohlen schlägt, wieder und wieder.

Schmerz.

Er wächst auf, bis zum Bersten voller Wut, und eines Tages beschließt er, dass es an der Zeit ist, die Rechnung zu begleichen. Er entwirft einen Plan, und alles verläuft genauso, wie er es sich vorgestellt hat – bis irgendwann unterwegs ein Schalter umgelegt wird. Die Wut, die er ausleben wollte, mutiert zu einer perversen Lust.

Es ist viel besser, der mit der Peitsche zu sein, als der, der geschlagen wird. So viel besser, dass es sich nach einer Weile gut anfühlt. Richtig großartig. Sobald ein Mensch in diese Falle tappt, verschwimmt die Grenze, und der Weg zurück ist kaum mehr unmöglich.

Es würde die Widersprüche an den Tatorten erklären. Die Blutmalereien und die Erregung versus die gelassene, kühle, gemessene Art eines Mannes, der nach einem Plan vorgeht.

»Also gefällt es ihm inzwischen«, sage ich.

»Ich vermute, er *braucht* es«, erwidert James. »Und das Beste ist: Er kann sein Verhalten vor sich selbst rechtfertigen. Die alte Phrase – der Zweck heiligt die Mittel. Er ist besessen davon, die Schuldigen zu bestrafen. Und wenn dabei Unschuldige zu Schaden kommen, ist es ein bedauerliches Missgeschick und nicht zu ändern.« James zuckt die Schultern. »Und sieh dir Sarah an. Er liebt es, was er ihr angetan hat. Es treibt ihn an. Er ist süchtig danach. Jede Wette, dass seine Kreativität weiter reicht, sodass es noch mehr Opfer gibt. Wenn wir an der Oberfläche kratzen, werden wir vermutlich weitere einfallsreiche Morde finden. Allesamt Variationen eines Themas: Schmerz.«

Was James sagt, ist nicht bewiesen und für den Moment auch nicht zu beweisen. Doch es fühlt sich richtig an. Es bewegt etwas in mir, lässt es an eine bestimmte Stelle gleiten. Der Künstler ist nicht wahnsinnig. Er weiß genau, was er tut und warum, und seine Opfer sind nicht alle vom gleichen Typ, sondern haben irgendetwas mit seiner Vergangenheit zu tun. Aber – und das ist ein großes Aber – er ist inzwischen süchtig nach dem, was er tut. Mord ist jetzt keine Vergeltung mehr für erlittenes Unrecht, sondern eine sexuelle Handlung.

»Zwei Dinge«, sage ich. »Die Änderung in seinem Verhalten, und welches Ende er für Sarah geplant hat. Wie siehst du das?«

James erwidert: »Ich mache mir größere Sorgen wegen der Veränderung in seinem Verhalten. Ich kann nachvollziehen, weshalb er seine Taten der Öffentlichkeit präsentiert, welche

Gründe dahinterstehen. Es geht Hand in Hand mit seinem Rachemotiv. Es reicht ihm nicht, dass seinen Opfern die gerechte Strafe zuteil wird, er will auch, dass die Welt den Grund dafür erfährt.«

»Verstehe.«

»Und er hat die Veränderungen bemerkt, die in ihm vorgehen. Ich nehme an, sein ursprünglicher Plan beinhaltet, dass er irgendwann geschnappt wird und in einem großen Feuerwerk untergeht, sodass die ganze Welt seine Geschichte erfährt. Doch jetzt hat er herausgefunden, dass es ihm *Freude* macht, Menschen zu töten. Wenn er stirbt, kann er nicht weitermachen. Und seine Sucht ist zu stark, um einfach davon abzulassen.«

»Wenn er nicht geschnappt werden will, hatte er reichlich Zeit, sich einen Fluchtplan auszudenken.«

»Genau. Wahrscheinlich besteht seine ursprüngliche Absicht immer noch. Er will, dass alles herauskommt. Er will die Sünder und ihre Sünden bloßstellen. Doch er würde es vorziehen, ungeschoren davonzukommen. Möglicherweise mit der Begründung, seine ›Arbeit‹ fortführen zu können. Schließlich gibt es noch jede Menge anderer Sünder auf Erden.«

»Wir müssen vorsichtig sein«, entgegne ich. »Irgendwann wird er versuchen, uns an der Nase herumzuführen. Wir müssen auf der Hut sein und unsere Schlussfolgerungen ständig hinterfragen.«

»So ist es.«

Ich seufze. »Okay. Was ist mit Sarah? Bringt er sie am Ende um? Oder lebt sie weiter?«

James denkt darüber nach, während er an die Decke starrt. »Ich würde sagen, dass alles davon abhängt, wie erfolgreich er sein Ziel verwirklichen kann, sie nach seinem Ebenbild zu formen, und wie sehr er sich mit dem Ergebnis identifiziert. Ist sie wirklich wie er? Falls ja, lässt er sie leben und leiden? Oder tötet er sie gewissermaßen aus Gnade? Ich bin nicht sicher.«

»Ich sorge dafür, dass sie Personenschutz erhält.«

»Das wäre zu empfehlen.«

Ich klopfe mit den Fingern auf die Schreibtischplatte. »Nehmen wir das Video von Vargas, das Motiv und die Narben an seinen Füßen. Ich leite daraus ab, dass der Künstler ein Opfer kommerziellen Menschenhandels und in der Folge von schweren körperlichen Misshandlungen und sexuellem Missbrauch war, und zwar über einen langen Zeitraum. Heute, als Erwachsener, ist er voller Hass und setzt alles daran, die Dinge zurechtzurücken … sozusagen.«

James zuckt die Schultern. »Hört sich plausibel an. Ich nehme an, dass einiges davon zutrifft. Es ist eine Schande, eine verdammte Schande.«

»Was?«

»Du hast die kleine Russin gesehen. Sie war innerlich zerbrochen. Nichts mehr übrig, keine Seele. Unser Täter jedoch ist nicht zerbrochen, im Gegenteil. Und das bedeutet, dass er als starke Persönlichkeit angefangen hat. Er war ein starker Charakter.«

»Ja.«

»Das ist noch eine Sache«, sagt James. »Du hattest mich gefragt, ob es noch etwas Relevantes in Sarahs Tagebuch gibt. Allem Anschein nach ist das meiste von dem, was sie geschrieben hat, die Wahrheit, zumindest ihre Version davon. Allerdings …«

»Warte. Wieso glaubst du das?«

»Schlichte Logik. Wir akzeptieren es als Tatsache, dass Sarah Langstrom die Kingsleys nicht ermordet hat, nicht wahr? Dieses Mädchen hat die letzten Monate damit verbracht, über einen Irren zu schreiben, der Menschen in ihrer Umgebung umbringt, und dann passiert es *tatsächlich?* Die Wahrscheinlichkeit, dass ein solcher Zufall eintritt, ist verschwindend gering. Im Hinblick auf die Kingsley-Morde ergibt Sarahs Geschichte nur dann einen Sinn, wenn zumindest ein Teil davon wahr ist – es sei denn, sie kann in die Zukunft blicken.«

Ich blinzle. »Stimmt. Das ergibt Sinn. Was wolltest du sagen?«

»Ich wollte sagen, dass ich den größten Teil ihrer Geschichte glaube, aber es fehlt etwas. Ich kann nicht genau sagen was, aber irgendetwas, irgendein Aspekt ihrer Geschichte stört mich.«

»Du meinst, sie verschweigt uns etwas? Oder sie lügt?«

Er seufzt. »Das kann ich nicht sagen. Es ist nur so ein Gefühl. Ich werde das Tagebuch noch einmal lesen. Wenn ich dahinterkomme, was mich stört, sag ich dir Bescheid.«

»Du solltest dich auf dein Gefühl verlassen, James.«

Er steht auf, um zu gehen. An der Tür bleibt er stehen und dreht sich zu mir um.

»Hast du eigentlich schon herausgefunden, was Sarah für uns ist?«

Ich runzle die Stirn. »Wie meinst du das?«

»Was Sarah für uns darstellt. Wir wissen, wie der Künstler sie sieht – als seine Skulptur. Seine Schöpfung, erschaffen aus Schmerz zum Zweck der Rache. Doch für uns bedeutet sie ebenfalls etwas. Das ist mir gestern Nacht klar geworden. Ich habe mich gefragt, ob du es auch schon erkannt hast.«

Ich blicke ihn an, während ich nach einer Antwort suche. »Tut mir leid«, sage ich schließlich. »Ich weiß nicht, was du meinst.«

»Sie ist *jedes Opfer*, Smoky. Du liest ihre Geschichte, und dann siehst du mit einem Mal, dass sie jedes Opfer ist, das wir nicht retten konnten. Ich denke, der Künstler weiß das. Deswegen hält er sie uns vor die Nase. Gerade so weit, dass wir sie nicht erreichen können – und dann lässt er uns zusehen, wie sie schreit.«

Er geht hinaus. Ich bin sprachlos.

Er hat recht, das sehe ich. Es passt zu meinem eigenen Gefühl.

Ich bin nur überrascht, dass James, ausgerechnet James, es herausgefunden hat.

Dann fällt mir James' Schwester ein, und seine Worte kommen mir in den Sinn, und ich überlege, wie tief seine Empfindungen reichen müssen, um zu dieser Schlussfolgerung zu gelangen. Seine Schwester Rosa war ein Opfer, das James nicht retten konnte.

Ist das der Grund, warum James immer so unnahbar ist, so mürrisch? Weil er nicht aufhören kann, über den Tod seiner Schwester nachzudenken?

Schon möglich.

Wie dem auch sei, er hat recht, und deshalb müssen wir noch viel vorsichtiger zu Werke gehen.

Sarah ist nicht nur die Rache des Künstlers – sie ist zugleich sein Köder.

KAPITEL 32 »Ich gehe zu AD Jones«, sage ich zu Callie, als ich aus meinem Büro komme. »Ich möchte, dass du mich begleitest.«

»Warum?«

»Der Menschenhändler-Fall. Er hatte damit zu tun.«

»Im Ernst?«

»Großes Ehrenwort.«

Ich bin wieder in dem fensterlosen Büro und sitze zusammen mit Callie vor jenem grauen Megalithen, den Jones einen Schreibtisch nennt.

»Erzählen Sie mir von diesem Fall«, sagt AD Jones ohne Vorwort. »Erzählen Sie mir insbesondere, was Sie bis jetzt über diesen José Vargas herausgefunden haben.«

Ich berichte in knappen Worten, was sich bis zum jetzigen Zeitpunkt ereignet hat. Als ich fertig bin, lehnt Jones sich zurück und blickt mich an, während er mit den Fingern auf der Sessellehne trommelt.

»Sie meinen also, dieser sogenannte Künstler ist ein missbrauchtes Kind aus Vargas' Vergangenheit?«

»Das ist unsere derzeitige Arbeitstheorie, Sir«, sage ich.

»Eine gute Theorie. Die Narben auf den Fußsohlen des Killers und dieses russischen Mädchens habe ich schon einmal gesehen.«

»Sie sagten, Sie hätten mit diesem Fall von Menschenschmuggel zu tun gehabt, an dem auch Vargas beteiligt gewesen sein soll.«

»Ja. Ich war neunundsiebzig bei einer Sondereinheit, im Team von Daniel Haliburton.« AD Jones schüttelt den Kopf. »Haliburton war eine Institution hier in Los Angeles. Ein Dinosaurier, und ein großartiger Ermittler. Ein zäher Knochen. Ich war neu, gerade erst seit zwei Jahren aus der Akademie. Es war ein ziemlich übler Fall. Richtig schlimme Geschichte. Ich war aufgeregt. Sie wissen ja, wie das ist.«

»Ja, Sir.«

»Die Sitte hatte eine Zunahme bei minderjährigen Prostituierten und Kinderpornographie entdeckt. Natürlich war das ein ständiges Problem, aber diese Geschichte war anders. Die Sitte fand heraus, dass viele der Kinder Gemeinsamkeiten aufwiesen.«

»Lassen Sie mich raten«, sagt Callie. »Narben an den Fußsohlen.«

»Das war eine davon. Die andere Gemeinsamkeit war, dass keines der Kinder aus den Vereinigten Staaten kam. Sie stammten hauptsächlich aus Südamerika, einige waren Europäer. Wir nahmen an, dass die Europäer durch Südamerika geschleust und dann in die Staaten gebracht wurden.«

Er verstummt und blickt geistesabwesend in die Vergangenheit.

»Die meisten Opfer waren Mädchen, doch es waren auch ein paar Jungen darunter. Die Kinder waren zwischen sieben und dreizehn Jahre alt, keines war älter. Alle waren in einem schlimmen Zustand, sehr schlimm. Viele litten unter Geschlechtskrankheiten, nicht verheilten Rissen im Vaginal- und Analbereich …« Er winkt mit der Hand. »Sie wissen, wovon ich rede. Es genügt zu sagen, dass es die Art von Fall gewesen ist, die Eindruck bei den Leuten hinterlässt.«

»Das einzig Gute an Pädophilen ist«, sage ich, »dass sie von allen gehasst werden.«

»Ja. Jedenfalls, das LAPD rief uns hinzu. Es ging niemandem um Ruhm oder PR oder um irgendwelches Karrieregerangel. Wir bildeten eine Spezialeinheit, das LAPD ebenfalls, und wir hatten eine umfassende Presse.« Ein schwaches Lächeln. »Damals bedeutete das etwas anderes als heutzutage. Die Ethikdebatte bei den Strafverfolgungsbehörden war noch nicht entbrannt.«

»Ich nehme an, Sie wollen damit sagen, dass die Verdächtigen – rein hypothetisch natürlich – auf sehr aggressive Weise befragt wurden.«

Sein Lächeln ist grimmig. »So könnte man es ausdrücken. ›Patient erscheint mit unerklärlichen Blutergüssen.‹ So was in der Art. Nicht mein Ding.« Er zuckt die Schultern. »Doch Haliburton und seine Leute stammten noch aus einer anderen Zeit. Jedenfalls, die Menschenschmuggler waren eine gerissene Bande. Nur ein einziger Kontakt zwischen Verkäufer und Käufer, und das Geld wechselte den Besitzer, dann das Kind. Ende der Geschichte.«

»Über wie viele Kinder reden wir?«, frage ich.

»Fünf. Drei Mädchen, zwei Jungen. Nicht lange, nachdem wir sie in Schutzhaft genommen hatten, ging die Zahl auf zwei und eins zurück.«

»Wieso?«

»Einer der Jungen und eins der Mädchen begingen Selbstmord. Wir hatten jedenfalls die Kinder«, fährt er fort, und ich merke, dass er schnell über diese Tragödie hinwegwill. »Und wir hatten auch den Abschaum, der sie gekauft hatte. Eines von den Mädchen und ein Junge gehörten einem Zuhälter, einem Dreckskerl namens Leroy Perkins. Das Schwein hatte eine Seele wie ein Block Trockeneis. Er selbst stand nicht auf Kinder. Er war nur auf das Geld scharf, das sie ihm einbrachten.«

»Das erscheint mir beinahe noch schlimmer«, sage ich.

»Das zweite Mädchen gehörte einem Perversen, der Kinder *mochte*. Er hat ein bisschen Geld nebenher gemacht, indem er filmte, wie er sie vögelte, und die Aufnahmen an gleichgesinnte Kindervergewaltiger verkaufte. Sein Name war Tommy O'Dell.

Eine gewisse Gruppe Cops und FBI-Agenten setzten Tommy und Leroy hart zu. Verdammt hart. Die beiden wollten nicht singen. Wir drohten ihnen, sie in ein gewöhnliches Gefängnis zu stecken und den anderen Gefangenen zu verraten, wer und was sie waren. Ich dachte, Tommy O'Dell würde schlappmachen. Er war ein Wurm. Aber er redete nicht. Leroy blieb von Anfang an hart. Irgendwann sagt er zu Haliburton: ›Wenn ich auspacke, dauert mein Tod Wochen. Und wenn ich tot bin, bringen sie meine Schwester um, und meine Mutter … verdammt, sie bringen sogar meine Topfpflanzen um. Da gehe ich lieber das Risiko ein und wandere in den Knast.‹«

»Hört sich an, als hätte er es mit furchteinflößenden Leuten zu tun gehabt«, sagt Callie.

»Furchteinflößender als wir es waren, so viel steht fest. Wir waren länger an der Sache dran, als wir durften, aber es führte trotzdem zu nichts. Damit blieben uns nur noch die Kinder. Es dauerte eine Weile und kostete eine Menge Überzeugungskraft, doch schließlich brachten wir zwei der Kinder dazu, uns zu erzählen, was sie durchgemacht hatten.« AD Jones verzieht das Gesicht. »Es war eine schlimme Geschichte. Schläge auf die Fußsohlen, verbale Erniedrigung, Vergewaltigung. Die meiste Zeit hatten sie Kapuzen über dem Kopf oder Binden vor den Augen, und sie wurden isoliert gehalten, sowohl voneinander als auch von den Schmugglern. Trotzdem hatte einer der Jungen Vargas gesehen und seinen Namen gehört. Er konnte ihn sogar beschreiben. Wir kassierten Vargas ein.« Der Blick in AD Jones' Augen lässt mich frösteln. »Wir waren entschlossen, alles zu unternehmen, damit er redet, und diesmal war ich bereit – rein hypothetisch natürlich –, selbst Hand anzulegen.«

Er stockt. Es ist eine lange, nachdenkliche Pause, erfüllt von tiefem Bedauern.

»Der Name des Jungen war Juan«, fährt er schließlich fort. »Er war neun Jahre alt. Süßer Junge, aufgeweckt, und er redete eine Menge, nachdem er erst in Fahrt gekommen war, auch wenn er leicht stotterte. Er stammte aus Argentinien. Ich bewunderte ihn. Wir alle bewunderten ihn. Er hatte die Hölle durchgemacht und kämpfte trotzdem weiter, um den Kopf über Wasser zu halten, und er versuchte sogar, es mit Würde zu tun.« AD Jones mustert mich mit einem Millionen Jahre alten Blick. »Und dabei war er erst neun.«

»Was ist passiert?«, frage ich leise.

»Wir hatten die Kinder in ein Versteck gebracht. In der Nacht, bevor Juan offiziell vor uns aussagen sollte, hat jemand das Versteck angegriffen. Ein Cop und ein Agent wurden getötet, alle drei Kinder entführt.«

»Entführt?«

»Ja. Zurück in die Hölle, nehme ich an.«

Ich bin für einen Moment sprachlos, so sehr erfüllt mich diese Vorstellung mit Entsetzen. Diese Kinder wurden vor den Ungeheuern gerettet. Sie hätten ihnen nicht wieder in die Hände fallen dürfen.

»Bedeutet das …?«

»Ein Maulwurf.« AD Jones nickt. »Ja. Wir haben jeden durchleuchtet, hier und beim LAPD. Jeder bei der Sondereinheit wurde unter ein Mikroskop gelegt und buchstäblich auf links gedreht. Wir fanden keinerlei Anhaltspunkt. Das Schlimmste aber war, dass wir keine Beweise hatten, die Vargas mit den Kindern in Verbindung brachten. Nichts außer der Aussage eines toten Zeugen. Vargas kam ungeschoren davon.

O'Dell und Perkins wurden eingesperrt. Perkins überlebte. O'Dell wurde mit einem selbstgebastelten Messer niedergestochen. Keine weiteren Kinder mit vernarbten Fußsohlen tauchten auf. Wir fanden Juan und die beiden Mädchen nie wieder, doch wir hörten von einem Informanten, dass ein paar Kinder, auf die die Beschreibung passte, nach Mexiko zurückgebracht und dort erschossen worden seien.« Er zuckt die Schultern. »Sämtliche anderen Spuren führten in Sackgassen, von der Einwanderungsbehörde bis hin zur Sitte. Wir warfen unsere Netze weiter aus, informierten andere Städte über das, worauf sie achten mussten. Nichts. Schließlich wurde die Sondereinheit aufgelöst.«

»Hört sich so an, als wäre der Verantwortliche immer noch am Werk«, sage ich. »Vargas hat dieses Video gedreht, um jemanden zu erpressen.«

»Ist das nicht irgendwie eigenartig?«, fragt Callie.

»Was denn?«

»Diese Strolche von 1979 waren eiskalte, skrupellose Gangster. Vargas schien mir kein besonders mutiges Individuum gewesen zu sein.«

»Beschaffen Sie sich die Unterlagen von damals, Smoky. Wenn Sie Fragen an jemanden haben, der dabei war, kommen Sie zu mir.« Jones' Lächeln ist humorlos. »Dieser Fall war der Knackpunkt für mich. Bis damals hatte ich geglaubt, dass wir jeden Bösen irgendwann kriegen. Dass die Gerechtigkeit schlussendlich siegt und so weiter. Damals musste ich erkennen, dass die Bösen häufig ungeschoren davonkommen. Damals wurde mir auch klar, dass es …« Er zögert. »Damals wurde mir klar, dass es Menschen gibt, die Kinder fressen. Bildlich gesprochen.«

Nur, dass es nicht wirklich bildlich ist, nicht wahr, Sir? Deshalb das Zögern. Sie fressen tatsächlich Kinder. Roh und warm. Sie verschlucken sie mit Haut und Haaren.

Ich bin zurück in der »Todeszentrale«. Callie setzt die Räder der Verwaltung in Bewegung, die uns die Akten über die Menschenschmuggler besorgen wird.

Mein Handy summt. Es ist Alan.

»Ich hab etwas gefunden, das ich dir sofort sagen wollte.«

»Schieß los.«

»Während ich mich mit den Kingsleys befasst habe, ist mir der Gedanke gekommen, mich nach Cathy Jones zu erkundigen. Der weibliche Cop aus dem Tagebuch.«

»Gute Idee.« Cathy Jones war eine geübte Beobachterin und am Ort des Geschehens, und sie hatte in den Jahren nach dem Mord an Sarahs Eltern immer wieder Kontakt zu ihr. »Was hast du herausgefunden?«

»Eine schlimme und merkwürdige Geschichte. Sehr schlimm. Und sehr merkwürdig. Cathy Jones wurde vor zwei Jahren zum Detective befördert. Einen Monat später war sie nicht mehr bei der Polizei.«

»Warum?«

»Sie wurde in ihrer Wohnung überfallen und zusammengeschlagen. Sie lag drei Tage im Koma. Und es kommt noch schlimmer.«

»Inwiefern?«

»Der Angreifer hat sie mit einem Rohr geschlagen. Zahlreiche Verletzungen, doch am schlimmsten waren die bleibenden Schäden am Sehnerv. Sie ist fast blind.«

Ich versuche, das alles zu verarbeiten. Es gelingt mir nicht ganz.

»Das ist immer noch nicht alles«, sagt Alan.

»Was denn noch?«

»Der Angreifer hat sie ausgepeitscht. Auf die Fußsohlen. So stark, dass Narben zurückgeblieben sind.«

»*Was?*«

»Ja, Smoky. Ich habe genauso reagiert. Das mag schlimm sein, aber …«

»Ich weiß schon. Das Merkwürdigste ist, dass er sie am Leben gelassen hat.«

»Genau. Er hat bisher jeden umgebracht, soweit wir wissen, mit Ausnahme von Sarah. Warum hat er Cathy Jones verschont?«

»Hast du schon mit ihr gesprochen?«

»Deswegen rufe ich an. Ich habe eine Anschrift, aber ich bin hier mitten in der Arbeit …«

»Gib mir die Adresse. Ich fahre mit Callie hin. Wir reden mit ihr.«

KAPITEL 33 Cathy Jones wohnt in einer Eigentumswohnung in Tarzana, in einer ruhigen Vorstadtgegend des riesigen Molochs von Greater Los Angeles. Das Gebäude ist hübsch und gepflegt, wenngleich die letzte Renovierung bereits ein paar Jahre zurückliegt.

Der Regen hat für den Moment aufgehört, doch der Himmel ist grau, und die Wolken sehen immer noch bedrohlich aus. Callie und ich benötigen fast eine Stunde, um hierherzufahren. L.A. hasst den Regen, und das zeigt sich überall: Wir sind an zwei Unfällen auf dem Freeway vorbeigekommen.

Wir haben uns telefonisch angekündigt, haben aber nur den Anrufbeantworter erreicht.

»Bist du so weit?«, frage ich Callie, als wir vor Cathy Jones' Tür stehen.

»Nein. Aber klopf trotzdem an.«

»Mach ich.«

Ein Moment vergeht. Ich höre das Geräusch von Schritten auf einem Dielenboden, dann eine Frauenstimme. Sie klingt klar, aber unsicher.

»Wer ist da?«

»Cathy Jones«, sage ich.

Eine Pause. Dann: »Nein. *Ich* bin Cathy Jones.«

Callie sieht mich mit erhobenen Augenbrauen an.

»Ms. Jones, ich bin Special Agent Smoky Barrett vom FBI. Ich bin in Begleitung einer Kollegin hier, Agent Callie Thorne. Wir würden uns gerne mit Ihnen unterhalten.«

Die Stille ist drückend.

»Worüber?«

Ich könnte »Den Überfall auf Sie« antworten, doch ich beschließe, mich auf andere Weise zu nähern.

»Sarah Langstrom.«

»Was ist passiert?«

Ich bemerke das Erschrecken in ihrer Stimme, vermischt mit einer Spur Resignation.

»Dürfen wir hereinkommen, Ms. Jones?«

Eine weitere Pause, gefolgt von einem Seufzer.

»Ich schätze, das müssen Sie wohl. Ich gehe nicht mehr nach draußen.«

Ich höre das Geräusch eines schweren Riegels; dann wird die Tür geöffnet.

Cathy trägt eine dunkle Sonnenbrille. Ich bemerke kleine Narben unter ihrem Haaransatz und an den Schläfen. Sie ist eine kleine Frau, schlank und sportlich. Sie trägt weite Hosen und eine ärmellose Bluse, die ihre drahtig-muskulösen Arme zeigt.

»Kommen Sie herein«, sagt Cathy.

Wir leisten ihrer Aufforderung Folge. Im Innern der Wohnung ist es dunkel.

»Knipsen Sie ruhig das Licht an. Ich selbst brauche es nicht, wie Sie sehen. Aber machen Sie es bitte wieder aus, wenn Sie gehen.«

Sie führt uns mit sicheren Schritten ins Wohnzimmer. Das Innere der Wohnung ist moderner als die Fassade des Gebäudes. Der Teppich ist in einem unaufdringlichen Beige gehalten, die Wände sind cremeweiß. Das Mobiliar ist geschmackvoll.

»Sie haben eine sehr hübsche Wohnung«, bemerke ich.

Cathy nimmt in einem Sessel Platz und deutet mit einer Handbewegung aufs Sofa.

»Ich habe vor sechs Monaten einen Innenarchitekten beauftragt.«

Wir setzen uns.

»Ms. Jones …«

»Cathy.«

»Cathy«, verbessere ich mich. »Wir sind wegen Sarah Langstrom gekommen.«

»Das sagten Sie bereits. Kommen Sie zur Sache oder verschwinden Sie wieder.«

»Blind *und* unleidlich«, stellt Callie fest.

Ich werfe ihr einen zornigen Blick zu. Ich bin entsetzt, doch ich hätte es besser wissen müssen. Callie ist ohne jeden Zweifel die absolute Meisterin, wenn es darum geht, jede Art von Eis zu brechen. Sie hat Cathy eingeschätzt und ist eher als ich zu dem Schluss gekommen, dass sie vor allem anderen wie ein normaler Mensch behandelt werden möchte. Cathy hat sich absichtlich grob benommen und uns provoziert – sie wollte herausfinden, ob wir sie mit Samthandschuhen anfassen oder nicht.

Jetzt lächelt sie Callie an. »Tut mir leid. Ich bin es satt, von allen Leuten wie ein Krüppel behandelt zu werden, selbst wenn die Blindheit mich tatsächlich ein wenig behindert. Ich habe herausgefunden, dass sich das Spielfeld am schnellsten leert, wenn ich die Leute vor den Kopf stoße.« Das Lächeln verschwindet. »Bitte erzählen Sie mir von Sarah.«

Ich berichte ihr vom Mord an den Kingsleys und von Sarahs Tagebuch. Ich erzähle vom Künstler und davon, wie weit wir mit unserer Analyse dieses Mannes sind. Cathy sitzt da und lauscht aufmerksam.

Als ich fertig bin, lehnt sie sich zurück und dreht den Kopf zum Fenster in der Küche. Ich frage mich, ob es eine unbewusste Geste ist aus der Zeit, als sie noch sehen konnte.

»Also hat er endlich sein Gesicht gezeigt«, murmelt sie. »Sozusagen.«

»Es scheint so«, sagt Callie.

»Das ist das erste Mal«, sagt Cathy und schüttelt den Kopf. »Er hat sich nie gezeigt, solange ich noch bei den Cops war. Weder bei den Langstroms noch später bei den anderen. Nicht einmal bei mir.«

Ich runzle die Stirn. »Ich verstehe nicht. Er hat Ihnen das angetan – was meinen Sie damit, dass er sich Ihnen nicht gezeigt hat?«

Cathys Lächeln ist humorlos und bitter. »Weil er dafür gesorgt hat, dass ich den Mund halte. Das ist das Gleiche, als würde er sich nicht zeigen, oder?«

»Wie hat er das angestellt?«

»Wie er es immer macht. Er benutzt die Dinge, die einem lieb und teuer sind. Für mich war es Sarah. Er sagte wortwörtlich, dass ich den Mund halten soll, oder er würde Sarah das Gleiche antun, was er nun mir antun würde.« Sie schneidet eine Grimasse, eine Mischung aus Wut, Angst und erinnertem Schmerz. »Dann schlug er mich … oh Gott, und wie er mich schlug. Ich durfte niemals zulassen, dass er Sarah so zurichtet. Also biss ich die Zähne zusammen und schwieg, tat genau das, was er von mir wollte. Und …« Sie verstummt.

»Was?«, bohre ich nach.

»Deshalb sind Sie hier, nicht wahr? Sie wollen wissen, warum er mich am Leben gelassen hat. Nun, das ist einer der Gründe, weshalb ich den Mund gehalten habe. Weil ich am Leben geblieben bin. Weil ich Angst hatte. Nicht um mich, sondern um Sarah. Er hat gesagt, wenn ich nicht tue, was er von mir verlangt, nimmt er sich Sarah vor, und dann kommt er zu mir zurück.« Ihre Lippen beben.

»Ich verstehe, Cathy. Ich verstehe Sie nur zu gut.«

Cathy verzieht den Mund und verbirgt das Gesicht in den Händen. Ihre Schultern beben, doch nicht lange und nicht sehr viel. Es ist ein stummes Weinen, ein Sommergewitter, heftig, aber kurz.

»Tut mir leid«, sagt sie und hebt den Kopf. »Ich weiß nicht, warum es mir überhaupt etwas ausmacht. Ich kann nicht einmal mehr richtig weinen, wissen Sie? Zusammen mit den Augen wurden auch meine Tränenkanäle zerstört.«

»Tränen sind nicht das Entscheidende«, sage ich. Meine Worte kommen mir wie eine hohle Phrase vor, noch während ich sie ausspreche.

Wer bist du? Die Briefkastentante?

Cathy fixiert mich aus blicklosen Augen. Ich kann die Augen durch das schwarze Glas der Sonnenbrille nicht erkennen, doch ich kann ihre Blicke spüren. »Sie sind das«, sagt sie. »Ich habe von Ihnen gehört. Sie sind die Agentin, die ihre Familie verloren hat. Die vergewaltigt und der das Gesicht zerschnitten wurde.«

»Ja.«

Obwohl sie blind ist, durchbohrt mich ihr Blick.

»Es gibt einen Grund.«

»Bitte?«

»Dass er mich nicht getötet hat. Es gibt einen Grund. Aber dazu kommen wir später. Stellen Sie mir zuerst Ihre Fragen. Was wollen Sie wissen?«

Am liebsten würde ich sie mit Fragen bestürmen, aber das darf ich nicht. Ungeduld und ein zeitliches Durcheinander der Ereignisse wären kontraproduktiv.

Wir berichten von den Morden an den Langstroms, erzählen ihr, was wir in Sarahs Tagebuch gelesen haben.

»Sehr akkurat«, bestätigt sie uns. »Ich bin überrascht, dass Sarah sich an so viele Einzelheiten erinnert. Aber sie hatte wahrscheinlich sehr viel Zeit, darüber nachzudenken.«

»Damit wir das klar sehen«, sage ich. »Sie waren einer der Beamten vor Ort? Sie waren am Tatort und haben die Leichen und Sarah gesehen?«

»Ja.«

»In Sarahs Tagebuch steht, niemand wollte ihr glauben, dass ihre Eltern zum Mord und Selbstmord gezwungen wurden. Stimmt das?«

»Es hat damals gestimmt, und es ist auch heute noch so. Beschaffen Sie sich die Akte des Falles. Sie werden feststellen, dass zu keiner Zeit etwas anderes als Ehegattenmord mit anschließendem Suizid angenommen wurde. Fall abgeschlossen.«

Ich bin skeptisch. »Kommen Sie, Cathy. Sie sagen, es war überhaupt nichts dort, keinerlei Spuren?«

Cathy hebt einen Finger. »Nein. Das sage ich nicht. Ich sage, dass niemand einen genaueren Blick auf den Tatort geworfen hat, weil der Killer alles so perfekt arrangiert hatte. Manchmal hat man so ein Gefühl, wissen Sie? Wenn ein Tatort manipuliert wurde.«

»Ja, das stimmt.«

»Und bei den Langstroms hatte niemand dieses Gefühl. Es gab einen Abschiedsbrief. Er lag unter einem Wasserglas mit Mrs. Langstroms Fingerabdrücken darauf und ihrem Speichel am Rand. Ihre Fingerabdrücke waren auf der Waffe, und die Schmauchspuren und Blutspritzer sprachen eindeutig für einen Selbstmord. Ihre Fingerabdrücke waren am Hals ihres Mannes sowie auf der Bügelsäge, mit der der Hund enthauptet wurde. Sie hat heimlich Antidepressiva genommen. Wie wäre Ihr Urteil ausgefallen?«

»Ich verstehe.«

Nachdem ich die Geschichte aus dem Mund einer ehemaligen Kollegin gehört habe, erscheint sie in einem anderen Licht. Ich sehe sie nun, wie Cathy sie gesehen hat, und wie die Detectives der Mordkommission sie gesehen haben – ohne die neuen Erkenntnisse, ohne Sarahs Tagebuch und ohne die Morde an den Kingsleys.

»Sie haben angedeutet, dass möglicherweise etwas zu finden gewesen war«, murmelt Callie.

»Zwei Dinge. Scheinbar belanglos, und dennoch … Der Autopsiebericht von Mrs. Langstrom erwähnt Abschürfungen an ihren Handgelenken. Es wurde damals nicht als beweiserheblich angesehen, weil wir nicht nach einem Dritten gesucht haben, der als Täter infrage gekommen wäre. Aber wenn man einen Grund hat, danach zu suchen …«

»Fallen einem Sarahs Geschichte und die Handschellen ein«, sage ich. »Sie denken daran, dass Mrs. Langstrom außer sich war vor Wut und versucht hat, sich von diesen gepolsterten Handschellen zu befreien. Sie hat so fest daran gezerrt, wie sie nur konnte, und sich dabei die Handgelenke verletzt.«

»Das stimmt.«

»Und die zweite Sache?«

»In dem als gesichert geltenden Szenario hat Mrs. Langstrom zuerst den Hund und dann sich selbst erschossen. Niemand hat Schüsse gehört, und wir reden hier nicht von einer 22er Spielzeugpistole. Was den Gedanken an einen Schalldämpfer nahelegt, obwohl kein Schalldämpfer am Tatort gefunden wurde.«

»Was hat Sie auf die Idee gebracht, genauer hinzusehen?«, fragt Callie.

Cathy schweigt für einen Augenblick, während sie überlegt.

»Es war Sarah. Es dauerte eine Weile, doch mit der Zeit lernte ich sie besser kennen und machte mir so meine Gedanken. Sarah ist ein aufrichtiges Mädchen. Und die Geschichte war viel zu durchtrieben für ein Mädchen in ihrem Alter. Immer wieder starben Menschen in ihrer Umgebung oder wurden verletzt. Sobald man die Möglichkeit erst einräumt, findet man plötzlich überall Indizien und Hinweise.« Sie beugt sich vor. »Die eigentliche Brillanz des Täters war von Anfang sein Einfühlungsvermögen. Sein Verständnis für unsere Art zu denken … die Wahl seiner Opfer. Er übertreibt die Manipulation seiner Tatorte nicht, deshalb sieht es natürlich aus. Er führt uns zu einer Schlussfolgerung, doch er wirft uns nicht so viele Brotkrumen hin, dass wir Verdacht schöpfen. Er weiß, dass wir ausgebildet sind, möglichst geradlinig und einfach zu denken, nicht verschlungen und kompliziert. Und mit Sarah hat er sich ein Opfer ausgesucht, das ohne Verwandte dasteht, also gibt es niemanden, der uns auf die Füße steigt und eine gründlichere Untersuchung verlangt. Niemanden, um den er sich Gedanken machen muss.«

»Aber das war ein Irrtum, nicht wahr?«, sage ich leise. »Es gab jemanden. Sie.«

Wieder dreht Cathy den Kopf zum Fenster. »Ja.«

»Hat er Sie deshalb überfallen?«

Cathy schluckt. »Das mag einer der Gründe gewesen sein, aber ich glaube nicht, dass es der Hauptgrund war. Was er mir angetan hat, war nützlich für ihn.« Ihr Atem geht ein wenig schneller.

»Gibt es noch etwas, das uns weiterhelfen könnte?«, frage ich. »Irgendetwas, das er Ihnen getan hat? Ich weiß, dass es schwer für Sie ist.«

Sie wendet sich mir zu. »Dieser Kerl ist … oder war … wie ein Gespenst. Alles, was ihm ein Gesicht verleiht, hilft bei der Suche nach ihm weiter, nicht wahr?«

Ich antworte nicht. Es war eine rhetorische Frage.

Cathy seufzt. Es ist ein abgehackter Seufzer. Ihre Hände zittern, und ihr Atem geht immer noch schnell.

»Seltsam. Ich warte seit fast zwei Jahren darauf, jemandem die wahre Geschichte zu erzählen. Jetzt, wo ich es könnte, habe ich plötzlich furchtbare Angst.«

Ich ergreife Cathys Hand. Sie ist feucht von Schweiß und zittert, doch sie zieht die Hand nicht weg.

»Sie wissen ja, was mir passiert ist«, sage ich. »Nachher bin ich häufig ohnmächtig geworden. Aus den banalsten Gründen.«

»Ehrlich?«

»Erzählen Sie es nicht weiter«, sage ich. »Ehrlich. Ganz ehrlich.«

»Es ist die Wahrheit, Zuckerschnäuzchen«, sagt Callie mit sanfter Stimme.

Cathy zieht ihre Hand aus der meinen. »Es tut mir leid«, sagt sie. »Seit damals habe ich Tabletten gegen die Angst genommen … bis vor ungefähr zwei Wochen. Da habe ich beschlossen, mich davon zu befreien. Die Tabletten haben mich in einen Zombie verwandelt, und es wurde Zeit, wieder stark zu sein. Ich glaube immer noch, dass es die richtige Entscheidung war, aber …« Sie winkt mit der Hand. »Es macht die Dinge manchmal schwieriger.«

»Haben Sie Kaffee?«, wirft Callie ein.

Cathy runzelt die Stirn. »Kaffee?«

»Kaffee. Koffein. Nektar der Götter. Wenn wir hier sitzen und uns eine schreckliche Geschichte anhören sollen, dann nicht ohne Kaffee.«

Cathy lächelt ihr dankbar zu.

»Gute Idee.«

Die Normalität einer Tasse Kaffee scheint Cathy zu beruhigen. Sie umklammert ihre Tasse, während sie spricht, und hält hin und wieder inne, um einen Schluck zu trinken, wenn das Reden zu schwierig wird.

»Ich habe jahrelang in den Akten gewühlt, weil ich etwas zu finden hoffte, das einen Detective dazu bringen könnte, noch einmal einen Blick auf die Geschichte zu werfen. Verstehen Sie … ich war zwar angesehen als guter Cop, doch ich war trotzdem nur eine Uniformierte. Es sind zwei völlig verschiedene Klassen, die Zivilen und die Uniformierten. Die Leute beim Morddezernat sind besessen von Statistiken. Aufklärungsquoten, gelöste Morde pro Mitarbeiter und dergleichen. Wenn man denen einen ungelösten Fall auf den Schreibtisch legen möchte – insbesondere, wenn das bedeutet, den Fall aus dem Archiv der gelösten Fälle zurückzuholen –, tut man besser daran, etwas Überzeugendes zu bieten. Ich hatte nichts.«

»Die Schrammen an den Handgelenken waren nicht genug?«, frage ich.

»Nein. Und um ehrlich zu sein – ich weiß nicht einmal, ob es für mich genug gewesen wäre, wäre ich an ihrer Stelle gewesen. Die Verletzungen waren aktenkundig, doch nur im Bericht des Gerichtsmediziners, und sie konnten eine ganze Reihe anderer Ursachen haben. Sie hätten von Mrs. Lindstroms Ehemann stammen können. Vergessen Sie nicht, angeblich hat sie ihn erwürgt.«

»Ja.«

»Wie dem auch sei, ich hatte die Sache ein paar Jahre lang in meiner Freizeit verfolgt und nichts erreicht.« Sie stockt verlegen. »Ehrlich gesagt, ich habe vielleicht nicht immer so energisch daran gearbeitet, wie ich es hätte tun sollen. Manchmal habe ich selbst an Sarahs Geschichte gezweifelt. Ich lag nachts im Bett, überlegte und kam zu dem Schluss, dass ich Sarah nicht glauben *wollte*, sondern dass sie bloß ein verstörtes Kind war, das sich eine Geschichte ausgedacht hat, wie es den sinnlosen Tod seiner Eltern erklären kann.« Sie zuckt die Schultern. »Ich *hätte* mehr tun können. Aber ... das Leben ging einfach weiter. Ich kann es nicht erklären.« Sie seufzt. »Ich machte meine Arbeit und wurde befördert. Und dann, eines Tages, wurde ich Detective.« Sie lächelt bei dem Gedanken daran. Wahrscheinlich ist es ihr nicht einmal bewusst. »Ich habe die Prüfungen mit Auszeichnung bestanden. Es war großartig. Selbst mein Dad wäre stolz auf mich gewesen.«

Mir entgeht nicht, dass sie in der Vergangenheitsform von ihrem Vater spricht, doch ich hake nicht weiter nach.

»Ich wollte zum Morddezernat, kam aber zur Sitte.« Sie zuckt die Schultern. »Ich war eine Frau, ich sah nicht schlecht aus, und ich war hart. Sie brauchten jemanden, der für sie die Nutte spielt. Zuerst war ich sauer, doch bald fand ich Gefallen daran. Ich war gut in meinem Job. Ich hatte den Bogen raus.«

Erneut dieses unbewusste Lächeln. Ihr Gesicht ist sehr lebhaft.

»Ich hielt Verbindung zu Sarah. Sie wurde von Jahr zu Jahr härter und kälter. Ich glaube, ich war der einzige Mensch, der sie vor dem Durchdrehen bewahrt hat. Ich war die Einzige, die sich wirklich etwas aus ihr gemacht hat und sie die ganze Zeit kannte.« Sie richtet die blinden Augen erneut auf das Küchenfenster. Nachdenklich. »Ich schätze, das ist der Grund, dass dieser … Künstler mich überfallen hat. Nicht, weil ich Detective geworden war. Nicht, weil ich nachbohrte. Sondern weil er wusste, dass Sarah mir nicht gleichgültig war. Er wusste, dass ich seine Botschaft weitergeben würde, wenn ich glaubte, Sarah damit helfen zu können.«

»Was für eine Botschaft?«, fragt Callie.

»Dazu komme ich gleich. Die andere Sache … Wahrscheinlich dachte er, dass die Zeit gekommen sei, mich Sarah wegzunehmen.« Sie dreht den Kopf in meine Richtung. »Verstehen Sie?«

»Ich glaube schon. Sie sprechen von dem, was er für Sarah geplant hat.«

»Ja. Ich war der einzige Mensch, der noch wusste, wie Sarah in Wirklichkeit war … der einzige Mensch, auf den sie sich noch verlassen konnte. Ich weiß nicht, warum er es überhaupt so lang hat dauern lassen. Vielleicht, um ihr Hoffnung zu geben?«

»Damit er ihr diese Hoffnung nehmen konnte«, sage ich.

Sie nickt. »Ja.«

»Erzählen Sie uns von dem Tag«, sagt Callie mit sanftem Drängen.

Cathy packt die Kaffeetasse fester, ein kurzes Aufflackern von Emotionen.

»Es war ein Tag wie jeder andere. Ich glaube, das hat mich am meisten schockiert. Es war nichts Besonderes geschehen, weder auf der Arbeit noch im Privaten. Das Datum war bedeutungslos, das Wetter war so normal wie nur was. Der einzige

Unterschied zwischen diesem Tag und allen anderen war, dass *er* sich gesagt hatte, dass die Zeit reif ist.« Sie trinkt einen Schluck Kaffee. »Ich kam von der Spätschicht. Mitternacht war vorbei, als ich nach Hause kam. Es war dunkel. Alles war ruhig. Ich war müde. Ich schloss die Wohnungstür auf und ging geradewegs unter die Dusche. Das tat ich immer, wenn ich von der Arbeit kam. Es war symbolisch. Tue deine schmutzige Arbeit, geh nach Hause und wasch alles ab. Sie wissen, wie das ist.«

»Sicher«, antworte ich.

»Ich zog mich aus und ging unter die Dusche. Als ich fertig war, zog ich einen Bademantel an und nahm ein Buch, das ich gerade las. Dann schenkte ich mir eine Tasse Kaffee ein und setzte mich hierher.« Sie tätschelt mit einer Hand die Lehne ihres Sessels. »Es war ein anderer Sessel, doch er stand am gleichen Platz. Ich erinnere mich noch, wie ich den Kaffee auf den Tisch stellte …« Sie ahmt die Bewegung nach, als sie die Szene durchlebt. »Plötzlich lag eine Schnur um meinen Hals, zerrte mich zurück … brutal, unglaublich schnell. Ich versuchte mich zu wehren, die Hände zwischen die Schnur und meinen Hals zu schieben, doch er war zu schnell. Zu schnell und zu stark.«

»Bei einem kräftigen Angreifer hat das Opfer meist keine Chance«, sagt Callie. »Sie hätten wahrscheinlich nicht viel tun können.«

»Normalerweise glaube ich es auch.« Sie trinkt von ihrem Kaffee. Diesmal ist es ihre Lippe, die bebt. »Er wusste sehr genau, was er tat. Er riss mich nach hinten und nach oben …« Sie fasst sich an die Kehle, demonstriert die Bewegung. »Ich war innerhalb von Sekunden ohnmächtig.« Sie schüttelt den Kopf. »Soll man das glauben? Sekunden! Er hätte mich an Ort und Stelle erledigen können. Ich wäre nie wieder aufgewacht. Ich wäre gestorben. Doch er …« Ihre Stimme bricht. »Irgendwann wachte ich wieder auf. Und wieder und wieder. Er hatte mich mit einem Seil gefesselt, von Kopf bis Fuß. Er konnte es nach Belieben straffen, die Blutzufuhr zu meinem Gehirn unterbrechen, und ich wurde ohnmächtig. Er konnte es lockern, und ich kam wieder zu mir. Dann zog er es wieder fest. Und so weiter. Einmal wachte ich auf, und mein Bademantel war verschwunden. Ich war nackt. Ich verlor das Bewusstsein, erwachte von neuem, und meine Hände waren hinter dem Rücken gefesselt, mein Mund geknebelt. Es war, als würde ich wieder und wieder ertrinken und jedes Mal in einem neuen Teil eines Albtraums aufwachen. Aber wissen Sie, was das Schlimmste war? Dass er kein Wort gesprochen hat. Nicht ein einziges Wort.«

Ich bemerke die Anspannung in ihrer Stimme, die Angst vor der Erinnerung.

»Ich weiß noch, wie sehr ich mir gewünscht habe, dass er irgendetwas sagt, eine Erklärung gibt, damit es einen Sinn macht. Aber nein. Nichts.« Ihre Hände zittern. Sie drückt sie in den Schoß, verschränkt sie ineinander, löst sie wieder, reibt sich die Arme. Sie ist der Inbegriff von unbewusster, anhaltender, nervöser Bewegung.

»Ich weiß nicht, wie lange es ging«, sagt sie und bringt irgendwie ein schiefes, ironisches Grinsen zustande. »Zu lange.« Die Sonnenbrille sieht mich an. »Sie wissen, was ich meine.«

»Ich weiß es«, bestätige ich ihr.

»Dann wachte ich auf, und diesmal ließ er mich bei Bewusstsein. Ich war auf dem Bett, an Händen und Füßen gefesselt. Es dauerte eine Weile, bis ich wieder bei Sinnen war. Als Erstes fragte ich mich, ob er mich vergewaltigt hatte, aber er hatte mich nicht angerührt.«

Keine sexuelle Pathologie in Bezug auf Frauen. »Sprechen Sie weiter«, fordere ich Cathy auf.

»Er fing an zu reden. Er sagte: ›Sie sollen wissen, Cathy, dass diese Sache nicht gegen Sie persönlich gerichtet ist. Sie müssen bloß eine Aufgabe erfüllen. Sie müssen etwas für Sarah tun.‹« Ihre Unterlippe zittert. »In diesem Moment wusste ich Bescheid. Wer er war. Ich weiß nicht, wieso ich nicht schon vorher auf diesen Gedanken gekommen bin. ›Hören Sie zu, wie es weitergeht‹, sagte er. ›Ich werde Sie schlagen, ich werde Sie so schlimm zurichten, dass Sie wahrscheinlich nie wieder als Cop arbeiten können, Cathy Jones. Wenn ich fertig bin, werden Sie denen erzählen, dass Sie keine Ahnung haben, wer Sie überfallen haben könnte, oder warum. Tun Sie das nicht, werde ich Sarahs Gesicht zerfleischen und ihr mit einem Löffel die Augen auskratzen.‹«

Cathys Stimme ist gedämpft.

»Ich begriff nicht, was er sagte … und begriff es wiederum doch. Also tat ich, was jeder Detective mit einem Rest von Selbstachtung tun würde. Ich bettelte. Ich bettelte und flehte wie ein Baby. Ich machte mir vor Angst in die Hose.«

Ich bemerke die Scham in ihrer Stimme und erkenne sie wieder.

»Er wollte, dass Sie so fühlen«, sage ich. »Sie sollten sich Ihrer Angst schämen.«

Ihr Mund zuckt. »Ich weiß. Die meiste Zeit ist mir das klar. Manchmal ist es schwer.«

»Ja.«

Es scheint sie ein wenig ruhiger zu machen. »Dann zeigte er mir etwas«, fährt sie fort. »Er sagte, er würde es in meine Nachttischschublade legen. ›In ein paar Jahren wird jemand zu Ihnen kommen und Fragen stellen. Wenn es so weit ist, können Sie Ihre Geschichte erzählen und ihnen geben, was in dieser Schublade liegt. Geben Sie es ihnen und sagen Sie ihnen: ›Symbole sind bloß Symbole.‹«

Ich kämpfe mit meiner Ungeduld. *Was liegt in der Schublade? Und was soll das bedeuten: »Symbole sind bloß Symbole«?*

»An das Meiste erinnere ich mich nicht mehr. Ich habe manchmal kurze Erinnerungsblitze, hell, strahlend, wie ein Gemälde mit zu viel Weiß darin. Ich erinnere mich mehr an die Geräusche als an den Schmerz. Geräusche von den Schlägen … tiefe Vibrationen im Innern meines Schädels. Wahrscheinlich war es das Rohr, mit dem er mich geschlagen hat. Ich weiß noch, wie ich Blut geschmeckt habe und dachte, dass etwas wirklich Schlimmes mit mir passiert, aber ich wusste nicht was. Er peitschte meine Füße so brutal, dass ich einen ganzen Monat nicht laufen konnte.« Ihr Kopf dreht sich zum Küchenfenster. »Das Letzte, was ich gesehen habe … jemals gesehen habe, war sein Gesicht. Zu viel Licht, zu hell, eine verdammte glitzernde Strumpfmaske. Er blickte auf mich herab und lächelte. Dann weiß ich nichts mehr, bis ich im Krankenhaus aufgewacht bin und mich gefragt habe, warum ich die Augen nicht aufmachen kann.«

Sie verstummt. Wir warten.

»Nach einiger Zeit kam ich wieder halbwegs zu mir. Erinnerte mich. Erkannte, dass ich blind war.« Sie stockt. »Wissen Sie, was mich überzeugt hat, dass er ernst meint, was er gesagt hat? Dass er sich Sarah vorknöpfen würde? Und dann zu mir zurückkehrt?«

»Was?«, fragt Callie.

»Die Art und Weise, wie er mir sagte, dass es nicht persönlich wäre … wie er dabei klang und aussah. Nüchtern. Sachlich. Nicht wütend, nicht erregt, nicht wahnsinnig oder irgendwas. Nein, völlig normal. Er lächelte sogar dabei. Wie jemand, der von einem guten Buch erzählt, das er gerade gelesen hat.« Sie greift nach ihrer Kaffeetasse, findet sie, nimmt einen Schluck. »Also habe ich getan, was er sagte. Ich hielt den Mund.«

»Das war eine kluge Entscheidung, Cathy«, sage ich. »Das Bild, das wir von diesem Kerl gewinnen, zeigt einen Mann, der nicht blufft. Hätten Sie etwas gesagt, hätte er seine Drohung wahrgemacht und sich Sarah vorgeknöpft, oder Sie beide.«

»Das sage ich mir auch andauernd«, erwidert sie und versucht zu lächeln. Sie trinkt einen weiteren Schluck Kaffee. »Er hat mich verdammt übel zugerichtet. Er hat mir den Schädel eingeschlagen, so schlimm, dass sie einen Teil der Knochen wegnehmen mussten. Er brach mir Arme und Beine mit dem Rohr und schlug mir die meisten Zähne aus. Was Sie sehen, sind Implantate. Was noch? Oh ja … bis zum heutigen Tag kann ich nicht mehr vor die Tür gehen, ohne eine ausgewachsene Panikattacke zu erleiden.«

Sie hält inne, wartet auf eine Reaktion von uns. Ich erinnere mich an die Nachwirkungen des Überfalls auf mich und daran, wie sehr ich die Ratschläge hasste, die andere Leute mir erteilt haben. Nichts als gedankenlose Phrasen, weil niemand die passenden Worte gefunden hatte.

»Ich weiß nicht, was ich sagen soll«, sage ich zu ihr.

Ihr Lächeln ist diesmal warm und echt und kommt unvorbereitet.

»Danke.«

Sie begreift, dass ich sie verstehe.

»Und nun, Cathy – was hat er Ihnen gegeben?«

Sie deutet in den hinteren Teil ihrer Wohnung. »Das Schlafzimmer ist rechts. Sie finden es in der oberen Schublade.«

Callie nickt mir zu, erhebt sich und geht ins Schlafzimmer.

Einen Augenblick später kommt sie zurück. Ihre Miene ist verwirrt. Sie setzt sich, öffnet die Hand, gibt den Blick frei auf das, was sie darin hält.

Etwas Goldenes, Glänzendes. Ein Abzeichen. Eine Polizeimarke des LAPD.

»Es ist meins«, sagt Cathy. »Mein Abzeichen.«

Ich starre darauf.

Symbole sind bloß Symbole.

Ich bin völlig aufgeschmissen, schaue Callie an, hebe fragend eine Augenbraue. Sie zuckt die Schultern.

»Haben Sie eine Ahnung, warum er diesem Abzeichen besondere Bedeutung beigemessen hat?«, frage ich Cathy.

»Nein. Ich wüsste es zu gern, aber ich weiß es nicht. Glauben Sie mir, ich habe lange, lange Zeit darüber nachgedacht.«

Mein Gefühl der Hilflosigkeit und meine Enttäuschung nehmen zu. Nicht wegen Cathy. Ich bin hergekommen in der

Hoffnung auf Antworten; ich war ganz aufgeregt angesichts dieser Möglichkeit. Doch alles, was ich vorfinde, sind weitere Fragen.

»Würden Sie mir eine Frage beantworten?«, fragt Cathy.

»Ja, sicher.«

»Wie sind Sie in Ihrem Job?«, fragt sie mich. »Sind Sie gut genug, um diesen Kerl zu schnappen?«

Das ist die Stimme des Opfers. Ein wenig hauchig, ein wenig hungrig, erfüllt von Hoffnung und Zweifel. Emotionen huschen über ihr Gesicht: Freude, Zorn, Trauer, Hoffnung, Wut und mehr, ein Regenbogen aus Licht und Schatten.

Ich starre sie an, blicke auf die Narben unter ihrem Haaransatz, betrachte mein eigenes Spiegelbild in ihren dunklen Brillengläsern, sehe das Hässliche, das er erschaffen hat, doch auch ein wenig von der Schönheit, die er nicht zerstören konnte. Ein schreckliches Gefühl überkommt mich. Schmerz und Wut und ein beinahe überwältigendes Verlangen, jemanden umzubringen.

Callie antwortet an meiner Stelle.

»Wir sind die Besten, Cathy. Die Allerbesten.«

Cathy starrt uns an. Ich fühle mich »gemustert« – blind oder nicht blind.

»Okay«, flüstert sie. Nickt. »Okay.«

»Möchten Sie Polizeischutz?«, frage ich.

Cathy runzelt die Stirn. »Warum?«

»Ich … wir jagen diesen Burschen. Irgendwann wird er es erfahren. Vielleicht will er sogar, dass wir uns auf seine Spur setzen. Es könnte sein Interesse an der Vergangenheit erwachen lassen.«

»Sein Interesse an mir, meinen Sie.«

»Möglich. Ich weiß, er hat versprochen, Sie in Ruhe zu lassen, wenn Sie tun, was er sagt, doch er ist nicht gerade vertrauenswürdig.«

Sie zögert, überlegt, eine ganze Weile diesmal. Der Augenblick scheint kein Ende zu nehmen. Schließlich schüttelt sie den Kopf.

»Nein. Ich schlafe mit der Pistole unter dem Kopfkissen. Ein verdammt ausgeklügeltes Alarmsystem.« Ihr Grinsen ist humorlos. »Und ich hoffe insgeheim, dass er noch einmal herkommt, um mir einen Besuch abzustatten. Ich würde ihm den Schädel wegpusten, mit dem größten Vergnügen.«

»Sind Sie sicher?«

»Absolut.«

Ich schaue Callie an, und zwischen uns ist das unausgesprochene Einvernehmen: *Wir stellen ihr einen Streifenwagen vor die Haustür, ob es ihr passt oder nicht.*

Sie nimmt einen weiteren Schluck Kaffee. Lauwarm inzwischen, ohne Zweifel. »Tun Sie mir einen Gefallen?«

»Was immer Sie wollen«, antworte ich und meine es ernst.

»Sagen Sie mir Bescheid, wenn es vorbei ist?«

Ich ergreife ihre Hand. Drücke sie.

»Wenn diese Sache vorbei ist, wird Sarah Sie besuchen und es Ihnen sagen.«

Eine Pause. Dann erwidert sie meinen Händedruck.

»Okay«, sagt sie.

Dann zieht sie die Hand zurück.

KAPITEL 34

Ich starre durch die Beifahrerscheibe nach draußen. Ich habe Callie gebeten zu fahren, damit ich nachdenken kann. Wir haben über unseren Besuch bei Cathy gesprochen und versucht, hinter das Rätsel des Abzeichens und des dummen Wortspiels zu kommen – vergeblich.

Ich fühle mich entrückt und ratlos zugleich, ein Cocktail aus innerer Erregung und einem Gefühl der Unwirklichkeit. Ich bin stimuliert, weil wir in Bewegung sind. Wir sind auf der Jagd, und wir haben Dinge erfahren, die wir zuvor nicht wussten. Ich bin ratlos angesichts der Fragen, die sich immer höher auftürmen, ohne dass wir die passenden Antworten finden.

Das alles ist verrückt, surreal, wie mir auf dem Weg zum Wagen klar geworden ist. Gestern Nacht, beim Lesen von Sarahs Tagebuch, bin ich Cathy Jones zum ersten Mal begegnet. Sie war ein neues Gesicht, ein Cop, gesund, zielstrebig, mit Fehlern, aber im Großen und Ganzen in Ordnung. Menschlich, meine ich. Als ich sie heute in ihrer Wohnung besucht und gesehen habe, was aus ihr geworden ist – es ist, als hätte ich das Ende einer Geschichte gelesen und den Teil in der Mitte des Buches übersprungen. Wie eine Reise in einer Zeitmaschine.

Mein Handy summt und reißt mich aus meinen Gedanken. Ich werfe einen Blick auf das Display. Es ist Alan.

»Was gibt's?«, frage ich.

»Eine interessante Sache«, rumpelt er. »Vielleicht nicht schlecht für uns.«

Ich richte mich im Sitz auf. »Was?«

»Ich stehe vor dem Haus der Langstroms. Und weißt du was? Es ist immer noch das Haus der Langstroms.«

»Ich verstehe nicht …«

»Ich bin mit Barry zusammen hingefahren. Wir haben über der Akte gesessen – übrigens habe ich ein paar Ideen, was diesen Fall angeht –, und ich bekam einfach nicht das richtige Gefühl. Da hab ich mir gesagt, dass ich den Tatort sehen muss. Selbst wenn es zehn Jahre zurückliegt.«

»Klar.«

»Barry hat eine Freundin im Archiv und kennt außerdem irgendeine Frau bei der Telefongesellschaft.« Ich kann mir vorstellen, wie Alan die Augen verdreht. »Um es kurz zu machen, wir haben herausgefunden, dass sich das Haus gegenwärtig im Besitz der Sarah-Langstrom-Stiftung befindet.«

»*Was?*« Ich kann mein Erstaunen nicht verbergen. Callie sieht mich an.

»So habe ich auch reagiert. Ich dachte mir, okay, vielleicht waren die Eltern finanziell ein ganzes Stück bessergestellt, als wir vermutet haben. Vielleicht gibt es ja doch noch ein Happy End, und Sarah erbt eine Menge Geld. Wie sich herausgestellt hat, stimmt das nur zum Teil. Die Langstroms waren gutgestellt, aber sie waren nicht wirklich *reich*.«

»Und?«, frage ich ungeduldig. Ich warte auf die Erklärung, die Pointe.

»Wie sich herausstellt, wurde die Stiftung von einem anonymen Spender eingerichtet, *nachdem* die Langstroms ermordet worden waren. Von jemandem, der angeblich ein großer Liebhaber der Arbeiten der verstorbenen Linda Langstrom ist.«

»Wow.« Ich bin beeindruckt.

»Genau. Die Stiftung wird von einem Anwalt namens Gibbs verwaltet. Er will uns den Namen des Spenders im Moment noch nicht verraten, aber er ist kein Arschloch. Er richtet sich nur nach den geltenden Gesetzen und Vorschriften.«

»Wir müssen eine Vorladung erwirken«, sage ich aufgeregt. »Ein ›Kunstliebhaber‹? Das ist eine verdammt heiße Spur.«

»Mein Gedanke. Jedenfalls, dieser Gibbs sagt, wenn wir etwas Schriftliches von Sarah vorlegen können, aus dem hervorgeht, dass sie keine Einwände hat, und wenn er sich telefonisch davon überzeugen kann, dass sie einverstanden ist, lässt er uns in das Haus. Wir sind sofort ins Krankenhaus gefahren und haben mit Sarah geredet.«

»Wie geht es ihr? Wie hat sie auf die Neuigkeit reagiert?«

Unbehagliches Schweigen, das mir ein verlegenes Schulterzucken Alans am anderen Ende der Leitung anzeigt. »Sie war erschüttert. Sie möchte das Haus sehen. Ich musste ihr versprechen, dass wir bald mit ihr hinfahren, sonst hätte ich sie nicht im Krankenbett halten können.«

Ich seufze. »Okay. Natürlich fahren wir mit ihr hin.«

»Gut. Also, wir erhielten Sarahs Einverständnis, brachten sie dazu, mit Gibbs zu telefonieren, und dann sind wir mit ihm zu dem Haus gefahren. Rate mal was?« Er zögert, um die Spannung zu erhöhen. »Das Haus wurde nicht mehr betreten, seit die Spurensicherung es vor zehn Jahren freigegeben hat.«

»Willst du mich auf den Arm nehmen?« Ich kann meine Fassungslosigkeit nicht verbergen. Callie mustert mich von der Seite.

»Ganz und gar nicht. Und es fehlen bloß ein paar Sachen aus Sarahs Zimmer. Vielleicht ist der Künstler noch mal zurückgekommen und hat ein paar Souvenirs mitgehen lassen.«

»Gib mir die Adresse«, sage ich.

Er nennt mir die Adresse, und ich beende das Gespräch. Ich bin ganz aufgeregt.

»Sag schon, was los ist, Zuckerschnäuzchen«, verlangt Callie. »Oder ich singe auf der Stelle die Nationalhymne, aus voller Kehle.«

Das ist eine wirkungsvolle Drohung. Vieles an Callie ist wunderbar, aber ihre Singstimme nun wirklich nicht.

In Malibu, habe ich immer geglaubt, lebt ein Mix aus Reichen und Glückspilzen. Die Reichen sind diejenigen, die es sich leisten können, in dieser begehrten Gegend am Meer heutzutage noch ein Haus zu kaufen. Die Glückspilze sind diejenigen, die sich hier ein Haus gekauft haben, bevor die Preise in astronomische Höhen geklettert sind.

»Wunderschön«, sagt Callie, als wir über den Pacific Coast Highway gleiten.

»Ohne Zweifel«, pflichte ich bei.

Es ist kurz nach Mittag, und die Sonne hat beschlossen, endlich wieder hervorzukommen. Das Meer liegt zu unserer Linken, weit, blau, eine unaufhaltsame, unbezwingbare Macht, die gegen die Küsten brandet. Man kann das Meer lieben, doch man sollte nicht erwarten, dass es diese Liebe erwidert. Dazu ist es zu endlos.

Zur Rechten sind die Hügel überzogen von gewundenen Straßen, die zu den verschiedenen Anwesen und Wohngegenden von Malibu führen. Jede Menge Grün, wahrscheinlich vom vielen Regen. Keine gute Neuigkeit für die herannahende Waldbrandsaison.

Wir finden unsere Abzweigung, und nach zehn Minuten und ein paar Mal Verfahren stehen wir vor der angegebenen Adresse. Alan und Barry haben draußen auf uns gewartet. Alan steht da und lauscht Barry, der an Alans Wagen lehnt, raucht und erzählt. Sie sehen uns und kommen herbei, als wir aussteigen.

»Hübsch«, bemerke ich mit einem Blick zum Haus der Langstroms.

»Es ist ein ziemlich großes Haus«, sagt Barry mit einem Blick in sein Notizbuch, seine eigene Version von Ned. »Fast tausend Quadratmeter Grundstück, drei Badezimmer. Sie haben es vor zwanzig Jahren für dreihunderttausend Dollar gekauft. Inzwischen ist es anderthalb Millionen wert – und vollständig abbezahlt von dem geheimnisvollen Wohltäter.«

Das Haus ist typisch amerikanisch, nicht kalifornisch. Ein großer, von einem weißen Zaun umgebener Vorgarten, der obligatorische Baum zum Klettern für die Kinder, ein kopfsteingepflasterter Weg zur Haustür und eine Atmosphäre von Komfort und Gemütlichkeit. Das Haus ist in hellen Beigetönen gestrichen und macht einen sehr gepflegten Eindruck.

»Es gibt doch sicher eine Firma, die mit der Instandhaltung beauftragt wurde?«, frage ich Alan.

Er nickt. »Ja. Einmal die Woche kommt ein Gärtner, die Sträucher werden vor der Waldbrandsaison zurückgeschnitten, und das Haus wird alle zwei Jahre neu gestrichen.«

»Alle zwei Jahre?«, fragt Barry ungläubig. »Ich streiche meins alle fünf, wenn es hochkommt.«

»Die Salzluft«, erklärt Alan.

»Wo ist der Anwalt?«, frage ich.

»Er hat einen Anruf von einem Mandanten bekommen und musste weg.«

»Haben wir einen Schlüssel?«, will ich wissen.

»Haben wir.« Alan grinst und öffnet eine riesige Hand mit zwei Schlüsseln an einem Ring.

»Gehen wir rein.«

Als ich das Haus betrete, überkommt mich erneut das Gefühl der Losgelöstheit. Ich bin wieder in der Zeitmaschine.

Das Problem ist, dass Sarahs Geschichte zu lebendig ist. Sie hat alles zusammengesucht, was sie noch empfindet, und es dazu benutzt, ihrer Geschichte Leben einzuhauchen. Ihre Anstrengungen sind von Erfolg gekrönt – sie hat uns mitgerissen.

Beinahe rechne ich damit, dass mir Buster und Doreen entgegenkommen, und ich spüre einen Anflug von Traurigkeit, als es ruhig bleibt.

Im Haus ist alles dunkel. Sonnenlicht, das durch die Läden im Plantagenhausstil fällt, erzeugt eine gedämpfte Helligkeit. Ich trete in die Halle und stehe auf einem Fußboden aus Kirschholzdielen, überzogen von einer Staubschicht. Die Dielen setzen sich in der Küche zur Rechten fort. Ich sehe Arbeitsflächen aus Granit, dazu passende Schränke und staubigen Edelstahl. Die linke Seite der Halle wird von einem einzelnen großen Raum beherrscht – kein klassisches Wohnzimmer, sondern ein Treffpunkt, wo man sich unterhalten kann. Zehn Leute könnten sich in diesem Raum bewegen, ohne sich anzurempeln. Zwanzig, wenn sie nichts gegen ein bisschen mehr Nähe haben. Auch hier Kirschholzboden.

Hinter diesem Zimmer schließt sich ein weiterer offener Raum an, der rechts an die Küche grenzt und in das eigentliche Wohnzimmer führt, wo der Teppichboden beginnt. Er ist von satter dunkelbrauner Farbe. Ich trete näher, um einen besseren Blick darauf zu werfen, und lächle ein trauriges Lächeln. Das Braun passt zum Rest der Einrichtung, angefangen bei der Farbe der Wände bis hin zum Mobiliar. Eingerichtet von einer toten Künstlerin mit einem instinktiven Verständnis für Farben.

Links vom Wohnzimmer führt ein Flur in die anderen Bereiche des Hauses. Zur Rechten, hinter einem großen und äußerst gemütlich aussehenden Sofa, befinden sich zwei Schiebeglastüren, die in einen weitläufigen, ummauerten Garten führen.

Auf dem Haus lastet eine bedrückende Stille.

»Fühlt sich an wie ein Grab«, murmelt Barry und spricht damit aus, was ich empfinde.

»Es *ist* ein Grab«, sage ich und drehe mich zu Alan um. »Gehen wir Schritt für Schritt vor.«

Er klappt die Ermittlungsakte auf – die erstaunlich dünn ist, wie mir auffällt –, und liest: »Keine Spuren von gewaltsamem Zutritt. Der Eindringling hatte möglicherweise Nachschlüssel. Die herbeigerufenen Officer Santos und Jones haben das Haus durch die Schiebetür zum Garten auf der Rückseite betreten. Die Leichen von Mr. und Mrs. Langstrom lagen gleich hier unten im Wohnzimmer.« Er nickt in Richtung der Stelle.

Wir sehen sie uns genauer an.

»Es stimmt tatsächlich«, murmle ich. »Seit der Spurensicherung war niemand mehr in diesem Haus.«

Ein kleines Stück vom braunen Teppich ist verschwunden, herausgeschnitten von der Spurensicherung wegen der Blutspuren darauf. Sie haben nur mitgenommen, was sie zu benötigen geglaubt haben; überall sind noch dunkle Flecken zu sehen, selbst auf dem Sofa und an der Wand. Kopfschüsse sind eine hässliche Sache.

»Mr. und Mrs. Langstrom waren nackt. Er wurde mit dem Gesicht nach unten gefunden. Mrs. Langstrom lag auf dem Rücken, mit dem Kopf genau an der Stelle, wo das Stück Teppich fehlt.«

Ich schaue nach unten, stelle mir das Bild vor.

»Der Pathologe hat vor Ort festgestellt, dass Mr. Langstroms Augen petechiale Hämorrhagien aufwiesen, und dass die Blutergüsse um den Hals herum mit einer Strangulation konsistent sind. Die Autopsie hat dies bestätigt.«

»Wurde Mrs. Langstrom ebenfalls obduziert?«

Weil es scheinbar Selbstmord gewesen ist, war möglicherweise keine Autopsie vorgenommen worden.

»Ja, auch ihr Leichnam wurde obduziert.«

»Mit welchem Ergebnis?«

»Die Leichenflecken haben bestätigt, dass die Langstroms nach dem Tod nicht mehr bewegt wurden. Sie starben, wo und wie sie gefunden wurden. Nach den gemessenen Körpertemperaturen trat der Tod gegen fünf Uhr morgens ein.«

»Das ist eigenartig«, sagt Barry.

Ich sehe ihn an. »Was?«

»Der geschätzte Todeszeitpunkt ist fünf Uhr morgens. Die Polizei wurde erst Stunden später gerufen. Was für eine Waffe hat Mrs. Langstrom benutzt?«

Alan muss nicht in die Akte sehen. Er hat bereits über die Frage nachgedacht, die Barry ihm stellt. »Eine Neunmillimeter.«

»Laut«, sagt Barry. »Verdammt laut. Sie hat den Hund erschossen und sich selbst. Warum hat niemand die Schüsse gehört?«

»Die gleiche Frage hat Cathy Jones gestellt«, sagt Callie.

»Schlampig.« Alan schüttelt verärgert den Kopf.

Er meint die Ermittlungsarbeiten der Polizei von damals. Alan hat zehn Jahre beim Morddezernat in L.A. gearbeitet, bevor er zum FBI gekommen ist, und er war bekannt für seine Aufmerksamkeit für Details und seine beharrliche Weigerung, voreilige Schlussfolgerungen zu ziehen. Alan hätte an den Lärm der Schüsse gedacht, hätte er damals in diesem Fall ermittelt.

»Weiter«, sage ich zu ihm.

»Sarah wurde im Haus gefunden. Sie war in einem katatonischen Schock. In den Akten steht kein Wort von Verbrennungen an der Hand.« Er schaut mich mit bedeutungsvollem Blick an. »Als wir sie im Krankenhaus besucht haben, habe ich nachgesehen. Sie hat eine kleine Narbe dort.« Wieder spiegelt sich Verärgerung auf seinem Gesicht. »Noch mehr Schlamperei. Sie haben überhaupt nichts überprüft. Sie haben einfach gefressen, was man ihnen serviert hat.«

Ich weise ihn auf das Naheliegende hin. »Damals war das schlecht. Heute ist es gut«, sage ich. »Sie haben nicht gesucht, und das bedeutet, dass es möglicherweise immer noch eine Spur gibt, die zum Killer führt.«

»Was ist mit der Schusswaffe?«, fragt Callie nachdenklich.

Alan sieht sie fragend an. »Was soll damit sein?«

»Wurden Nachforschungen angestellt? Besaßen die Langstroms überhaupt eine Waffe?«

Alan blättert die Akte durch und nickt, als er etwas findet. »Sie war nicht registriert. Die Seriennummer war weggeschliffen. Man hat damals angenommen, dass Linda Langstrom die Waffe auf der Straße gekauft hat.« Sein Tonfall wird sarkastisch. »Na klar. Weil Linda genau wusste, an wen sie sich wenden muss, um eine heiße Waffe zu kaufen. So ein Blödsinn! Warum hätte sie sich die Mühe machen sollen? Wenn sie vorhatte, sich selbst zu töten, wäre es ihr wohl egal gewesen, dass man die Waffe zurückverfolgen kann.«

Ich schaue Barry an. »Ist die Waffe noch in der Asservatenkammer?«

»Ich nehme es an. Die Vernichtung von Beweisen ist ein bürokratisches Ärgernis. Es dauert eine Stunde, um den Wust an Formularen auszufüllen. Und nach allem, was ich bis jetzt gesehen habe, gehören die Typen, die diesen Fall damals untersucht haben, nicht zu den Fleißigsten.«

»Dann sollten wir uns die Waffe besorgen, Alan. Unsere Ballistiker sollen sie sich ansehen.«

»Könnte eine Vergangenheit haben«, sagt er und nickt.

»Was als Nächstes?«, frage ich.

»Die Kugel war ein Hohlmantelgeschoss. Maximale Zerstörung beim Austritt.« Er blättert eine Seite um. »Linda Langstroms Fingerabdrücke wurden am Hals ihres Mannes gefunden. Das deckt sich mit der Theorie, dass sie die Tat verübt hat. Genau wie der Abschiedsbrief und die Antidepressiva.«

»Was ist damit?«, frage ich.

»Nichts. Nur eine Notiz, dass Linda Langstrom solche Tabletten hatte. Keine weiteren Nachforschungen.«

»Andere Beweise?«

Er schüttelt den Kopf. »Die Spurensicherung hat nur einen flüchtigen Blick auf das Zimmer geworfen. Den Rest des Hauses haben sie außer Acht gelassen.«

»Sie haben nicht nach Hinweisen gesucht, die auf ein Verbrechen hingedeutet hätten«, sinniert Callie. »Sie haben Beweise gesammelt, die bestätigen konnten, was sie bereits wussten.«

»Zu wissen *glaubten*«, sagt Alan.

»Wo wurde der Hund erschossen?«, frage ich.

Alan blickt erneut in die Akte. »In der Nähe des Eingangs.« Er runzelt die Stirn. »Sieh dir das an.« Er reicht mir ein Foto. Ich betrachte es und verziehe das Gesicht. Auf dem Foto ist Buster, der zutrauliche Hund, ohne Kopf zu sehen, wie er neben der Haustür auf den Dielen liegt. Ich schaue genauer hin und kneife die Augen zusammen.

»Interessant, nicht wahr?«, fragt Alan.

»Kann man wohl sagen.«

Das Foto zeigt Buster auf der Seite liegend. Sein kopfloser Körper ist zur Tür hin ausgerichtet. Gleich daneben liegt eine blutige Bügelsäge.

»Wenn Linda Langstrom das Tier erschossen hat«, sage ich, »warum liegt es dann vor der Haustür? Und warum in Richtung Tür? Das lässt vermuten, dass das Tier auf jemanden an der Tür reagiert hat und nicht auf jemanden, der bereits im Haus war.«

»Mehr noch«, sagt Alan. »Das Blut in Sarahs Kinderzimmer. Untersuchungen haben ergeben, dass es kein menschliches Blut war. Das stützt Sarahs Geschichte, dass jemand den Hundekopf zu ihr aufs Bett geworfen hat. Das passt alles irgendwie nicht zusammen. Selbst die Annahme, dass Linda dem Tier den Kopf abgeschnitten hat, ist weit hergeholt. Aber dass sie den Kopf auf das Bett ihrer Tochter geworfen haben soll? Ganz bestimmt nicht, auf gar keinen Fall.« Ich sehe, wie Wut in Alan aufsteigt. Ich sage nichts, lasse ihn seinen Gedankengang zu Ende führen. »Der Killer war gar nicht so clever. Dafür waren die Cops, die den Fall bearbeitet haben, dumm und schlampig! Mir wäre das alles sofort ins Auge gefallen. Die Pistole. Der Hund. Ich hätte verdammt lange über diesen Hund nachgedacht. Und wenn ich Sarahs Geschichte gehört hätte, hätte ich mich überzeugt, ob sie eine Brandwunde an der Hand hat, und dann hätte ich das ganze Haus auf den Kopf gestellt!« Er schäumt noch einige Sekunden weiter; dann bläst er die Wangen auf und atmet langsam aus. Es klingt wie ein langgezogener Seufzer. »Tut mir leid. Ich bin sauer. Wenn ich daran denke, dass die ganze Geschichte, die später kam, vielleicht nie hätte passieren müssen.«

»Vielleicht«, räume ich ein. »Es ist aber auch möglich, dass du nichts gefunden hättest, selbst wenn du das ganze Haus auf den Kopf gestellt hättest. Und dass du am Ende ebenfalls auf Selbstmord gekommen wärst.« Ich zögere, als mir ein Gedanke kommt. »Weißt du, was das wirklich Schlimme ist? Dass es keine Rolle gespielt hätte. Sarah hatte keine Familie mehr. Wenn der Täter keinerlei forensische Beweise hinterlassen hat – und ich wette, dass es so ist –, wäre das Ergebnis für Sarah das Gleiche gewesen, selbst wenn die Cops ihr damals geglaubt hätten.«

»Waisenhaus und Pflegeeltern und all das Schlimme, das sie ertragen musste«, sagt Alan.

»Ja. Heute haben wir den Vorteil neuer Informationen und später Einsichten. Konzentrieren wir uns darauf, die Dinge richtigzustellen.« Ich wende mich an Callie. »Ich möchte, dass du dich mit Gene in Verbindung setzt. Durchkämmt dieses Haus von oben bis unten. Vielleicht finden wir etwas, jetzt, wo endlich jemand richtig hinsieht.«

»Mit Vergnügen.«

»Mach dich sofort an die Arbeit. Du kannst den Wagen nehmen. Ich fahre mit Alan zurück.«

Callie nickt. Ich spüre, wie sie kurz mit sich ringt und sehe, wie eine Hand zur Jackentasche gleitet.

Schmerzen, wird mir bewusst. Sie hat einen plötzlichen Schmerzanfall. Ich sehe in ihren Augen, dass sie weiß, dass ich es weiß. Ich erhalte ihre Botschaft in hell leuchtendem Neon: *Lass mich in Ruhe. Geht dich nichts an. Ist meine Privatangelegenheit.*

»Was ist mit mir?«, fragt Barry in das Schweigen hinein. »Nicht, dass ich nicht reichlich zu tun hätte … es gibt andere Morde, und dieser Fall liegt nicht gerade in meiner Zuständigkeit. Gott sei Dank kenne ich einen weiblichen Detective, der im Revier von Malibu arbeitet.«

»Ich weiß es zu schätzen, dass Sie auf meine Bitte hergekommen sind, Barry, ehrlich.«

Sein Lächeln ist schwach. Er zuckt die Schultern. »Sie rufen nur, wenn es etwas wirklich Wichtiges gibt, Smoky. Also komme ich. Was brauchen Sie sonst noch von mir?«

»Sämtliche Beweise. Insbesondere die Waffe, mit der Linda sich das Leben genommen haben soll.«

»Wird erledigt. Heute noch.«

»Da ist noch etwas.«

»Und was?«

»Ich möchte, dass Sie sich die Detectives ansehen, die damals den Fall bearbeitet haben. Diskret, versteht sich.«

Eine lange Pause, während er über meine Bitte nachdenkt – und den Grund dafür.

»Sie meinen, einer von ihnen könnte der Täter sein?«

»Die Arbeit war miserabel. Ich habe zwar schon schlampigere Arbeit gesehen, und ich verstehe, wie die Beamten damals zu ihren Schlussfolgerungen gelangen konnten, doch ich kann nicht begreifen, weshalb niemand sich je genauer mit Sarah befasst hat. Ich sehe zwar Notizen von Cathy Jones, obwohl sie damals noch feucht hinter den Ohren war, aber ich sehe keine Vernehmung Sarahs durch die zuständigen Detectives. Ich möchte wissen, warum das so ist. Aber wenn ich selbst herumstochere, alarmiere ich alle möglichen Leute.«

Barry seufzt und schüttelt den Kopf »Scheiße. Ja. Sicher. Ich kümmere mich darum.«

»Danke, Barry.«

Ich lasse den Blick schweifen, denke nach. Nehme das Grab in mich auf, das einmal ein Haus gewesen ist. Ich nicke, zufrieden, dass wir für den Augenblick gehen können.

»Gehen wir«, sage ich zu Alan.

»Wohin?«

»Gibbs. Ich möchte diesen Anwalt kennenlernen.«

»Sobald er nur die Lippen bewegt, lügt er, Zuckerschnäuzchen«, sagt Callie.

Wir gehen zusammen zur Tür und nach draußen.

»Was machen Sie denn, wenn Ihre Lippen sich bewegen, Rotschopf?«, fragt Barry.

Callie grinst. »Die Welt erleuchten. Was sonst?«

Typisch Callie, denke ich. *So ist sie immer, und so wird sie bleiben, Schmerzmittel oder nicht. Eine vorlaute Freundin mit einer Vorliebe für mexikanisches Junkfood und Donuts.*

Wir steigen in unsere Fahrzeuge und fahren in verschiedene Richtungen davon.

»Wie lange brauchen wir bis zu Gibbs?«, frage ich Alan.

Er blickt auf die Uhr im Armaturenbrett. »Ungefähr vierzig Minuten, würde ich sagen.«

»Dann nutze ich die Zeit zum Lesen.«

Ich ziehe das Tagebuch aus meiner Handtasche.

Sie ist er, denke ich, *und er ist sie.*

Sarah ist ein Mikrokosmos. Der Künstler zeigt sie uns, um uns ein Gefühl für sein eigenes Leben zu vermitteln. Indem ich verstehe, was Sarah durchgemacht hat, bekomme ich eine schwache Ahnung von dem, was er selbst durchgemacht hat. Mehr bekomme ich für den Augenblick nicht.

Ich lehne mich zurück. Draußen fängt es schon wieder an zu regnen.

Sarahs Geschichte

Dritter Teil

KAPITEL 35 *Machen wir eine Pause für ein paar Wahrheiten.*

Mir kommt der Gedanke, dass es beim Schreiben dieser Geschichte um mehr geht als ein guter Schreiber zu sein. Es geht um Distanz. Solange ich über diese Dinge in der dritten Person schreibe, ist es beinahe so, als würden sie jemand anderem zustoßen, einem fiktiven Charakter oder so. Ist Verdrängung nicht etwas Großartiges?

Wenn man richtig tief gehen will und mit Metaphern um sich werfen, könnte man diese Geschichte mit einem ziemlich üblen Märchen vergleichen. Gretel ohne Hänsel, mit einer Hexe, die viel zu schlau ist. Sie hat mich in den Ofen geschoben und röstet mich langsam. Oder mit Rotkäppchen, doch der Wolf hat mich geschnappt, und anstatt mich in einem Stück herunterzuschlucken, nimmt er sich Zeit, seine Mahlzeit gründlich zu kauen.

Wo waren wir stehen geblieben? Ach ja, das Kinderheim.

Das Kinderheim war wie eine Arena, und wir waren die Gladiatoren.

Im Kinderheim habe ich zu kämpfen gelernt. Ich lernte den Unterschied zwischen einer Warnung und einem Angriff. Ich fand heraus, dass ich keine Angst haben muss, jemand anderen zu verletzen, und dass Größe nicht alles ist, was zählt.

Ich lernte gewalttätig zu sein, auf eine Weise, die ich mir niemals hätte träumen lassen. War das ein Teil seines Plans?

Ich dachte oft darüber nach. Tue es heute noch. Es spielt keine Rolle, nehme ich an. Es bin sowieso nicht ich, stimmt's?

»Gib mir das Kissen, hab ich gesagt!«

Sarah presste die Lippen zusammen und zwang sich, den Blick nicht von Kirsten abzuwenden.

»Nein.«

Das ältere Mädchen starrte sie ungläubig an.

»Was hast du gesagt?«

Sarah zitterte innerlich. Nur ein klein wenig.

Wehr dich! Du bist kein ängstliches Baby mehr, erinnerst du dich nicht?

Es war leichter gedacht oder gesagt als getan, so viel stand fest. Kirsten war nicht nur drei Jahre älter, sie war ein großes Mädchen. Sie hatte breitere Schultern als die meisten anderen in ihrer Altersgruppe, sie hatte große Hände, und sie war stark. Sie liebte die Gewalt. Sehr sogar.

Egal. Du bist jetzt acht. Wehr dich!

»Nein. Ich lass mich nicht mehr von dir herumkommandieren.«

Ein hässliches Lächeln spielte um Kirstens Lippen.

»Das werden wir ja sehen.«

Sarah wohnte nun seit zwei Jahren im Burbank Group Home. Es war eine Umgebung, die an *Der Herr der Fliegen* erinnerte, wo der Stärkere recht hatte und das Erziehungsprinzip der Erwachsenen auf Bestrafung beruhte, nicht auf Prävention. Es war eine Atmosphäre, in der Brutalität und Grausamkeit gediehen.

Sarah hatte keine Freundinnen im Heim. Stattdessen hatte sie sich Kirstens Forderungen gefügt, ihr regelmäßig den Nachtisch oder ihr Bettzeug zu überlassen und die tausend anderen kleinen Foltern ertragen, mit denen das ältere Mädchen sie quälte.

Doch vor kurzem hatte Sarah in die Zukunft gesehen, und das hatte ihre Meinung grundlegend geändert. Sie hatte herausgefunden, was in den Schlafsälen der älteren Mädchen passierte. Hier, in diesem Saal, wurde von ihr Unterwerfung verlangt. In dem anderen Saal würden sie Sarahs Körper verlangen.

Diese Vorstellung löste etwas Unnachgiebiges, Zorniges, Halsstarriges in Sarahs Innerem aus.

Sie hatte viel Zeit damit verbracht, Kirsten zu beobachten. Ihr war klar geworden, dass sich das ältere Mädchen einzig auf seine Kraft und seine Körpergröße verließ. An Kirstens Übergriffen war nichts Geschicktes. Sie war immer diejenige, die als Erste zuschlug. Sarah hatte genug Ohrfeigen von ihr bekommen. Ohrfeigen, die ihre Zähne klappern und ihre Wangen brennen ließen wie Feuer. Die Schwellungen blieben manchmal eine Woche.

Diesmal war es nicht anders. Kirsten holte aus und zielte mit der flachen Hand auf Sarahs Wange.

Es war die Art von Angriff, die nur bei Gegnern funktionierte, die zu viel Angst hatten, sich zu wehren. Sarah tat, was jeder tun würde, der keine Angst hatte – sie duckte sich.

Kirstens Hand strich über ihrem Kopf durch die leere Luft. Ein Ausdruck der Fassungslosigkeit erschien auf dem Gesicht des älteren Mädchens.

Jetzt! Bevor sie das Gleichgewicht wiedergefunden hat!

Sarahs Leben war einfach. Aufwachen, duschen, essen, Schule und dann zurück in die Schlaf- oder Gemeinschaftsräume. Dieses Leben verschaffte ihr ausreichend Gelegenheit, über Dinge nachzudenken. Und dieses Nachdenken hatte sie erkennen lassen, dass eine geballte Faust wirkungsvoller war als eine flache Hand.

Sie schnellte hoch, holte aus, ballte die Faust und schlug Kirsten auf die Nase, so fest sie konnte. Der Aufprall war wie ein Schock.

Das hat wehgetan!

Sie hatte Kirsten voll getroffen. Blut schoss aus beiden Nasenlöchern, und Kirsten stolperte rückwärts, fiel hin, landete auf dem Hintern.

Jetzt! Gib ihr den Rest, bevor sie aufstehen kann!

Sarah hatte zweimal erlebt, wie es Mädchen ergangen war, die sich Kirsten widersetzt hatten. Beide Male hatte Kirsten es nicht bei Ohrfeigen belassen. Eines der Mädchen hatte sie bewusstlos getreten und ihm dann den Kopf kahl rasiert. Dem zweiten Mädchen hatte sie den Arm auf den Rücken gedreht, bis er mit einem hörbaren Knacken gebrochen war. Dann hatte Kirsten das schreiende Mädchen splitternackt ausgezogen und draußen auf dem Flur ausgesperrt.

Sarah wusste, dass sie diesen Kampf genauso erbittert führen musste.

Kirsten kämpfte sich bereits wieder auf die Beine. Sarah trat ihr ins Gesicht. Ihr Fuß traf Kirsten voll auf den Mund, und die Unterlippe platzte auf. Ihre Augen quollen hervor, und sie kreischte vor Schmerz. Überall war plötzlich Blut.

In Sarah stieg eine düstere, wilde Freude auf. Endlich einmal wartete sie nicht darauf, dass etwas Schlimmes geschah. Endlich einmal erwachte sie nicht aus einem Albtraum, um festzustellen, dass sie in einem Albtraum lebte.

Dies hier war

(besser)

Diesmal hatte sie alles unter Kontrolle.

Sie trat Kirsten erneut, diesmal voll auf die Nase. Der Kopf des älteren Mädchens wurde in den Nacken geschleudert, Blut spritzte – in Sarahs Augen eine wunderschöne Fontäne. Kirsten starrte voller Entsetzen zu Sarah auf.

Sarah blähte die Nüstern bei diesem Anblick.

Noch mehr! Noch mehr! Nicht aufhören!

Sie sprang Kirsten an, warf sich auf sie, stieß sie auf den Rücken und prügelte mit den Fäusten auf sie ein, bis sie kein Gefühl mehr in den Händen hatte. Dann stand sie auf, trat Kirsten in den Bauch, gegen die Arme, die Brust, die Beine. Das ältere Mädchen rollte sich zusammen und versuchte sein Gesicht zu schützen.

Sarah hatte nicht das Gefühl, die Kontrolle über sich verloren zu haben. Ganz im Gegenteil. Sie fühlte sich losgelöst. Zufrieden, freudig erregt und zugleich losgelöst. Als würde sie in einem Traum ein besonders köstliches Stück Kuchen essen.

Sie hörte auf, als Kirsten zu schluchzen begann.

Sarah verharrte einen Moment über ihr, bis sie wieder zu Atem gekommen war. Kirsten weinte, die Arme über dem Kopf zusammengeschlagen. Sarah erhaschte Blicke auf blutige Lippen, eine gebrochene Nase, ein Auge, das bereits halb zugeschwollen war.

Du wirst es überleben.

Sie ging auf die Knie und brachte ihre Lippen nahe an Kirstens Ohr.

»Wenn du noch mal versuchst, mich zu schlagen, bring ich dich um. Verstanden?«

»J-ja«, schluchzte Kirsten.

Ein Donnerhall in Sarahs Innerem, und ihre Wut war verflogen. Einfach so.

Ein Ausspruch ihrer Mutter kam ihr in den Sinn: »Wenn es dir gelingt, deine Feinde zu Freunden zu machen, lebst du ein besseres Leben.«

Sarah hatte damals nicht gewusst, was ihre Mutter gemeint hatte. Jetzt glaubte sie die Bedeutung der Worte zu verstehen.

Sie streckte die Hand aus.

»Komm, ich helf dir, dich wieder in Ordnung zu bringen.«

Kirsten spähte misstrauisch hinter ihren Armen hervor, noch immer voller Angst. Sie blickte auf Sarahs Hand.

»Warum willst du mir helfen?«

»Ich will dich nicht herumkommandieren. Ich will nicht dein Boss sein. Ich will nur, dass du mich in Ruhe lässt.« Sie beugte sich vor und winkte. »Los, komm.«

Nach einigen weiteren ungläubigen Sekunden nahm Kirsten die Arme herunter. Sie setzte sich auf und betrachtete Sarah mit einer Mischung aus Angst und Neugier. Ihre Hand zitterte, als sie den Arm ausstreckte, um Sarahs Hand zu ergreifen. Sie zuckte zusammen, als sie aufstand.

Kirstens Gesicht war blutig und verquollen.

»Ich habe dir die Nase gebrochen«, sagte Sarah.

»Ja.«

Sarah zuckte die Schultern. »Tut mir leid. Soll ich dir im Waschraum helfen, dein Gesicht sauber zu machen?«

Kirsten musterte das jüngere Mädchen für eine Sekunde. »Nein. Ich geh allein, und dann gehe ich zur Schwester.« Sie versuchte zu lächeln, doch es wurde eine Grimasse. »Ich sag ihr, dass ich ausgerutscht und aufs Gesicht gefallen bin.«

Sarah blickte dem älteren Mädchen hinterher, als es davonhumpelte. Sobald Kirsten weg war, setzte sie sich auf ihre Pritsche und ließ das Gesicht in die Hände sinken. Der Adrenalinstoß war abgeklungen. Sie fühlte sich zittrig, und ihr war leicht übel.

Sie lehnte sich zurück und blickte auf die Unterseite des Etagenbettes über ihr.

Vielleicht wird es jetzt ein bisschen besser hier im Heim.

Sie war seit zwei Jahren in diesem Heim. Zwei Jahre, seit ihre Eltern gestorben waren, seit Theresa Dennis umgebracht hatte, und seit sie hierher in dieses gewalttätige Heim gekommen war. Der Fremde besuchte sie immer noch in ihren Träumen, doch die Besuche wurden immer seltener.

Sie war erst acht Jahre alt, doch sie war nicht mehr unschuldig. Sie wusste Bescheid über den Tod und Blut und Gewalt. Sie wusste, dass die Starken besser überlebten als die Schwachen. Sie wusste, was Sex war, in all seinen Verkleidungen, auch wenn sie ihn (Gott sei Dank!) noch nicht aus erster Hand kennengelernt hatte.

Sie hatte gelernt, ihre Gefühle perfekt zu verbergen. Sie war im Besitz von drei Gegenständen, drei Talismanen, deren Bedeutung sie vor den anderen Mädchen geheim hielt. Da war Mr. Huggles, ihr Stoffaffe. Dann ein Familienfoto von ihr,

Mommy, Daddy, Buster und Doreen. Und schließlich das Foto von Theresas Mutter.

Sarah hatte das Bild aus dem Versteck unter Theresas Matratze geholt, um es in Sicherheit zu bringen. Sie beabsichtigte, es Theresa eines Tages zurückzugeben.

Von Zeit zu Zeit dachte sie ganz fest an ihre Pflegeschwester. Sie würde Theresa immer wie eine richtige Schwester sehen, und sie wusste, dass sie die Nacht beim Go-Fish niemals vergessen würde, als sie sich in Sicherheit gefühlt hatte. Sarah wusste, dass sie nie vergessen würde, warum Theresa getan hatte, was sie getan hatte. Sarah verstand das alles jetzt sehr gut.

Sie griff in ihre Gesäßtasche und zog das Bild von Theresas junger, wunderschöner Mutter hervor. Sie strich mit den Fingern darüber und lächelte den lachenden Augen und dem kastanienbraunen Haar zu.

Sie wusste, dass Theresa im Jugendgefängnis saß, bis sie achtzehn war. Cathy Jones hatte es ihr erzählt.

Noch drei Jahre, und dann ist sie frei.

Sie steckte das Foto wieder ein und verschränkte die Hände hinter dem Kopf. Sie hatte Theresa einmal zu schreiben versucht. Bloß einen kurzen Brief. Theresa hatte zwei Sätze zur Antwort geschrieben:

Schreib mir nicht mehr, solange ich hier drin bin. Ich liebe dich.

Sarah hatte begriffen. Manchmal stellte sie sich vor, wie Theresa achtzehn wurde und hierherkam, um sie zu adoptieren. Ein dummer Traum. Er kam trotzdem immer wieder.

Alle drei oder vier Monate kam Cathy Jones vorbei und besuchte sie. Sarah freute sich auf Cathys Besuche, auch wenn sie sich fragte, welche Gründe es dafür geben mochte. Cathy war schwer zu durchschauen.

Aber egal. Verlier bloß nicht ihre Visitenkarte.

Sarah hatte angefangen, wie jemand zu denken, der ums Überleben kämpft. Dinge einzuordnen, in belastend und vorteilhaft, Aktiva und Passiva. Aktiva waren wichtig. Cathy, zum

Beispiel. Cathy fand immer wieder wichtige Neuigkeiten heraus. Cathy hatte auch herausgefunden, dass Doreen bei den Overmans aufgenommen worden war, bei John und Jaimie. Wie gesagt, wichtige Neuigkeiten.

Abgesehen von Cathy war Karen Watson Sarahs einzige Verbindung zur Außenwelt. Sarah verzog das Gesicht. Inzwischen hatte sie begriffen, was Theresa gemeint hatte, als sie Karen als »das Böse in Person« bezeichnete. Karen Watson war nicht nur vollkommen gleichgültig gegenüber den Kindern, für die sie verantwortlich war – sie verachtete sie. Sie gehörte zu den wenigen Menschen, die Sarah hasste.

Ein Klopfen an der Tür riss sie aus ihren Gedanken. Sie setzte sich auf. Janet steckte den Kopf in den Saal.

»Sarah? Karen Watson ist hier. Sie will dich sehen.«

»Ist gut. Ich komme.«

Die hagere Frau lächelte und ging. Sarah runzelte die Stirn.

Was kann diese Hexe von mir wollen?

Karen saß im Gemeinschaftsraum an einem Tisch. Sarah ging zu ihr und setzte sich ihr gegenüber. Karen musterte das Mädchen.

»Wie geht es dir, Prinzessin?«

»Gut.«

Das geht dich einen Scheiß an, war die Antwort, die Sarah auf der Zunge brannte, doch sie war zu klug, sich diese Blöße zu geben. Die Starken kamen besser zurande als die Schwachen, und von ihnen beiden war Karen ganz klar die Stärkere.

»Hast du deine Lektion inzwischen gelernt?«, fragte Karen. »Weißt du nun, wie man sich Pflegeeltern gegenüber zu benehmen hat?«

Zum ersten Mal hatte Karen ihr diese Frage vor ungefähr einem Jahr gestellt. Sarah hatte gerade einen Geburtstag ohne Kuchen und Freundinnen gefeiert und war traurig und wütend gewesen. Sie hatte Karen angeschrien; dann war sie weggerannt. Seither hatte sie ein Jahr lang Zeit gehabt, um darüber nachzudenken, und diesmal war sie auf die Frage vorbereitet.

»Ja, Ms. Watson. Ich glaube, ich weiß es jetzt.«

Sarah wollte raus aus diesem Heim. Karen Watson war der Schlüssel. Aktiva und Passiva.

Karen nahm Sarahs Kapitulation lächelnd entgegen. »Ja. Ich denke, du hast deine Lektion tatsächlich gelernt.« Sie erhob sich. »Pack heute Abend deine Sachen. Ich bringe dich morgen zu einer neuen Familie.«

Sarah sah ihr hinterher, als sie ging. Sie grinste in sich hinein.

Fick dich, du altes Miststück.

Sarah war zurück in ihrem Zimmer und starrte erneut auf die Matratze des Bettes über ihrem eigenen, als Kirsten zurückkehrte. Beide Augen des größeren Mädchens waren blau und geschwollen. Ihre Nase war geschient, die Lippen genäht. Sie humpelte und zuckte beim Atmen zusammen. Sie ging zu ihrem eigenen Bett, außerhalb von Sarahs unmittelbarem Blickfeld. Sarah hörte, wie die Pritsche knarrte, als Kirsten hineinkletterte. Dann war Stille. Sie waren allein.

»Du hast mir ein paar Rippen gebrochen, Langstrom.«

Kirsten klang überhaupt nicht wütend.

»Tut mir leid«, sagt Sarah, obwohl es sich anders anhörte.

»Du konntest nicht anders.«

Wieder ein längeres Schweigen.

»Warum packst du deine Sachen?«

»Ich komme morgen zu neuen Pflegeeltern.«

Erneutes Schweigen.

»Ja dann … viel Glück, Langstrom. Nichts für ungut.«

»Ja. Danke.«

Sarah stellte schockiert fest, dass ihr ein paar Tränen über die Wangen kullerten. Die Worte ihrer einstigen Feindin hatten sie berührt – auf eine Weise, die sie nicht verstand. Doch sie wusste, wem sie dankbar sein musste.

»Danke, Mommy«, flüsterte sie.

Und wischte die Tränen ab.

Aktiva und Passiva. Tränen waren Passiva.

KAPITEL 36

»Hi, Ms. Watson. Willkommen, Sarah. Kommt doch herein, bitte.«

Der Name der Frau war Desiree Smith, und Sarah mochte sie vom ersten Augenblick. Desiree war Anfang dreißig und sah wie eine freundliche Seele aus – fröhliche Augen, lächelnde Lippen, ein offenes Buch. Sie war klein und schmutzigblond. Kräftig, ohne dick zu sein, und hübsch, ohne schön zu sein. Desiree hatte eine unkomplizierte Weltsicht und besaß eine aufrichtige, schlichte Wärme.

Sarah musterte ihre neue Umgebung, sobald sie im Haus waren. Es war sauber, kein bisschen aufdringlich und angefüllt mit einem munteren Durcheinander, ohne unordentlich zu sein.

Desiree führte sie ins Wohnzimmer.

»Bitte nehmen Sie Platz, Ms. Watson. Du auch, Sarah«, sagte sie und deutete auf die Couch. »Darf ich Ihnen etwas bringen? Dir, Sarah? Mineralwasser? Kaffee?«

»Nein danke, Desiree«, sagte Ms. Watson.

Sarah schüttelte den Kopf und verneinte ebenfalls. Sie wusste, dass die alte Wachtel Watson es ihr übel nehmen würde, falls sie etwas nahm.

»Ich habe alles Erforderliche getan, genau wie wir es besprochen haben, Ms. Watson. Sarah hat ihr eigenes Zimmer, mit einem nagelneuen Bett. Ich habe ein paar zusätzliche Dinge im Kühlschrank, ich habe die Notfallnummern neben dem Telefon aufgehängt, und ich hab die nötigen Anmeldeformulare, um sie zur Schule zu schicken.«

Ms. Watson lächelte und nickte billigend.

Nur zu. Tu so, als würde es dich interessieren, dachte Sarah. *Hauptsache du verschwindest, sobald du hier fertig bist.*

»Gut, Desiree, sehr gut.« Ms. Watson griff in ihre abgewetzte Ledertasche und zog eine Akte hervor, die sie Desiree reichte. »Sarahs Impfungen sind da drin, außerdem ihre Schulzeugnisse. Sie müssen sie sofort anmelden.«

»Mach ich. Gleich am Montagmorgen.«

»Ausgezeichnet. Wo ist Ned?«

Desiree blickte besorgt drein und wrang die Hände.

»Er hat einen dringenden Auftrag erhalten, eine weite Tour. Es ist eine Menge Geld. Wir konnten nicht ablehnen. Er wollte wirklich hier sein, aber es ging nicht. Das ist doch kein Problem, oder?«

Ms. Watson schüttelte den Kopf und winkte ab. »Nein, nein. Ich habe ihn ja bereits kennengelernt, und die Überprüfung Ihrer Lebensläufe ist abgeschlossen.«

Desirees Erleichterung war nicht zu übersehen. »Das ist gut.« Sie blickte Sarah an. »Ned ist mein Mann, weißt du. Er ist Lastwagenfahrer. Er wollte wirklich sehr gerne hier sein, wenn du zu uns kommst, aber jetzt kommt er erst am Mittwoch zurück.«

Sarah lächelte die nervöse Frau an. »Macht doch nichts, Mrs. Smith. Wirklich nicht.«

Keine Sorge. Die alte Wachtel Watson will mich sowieso nur so schnell wie möglich hier abliefern und dann wieder verschwinden.

»Haben Sie noch Fragen, Desiree?«, erkundigte sich Ms. Watson.

»Nein, Ms. Watson. Ich glaube nicht.«

Die Frau von der Fürsorge nickte und erhob sich. »Dann gehe ich jetzt. Ich werde mich in einem Monat wieder bei Ihnen melden.« Sie wandte sich zu Sarah. »Sei artig, Sarah, hörst du? Tu, was Mrs. Smith dir sagt.«

»Ja, Ms. Watson«, antwortete Sarah artig und unterwürfig.

Verschwinde endlich, du alte Wachtel!

Sie wartete auf der Couch, während Desiree Ms. Watson zur Tür brachte und sie verabschiedete. Die Haustür schloss sich, und Desiree kam zurück ins Wohnzimmer und ließ sich neben Sarah aufs Sofa fallen.

»Puh! Ich bin froh, dass es vorbei ist! Ich war vielleicht nervös!«

Sarah starrte sie neugierig an. »Warum?«

»Wir hatten noch nie ein Pflegekind, Sarah, und wir haben es uns sehr gewünscht. Ms. Watson war die letzte Hürde. Sie hat sich gründlich umgesehen, bevor sie dich zu uns gebracht hat.«

»Warum ist es so wichtig für Sie?«

»Nun, es kommt vor, dass Ned lange unterwegs ist. Er ist auch öfters zu Hause, aber manchmal hat er eine weite Tour, und dann ist er zwei Wochen am Stück weg. Ich arbeite von zu Hause aus als Reisevermittlerin, aber es ist einsam. Ned und ich mögen Kinder, und da erschien es uns logisch, ein Pflegekind zu uns zu nehmen, verstehst du?«

Sarah nickte. Sie deutete auf ein Foto an der Wand. »Ist das Ned?«

Desiree lächelte. »Ja. Du wirst ihn mögen, Sarah. Er ist ein wunderbarer Mann. Ned ist einfach nur lieb.«

Das sagst du.

Sarah deutete auf ein weiteres Foto, das ihr aufgefallen war. Es zeigte Ned und Desiree mit einem Baby. »Wer ist das?«

Desirees Lächeln wurde traurig. Es war jener Schmerz, der allgegenwärtig war, ohne unerträglich zu sein. Irgendeine schlimme Geschichte hatte ihre Seele verdunkelt, ohne sie zu zerbrechen.

»Das war unsere Tochter Diana. Sie ist vor fünf Jahren gestorben, als sie gerade ein Jahr alt war.«

»Wie ist sie gestorben?«

»Sie wurde mit einem Herzfehler geboren.«

Sarah betrachtete das Foto, während sie überlegte.

Kannst du ihr vertrauen? Sie scheint nett zu sein. Aber vielleicht ist es ja nur ein Trick.

Sarah war acht Jahre alt, doch ihre Erfahrungen bei den Parkers, gefolgt von den beiden Jahren im Heim, hatten sie eine wichtige Lektion gelehrt: Vertrau niemandem. Sie betrachtete sich selbst als hart und kalt. Eine Gefangene, mit höhnischem Grinsen im Gesicht.

In Wahrheit jedoch war sie erst acht und sehnte sich danach, dass die Wärme in dieser Frau echt war. Sie wünschte es sich mit einer solchen Inbrunst, dass sie Herzklopfen bekam.

»Vermissen Sie sie?«, fragte Sarah.

Desiree nickte. »Jeden Tag. Jede Minute.«

Sarah beobachtete die Augen der Frau, suchte nach Lügen. Doch sie erkannte nichts außer einem Meer von Trauer, durchbrochen von einem vagen Hoffnungsschimmer.

»Meine Eltern sind tot«, sprudelte sie hervor, ohne es zu wollen.

Das Meer aus Trauer verwandelte sich in Mitgefühl. »Ich weiß, Kleines. Und ich weiß auch, was bei den Parkers passiert ist.« Desiree blickte zu Boden, schien nach den geeigneten Worten zu suchen. »Ich möchte, dass du etwas weißt, Sarah«, sagte sie dann. »Du wirst manchmal vielleicht denken, dass ich nicht weiß, wie böse die Welt sein kann. Trotz allem, was ich durchgemacht habe, trotz Dianas Tod bin ich eine Optimistin geblieben. Ich versuche immer, das Gute in allen Dingen zu sehen. Aber das bedeutet nicht, dass ich ein Dummkopf bin. Ich weiß sehr wohl, dass das Böse existiert. Ich weiß auch, dass du viel zu viel davon gesehen hast. Ich will dir damit sagen … hier bist du in Sicherheit.«

Hoffnung wallte in Sarah auf, nur um gleich wieder von einer Woge aus Zynismus begraben zu werden.

»Beweisen Sie's«, sagte sie.

Desirees Augen weiteten sich vor Erstaunen. »Oh … nun

ja.« Sie nickte. »Wie du meinst.« Sie lächelte. »Was hältst du beispielsweise davon? Ich weiß, dass Karen Watson kein netter Mensch ist.«

Nun war das Erstaunen auf Sarahs Seite. »Das wissen Sie?«

»Ja. Sie schauspielert gut, aber ich habe sie beobachtet. Ich habe gesehen, wie sie dich angeschaut hat. Du bist ihr völlig egal, habe ich recht?«

Sarah schnitt eine finstere Grimasse. »Der ist jeder egal. Die interessiert sich nur für sich. Wissen Sie, wie ich sie bei mir nenne?«

»Wie?«

»Alte Wachtel Watson.«

Desiree lachte. »Wachtel Watson. Das gefällt mir.«

Sarah kicherte.

»Und?«, fragte Desiree. »Besser jetzt?«

»Besser«, antwortete Sarah.

Vielleicht, dachte sie.

»Gut. Nachdem wir das geklärt hätten, möchte ich dir jemanden vorstellen. Ich habe ihn hinten im Garten versteckt, während Miss ... äh, Wachtel Watson hier war, aber ich möchte, dass du ihn kennenlernst. Du wirst ihn sicher mögen.«

Sarah war verwirrt. War Desiree vielleicht doch nicht ganz richtig im Kopf? Was redete sie da für einen Unsinn?

»Okay.«

»Er heißt Pumpkin. Du brauchst keine Angst zu haben, er tut nichts.«

Desiree ging zu der Glasschiebetür, die in den Garten führte, öffnete sie und stieß einen Pfiff aus.

»Hey, Pumpkin! Du darfst jetzt reinkommen!«

Ein wildes »Wuff!« ertönte.

Ein Hund!

Glückseligkeit durchströmte Sarah.

Pumpkin erschien an der Tür, und Sarah begriff den Grund

für diesen Namen. Der Kopf des Tiers war riesig. Unglaublich groß, wie ein Kürbis.

Es war ein kaffeebrauner Pitbull, und er sah lächerlich und furchtbar zugleich aus, mit seinen schlabbernden Lefzen, der heraushängenden Zunge und dem übergroßen Kopf. Er rannte zu Desiree, blickte zu ihr auf und sagte: »Wuff!«

Desiree lächelte und beugte sich vor, um das Tier zu tätscheln. »Hallo, Pumpkin. Wir haben Besuch. Ein Mädchen. Sie heißt Sarah, und sie bleibt bei uns.«

Der Hund legte den Kopf auf die Seite. Er spürte, dass seine Besitzerin mit ihm sprach, doch er verstand kein Wort.

Sarah erhob sich von der Couch. Bei dem Geräusch wendete sich Pumpkin um.

»Wuff!«

Der Hund sprang zu ihr. Sarah hätte es mit der Angst bekommen, hätte Pumpkin nicht in der universalen Geste von Hundeglück mit dem Schwanz gewedelt. Er prallte mit seinem massigen Schädel gegen sie und machte sich gleich daran, die ihm dargebotene Hand zu lecken und mit Sabber zu überziehen.

Sarah kicherte. »Igitt!« Sie tätschelte den Pitbull, der sich hinsetzte und grinste. »Du siehst total bekloppt aus für einen Hund, Pumpkin«, sagte sie.

»Ich habe ihn vor acht Jahren aus einer Bar gerettet«, erzählte Desiree. »Es war in meinen jüngeren Tagen, und ich war nicht immer so schlau. Ich bemerkte eine Gruppe von Motorradfahrern an einem Pool-Tisch, die laut lachten und lärmten, und als ich zu ihnen ging, um zu sehen, was sie machten, war Pumpkin dort. Er war ein kleiner Welpe, doch sie hatten ihn auf den Billardtisch gesetzt und schossen mit Billardkugeln auf ihn. Er hatte schreckliche Angst und winselte jämmerlich.«

»Wie gemein!«

»Genau das dachte ich auch. Ich habe die Kerle angeschnauzt und hätte mich wahrscheinlich auf sie gestürzt – was dumm gewesen wäre –, doch meine Freundin packte mich am Arm und zog mich weg. Ich war trotzdem stinkwütend und betrank mich, und ich weiß nicht, wie es passiert ist, doch als ich am nächsten Morgen aufwachte, lag Pumpkin neben mir im Bett.«

Sarah tätschelte das Tier, während sie der eigenartigen Geschichte der Frau lauschte. Irgendetwas rührte sich in ihr. Erschrocken stellte sie fest, dass ihr Tränen über die Wangen rannen.

»Was ist los, Sarah?«

Desiree besaß ein feines Gespür für andere Menschen. Sie versuchte nicht näher zu kommen und Sarah in die Arme zu nehmen.

Sarah wischte sich wütend über die Augen.

»Wir … wir hatten auch Hunde, und meiner Mom hätte die Geschichte von Pumpkin bestimmt gefallen …« Sie setzte sich elend auf das Sofa. »Entschuldigung. Ich bin normalerweise keine Heulsuse.«

Pumpkin legte den Kopf in ihren Schoß und blickte zu ihr auf, als wollte er sagen: »Tut mir leid, wenn du dich mies fühlst, aber kannst du trotzdem mit dem Streicheln weitermachen?«

»Es ist nicht schlimm, zu weinen, wenn man traurig ist, Sarah.«

Sarah schaute Desiree an. »Und wenn man immerzu traurig ist? Dann würde man nie aufhören zu weinen.«

Ihr wurde bewusst, dass sie etwas Falsches gesagt hatte, als sie den Schmerz in Desirees Gesicht sah. Dann begriff sie.

Sie ist wegen mir so traurig.

Sarah mochte altklug sein und frühreif und geprägt von schlechten Erfahrungen, doch ein komplizierter Mensch war sie nicht; dazu war sie zu jung. Ihre inneren Mauern hatten Risse entwickelt, die zu Spalten aufgebrochen waren. Der Damm war zwar längst noch nicht gebrochen, doch die Tränen wollten nicht versiegen. Sie verbarg das Gesicht in den Händen und weinte.

Desiree setzte sich zu Sarah auf die Couch, war aber klug genug, die Hände von ihr zu lassen. Sarah war ihr dankbar dafür. Sie war noch nicht bereit, sich in die Arme einer Erwachsenen zu begeben und sich dort auszuweinen. Es war gut, dass Desiree bei ihr war. Pumpkin zeigte sein Mitgefühl auf andere Weise. Er hatte aufgehört zu betteln und leckte hingebungsvoll Sarahs Knie.

Desiree sagte nichts, bis Sarah aufgehört hatte zu weinen. »Okay. Jetzt hast du Pumpkin kennengelernt. Möchtest du dein Zimmer sehen?«

Sarah nickte und brachte ein Lächeln zustande. »Ja, bitte. Ich bin wirklich müde.«

Mir ist klar geworden, dass Hunde wirklich die besten Freunde des Menschen sind.

Solange man ihnen zu fressen gibt und sie liebt, erwidern sie diese Liebe. Sie stehlen nicht, sie betrügen nicht, sie schlagen einen nicht. Sie sind aufrichtig. Was man von außen sieht, ist genau das, was in ihnen steckt.

Ganz anders als bei Menschen.

»Wir sind da«, sagt Alan und reißt mich aus meinen Gedanken und Sarahs Tagebuch.

Ich falte die Blätter in der Mitte und stecke sie zögernd wieder in meine Tasche.

Sarahs Erfahrungen haben einen gewissen Geschmack für die Gewalt in ihr erweckt. Doch sie hat noch Hoffnung.

War es für den Künstler auch so? Eine langsame Erosion der Seele? An welchem Punkt wurde aus dem Geschmack an der Gewalt ein Hunger?

Hat auch er noch einen Rest Hoffnung in sich?

KAPITEL 37 Terry Gibbs, der Anwalt, der die Sarah-Langstrom-Stiftung verwaltet, hat seine Kanzlei in Moorpark. Ich kenne Moorpark mehr oder weniger zufällig: Callies Tochter und Enkelkind leben hier.

Das Geheimnis, eine Tochter zu haben, hat Callie jahrelang verfolgt. Ein Killer hatte es herausgefunden und versucht, dieses Wissen zu seinem Vorteil zu nutzen. Das Resultat? Callie und ich durchbrachen förmlich die Schallmauer, als wir zur Wohnung ihrer Tochter rasten und an ihre Tür hämmerten. Wir rechneten mit dem Schlimmsten.

Marilyn geht es gut, der Killer ist tot, und anstatt heimlichen Bedauerns hat Callie inzwischen eine Beziehung zu ihrer Tochter. Dies stellt sowohl meinen Sinn für Gerechtigkeit als auch den für Ironie zufrieden – eine Zufriedenheit, die auch eine sehr hässliche Seite hat: Der Tod des Killers durch meine Hand bereitet mir nicht die geringsten Schuldgefühle.

Moorpark ist eine dünn besiedelte Gegend, die an das alte Kalifornien erinnert. Wenn man den Freeway hinunter nach Moorpark fährt, passiert man Meilen um Meilen unbewohnter Hügellandschaft. Manchmal findet man sogar Kühe.

Moorpark war früher eine ländliche Gemeinde. Heute ist es eine wachsende Vorstadt, besiedelt von mittlerer und oberer Mittelschicht, und es gehört zu einer der am schnellsten wachsenden Wohngegenden im gesamten südlichen Kalifornien.

Alan blickt aus dem Fenster nach draußen. »Noch zwanzig Jahre, und es ist eine Großstadt und ein heruntergekommenes Drecksloch«, murmelt er, ein zynisches Echo meiner eigenen Gedanken, was Moorparks Zukunft angeht.

»Vielleicht auch nicht«, widerspreche ich. »Simi Valley, die Nachbargegend, ist immer noch hübsch.«

Alan zuckt die Schultern. Er glaubt mir kein Wort. Wir verlassen den Freeway und biegen auf die Los Angeles Avenue ab.

»Da vorne rechts«, sagt Alan. »Das Gewerbegebiet.«

Wir fahren durch eine Ansammlung vier- und fünfstöckiger

Bürogebäude, genauso neu wie der Rest von Moorpark, mit viel Glas, das in der Sonne glänzt.

»Wir sind da«, sagt Alan und lenkt den Wagen an den Straßenrand. Mein Handy summt.

»Spreche ich mit Smoky Barrett?«, fragt eine forsche Frauenstimme.

»Ja. Wer ist da?«

»Ich bin Kirby. Kirby Mitchell.«

»Kenne ich Sie?«

»Tommy hat Ihnen meinen Namen nicht gesagt, der Blödmann. Sie haben ihn um Hilfe gebeten. Um Personenschutz, nicht wahr? Ich bin Ihre Leibwächterin.«

Der Groschen fällt. Es ist meine »loyale und absolut tödliche« Exkillerin im Staatsdienst.

»Ach, richtig ... Sorry«, stammle ich. »Tommy hat mir keinen Namen genannt.«

Kirby kichert. Es ist ein Kichern, das zum Rest ihrer Stimme passt. Munter, melodisch. Ein Kichern wie von jemandem, der absolut keine Sorgen hat, der sich am Leben erfreut, der morgens keinen Kaffee braucht, der wahrscheinlich aus dem Bett springt und einen Zehn-Kilometer-Lauf absolviert und dabei ununterbrochen lächelt.

Ich überlege, ob ich sie mag oder nicht – aber das ist bei allen fröhlichen Menschen mein Problem. Man fühlt sich verpflichtet, ihnen eine Chance zu geben. Abgesehen davon bin ich neugierig. Die Vorstellung einer ewig gut gelaunten, fröhlichen Killerin rührt an die perverse Seite meiner Persönlichkeit.

»Schon okay«, sagt sie, ein Ungetüm der guten Laune. »Ist ja nicht weiter schlimm. Tommy ist ein großartiger Bursche, aber er ist ein Kerl, und Kerle vergessen nun mal hin und wieder die wichtigen Details. Sie sind alle so. Aber Tommy ist besser als die meisten anderen und sieht außerdem klasse aus, also wollen wir ihm noch mal verzeihen, okay?«

»Sicher«, antworte ich verwirrt.

»Kommen wir zur Sache. Wann und wo treffen wir uns?«

Ich werfe einen Blick auf meine Uhr, während ich nachdenke. »Können Sie mich in der Eingangshalle des FBI-Gebäudes treffen? Um halb sechs?«

»Im FBI-Gebäude, wie? Meine Güte, wie *cool*. Ich schätze, ich lass dann meine Kanonen lieber im Wagen.« Ein melodisches Lachen, irgendwie amüsant und bestürzend zugleich, wenn man den Kontext bedenkt. »Halb sechs also. Bye!«

»Bye«, finde ich gerade noch Zeit zu murmeln, dann legt sie auf.

»Wer war das?«, fragt Alan.

Ich starre ihn einen Moment lang an. Zucke die Schultern. »Eine potenzielle Leibwächterin. Für Sarah. Ich schätze, sie ist ein echter Heuler.«

Meine Güte, wie cool.

Terry Gibbs begrüßt uns lächelnd und führt uns in sein Büro. Es ist ein kleiner Raum, der von einem Schreibtisch und von Aktenschränken entlang den Wänden beherrscht wird. Alles wirkt robust und gebraucht.

Ich mustere den Anwalt, während er uns bedeutet, auf den beiden gepolsterten Stühlen vor seinem Schreibtisch Platz zu nehmen. Gibbs ist eine interessante Mischung. Es sieht aus, als hätte er sich nicht entscheiden können, wer er sein will. Er ist relativ groß. Er ist kahl, doch er hat einen Schnurr- und einen Kinnbart. Er hat die breiten Schultern und die athletischen Bewegungen eines durchtrainierten Mannes, doch er riecht nach Zigaretten wie ein Kettenraucher. Er trägt eine Brille mit dicken Gläsern, die seine intensiven, beinahe schönen blauen Augen betonen. Er trägt einen Anzug, doch keine Krawatte. Der Anzug sieht teuer und maßgeschneidert aus und passt überhaupt nicht zum Mobiliar des Büros.

»Ich sehe Ihnen an, was Sie denken, Agentin Barrett«, sagt Gibbs lächelnd. Seine Stimme klingt angenehm, glatt und melodisch, weder zu tief noch zu hoch. Die perfekte Stimme für einen Anwalt. »Sie versuchen, den Tausend-Dollar-Anzug und das heruntergekommene Büro in Einklang zu bringen.«

»Könnte sein«, räume ich ein.

Er grinst. »Ich bin ein Ein-Mann-Unternehmen. Ich mache nicht das große Geld, aber ich komme zurecht. Es zwingt zu Kompromissen: schickes Büro oder schicker Anzug? Ich habe mich für den Anzug entschieden. Ein chaotisches Büro ist für einen Mandanten längst nicht so unverzeihlich wie ein Anwalt in einem billigen Anzug.«

»So ähnlich wie bei uns«, sagt Alan. »Man kann seine Marke vorzeigen, aber die Leute wollen nur wissen, ob man eine Kanone hat.«

Gibbs nickt. »Genau.« Er beugt sich vor, stützt die Ellenbogen auf den Schreibtisch, verschränkt die Hände. »Ich möchte, dass Sie eines wissen, Agentin Barrett. Was die Langstrom-Stiftung angeht, bin nicht vorsätzlich unkooperativ. Ich bin durch die Regeln meines Berufsstandes an Stillschweigen gebunden, sowohl ethisch als auch gesetzlich.«

Ich nicke. »Ich verstehe, Mr. Gibbs. Ich nehme an, es ist kein Problem für Sie, wenn wir Sie vorladen?«

»Absolut nicht, solange es nicht meine rechtliche Verpflichtung zur Diskretion beeinträchtigt.«

»Was können Sie uns erzählen?«

Er lehnt sich im Sessel zurück und blickt zu einer Stelle über unseren Köpfen, während er nachdenkt.

»Der Mandant kam vor ungefähr zehn Jahren zu mir«, sagt er dann. »Er wollte eine Stiftung zugunsten von Sarah Langstrom einrichten.«

»Ein Mann oder eine Frau?«, erkundige ich mich.

»Es tut mir leid, aber das kann ich nicht sagen.«

Ich runzle die Stirn. »Warum nicht?«

»Vertraulich. Der Mandant verlangte absolute Vertraulichkeit in jeder Hinsicht. Aus diesem Grund geschieht alles in meinem Namen. Ich habe die gesetzliche Vollmacht, ich verwalte die Stiftung, und mein Honorar wird aus Stiftungsgeldern bezahlt.«

»Haben Sie mal daran gedacht, dass jemand, der so viel Vertraulichkeit verlangt, möglicherweise nichts Gutes im Schilde führt?«, fragt Alan.

Gibbs mustert ihn mit scharfem Blick. »Selbstverständlich. Ich habe Erkundigungen eingezogen. Ich stieß auf ein Kind, das wegen eines Mord-Selbstmords seiner Mutter zur Waisen geworden war. Wären Sarah Langstroms Eltern von einem unbekannten Eindringling ermordet worden, hätte ich mich geweigert, für diesen Mandanten zu arbeiten. Doch nachdem die Mutter als Täterin feststand, sah ich keinen Grund, den Auftrag auszuschlagen.«

»Wir überprüfen, ob es kein Mord-Selbstmord gewesen sein könnte«, sage ich und beobachte seine Reaktion. »Möglicherweise wurde die Tat gestellt, sodass es bloß den Anschein hatte.«

Gibbs schließt für einen Moment die Augen und reibt sich die Stirn. Er scheint erschrocken. »Wenn das stimmt … das wäre furchtbar.« Er seufzt und öffnet die Augen wieder. »Leider bin ich trotzdem an meine anwaltliche Schweigepflicht gebunden.«

»Was können Sie uns denn erzählen, ohne Ihre Schweigepflicht zu verletzen?«, erkundigt sich Alan.

»Die Stiftung ist ein Fonds, dazu gedacht, das Haus der Familie zu erhalten und Sarah Langstrom mit finanziellen Mitteln auszustatten. An ihrem achtzehnten Geburtstag wird sie alles erhalten.«

»Wie viel?«, frage ich.

»Ich kann Ihnen keinen genauen Betrag nennen. Ich kann nur sagen, dass das Geld ausreicht, um Sarah für viele Jahre ein sorgenfreies Leben zu ermöglichen.«

»Legen Sie Ihrem Mandanten hin und wieder Rechenschaftsberichte vor?«

»Eigentlich nicht, nein. Ich nehme an, irgendjemand hält den Fonds im Auge … irgendwie überwacht der Mandant mein Tun, um sicherzustellen, dass ich das Marmeladenglas nicht leere. Doch einen Kontakt hat es seit Einrichtung der Stiftung nicht mehr gegeben.«

»Ist das nicht sehr ungewöhnlich?«, fragt Alan.

Gibbs nickt. »Äußerst ungewöhnlich.«

»Mir ist aufgefallen, dass das Haus von außen sehr gut in Schuss gehalten wird. Warum nicht auch innen? Alles ist zugestaubt«, sage ich.

»Eine der Bedingungen des Mandanten. Niemand darf das Haus ohne Sarahs ausdrückliche Genehmigung betreten.«

»Eigenartig.«

Gibbs zuckt die Schultern. »Ich habe schon Eigenartigeres erlebt.« Er verstummt, zögert einen Augenblick. Ein gepeinigter Ausdruck erscheint in seinem Gesicht. »Agentin Barrett, ich möchte, dass Sie eines wissen. Ich habe niemals vorsätzlich oder auch nur wissentlich an irgendetwas teilgenommen, das einem Kind Schaden zugefügt hätte. Niemals. Ich habe selbst eine Schwester verloren, als ich noch jünger war. Meine kleine Schwester. Von der Sorte, die große Brüder normalerweise beschützen sollten. Verstehen Sie?« Er sieht todunglücklich aus. »Kinder sind etwas Heiliges.«

Ich erkenne die aufsteigenden Schuldgefühle in seinen Augen. Die Art von Schuld, die man empfindet, wenn man sich verantwortlich fühlt für etwas, das man nicht hätte ändern können. Die Art von Schuld, die man empfindet, wenn das Schicksal die böse Hand im Spiel hat und man selbst mit dem Messer in der Hand angetroffen wird.

»Ich verstehe, Mr. Gibbs.«

Wir verbringen noch eine ganze Stunde bei dem Anwalt und versuchen, weiterführende Informationen aus ihm herauszuholen, doch ohne Erfolg. Schließlich gehen wir zum Wagen zurück, während ich versuche, mir über meinen nächsten Zug klar zu werden.

»Ich hatte das Gefühl, dass er uns gerne mehr erzählt hätte«, sagt Alan.

»Ich auch. Und ich glaube nicht, dass er sich absichtlich sperrt. Das Gesetz bindet ihm die Hände.«

»Also eine richterliche Vorladung«, sagt Alan.

»Genau. Fahren wir zurück ins Büro und holen uns Rat bei unseren Anwälten.«

Mein Handy summt.

»Neue Entwicklungen, Süße«, sagt Callie.

»Schieß los.«

»Die Akten über den Fall Vargas sind verschwunden, sowohl unsere als auch die des LAPD.«

Es verschlägt mir beinahe die Sprache.

»Das soll wohl ein Witz sein?«

»Ich wollte, es wäre so. Könnte sein, dass die Unterlagen im Lauf der Jahre verlegt worden sind. Obwohl ich eher der Meinung bin, dass sie gestohlen wurden, wenn man die Umstände bedenkt.«

»Tja, jedenfalls sind die Akten verschwunden.« Ich reibe mir die Stirn. »Okay. Ich weiß, dass du daran arbeitest, das Haus der Langstroms spurentechnisch zu bearbeiten. Vielleicht kannst du mir trotzdem einen Gefallen tun. Ruf AD Jones an, ob er uns eine Liste mit den Namen der Agenten und Officer geben kann, die damals an dem Fall gearbeitet haben.«

»Kein Problem.«

Ich beende das Gespräch.

»Schlechte Neuigkeiten?«, fragt Alan.

»Kann man so sagen.« Ich berichte ihm, was ich von Callie erfahren habe.

»Was meinst du, verloren oder gestohlen?«, fragt er, als ich geendet habe.

»Gestohlen, nehme ich an. Der Killer plant seit Jahren, und

er plant Jahre voraus. Er hat die Dinge so gedeichselt, dass wir erst dahinterkommen, wenn er es will. Das macht das Verschwinden der Akten zu einem ziemlich unwahrscheinlichen Zufall.«

»Da hast du wohl recht. Wohin fahren wir von hier aus?«

Bevor ich antworten kann, summt mein Handy erneut.

»Barrett«, melde ich mich.

»Hallo, Smoky. Ich bin's, Barry. Sind Sie immer noch in Moorpark?«

»Wir sind gerade wieder in den Wagen gestiegen.«

»Das ist gut. Ich habe Nachforschungen über die Detectives angestellt, die ursprünglich mit dem Langstrom-Fall beauftragt waren. Hören Sie sich das an: Einer von ihnen ist tot. Er hat sich vor fünf Jahren die Kanone in den Mund gesteckt. Nicht besonders beweisdienlich, keine Frage – der Typ war offenbar schon ein paar Jahre von der Rolle. Und jetzt kommt etwas Interessantes: Sein Partner ist zwei Jahre später ausgeschieden. Einfach so. Vier Jahre vor dem Jubiläum zu seinem dreißigsten Dienstjahr.«

»Das ist wirklich interessant.«

»Es kommt noch besser. Ich habe den Burschen ausfindig gemacht. Er heißt Nicholson, Dave Nicholson. Ich hab ihm gesagt, worum es geht, und stellen Sie sich vor – er will mit Ihnen reden, Smoky. Sofort, so schnell wie möglich.«

»Wo wohnt er?«, frage ich aufgeregt.

»Deshalb wollte ich wissen, ob Sie noch in Moorpark sind. Nicholson wohnt ganz in der Nähe, in Simi Valley, der nächsten Siedlung.«

KAPITEL 38

David Nicholson, habe ich von Barry erfahren, war ein guter Cop. Er stammt aus einer Familie von Polizisten, angefangen mit seinem Großvater an der Ostküste in New

York. Der Vater ist in den Sechzigern nach Westen gegangen und wurde im Dienst getötet, als Dave zwölf Jahre alt gewesen war.

Nicholson hatte es in Rekordzeit zum Detective gebracht, und wie es aussah, völlig zu Recht. Er war für seinen scharfen Verstand und seine sorgfältige Arbeitsweise bekannt gewesen, hatte eine ausgeprägte Spürnase gehabt und war zu seiner Zeit ein gefürchteter Vernehmungsbeamter.

Das alles passt ganz und gar nicht zu der schlampigen Arbeit im Fall der Langstroms.

»Hier ist es«, sagt Alan und lenkt den Wagen an den Straßenrand.

Das Haus liegt am Rand von Simi Valley, auf der Los Angeles zugewandten Seite, wo die meisten älteren Häuser stehen. Kein Haus im näheren Umkreis hat mehr als ein Stockwerk. Es sind Häuser im Ranch-Stil, aber nicht sonderlich aufregend. Der Vorgarten ist gepflegt, und ein betonierter Weg führt zur Haustür. Ich sehe einen Vorhang, der sich in einem Fenster rechts der Tür bewegt, und erhasche einen kurzen Blick auf ein Gesicht, das zu uns nach draußen späht.

»Er weiß, dass wir da sind«, sage ich zu Alan.

Wir steigen aus und gehen zur Tür. Bevor wir sie erreicht haben, öffnet sie sich, und ein Mann kommt heraus. Er bleibt auf der betonierten Veranda stehen. Der Mann ist barfuß, trägt Jeans und ein sauberes T-Shirt. Er ist groß, ungefähr eins fünfundachtzig, mit breiten Schultern und mächtigem Brustkorb. Sein Haar ist dicht und dunkel, das Gesicht attraktiv. Er wirkt wesentlich jünger als seine fünfundfünfzig Jahre, mit Ausnahme der Augen. Seine Augen sind stumpf, dunkel, leer, voller Echos und offener Räume.

»Mr. Nicholson?«, frage ich.

»Der bin ich. Darf ich Ihre Ausweise sehen?«

Alan und ich zeigen unsere Abzeichen. Er inspiziert sie sorgfältig und vergleicht die Fotos mit unseren Gesichtern. Sein

Blick bleibt auf meinen Narben haften, jedoch nicht unhöflich lang.

»Kommen Sie herein«, sagt er schließlich.

Das Innere des Hauses ist wie eine Zeitreise in die späten Sechziger/frühen Siebziger. Die Wände sind mit Holz vertäfelt, und es gibt einen gemauerten Kamin. Der einzige Hinweis auf die Gegenwart ist ein dunkler Dielenboden, der sich durch das ganze Haus zieht.

Wir folgen Nicholson ins Wohnzimmer. Er deutet auf ein blaues Plüschsofa, und wir nehmen Platz.

»Kann ich Ihnen etwas anbieten?«, fragt er.

»Danke nein, Sir.«

Er wendet sich von uns ab und starrt durch die Glasschiebetür, die in den Garten hinter dem Haus führt. Es ist ein kleiner Garten, schmal und lang, wenig Gras, viel Dreck, umschlossen von einem Holzzaun. Ich sehe keinen einzigen Baum.

Sekunden vergehen. Nicholson starrt unverwandt nach draußen, als hätte er uns ganz vergessen.

»Sir?«

Er zuckt zusammen.

»Entschuldigung.« Er kommt zu uns, setzt sich uns gegenüber in einen Lehnsessel. Der Sessel ist hässlich grün, abgewetzt und gebraucht, sieht aber bequem aus. Ein zuverlässiges, geliebtes Möbelstück, das einem Fünfzig-Zentimeter-Fernsehschirm zugewandt ist. Neben dem Sessel steht ein klappbarer Teewagen.

Ich stelle mir vor, wie Nicholson des Nachts vor dem Fernseher sitzt, eine Mikrowellen-Mahlzeit auf dem Teewagen vor sich. Ziemlich normal, zugegeben, doch an diesem Ort, bei einem Mann wie Nicholson, eine sehr traurige Vorstellung. Ein unterschwelliges Warten, eine unterschwellige Depression überlagern alles. Es ist, als müsste sämtliches Mobiliar mit

Laken drapiert sein, und als müsste endlich einmal ein Wind durch die Räume fahren.

»Hören Sie zu«, sagt er, bevor ich ihm irgendeine Frage stellen kann. »Ich werde Ihnen etwas erzählen, das ich Ihnen sagen soll. Und ich werde Ihnen etwas erzählen, das ich Ihnen *nicht* sagen soll. Und danach werde ich tun, was ich tun soll.«

»Sir …«

Er unterbricht mich mit einer Handbewegung. »Was ich Ihnen erzählen soll, ist Folgendes: ›Es ist der Mann hinter dem Abzeichen, der wichtig ist. Nicht das Abzeichen selbst.‹ Haben Sie das verstanden?« Seine Stimme klingt monoton und passt zur Leere in seinen Augen.

»Ja, aber …«

»Dann weiter. Ich habe die Langstrom-Ermittlungen manipuliert. Ich habe die Schlussfolgerungen gezogen. Er hat mir gesagt, dass die Beweise auf Mord-Selbstmord hindeuten, solange ich nicht allzu genau hinschaue. Ich musste bloß akzeptieren, was oberflächlich zu erkennen war. Und das habe ich getan.« Er seufzt. Er wirkt beschämt. »Er wollte, dass die kleine Langstrom – Sarah – in Ruhe gelassen wird. Er hat gesagt, dass er Pläne für sie hat. Ich hätte es nicht tun dürfen, ich weiß, aber Sie müssen verstehen … ich habe das alles nur getan, weil er meine Tochter hat.«

Ein Schock durchfährt mich. »Er hat Ihre Tochter?«

Nicholson starrt auf irgendetwas über meinem Kopf und spricht weiter, beinahe wie zu sich selbst. »Sie heißt Jessica. Er hat sie mir vor zehn Jahren weggenommen. Er hat mich hilflos gemacht und mir seither gesagt, was ich zu tun habe. Er hat mir gesagt, dass jemand kommen und Fragen stellen würde, Jahre später, und dass ich diesem Jemand die Botschaft weitergeben soll, die er mir aufgetragen hat. Nun, das habe ich soeben getan. Sobald ich alles erledigt hätte – plus eine letzte Sache – will er meine Tochter gehen lassen.« Seine Augen blicken flehentlich.

»Sie verstehen das doch? Ich war ein guter Cop, aber er hatte meine *Tochter!*«

»Wollen Sie damit sagen, dass er Ihre Tochter als Geisel genommen hat?«

Er richtet den kräftigen Zeigefinger auf mich. »Sie sorgen dafür, dass es ihr gut geht. Sie sorgen dafür, dass er seinen Teil der Abmachung einhält. Ich nehme an, das wird er … Ich hoffe es.« Er leckt sich über die Lippen und nickt ein wenig zu hastig. »Ja, ich glaube, er wird es tun.«

»Nicht so schnell, David. Beruhigen Sie sich.«

»Nichts da. Ich habe bereits genug gesagt. Ich muss es zu Ende bringen. Nur noch eine allerletzte Sache.«

Er greift mit der Hand hinter sich. Sie kommt mit einem großen Revolver wieder hervor. Ich springe auf, Alan springt auf. Ich greife nach meiner Waffe, doch Nicholson hat es weder auf mich noch auf Alan abgesehen. Der Lauf des Revolvers findet Nicholsons Mund, er stößt ihn brutal hinein, richtet ihn nach oben. Ich springe auf ihn zu.

»Nein!«, rufe ich.

Er schließt die Augen und drückt den Abzug. Sein Schädel explodiert mit lautem Knall. Blut, Hirn und Knochensplitter spritzen mich von oben bis unten voll.

Ich stehe da und kann mich nicht mehr rühren, während er langsam aus dem Sessel vornüberkippt.

»Mein Gott!« Alan stürzt auf Nicholson zu.

Ich starre benommen auf den Toten. Draußen öffnen die Wolken ihre Schleusen, und erneut fällt Regen.

KAPITEL 39

Alan und ich sind immer noch in Nicholsons Haus. Die zuständigen Cops sind ebenfalls da, wollen das Kommando übernehmen, doch in meiner Wut beachte ich sie gar nicht.

Ein Mann – ein Cop – ist tot, und ich weiß, dass sein Tod viel mehr ist als ein Selbstmord. Ich will herausfinden warum.

Ich habe mir die Hände gewaschen und Latexhandschuhe übergestreift, und ich spüre noch immer die Stellen, wo ich mir sein Blut aus dem Gesicht geschrubbt habe.

Ich gehe durchs Wohnzimmer, den Flur hinunter, in Nicholsons Schlafzimmer. Alan folgt mir.

»Wonach suchen wir, Smoky?«, fragt er mit vorsichtiger Stimme.

»Nach einer beschissenen Erklärung!« Meine Stimme ist hart und wütend und scharf wie eine Rasierklinge.

Die Plötzlichkeit, mit der das alles geschehen ist, das Furchtbare, haben mich geschockt wie ein Schlag ins Gesicht. Mein Magen ist aufgewühlt vom Adrenalinstoß. Ich habe noch nicht ganz begriffen, dass Nicholson tot ist, noch nicht. Ich weiß nur, dass ich außer mir bin vor Wut. Der Künstler steckt hinter alledem. Er ist auch für diesen Toten verantwortlich.

Der Künstler. Ich bin seine Spielchen leid, seine Rätsel und alles andere.

Ich will seinen Kopf. Ich will seinen Tod.

Nicholsons Schlafzimmer ist wie der Rest des Hauses. Spartanisch, lieblos. Alles ist sauber, doch das Haus hat keine Seele. Die Wände sind kahl, die Vorhänge vor den Fenstern billig und unpassend. Hier in diesem Haus hat er geschlafen, hier hat er gegessen, hier hat er Schutz vor dem Regen gefunden. Mehr nicht.

Ich entdecke ein Foto in einem Rahmen, auf einem Nachttisch neben dem Bett. Nicholson ist darauf zu sehen. Er lächelt, seine Augen sind lebendig. Er hat die Arme um ein junges Mädchen gelegt, das wie sechzehn aussieht. Sie besitzt die dicken, dunklen Haare ihres Vaters, doch die Augen gehören jemand anderem. Der Geist ihrer Mutter?

Alan betrachtet das Foto ebenfalls. »Sieht aus wie ein ganz normales Vater-Tochter-Bild«, sagt er.

Ich nicke bloß. Mir ist immer noch nicht nach Reden.

Alan öffnet den begehbaren Kleiderschrank und kramt in den Regalen. Dann stockt er. Rührt sich nicht mehr. Totenstille.

»Wow!«, sagt er schließlich. »Das musst du dir ansehen.«

Er kommt aus dem Kleiderschrank, einen Schuhkarton in den Händen. Der Deckel ist abgenommen. Ich sehe Polaroidfotos. Berge von Polaroids. Alan nimmt eins hervor und reicht es mir.

Das Mädchen auf dem Foto ist blass, und es ist nackt. Es ist das gleiche Mädchen wie auf dem Bild auf dem Nachttisch, doch hier ist es Anfang zwanzig. Es ist eine Frontalaufnahme. Sie steht mit den Händen hinter dem Rücken da, die Füße leicht nach innen gedreht; der Blick ist abgewandt und mutlos. Sie hat große Brüste und ist im Schambereich unrasiert. Sie sieht schutzlos und abgestumpft aus.

Ich vergleiche das Bild mit dem Foto im Rahmen.

»Eindeutig die gleiche Person«, sage ich.

»Der Schuhkarton ist voll davon«, sagt Alan, während er in den Fotos kramt. »Sieht aus, als wären sie in chronologischer Reihenfolge. Sie ist immer nackt. Das Alter ist unterschiedlich.« Er kramt weiter. »Mein Gott. Nach den Veränderungen im Gesicht und am Körper zu urteilen, geht das schon Jahre so.«

»Mehr als zehn Jahre, schätze ich.« Ich fühle mich, als hätte jemand die Luft aus mir gelassen. Meine Wut hat sich verflüchtigt. In mir ist nichts als Leere.

Alan starrt mich an, während er versucht, das Ungeheuerliche zu begreifen. Er tippt mit dem Fuß auf, wiegt den Schuhkarton in seiner riesigen Hand. »Okay, okay. Ergibt Sinn«, sagt er schließlich. »Der Killer nimmt Nicholsons Tochter als Geisel. Doch Nicholson ist nicht nur Vater, er ist auch Cop. Der Künstler braucht etwas, womit er Nicholson an der Leine halten kann, also liefert er regelmäßig Beweise, dass seine Tochter noch am Leben ist.« Er tippt entschiedener mit dem Fuß auf. »Verdammt! Warum ist Nicholson damit nicht zum FBI gekommen? Warum hat er seine Tochter so lange in den Fingern dieses Mistkerls gelassen, ohne etwas dagegen zu unternehmen?«

»Weil er ihm geglaubt hat, Alan. Wenn er nicht tat, was der Künstler von ihm verlangte, würde der seine Tochter töten. Solange Nicholson sich an den Plan hielt, würde er sie am Leben lassen. Er hat Nicholson regelmäßig einen Beweis geschickt, dass er sich an sein Wort hält.«

»Das ist mir klar. Trotzdem … hättest du getan, was Nicholson getan hat? So viele Jahre?«

Meine Antwort kommt ohne jedes Zögern. Ich muss nicht groß darüber nachdenken. Die Möglichkeit, dass Alexa noch am Leben wäre – oder die gegenwärtige Realität ihres Todes?

»Wahrscheinlich ja. Wenn er überzeugend genug war. Ja.« Ich blicke Alan in die Augen. »Was, wenn er Elaina in seiner Gewalt hätte?«

Er hört auf, mit dem Fuß zu tippen. »Du hast recht.«

Ich starre auf das Foto. »Warum? Warum Nicholson?«

»Ich dachte, das wüssten wir schon. Der Künstler brauchte Nicholson, um die Ermittlungen im Langstrom-Fall zu manipulieren.«

Ich schüttle den Kopf. »Nein. Ich meine … ja, sicher, er hat Nicholson dazu benutzt, aber warum ist er das Risiko eingegangen? Warum hat er sich überhaupt die Mühe gemacht? Er hätte seine Spuren wesentlich besser verwischen können … allerdings hat er sie auch so ziemlich gut verwischt. Trotzdem. Nicholson einzubinden hat sein Risiko erhöht. Wieso war der Künstler bereit, dieses Risiko einzugehen?« Ich fahre mir mit der Hand durch die Haare. »Wir müssen Nicholsons Vergangenheit untersuchen.« Ich gehe auf und ab. »In diesem Fall dreht sich alles um die Vergangenheit. Alles. Wir haben die

Zusammenhänge bis jetzt noch nicht gefunden. Wem habe ich die Aufgabe übertragen, Erkundigungen über Sarahs Großvater einzuholen?«

»Mir. Ich bin noch nicht dazu gekommen. Wir hatten die Spur mit dem Haus der Langstroms, mit der Stiftung, und dann Nicholson. Die Dinge sind ziemlich in Bewegung geraten.«

»Schon klar, Alan. Aber es ist wichtig.«

»Kapiert.«

Ich starre auf das traurige Mädchen auf dem Polaroid. Es steht stellvertretend für den gesamten Fall: Etwas, das für immer weitergeht, das kein Ende nehmen will, etwas Furchtbares, das in die Vergangenheit reicht. Nicholson. Sarahs Großvater. Ein Fall aus den 1970ern.

Wo trifft all das zusammen?

Ich rede mit Christopher Shreveport, dem Chef des Krisenstabes, zuständig für kritische Zwischenfälle wie Geiselnahmen und Entführungen.

»Sie ist also eine Geisel?«, fragt Shreveport mich.

»Ja. Wenn sie inzwischen nicht bereits tot ist.«

Stille. Shreveport flucht nicht, doch ich kann spüren, dass ihm genau danach zumute ist.

»Ich werde Agent Mason Dickson rüberschicken. Er wurde in Quantico im Krisenmanagement ausgebildet und ist unser Mann vor Ort für Entführungen in Ihrer Gegend. Aber ich habe das Gefühl, dass Mason nicht viel erreichen wird, bevor Sie den Fall nicht geknackt haben.«

»Vielleicht hält unser Freund ja sein Wort und lässt sie gehen.«

»Sicher. Jeder sollte seinen Traum haben, Smoky.«

KAPITEL 40 Es ist später Nachmittag. Der Regen hat wieder aufgehört, doch die grauen Wolken wollen einfach nicht weichen. Die Sonne kämpft auf verlorenem Posten. Alles fühlt sich bleich und nass und trostlos an. Ein solches Wetter lässt den Beton, aus dem der größte Teil von Los Angeles besteht, noch trister aussehen. Das passt zu meiner Stimmung.

Eine knappe Stunde, nachdem ich mein Telefonat mit Shreveport beendet habe, ist Agent Mason Dickson aufgetaucht. Er ist ein Rotschopf mit einem Babygesicht auf einem schlaksigen, eins neunzig großen Körper. Er sieht unmöglich aus, macht aber einen kompetenten Eindruck. Wir haben ihn über die Vorgänge informiert, ihm die Schuhschachtel mit Polaroidfotos in die Hände gedrückt und sind gegangen. Zu frustrierend war das Gefühl von Ohnmacht, das uns erfasst hat.

Als wir auf den Parkplatz des FBI einbiegen, summt Alans Handy. Er nimmt das Gespräch entgegen, murmelt etwas ins Gerät, lauscht, murmelt etwas, lauscht.

»Danke«, sagt er schließlich und schaltet das Handy aus. »Sarah Langstrom wird morgen entlassen«, sagt er zu mir.

Ich trommle unruhig mit den Fingern auf meine Tasche.

»Ich habe gestern mit Elaina geredet«, sage ich. »Ich glaube, sie möchte Sarah bei euch aufnehmen, Alan.«

Er lächelt ein flüchtiges, trauriges Lächeln und zuckt unmerklich mit den Schultern.

»Ja. Sie hat mit mir darüber gesprochen. Ich bin in die Luft gegangen. ›Auf gar keinen Fall!‹, habe ich gebrüllt. Ich habe mich mit Händen und Füßen gesträubt, glaub mir, Smoky.«

»Und?«

»Und wir nehmen Sarah zu uns.« Er starrt durch die Windschutzscheibe nach vorn, sucht nach den grauen Wolken, die nicht weichen wollen. »Ich kann Elaina nichts abschlagen. Das konnte ich nur selten. Und nach ihrer Krebsdiagnose kann ich es überhaupt nicht mehr.«

»Darf ich dich was fragen, Alan?«

»Klar.«

»Hast du inzwischen eine Entscheidung getroffen? Ob du aufhörst zu arbeiten, meine ich?«

Er antwortet nicht sofort. Starrt weiter nach draußen, während er seine Worte sorgfältig abwägt.

»Hast du schon mal diese Fernsehserie gesehen? Cold Case? Wo es um echte Fälle geht?«

»Klar.«

»Weißt du, was mich an diesen Serien am meisten fasziniert? Dass viele von den Cops, die über alte Fälle befragt werden, so jung und schon im Ruhestand sind. Ganz selten wird mal ein richtig alter Detective gezeigt, der noch beim Morddezernat arbeitet.«

»Ist mir bis jetzt noch gar nicht aufgefallen«, sage ich. Es ist die Wahrheit. Trotzdem wird mir sofort klar, dass Alan recht hat.

Er schaut mich an. »Weißt du auch warum? Weil die Arbeit beim Morddezernat gefährlich ist, Smoky. Ich meine nicht die Gefahr für Leib und Leben. Ich meine die Gefahr für die Seele.« Er winkt mit der Hand. »Oder die mentale Gefahr, falls du nicht an eine Seele glaubst. Worauf ich hinauswill … wenn du zu lange in diese Richtung blickst, läufst du Gefahr, dich nie wieder von dem zu erholen, was du siehst.« Er schlägt mit der Faust in die Handfläche. »Niemals. Ich habe eine Menge Dreck gesehen, Smoky …« Er schüttelt den Kopf. »Einmal habe ich ein halb aufgegessenes Baby gefunden. Seine Mutter war drogensüchtig, hatte einen miesen Trip und bekam Hunger. Der Fall hat mich zum Alkoholiker gemacht.«

Ich starre ihn überrascht an. »Das wusste ich nicht.«

Er zuckt die Schultern. »War vor meiner Zeit beim FBI. Weißt du, was mich dazu gebracht hat, mit dem Trinken wieder aufzuhören?« Er wendet den Blick ab. »Elaina. Eines Nachts kam ich um drei Uhr morgens stockbetrunken nach Hause. Sie sagte zu mir, dass ich damit aufhören müsse. Ich …« Er verzieht das Gesicht. Seufzt. »Ich packte sie beim Arm, sagte ihr, dass sie sich gefälligst um ihren eigenen Kram scheren soll und verlor dann auf dem Sofa das Bewusstsein. Am nächsten Morgen wurde ich vom Duft von gebratenem Schinken wach. Elaina machte das Frühstück. Sie kümmerte sich um mich wie immer, als wäre nichts gewesen. Doch da war etwas gewesen. Sie trug so ein ärmelloses Hemd, weißt du, und sie hatte blaue Flecken und Kratzer am Arm, wo ich sie gepackt hatte …« Er stockt sekundenlang, sucht nach Worten. Ich warte fasziniert. »Diese Mutter, die ihr Baby gegessen hatte, kam irgendwann ebenfalls wieder zur Besinnung. Als sie sah, was sie getan hatte, fing sie an zu schreien. Es war ein Geräusch, wie ich es noch nie bei einem Menschen gehört habe. Wie ein Affe, der bei lebendigem Leib verbrennt. Sie schrie und schrie, hörte gar nicht mehr auf. Genauso habe ich mich gefühlt, als ich die blauen Flecken am Arm dieser wunderbaren Frau gesehen habe. Mir war nach Schreien zumute. Verstehst du, was ich meine?«

»Ja.«

Er sieht mich wieder an.

»Ich hörte auf zu trinken und war wieder da. Wegen Elaina. Es gab andere schlimme Zeiten, und ich habe mich immer wieder aufgerappelt. Wegen Elaina, immer wegen Elaina. Sie ist … mein kostbarster Schatz.« Er hüstelt verlegen. »Als sie krank wurde vergangenes Jahr, und als dieser Psycho sie verfolgt hat, hatte ich eine Höllenangst, Smoky. Ich hatte Angst, an einen Ort zu kommen, wo ich Elaina brauche, und sie ist nicht mehr da. Wenn es so weit kommt, schaffe ich es niemals allein zurück. Es ist alles ein Balanceakt, weißt du? Zu wissen, wie weit ich gehen kann, wie viel ich sehen kann und trotzdem noch zu ihr zurückzukommen. Eines Tages werde ich sagen, dass es reicht, und ich hoffe, dass ich weiß, wann der Zeitpunkt gekommen ist.« Er lächelt mich an. Es ist ein aufrichtiges Lächeln, doch es ist zu vielschichtig, um nur »glücklich« zu sein. »Die Antwort auf deine Frage lautet, dass ich für den Augenblick hier bin. Eines Tages werde ich nicht mehr da sein, nur weiß ich nicht, wann dieser Tag kommen wird.«

Wir passieren die Sicherheitsschleuse und durchqueren die Eingangshalle, als mir eine sportliche, kraftvolle Blondine mit einem strahlenden Lächeln in den Weg tritt. Sie streckt mir die Hand hin. Sie knistert förmlich vor Selbstvertrauen und Energie.

»Agentin Barrett? Ich bin Kirby Mitchell.«

Ich zucke zusammen; dann wird mir klar, dass wir inzwischen weit nach halb sechs haben müssen. Ich hatte die Verabredung völlig vergessen.

Ah, der weibliche Killer im Regierungsauftrag, will ich sagen. *Erfreut, Sie kennenzulernen … oder sollte ich vielleicht ein Fragezeichen dahintersetzen? Das wird mir nur die Zeit verraten, nehme ich an.*

Also lächle ich und ergreife ihre Hand und schüttle sie und mustere sie flüchtig von oben bis unten.

Sie passt hundertprozentig zu dem Eindruck, den ich bei unserem Telefongespräch gewonnen habe. Attraktiv, schlank, eins fünfundsiebzig groß, blonde Haare, die vielleicht echt sind, vielleicht auch nicht, strahlend blaue Augen und ein ewiges Lächeln, das viel zu weiße Zähne zeigt. Sie sieht aus wie jemand, der mit zwanzig Jahren eine Menge Zeit als Beach Bunny verbracht und mit Surfern herumgehangen und an Lagerfeuern Bier getrunken hat. Wie jemand, der mit Kerlen geschlafen hat, die genauso blond sind wie sie selbst und nach Meerwasser und Surfwachs und Marihuana riechen. Die Sorte von Mädchen, die stets bereit war, freitags um fünf in ein kleines schwarzes Cocktailkleid zu schlüpfen, um die Nacht durchzutanzen, bis der Laden schloss. Ich hatte Freundinnen wie sie. Sie waren die personifizierte Wildheit, mühsam gebändigt.

Nur, dass Kirby Mitchell ein weiblicher Bodyguard ist. Und

Tommy zufolge eine Exkillerin. Die scheinbare Unvereinbarkeit dieser Dinge fasziniert und verunsichert mich zugleich.

»Erfreut, Sie kennenzulernen«, stoße ich mühsam hervor. Ich mache sie mit Alan bekannt.

Sie grinst und boxt ihm verspielt gegen den Arm. »Sie sind vielleicht ein Brocken! Ist das nützlich oder eher hinderlich? Bei Ihrer Arbeit, meine ich?«

»Nützlich, meistens«, antwortet er verblüfft und reibt sich die Stelle, wo sie ihn getroffen hat. »He, das hat wehgetan!«, sagt er überrascht.

»Seien Sie doch nicht so ein Weichei«, sagt Kirby und zwinkert mir zu.

»Wir gehen in unser Büro«, sage ich zu ihr.

»Nur zu. Gehen Sie vor, ich folge Ihnen.«

Das Büro liegt verlassen. Alle sind unterwegs, beschäftigen sich mit den Aufgaben, die ich ihnen zugewiesen habe. Callie sucht im Haus der Langstroms nach Spuren und Indizien. Jamie beschäftigt sich wahrscheinlich mit Michael Kingsleys Computer. Es war ein hektischer Tag, und er ist noch längst nicht vorbei.

Kirby plappert unablässig weiter, und ich beobachte sie auf dem Weg durch das Büro. Mir fällt auf, dass ihre Blicke rastlos umherschweifen, während sie spricht. Sie übersehen nichts und verharren am längsten auf der weißen Tafel.

Augen wie diese habe ich schon früher gesehen, bei Leoparden oder Löwen oder der menschlichen Version dieser Raubtiere. Sie flackern unstet wie Kerzen, scheinbar gelassen, doch ihnen entgeht nichts.

Wir gehen in mein Büro und setzen uns.

»Okay. Da wir nun alle Freunde sind, können wir darüber sprechen, wie ich arbeite«, beginnt Kirby, immer noch munter. »Ich bin ein Ass, das sollten Sie wissen. Ich habe noch nie einen Klienten verloren, und ich habe das auch für die Zukunft nicht vor – klopf auf Holz!« Sie klopft mit dem Knöchel auf meine Schreibtischplatte und grinst. »Ich bin ausgebildet in Observation, Nahkampf mit und ohne Waffen und an so ziemlich jeder Waffe, die man sich nur vorstellen kann …« Sie zählt an den Fingern ab: »Messer, Handfeuerwaffen, automatische Waffen und so weiter. Ich bin eine ganz gute Scharfschützin, solange das Ziel nicht weiter als vierhundert Meter entfernt ist. Das Übliche.« Ein weiteres strahlendes Lächeln aus glitzernden Augen. »›Leg dich mit den Besten an, stirb wie die anderen.‹ Albern, ich weiß, aber ich mag diesen Spruch. Sie nicht?«

»Oh. Sicher«, antworte ich.

»Ich habe gewisse Regeln, über die ich Sie informieren möchte.« Kirby hebt einen Zeigefinger und sieht mich an. Eine gut gemeinte Warnung. »Ich werde nicht außen vor gelassen, was den Informationsfluss angeht. Ich erfahre alles, was meine Arbeit betrifft. Wenn Sie mir Blödsinn erzählen und ich finde es heraus, bin ich weg. Ich will mich nicht aufspielen oder so, aber es geht nun mal nicht anders.«

Nicht aufspielen?

»Okay«, sage ich.

Kirby redet noch eine Zeit lang weiter, und ein Wortschwall folgt dem anderen. Kirby ist wie ein Frachtzug. Spring auf oder werde überrollt, die Entscheidung liegt bei dir. »Sie sehen mich jetzt wahrscheinlich an und denken: ›Wer ist dieser Hohlkopf?‹ Tommy ist ein ehrlicher Kerl, und ein attraktiver Bursche noch dazu …« Sie zwinkert mir vertraulich zu. »Ich nehme an, dass er erwähnt hat, ganz nebenbei, dass ich *vielleicht*, *angeblich*, *möglicherweise* in der Vergangenheit im Auftrag von Militär oder Industrie ein paar Leute aus dem Weg geräumt haben *könnte*. Und dann sehen Sie mich vor sich«, sie holt weit aus und deutet auf sich, »und Sie denken, hmmm, vielleicht ist sie ja nicht ganz richtig im Kopf. Stimmt's oder hab ich recht?«

»Vielleicht, ja«, räume ich ein.

Kirby grinst. »Tja, so bin ich nun mal. Ich bin ein kalifornisches Mädchen und war nie etwas anderes. Und werde nie etwas anderes sein. Ich mag meine blonden Haare. Ich liebe zweiteilige Bikinis und den Geruch des Meeres.« Sie rutscht auf ihrem Sessel hin und her. »Und ich tanze für mein Leben gern!« Ein weiteres Multikilowattlächeln. »Ich habe ›die überentwickelte Fähigkeit, bestimmte menschliche Wesen in die Kategorie *anders* einzuordnen‹, wie es in meinem psychologischen Gutachten heißt. Der Durchschnittsmensch ist nicht dazu geschaffen zu töten, verstehen Sie? Es gehört nicht zu unserem Wesen. Aber wir *müssen* töten, ständig. Soldaten müssen töten. SWAT-Scharfschützen müssen töten.« Sie nickt in meine Richtung. »*Sie* müssen töten. Also, was machen wir, was machen wir. Probleme, Probleme. Die Antwort lautet: Wir sagen uns, dass die Personen, die wir töten müssen, *anders* sind. Sie sind nicht wie wir. Vielleicht sind sie nicht einmal richtig menschlich. Und wenn das erst geschehen ist, fällt es ein ganzes Stück leichter zu töten, das können Sie mir glauben. Das Militär und die Psychologen wissen das seit langem.« Ein weiteres forsches Grinsen, doch diesmal reicht es nicht bis zu den Augen. Ich schätze, sie tut es absichtlich, um mir den Killer zu zeigen, der sich hinter dieser Fassade verbirgt. »Ich bin keine Psychopathin. Mir geht keiner ab, wenn ich Leute aus dem Weg räume. Ich bin nicht aus dem Stoff, mit dem die Ketten unserer Panzer geschmiedet werden.« Sie lacht, als wäre dieser Spruch das Albernste, das sie je gehört hat. *Ho, ho, ho.* »Nein, nichts dergleichen. Es ist nur so, dass es mir leichtfällt, den Feind zu sehen und zu erkennen, und sobald das geschehen ist, gehört er nicht mehr zu meinem Club, wenn Sie verstehen.«

»Ja«, sage ich. »Ich verstehe.«

»Cool.« Der Frachtzug namens Kirby rauscht weiter. Sie redet in Wellen, auf eine Weise, die es unmöglich macht, ein Wort einzuwerfen, ohne sie zu unterbrechen. »Was meinen Lebenslauf betrifft, ich hab einen Abschluss in Psychologie und spreche fließend Spanisch. Ich war fünf Jahre bei der CIA und sechs Jahre bei der NSA. Ich habe eine Menge Zeit in Zentral- und Südamerika verbracht und dort … nun ja, *Aufträge erledigt.*« Ein weiteres verschwörerisches Zwinkern. Diesmal jagt es mir einen Schauer über den Rücken. »Irgendwann wurde es langweilig, und ich hörte auf. Meine Güte, das war vielleicht schwierig. Ich könnte Ihnen Geschichten erzählen … Diese Geheimdiensttypen nehmen sich selbst viel zu ernst. Sie wollten mich nicht gehen lassen.« Sie lächelt erneut, und erneut erreicht das Lächeln ihre Augen nicht. »Tja, da hab ich sie dann überzeugt.«

Alan hebt eine Augenbraue, doch er sagt nichts.

»Wo war ich stehen geblieben? Ach ja … ich kündigte also und verbrachte ein paar Monate damit, alte Rechnungen zu begleichen. Ein paar ziemlich lästige Typen aus meiner Zeit in Mittelamerika klebten mir an den Hacken. Sie dachten, ich würde immer noch für die NSA arbeiten.« Sie verdreht gutmütig die Augen. »Manche Männer lernen einfach nie, was das Wort Nein bedeutet. Es war verdammt lästig. Fast hätte ich endgültig die Nase voll gehabt von Latino-Typen – aber nicht ganz.« Sie lacht, und ich muss wider Willen grinsen angesichts dieses gefährlichen Kobolds von einer Frau. »Danach hab ich ungefähr sechs Monate am Strand ausgespannt, bis ich mich noch mehr langweilte und mir sagte, dass es vielleicht ganz witzig wäre, im privaten Sektor weiterzuarbeiten. Es wird wesentlich besser bezahlt, glauben Sie mir. Ich räume immer noch hin und wieder Leute aus dem Weg, und zwischen den Aufträgen kann ich an den Strand und entspannen.« Sie breitet die Arme in einer umfassenden Geste aus. »Und das ist die Geschichte von der kleinen Kirby Mitchell.« Sie beugt sich vor. »Jetzt lassen Sie mal hören, was es mit dem Klienten auf sich hat und was für ein Kuckucksvogel das ist, der es auf sie abgesehen hat.«

Mit einem letzten Blick zu Alan, der unmerklich mit den Schultern zuckt, wende ich mich Kirby Mitchell zu und berichte, was wir inzwischen über Sarah Langstrom und den Künstler herausgefunden haben. Kirby lässt mich nicht aus den Leopardenaugen, während ich rede. Sie lauscht konzentriert und nickt an den richtigen Stellen, lässt mich wissen, dass sie versteht, was ich sage.

Als ich fertig bin, lehnt sie sich nachdenklich zurück und trommelt mit den Fingern auf den Armlehnen. Dann lächelt sie.

»Okay. Ich denke, so weit ist alles klar.« Sie blickt Alan an. »Wie sieht es aus, großer Mann? Was halten Sie davon, mich bei sich zu Hause zu haben?« Ein weiterer verspielter Boxhieb gegen den Arm. »Wichtiger noch, was wird Ihre Frau dazu sagen?«

Alan antwortet nicht sofort. Er mustert Kirby mit nachdenklichem Blick. Sie zuckt nicht mit der Wimper.

»Sie beschützen meine Frau und das Mädchen?«

»Mit meinem Leben. Obwohl … meine Güte, ich hoffe sehr, dass es nicht dazu kommt.«

»Wie sind Sie in Ihrem Job?«

»Nicht die Beste auf der Welt, aber verdammt nahe dran.« Endlose Zuversicht, der ewig optimistische Killer.

Schließlich nickt Alan. »Okay, dann bin ich froh, wenn Sie bei uns sind. Elaina wird es ebenfalls freuen.«

»Cool.« Sie dreht sich zu mir um, mit dem fingerschnippenden Blick eines Menschen, der fast etwas Wichtiges vergessen hätte. »Oh, hey, eine Frage habe ich noch. Falls dieser Heini sich zeigt, brauchen Sie ihn lebend oder tot?«

Das Lächeln bleibt wie eingefroren auf ihrem Gesicht. Ich betrachte diese extrem gefährliche Frau und denke über meine Antwort nach. Wenn ich es ihr sage, wird Kirby Mitchell den Künstler als einen der »anderen« einordnen. Und sobald er dann auch nur sein Gesicht zeigt, wird sie ihn mit einem Lächeln wegpusten, um anschließend zum Strand zu gehen, ein Lagerfeuer anzuzünden und ein paar Dosen Bier zu trinken. Ich zögere nur aus einem Grund: Mir ist nur zu bewusst, dass ihre Frage nicht theoretisch gemeint ist.

Möchten Sie, dass ich ihn umniete? Hey, kein Problem. Ich erledige den Kerl, und dann gehen wir in einen Club und trinken ein paar Margaritas. Cool.

»Ich würde es vorziehen, ihn lebend zu schnappen«, sage ich. »Allerdings hat die Sicherheit von Elaina und Sarah oberste Priorität.«

Es ist eine feige Antwort, und wir wissen es beide. Doch Kirby hat kein Problem damit.

»Verstanden. Nachdem das geklärt wäre, fahre ich rüber zum Krankenhaus. Ich bleibe bis morgen bei Sarah, und dann komme ich mit dem Mädchen zu Ihnen nach Hause, großer Mann.« Sie erhebt sich. »Könnte mich einer von Ihnen nach draußen bringen? So viel Regen, es ist einfach nicht zu fassen!«

»Ich bringe Sie runter«, sagt Alan.

Sie wirbelt aus dem Büro, und ich fühle mich, als wäre ich soeben von einem Panzer überrollt worden – wenngleich auf irgendwie angenehme Weise.

Ich schaue auf die Uhr. Es ist nach sechs. Vielleicht ist Ellen, unsere Hausjuristin, noch im Dienst. Ich nehme den Hörer ab und wähle ihre interne Nummer.

»Ellen Gardner«, meldet sie sich. Sie klingt gelassen, unaufgeregt. So klingt sie immer. Es ist beinahe ein wenig unmenschlich.

»Hi, Ellen, ich bin's, Smoky. Ich brauche eine richterliche Vorladung.«

»Langsam, einen Augenblick bitte«, antwortet sie ohne Zögern. »Ich hole mir gerade etwas zum Schreiben.«

Ich stelle mir Ellen vor, wie sie hinter ihrem großen Schreibtisch aus Kirschholz sitzt. Sie ist eine kantige Frau von herber, geschäftsmäßiger Schönheit. Sie ist Mitte fünfzig, mit braunen Haaren, die sie kurz geschnitten trägt (und gefärbt, nehme ich an; ich habe noch nie ein graues Haar an ihr gesehen). Sie ist groß, dünn, staksig, fast knabenhaft. Sie ist forsch, präzise und professionell – mit anderen Worten, sie ist Juristin. Ich habe sie nur ein einziges Mal lachen hören. Es war ein fröhliches, unverstelltes Geräusch, das mich ermahnte, nicht in Schubladenkategorien zu denken.

»Schießen Sie los«, sagt sie.

Ich erzähle ihr alles, gebe ihr einen groben Überblick und ich nenne ihr die Details über die Langstrom-Stiftung.

»Der Anwalt sagt, wir benötigen eine richterliche Vorladung, um ihn zu überzeugen«, schließe ich. »Er sagt, dass er grundsätzlich bereit ist zu kooperieren, solange es auf legale Weise seine Verpflichtung zur Verschwiegenheit außer Kraft setzt. Was nur eine Vorladung bewirken kann.«

»Genau«, sagt Ellen. »Und da liegt auch schon das Problem.«

»Wieso?«

»Es gibt bis zum gegenwärtigen Zeitpunkt keinen rechtlich zwingenden Grund zur Ausstellung einer richterlichen Vorladung.«

»Sie machen Witze.«

»Ganz und gar nicht. Bis zu diesem Augenblick haben Sie nichts weiter als einen geschlossenen Fall. Einen Mord mit anschließendem Selbstmord. In der Folge taucht ein anonymer Wohltäter auf, der beschließt, eine Stiftung einzurichten, um das Haus der Familie zu erhalten und Sarah mit finanziellen Mitteln auszustatten. Es gibt bisher keinen unwiderlegbaren Hinweis auf ein Verbrechen, richtig?«

»Nicht offiziell«, räume ich ein.

»Okay. Nächste Frage: Können Sie nachweisen, dass diese Langstrom-Stiftung eine kriminelle Unternehmung ist? Wurde sie auf illegale Weise eingerichtet, oder ist ihre Existenz illegal? Dient sie illegalen Zwecken?«

»Das ist schon schwieriger«, sage ich.

»Dann haben Sie ein Problem.«

Ich kaue auf der Unterlippe, während ich angestrengt nachdenke. »Die einzige Information, die wir wirklich benötigen, ist der Name des Mandanten. Wir müssen wissen, wer diese Stiftung eingerichtet hat. Hilft das weiter?«

»Gibbs beruft sich auf seine Verschwiegenheitspflicht mit dem Hinweis, dass sein Mandant um die Vertraulichkeit seiner Identität gebeten hat?«

»Ja.«

»Damit kommt er nicht durch. Wenn Sie beweisen können, dass dieser Mandant möglicherweise Informationen besitzt, die für eine laufende Ermittlung von entscheidender Wichtigkeit sind, kann ich Ihnen diesen Namen besorgen.«

»Verstanden.«

»Es muss allerdings Hand und Fuß haben. Suchen Sie nach einer Möglichkeit, den angeblichen Mord-Selbstmord der Langstroms als gewöhnlichen Doppelmord aufzudecken. Sobald Sie das geschafft haben, werden die Ermittlungen gegen diese Langstrom-Stiftung zu einer logischen Spur, und wir können Gibbs dazu bewegen, die Identität seines Mandanten preiszugeben.« Ihr Tonfall ändert sich, wird freundlicher, weniger steif. »Ich sage Ihnen, was ich denke, Smoky. Gibbs mag nach außen hin hilfsbereit getan haben, doch dieser nette Satz, den er Ihnen mit auf den Weg gegeben hat … dass er durchaus bereit wäre zu kooperieren, solange es auf legale Weise seine Verpflichtung zur Verschwiegenheit außer Kraft setzt? Das ist eine Floskel, hinter der er sich verschanzt.«

Ich will widersprechen, doch ich weiß, dass es Zeitverschwendung wäre. Ellen ist ein Mensch, der Probleme *löst*. Sie denkt in Bahnen von *Wie können wir* oder *Wir können nicht, weil*. Wenn sie sagt, dass der Anwalt nicht mitspielt, dann ist das so.

Ich stoße einen resignierten Seufzer aus. »Verstanden, Ellen. Ich melde mich wieder bei Ihnen, sobald ich mehr habe.«

Ich lege auf und wähle Callies Nummer.

»Überarbeitung & Co.«, meldet sie sich. »Wie kann ich Ihnen helfen?«

Ich muss kichern. »Wie kommst du voran?«

»Bis jetzt haben wir nichts zum Prahlen gefunden«, sagt Callie, »aber wir gehen gründlich vor. Wir sind immer noch auf der Vorderseite des Hauses.«

Ich berichte ihr, was ich herausgefunden habe. Ich fange bei Gibbs an. Dann erzähle ich von Nicholson. Und schließlich berichte ich ihr, was Ellen zu alledem gemeint hat. Callie schweigt ein paar Sekunden, nachdem ich geendet habe, und verarbeitet die Informationen, bevor sie antwortet.

»Das waren ja aufregende achtundvierzig Stunden, selbst für dich.«

»Das kannst du laut sagen.«

»Dann mach Schluss für heute. Gene und ich sind hier. James ist irgendwo unterwegs und verbreitet seine miese Laune. Bonnie wartet bei Alan und Elaina. Wenn du schon nicht auf mich hören und dir einen Hund anschaffen willst, Zuckerschnäuzchen, dann fahr wenigstens nach Hause zu deiner Tochter.«

»Also schön«, sage ich. »Aber du rufst mich an, sobald du etwas herausgefunden hast.«

»Vielleicht«, sagt sie. »Vielleicht auch nicht. Und jetzt verschwinde endlich.«

Ich lege auf und lehne mich zurück. Schließe für einen Moment die Augen. Callie hat recht. Es waren zwei irrsinnige Tage.

Eine singende, blutbesudelte Sechzehnjährige. Verstümmelte Leichen. Das grauenvolle Tagebuch. Und schließlich das Schlimmste von allem. Meine Hände zittern, als mir bewusst wird, was ich sonst noch erlebt habe an diesem Tag. Ich beiße mir auf die Unterlippe, füge mir Schmerz zu, um die Tränen zu unterdrücken.

Ein Mann hat sich vor meinen Augen erschossen. Er hat mich angesehen, hat mit mir gesprochen, und dann hat er sich eine Pistole in den Mund gesteckt und abgedrückt. Sein Blut ist mir ins Gesicht gespritzt.

Ich kannte Dave Nicholson nicht, aber das spielt keine Rolle. Er gehörte nicht zu Kirby Mitchells Kategorie der »anderen«. Er war einer von uns. Er war durch und durch menschlich, und ich kann nicht mehr tun als um ihn trauern.

Ich höre Schritte auf dem Teppich und wische mir hastig mit der Hand über die Augen. Jemand klopft an meiner Tür; dann steckt Alan den Kopf herein.

»Ich habe unsere fröhliche kleine Killerin zu ihrem Wagen gebracht«, sagt er.

»Was hältst du von ›nach Hause fahren‹? Wenigstens für ein paar Stunden?«

Er denkt darüber nach. Seufzt.

»Für ein paar Stunden, ja. Großartige Idee.«

KAPITEL 41

Ich habe Alan gesagt, dass ich nachkomme; ich habe vorher noch eine Erledigung zu machen.

Ich fahre zum Krankenhaus. Es regnet schon wieder, und das ist okay so, weil es in meinem Innern ebenfalls regnet. Es ist kein starker Regen, nur ein leichtes, beständiges Nieseln. Es gehört zu meinem Job, sinniere ich. Das Wetter in dir drin. Zuhause und Familie ist Sonnenschein, die meiste Zeit. Die Arbeit ist fast immer Regen. Manchmal kommen Blitze und Donner hinzu, manchmal ist es nur ein Nieseln, aber es ist immer Regen.

Vor einiger Zeit ist mir bewusst geworden, dass ich meine Arbeit nicht liebe. Es ist nicht so, dass ich sie hasse, beileibe nicht. Aber ich kann meinen Job nicht lieben. Ich tue ihn, weil jemand ihn tun muss, und weil diese Arbeit mir im Blut liegt. Gut, böse – egal. Man tut es, weil man keine Wahl hat.

Was nicht ganz stimmt. Nicht mehr, jedenfalls. Du hast eine Wahl, nicht wahr? Vielleicht scheint ja in Quantico häufiger die Sonne?

Trotzdem.

Ich parke den Wagen hinter dem Krankenhaus und renne durch den Regen zum Eingang, entschlossen, es schnell hinter mich zu bringen. Es ist fast sieben Uhr, und ich spüre das Verlangen nach einer starken Dosis Bonnie und Elaina. Ein bisschen Sonnenschein.

Als ich vor dem Zimmer eintreffe, sitzt Kirby auf einem Sessel neben der Tür und liest in einer Klatschillustrierten. Beim Klang meiner Schritte blickt sie auf. Für einen Moment blitzen die Raubtieraugen; dann verbirgt sie den Panther hinter einem Zwinkern und einem freundlichen Lächeln.

»Hi, Boss«, sagt sie.

»Hallo, Kirby. Wie geht es ihr?«

»Ich hab mich ihr selbst vorgestellt. Ich musste ganz schön auf sie einreden, das kann ich Ihnen sagen. Sie wollte sicher sein, dass ich jemanden erschießen kann. Ich musste sie überzeugen oder gehen. Ich konnte sie überzeugen.«

»Okay.«

»Gut« oder »Großartig« erscheint mir nicht angemessen.

»Dieses Mädchen ist total schrill im Kopf, Smoky Barrett«, sagt Kirby leise. In ihrer Stimme schwingt so etwas wie Bedauern. Es ist ein neuer Klang, und ich sehe Kirby mit einem Mal in anderem Licht.

Kirby scheint es zu spüren. Sie lächelt und zuckt die Schultern. »Ich mag sie.« Sie wendet sich wieder ihrer Illustrierten zu. »Gehen Sie rein. Ich muss unbedingt rausfinden, was mit Prinz William ist. Ich würde mich sofort auf seinen königlichen Körper stürzen, wenn ich eine Chance hätte.«

Ich muss grinsen. Dann öffne ich die Tür und betrete das Krankenzimmer. Sarah liegt in ihrem Bett und starrt durchs Fenster nach draußen. Ich sehe keine Bücher, und der Fernseher ist aus. Ich frage mich, ob sie den ganzen Tag nur daliegt und aus dem Fenster starrt und die Autos auf dem Parkplatz beobachtet. Als sie mich hört, wendet sie sich zu mir um.

»Hi«, sagt sie und lächelt.

»Selber hi.« Ich erwidere ihr Lächeln.

Sarah hat ein nettes Lächeln. Es ist nicht so rein, wie es sein sollte – dazu hat sie zu viel durchgemacht –, doch es gibt mir Hoffnung. Es zeigt mir, dass sie innerlich noch immer sie selbst ist.

Ich ziehe einen Stuhl zu ihrem Bett und setze mich.

»Und?«, frage ich. »Was hältst du von Kirby?«

»Sie ist irgendwie anders.«

Ich muss lächeln. Es ist eine kurze, aber perfekte Beschreibung.

»Magst du sie?«

»Ich glaub schon. Ja, doch. Ich mag, dass sie vor nichts Angst hat. Und dass sie diese Dinge tut. Sie wissen schon. Gefährliche Dinge. Sie hat mir gesagt, dass ich mich nicht schuldig fühlen soll, wenn sie getötet wird.«

Das reicht, um mir das Lächeln zu vergällen.

»Ja. Sicher. Sie wird dich beschützen, Sarah. Genauso wie die Leute, die dich ab morgen bei sich in ihrem Haus aufnehmen werden.«

Sie runzelt die Stirn. »Nein. Keine Pflegeeltern. Ich muss in ein Heim zurück. In einem Heim bringt er keine Menschen um.«

Stimmt. Bis jetzt jedenfalls. »Weißt du, warum das so ist, Sarah?«

»Vielleicht. Ich glaube, es liegt daran, dass mir in einem Heim alle egal sind. Und weil er weiß, dass das Leben in einem Heim schlimm ist. Es ist scheiße in einem Heim. Als Mädchen wird man geschlagen und belästigt und …« Sie winkt ab. »Sie wissen, was ich meine. Ich glaube, es reicht ihm, wenn er weiß, dass ich wegen ihm in einem Heim bin.«

»Ich verstehe.«

Ich schweige für einen Moment, während ich nachdenke. Ich suche nach den geeigneten Worten, weil mir gerade erst klar wird, wie ich selbst in dieser Sache empfinde. Ich liebe Elaina. Und Bonnie ist bei Elaina, während ich arbeite. Ein nicht eben kleiner und ziemlich selbstsüchtiger Teil von mir sagt: *Ja! Ganz genau! Du musst in ein Heim, nicht zu Pflegeeltern. Weil immer wieder Menschen in deiner nächsten Nähe sterben.*

Dann aber spüre ich, wie Sturheit sich in mir ausbreitet. Die gleiche Art von Sturheit, die mich bereits daran gehindert hat, aus dem Haus auszuziehen, in dem ich vergewaltigt wurde und in dem meine Familie gestorben ist.

»Du darfst dich nicht von deiner Angst leiten lassen«, sage ich zu Sarah. »Und du musst Hilfe von anderen annehmen. Diesmal ist es anders als all die anderen Male, Sarah. Wir wissen inzwischen, dass dieser Mann, dieser Künstler existiert. Wir wissen, was er ist. Wir unternehmen Schritte, um dich und uns vor ihm zu schützen. Der Mann und die Frau, bei denen du von morgen an wohnen wirst, wissen ganz genau, womit wir es zu tun haben. Sie haben trotzdem beschlossen, dich bei sich aufzunehmen. Außerdem ist Kirby in deiner Nähe und passt auf dich auf, vergiss das nicht.«

Sie blickt auf ihre Hände. Kämpft mit sich selbst. Ist unentschlossen.

»Ich weiß nicht.«

»Musst du auch nicht, Sarah«, sage ich mit beruhigender Stimme. »Du bist noch ein Kind. Du bist zu mir gekommen und hast mich um Hilfe gebeten. Jetzt bekommst du Hilfe.«

Sie seufzt. Es ist ein langgezogenes Seufzen, fast ein Schluchzen. Sie hebt den Blick und sieht mir in die Augen, dankbar.

»Okay«, sagt sie. »Und Sie sind sicher, dass den Leuten nichts passiert?«

Ich schüttle den Kopf. »Nein. Ich bin nicht sicher. Man kann niemals ganz sicher sein. Ich dachte, meine Familie wäre sicher, und sie ist trotzdem gestorben. Es geht nicht darum, eine Garantie zu haben. Es geht darum, alles zu tun, was man tun kann, und sich nicht von der Angst beherrschen zu lassen.« Ich deute auf die Zimmertür. »Ich habe eine sehr fähige Leibwächterin da draußen postiert, und sie wird dich überallhin begleiten. Und ich habe ein Team der absolut besten Leute, die den Künstler jagen. Das ist alles, was ich dir anbieten kann.«

»Dann wissen Sie Bescheid? Sie wissen, dass er wirklich existiert?«

»Absolut. Hundert Prozent.«

Die Erleichterung lässt sie erschauern, was mich verblüfft. Es sieht fast ein wenig ungläubig aus. Sie legt eine Hand an ihre Stirn. »Wow.« Sie streicht mit beiden Händen über ihre Wangen, wie jemand, der sich bemüht, die Fassung zu bewahren. »Wow. Entschuldigung. Es fällt mir schwer, das zu begreifen, nach all der Zeit und allem, was passiert ist.«

»Ich verstehe dich sehr gut.«

Sie sieht mich an. »Waren Sie schon im Haus meiner Eltern?«

»Ja.«

»Haben Sie …« Ihre Gesichtszüge werden weich. »Haben Sie gesehen, was er getan hat?«

Sie fängt an zu weinen. Ich beuge mich vor, nehme sie in die Arme.

»Haben Sie gesehen, was er getan hat?«, schluchzt sie.

»Ich habe es gesehen.« Ich streichle ihr übers Haar.

KAPITEL 42

Elaina hat ein Abendessen gekocht, und Bonnie und ich bleiben zum Essen. Elaina hat wie üblich gezaubert, und das Esszimmer ist ein Ort voller Heiterkeit. Alan und ich waren bei unserer Ankunft ernst und nüchtern gewesen; als das Dessert kommt, ist von der gedrückten Stimmung nichts mehr übrig. Wir lachen mehr als einmal laut und unbeschwert, und ich fühle mich entspannt.

Alan hat sich freiwillig ein letztes Mal bereit erklärt, gegen Bonnie Schach zu spielen. Ich bin ziemlich sicher, dass es ein fruchtloses Unterfangen ist. Elaina und ich überlassen die beiden ihrem Spiel und gehen zusammen zum Aufräumen in die Küche. In aller Ruhe spülen wir die Teller ab und räumen den Geschirrspüler ein. Ich höre Alan nebenan murren und stelle mir vor, wie Bonnie grinst, während sie sich eine seiner Figuren nach der anderen schnappt.

»Reden wir über Bonnies Schule«, sagt Elaina unvermittelt. »Ich hätte da einen Vorschlag.«

»Lass hören.«

Sie schwenkt den Wein in ihrem Glas. »Ich denke schon seit einiger Zeit darüber nach. Bonnie muss wieder zur Schule gehen, Smoky.«

»Ich weiß«, räume ich ein wenig ausweichend ein.

»Ich will dich nicht kritisieren. Ich bin mir der Umstände bewusst. Bonnie brauchte Zeit, um zu trauern und wieder ins Leben zurückzufinden. Du auch. Aber ich denke, diese Zeit ist vorbei, und meine Sorge ist nun, dass deine Angst um sie die eigentliche Barriere ist.«

Im ersten Moment will ich wütend reagieren und alles abstreiten. Doch Elaina hat recht. Es ist sechs Monate her. Ich war schon einmal Mutter, ich kenne meine Pflichten, und doch habe ich es in der ganzen Zeit nicht geschafft, Bonnies Impfzeugnisse zu besorgen, mit ihr zum Zahnarzt zu gehen oder sie zur Schule zu schicken. Ich habe einen Kokon für Bonnie und mich gesponnen. Er ist erhellt von Liebe, doch er hat einen fatalen Fehler: Seine Architektur ist von Angst inspiriert.

Ich fasse mir mit der Hand an den Kopf. »Ich weiß selbst nicht, wie ich das so lange durchgehen lassen konnte.«

Elaina schüttelt den Kopf. »Mach die keine Vorwürfe. Ändere die Situation. Das nennt man verantwortlich handeln.

Verantwortung ist etwas Aktives und verbessert die Dinge. Schuldvorwürfe ziehen dich nur nach unten.«

Ich blicke meine Freundin an. »Also schön. Aber ich sage dir, Elaina, ich *habe* Angst. Der Gedanke, dass Bonnie da draußen allein …«

Sie unterbricht mich sofort. »Ich dachte an Unterricht zu Hause. Und ich glaube, dass es mir großen Spaß machen würde.«

Ich blicke sie an. Mir fehlen mir die Worte. Unterricht zu Hause ist mir natürlich auch schon in den Sinn gekommen, doch ich habe den Gedanken verworfen, weil ich keine Möglichkeit gesehen habe, ihn in die Tat umzusetzen. Doch Elaina als Lehrerin … mir wird klar, dass es die perfekte Lösung ist. Sie löst fast jedes Problem. Das Problem von Bonnies unstillbarer Neugier und das Problem ihrer Stummheit.

Vergiss nicht das Problem von Smoky der Ängstlichen und Smoky der Fahrlässigen.

»Das würdest du tun?«

Elaina lächelt. »Es wäre mir eine große Freude. Ich habe im Internet nachgesehen – es ist nicht so schwierig.« Sie zuckt die Schultern. »Ich liebe Bonnie genauso wie dich, Smoky. Ihr gehört beide zu meiner Familie. Alan und ich sind nicht mit eigenen Kindern gesegnet, und das ist okay. Allerdings bedeutet es, dass ich andere Mittel und Wege finden muss, um Kinder in meinem Leben zu haben. Bonnie zu unterrichten ist eine dieser Möglichkeiten.«

»Und Sarah?«, frage ich.

Sie nickt. »Und Sarah. Darauf verstehe ich mich, Smoky. Ich kann mit Kindern umgehen, mit Menschen, die verletzt wurden. Also möchte ich es tun. Genauso, wie du Killer jagst, wahrscheinlich aus den gleichen Gründen: Weil es dir ein inneres Bedürfnis ist. Weil du es gut kannst.«

Ich denke über das Echo meiner eigenen, früheren Gedanken nach, und ich lächle sie an.

»Das ist eine großartige Idee«, sage ich.

»Dann ist ja alles klar.« Sie sieht mich freundlich an. »Ich wusste es gleich, denn ich kenne dich. Solange du die Wahrheit der Dinge sehen kannst, wirst du deine Verantwortung gegenüber Bonnie erfüllen. Du hast es bloß nicht gesehen. Deshalb ist es so weit gekommen. Du trägst keine Schuld.«

»Danke, Elaina.«

Ich weiß nicht, was ich sonst sagen soll, doch ich sehe an ihrem Lächeln, dass sie den Dank so begreift, wie er gemeint ist.

Und was ist, wenn du nach Quantico gehst? Wenn Alan und Elaina nicht genug sind, wenn sie nicht reichen, um dir das »Glück« zu geben, das du zu brauchen glaubst (ganz abgesehen davon, wie selbstsüchtig und undankbar das wäre)? Dann nimmst du Elaina ein Kind weg. Elaina, die niemals selbst Mutter sein kann, obwohl du weißt, dass sie eine bessere Mutter wäre als irgendjemand sonst, den ihr beide kennt, Anwesende eingeschlossen.

Trotzdem, denke ich, und für den Augenblick verstummt die innere Stimme.

Wir trinken unseren Wein und lächeln, während wir Alans gebrummtem Unmut lauschen, weil er schon wieder von einem kleinen Mädchen im Schach geschlagen wird.

Es ist halb zehn, und Bonnie und ich sind zu Hause. Wir kramen in der Küche auf der Suche nach Knabberzeug. Sie lässt mich wissen, dass sie ein wenig fernsehen möchte, und gibt mir zu verstehen, dass sie weiß, dass ich in Sarahs Tagebuch weiterlesen will.

Ich entdecke ein Glas Oliven, Bonnie eine Tüte Cheetos. Wir gehen ins Wohnzimmer und machen es uns in unserer jeweiligen Ecke des abgewetzten Sofas bequem. Ich drehe den Deckel des Olivenglases auf und nehme mir eine. Der salzige Geschmack explodiert in meinem Mund.

»Hat Elaina mit dir gesprochen?«, frage ich, die Olive im Mund. »Über den Hausunterricht?«

Sie nickt. *Ja.*

»Was hältst davon?«

Sie lächelt, nickt. *Das wäre wunderbar.*

Ich erwidere ihr Lächeln.

»Hat sie dir auch von Sarah erzählt?«

Wieder ein Nicken, ernster diesmal, bedeutungsschwer. Ich verstehe.

»Ja.« Ich nicke vor mich hin. »Sie ist in einem schlimmen Zustand. Wie denkst du darüber?«

Sie winkt mit der Hand. Abschätzig.

Kein großes Problem, nicht der Rede wert, sagt dieses Winken. *Ich bin nicht selbstsüchtig.*

»Okay.« Ich lächle sie an. Das Lächeln soll ihr zeigen, dass ich sie liebe.

Mein Handy summt. Ich schaue aufs Display. Es ist James.

»Die VICAP-Abfragen sind durch«, berichtet er. »Bis jetzt noch nichts, aber vielleicht morgen früh. Das Programm auf Michael Kingsleys Computer ist trotz aller Bemühungen noch nicht entschlüsselt. Ich fahre jetzt nach Hause, ich will das Tagebuch noch einmal lesen.«

Ich berichte ihm, was sich an diesem Tag ereignet hat. Als ich fertig bin, schweigt er nachdenklich.

»Du hast recht«, sagt er schließlich. »Irgendwie hängt alles zusammen. Wir brauchen die Informationen über den Großvater. Den Fall aus den Siebzigern. Nicholson.«

»So ist es.«

Ich schaue auf meine Notizen, gehe durch, was ich bisher geschrieben habe.

Ich nehme die Seite über den Täter zur Hand, alias **DER KÜNSTLER.**

Methodologie:

Ich füge einen Eintrag hinzu:

Kommuniziert fortgesetzt mit uns. Kommunikation liegt

in den Rätseln. Weshalb? Warum sagt er uns nicht einfach, was er zu sagen hat?

Ich denke darüber nach.

Will er nicht, dass wir sofort begreifen, was er sagt? Will er sich Zeit verschaffen?

Er hat Cathy Jones überfallen, ließ sie jedoch am Leben, damit sie eine Botschaft übermitteln kann.

Er nahm David Nicholsons Tochter als Geisel. Zwei Gründe: Nicholson sollte den Langstrom-Fall in die gewünschte Richtung lenken, und er sollte eine weitere Botschaft übermitteln. Riskant.

Botschaft von Jones – ihr Abzeichen und eine Phrase: Symbole sind BLOSS Symbole.

Botschaft von Nicholson: Der Mann hinter dem Symbol zählt, nicht das Symbol. Gefolgt von Nicholsons Selbstmord.

Warum musste Nicholson sterben? Antwort: Weil seine Verbindung zu dem Killer tiefer geht als die Langstrom-Ermittlungen. Rache.

Ich lese durch, was ich soeben geschrieben habe.

Du phantasierst. Alles nur Spekulation.

Ich lege die Seiten weg. Sie helfen mir heute Abend nicht weiter. Ich nehme Sarahs Tagebuch und mache es mir bequem.

Als ich anfange zu lesen, wird mir klar, dass ich allmählich begreife, wie Sarahs Geschichte in das größere Bild passt – nicht für den Künstler, sondern für Sarah.

Sie erzählt uns, was mit ihr passiert ist. Wie ihr Leben verlaufen ist. Es ist ein Mikrokosmos, ein Einblick in die Geschichte zerstörter Leben, die auf das Konto des Künstlers gehen. Wenn wir Sarahs Schmerz verstehen, sagt diese Geschichte, dann verstehen wir auch das russische Mädchen, dann verstehen wir Cathy Jones, und dann verstehen wir Nicholson.

Wenn wir um sie weinen, dann weinen wir um alle. Und erinnern uns.

Ich blättere die Seite um und lese weiter.

Sarahs Geschichte

Vierter Teil

KAPITEL 43 Manche Menschen sind einfach nur gut. Verstehen Sie, was ich meine? Vielleicht haben sie keine aufregenden Jobs, und vielleicht sind sie nicht die Attraktivsten, aber sie sind gut. Einfach nur gut.

Desiree und Ned waren solche Menschen.

Sie waren gut.

»Hör auf damit, Pumpkin«, schimpfte Sarah.

Der Hund versuchte seinen Kopf zwischen ihren Schoß und den Tisch zu stecken in der Hoffnung, herabfallende Krümel aufzufangen oder – Halleluja! – vielleicht ganze Essensbrocken. Sarah schob den monströsen Kopf des Tieres von sich.

»Ich glaube nicht, dass er auf dich hört«, sagte Ned. »Dieser Hund ist vernarrt in Kuchen. Frag mich nicht warum. Los, komm her, Pumpkin!«

Der Pitbull verließ den Tisch nur zögernd und äugte immer wieder nach dem Kuchen auf dem Tisch, während er nach draußen in den Garten geführt wurde. Schließlich kehrte Ned zurück und steckte weitere Kerzen durch die Glasur.

Sarah liebte Ned. Es war genau so, wie Desiree es versprochen hatte. Er war ein großer, schlaksiger Mann, ein wenig still, aber mit lächelnden Augen. Er trug stets die gleichen Sachen: Flanellhemd mit Kragenknöpfen, Bluejeans und Trekkingstiefel. Er trug die Haare etwas länger, als es Mode war, er neigte zum Schlurfen und hatte etwas leicht Gammeliges an sich, das sympathisch wirkte und eine Art liebenswerte Geistesabwesenheit verriet, was das eigene Erscheinungsbild anging. Sarah hatte ihn wütend erlebt, wütend auf sie und auf Desiree, doch sie hatte sich niemals bedroht gefühlt. Sie wusste, dass Ned sich eher die Hände abhacken würde als Desiree oder sie zu schlagen.

»Neun Kerzen, du meine Güte!«, sagte er wehmütig. »Besser, du fängst schon mal an, nach grauen Haaren zu suchen.«

Sarah grinste. »Du bist ein Blödmann, Ned!«

»Das habe ich gehört.«

Die letzte Kerze wurde hingestellt, als Desiree gerade durch die Haustür kam. Sarah bemerkte, dass sie aufgeregt war. Ihr Gesicht war gerötet.

Sie freut sich über irgendetwas. Sie freut sich sehr!

Desiree trug ein eingepacktes Geschenk, ein großes, rechteckiges flaches Ding. Sie trug es in die Küche und stellte es an die Wand.

»Ist es das?«, fragte Ned mit einem Nicken in Richtung des Pakets.

Desiree lächelte strahlend. »Ja. Ich war nicht sicher, ob ich es kriege. Ich kann's kaum abwarten, bis du es siehst, Sarah.«

Sarah brannte vor Neugier.

»Ist der Kuchen fertig?«, fragte Desiree.

»Hab gerade die letzte Kerze draufgesteckt.«

»Gut. Ich wasch mir nur eben durchs Gesicht und kühl mich ein bisschen ab, dann feiern wir Geburtstag!«

Sarah lächelte, nickte und schaute Desiree hinterher, die Ned im Schlepp mit sich zog. Dann schloss sie die Augen. Es war ein gutes Jahr gewesen. Ned und Desiree waren wunderbar. Sie hatten sie von Anfang an geliebt, und nach einem oder zwei Monaten hatte Sarah den letzten Rest von Misstrauen überwunden und ihre Liebe erwidert.

Sie öffnete die Augen, schaute den Kuchen an, sah die Geschenke auf dem Tisch und das große Paket an der Wand.

Ich könnte hier glücklich sein. Ich bin hier glücklich.

Nicht alles war perfekt. Noch immer wurde Sarah von gelegentlichen Albträumen geplagt. An manchen Tagen wachte sie morgens auf und war erfüllt von tiefer Traurigkeit, die wie aus dem Nichts kam. Und obwohl sie die Schule mochte, hatte sie bisher keine Freundschaften geschlossen. Nicht, weil Sarah sie abgelehnt hätte; sie hatte sich einfach nicht darum bemüht. Sie war noch nicht bereit dazu.

Die alte Wachtel Watson hatte sich zu Anfang oft sehen lassen, doch in den letzten neun Monaten war sie nur ein einziges Mal da gewesen – was Sarah nur recht war. Cathy Jones war ein paar Mal zu Besuch gekommen und schien sich aufrichtig zu freuen, dass es Sarah besser ging.

Sarah hatte längst einen Platz in Desirees Armen akzeptiert, wenn Trost nötig war. Nur ihre Geschichte über den Fremden hatte Sarah noch nicht erzählt. Desiree würde ihr sowie nicht glauben. Manchmal wusste Sarah nicht einmal, ob sie selbst es glaubte. Vielleicht hatte Cathy ja recht. Vielleicht hatte sie unter einem Schock gestanden und war verwirrt.

Sarah vertrieb diese Zweifel mit einem energischen Kopfschütteln. Heute war ihr Geburtstag, und sie wollte diesen Tag genießen.

Ned und Desiree kamen zurück.

»Können wir die Kerzen anzünden, Sarah?«, fragte Desiree.

»Na klar!«, rief Sarah.

Ned nahm ein Feuerzeug und zündete jede Kerze an. Danach sangen sie ein ziemlich misstönendes »Happy Birthday«.

»Wünsch dir was, Kleines, und dann puste sie alle aus!«, sagte Desiree.

Sarah schloss die Augen.

Ich wünsche mir … dass ich für immer hierbleiben kann.

Sie holte tief Luft, öffnete die Augen und blies sämtliche Kerzen auf einmal aus.

Ned und Desiree klatschten in die Hände.

»Ich wusste schon immer, dass du innen nur aus Luft bestehst!«, witzelte Ned.

»Was nun?«, fragte Desiree. »Möchtest du zuerst Kuchen essen oder deine Geschenke auspacken?«

Sarah konnte Desiree ansehen, wie sehr sie darauf brannte, dass Sarah das geheimnisvolle Geschenk auspackte.

»Zuerst die Geschenke!«

Hastig drehte Desiree sich um, ergriff das flache große Paket, das an der Wand gelehnt hatte, und reichte es Sarah.

Sarah wog es prüfend in den Händen. Es war groß, aber nicht sehr schwer. Ein Gemälde vielleicht? Oder ein Foto? Sie riss das Papier weg. Als sie den oberen Rand des Rahmens erblickte, machte ihr Herz einen Satz.

Ist das etwa …?

Sie riss das restliche Papier herunter, so schnell ihre kleinen Hände es ihr erlaubten. Dann sah sie, was es war, und ihr stockte der Atem.

Es war das Bild, das ihre Mutter für sie gemalt hatte. Das Baby im Wald, das Gesicht in den Wolken. Sarah blickte sprachlos zu Desiree hoch.

»Ich habe gespürt, wie sehr du dieses Bild liebst, als du mir davon erzählt hast, Sarah. Und weißt du was? Wie sich herausgestellt hat, hat Cathy Jones ein paar Sachen aus deinem Kinderzimmer weggepackt, nachdem sie … nachdem die Polizei fertig war. Ein paar Fotos und Spielsachen und so. Sie hat die Sachen für dich aufbewahrt, damit sie nicht verloren gehen. Das ist das Bild, nicht wahr?«

Sarah nickte. Sie war immer noch sprachlos. Das Herz pochte laut in ihrer Brust. Ihre Augen brannten.

»Danke«, hauchte sie schließlich. »Danke. Danke, danke, danke, danke! Ich weiß gar nicht …« Sie sah Desiree an, die sie anstrahle, und dann Ned, dessen Augen weich wurden. »Ich weiß nicht, was ich sagen soll.«

Desiree strich mit der Hand über Sarahs Haar, zupfte ihr

eine Locke aus der Stirn und klemmte sie ihr hinters Ohr. »Schon gut, Liebes. Gern geschehen.« Desiree strahlte.

Ned hüstelte und hielt Sarah einen Umschlag hin. »Das hier ist der andere Teil des Geschenks, Sarah. Es ist … na ja, eine Art Gutschein.«

Sarah wischte sich die Tränen von den Wangen und nahm den Umschlag entgegen. Sie fühlte sich überwältigt, ihr war ein wenig schwindlig, und ihre Hände zitterten, als sie den Umschlag öffnete. Darin steckte eine schlichte weiße Karte. Auf der Vorderseite stand »Happy Birthday«. Sarah klappte die Karte auf und las, was dort stand.

»Einzulösen von Sarah«, las sie. »Gutschein für eine Adoption.«

Sarahs Unterkiefer sank herab. Ihr Kopf ruckte herum, und sie sah, dass Desiree und Ned lächelten, zugleich aber nervös waren, beinahe ängstlich.

»Du musst nicht, wenn du nicht möchtest«, sagte Ned mit leiser Stimme. »Aber wenn du es möchtest … Desiree und ich möchten es auch. Wir möchten, dass du für immer bei uns bleibst.«

Was passiert mit mir? Warum kann ich nicht reden?

Sarah hatte das Gefühlt, von einer Riesenwoge überrollt zu werden. Sie war ein winziges Boot auf dem Kamm einer Welle und raste hinunter ins Tal, um auf der anderen Seite wieder nach oben getragen zu werden.

Was ist los?

Dann wurde es ihr mit plötzlicher Klarheit bewusst. Das war der Teil von ihr, den sie geheim gehalten hatte, verborgen, verschlossen in einem tiefen Verlies. An einem Ort, der angefüllt war mit *Nichts* und *Nichts* und *Hundeköpfen*. Erstarrte Angst, gefrorene Angst, aufgetaut von einem Augenblick zum anderen. Sie durchbrach Sarahs innere Barrieren und war voller Donner und Dornen.

Sie konnte nicht sprechen, doch es gelang ihr zu nicken, und dann brach sie in Tränen aus. Es war ein furchtbares, schmerzerfülltes Geräusch. Neds Augen wurden feucht, und Desiree breitete die Arme weit aus. Sarah flüchtete sich hinein und weinte drei Jahre unterdrückter Tränen.

KAPITEL 44 Sarah und Desiree saßen auf dem Sofa, während Ned im Büro am Computer vor sich hin murmelte und Rechnungen bezahlte. Der Kuchen war aufgegessen. Selbst Pumpkin hatte ein wenig davon abbekommen. Sarah hatte es ihm heimlich zugeschoben. Der Pitbull lag vor ihr auf dem Boden, und seine Füße zuckten, während er einen Hundetraum träumte.

»Ich bin so froh, dass du bei uns bleiben möchtest, Sarah«, sagte Desiree.

Sarah blickte ihre Pflegemutter an. Desiree sah glücklich aus. Glücklicher, als Sarah sie je zuvor gesehen hatte. Es erfüllte Sarahs Herz mit Freude. Sie wurde geliebt. Nein, mehr als das: Sie wurde *gebraucht!* Desiree und Ned brauchten *sie*, um ihr Leben komplett zu machen.

Diese Erkenntnis füllte eine Leere in Sarahs Innerem, die ihr bodenlos erschienen war. Eine tiefe Kaverne in ihrer Seele, voller Dunkelheit und Schmerz.

»Es war mein Wunsch«, sagte Sarah.

»Wie meinst du das?«

»Mein Geburtstagswunsch. Was ich mir gewünscht habe, als ich die Kerzen ausgepustet habe.«

Desiree hob überrascht die Brauen. »Wow. Ist das unheimlich oder was?«

Sarah lächelte still. »Ich glaube, es ist Zauberei.«

»Zauberei.« Desiree nickte. »Das gefällt mir.«

»Desiree?« Sarah sah zu Boden, rang mit sich.

»Was denn, Liebes?«

»Ich … ist es schlimm, dass ich auf einmal meinen Dad und meine Mommy vermisse? Ich meine, ich bin so glücklich wegen der Adoption und alles. Warum bin ich dann auf einmal traurig?«

Desiree seufzte und streichelte Sarahs Wange. »Ach, Liebes. Ich glaube …« Sie zögerte. »Ich glaube, das kommt daher, dass wir nicht deine leiblichen Eltern sind. Wir lieben dich, und du gibst unserem Leben einen Sinn. Wir fühlen uns endlich wieder wie eine Familie, aber wir sind kein vollwertiger Ersatz für deine Mom und deinen Dad. Wir sind etwas Neues in deinem Herzen, aber wir nehmen ihren Platz nicht ein. Verstehst du, was ich meine?«

»Ich glaub schon.« Sie sah Desiree prüfend an. »Also macht es dich auch traurig? Wegen deinem Baby, meine ich?«

»Ein wenig. Aber es macht mich mehr glücklich als traurig.«

Sarah dachte über diese Antwort nach.

»Mich auch«, sagte sie dann.

Sie rutschte näher zu Desiree, um sich an ihre neue Mutter zu kuscheln. Sie schalteten den Fernseher ein, und kurze Zeit später kam auch Ned aus dem Büro, und alle lachten zusammen, auch wenn die Sendungen gar nicht so lustig waren. Sarah erkannte den entspannten, behaglichen Rhythmus wieder.

Das ist mein Zuhause.

»Hier?«, fragte Ned.

Sarah nickte. »Genau.«

Ned schlug den Nagel in die Wand und hängte das Bild auf. Er trat zurück und musterte es mit kritischem Blick. »Sieht gerade aus.«

Das Bild hing am Fußende ihres Bettes, genau wie in ihrem alten Zimmer bei Mom und Dad. Sarah konnte den Blick nicht von dem Bild abwenden.

»Deine Mutter war sehr begabt, Sarah. Es ist ein wunderschönes Bild.«

»Sie hat jedes Jahr etwas für mich gemacht. Zu meinem Geburtstag. Das da war mein Lieblingsbild.« Sie drehte sich um und schaute Ned an. »Danke, dass du geholfen hast, es zu mir zurückzubringen.«

Ned lächelte und wandte den Blick ab. Er war schnell verlegen, wenn er gelobt wurde oder Dank bekam. Sarah sah ihm an, dass er sich freute.

»Keine Ursache. Du solltest dich bei Cathy bedanken.« Er runzelte die Stirn und hüstelte. »Und danke dafür, dass … du weißt schon … dass wir dich adoptieren dürfen.« Er sah sie an. »Ich möchte, dass du weißt, dass wir es beide wollen. Es bedeutet mir genauso viel wie Desiree.«

Sarah musterte den rauen Trucker mit dem gütigen Herzen. Sie wusste, dass er immer Probleme haben würde, seine Gefühle zu zeigen, doch sie wusste auch, dass sie sich seiner Liebe sicher sein konnte.

»Ich bin froh«, sagte sie. »Weil es mir genauso viel bedeutet. Ich liebe Desiree, und ich liebe auch dich, Ned.«

Bei ihren Worten sprang ein Funke in seine grauen Augen. Er sah glücklich und traurig zugleich aus.

»Du vermisst euer Baby noch mehr als Desiree, nicht wahr?«, sagte Sarah.

Ned starrte sie an. Blinzelte. Wandte den Blick ab. Seine Augen blieben auf dem Bild haften. Er sah es an, als er schließlich antwortete.

»Nachdem Diana gestorben war, habe ich beinahe aufgehört zu leben. Ich konnte mich nicht mehr bewegen, nicht mehr denken, nicht mehr arbeiten. Ich hatte das Gefühl, als hätte die Welt für mich aufgehört.« Er runzelte die Stirn. »Mein Vater war ein Trinker, und ich hatte mir geschworen, das Zeug niemals anzurühren. Doch als der Schmerz nach einem Monat nicht weniger wurde, ging ich in einen Laden und kaufte mir eine Flasche Scotch.« Er blickte Sarah an und lächelte sein sanftes Lächeln. »Desiree kam zu meiner Rettung. Sie packte die Flasche, zerschlug sie im Spülstein, stieß mich vor sich her und schrie mich an, bis ich zusammenbrach und tat, was ich schon die ganze Zeit hätte tun sollen.«

»Sie hat dich zum Weinen gebracht«, sagte Sarah.

»Genau. Und ich weinte. Ich weinte und weinte und weinte und konnte gar nicht mehr aufhören. Am nächsten Morgen ging es mir besser. Ich fing langsam wieder an zu leben.« Er breitete die Hände aus. »Desiree liebte mich genug, um mich zu retten, obwohl sie selbst getrauert hat. Die Antwort auf deine Frage ist also Nein. Desiree vermisst Diana mehr als ich, nicht weniger. Weil sie mehr Liebe in sich hat als irgendein Mensch, dem ich jemals begegnet bin.« Er blickte verlegen drein. »Wie dem auch sei, für dich ist jetzt Zeit zum Schlafengehen.«

»Ned?«

»Was denn, Kleines?«

»Liebst du mich auch?«

Der Moment verging in Schweigen. Dann lächelte Ned. Es war ein wunderschönes, strahlendes Lächeln, das die Verlegenheit beiseite fegte.

Das ist Mommys Lächeln!, staunte Sarah. *Sonnenschein auf Rosen!*

Ned kam zu Sarah und umarmte sie innig. Sie spürte seine Stärke und seine Sanftheit und das väterliche Versprechen, sie zu beschützen.

»Darauf kannst du *wetten.*«

Ein lautes »Wuff!« unterbrach die Umarmung. Sarah blickte nach unten und lachte. Dort stand Pumpkin und äugte zu ihnen hoch.

»Ja, es ist Schlafenszeit, Pumpkin«, sagte sie.

Ned musterte das Tier mit gespielt finsterem Blick. »Du bist immer noch ein Verräter, wie ich sehe«, sagte er.

Pumpkin hatte früher bei Ned und Desiree im Zimmer

geschlafen. Das hatte sich nach Sarahs Ankunft geändert, gleich in der ersten Nacht.

Sarah half dem Hund auf das Bett. Sie schlüpfte unter die Decke. Ned sah sie fragend an.

»Möchtest du, dass ich Desiree rufe, damit sie dich in die Decke wickelt?«, fragte er.

»Nein, ist okay.«

Sarah wusste, dass Ned erfreut war über ihre Antwort. Sie meinte es aufrichtig. Sie liebte Ned, und er liebte sie. Es war in Ordnung, wenn er sie in die Decke wickelte. Zu Hause war es normalerweise Dad gewesen, der sie ins Bett gebracht hatte. Sie vermisste dieses Ritual.

»Soll ich die Tür einen Spalt auflassen?«, fragte Ned.

»Ja, bitte.«

»Gute Nacht, Sarah.«

»Gute Nacht, Ned.«

Er warf einen letzten Blick auf das Gemälde, das er für Sarah aufgehängt hatte, und schüttelte den Kopf. »Das ist wirklich ein tolles Bild.«

Sarah träumte von ihrem Vater. Es war ein Traum ohne Worte. Nur er, sie und Lächeln. Der Traum war von schlichter Glückseligkeit. Die Luft war in Schwingung, erfüllt von einer perfekten Note, gespielt auf einer alten, kostbaren Violine.

Es war ein unglaublicher Ton, ein umfassender Ausdruck all der Dinge, die das Herz enthalten konnte, und man konnte den Klang der Violine nur im Traum hören. Sarah wusste nicht, wer sie spielte, und es war ihr auch egal. Sie sah in die Augen ihres Vaters und lächelte, und er erwiderte den Blick und lächelte ebenfalls, und der Ton verwandelte sich in den Wind und die Sonne und den Regen.

Die Musik endete, als ihr Vater sprach. Man kann nicht sprechen und zugleich den Ton hören. Er muss für sich allein in der Luft schweben.

»Hast du das gehört, Sarah?«, fragte ihr Dad.

»Was, Daddy?«

»Es klingt wie … Knurren.«

Sarah runzelte die Stirn. »Knurren?« Sie legte den Kopf zur Seite und spitzte die Ohren, und tatsächlich, jetzt hörte sie es auch, ein dumpfes Rumpeln, wie ein schwerer Motor, im Leerlauf vor einer Ampel. »Was bedeutet das, Daddy?«

Doch er war verschwunden, zusammen mit dem Wind und der Sonne und dem Regen. Kein Lächeln mehr für den Augenblick. Nur dunkle Wolken und Donner. Sarah blickte in ihrem Traum zum Himmel hinauf, und die Wolken grollten, lauter und lauter, so laut, dass es ihr unter die Haut ging und …

Sarah erwachte neben Pumpkin, der auf dem Bett saß, zur Zimmertür starrte und knurrte. Sie streichelte den großen Kopf des Hundes.

»Was ist denn, Pumpkin?«

Die Ohren des Tieres zuckten beim Klang ihrer Stimme, doch sein Blick blieb unverwandt auf die Tür gerichtet. Das Knurren wurde lauter, warnender, kündigte ein unmittelbar bevorstehendes wütendes Bellen an.

Das Geräusch, das Sarah dann hörte, sandte die Kälte des Weltalls durch ihren Körper. Eine Kälte, die sie bei der ersten Berührung erstarren ließ, die sämtliche Wärme aus ihr vertrieb und sie in einen Gletscher verwandelte.

»Ich habe noch nie ein wildes Tier gesehen, das sich selbst bemitleidet hat«, sagte eine Stimme.

Die Tür zu Sarahs Zimmer flog auf.

Pumpkin bellte.

»Alles Gute zum Geburtstag, Sarah.«

Ich habe mich gezwungen, alles aufzuschreiben, was mit meiner Mom und meinem Dad passiert ist. Sie haben es verdient, dass jemand die Wahrheit sagt. Mit ihnen fing schließlich alles an.

Bei Ned und Desiree kann ich es nicht. Ich kann es einfach nicht. Nicht mal in der dritten Person. Es reicht, wenn Sie erfahren, wer sie waren, was für Menschen sie waren, wie gut und wie gütig.

Er brachte sie um, mehr müssen Sie nicht wissen. Er erschoss Ned, und er schlug Desiree vor meinen Augen tot, und das alles nur, weil ich sie liebte und weil sie mich liebten und weil mein Schmerz seine Gerechtigkeit ist, was immer das bedeutet.

Wenn Sie wirklich wissen wollen, wie es sich angefühlt hat, dann tun Sie Folgendes: Denken Sie an etwas Schreckliches – das Schlimmste, das Sie sich vorstellen können, zum Beispiel ein Baby über einem offenen Feuer zu grillen –, und dann kichern Sie darüber. Machen Sie sich bewusst, was Sie getan haben, worüber Sie kichern, was Sie empfinden, und Sie bekommen eine leise Ahnung, wie ich mich gefühlt habe.

Er hat es getan, um eine große Schwärze in mir aufzureißen. Um meine Hoffnung zu töten und mir zu zeigen, wie gefährlich es ist, jemanden zu lieben. Es hat funktioniert. Für einen Moment, so lange, wie ich bei Ned und Desiree war, glaubte ich, dass ich vielleicht ein Teil ihrer Familie werden könnte. Seit damals habe ich nie wieder so etwas gefühlt.

O Gott, Desiree hat sich gewehrt! Sie hat sich verzweifelt gewehrt. Sie hat für mich gekämpft, auch wenn es ihr nicht geholfen hat.

Mein Gott, mein Gott …

Nein. Ich sollte aufhören, von Gott zu schreiben. Denn eines habe ich mit Bestimmtheit gelernt in jener Nacht.

Es gibt keinen Gott.

Der Künstler brachte Ned und Desiree um, und ich musste dabei zusehen. Ich starb mit ihnen, doch ich starb eigentlich nicht, nicht körperlich. Ich lebte und wünschte mir, ich wäre tot, doch das Leben ging weiter und ich tat das Einzige, das mir noch geblieben war.

Ich rief Cathy Jones an.

Ich rief sie an, und sie kam. Sie war die Einzige, die immer kam. Sie glaubte mir, auch nach jener Nacht. Sie war die Einzige, die mir jemals glaubte.

Ich liebe Cathy. Ich werde sie immer lieben. Sie hat getan, was sie konnte.

KAPITEL 45

»Du bringst Unglück, Prinzessin«, sagt Karen Watson, als sie mit Sarah von Desiree und Ned wegfuhr. »Manche Leute *haben* Pech. Du *bringst* den Leuten Pech.«

»Vielleicht habe ich ja eines Tages Glück und bringe *Ihnen* Pech, Ms. Watson«, entgegnete Sarah höhnisch.

Karen warf ihr einen Seitenblick zu und machte schmale Augen. »Red nur weiter so, und du kannst warten, bis du schwarz wirst, bevor ich dich noch einmal zu neuen Pflegeeltern bringe.«

Sarah starrte aus dem Seitenfenster. »Mir doch egal.«

»Ach ja? Na schön. Dann bleibst du in einem Erziehungsheim, bis du achtzehn bist.«

»Ist mir ganz egal.«

Sarah starrte unverwandt nach draußen auf die vorübergleitende Landschaft. Karen fühlte sich abgekanzelt. Es machte sie wütend.

Wer glaubt dieses Kind, wer es ist? Begreift sie nicht, was für eine Bürde sie ist?

Verdammte Göre. Sie würde es Sarah heimzahlen, auf der Stelle.

»Du kannst von mir aus im Heim verrotten!«

Sarah antwortete nicht. Karen Watson war ihr wie immer unter die Haut gegangen, doch nur für einen Moment. Dann war die Taubheit zurückgekehrt, und mit ihr hatte sich jenes tausend Pfund schwere Gewicht auf ihren Schultern niedergesenkt.

Sarah wurde in eine Notaufnahme gebracht und untersucht. Sie hatte eine leichte Konkussion (was immer das war), sodass sie nicht schlafen gehen durfte. Ansonsten hatte sie überall blaue Flecken und Schmerzen. Keine schlimmeren Verletzungen. Nicht äußerlich zumindest.

Ned. Desiree. Pumpkin. Mommy. Daddy. Buster.

Deine Liebe bringt den Tod.

Allmählich glaubte sie, dass es tatsächlich stimmte. Jeder, den sie geliebt hatte, war für immer verloren. Tot.

Ein unsicheres Aufflackern.

Mit einer Ausnahme: Cathy. Und noch einer: Theresa. Und vielleicht Doreen, falls sie noch lebte.

Sarah seufzte.

Theresa saß im Gefängnis. Das reichte dem Fremden vermutlich, für den Augenblick. Sie, Sarah, konnte entscheiden, was sie wegen ihrer Pflegeschwester unternehmen würde, wenn Theresa entlassen wurde. Was Cathy Jones anging – sie war Polizistin und konnte selbst auf sich aufpassen, nicht wahr? Nicht wahr?

Sie würde sich später den Kopf darüber zerbrechen. Jetzt gab es erst einmal andere Dinge, auf die sie sich konzentrieren musste.

Sarah kannte die Regeln von ihrem vorhergehenden Aufenthalt im Heim, und sie hatte sie nicht vergessen. Sie hatte nicht vor, wieder ganz unten in der Nahrungskette anzufangen.

Janet war so dünn wie eh und je, führte das Heim wie eh und je und verschloss wie eh und je die Augen vor dem, was in den Sälen vor sich ging. Janet gehörte zur schlimmsten Sorte von Leuten, die es gut meinten: Denen, die nicht imstande waren, das Böse zu erkennen.

Sie nickte Sarah mitfühlend zu.

»Hallo, Sarah.«

»Hi.«

»Ich habe schon gehört, was passiert ist. Hast du starke Schmerzen?«

Die Antwort lautete ja, doch Sarah schüttelte den Kopf. »Es geht schon. Ich würde mich nur gern hinlegen.«

Janet nickte. »Du darfst aber noch nicht schlafen, das weißt du?«

»Ja.«

»Brauchst du Hilfe mit deiner Tasche?«

»Nein, danke.«

Janet führte sie durch die vertrauten Gänge. Nichts hatte sich verändert in dem Jahr, in dem sie weg gewesen war.

Wahrscheinlich hat sich in den letzten zehn *Jahren nichts verändert.*

»Hier ist es. Nur zwei Türen weiter als dein altes Zimmer.«

»Danke, Janet.«

»Kein Problem.« Die dünne Frau wandte sich zum Gehen.

»Janet? Ist Kirsten noch da?«

Janet blieb stehen und drehte sich zu Sarah um. »Kirsten wurde vor drei Monaten von einem anderen Mädchen getötet. Sie bekamen Streit, und alles geriet außer Kontrolle.«

Sarah starrte Janet an und schluckte.

»Oh«, sagte sie.

Die hagere Frau musterte sie besorgt. »Ist wirklich alles in Ordnung, Sarah?«

Sarah fühlte sich, als hätte sie fünfzig Kilo Eisen auf dem Kopf.

Betäubung. Benommenheit. Willkommen zu Hause.

»Mir geht es gut.«

Sarah packte ihre Sachen aus, legte sich auf ihre Pritsche und wartete. Sie war am späten Nachmittag eingetroffen, und der Schlafsaal würde bis zum frühen Abend mehr oder weniger leer bleiben. Sie wusste, dass die Zeit gekommen war, ihren Zug zu machen.

Ihr Kopf schmerzte noch immer. Wenigstens war die Übelkeit abgeklungen. Sie hasste es, sich zu übergeben.

Niemand kotzt gerne, Dummkopf.

Es beunruhigte Sarah nicht, dass sie so viel mit sich selbst redete. Dieser Gedanke war ihr niemals gekommen. Wenn man so viel allein war wie sie, redete man mit sich selbst, um nicht verrückt zu *werden* und nicht, weil man verrückt *war*.

Taubheit und Benommenheit umfingen sie, badeten sie, durchdrangen sie, verbanden sich mit ihren Genen. Sarah spürte, dass sie irgendeine Schmerzschwelle überschritten hatte. Traurigkeit, Kummer – diese Empfindungen mussten unterdrückt werden. Sie waren zu stark, als dass Sarah ihnen gestatten durfte, sich Bahn zu brechen. Sie würden sie bei lebendigem Leib auffressen, wenn sie sie aus ihren Käfigen ließ.

Andere Emotionen waren erlaubt. Wut zum Beispiel. Zorn. Raserei. Sarah spürte, wie sie sich in ihr aufstauten. Jemand hatte ein Loch in ihre Seele gebohrt, und dieses Loch füllte sich mit finsteren, wütenden, geifernden Dingen. Eine Bestie stemmte sich gegen die Ränder des Lochs und knurrte und knurrte. Sarah fragte sich, wie lange sie diese Bestie unter Kontrolle halten konnte, und ob sie es überhaupt vermochte.

Mit den jüngsten Ereignissen war eine tektonische Verschiebung in Sarahs praktischem Denken einhergegangen. Ihr neuer Gott hieß Überleben. Alles andere war bloß Illusion.

Ich verändere mich. Genau so, wie der Fremde es gewollt hat.

Wie das?

Ich glaube, heute könnte ich jemanden töten, wenn ich es müsste. Mit sechs Jahren hätte ich das nicht gekonnt.

Herzlichen Glückwunsch zum Geburtstag.

Sie spielte mit einer Haarsträhne und lächelte ein leeres Lächeln.

Ich brach einem Mädchen die Finger und übernahm ihre Pritsche, mehr war nicht nötig. Ich war jetzt der Leithund im Zimmer, die Königin, die alles unter Kontrolle hatte.

Hey, machen Sie nicht so ein Gesicht!

Ich bin nicht stolz auf das, was ich getan habe. Ich habe getan, was ich tun musste.

Abgesehen davon habe ich heute viel mehr mit meinem neunjährigen Ich gemeinsam als mit meinem sechsjährigen. Mein sechsjähriges Ich ist längst begraben und vergessen.

KAPITEL 46 *Während ich zurückblicke und dies hier schreibe, wird Cathy zu so etwas wie meinem Spiegel. Eine Möglichkeit, mir anzuschauen, wie ich in den Augen von jemand anderem ausgesehen habe.*

Ich frage mich: Hat sie das alles wirklich so gedacht, oder lege ich ihr meine eigenen Worte in den Mund? Vielleicht ein bisschen von beidem? Vielleicht war Cathy Cathy, und vielleicht ist sie auf diesen Seiten zugleich mein jetziges Ich, das zurückblickt auf mein vergangenes Ich.

Meine Güte …

Cathy war bestürzt, als sie sah, wie Sarah sich entwickelte. Doch was gab es sonst Neues?

Es war Sarahs elfter Geburtstag. Cathy war mit einem Geschenk vorbeigekommen: einem Napfkuchen mit einer einzelnen Kerze darauf. Sarah hatte gelächelt, doch Cathy hatte ihr angesehen, dass es nur Höflichkeit gewesen war.

Was Cathy am meisten erschreckte waren Sarahs Augen. Sie waren nicht offen und ausdrucksvoll wie früher. Sie waren voller Mauern, leerer Stellen und Wachsamkeit. Es waren die Augen von Pokerspielern – oder Gefangenen.

Cathy kannte sich aus mit Augen wie diesen. Sie kannte sie von hartgesottenen Straßennutten und Berufsverbrechern. Augen wie diese sagten: »Ich weiß, wie der Hase läuft« oder »Ich beobachte dich« oder »Denk nicht mal dran, dir etwas zu nehmen, das mir gehört«.

Cathy waren weitere Veränderungen in den letzten beiden Jahren aufgefallen. Sie wusste, dass Sarah die Chefin in ihrem

Schlafsaal war, und sie konnte sich ziemlich gut ausmalen, wie es dazu gekommen war. Die anderen Mädchen fügten sich Sarah. Sie verhielt sich ihnen gegenüber herrisch und herablassend. Es herrschte Gefängnisatmosphäre. Die Regeln von Macht und Gewalt. Sarah schien sie gut gelernt zu haben.

Warum bist du überrascht? In einem Heim wie diesem gilt nun mal das Recht des Stärkeren, sonst gar nichts.

Cathy war entmutigt wegen ihrer Unfähigkeit, Sarah Hoffnung zu geben. Sie war nicht imstande gewesen, jemanden von ihren Kollegen von Sarahs Version der Geschichte und der Existenz des Killers zu überzeugen. Um die Wahrheit zu sagen, wenn Cathy nachts im Bett lag und nicht schlafen konnte, war sie nicht sicher, ob sie selbst hundertprozentig an die Existenz des Killers glaubte. Sie hatte es versucht, und sie hatte versagt. Und wenngleich Sarah erklärt hatte, es sei nicht weiter schlimm – Cathy wusste, dass es nur eine tapfere Lüge gewesen war. Es war schlimm. Es war sehr schlimm.

Cathy hatte getan, was in ihrer Macht stand. Sie hatte Kopien der Mord-Selbstmord-Akte von Sarahs Eltern gemacht, ebenso von den Akten über die Morde an Dennis und Desiree. Sie hatte zahllose Nächte damit verbracht, über diesen Akten zu brüten und nach Hinweisen oder Unstimmigkeiten zu suchen. Sie hatte sogar welche gefunden. Wenigstens in dieser Hinsicht verband sie noch etwas mit Sarah. Wenn sie mit ihr über die Fälle sprach, kam Leben in ihre kalten, harten Augen. Die Tatsache, dass Cathy ihr glaubte, war wichtig für Sarah. Sehr wichtig.

Trotzdem. Wir verlieren dich, Sarah. Dieses Heim und dieses Leben bringen dich um. Vor meinen Augen.

»Ich habe ein paar Neuigkeiten über Theresa«, berichtete Cathy.

Aufflackerndes Interesse.

»Welche denn?«

»Sie wird in drei Wochen auf Bewährung entlassen.«

Sarah wandte den Blick ab. »Toll.« Ihre Stimme klang abwesend.

»Sie möchte dich besuchen.«

»Nein!« Die Antwort kam mit solcher Vehemenz, dass Cathy erschrocken zusammenzuckte.

Cathy wartete. Kaute auf der Unterlippe.

»Warum nicht?«, fragte sie dann.

Die Leere und Härte verschwanden aus Sarahs Augen, wichen einer nackten Verzweiflung, die Cathy schmerzte.

»Wegen *ihm!*«, flüsterte Sarah mit beschwörender Stimme. »Wegen dem Mörder! Wenn er weiß, dass ich Theresa liebe, bringt er sie um!«

»Sarah, ich …«

Sarah griff über den Tisch hinweg nach Cathys Hand. »Versprich es mir, Cathy! Versprich mir, dass du Theresa nicht in meine Nähe lässt!«

Cathy starrte die Elfjährige lange und schweigend an, bevor sie schließlich nickte. »Also gut, Sarah«, sagte sie leise. »Was soll ich Theresa sagen?«

»Sag ihr, ich will sie nicht sehen, solange ich hier im Heim bin. Sie wird es verstehen.«

»Bist du sicher?«

Sarah lächelte. Es war eine müde Geste. »Ganz sicher.« Sie biss sich auf die Unterlippe. »Aber sag ihr … es dauert nicht mehr lange. Sobald ich hier raus bin, finde ich eine Möglichkeit, mich mit ihr in Verbindung zu setzen. Und einen Ort, wo wir vor dem Fremden sicher sind.«

Das Lächeln, die Lebhaftigkeit und die Hoffnung verschwanden aus ihren Augen. Die Leere kehrte zurück. Sarah erhob sich und packte den Kuchen. »Ich muss jetzt gehen«, sagte sie.

»Möchtest du nicht erst noch die Kerze anzünden?«, fragte Cathy.

»Nein.«

Cathy blickte Sarah hinterher. Das Mädchen ging gerade und aufrecht, ein Gang, der Selbstsicherheit verriet. Trotzdem wirkte sie klein. Und so, wie sie ging, wurde dieser Eindruck noch verstärkt.

Sarah lag auf ihrer Pritsche, aß den Kuchen und betrachtete den Umschlag. Er war an sie adressiert, an die Anschrift des Heims. Es gab keinen Absender, nur eine Briefmarke und einen Poststempel.

Es war der erste Brief, den Sarah jemals bekommen hatte, und es gefiel ihr nicht.

Mach ihn auf.

Okay. Vielleicht ist er ja von Theresa.

Sie dachte beinahe jeden Tag an Theresa. Manchmal träumte sie von ihrer Pflegeschwester. Phantasien, in denen sie gemeinsam flüchteten. Die Orte, zu denen sie kamen, waren niemals dunkel. Sorgen, Ängste und Ungeheuer waren an diesen Orten nicht erlaubt.

Die Träume weckten in Sarah jedes Mal den Wunsch, ewig zu schlafen. Theresa war die Nabe, um die sich das einzige Rad aus Hoffnung drehte, das Sarah noch geblieben war.

Sie riss den Umschlag auf. Er enthielt eine einfache weiße Karte. Auf der Vorderseite stand: »An deinem Geburtstag denke ich an dich.« Sarah runzelte die Stirn und klappte die Karte auf. Im Innern war eine Zeichnung von einem Domino; daneben standen die Worte: *Sei ein wildes Tier.*

Die Glasur des Napfkuchens schmeckte mit einem Mal sauer. Ein Frösteln durchlief sie.

Die Karte ist von ihm.

Sarah wusste, dass es so sein musste. Es spielte keine Rolle, dass er ihr noch nie zuvor etwas geschickt hatte. Es brauchte keine Erklärung. Es war das, was es war.

Sarah starrte auf die Karte und schob sie dann in den

Umschlag zurück, steckte ihn unter ihr Kopfkissen und wandte sich wieder dem Kuchen zu.

Ich verwandle mich in ein wildes Tier.

Komm her und besuch mich, und ich beweise es dir.

Ihr Grinsen war freudlos.

Ein Gutes hat das alles, dachte sie. *Es kann nicht mehr schlimmer werden. Das ist doch schon mal was.*

Ich weiß, was für ein törichter Gedanke das war. Selbstverständlich konnte es noch schlimmer werden. Ein ganzes Stück schlimmer. Und so kam es auch.

Karen Watson landete im Gefängnis. Ich weiß nicht genau warum, doch es überraschte mich nicht. Sie war böse. Sie hasste Kinder, und sie hatte Freude daran, Kindern das Leben schwer zu machen. Sie war wie ein großer alter Vampir, doch anstatt Blut zu saugen, saugte sie Seelen aus, und wie es aussah, hatte irgendjemand sie endlich mal dabei überrascht.

Karen hatte dafür gesorgt, dass ich nur noch zu schlechten Pflegeeltern kam. Bösen Menschen. In einigen Häusern wurde ich geschlagen. In ein paar anderen wurde ich angefasst, und das war schlimm, richtig schlimm, doch darüber reden wir nicht, nein, darüber reden wir kein Wort.

Doch nichts war so schlimm wie damals, als Ned und Desiree starben. Ich habe viel darüber nachgedacht. Der Tod der beiden war für mich tatsächlich der Anfang vom Ende. Es fing mit Mom und Dad und Buster an und endete mit Desiree und Ned und Pumpkin. Seit jenem Tag ist alles, ob gut oder böse, nur noch wie ein undeutlicher Traum.

Cathy hat mir angeboten, mich zu adoptieren, aber ich wollte nicht.

Ich hatte Angst, wissen Sie? Angst, dass Cathy sterben würde, falls sie mich bei sich aufnahm.

Dann verschwand sie ganz. Mir wurde erzählt, dass jemand sie überfallen hätte, doch keiner wollte mir verraten, was genau geschehen war oder wer es getan hatte. Sie nahm das Telefon nicht ab, wenn ich anrief, und sie rief niemals zurück, wenn ich eine Nachricht hinterließ.

Ich ließ Cathy in den tiefen schwarzen Schacht fallen, genau wie alles andere auch.

So nenne ich es – den tiefen schwarzen Schacht. Er ist in mir, er begann sich an dem Tag zu füllen, als Desiree und Ned starben. Er ist voll mit schwarzem, stinkendem Zeug, zäh wie Öl. Doch er ist auch irgendwie praktisch, weil man Dinge hineinwerfen kann, die einem weh tun. Sie versinken und verschwinden für immer.

Dass Cathy nicht zurückrief, tat weh. Also warf ich sie in den tiefen schwarzen Schacht. Bye-bye.

Was ich ganz gewiss nicht in den Schacht werfen würde, war das, was mit Karen Watson passiert war. Als diese Fotze ins Gefängnis musste. Ich weiß, ich weiß, Fotze ist ein furchtbar schlimmes Wort, besonders aus dem Mund eines Mädchens, aber ich kann nicht anders. Karen Watson war eine Fotze. Dieses Wort wurde praktisch eigens für sie erfunden! Ich hasste sie aus tiefstem Herzen, und ich hoffte, dass sie im Gefängnis abkratzte. Manchmal träume ich davon, dass jemand ein Messer in sie rammt und ihr den Bauch aufschlitzt, wie einem Fisch, und dass sie dann herumzappelt und schreit und blutet. Ich wache stets mit einem Grinsen auf, wenn ich diesen Traum hatte.

Eines Tages starb sie tatsächlich. Jemand schlitzte ihr die Kehle durch. Von einem Ohr zum anderen. Ich grinste, bis ich glaubte, meine Backen müssten reißen. Dann weinte ich, und die Verrückte in mir blinzelte ein paar Mal und weinte dann mit mir. Schwarze dicke Tränen.

Verdorbenes Wasser, Baby. Alles nur noch eine stinkende Brühe. Ungenießbar.

Was mich anging, ich landete immer wieder aufs Neue im Heim. Ich hatte inzwischen einen gewissen Ruf erlangt, also versuchten nicht viele Mädchen, sich mit mir anzulegen. Ich blieb für mich allein.

Was so am besten ist, weil ich mehr oder weniger erledigt bin, wissen Sie? Manchmal kriege ich dieses Gefühl, als würde ich nackt am Nordpol sitzen, aber mir ist nicht kalt, weil ich überhaupt nichts mehr fühlen kann. Ich blickte hinunter in den tiefen schwarzen Schacht, sehe zu, wie er blubbert. In unregelmäßigen Abständen werden Hände sichtbar, greifen nach draußen, und manchmal erkenne ich die Hände sogar.

Der Künstler ließ mich ein paar Jahre in Ruhe. Ich weiß es nicht genau, aber ich nehme an, er hat mich weiter beobachtet. Ich glaube, er war zufrieden, solange die Pflegeeltern bösartig waren.

An meinem vierzehnten Geburtstag bekam ich eine weitere Karte. Darauf stand: »Ich komme dich besuchen.« Das war alles. In jener Nacht wachte ich schreiend auf und konnte nicht mehr aufhören. Ich schrie und schrie und schrie. Sie mussten mir Beruhigungsmittel geben und mich auf ein Bett schnallen. Damals war ich diejenige, die in den großen schwarzen Schacht geworfen wurde. Blubb. Bye-bye, Sarah.

Die Kingsleys beschlossen, mich bei sich aufzunehmen, und ich bin nicht sicher, warum ich mich nicht widersetzt habe. Heutzutage fällt es mir schwer, gegen irgendetwas anzukämpfen. Meistens lasse ich mich treiben. Ich lasse mich treiben, und manchmal erzittere ich. Hin und wieder rede ich mit mir selbst, und dann treibe ich wieder dahin. Ach ja, und ich werfe weiter Dinge in den tiefen schwarzen Schacht. In letzter Zeit habe ich eine ganze Menge hineingeworfen. Inzwischen muss es so ungefähr alles sein. Ich möchte wie ein leeres Zimmer werden, mit weißen Wänden, und ich habe es fast geschafft. Es fehlt nicht mehr viel.

Ich schreibe diese Geschichte, weil es vielleicht meine letzte Gelegenheit ist, alles aufzuschreiben, bevor ich mich selbst für immer in den tiefen schwarzen Schacht stürze. Ich will nicht dort hinein, doch es fällt mir immer schwerer weiterzumachen, von Tag zu Tag, und die Wahnsinnige in mir kommt immer häufiger aus ihrem Loch. Da ist noch ein kleiner, beharrlicher Teil von mir, der sich daran erinnert, wie es war, sechs Jahre alt zu sein. Er redet immer weniger zu mir, doch wenn er es tut, dann sagt er mir, dass ich die Dinge aufschreiben soll und dass ich nach einem Weg suchen soll, Ihnen alles zu geben, Smoky Barrett.

Ich glaube nicht, dass Sie mich retten können, Smoky. Ich fürchte, ich habe zu viel Zeit in diesem Schacht verbracht, zu viel Zeit mit dem Schreiben von Geschichten, die ich hinterher wieder verbrannt habe.

Aber vielleicht schaffen Sie es ja trotzdem, den Künstler zu schnappen.

Und ihn in den richtigen tiefen schwarzen Schacht zu werfen.

Das war es so ungefähr. Der letzte Sprint auf dem weißen Papier.

Ein zerstörtes Leben?

Es kommt dem verdammt nahe, schätze ich.

Ich träume nicht mehr von Mom und Dad. Vor ein paar Nächten habe ich von Buster geträumt. Es kam ganz überraschend. Ich wachte auf und glaubte fast zu spüren, wo sein Kopf gelegen hat: auf meinem Bauch.

Doch Buster ist tot. Zusammen mit allen anderen.

Die größte Veränderung ist zugleich die tiefste:

Ich habe keine Hoffnung mehr.

ENDE?

Ich lese die letzten Zeilen von Sarahs Tagebuch und betaste mein Gesicht. Diesmal finde ich die Tränen. Bonnie kommt zu mir und nimmt meine freie Hand, streichelt sie, bietet mir ihren Trost. Nach ein paar Sekunden wische ich mir die Tränen ab.

»Tut mir leid, Schatz«, sage ich. »Ich habe etwas gelesen, das mich traurig gemacht hat. Tut mir leid.«

Sie schenkt mir eins von jenen Lächeln, die sagen: Alles in Ordnung, wir sind am Leben, und ich bin glücklich, dass du bei mir bist.

»Okay«, sage ich und zwinge mich, ihr Lächeln zu erwidern. Ich fühle mich immer noch arg mitgenommen.

Bonnie wartet, sucht meinen Blick erneut. Als ich sie anschaue, nickt sie mir zu. Deutet zur Decke über unseren Köpfen. Es dauert einen Moment, bevor ich begreife.

»Du hast eine Idee, was wir mit Alexas Zimmer machen könnten?«

Sie nickt. *Ja.*

»Sag es mir.«

Sie deutet auf sich, eine Pantomime des Schlafens, schüttelt den Kopf.

»Du möchtest nicht in diesem Zimmer schlafen.«

Ein rasches Nicken. *Stimmt.*

Sie tut so, als hielte sie etwas in der Hand, bewegt es in streichenden Bahnen auf und ab, und ich begreife mit einem Mal, was sie mir sagen will.

Als Bonnie mir zum ersten Mal gesagt hat, dass sie Wasserfarben möchte, war ich überglücklich. Die therapeutischen Möglichkeiten waren offensichtlich. Bonnie war stumm, und vielleicht würde sie durch ihren Pinsel sprechen.

Sie malte freundliche und weniger freundliche Bilder. Landschaften. Nächte voller Mondlicht. Tage voller Regen und Grau. Es gab keinen bestimmten Trend in ihren Bildern, nur dass alle *lebendig* waren, ganz gleich, welches Thema sie malte. Mein Lieblingsbild war eine Darstellung der Wüste unter einer sengenden Sonne. Es war eine Mischung von spröder Schönheit. Es gab heißen, hellen, gelben Sand. Es gab blauen, strahlenden, ewig wolkenlosen Himmel. Es gab einen einzelnen Kaktus, ganz allein inmitten der Leere, stark und groß und aufrecht. Er schien weder Gesellschaft noch Beistand zu benötigen. Es war ein selbstbewusster, reservierter Kaktus. Er konnte die Sonne und die Hitze und den Mangel an Wasser ertragen, und es ging ihm trotzdem gut, danke sehr, ganz ausgezeichnet sogar. Ich fragte mich immer wieder, ob er Bonnie repräsentierte.

Seit damals hat sie sich von Wasserfarben zu Öl und Acryl weiterentwickelt. Sie verbringt jede Woche einen ganzen Tag mit Malen, in intensiver, beinahe wütender Konzentration. Ich habe sie häufig heimlich dabei beobachtet, und ihre völlige Selbstversunkenheit rührt mich sehr. Ich kann sehen, wie die Welt um sie herum verschwindet, wenn sie malt. Ihre Konzentration richtet sich ausschließlich auf die Leinwand vor ihr, auf die Rufe in ihren Gedanken und die Bewegung ihrer Hand. Sie malt ohne Pause, ein immerwährender Marathon.

Vielleicht ist es der Akt des Malens, der therapeutisch wirkt. Vielleicht sind die Bilder zweitrangig. Vielleicht ist es nur die Tätigkeit des Pinselns.

Was auch immer, Bonnies Bilder sind gut. Sie hat Talent. Ihre Arbeiten sind von einer Lebendigkeit und Kühnheit, die jedes Bild zu etwas Zeitlosem machen.

Sie nickt, erfreut und vorsichtig zugleich. Sie streckt die Hand aus, ergreift meine, sieht mich besorgt an. Erneut dieses plötzliche, umfassende Begreifen.

»Aber nur dann, wenn ich nichts dagegen habe, oder wie?«

Ihr Lächeln ist sanft. Ich erwidere es und streichle ihre Wange.

»Das ist eine tolle Idee.«

Die Vorsicht verschwindet aus ihrem Lächeln. Das Strahlen arbeitet sich bis in meine tiefsten Winkel vor.

Sie deutet auf den Fernseher und sieht mich fragend an. Sie hat den Cartoon Channel gesehen.

Möchtest du mit mir zusammen fernsehen?, fragt sie.

Das scheint mir eine gute Idee zu sein.

»Darauf kannst du wetten!«

Ich breite die Arme aus, damit sie sich hineinkuscheln kann, und wir sehen gemeinsam fern, während ich versuche, mich in ihrem Sonnenschein zu baden und darauf hoffe, dass er stark genug ist, den Regen aus mir zu vertreiben.

Sei der Kaktus, denke ich. *Wir haben die Sonne. Zur Hölle mit dem Sand.*

KAPITEL 47 Es ist Morgen, und ich versuche Sarah zu beruhigen.

Sie hat Elaina kennengelernt, und in ihrem Gesicht sind neue Angst und neues Entsetzen zu erkennen. Sie weicht rückwärts zur Tür.

»Nein!«, sagt sie, die Augen weit und glänzend vor unterdrückten Tränen. »Auf keinen Fall. Nicht hier.«

Ich begreife, was sie damit meint. Sie hat die Güte und Liebe Elainas gesehen, hat sie binnen eines Sekundenbruchteils erkannt, und sie sieht Desiree und ihre Mutter vor dem inneren Auge und weiß, was kommen wird.

»Sarah. Liebes. Sieh mich an«, sage ich mit beruhigender Stimme.

Sie reagiert nicht. Starrt Elaina an.

»Nein. Auf keinen Fall. Ich will nicht dafür verantwortlich sein.«

Elaina tritt vor. Sie schiebt mich zur Seite. Der Ausdruck in ihrem Gesicht ist eine Mischung aus Mitgefühl und Schmerz. Als sie spricht, klingt ihre Stimme sanft, unendlich sanft.

»Sarah. Ich möchte, dass du hier bist. Hörst du mir zu? Ich kenne das Risiko, und ich will, dass du hier bei uns bist.«

Sarah starrt Elaina unablässig an. Sie spricht nicht mehr, doch sie schüttelt den Kopf, hin und her, hin und her, hin und her.

Elaina deutet auf ihre Glatze.

»Siehst du das?«, fragt sie. »Das war Krebs. Ich habe den Krebs besiegt. Und weißt du was noch? Vor sechs Monaten kam ein Mann in dieses Haus und nahm mich und Bonnie als Geisel. Er wollte uns töten, aber wir haben auch ihn besiegt.« Sie deutet auf uns alle – Alan, mich, Bonnie, auf sich selbst. »Wir haben ihn gemeinsam besiegt.«

»Nein!«, stöhnt Sarah.

Jetzt ist es Bonnie, die vortritt. Sie blickt zu mir auf, deutet auf sich, und ich runzle verblüfft die Stirn, versuche zu begreifen. Sie deutet erneut auf sich. Dann auf Sarah. Alle sehen ihr zu, atemlos, wie versteinert. Es dauert einen Moment, dann verstehe ich.

»Du möchtest, dass ich ihr von dir erzähle?«

Ein Nicken.

»Bist du sicher?«

Ein Nicken.

Ich wende mich zu Sarah. »Bonnies Mutter Annie war meine beste Freundin. Ein Mann – der gleiche, der später versucht hat, Elaina und Bonnie zu töten – brachte Annie vor Bonnies Augen um. Anschließend fesselte er Bonnie an ihre tote Mutter. Sie war drei Tage lang an den Leichnam gefesselt, bis ich sie gefunden habe.«

Sarah starrt Bonnie an.

»Weißt du, wo der Kerl jetzt ist?«, fragt Alan. »Er ist tot. Wir leben noch. Wir alle haben schlimme Dinge erlebt, Sarah. Du musst keine Angst um uns haben – wir sind es, die sich um dich sorgen. Lass uns die Verantwortung tragen. Das hier ist mein Haus, und ich möchte, dass du hier wohnst.«

Ich spüre, wie sie zwar nicht nachgibt, doch wie die Sehnsucht in ihr wächst. Bonnie ist es dann, die den Abgrund als Erste überbrückt. Sie geht zu Sarah und nimmt ihre Hand. Der Augenblick dauert an, und wir warten geduldig.

Schließlich sinken Sarahs Schultern herab.

Sie sagt nichts. Sie nickt nur. Ich fühle mich an Bonnie erinnert, und noch während ich diesem Gedanken nachhänge, blickt meine Pflegetochter mich an und lächelt traurig.

»Vergessen wir nicht, dass ich auch noch da bin«, sagt Kirby Mitchell, die nicht länger schweigen kann. »Ich bin da, und ich bin gewappnet für den Kampf gegen das Monster. Für den Kampf gegen ein riesiges Mutantenmonster.« Sie lächelt, zeigt ihre weißen Zähne und das Flackern ihrer Leopardenaugen. »Wenn der Vogel sich hier zeigt, werde ich ihm die Federn rupfen.«

Heute Morgen gibt es keinen frisch gemahlenen Kaffee, doch wenigstens hat es aufgehört zu regnen.

Alle sind im Großraumbüro versammelt und sehen mich an. Niemand wirkt so frisch und ausgeruht wie gestern. Nicht einmal Callie. Sie ist makellos und schön wie immer, doch ihre Augen sind rotgerändert vor Erschöpfung.

Assistant Director Jones kommt durch die Tür, einen Becher Kaffee in der Hand. Er entschuldigt sich nicht, dass er uns aufhält, und niemand erwartet es. Er ist der Boss. Zu spät zu kommen ist sein Vorrecht.

»Fangen Sie an«, sagt er.

»Okay«, antworte ich. »Du zuerst, Alan.«

Ich weiß, dass Alan gestern Nacht noch einmal im Büro war, um das Leben der Langstroms zu durchforsten.

»Erstens, Großvater Langstrom. Er war Lindas Vater, deswegen hieß er nicht Langstrom, sondern Walker. Tobias Walker.«

»Moment mal«, sagt AD Jones und stellt seinen Kaffeebecher ab. »Habe ich richtig gehört? Haben Sie gerade Tobias Walker gesagt?«

»Ja, Sir.«

»Heilige Scheiße.«

Alle sehen ihn an. Seine Miene ist grimmig.

»Ich habe Ihnen heute Morgen diese Liste gegeben, Agent Thorne. Die Polizeibeamten und Agenten, die zu der Sondereinheit abgestellt waren, die Jagd auf die Menschenschmuggler machen sollte … Werfen Sie einen Blick darauf.«

Callie überfliegt die vor ihr liegenden Seiten. Stockt.

»Tobias Walker war vom LAPD zu der Sondereinheit abgestellt.«

Ein Gefühl der Unwirklichkeit erfasst mich, gepaart mit elektrisierender Erregung.

»Hier steht ein weiterer Name, der dir bekannt sein dürfte, Smoky«, fährt Callie fort. »Dave Nicholson.«

»Nicholson?« AD Jones runzelt die Stirn. »Ein Detective

vom LAPD. Ein hochgewachsener Bursche. Ein guter Cop. Was ist mit ihm?«

Ich schildere Jones in knappen Worten, was sich gestern ereignet hat. Er ist geschockt.

»Selbstmord? Und seine Tochter wurde als Geisel genommen?« Er greift nach seinem Kaffee, überlegt es sich anders, streicht sich mit der Hand durchs Haar. Ich kann nicht sagen, ob er bestürzt ist oder wütend. Wahrscheinlich beides.

Mir kommt ein Gedanke, kreist in meinem Kopf, verdrängt jeden anderen. Eine aufgehende Sonne aus plötzlicher Erkenntnis.

»Was, wenn …?«

Alle sehen mich fragend an. Alle außer James. Er starrt ins Leere. Wie versteinert.

Sieht er das Gleiche wie ich?

Wahrscheinlich. Vielleicht.

»Hört zu«, sage ich und bemerke, wie die Aufregung meine Stimme zittern lässt. »Wir haben eine Sondereinheit, die versagt hat, wahrscheinlich wegen interner Korruption. Wir haben ein Rachemotiv. Wir haben zwei Schlüsselbotschaften des Killers. Die eine Botschaft von Cathy Jones, zusammen mit ihrem goldenen Polizeiabzeichen: *Symbole sind bloß Symbole.* Und die zweite von Nicholson: *Der Mann hinter dem Abzeichen ist wichtig, nicht das Abzeichen selbst.* In Verbindung mit dem, was wir bereits wissen – was sagt uns das?«

Keiner von ihnen ist so schnell wie James. Er ist da, hat zu mir aufgeschlossen, ist genauso weit wie ich. *Mein Zwilling im Geiste.*

»Nur weil jemand ein Abzeichen trägt, heißt das noch lange nicht, dass er zu den Guten gehört. Das will er damit sagen. Symbole sind bloß Symbole.«

Begreifen leuchtet in Alans Augen auf. »Genau! Ganz genau! Wir haben den Wald vor lauter Bäumen nicht gesehen! Rache war das Motiv, doch es sind nicht die Menschenschmuggler, die der Killer am schlimmsten bestrafen will. Deshalb ist Vargas so leicht davongekommen. Der Killer hat es auf die Mitglieder der Sondereinheit abgesehen! Wer immer es war, der die Kinder und das Versteck verraten hat.«

Stille. Alle verdauen das Gesagte und nicken, als es ihnen dämmert. Es ist plausibel, es ist die Wahrheit.

»Sir«, frage ich AD Jones. »Was können Sie uns über Tobias Walker erzählen? Woran erinnern Sie sich?«

Der Assistant Director reibt sich das Gesicht. »Gerüchte. Ich erinnere mich an viel Gerüchte. Walker war noch altmodischer als Haliburton. Ein widerlicher Kerl. Lief mit einem Totschläger durch die Gegend und hat ihn fleißig benutzt. Genauso wie Gummischläuche und Telefonbücher bei den Vernehmungen. Er war derjenige, den sie nach dem Angriff auf das Versteck am genauesten unter die Lupe genommen haben.«

»Wieso?«

»Die Abteilung für Innere Angelegenheiten beim LAPD hat schon dreimal wegen mutmaßlicher Bestechlichkeit gegen Walker ermittelt. Jedes Mal ist er ungeschoren davongekommen, doch die Gerüchte blieben. Er soll für das organisierte Verbrechen gearbeitet haben. Niemand konnte ihm je etwas nachweisen. Er starb 1983 an Lungenkrebs.«

»Unser Killer ist offensichtlich überzeugt, dass mehr dahintergesteckt hat als Gerüchte«, bemerkt James.

»Wer noch?«, frage ich. »Was ist aus Haliburton geworden, Sir?«

Das Gesicht von AD Jones wird aschfahl. »Noch vor einer Minute hätte ich gesagt, dass er seine Frau und sich selbst erschossen hat, doch angesichts der Umstände …«

»Wissen Sie Einzelheiten?«

»Es war 1998. Haliburton war bereits eine ganze Weile im Ruhestand. Er war Ende sechzig und beschäftigte sich mit seinen Hobbys. Wahrscheinlich hat er weiter Gedichte verfasst, oder er …«

»Gedichte?«, unterbreche ich Jones.

»Haliburton war ein extrem konservativer Mann. Ein fanatischer Gläubiger und Kirchgänger. Er traute niemandem über den Weg, der die Haare über die Ohren trug, und er kaufte seine Anzüge ohne Ausnahme bei Sears. Sie wissen, was ich meine. Er war rau und steckte voller Vorurteile. Er machte nie einen Witz. Aber ja, er schrieb Gedichte. Und er versteckte sie nicht. Einige seiner Arbeiten waren ziemlich gut.«

Ich berichte Jones von der Geschichte des Künstlers über einen Amateurdichter und dessen Frau.

»Du meine Güte«, sagt AD Jones und schüttelt ungläubig den Kopf. »Das wird ja immer besser! Haliburton hat seine Frau erschossen und dann sich selbst getötet – zumindest glaubten wir das immer.«

»Was ist mit einem Studenten der Philosophie?«, frage ich. »Gab es jemanden bei der Sondereinheit, auf den diese Bezeichnung zugetroffen hätte?«

»Nein, nicht dass ich wüsste.«

»Gab es sonst noch vorzeitige Todesfälle?«

»Von uns waren drei Leute bei der Sondereinheit. Haliburton, ich selbst und Jakob Stern. Stern ist Ende der Achtziger in den Ruhestand gegangen. Er ist nach Israel gezogen. Stern war einer von diesen Oldtimern. Ich habe nie wieder etwas von ihm gehört. Vom LAPD waren Walker und Nicholson vom Morddezernat dabei, außerdem ein Bursche namens Roberto Gonzalez von der Sitte. Über Walker und Nicholson wissen wir Bescheid, über Gonzalez allerdings habe ich keine Informationen. Er war ein junger Cop, zweisprachig. Ein anständiger Kerl, soweit ich mich erinnern kann.«

»Wir müssen herausfinden, was aus ihm und Stern geworden ist«, sage ich.

»Die große Frage bleibt bestehen«, meint Alan. »Allerdings haben wir jetzt die Zahl der möglichen Antworten eingeschränkt: Wer ist dieser Künstler, und warum verfolgt er die

Mitglieder der einstigen Sondereinheit mit solcher Erbarmungslosigkeit?«

»Ich hätte noch eine Frage«, sagt Callie. Sie blickt AD Jones an. »Ich möchte Ihnen nicht zu nahe treten, Sir, aber warum leben *Sie* noch?«

»Ich würde sagen, die Antwort liegt darin begründet, dass Mr. Jones Assistant Director ist«, meldet James sich zu Wort. »Ich denke nicht, dass Sie deswegen von seiner Liste verschwunden sind, Sir. Vielleicht spart er Sie bis zuletzt auf. Einen Assistant Director des FBI zu töten würde sehr viel Aufmerksamkeit erregen. Er ist vielleicht noch nicht bereit, so viel zu wagen.«

»Wie tröstlich«, sagt Jones.

»Zurück zu Alans Frage«, sage ich. »Die Logik diktiert, dass der Künstler als Kind den Menschenschmugglern zum Opfer gefallen ist. Es handelt sich nicht um irgendeinen Verwandten eines Opfers.«

»Wieso nicht?«, fragt Alan und beantwortet sich seine Frage sogleich selbst. »Wegen der Narben auf den Fußsohlen.«

»Genau.« Ich überlege einen Moment. »Callie, hast du im Haus der Langstroms etwas gefunden, das sich als nützlich erweisen könnte?«

»Ich habe einen verdammt langen Tag und eine Nacht mit Gene im Haus der Langstroms verbracht. Wir haben jede Menge Staub gefunden, aber nichts, das sich als beweiserheblich herausgestellt hätte. Die Antidepressiva von Linda Langstrom waren nicht vom Hausarzt der Familie verschrieben worden, sondern von einem Arzt auf der anderen Seite der Stadt.«

»Linda wollte es verbergen«, überlege ich laut.

»Ja. Und sie hat keine einzige Tablette eingenommen.«

Ich runzle die Stirn. »Kann jemand etwas damit anfangen?«

Niemand antwortet.

»James? Neuigkeiten über den Computer des Jungen?«

»Nein.«

Ich denke fieberhaft nach, vergeblich. Mir fällt nichts ein.

»Unsere vorerst erfolgversprechendste Spur ist und bleibt diese Stiftung.« Ich gebe den Inhalt meines Telefongesprächs mit Ellen wieder. »Wir brauchen die richterliche Vorladung, und zwar heute noch.«

»Das könnte Cathy Jones bewerkstelligen«, sagt AD Jones unvermittelt. »Sie müsste bezeugen können, dass die Langstroms wahrscheinlich von einem unbekannten Täter ermordet wurden. Das ist oberste Priorität.« Er wirft seinen Becher in den Abfalleimer und wendet sich zur Tür. »Halten Sie mich auf dem Laufenden, Smoky.« Er bleibt stehen, dreht sich zu mir um. »Noch was, Smoky. Schnappen Sie diesen Kerl so schnell wie möglich, Ich ziehe es vor, am Leben zu bleiben.«

»Ihr habt AD Jones gehört, Leute«, sage ich. »Callie und Alan, ihr kümmert euch um Cathy Jones. James, ich möchte, dass du herausfindest, was aus den beiden anderen Männern auf der Liste geworden ist, Stern und Gonzalez.«

Alle setzen sich in Bewegung. Wir sind wie Bluthunde, die eine Fährte aufgenommen haben.

KAPITEL 48

»Roberto Gonzalez wurde 1997 in seinem Haus ermordet«, sagt James. »Er wurde gefoltert, kastriert, und seine Genitalien wurden ihm in den Mund gesteckt.«

»Hört sich wie die Beschreibung an, die der Künstler von diesem ›Studenten der Philosophie‹ gegeben hat«, murmle ich. »Was noch?«

»Stern scheint wohlauf zu sein. Ich habe den Krisenstab alarmiert. Sie setzen sich unverzüglich mit den israelischen Behörden in Verbindung und stellen Stern unter Bewachung.«

»Was deine Theorie bezüglich Jones angeht, bin ich deiner Meinung, aber wieso hat er Stern ebenfalls verschont? Wieso lebt er noch?«

James zuckt die Schultern. »Es könnte an der räumlichen

Entfernung liegen. Israel ist weit weg, also nimmt er sich Stern als Letzten vor.«

»Schon möglich.« Ich kaue auf der Unterlippe. »Weißt du, es gibt da noch eine Spur, der wir bis jetzt nicht gefolgt sind.«

»Und welche?«

»Unser geheimnisvoller Unbekannter. Der Kerl, den Vargas in seinem Videoclip erwähnt hat. Ich nehme an, er ist der Anführer der Bande. Wäre er nicht ein Primärziel für den Künstler?«

»Wir sollten das für den Augenblick auf sich beruhen lassen.«

»Wieso?«

»Weil es eine Frage ist, die wir vielleicht niemals beantworten können. Der Drahtzieher wurde 1979 nicht gefunden, als eine ganze Spezialeinheit hinter ihm her war. Wieso sollten wir ihn heute finden?«

»Weil wir nicht korrupt sind.«

Er schüttelt den Kopf. »Das ist nicht der Punkt, Smoky. Zugegeben, wahrscheinlich bekam er damals interne Informationen und wurde gewarnt, vielleicht sogar geschützt. Ich glaube aber nicht, dass es eine große Verschwörung war, nicht innerhalb der Polizei, nicht wenn es um Menschenschmuggel geht. Erst recht nicht, wenn jemand *Kinder* schmuggelt. Nein, das war das Werk einer einzigen Person in der damaligen Sondereinheit. Von zwei Personen, höchstenfalls.«

»Walker?«

»Er ist der wahrscheinlichste Verdächtige, ja. Was mich an der Geschichte stört, ist die Tatsache, dass das gesamte Netzwerk verschwunden zu sein scheint. Als hätte es sich über Nacht aufgelöst. Keine weiteren Kinder mit Narben an den Füßen. Ich muss gestehen, das irritiert mich.«

»Wieso? Die Verbrecher wurden vorsichtig.«

»Nein. Sie waren bereits vorsichtig. Sie hatten jemanden auf der anderen Seite, der sie mit Informationen versorgte. Vorsichtig würde bedeuten, einen neuen Markt zu finden und eine neue Route. Den Laden gänzlich dichtmachen? Kriminelle werden vielleicht schlauer, aber sie geben ihr Geschäft nicht so einfach auf.«

»Vielleicht haben sie gar nicht aufgehört. Vielleicht sind sie cleverer geworden, oder sie haben ihr Geschäft verlagert. Der Sextourismus nimmt seit Jahren ständig zu. Vielleicht haben sie ihr Geschäft in ihrem Heimatland aufgezogen und sich damit jedes Risiko vom Hals geschafft.«

James zuckt die Schultern, doch ich weiß, dass diese Antwort ihn genauso wenig befriedigt wie mich. Er mag keine ungelösten Aufgaben und keine unbeantworteten Fragen, ob sie nun für unsere Ermittlungen von Bedeutung sind oder nicht.

Mein Handy summt. Es ist Callie. »Wir haben eine schriftliche Aussage von Cathy Jones«, berichtet sie. »Wir sind auf dem Rückweg ins Büro.«

»Gute Arbeit, Callie. Bring die Aussage her, und wir leiten sie direkt an Ellen Gardner weiter.«

»Wir sind in zwanzig Minuten da.«

Adrenalin schießt in meinen Kreislauf, unerwartet und heftig. Ich fühle mich aufgeputscht und ein wenig zittrig.

Jetzt kommt der Zug ins Rollen.

»Wir kriegen unsere Vorladung«, sage ich zu James.

»Vergiss nicht, worüber wir gesprochen haben.«

»Keine Bange.«

Ich weiß, was James sagen will. Untersuche jede Schlussfolgerung. Wir wandeln immer noch auf dem Pfad, den der Künstler für uns ausgelegt hat.

KAPITEL 49

Alles ist in Bewegung. Alan, Callie, James und ich. Wir haben die Vorladung und fahren im Lift nach unten, auf dem Weg zu Gibbs, dem Anwalt und Treuhänder der Langstrom-Stiftung.

Spannung hängt in der Luft wie statische Elektrizität. Wir waren gezwungen, untätig dazusitzen und alles zu ertragen. Die ganze Geschichte, Stück für Stück, eine Horrorshow. Wir haben Sarah und andere vor unserem geistigen Auge leiden sehen.

Jetzt sind wir vielleicht nur noch eine Stunde davon entfernt, die Identität des Künstlers aufzudecken. Es spielt keine Rolle, dass er es war, der uns auf diese Fährte gelockt hat. Wir wollen sein Gesicht sehen.

Wir steigen aus dem Aufzug, treten hinaus in die Halle. Vorne beim Empfang steht Tommy, ein Mobiltelefon in der Hand. Er sieht mich und winkt.

»Wartet einen Moment, ja?«, sage ich zu den anderen.

»Beeil dich«, sagt James.

»Hi«, sagt Tommy, als ich näher komme. »Ich wollte mich nur persönlich überzeugen, dass mit Kirby alles wie verabredet läuft.«

Ich muss lächeln. »Sie ist eine interessante Person, so viel steht fest …«

Ich höre ein metallisches Klicken, das ich nicht gleich einordnen kann. Es erscheint mir harmlos, dieses Geräusch, unbedeutend, doch irgendein Instinkt sagt mir, *schreit* in mir, dass ich reagieren muss – und zwar schnell.

Ich wirble herum und sehe einen Latino mit grimmigem Gesicht im Eingang. Er starrt mich an.

»Tommy!«, stoße ich hervor. Meine Hand zuckt zur Waffe.

Tommy folgt meinem Blick, und auch seine Hand bewegt sich blitzschnell unters Jackett.

Was ist das?

Der Latino wirft die Arme hoch. Seine Hände öffnen sich, und zwei Gegenstände segeln durch die Luft, in einem perfekten Bogen.

»Scheiße!«, brüllt Tommy.

Er stößt mich zurück, schiebt mich aus dem Weg, und ich

stolpere, falle rückwärts, und in einem einzigen Sekundenbruchteil erkenne ich, was passiert.

»Granaten!«, schreie ich. Zu spät.

Die Explosion in der Lobby des Dienstgebäudes ist gewaltig und ohrenbetäubend. Ich spüre eine Druckwelle und Hitze. Etwas streift mein Gesicht. Dann wird mir die Luft weggesaugt, nur für einen Moment, und ich falle, spüre, wie mein Kopf auf dem Marmorboden aufprallt, und alles wird mit einem Schlag grau, ganz grau …

Die Wolken in meinem Schädel weichen dem Gestank nach Rauch und dem Lärm von Schüssen.

Maschinenpistole, denke ich benommen.

Mit einem Schlag bin ich wieder hellwach. Ich liege auf dem Rücken. Ich kämpfe mich in eine sitzende Haltung, krieche auf allen vieren nach links, hektisch, als irgendetwas direkt neben mir sirrend vom Marmor abprallt.

Gott, tut mein Schädel weh!

Meine Ohren klingeln. Ich sehe mich um, entdecke Callie hinter einer marmorverkleideten Säule, das Gesicht verschmiert und grimmig, während sie das Feuer erwidert. Ich sehe James am Boden. Er müht sich hoch, Blut läuft ihm übers Gesicht. Alan brüllt ihn an.

»Bleib in Deckung, du Trottel!«

Die Maschinenpistole feuert weiter, ununterbrochen, Salve um Salve, und überzieht die Lobby mit einem Kugelhagel.

Der Latino meint es todernst, denke ich und muss beinahe kichern, tue es aber nicht, weil es verrückt wäre. *Ich muss einen klaren Kopf bekommen.*

Ich höre die Schüsse aus den Waffen meiner Freunde und Kollegen und ziehe meine eigene Pistole. Ich bin immer noch wacklig, gehorche nur meinem Instinkt,

Die Waffe gleitet in meine Hand und flüstert voller Vorfreude zu mir. Sie ist bereit.

Ich bin in dem Gang, in den Tommy mich gestoßen hat, und dann fällt mir alles wieder ein, und Grauen durchfährt mich, nacktes Entsetzen *(O Gott o Gott o Gott o Scheiße o du verdammte Scheiße)*, und ich suche nach Tommy, suche nach der blutigen Leiche, zu der er bestimmt geworden ist und vor deren Anblick ich mich fürchte, denn ich will nicht …

»Hier drüben!«, flüstert Tommy.

Ich wirble herum. Wie durch ein Wunder *(Danke, Gott, danke, Gott, danke)* ist er hinter mir. Er sitzt mit dem Rücken an der Wand. Sein Gesicht ist grau. Er blutet aus einer Schulterwunde.

»Du bist getroffen!«, rufe ich erschrocken.

»Wird wohl so sein«, murmelt er und versucht zu lächeln. »Tut verdammt weh. Aber alles okay. Granatsplitter in der Schulter, keine lebenswichtigen Organe verletzt. Blutung unter Kontrolle.«

Ich starre ihn an, während ich versuche, all das zu begreifen.

»Alles in Ordnung, Smoky«, wiederholt er. »Geh und erledige dieses Arschloch.«

Ja, erledigen wir dieses Arschloch!, flüstert meine Pistole mir zu, und diesmal gebe ich nach, erfüllt von kalter Mordlust.

Ich muss ihn nur sehen. Nur einmal kurz sehen. Wenn ich ihn sehe, treffe ich ihn.

Ich setze mich in Bewegung, tief geduckt, die Waffe schussbereit. Das Feuer aus der Maschinenpistole nimmt scheinbar kein Ende, der reinste Irrsinn an Blei und Stahl. Ich kann das Metall riechen, und ich höre die Projektile abprallen, höre die Querschläger jaulen und heulen und surren.

»Callie!«, rufe ich durch das Getöse und das Chaos.

Sie blickt zu mir.

Ich deute auf meine Augen. *Wie viele?*

Sie hebt einen Finger.

Einer.

Ich nicke und bedeute ihr, dass ich von ihr und Alan Feuerschutz will.

Sie nickt zurück. Ich sehe, wie sie Alan den Plan übermittelt. James hat sich hinter dem Pfeiler in Sicherheit gebracht, hinter dem auch Callie steht. Blut fließt aus einer Schnittwunde an seiner Stirn. Er sieht benommen aus, ist wahrscheinlich kampfunfähig.

Callie winkt mir mit erhobenem Daumen.

Ich werfe einen Blick zurück zu Tommy, packe meine Waffe und gehe in die Hocke, während ich auf die Stille warte, die irgendwann einsetzen muss.

Jeder muss mal nachladen.

Die Maschinenpistole scheint nicht zu verstummen. Ich weiß, dass es eine Illusion ist – die Zeit dehnt sich im Kampf, verliert ihre Bedeutung. Schweiß perlt mir von der Stirn, mir dröhnt der Schädel, es klirrt in meinen Ohren, und das Kordit in der Luft belegt meinen Gaumen mit einem metallischen Geschmack.

Dann, plötzlich, Stille.

Es ist wie ein Schock. Nach all dem Getöse ist die Stille selbst wie ein Geräusch.

Ich sehe, wie Callie um den Pfeiler herumwirbelt, die Waffe erhoben. Ich springe auf, blicke durch die Lobby, suche nach dem kleinen Latino mit dem grimmigen Gesicht …

Ich bleibe reglos stehen. Meine Pistole brüllt auf vor hilfloser Wut.

Der Eingangsbereich vor der Halle ist leer und verlassen.

KAPITEL 50

Ich renne zum Ausgang, springe durch die Metalldetektoren, die protestierend kreischen, vorbei an dem reglos daliegenden Sicherheitsbeamten. Ich vermag nicht zu sagen, ob er tot ist oder noch lebt.

Ich werfe mich mit der Schulter gegen die Tür und platze nach draußen auf die Stufen, schwer atmend, die Waffe in beiden Händen.

Nichts!

Ich renne die Stufen hinunter und auf den Parkplatz hinaus. Blicke nach links, nach rechts, suche nach dem Latino. Ich höre, wie hinter mir die Tür aufgestoßen wird. Dann ist Callie neben mir, gefolgt von Alan.

»Wo ist er?«, fragt Callie schwer atmend. »Er ist gerade erst durch die Tür, verdammt!«

Wir hören einen starken Motor aufheulen, dann das Quietschen von Reifen. Ich renne auf das Geräusch zu und sehe einen schwarzen Mustang, der vor mir flüchtet. Ich hebe die Pistole, will feuern – und in letzter Sekunde wird mir bewusst, dass ich nicht sicher sein kann. Ich kann nicht sicher sein, dass der Latino in diesem Wagen sitzt.

»Scheiße!«, rufe ich in hilfloser Wut.

»Kann man wohl sagen«, murmelt Alan.

Ich renne zurück ins Gebäude, drei Treppenstufen auf einmal, durch die Tür, die Detektoren. Callie und Alan folgen mir auf dem Fuß.

Die Lobby ist ein Bild der Verwüstung. Ich sehe drei Mann am Boden, die von anderen Agenten versorgt werden. Wenigstens vier weitere stehen mit gezogenen Waffen da, sichern wachsam. Mitch, der Chef der Sicherheitsleute, redet mit grimmigem Gesicht in sein Walkie-Talkie.

Ich wische mir mit zitternder Hand den Schweiß von der Stirn und versuche in die normale Raumzeit zurückzukehren. Ich denke immer noch in Sprüngen, abgehackt, stroboskopartig. Ich muss schnell denken, schnell handeln, doch ich muss auch innerlich zur Ruhe kommen.

»Sieh nach, was mit James ist«, beauftrage ich Callie.

Ich gehe zu Tommy. Sein Gesicht ist nicht mehr ganz so weiß, auch wenn er offensichtlich starke Schmerzen hat. Ich gehe neben ihm in die Hocke, nehme seine Hand in die meine.

»Du hast mir das Leben gerettet«, sage ich mit zitternder Stimme. »Du dummer, heldenhafter Trottel.«

»Ich ...« Er zuckt zusammen. »Das sagst du bestimmt zu jedem Kerl, der dich vor umherfliegenden Granaten wegstößt.«

Ich will genauso schlagfertig antworten, doch mir fällt nichts ein, und ich stelle fest, dass es mir für den Moment die Sprache verschlagen hat. Ich liebe Tommy nicht, noch nicht, doch er bedeutet mir mehr als irgendein anderer Mann seit Matt. Wir sind *zusammen*.

»Tommy«, flüstere ich. »Ich dachte, du bist tot.« Meine Zunge fühlt sich wie betäubt an, wie unter Novocain, und mein Inneres ist aufgewühlt und nervös.

Er versucht nicht länger zu lächeln. Er sieht mir tief in die Augen. »Ich bin es nicht. Okay?«

Ich vertraue meiner Stimme nicht, deswegen nicke ich bloß.

»James ist kaum was passiert!«, ruft Callie, und ich zucke erschrocken zusammen. »Er braucht bloß ein paar Stiche.«

Ich sehe Tommy an. Er grinst schon wieder.

»Ich komme zurecht, Smoky. Geh nur.«

Ich drücke ein letztes Mal seine Hand, erhebe mich und stelle erleichtert fest, dass meine Beine nicht mehr zittern. Die Aufzugtüren gleiten zur Seite, und AD Jones kommt heraus, die Waffe gezogen, hinter sich eine Phalanx bewaffneter Agenten.

»Was war hier los?«, brüllt er.

»Jemand kam durch die Tür und warf zwei Handgranaten in die Lobby, Sir«, sage ich. »Anschließend hat er das Feuer aus einer Maschinenpistole eröffnet. Er ist durch die Vordertür entkommen.«

»Tote oder Verletzte?«

»Das weiß ich noch nicht.«

»Wissen wir, wer der Eindringling war?«

»Nein, Sir.«

Er wendet sich einem der Agenten zu, die mit ihm im Aufzug nach unten gefahren sind.

»Lassen Sie den Eingang bewachen. Nur medizinisches Personal darf durch, es sei denn, ich erteile persönlich die Erlaubnis. Schaffen Sie den Notarzt her. Bis dahin kümmern unsere Leute sich um die Verwundeten. Ich will die Agenten mit den besten medizinischen Kenntnissen hier unten haben, und sie sollen die Ärmel hochkrempeln.«

»Jawohl, Sir!«, antwortet der Agent und setzt sich in Bewegung.

AD Jones sieht zu, als seine Leute sich an die Arbeit machen und das Chaos sich nach und nach lichtet.

»Alles in Ordnung?«, fragt er und mustert mich prüfend. »Sie sind ein bisschen grau im Gesicht.«

»Stress«, antworte ich. Ich betaste die Stelle, wo ich mit dem Kopf auf dem Boden aufgeschlagen bin, und stelle erleichtert fest, dass es nur eine Beule ist, kein Blut. Meine Kopfschmerzen lassen bereits nach, also habe ich wahrscheinlich keine Gehirnerschütterung.

»Wir müssen herausfinden, wer der Hurensohn war und was gerade passiert ist«, sagt er.

»Ja, Sir.«

»Haben Sie den Kerl gesehen, Smoky?«

»Ja, Sir.«

»War er Araber?«

»Nein, Sir. Latino. Ende dreißig, Anfang vierzig.«

AD Jones flucht lästerlich.

»Wie ist er an unseren Sicherheitsleuten vorbeigekommen, verdammt noch mal?«

»Ist er nicht. Er kam durch die Eingangstür, warf zwei Granaten, eröffnete das Feuer und verschwand wieder.«

AD Jones schüttelt den Kopf. »Wie soll ich meine Leute vor dieser Art Bedrohung schützen?«

Ich antworte nicht. Er spricht nicht mit mir.

»Was sollen wir tun, Sir? Mein Team und ich.«

Er streicht sich mit der Hand durchs Haar, während sein Blick in die Runde schweift.

»Lassen Sie mir Alan hier«, sagt er dann. »Nehmen Sie Callie mit und führen Sie die richterliche Anordnung aus.«

Angesichts der Ereignisse ringsum bin ich für den Moment sprachlos.

»Aber Sir …« Ich wische mir über die Stirn. »Hören Sie, wenn Sie uns brauchen, sind wir da.«

»Wir werden wegen dieser Scheiße hier nicht von unserer Linie abweichen. Innerhalb der nächsten dreißig Minuten haben wir die Videoaufzeichnungen der Sicherheitskameras. Quantico wird genügend Leute schicken. Personalmangel ist wohl kaum meine größte Sorge.«

Ich antworte nicht.

Er sieht mich finster an. »Das war keine Bitte, Smoky.«

Ich seufze. Er hat recht, er ist der Boss, er ist stinksauer – ein unschlagbares Trio.

»Jawohl, Sir.«

»Dann machen Sie sich an die Arbeit.«

Ich gehe zu Callie. James steht inzwischen wieder, doch sein Blick ist verschwommen. Er drückt ein Taschentuch auf die Wunde an der Stirn. Blut ist über sein Gesicht und den Hals gelaufen und hat seinen Hemdenkragen versaut.

»Du siehst aus, als hätte dir jemand ein Beil gegen den Schädel geschlagen«, sage ich zu ihm.

Er lächelt – ein echtes Lächeln! –, und da weiß ich, dass er tatsächlich nicht bei sich ist.

»Nur ein Schnitt in die Kopfhaut«, sagt er und lächelt immer noch. Seine Stimme klingt getragen, beinahe fröhlich. »Solche Wunden bluten stark.«

Ich schaue Callie an, hebe die Augenbrauen. Callie zuckt die Schultern.

»Ich hab versucht, ihn zum Sitzenbleiben zu überreden.« Sie mustert James mit kritischem Blick. »Ich muss sagen, so gefällt er mir viel besser.«

»Weißt du was, Rotschopf?«, sagt James überlaut. Er schwankt ein wenig, als er sich gegen Callie lehnt. »Ich brauch dich wie … wie ein Loch im Kopf.« Er gackert los, wankt unsicher, und Callie und ich packen je einen Arm von ihm.

»Hey, Smoky, weißt du was?«, sagt er mit dieser entrückten Stimme und sieht mich an.

»Was?«, frage ich.

»Mir geht es nicht so gut.«

Seine Beine geben nach, und Callie und ich haben Mühe, ihn nicht fallen zu lassen. Wir helfen ihm in eine sitzende Haltung. Er versucht nicht wieder aufzustehen. Sein Gesicht ist grau und glänzt vor Schweiß.

»Er braucht einen Arzt«, sage ich besorgt. »Schwere Gehirnerschütterung, würde ich sagen.«

Als wäre es das Stichwort gewesen, öffnen sich die Türen, und Sanitäter stürzen herein, flankiert von Agenten mit gezückten Waffen.

»Wer fragt, dem wird gegeben«, sagt Callie, beugt sich vor und tätschelt James den Arm. »Jetzt kommen sie dich holen, Zuckerschnäuzchen.«

Er blickt sie aus verschleierten Augen an. Er scheint wieder ein wenig zu sich gefunden zu haben. Er ist konzentrierter. Er schluckt, verzieht schmerzvoll das Gesicht.

»Gut.« Mehr sagt er nicht. Dann setzt er sich so hin, dass er den Kopf zwischen die Knie stecken kann.

»Wie sieht der Plan aus?«, fragt Alan, der zu uns gestoßen ist.

Ich fasse kurz zusammen. Alan ist offensichtlich unverletzt geblieben. Seine Hände sind bis zu den Unterarmen voller Blut. Er bemerkt meinen Blick.

»Ein junger Bursche«, sagt er mit tonloser Stimme. »Er hatte eine offene Bauchwunde. Ich musste die Blutung mit den Händen stillen, aber er ist gestorben.« Stille. »Also, noch mal – wie lautet der Plan?«, fragt er dann.

Ich finde meine Stimme wieder. »Du bleibst auf Anordnung von AD Jones hier im Dienstgebäude. Callie und ich fahren zu Gibbs und überreichen ihm die richterliche Vorladung.«

»Okay.«

Alans Stimme klingt stumpf, doch ein Blick in seine Augen zeigt mir, dass er alles andere als benommen ist.

»Ich komme klar mit dem, was wir tun«, sagt er, als er meinen Blick bemerkt, und reibt die blutigen Hände an seinem Hemd ab. »Manchmal ist es hart, insbesondere, wenn die Opfer Kinder sind, aber normalerweise komme ich damit klar.« Sein Blick schweift durch die Halle, und er schüttelt den Kopf. »Womit ich nicht klarkomme, das ist diese willkürliche Scheiße!«

Ich berühre flüchtig seinen Arm.

»Fahrt«, sagt er und schaut auf James, der immer noch auf dem Boden sitzt. »Ich kümmere mich um ihn.«

Er will nicht reden, nicht im Augenblick. Ich verstehe.

Ich wende mich ab, nehme das Bild der Zerstörung in mich auf. Die Halle ist wie ein Bienenstock, voller Aktivität. Überrascht stelle ich fest, dass ich immer noch meine Waffe in der Hand halte. Ich schaue zu der großen Wanduhr. Sie hängt schief, doch sie läuft noch.

Neun Minuten sind vergangen, seit wir aus dem Aufzug gestiegen sind.

Ich schiebe meine Pistole ins Halfter. Ein letzter Blick zu Tommy, der von Sanitätern verarztet wird.

»Gehen wir«, sagt Callie.

Während wir über den Freeway jagen, rufe ich Elaina an. Ich weiß, dass es bald in den Nachrichten sein wird, was geschehen ist: Ich habe die Übertragungswagen und die Hubschrauber kommen sehen, als ich mit Callie losgefahren bin.

»Alan geht es gut, mir geht es gut, Callie geht es gut, und James geht es ebenfalls gut«, beende ich meinen kurzen Bericht. »Wir haben ein paar Schrammen, doch ansonsten ist alles in Ordnung.«

Elaina atmet auf. »Gott sei Dank. Möchtest du, dass ich es Bonnie sage?«

»Ja.«

»Danke, dass du angerufen und mich informiert hast, Smoky. Wenn ich es in den Nachrichten gesehen und nicht vorher schon alles von dir gehört hätte … Ich schätze, deswegen hast du angerufen.«

»Auch deswegen, ja. Ich wollte nicht, dass du dir Sorgen machst. Bring es Bonnie schonend bei. Und jetzt muss ich mit Kirby reden.«

Einen Augenblick später ist meine Auftragskillerin am Apparat. »Was gibt's, Boss?«, fragt sie gut gelaunt.

Ich erkläre es ihr.

»Ich möchte, dass Sie sie von dort wegbringen, Kirby. Ich will nicht, dass sie in diesem Haus bleiben. Haben Sie ein Versteck, wo Sie die drei unterbringen können?«

»Klar. Ich hab ein paar hübsche trockene Plätzchen für verregnete Tage. Erwarten wir Regen?«

»Eigentlich nicht. Aber Vorsicht ist besser als Nachsicht.«

»Ich melde mich, sobald wir umgezogen sind.«

Sie legt auf. Keine Fragen nach dem Warum, sondern augenblickliches Handeln. Tommy hatte recht: Kirby ist eine gute Wahl.

Ich habe keinen Grund zu der Annahme, dass das, was eben in der Lobby des FBI-Dienstgebäudes passiert ist, irgendwie mit Sarah und dem Künstler zu tun hat. Ich kann einen möglichen Zusammenhang aber auch nicht ausschließen – und derzeit sagt mir mein Entsetzen, dass das allein schon ein triftiger Grund ist, einen solchen Zusammenhang zu vermuten.

Callie schweigt, starrt mit beunruhigender Intensität durch

die Scheibe auf die Straße. Ihre rechte Wange ist schmutzig. An ihrem Hals sehe ich einen getrockneten Blutfleck.

»Es ist ein eigenartiges Gefühl«, sagt sie, als würde sie spüren, dass ich sie beobachte. »Loszufahren, während alle anderen zurückbleiben, meine ich.«

»Ich weiß. Sie kommen zurecht. Wir müssen unsere Aufgabe erledigen.«

»Es stört mich trotzdem.«

»Mich auch«, gestehe ich.

Wir kommen ohne Probleme durch. Kurz nachdem wir in Moorpark vom Freeway abgebogen sind, betreten wir Gibbs' Büro. Der Anwalt reißt die Augen auf; sein Unterkiefer sinkt herab.

»Was ist denn mit Ihnen beiden passiert?«, fragt er.

»Sie werden es aus den Nachrichten erfahren«, antworte ich und halte ihm die richterliche Vorladung hin. »Das hier ist für Sie.«

Er mustert uns noch einen Moment; dann öffnet er den Briefumschlag und liest den Inhalt der Vorladung.

»Es geht lediglich um die Identität des Stifters«, stellt er fest.

»Mehr brauchen wir nicht«, sage ich.

»Nun, das sind gute Neuigkeiten.«

Gibbs wirkt erleichtert. Er öffnet eine Schreibtischschublade, zieht eine dünne Akte hervor und lässt sie auf den Schreibtisch fallen.

»Das ist eine Kopie des unterzeichneten Stiftungsvertrages sowie eine Kopie seines Führerscheins«, sagt er und lächelt. »Sie haben sich gut beraten lassen«, fügt er hinzu. »Ich hätte Einspruch erhoben, wenn Sie mich zu Auskünften über die Stiftung vorgeladen hätten, aber die Identität des Stifters?« Er zuckt die Schultern. »Es gibt genügend Präzedenzfälle.«

Mein Lächeln ist oberflächlich. Ich ziehe die Akte zu mir

und schlage sie auf. Die erste Seite ist ein maschinegeschriebener Vertrag. Er beinhaltet Gebühren, Dienstleistungen, Zahlungsmodalitäten und Verpflichtungen der Partner. Ich überfliege den Vertrag bis zum unteren Rand auf der Suche nach dem, was mich wirklich interessiert.

»Gustavo Cabrera«, lese ich laut.

Ein Name, endlich. Der Name des Künstlers?

Vielleicht.

Ich blättere um. Was ich auf der nächsten Seite sehe, ist ein Schock und doch wieder nicht – eine beunruhigende Kombination. Mir läuft eine Gänsehaut über den Rücken.

»Smoky?«

Ich zeige auf das Blatt. Callie sieht hin. Macht schmale Augen.

Die Farbkopie von Cabreras Führerschein ist klar und deutlich. Wir erkennen den Mann auf dem Foto sofort.

Es ist der Latino aus der Lobby.

»Heilige Scheiße«, murmle ich.

Ist das wirklich eine so große Überraschung?

Nein, eigentlich nicht.

Ich kämpfe gegen das impulsive Verlangen, aus Gibbs' Büro zu stürmen. Alles in mir schreit nach Bewegung; dann aber kommt mir die Unterhaltung mit James in den Sinn.

Das ist der gefährlichste Teil, wird mir bewusst. Wir sind angekommen. Er weiß, dass wir da sind, und er wollte uns hier haben. Wenn wir jetzt die Schritte unternehmen, mit denen er rechnet – was sind die Konsequenzen? Er hat seine Absicht bereits klargemacht, mit Granaten und Kugeln. Er will eine Feuersbrunst entfesseln, ein Armageddon.

Wie können wir das verhindern?

Und was ist mit der anderen Sache, die mir die ganze Zeit durch den Kopf geht? Die auch James stört, und die auch er nicht zu benennen vermag?

»Danke«, sage ich zu Gibbs. »Wir müssen jetzt gehen.«

»Sie geben mir Bescheid?«, fragt er. »Falls es Auswirkungen auf die Stiftung als solche hat?«

»Machen wir.«

»Wer ist er?« Ich telefoniere mit Barry.

»Gustavo Cabrera. Achtunddreißig Jahre alt. Kam 1991 aus Mittelamerika in die Vereinigten Staaten. Wurde 1997 eingebürgert. Das ist alles ziemlich uninteressant. Interessant ist allerdings, dass er sich ein großes Haus mit einem riesigen Grundstück gekauft hat, ohne dass es Hinweise gibt, dass Cabrera einer geregelten Arbeit nachgeht. Und es gab Gerüchte, dass er Waffen hortet.«

»Wozu? Für eine Miliz?«

»Vielleicht ist er Waffennarr. Es wurde sowieso nichts gefunden. Der Informant, von dem der Tipp kam, galt im Allgemeinen als unzuverlässig, und er starb einige Zeit später an einer Überdosis Drogen. Es gibt noch zwei weitere Informationsschnipsel. Beide sind vertraulich – persönliche medizinische Informationen –, doch irgendjemand hat es herausgefunden und eine Aktennotiz gemacht. Erstens: Cabrera ist HIV-positiv.«

»Tatsache?«

»Ja.«

»Und die zweite Information?«

»Der Arzt hat festgestellt, dass Cabrera irgendwann gefoltert wurde. Narben von Peitschenhieben auf dem Gesäß und – aufgepasst – auf den Fußsohlen.«

»Heilige Scheiße!«, ruft Barry. »Sonst noch was?«

»Das ist alles.«

»Danke, Smoky. Ich gebe Ihnen Bescheid, wenn wir etwas Neues haben.«

»Okay.« Ich lege auf.

Ich bin beunruhigt. *Irgendetwas fehlt. Ein Nichts, wo etwas sein sollte.*

Gustavo Cabrera. Er scheint aus der richtigen Gegend zu

stammen, geographisch. Er hat Narben an den Fußsohlen. Ist Cabrera der Künstler? Warum zögere ich innerlich, diese Frage mit Ja zu beantworten?

Sarahs Tagebuch. Was hat sie ausgelassen?

»Gibt es ein Problem, Smoky?«, fragt Callie leise. »Worüber zerbrichst du dir den Kopf?«

»Es ist zu einfach«, sage ich. »Es kommt zu sehr wie gerufen. Irgendetwas passt nicht zu ihm. Es passt nicht zu dem, wer er ist.«

»Warum? Wie?«

Ich schüttle hilflos den Kopf. »Ich weiß es nicht genau. Aber … es dürfte nicht so einfach sein. Es kann nicht so einfach sein. Warum sollte er uns direkt auf seine Spur bringen?«

»Vielleicht ist er *verrückt*, Smoky.«

»Nein. Er weiß genau, was er tut. Er *wollte*, dass wir eine richterliche Verfügung erwirken, und er *wollte*, dass wir diese Akte sehen. Und mit seiner Terminator-Nummer in der Lobby hat er das FBI aufstieben lassen wie einen Bienenschwarm. Er hat sich nach ganz oben auf die Liste der meistgesuchten Verbrecher katapultiert und uns sein Gesicht gezeigt, nachdem er sich lange im Verborgenen gehalten hat. Warum?«

»Das ist dein Metier. *Du* bist diejenige, die sich in solche Typen hineinversetzen kann«, sagt Callie. Erwartungsvoll. Zuversichtlich, dass ich das Rätsel löse.

»Ich weiß keine Antwort. Irgendetwas ist da, ich spüre es, kann es aber nicht sehen. Es hat irgendwas mit Sarahs Tagebuch zu tun. Irgendetwas fehlt …«

Ich spüre es immer deutlicher, unmittelbar außerhalb meines Gesichtsfeldes. Ich sehe es aus den Augenwinkeln, ein Schatten, doch sobald ich den Kopf drehe, ist es verschwunden.

Irgendetwas, das da sein müsste, fehlt.

Irgendetwas fehlt …

Irgendetwas …

Ich reiße die Augen auf, als ich die Antwort sehe.

So ist es immer. Es ist das Endergebnis des Sammelns von Informationen und Beweisen, von Überlegungen und Schlussfolgerungen, von Instinkten und Gefühlen. Es ist, als würde ich einen Berg durch ein feines Sieb filtern, um ein Sandkorn zu finden, doch es ist verblüffend, wie entscheidend dieses Sandkorn sein kann.

O Gott.

Nicht »Irgendetwas«.

Irgendjemand.

»Du hast es herausgefunden, stimmt's?«, fragt Callie neben mir.

Ich bringe ein Nicken zustande.

Nicht alles, geht es mir durch den Kopf. *Ich habe nicht alles herausgefunden.*

Aber das hier schon.

Einige Dinge sind soeben klarer geworden. Klarer und noch viel schrecklicher.

KAPITEL 51

»Sind Sie ganz sicher, Smoky?«, fragt AD Jones.

»Ja, Sir.«

»Es gefällt mir nicht. Zu viele Unbekannte. Es könnte Tote geben.«

»Wenn wir es nicht auf meine Weise tun, Sir, verlieren wir möglicherweise Geiseln, die noch am Leben sind. Ich sehe keine Alternative.«

Eine lange Pause, gefolgt von einem tiefen Seufzer. »Bereiten Sie alles vor. Lassen Sie mich wissen, wann es losgeht.«

»Danke, Sir.« Ich beende das Gespräch und schaue Callie an. »Wir haben sein Okay.«

»Dann los.«

»Ja. Holen wir uns die letzten Fakten, die uns noch fehlen.«

Das Versteck, in das Kirby sich mit Elaina, Bonnie und Sarah zurückgezogen hat, sieht unsicher aus. Es ist ein Haus in Hollywood, alt, heruntergekommen, baufällig.

Kirby öffnet die Tür, als wir uns nähern, und winkt uns ins Innere. Sie hat ein Grinsen im Gesicht und eine Pistole im Bund ihrer Jeans. Sie sieht aus wie ein geistesgestörter blonder Pirat.

»Die ganze Bande ist da«, sagt sie und versucht jetzt nicht mehr, ihre Killeraugen zu verbergen. Ihr Leopardenblick huscht über die umliegenden Gebäude, und ihre Hand streichelt den Griff ihrer Pistole. Sie schließt die Tür hinter uns.

»Hi, Red Sonja.« Sie streckt Callie die Hand hin. »Sie müssen Callie sein. Ich bin Kirby, der Bodyguard. Was genau tun Sie?«

Callie ergreift Kirbys Hand und schenkt ihr ein blitzendes Lächeln. »Ich erhelle die Welt mit meiner Gegenwart.«

Kirby antwortet schlagfertig: »Hey, ich auch! Cool.« Sie führt uns in den hinteren Teil des Hauses. »Eins zwei drei vier Eckstein, alles muss versteckt sein! Los, kommt raus.«

Sarah, Bonnie und Elaina erscheinen. Bonnie kommt zu mir gerannt, umarmt mich um die Taille

»Hi, Zwerg!«, sage ich.

Sie sieht mich an, dann Callie. Ihre Augen füllen sich mit Besorgnis.

Callie begreift als Erste. »Keine Angst, uns ist nichts passiert. Nur ein bisschen Qualm und Dreck. Lässt sich alles mit Wasser und Seife aus der Welt schaffen.«

»Tommy ist an der Schulter verletzt«, sage ich zu Bonnie. »Ist aber nichts Schlimmes.«

Sie sucht in meinem Gesicht nach der Wahrheit. Nimmt sich dann einen Moment Zeit, um meinen Zustand einzuschätzen. Umarmt mich ein weiteres Mal.

Elaina ist besorgt, doch ich sehe, dass sie für die Mädchen stark ist. Vielleicht lassen die beiden sie auch nur in dem Glauben. »Warum … warum mussten wir hierherkommen und uns verstecken?«, fragt sie stockend.

»Eine Vorsichtsmaßnahme«, erkläre ich ihr. »Es hätte ein willkürlicher Terrorakt sein können. Das FBI hat genügend Feinde. Doch das Profil ließ auch die Vermutung zu, dass der Künstler zugeschlagen haben könnte – und wie sich herausstellt, lagen wir damit richtig.«

Sarah tritt vor. Ihr Gesichtsausdruck ist seltsam ruhig, als sie fragt: »Wer ist er?«

»Er heißt Gustavo Cabrera, achtunddreißig Jahre alt, aus Mittelamerika. Wir wissen nicht viel über ihn.«

Sarah blickt zu Boden. »Und was jetzt?«

Ich werfe einen Seitenblick zu Kirby und Callie. Beide wissen Bescheid. Elaina nicht.

»Jetzt«, sage ich, »werden wir beide uns unterhalten. Allein.«

Sarahs Kopf ruckt hoch. Sie starrt mich misstrauisch an; dann zuckt sie die Schultern und versucht gleichmütig zu erscheinen, doch ich kann erkennen, wie sie sich verspannt.

»Okay«, sagt sie.

Ich sehe Kirby mit erhobenen Augenbrauen an.

»Hinten gibt es zwei Zimmer«, erklärt sie. »Wir anderen Mädels unterhalten uns solange über Make-up und Kanonen.«

Ich gehe zu Sarah, lege ihr behutsam die Hand auf die Schulter. Sie blickt mich an, und irgendetwas Gehetztes, Gejagtes rührt sich in ihren wunderschönen Augen.

Weiß sie es?, frage ich mich.

Nicht mit Bestimmtheit, beantworte ich diese Frage. *Aber sie hat eine Ahnung, und sie fürchtet sich davor.*

Ich gehe mit ihr in eines der hinteren Zimmer und schließe hinter uns die Tür. Wir setzen uns aufs Bett.

Der am schwierigsten zu entdeckende Beweis ist der, der sich an einem Tatort befinden *müsste*, aber nicht dort ist. Dieses Fehlen ist es, das zuerst James aufgefallen ist – und dann mir, nachdem ich Sarahs Tagebuch gelesen habe.

Nachdem uns deutlich geworden ist, was fehlt, und nachdem wir es in Verbindung gebracht haben mit dem, was wir bereits über den Künstler wissen, sind die Dinge klar. Es ist bis jetzt nur ein Verdacht, noch ist nichts bewiesen, doch unsere Zuversicht ist groß.

Wir haben es gespürt, in den Knochen, James und ich.

Es ergibt Sinn.

Es ergibt sehr viel Sinn.

Ich stelle Sarah die Frage.

KAPITEL 52

»Sarah, wo ist Theresa?«

Die Veränderung ist wie ein Blitzschlag. Entsetzen spiegelt sich auf ihrem Gesicht, und sie schüttelt den Kopf, wieder und wieder.

»Nein, nein, nein«, flüstert sie. »Nein, nein, nein … bitte. Sie ist …« Ihre Gesichtszüge entgleisen. Wie ein Handtuch, das ausgewrungen wird. »Bitte nicht. Sie ist alles, was ich noch habe. Wenn ich sie verliere … wenn ich sie verliere, ist alles verloren, alles, alles … alles verloren.«

Sie lässt die Schultern hängen, sitzt zusammengesunken auf dem Bett, umarmt die Knie, lässt den Kopf hängen. Sie schaukelt langsam vor und zurück, schüttelt unablässig den Kopf.

»Er hat sie, nicht wahr? Der Künstler hat Theresa.«

Die Sache, die James und mich gestört hat, war eine komplizierte Mischung aus halb gesehenen und halb fehlenden Sandkörnchen. Eine Ahnung, wie der Künstler funktioniert. Sarahs Liebe zu Theresa. Die Geiselnahmen. Die Spur, die der Künstler für uns ausgelegt hat.

Doch am meisten war es das Fehlen jeglicher Erwähnung Theresas in Sarahs restlicher Geschichte.

Theresa sollte nicht mit Sarah in Kontakt treten, solange sie im Heim war. Schön und gut.

Doch was ist danach geschehen? Sarah liebt Theresa, und sie hat uns erzählt, was mit allen anderen Menschen geschehen ist, die sie liebt. Was aber ist mit Theresa?

»Sarah, sprich mit mir. Was ist mit Theresa?«

Sie hält den Kopf gesenkt. Ihre Stirn ruht auf den Knien, als sie zu reden beginnt. Sie spricht, als hätte sie die Worte einstudiert. Obwohl sie nicht auf dem Papier stehen. Ein letzter Gang zum Wasserloch.

Sarahs Geschichte

Das wahre Ende

KAPITEL 53 Sarah war im Schlaf vierzehn geworden, und es war ihr egal gewesen. Sie erwachte, stellte fest, dass sie ein Jahr älter geworden war, und es war ihr egal.

Die meisten Dinge waren ihr inzwischen egal. Es war gefährlich, mehr als Gleichgültigkeit für irgendetwas zu empfinden, denn das konnte Schmerz bedeuten, und mit Schmerz wurde Sarah nicht gut fertig.

Sie tanzte wie auf einem Drahtseil, seit ein paar Jahren schon. Die schlimmen Erfahrungen hatten sich aufgestaut, und ihre Seele war an einem Wendepunkt angelangt. Ihr war bewusst geworden, dass sie nur einen winzigen Schritt davon entfernt war, verrückt zu werden. Ein ganz leichter Stoß, ein Federhauch – mehr brauchte es nicht, um sie vom Seil zu stoßen. Es würde ein tiefer Sturz werden.

Das war ihr eines Morgens im Heim klar geworden. Sie hatte draußen gesessen, hatte ins Nichts gestarrt, an nichts gedacht. Sie hatte sich am Arm gekratzt, eine juckende Stelle. Sie hatte geblinzelt, einmal, und eine Stunde war vergangen. Ihr Arm hatte zu schmerzen angefangen. Schließlich hatte sie an sich heruntergeblickt und festgestellt, dass sie sich gekratzt hatte, bis das Blut kam.

Dieser Augenblick hatte ihre Betäubung vertrieben. Er hatte ihr Angst gemacht, Heidenangst. Sie wollte nicht den Verstand verlieren.

Manchmal fing sie an zu zittern. Sie hatte versucht, alleine zu sein, wenn die Anfälle kamen. Sie wollte nicht, dass die anderen Mädchen ihre Schwäche sahen. Sie konnte spüren, wenn das Zittern kam: In ihrem Magen breitete sich ein mulmiges Gefühl aus, und die Ränder ihres Sichtfelds wurden dunkel. Dann eilte sie in den Schlafsaal und legte sich auf ihre Pritsche, oder sie setzte sich auf eine Toilette, schlang die Arme um sich und ließ das Gewitter über sich hinwegziehen. Die Zeit verlor jegliche Bedeutung, wenn es so weit war.

Irgendwann hörte es jedes Mal auf.

Sie hatte Angst, und diese Angst war begründet. Nicht verrückt zu werden, nicht den Verstand verlieren war plötzlich Arbeit geworden, etwas, wofür sie sich anstrengen musste. Es war nicht mehr selbstverständlich.

Doch die meiste Zeit war Sarah einfach nur gleichgültig. Gleichgültig gegenüber allem. Der tiefe schwarze Schacht brodelte in ihrem Innern, blubbernd, ölig und stets hungrig. Sie fütterte ihm ihre Erinnerungen und verlor dabei Jahr für Jahr ein wenig mehr von sich selbst.

Sarah war jetzt vierzehn, fühlte sich aber, als wäre sie so alt wie die Ewigkeit.

Sie stieg aus dem Bett, zog sich an und ging nach draußen. Sie hatte nichts von Cathy gehört, keinen Besuch zum Geburtstag bekommen, und sie war bereit, auch Cathy in den schwarzen Schacht zu werfen, dachte sich aber, dass sie sich vielleicht draußen hinsetzen und noch ein bisschen warten sollte, bevor sie es tat. Vielleicht kam Cathy ja noch. Vielleicht brachte sie einen Napfkuchen, wie bisher jedes Jahr. Cathy tat ihr Bestes, das wusste Sarah. Sie wusste von dem Krieg, der in Cathys Herz tobte, von Cathys Problemen mit menschlicher Nähe. Sie war ihr nicht böse deswegen.

Es war ein schöner Tag. Die Sonne schien, doch es ging eine kühle Brise, sodass es nicht unerträglich heiß war. Sarah schloss die Augen, lehnte sich zurück und genoss den Moment.

Ein Wagen hupte laut und riss sie aus ihrer Versunkenheit.

Er hupte erneut, beharrlich, und Sarah runzelte die Stirn. Sie hob den Kopf und schaute zur Straße. Sie saß in der Nähe des Zauns, der das gesamte Gelände umschloss, allein und abseits von den anderen Mädchen. Rechts vom Heim erstreckte sich eine Wohnstraße – und dort stand der Wagen, an der Bordsteinkante. Irgendein schäbiger amerikanischer Schlitten. Stumpfer blauer Lack. Ein richtiger Schrotthaufen.

Jemand war am Beifahrerfenster.

Der Wagen hupte erneut, und nun war Sarah ziemlich sicher, dass es ihr galt, und sie fragte sich für einen Moment, ob es Cathy war … aber nein, Cathy fuhr einen Toyota.

Sarah erhob sich und ging zum Zaun. Sie spähte aus zusammengekniffenen Augen zu dem Wagen, konzentrierte sich auf das Gesicht hinter der schmutzigen Beifahrerscheibe.

Fast konnte sie es erkennen. Es war das Gesicht einer jungen Frau.

Dann wurde das Gesicht von hinten gegen das Fenster gedrückt, und Sarah sah es ganz deutlich. In ihren Adern erstarrte das Blut zu Eis.

Theresa!

Sarah stand da wie angewurzelt. Sie konnte sich nicht rühren. Der Wind zerzauste ihr Haar.

Theresa war älter …

(klar, sie muss inzwischen einundzwanzig sein …)

… doch es war Theresa, kein Zweifel …

(absolut kein Zweifel. Mach ein Bild, es hält länger)

… und sie war völlig verängstigt und weinte.

Sarah bemerkte einen Schatten hinter Theresa. Der Schatten bewegte sich, und Sarah erkannte ein Gesicht, das unter der Strumpfhose wie geschmolzen aussah. Es grinste sie an.

Sarah stand am Abgrund, ruderte wild mit den Armen und versuchte das Gleichgewicht zu wahren, und dann blubberte es in dem tiefen schwarzen Schacht, und etwas kehrte an die Oberfläche zurück. Es war

(Busters Kopf, Busters Kopf, Mommy mit der Pistole an der Schläfe)

Sarah ruderte immer noch, doch

(Hoppla …)

Sie richtete den Blick zum wolkenlosen Himmel, und sie schrie und schrie und schrie.

Die Zeit verging. Wahrscheinlich.

Sarah erwachte und staunte, dass sie nicht verrückt war. Und dann dämmerte ihr, dass es vielleicht besser wäre, verrückt zu *sein.*

Ihre Handgelenke waren an das Bett gefesselt. Ihre Knöchel ebenfalls. Das Bett sah wie ein Krankenbett aus. Wie Krankenbetten nun mal aussehen.

Sie musste bei dem Gedanken grinsen.

Beruhigungsmittel. Sie haben mir Beruhigungsmittel gegeben. Starke Beruhigungsmittel. Ich bin high, ich bin glücklich, und ich will mich umbringen, alles zur gleichen Zeit.

Sarah war schon einmal an diesem Ort aufgewacht, nach einem sehr lebendigen Traum, den sie einfach nicht aus ihrem Kopf hatte vertreiben können.

Sie kicherte albern und verlor erneut das Bewusstsein.

Sarah saß auf der Bettkante und dachte nach, versuchte einen Plan zu entwickeln, wie sie es bewerkstelligen konnte.

Die Ärzte hatten sie vor zwei Tagen von ihren Fesseln befreit. Sie befand sich in einer geschlossenen Abteilung, doch niemand behielt sie besonders im Auge. Man gab ihr Medikamente. Sarah tat, als würde sie die Mittel nehmen, und hatte ihre Ruhe. Sie wurde in Frieden gelassen, was ihr sehr recht war. Es verschaffte ihr Zeit, ihren Freitod zu planen.

Wie mache ich's? Welche Methoden kenne ich überhaupt?

Es musste etwas Endgültiges sein, das sie an einen Ort beförderte, von dem sie nicht zurückgeholt werden konnte.

Sie dachte lange und angestrengt nach. Letzten Endes wurde ihr klar, dass sie zuerst einen Weg von dieser Station finden musste. Hier würde man sie nicht sterben lassen. Es war ärgerlich, aber so war es nun mal.

Sie musste die Ärzte überzeugen, dass sie sich wieder unter Kontrolle hatte. Dass sie bereit und imstande war, wieder ein normales Leben im

(Los, rollt die Augen, Partyvolk!)

Erziehungsheim zu führen.

Keine große Sache. Das würde nicht besonders schwierig werden. Die medizinische Versorgung war hier nicht so intensiv, als dass jemand einen genaueren Blick auf Sarah oder sonst einen Patienten geworfen hätte.

Eine Woche später war Sarah wieder im Heim. Die dürre Janet schien sich tatsächlich über Sarahs Ankunft zu freuen und lächelte sie an. Sarah malte sich aus, wie Janet auf den Dachboden kam und sie, Sarah, an einem Strick von einem Balken baumeln sah. Sie lächelte zurück.

Sie ging in ihren Schlafsaal und fand ein neues Mädchen auf ihrer Pritsche. Sarah erklärte der Neuen, wie die Dinge im Heim liefen, indem sie ihr den Zeigefinger brach und ihre Sachen durchs Zimmer schleuderte. Sarah war nicht wütend oder so, aber das andere Mädchen war nun mal neu. Es wusste nicht, was alle anderen wussten: Komm Sarah ja nicht in die Quere!

Sarah betrachtete das andere Mädchen, das sich winselnd und heulend den gebrochenen Finger hielt.

Jetzt weißt du Bescheid.

Sarah rollte sich auf ihre Pritsche und verdrängte jeden Gedanken an den Zwischenfall oder das Mädchen. Sie musste über wichtigere Dinge nachdenken. Über das Sterben, zum Beispiel.

Ein paar Stunden später dachte sie immer noch darüber

nach, als eines der Mädchen in den Schlafsaal kam und sich vorsichtig Sarahs Pritsche näherte. Das Mädchen war ängstlich und verschüchtert.

»Was ist?«, fragte Sarah.

»Ich … Ich hab hier Post.« Das Mädchen war wirklich nervös.

Sarah runzelte die Stirn. »Für mich?«

»J-ja.«

»Gib her.«

Das Mädchen reichte Sarah einen weißen Umschlag und flüchtete aus dem Saal.

Sarah starrte auf den Umschlag. Mühelos durchschaute sie die falsche Banalität des weißen Papiers.

Der Brief ist von ihm.

Sie überlegte, ob sie ihn wegwerfen sollte. Ihn überhaupt nicht öffnen.

Ach, egal.

Sie verfluchte sich selbst und riss den Umschlag auf. Darin war ein einzelnes Blatt weißen Papiers. Es war ein elektronischer Brief, am Computer geschrieben und mit einem Tintenstrahler ausgedruckt. Gesichtslos, wie der Künstler selbst. Bedrohlich wie er selbst.

Nachträglich alles Gute zum Geburtstag, Sarah!

Erinnerst du dich an meine erste Lektion darüber, welche Wahl man als Individuum hat? Falls ja (und ich bin sicher, du erinnerst dich) wirst du dich auch an das Versprechen erinnern, das ich deiner Mutter gegeben habe – dass ich dich am Leben lasse. Und du wirst wissen, dass ich dieses Versprechen gehalten habe. Behalte das im Hinterkopf, wenn du weiterliest.

Theresa geht es ganz gut. Nicht ›prima‹ oder ›bestens‹ – sie ist ein wenig mitgenommen, um ehrlich zu sein –, doch sie ist gesund. Wir sind inzwischen drei Jahre zusammen.

Sie möchte dich wiedersehen, und ich würde das gerne einrichten. Doch sie wird dich nicht besuchen, solange du in dem Heim bist.

Gib uns Bescheid, sobald du zu einer neuen Pflegefamilie gezogen bist, und wir melden uns bei dir.

Der Brief trug keine Unterschrift.

Er war auf eine Weise geschrieben, dass jemand anders, der ihn las, ihn vielleicht eigenartig, ansonsten aber harmlos finden würde. Sarah hingegen verstand seine Bedeutung, genau wie der Künstler es beabsichtigt hatte.

Theresa lebt. Sie bleibt am Leben, solange ich tue, was der Künstler von mir verlangt. Er will, dass ich zu neuen Pflegeeltern gehe und warte.

Sarah hatte sich in den letzten Jahre gesträubt, zu Pflegeeltern zu gehen, obwohl es ein Leichtes gewesen wäre: Sie hätte Janet bloß sagen müssen, dass sie bereit sei, und lächeln, wenn ein interessiertes Paar vorbeikam. Sie war hübsch, sie war ein Mädchen, und es gab immer Paare, die sie bei sich aufnehmen wollten in der Hoffnung auf eine spätere Adoption.

Dann aber kam ihr ungewollt ein neuer Gedanke.

Was wird aus den Leuten, die mich bei sich aufnehmen?

Sarah spürte, wie Dunkelheit ihr Gesichtsfeld einengte, wie sich Unruhe in ihrem Magen regte. Sie drehte sich zur Wand, schlang die Arme um den Leib und fing an zu zittern.

Eine Stunde später vernichtete sie den Brief und ging zu Janet.

KAPITEL 54

Ungefähr ein Jahr später besuchte er sie bei den Kingsleys. Das Haus war leer bis auf Sarah. Die Familie war weggefahren, und Sarah hatte sich nicht wohlgefühlt (jedenfalls hatte sie ihren Pflegeeltern das gesagt; in Wirklichkeit war ihr nicht danach, sich mit Leuten anzufreunden, die in nicht allzu langer Zeit tot sein würden).

Michael hatte zu der Zeit bereits damit angefangen, Sarah zu erpressen und sie zu missbrauchen. Zuerst hatte sie Angst gehabt, weil sie nicht wusste, wie sie darauf reagieren würde. Sie musste bei diesen Pflegeeltern bleiben, um Theresas willen. Sie musste ausharren. Doch was, wenn Michael sie anfasste, und sie verlor die Kontrolle über sich?

Aber so schlimm war es nicht. Sie hasste Michael, doch es machte einen Unterschied, dass er kein Erwachsener war. Sarah wusste nicht den Grund dafür, doch es war so. Außerdem würde der Künstler Michael wahrscheinlich töten. Bei diesem Gedanken musste Sarah grinsen.

Einmal hatte sie gegrinst, nachdem Michael sie zum Sex gezwungen hatte, und er hatte es bemerkt.

»Was ist so lustig?«, fragte er.

Der Gedanke an deinen Tod, dachte Sarah.

»Nichts«, sagte sie.

Sie versuchte nicht über Dean und Laurel nachzudenken, wenn sie es vermeiden konnte. Laurel war nicht gerade eine Bilderbuchmutter und ganz gewiss keine Desiree, doch sie war ganz in Ordnung. Es gab Augenblicke aufrichtiger Fürsorge; es gab Zeiten, da Sarah spürte, dass Laurel aufrichtig an ihrem Wohlergehen interessiert war. Also hielt Sarah sich zurück und blieb für sich allein, so gut es ging.

Sie war in ihrem Zimmer, an ihrem Computer, als er auftauchte. Es war früher Nachmittag. Er hatte wieder die Strumpfhose über dem Gesicht. Er lächelte. Er lächelte immer.

»Hallo, Little Pain.«

Sie sagte nichts. Sie wartete nur. Das war alles, was sie tat, dieser Tage. Sie redete wenig, fühlte noch weniger und wartete.

Er kam zu ihr und setzte sich aufs Bett.

»Du hast meine Nachricht erhalten und meinen Worten geglaubt«, sagte er. »Das ist gut, Sarah. Das ist sehr gut, weil ich die Wahrheit geschrieben habe. Theresa lebt, und du hast dafür gesorgt, dass es so bleibt.«

Sie fand ihre Stimme wieder. »Haben Sie ihr wehgetan?«

»Ja. Und wenn wir hier fertig sind, gehe ich nach Hause und

tue ihr noch mehr weh. Aber solange du tust, was ich von dir verlange, werde ich sie nicht umbringen.«

Sarah spürte, wie etwas Neues durch die Trümmer in ihrem Innern emporkroch. Es dauerte einen Moment, bis sie es erkannte.

Hass.

»Ich hasse Sie«, sagt sie zu dem Künstler. Ihre Stimme klang nicht wütend oder erregt, sondern ganz normal. Wie die Stimme von jemandem, der eine nüchterne Feststellung trifft.

»Ich weiß«, antwortete der Künstler. »Und jetzt hör genau zu. Ich werde dir sagen, was du zu tun hast. Wenn ich fertig bin, erwarte ich deine Antwort.«

KAPITEL 55

Sarah hat den Kopf von den Knien gehoben und sieht mich an. Ich sehe eine Erschöpfung, die mir Angst macht. Ich schaue in das Gesicht eines Menschen, der längst aufgegeben hat.

»Was hat er dir gesagt?«, frage ich und achte vorsichtig darauf, meine Stimme frei zu halten von allem, das Sarah als Vorurteil missverstehen könnte.

Sie wendet den Blick von mir ab.

»Er hat gesagt, dass er das Passwort von Michaels Computer braucht. Er hat gesagt, dass er die Cops auf eine falsche Spur führen würde, zu einem falschen Mann, und dass ich ihm dabei helfen würde. Indem ich mein Tagebuch schreibe. Und indem ich nach Ihnen frage.«

»*Er* wollte, dass du nach mir fragst?«

Ihre Stimme ist tonlos. »Ja.«

»Was hat er mit ›einem falschen Mann‹ gemeint?«

»Er hat gesagt, dass er noch mehr Arbeit erledigen muss. Ich weiß nicht, was er damit gemeint hat. Er hat gesagt, er habe irgendwann vorgehabt, sich zu stellen, habe seine Meinung dann aber geändert.«

Diese Informationen muss ich erst einmal verdauen. Zwei Gedanken:

Der erste: James hat recht gehabt mit ihm.

Der zweite: Es ist nicht Cabrera.

Dann eine Frage:

Warum ist Cabrera in die Sache verwickelt?

»Hat er dir sonst noch etwas gesagt?«

Sarah schaut mich an. Ihr Blick ist berechnend, erwartungsvoll. Wie der eines Menschen, der eine erschütternde Wahrheit zu erzählen hat und die Risiken abwägt, ob er es tun soll oder nicht.

»Sarah, ich weiß, was er getan hat. Er hat dir das Gleiche angetan wie deiner Mom, wie Cathy Jones, wie all den anderen. Er hat jemanden geholt, den du liebst, und benutzt ihn dazu, dich zu bestimmten Dingen zu zwingen. Es ist nicht deine Schuld.« Ich sehe ihr in die Augen. »Ich mache dir keinen Vorwurf. Sieh mich an, Sarah. Du musst mir zuhören, du musst mich ansehen, und du musst mir glauben!«

Ihr Gesicht läuft rot an. Ob vor Trauer oder Wut, kann ich nicht sagen.

»Aber ich … ich *wusste* es! Ich *wusste*, dass er kommen und Dean und Laurel und Michael etwas antun würde! Und als er …«, sie atmet tief durch, ein Schnaufen, »als er mich zwang, Michael die Kehle durchzuschneiden, konnte ich nur daran denken, wie ich gegrinst habe, als ich an seinen Tod gedacht hatte. Und an Sie, als ich Sie belogen habe und … und … und als der Mann heute im FBI-Gebäude alles in die Luft gejagt hat … Leute wurden verletzt oder getötet, und ich … ich hätte ihn hierher führen können.« Ihr Gesicht ist jetzt ganz weiß. »Er hätte Bonnie und Elaina etwas antun können, und ich *wusste* es!«

»Er *wollte*, dass du es weißt, Sarah«, sage ich.

Sie steht auf und geht auf und ab, auf und ab, und Tränen rinnen ihr übers Gesicht. »Es ist mehr, Smoky! Viel mehr! Er hat gesagt, wenn ich tue, was er von mir verlangt, dann lässt er sie gehen!«

»Wen?«

»Theresa und noch ein anderes Mädchen. Er sagte, ihr Name sei Jessica.«

Ich bin bestürzt und wütend zugleich. Er hat Sarah die Verantwortung für das Leben vieler Menschen aufgebürdet; er hat ihr eine nicht zu ertragende Last auferlegt und eine Reihe brutaler Alternativen, die keine sind.

Ich denke an die Fußabdrücke, die wir am Kingsley-Tatort gefunden haben und an meine Frage nach Cabrera. Vielleicht wurde er nur in die Sache verwickelt, weil er Narben an den Fußsohlen hatte. Vielleicht hatte er eine eigene Rechnung zu begleichen?

»War der andere Mann dort, Sarah? Im Haus von Dean und Laurel?«

»Ich habe nichts gesehen.«

Vielleicht war Cabrera dort, und du hast ihn nicht gesehen. Vielleicht hatte er nur eine einzige Aufgabe – barfuß auf den Fliesen neben dem Pool zu stehen.

»Gibt es sonst noch etwas, Sarah? Irgendetwas, von dem du meinst, ich sollte es wissen?«

Schon wieder dieser Blick. Berechnend.

»Er wollte, dass ich noch eine Sache tue, nachdem Sie den Falschen getötet haben. Eine letzte Sache, und dann wollte er sie gehen lassen.«

»Was?«

»Er wollte, dass ich mit ihm schlafe.«

Ich starre sie an. Es hat mir für den Moment die Sprache verschlagen. *Das ist es*, geht es mir durch den Kopf. *Das i-Tüpfelchen in seinem perversen Spiel.*

Ein neuer Ausdruck erscheint jetzt auf diesem jungen und

doch so alten Gesicht. Ein Ausdruck von Entschlossenheit, gemischt mit einer Kälte, die zuzuordnen ich eine Sekunde brauche.

Kirby.

So sieht Kirby aus, wenn sie ihre wahren Augen nicht verbirgt.

»Was immer geschieht, hat er gesagt, würde innerhalb der nächsten Woche geschehen. Er hat gesagt, dass ich tun werde, was er von mir will, und dass ich dafür sorgen würde, dass Theresa nichts geschieht, und dann würde ich zuerst ihn und dann mich selbst töten.«

Sie sagt es mit solcher Gewissheit, dass ich nicht an ihren Worten zweifle.

»Theresa muss am Leben bleiben, Smoky.« Sie setzt sich aufs Bett, legt die Stirn wieder auf die Knie. »Es tut mir leid, was ich getan habe. Es ist meine Schuld, dass Dean, Laurel und Michael tot sind. Es ist meine Schuld, was mit dem FBI-Gebäude passiert ist. Ich bin ein schlechter Mensch. Ein schlechter Mensch.«

Sie beginnt zu schaukeln, vor und zurück, vor und zurück.

Die Tür öffnet sich. Es ist Elaina.

»Ich habe gelauscht«, sagt sie zu mir, als wäre das ganz selbstverständlich. Sie geht zu Sarah, die vor ihr zurückweichen will, doch Elaina ignoriert es, zieht Sarah an sich, drückt sie an sich, so gut es geht, während das Mädchen sich von ihr zu lösen versucht. »Hör zu!«, sagt Elaina zornig. »Du bist nicht böse. Du bist kein schlechter Mensch, hörst du? Was immer auch geschieht, du hast mich. Hörst du? Du hast mich.«

Elaina versucht nicht, Sarah zu sagen, dass alles nicht so schlimm ist. Sie sagt ihr lediglich, dass sie nicht allein ist.

Sarah erwidert Elainas Umarmung nicht, doch sie wehrt sich nicht mehr. Sie hält den Kopf gesenkt und zittert, während Elaina ihr übers Haar streichelt.

Ich sitze mit Kirby und Callie an einem altmodischen Resopal-Küchentisch, während ich mit AD Jones und Alan per Konferenzschaltung über mein Handy spreche. Der Lautsprecher ist eingeschaltet, und ich habe alle über mein Gespräch mit Sarah informiert.

»Wir haben ein ernstes Problem, Sir«, sage ich. »Eine ganze Reihe von Problemen, doch eins drängt ganz besonders. Selbst wenn wir einen Weg finden, Cabrera auszuschalten, ohne ihn zu töten – wir haben nicht den kleinsten Beweis gegen den Künstler. Wir wissen immer noch nicht, wer er ist. Er hat Sarah nie sein Gesicht gezeigt. Und ich vermute, die Fußabdrücke, die wir am Kingsley-Tatort gefunden haben, gehören Cabrera, nicht dem Künstler.«

»Vielleicht weiß Cabrera, wer der Künstler ist«, mutmaßt Alan.

»Vielleicht«, räume ich ein. »Aber wenn er es nicht weiß, sind wir in Schwierigkeiten.«

»Kümmern wir uns zunächst um das Naheliegende«, sagt AD Jones.

»Jawohl, Sir.«

»Was nun? Ist Cabrera das Opferlamm oder was?«

»Nicht nur das Opferlamm – das tote Opferlamm. Ich bin ziemlich sicher, dass er sich umbringen muss. Wahrscheinlich muss er sich von einem Cop erschießen lassen, in seinem eigenen Haus. Und ich bin sicher, wenn wir ihn erst getötet haben, finden wir alle möglichen Beweise dafür, dass er angeblich der Künstler war.«

»Und der Mistkerl kommt ungeschoren davon«, meldet Kirby sich zu Wort.

Am Telefon herrscht Schweigen, während AD Jones darüber nachdenkt. »Wie lautet der Plan?«, fragt er schließlich.

Ich sage ihm, was ich vorhabe. Er deckt mich mit Fragen ein, denkt wieder nach, stellt weitere Fragen.

»Genehmigt«, sagt er schließlich. »Aber seien Sie vorsichtig.

Und noch was, Smoky. Er hat drei Agenten getötet. Die Sicherheit meiner Leute kommt an erster Stelle, *seine* Sicherheit an letzter. Sie verstehen, was ich damit sagen will?«

»Jawohl, Sir.«

Selbstverständlich verstehe ich. Er befiehlt mir, Cabrera zu töten, sollte es nötig sein, um das Leben unserer Leute zu schützen.

»Ich rufe das SWAT-Team zusammen. Sie schaffen Ihren Hintern herbei, und dann sehen wir zu, dass wir die Operation in Gang bringen.«

»Dann ist Kirby für Sie in Ordnung, Sir?«

»Ich bin nicht sicher, ob das der richtige Ausdruck ist, Smoky, doch ich bin mit dem Plan einverstanden.«

Kirby ist schlau genug, den Mund zu halten, doch sie grinst mich an und winkt mit erhobenem Daumen. Sie ist glücklich – ein Kind, das genau das Geburtstagsgeschenk bekommt, das es sich gewünscht hat.

»Wir sehen uns in Kürze, Sir.« Ich beende das Gespräch.

»Da ich als Bodyguard hierbleibe«, sagt Callie trocken, »hätte ich nur eine Frage.«

»Und die wäre?«, fragt Kirby.

»Wo ist die Kaffeemaschine?«

Kirby zuckt die Schultern. »Schlechte Nachrichten, Callie. Es gibt hier keinen Kaffee. Abgesehen davon ist Kaffee ungesund. Alle möglichen Chemikalien in diesem Gesöff. Igitt.«

Callie fixiert Kirby mit ungläubigem Blick. »Wie kannst du es wagen, meine religiösen Überzeugungen zu kritisieren?«

Witzig wie immer, doch ihre Stimme klingt ein wenig gequält in meinen Ohren. Ich sehe genauer hin, und tatsächlich, Callie ist blass geworden. Zum ersten Mal glaube ich zu begreifen, wie schwer dieser Kampf für sie sein muss. Der Schmerz hört niemals auf, und Callie bekämpft ihn, doch sie zahlt einen hohen Preis.

Es ist eigenartig. Von all den schlimmen Dingen, die in letzter Zeit passiert sind oder von denen ich in Sarahs Tagebuch gelesen habe, trifft mich dies am stärksten: Die Vorstellung, dass Callie am Ende ihren Kampf verlieren könnte.

Ich gehe ins Schlafzimmer. Sarah hat aufgehört zu zittern, doch sie sieht furchtbar aus. Wie auch immer sie all die Jahre überstanden hat, woher auch immer sie die Kraft genommen hat – es ist vorbei. Nicht mehr lange, und Sarah zerbricht. Elaina streichelt ihr übers Haar, während Bonnie ihr die Hand hält.

Ich sage ihnen, wozu wir uns entschlossen haben. In Sarahs Augen erscheint ein Hauch von Leben.

»Wird es funktionieren?«, fragt sie.

»Ich glaub schon.«

Sie sieht mich an, schaut mich zum ersten Mal richtig an.

»Smoky …« Sie stockt. Beginnt von vorn. »Smoky, was immer auch passiert, lassen Sie nicht zu, dass er Ihnen oder sonst jemandem etwas tut. Selbst wenn es bedeutet, dass nicht … dass nicht alles so endet, wie ich es gerne hätte. Ich kann keine weitere Verantwortung mehr tragen. Ich kann nicht mehr.«

»Du bist nicht verantwortlich, Sarah. Entspann dich. Jetzt ist es unsere Aufgabe. Jetzt tragen wir die Verantwortung.«

Sie blickt zur Seite, und ich weiß, dass sie nichts mehr sagen wird. Bonnie wirft mir einen bedeutungsschweren Blick zu.

Sei vorsichtig, sagt dieser Blick.

Ich lächle.

»Bin ich doch immer.«

Elaina nickt mir zu, kahlköpfig und schön; dann wendet sie sich wieder Sarah zu. Wenn jemand die Seele dieses Mädchens wiederbeleben kann, dann ist es Elaina.

Kirby erscheint an der Tür. »Sind wir so weit?«, fragt sie forsch wie eh und je.

Eigentlich nicht, denke ich. *Aber wir müssen es trotzdem versuchen.*

KAPITEL 56 Jedes FBI-Büro hat sein eigenes Sondereinsatzkommando. Genau wie die Teams der Polizei verbringen diese SWAT-Teams jede Arbeitsstunde mit Training, es sei denn, sie sind im Einsatz. Sie halten sich auf den Punkt fit, und sie sehen auch so aus.

Der Chef des SWAT-Teams ist ein Agent namens Brady. Ich kenne ihn nicht mit Vornamen – für mich ist er nur Brady. Er ist Mitte vierzig und trägt das dunkle Haar militärisch kurz. Brady ist sehr groß, gut eins neunzig, und von professioneller Liebenswürdigkeit, die weder freundlich noch unfreundlich ist. Ihm die Hand zu schütteln ist so, als würde man einer in Stein gehauenen Figur die Hand schütteln.

»Das ist Ihre Show, Agentin Barrett«, sagt er. »Sagen Sie uns nur, was Sie brauchen.«

Wir befinden uns im Konferenzzimmer in der Etage unter meinem Büro. Alle sind anwesend, und alle blicken grimmig – mit Ausnahme von Kirby. Sie starrt die sechs Mann des SWAT-Teams hungrig an, als wären sie ein leckeres Dessert, das nur auf sie wartet.

»Gustavo Cabrera«, sage ich und lasse ein großformatiges Foto auf den Tisch fallen. »Achtunddreißig Jahre alt, wohnt in einem Haus in den Hollywood Hills. Großes, altes Gebäude auf einem Grundstück von zehntausend Quadratmetern.«

Einer der Männer des SWAT-Teams stößt einen Pfiff aus. »Das ist 'ne hübsche Stange Geld wert.«

»Wir haben Karten von der Gegend, und wir haben Pläne vom Haus.« Ich lasse beides neben das Foto auf den Tisch fallen. »Und nun der Knackpunkt. Wir brauchen Cabrera lebend. Wir sind ziemlich sicher, dass er den Befehl hat, sich erschießen zu lassen. Wahrscheinlich besitzt er ein beeindruckendes Waffenarsenal, und er wird den Auftrag haben, es zu benutzen.«

»Na toll«, sagt Brady.

»Darüber hinaus muss es auch auf unserer Seite authentisch

aussehen. Wir wollen Cabrera auf keinen Fall töten, aber wir wollen, dass der Künstler denkt, wir *hätten* ihn getötet.«

»Wie sollen wir das anstellen?«, fragt Brady. »Ohne uns dabei in Stücke schießen zu lassen?«

»Ablenkung, Jungs«, sagt Kirby und tritt vor. »Ablenkung.«

»Wer zur Hölle sind Sie?«

»Eine Blondine mit einer Kanone«, sagt sie mit breitem kalifornischem Dialekt, eine überraschend gute Imitation von Brady selbst.

»Ohne Sie beleidigen zu wollen, Ma'am!«, ruft einer der Männer vom SWAT-Team dazwischen. »Aber Sie sehen ungefähr so gefährlich aus wie der Pudel meiner Freundin!«

Kirby grinst den jungen Beamten an und zwinkert. »Tatsächlich?«

Sie geht zu ihm. Er heißt Boone, wie sein Namensschild zeigt. Boone ist stämmig, muskulös und absolut von sich überzeugt. Ein klassischer Alpha.

»Na los, probier's, Boone«, sagt Kirby.

Es geschieht so schnell, dass niemand Zeit hat zu reagieren. Kirby hämmert Boone die Faust in den Solarplexus. Seine Augen quellen hervor, und er geht nach Atem ringend in die Knie. In dem Sekundenbruchteil, den die anderen Mitglieder des SWAT-Teams zum Reagieren benötigen, zieht Kirby ihre Pistole, zielt auf jeden Einzelnen und sagt: »Peng, peng, peng …«

»… peng«, sagt Brady, gleichzeitig mit ihr. Er hat seine Waffe aus dem Halfter gerissen und zielt damit auf Kirby, bevor sie ihre Pistole auf ihn richten kann.

Sie verharrt für einen Moment. Sieht Brady an und grinst. Sie ignoriert Boone, der schnaufend nach Luft ringt.

»Nicht schlecht, alter Mann«, sagt Kirby. »Schätze, das ist der Grund, warum Sie der Boss von dieser Luschentruppe sind. Cool.«

Brady erwidert ihr Grinsen. Es ist, als würde man zwei Wölfe beobachten, die einen Waffenstillstand schließen.

»Los, hoch mit dir, Boone!«, befiehlt Brady. »Und lass diesen Unsinn!«

Der junge SWAT-Beamte kämpft sich auf die Beine und schießt einen finsteren Blick auf Kirby ab. Sie winkt ihm mit erhobenem Zeigefinger.

»Sind wir jetzt fertig mit den Dominanzspielchen?«, fragt AD Jones. »Sowohl den männlichen als auch den weiblichen?«

»Boone hat angefangen«, sagt Kirby. »Wäre er netter gewesen, hätte ich ihn bestimmt woanders angefasst.«

Alles kichert. Selbst Boone muss grinsen. Ich sehe, wie Brady meine Leibwächterin mustert und bei ihr alles das entdeckt, was ich schon längst entdeckt habe. Kirby ist verdammt gut in ihrem Job. Auf ihre eigene Art hat sie es geschafft, die Anspannung zu vertreiben und die Stimmung aufzuhellen. Gleichzeitig hat sie sich bei den Männern des SWAT-Teams Respekt verschafft. Stramme Leistung.

»Und wie heißen Sie?«, fragt Brady.

»Kirby. Aber Sie können mich Killer nennen, wenn Sie mögen.« Sie grinst ihm blitzend zu. »Alle meine Freunde nennen mich so.«

»Haben Sie viele Freunde?«

»I wo.«

Er nickt. »Ich auch nicht. Also erklären Sie uns doch mal, was Sie mit Ablenkung meinen.«

»Kein Problem. Sie und Ihre Macho-Killer-Kommandotruppe gehen von vorne ran, ganz nach Vorschrift, mit Sirenen und Megaphon und ›Geben Sie auf!‹ und so weiter. Während Sie das tun, ist der Typ abgelenkt, und Smoky und ich gehen durch die Hintertür rein.«

»Still und leise, schätze ich?«

»Still und leise und glatt wie die Innenseite meines Oberschenkels. Und die ist verdammt glatt, Mr. Brady, Sir.«

»M-hmmm. Glauben Sie nicht, dass er die Rückseite im Auge behält?«

»Kann sein. Deswegen müssen Sie ein paar Sachen hochjagen.«

Brady hebt eine Augenbraue. »Hochjagen?«

»Genau. Sie wissen schon: *kabumm!*«

»Wie sollen wir das Ihrer Meinung nach anstellen?«

»Können Sie keine Bombe auf seinem Rasen zünden oder so?«

Brady starrt Kirby nachdenklich an. Schließlich nickt er.

»Okay, junge Frau. Klingt einleuchtend. Trotzdem glaube ich, dass uns da noch etwas Besseres einfällt und dass wir nichts ›hochjagen‹ müssen, wie Sie es nennen.«

Kirby zuckt die Schultern. »Was immer Sie meinen. Ich dachte nur, ihr Jungs jagt gerne Dinge in die Luft.«

»Oh, das tun wir«, versichert er ihr. »Wir versuchen nur, so etwas zu vermeiden, wenn es nicht sein muss. Es macht die Nachbarn nervös, verstehen Sie?« Er beugt sich vor und breitet die Karte des Anwesens aus. »Kommen wir zu meinem Vorschlag. Wir hätten so oder so ein Problem mit der Größe des Grundstücks, würden wir zu Fuß kommen. Der Bursche sieht uns schon aus einer Meile Entfernung. Scheiße, er könnte überall Minen ausgelegt haben, und wir wüssten es erst, wenn wir drauftreten. Nein, wir kommen aus der Luft.«

»Hubschrauber?«, fragt Alan.

»Ja.« Brady deutet auf eine Stelle vor dem Haus. »Wir bleiben hier in der Luft stehen. Macht es schwieriger für ihn, auf uns zu feuern. Hoffentlich hat er keine Bazooka oder so was. Wir belegen das Haus mit einem Feuerteppich. Schweres Kaliber … ich schätze, ich kann Zwei-Zentimeter-Kanonen beschaffen und ein paar Rauchgranaten. Wir sorgen dafür, dass er seine Aufmerksamkeit auf uns konzentriert. Wir lassen den dritten Weltkrieg vor seinem Haus losbrechen.«

»Cool«, sagt Kirby.

»Ja. Und während das alles passiert, gehen Sie auf die Rückseite. Auf Ihr Zeichen hin jagen wir das Haus mit Tränengas voll. Sie dringen ein und …« Er breitet die Hände aus.

»… müssen den armen Kerl hoffentlich nicht erschießen«, beendet Kirby den Satz.

Brady sieht mich an. »Na, wie hört sich das an?«

»Wie eine grottenschlechte Idee«, sage ich. »Aber die beste unter den gegebenen Umständen.« Ich blicke auf die Uhr. »Es ist jetzt vier Uhr. Wie lange brauchen Sie, bis Sie einsatzbereit sind?«

»Wir können in einer halben Stunde in der Luft sein. Wie steht es mit Ihnen? Sie benötigen Westen und Masken.«

»Ich brauche keine Weste«, meldet Kirby sich zu Wort. »Das macht mich nur langsam. Aber eine Maske wäre nicht übel.«

»Es ist Ihre Beerdigung, nicht meine.« Brady zuckt die Schultern.

Sie boxt ihm gegen den Arm. »Sie haben keine Ahnung, wie oft ich mir diesen Spruch schon anhören musste.«

Genau wie Alan am Tag zuvor, starrt Brady sie überrascht an und reibt sich die Stelle, wo sie ihn getroffen hat. »Aua.«

»Das sagen alle.« Kirby lächelt. »Wie sieht's aus, können wir jetzt endlich ein bisschen ballern gehen?« Sie hebt die Waffe, die sie vorhin gezogen und noch nicht wieder zurück ins Halfter gesteckt hat. »Neue Kanone«, erklärt sie. »Die muss ich endlich mal einschießen.«

KAPITEL 57

Im Gegensatz zu Kirby habe ich mir eine Weste geben lassen. Ich kann verstehen, warum sie kugelsichere Westen nicht mag, doch mir fehlt ihre Raubtierhaftigkeit. Kirby ist für so etwas geboren – Hintertüren eintreten und in Häuser voller Tränengas und fliegender Kugeln eindringen. Kirby hat aber auch keine Bonnie, die auf sie wartet.

»Diese verdammte Maske ruiniert meine Frisur!«, schimpft sie, während sie das Ding untersucht.

Wir kauern an der Mauer, die die Rückseite des Anwesens umgibt. Es ist eine Sichtschutzwand, zwei Meter hoch. Wir müssen sie nicht auf dramatische Art und Weise überwinden – wir haben zwei kurze Leitern bei uns.

Man hat Kirby und mir MP5 Maschinenpistolen angeboten, doch wir haben dankend abgelehnt. »Bleib bei dem, was du kennst«, lautet ein altes taktisches Sprichwort. Ich kenne mich mit meiner schicken schwarzen Beretta aus wie im Schlaf. Kirby hat einen dummen Spruch abgelassen, die MP5 würde nicht zu ihrer Garderobe passen, doch ich weiß, dass ihre Gründe die gleichen sind. Reise leicht und benutz die Waffe, mit der du dich auskennst. Auch sie trägt nur eine Pistole.

»Wir sind bereit, over«, murmelt Kirby in ihr Kehlkopfmikrofon.

»Roger«, antwortet Brady eine Sekunde später. »Armageddon bricht los in zwei Minuten von meinem Zeichen an. Drei … zwei … eins … jetzt.«

»Cool«, flüstert Kirby. »Synchronisierte Uhren.«

»Der Count-down läuft, Kirby«, sagt Brady. »Haben Sie kapiert?«

»Klar, Boss.« Sie schaut mich an. »Hey, Boone. Glaubst du immer noch, dass ich ungefährlich bin?«

»Negativ, eindeutig negativ, BB«, kommt Boones amüsierte Antwort. BB steht für Beach Bunny, Strandhase. »Wenn du die Wahrheit hören willst – du bist eine schlechte Nachricht in einer hübschen Verpackung.«

Kirby überprüft ihre Pistole, während sie weiterplaudert. Mir hingegen flattert der Magen, und ich bin so aufgeputscht, dass es sich anfühlt, als müssten Funken von mir stieben.

Wenigstens sind deine Hände trocken, denke ich.

Das war schon immer so. Ganz gleich, was auf dem Spiel steht, ganz gleich, wie gefährlich der Einsatz ist, meine Hände schwitzen nie bei einer Schießerei. Und sie sind stets absolut ruhig.

»Fünfundvierzig Sekunden bis zum Losschlagen«, sagt Brady. Er klingt gelangweilt.

Ich denke an Gustavo Cabrera, der irgendwo in diesem Haus ist. Ich frage mich, ob er eine Waffe hält, während er durch ein Fenster nach draußen starrt. Sind seine Hände ruhig oder zittern sie? An was denkt er?

»Dreißig Sekunden«, sagt Brady.

»Wie fühlen Sie sich?«, fragt Kirby mich. Ihre Stimme klingt gelassen, doch ihre Augen blicken abschätzend. Sie will wissen, woran sie mit mir ist. Aktiva oder Passiva?, fragen diese Augen.

Ich strecke eine Hand aus, die Finger gespreizt. Zeige ihr, wie ruhig sie ist.

Sie nickt. »Cool.«

»Fünfzehn Sekunden bis D-Day.«

Kirby überprüft ihre Pistole, summt vor sich hin. Es dauert einen Moment, bis ich die Melodie erkenne. Yankee Doodle Dandy. Sie merkt, dass ich sie anstarre.

»Ich mag die Klassiker«, sagt sie.

»Zehn Sekunden. Bereitmachen.«

Wir beziehen Position am Fuß unserer Leitern.

Meine Endorphinfreunde sind zurück und haben ihre Freunde mitgebracht.

(Angst und Euphorie. Euphorie und Angst.)

»Fünf Sekunden. Fertigmachen zum Aufstoßen der Höllentore.«

»Nur zu, lasst sehen, was ihr habt, Daddy-o«, sagt Kirby gut gelaunt, während ihre Killeraugen leuchten.

Als das Maschinengewehrfeuer einsetzt, ist es trotz der Entfernung unglaublich laut.

»Das ist unser Zeichen!«, ruft Kirby.

Wir klettern die Leitern hoch, erreichen die Mauerkrone, schwingen uns hinüber. Wir lassen uns auf der anderen Seite vorsichtig hinunter und springen das letzte kleine Stück. Keine großartigen Stunts, kein geschicktes Abrollen – das Risiko eines verstauchten Knöchels ist zu groß.

Das Feuer aus den automatischen Waffen hält an, und ich sehe Blitze auf der anderen Seite des Hauses. Ich höre die Rotoren der Hubschrauber und eine Aufeinanderfolge lauter Geräusche, wahrscheinlich Blendgranaten. Während ich renne, mischt sich ein neues Geräusch in den Lärm. Es dauert einen Moment, bis ich es einordnen kann: Cabrera erwidert das Feuer, offensichtlich ebenfalls aus einer automatischen Waffe.

Kirby und ich rennen zur Rückseite des Hauses, so schnell unsere Füße uns tragen. Sie ist schneller als ich und schlägt mich um ein oder zwei Körperlängen, doch sie ist auch nicht behindert durch eine Flakweste, und sie ist jünger als ich.

Das Haus ist kleiner, als ich angesichts des riesigen Grundstücks gedacht hätte. Dreihundert Quadratmeter vielleicht, nach den Grundrissen, alles in einem einzigen Stockwerk. Es gibt einen Hintereingang, der durch einen kleinen Flur zur Küche führt. Wir erreichen die Tür. Ich schwer atmend, Kirby scheinbar unbeeindruckt.

»Wir sind da, Mr. Bossmann, Sir«, meldet sie Brady.

»Roger. Wir schneiden los.«

Damit meint Brady, dass sie den Rasen vor dem Haus mit Maschinengewehrfeuer eindecken, als gäbe es kein Morgen, gefolgt von ganzen Salven von Blendgranaten und Tränengasgranaten, die durch die Fenster ins Haus geschossen werden.

»Zeit für die Maske«, sagt Kirby.

Wir ziehen unsere Gasmasken über. Es sind SWAT-Modelle, mit breitem Sichtfeld und großer peripherer Sicht, doch es sind und bleiben Gasmasken. Auf meiner Stirn bilden sich Schweißperlen.

»Los geht's«, sagt Brady.

Ich habe geglaubt, es wäre vorher bereits laut gewesen, doch das war nichts im Vergleich mit dem Höllenlärm, den Bradys

Team jetzt vom Zaun bricht. Es hört sich an, als würden sie den Rasen in Stücke schneiden.

Das Geräusch zweier schwerer Maschinengewehre lässt die Luft vibrieren. Sekunden später krachen die Blendgranaten, eine nach der anderen, ohne Pause. Wir hören das Scheppern von zerspringendem Glas.

Kirby tritt die Tür auf, und wir sind im Haus. Ich kann nichts riechen außer dem Gummi der Maske, doch das Haus ist voller Rauch. Cabrera erwidert das Feuer. Der Lärm im Innern des Hauses ist beinahe unerträglich. Er kann uns unmöglich hören.

Kirby bewegt sich vorwärts, die Pistole gezogen, und ich folge ihr mit ebenfalls schussbereiter Waffe. Wir bewegen uns in Richtung des Lärms, den Cabreras Gewehr macht. Ununterbrochen detonieren Blendgranaten. Wir durchqueren die Küche und erreichen den Eingang zum Wohnzimmer und den Flur zur Vorderseite des Hauses. Wir postieren uns rechts und links und spähen um die Ecke.

Cabreras Silhouette zeichnet sich deutlich vor dem leuchtenden Hintergrund der explodierenden Blendgranaten ab. Er kniet und feuert in die Luft – auf den Hubschrauber, wie ich weiß. Er hat uns den Rücken zugekehrt, und sein Körper erzittert in unregelmäßigen Abständen, wenn er seine Waffe abfeuert, ein M-16, wie ich jetzt erkenne. Cabreras schwarze Gestalt ist umgeben von funkeldem zerbrochenem Glas aus den Fenstern.

Der Plan an diesem Punkt war einfach, aber wenig elegant: Wir versuchen, den Schweinehund zu überwältigen, wie Kirby es ausgedrückt hat.

Ich schaue sie an, und sie schaut mich an. Ich sehe ihr blitzendes Lächeln und nicke.

Wir haben nicht viel Zeit. Es dauert bestimmt nicht lange, ehe Cabrera sich fragt, warum Bradys Team so schlecht ist. Er wird die Falle riechen, sobald er zum Nachdenken kommt.

Kirby springt vor, rennt auf Cabrera zu. Ich atme unter meiner Maske einmal tief durch und folge ihr.

In diesem Augenblick schlagen Cabreras Instinkte Alarm, und er wirbelt herum, das M-16 im Anschlag, die Augen weit aufgerissen, die Lippen zusammengepresst. Kirby wird nicht langsamer, sie springt ihn an, statt von ihm weg und in Deckung zu huschen. Sie zwingt seine Waffe nach oben, als er feuert. Einschusslöcher erscheinen in der Decke. Staub wirbelt, Putz fliegt umher. Ich habe die Pistole oben und bewege mich hin und her, suche nach einer Gelegenheit zum Schuss, während die beiden miteinander kämpfen.

»Verdammt, Kirby!«, schreie ich. »Verschwinde aus meiner Schusslinie!«

Meine Stimme klingt dumpf unter der Maske und geht unter im menschengemachten Donnern draußen.

Kirby reißt mit der anderen Hand die eigene Waffe hoch. Cabrera lässt das M-16 fallen und schlägt mit der Handkante auf Kirbys Gelenk, während er mit der anderen nach ihrer Kehle zielt. Sie blockt den Schlag zum Hals ab, verliert dabei jedoch die Waffe. Cabreras Augen sind rot vom Tränengas, und er hustet, doch er kämpft verbissen.

»Scheiße!«, fluche ich, während ich hierhin und dorthin springe, mit hämmerndem Herzen, pochendem Schädel und immer noch trockenen Händen, auf der Suche nach einer Schussmöglichkeit.

Kirby versucht, Cabrera einen Tritt zwischen die Beine zu verpassen, doch er dreht ein Bein nach innen und fängt den Tritt mit dem Oberschenkel ab. Gleichzeitig gelingt es ihm, Kirby mit dem Handrücken eine Ohrfeige gegen die Maske zu versetzen. Ihr Kopf wird zur Seite gerissen, und sie taumelt nach hinten.

Die Zeit scheint zu erstarren.

Endlich!

Dank Kirbys Stolpern habe ich freies Schussfeld, und ich jage Cabrera eine Kugel in die Schulter.

Er stöhnt auf, fällt auf ein Knie. Kirby springt vor und rammt ihm die Faust ins Gesicht, einmal, zweimal, dreimal, und dann ist sie hinter ihm, während er Mühe hat, auf den Beinen zu bleiben, und nimmt ihn in einen Würgegriff.

Er zerrt an Kirbys Armen, doch es ist zu spät. Er verdreht die Augen, bis nur noch das Weiße zu sehen ist. Sie lässt los und stößt ihn von sich, sodass er auf dem Bauch landet. Dann zerrt sie zwei Plastikfesseln hervor und fesselt seine Gelenke.

Es ist vorbei, so schnell, wie es angefangen hat.

»Feuer einstellen, Jungs«, sagt Kirby. Die Maske verleiht ihrer Stimme ein unwirkliches Echo. »Wir haben ihn.«

Meine Hände schwitzen.

KAPITEL 58 Gustavo Cabrera sitzt auf einem Stuhl und starrt uns an. Seine Schulter wurde inzwischen versorgt. Seine Hände liegen gefesselt in seinem Schoß, nicht mehr auf seinem Rücken. Er hätte Grund, ängstlich und verunsichert zu sein, doch er macht den Eindruck eines Mannes, der mit sich selbst im Reinen ist. Seine Augen sind wegen der Tränengasreizung behandelt worden, und abschätzend starrt er Alan an.

Alan beginnt auf die liebenswürdige Tour, aber das täuscht. Wenn es darum geht, jemanden zu verhören, ist Alan wie ein Hai. Ein Wolf im Schafspelz. Er neigt den Kopf zur Seite, mustert Cabrera. Wartet.

»Ich lege ein Geständnis ab«, sagt Cabrera schließlich. »Ich sage Ihnen alles. Ich werde Ihnen auch sagen, wo Sie die Geiseln finden.«

Seine Stimme ist sanft, leise, beinahe ehrfurchtsvoll.

Alan tippt mit dem Finger an seine Lippen, während er nachdenkt. In einer plötzlichen Bewegung springt er auf, beugt sich vor und richtet den Zeigefinger auf Cabrera. Seine Stimme ist laut und zornig.

»Mr. Cabrera, wir wissen, dass Sie nicht der Mann sind, den wir suchen.«

Die Zufriedenheit in Cabreras Augen weicht einem Ausdruck des Erschreckens. Er öffnet den Mund, schließt ihn, öffnet ihn erneut. Er braucht einen Moment, bis er sich wieder unter Kontrolle hat. Dann presst er die Lippen zusammen. Seine Augen blicken traurig und entschlossen zugleich.

»Tut mir leid, aber ich weiß nicht, wovon Sie reden.«

Alan lacht bellend auf. Es ist ein irres, bedrohliches Lachen. Unheimlich. Ich wäre besorgt, wüsste ich nicht, dass alles nur gespielt ist. Er setzt sich genauso unvermittelt wieder, wie er aufgestanden ist, und beugt sich vor. Entspannt, wie jemand, der ein Schwätzchen halten will. Er lächelt und droht Cabrera verspielt mit dem Zeigefinger: »Böser Hund.« Oder: »Verarsch mich nicht, Freundchen, ich kann auch anders.«

»Hören Sie«, sagt er. »Ich habe einen Zeugen. Wir wissen, dass Sie nicht die Person sind, die wir suchen. Daran besteht kein Zweifel. Die einzige Frage ist – warum haben Sie für diesen Mann gearbeitet?« Alans Stimme ist leise und glatt wie Sirup auf Pfannkuchen. Dann, urplötzlich, ein markerschütterndes Gebrüll: »Verdammt noch mal, mach das Maul auf!«

Cabrera zuckt zusammen. Wendet den Blick ab. Alans Zickzack zwischen den Extremen verunsichert ihn. Macht ihm Angst. Seine Wange zuckt.

»Er ist gefoltert worden«, hat Alan mir vor dem Verhör gesagt. »Folter ist im Prinzip Bestrafung und Belohnung. Zwischen Opfer und Täter wird eine Beziehung hergestellt. Der Folterer brüllt sein Opfer an, sagt hasserfüllte Dinge und quält es mit glühenden Zigaretten, und danach versorgt er persönlich die Verbrennungen mit Salbe und gibt sich besorgt und tröstend. Am Ende hat das Opfer nur noch einen Wunsch.«

»Den Kerl mit der Salbe und den tröstenden Worten.«

»Genau. Wir werden Cabrera nicht mit Zigaretten verbrennen, aber der Wechsel zwischen Anbrüllen und Freundlichkeit sollte reichen, um ihn aus dem Gleichgewicht zu bringen.«

So läuft es, denke ich. Cabrera bricht der Schweiß aus.

»Mr. Cabrera«, fährt Alan fort. »Wir wissen, dass Sie eigentlich hier sterben sollten. Was ist, wenn ich Ihnen sage, dass wir bereit sind, das Spiel mitzuspielen und Ihren Tod vorzutäuschen? Dem Rest der Welt vorzumachen, wir hätten Sie bei der Festnahme erschossen?« Alan spricht wieder mit normaler Stimme. Er hat Cabrera klargemacht, dass er derjenige ist, der die Kontrolle hat, und er hat ihm Angst eingeflößt.

Cabrera sieht ihn an. Es ist ein hoffnungsvoller, erwartungsvoller Blick.

»Wenn Sie uns helfen«, fährt Alan fort, »tragen wir Sie in einem Leichensack nach draußen.« Er lehnt sich zurück. »Falls Sie nicht kooperieren, falls Sie sich nicht von uns helfen lassen wollen, führe ich Sie persönlich vor den laufenden Fernsehkameras nach draußen, und Ihr Freund weiß, dass Sie noch am Leben sind.«

Keine Antwort. Doch ich sehe den Kampf in Cabreras Innerem toben.

Er schaut Alan an, forscht in dessen Gesicht. Dann senkt er den Blick und starrt zu Boden, auf eine Stelle zwischen uns. Sein ganzer Körper sackt zusammen. Das Zucken in seiner Wange hört auf.

»Es ist mir egal, was aus mir wird. Verstehen Sie?«

Seine Stimme ist leise, demütig. Es ist schwierig, das sanfte Wesen vor mir mit dem eiskalten Burschen in Einklang zu bringen, der feuernd und Granaten schleudernd ins Dienstgebäude des FBI gestürmt ist. Welches von beiden ist sein wahres Gesicht?

Vielleicht beide.

»Ich verstehe das Konzept«, sagt Alan. »Ich verstehe aber nicht, inwiefern es auf Sie zutrifft. Klären Sie mich auf, Mr. Cabrera.«

Ein weiterer suchender Blick. Länger diesmal.

»Ich werde sowieso sterben. Es ist meine eigene Schuld, nicht die von jemand anderem. Eine Schwäche für Frauen, dazu Unvorsichtigkeit …« Ein Schulterzucken. »Ich habe gekriegt, was ich verdiene. Aids. Doch ich sage mir manchmal, vielleicht war es ja doch nicht allein meine Schuld. Ich wurde misshandelt. Als kleiner Junge.«

»Misshandelt? Wie?«

»Für eine kurze, schreckliche Zeit war ich das Eigentum sehr schlimmer Männer. Sie …« Er wendet den Blick ab. »Sie haben es mit mir getrieben. Als ich acht Jahre alt war. Diese Männer hatten mich gekidnappt, als ich Wasser für zu Hause holen wollte. Sie nahmen mich mit. Ich wurde gleich am ersten Tag von ihnen vergewaltigt und geschlagen. Sie peitschten mir die Fußsohlen, bis das Blut in Strömen floss.«

Seine Stimme klingt leise, beinahe verträumt, während er spricht.

»Sie verlangten von mir, etwas zu ihnen zu sagen, während sie mich schlugen. Ich musste sagen: ›Du bist Gott‹ und ›Ich danke dir, Gott‹. Je erbärmlicher wir weinten, desto schlimmer schlugen sie uns. Nur auf die Fußsohlen, immer nur die Fußsohlen. Ich wurde zusammen mit anderen Kindern, Jungen und Mädchen, nach Mexico City gebracht. Es war eine lange Reise, doch die Männer hielten uns mit Drohungen still.« Sein Blick hebt sich, kommt zu mir zurück. Er sieht aus, als müssten seine Augen bluten. »Manchmal habe ich gebetet, dass ich sterbe. Ich war verletzt, nicht nur am Körper.« Er tippt sich an den Kopf. »Auch am Verstand.« Er tippt sich an die Brust. »Und in der Seele.«

»Ich verstehe«, sagt Alan mitfühlend.

»Vielleicht«, sagte Cabrera. »Ja, vielleicht verstehen Sie tatsächlich. Es war die Hölle. In Mexico City hörten wir manchmal die Wachen reden. Wir entnahmen ihren Worten, dass wir in den nächsten Monaten nach Amerika gehen würden. Unsere

Ausbildung würde abgeschlossen sein, und wir sollten für viel Geld an andere Männer verkauft werden.«

Der Menschenschmuggler-Ring, denke ich. *Der Kreis schließt sich.*

»Ich war an einem Ort ohne Licht, ohne Gott. Ich wurde religiös erzogen, verstehen Sie? Ich wurde erzogen, an Jesus Christus zu glauben, an Gott, an die Mutter Gottes. Ich hatte Nacht für Nacht zu ihnen gebetet, voller Inbrunst, und trotzdem kamen die Männer zu mir und taten mir weh.« Er zuckt zusammen. »Ich konnte das damals nicht begreifen. Die Ganzheit von Gottes Plan. An jenem dunklen Ort, wo meine Verzweiflung am größten war, würde Gott mir einen Engel schicken.«

Er lächelt bei diesen Worten, und eine Art Leuchten ist in seinen Augen. Seine Stimme findet einen Rhythmus, wie eine Welle, die ständig anbrandet und das Ufer niemals erreicht.

»Er war etwas Besonderes, dieser Junge. Er war jünger als ich, kleiner als ich, aber irgendwie verlor er seine Seele nicht.« Sein Blick ist intensiv, er starrt mich an. »Lassen Sie mich erklären, was ich damit meine. Der Junge war erst sechs Jahre alt und sehr schön. So schön, dass die Männer ihn mehr als alle anderen missbrauchten. Jeden Tag, manchmal zweimal am Tag. Und der Junge ärgerte sie. Weil er nicht weinte. Sie wollten seine Tränen, doch er gab sie ihnen nicht. Sie schlugen ihn, damit er weinte.« Er schüttelt traurig den Kopf. »Natürlich weinte er irgendwann, jedes Mal. Trotzdem … er hat seine Seele nicht verloren. Nur ein Engel konnte diesen Männern so widerstehen.«

Gustavo schließt die Augen, öffnet sie wieder.

»Ich war kein Engel. Ich verlor meine Seele, stürzte tiefer und tiefer in die Verzweiflung. Ich wandte mich ab von Gottes Angesicht. In meiner Verzweiflung dachte ich daran, mich selbst zu töten. Ich glaube, der Junge hat es gespürt. Er kam nachts zu mir, flüsterte mir in der Dunkelheit Dinge zu, während seine Hände mein Gesicht streichelten. Mein schöner weißer Engel.

›Gott wird dich erretten‹, sagte er zu mir. ›Du musst an ihn glauben. Du darfst deinen Glauben nicht verlieren.‹

Er war erst sechs oder sieben Jahre alt, doch er sprach wie jemand, der viel älter war, und seine Worte retteten mich tatsächlich. Nach und nach erfuhr ich seine Geschichte. Er war von Gott gerufen worden, als er vier Jahre alt war. Er war fest entschlossen gewesen, im frühestmöglichen Alter dem Seminar beizutreten und sein Leben der Heiligen Dreifaltigkeit zu widmen. Eines Nachts kamen Männer, überfielen sein Zuhause, entführten ihn, entrissen ihn seiner Familie.

›Und trotzdem‹, sagte er zu mir. ›Trotzdem darfst du den Glauben nicht verlieren. Wir werden von Gott geprüft.‹ Er lächelte mich an, und es war ein so reines, seliges und frommes Lächeln, dass es mich aus meiner Verzweiflung riss, die mich zu ersticken drohte.«

Cabrera hat die Augen geschlossen, während er seine Vergangenheit ehrfürchtig noch einmal durchlebt.

»Das ging ein Jahr so. Er litt jeden Tag. Wir alle litten. In der Nacht sprach er zu uns anderen, ließ uns beten und verhinderte, dass wir uns mehr nach dem Tod sehnten als nach dem Leben.« Cabrera stockt, blickt zur Seite. »Eines Tages, eines schicksalhaften Tages rettete er nicht nur meine Seele, sondern auch meinen Leib.

Wir waren allein, nur er und ich. Wir wurden von einem Wächter zum Haus eines reichen Mannes gebracht, dem ein einzelner Knabe nicht reichte. Ich zitterte vor Angst, doch der Junge, der Engel, blieb ruhig wie immer. Er berührte meine Hand, er lächelte mich an, er betete. Je länger wir fuhren, desto besorgter wurde er, weil er sah, dass seine Gebete meine Seele nicht erreichten. Ich hatte Angst, trotz seiner Worte, und meine Angst wurde immer größer, je näher wir unserem Ziel kamen, bis ich am ganzen Körper zitterte. Wir erreichten das Haus, und ohne Vorwarnung nahm er mein Gesicht in die Hände. Er küsste mich auf die Stirn und sagte mir, ich solle mich bereithalten.

›Hab keine Angst, und vertrau auf Gott!‹, sagte er zu mir.

Wir stiegen aus dem Wagen, und der Wächter ging hinter uns her. Ohne Vorwarnung drehte der Junge sich um und schlug dem den Wächter die Faust in den Unterleib. Die Wachen waren an unseren Gehorsam gewöhnt und rechneten nicht mit Widerstand, deshalb konnte er den Wächter überrumpeln. Der Mann klappte zusammen und schrie vor Schmerz und Wut.

›Lauf!‹, rief der Junge mir zu.

Ich stand da, zitterte am ganzen Leib, war nicht imstande, mich zu bewegen. Ein wehrloses Opfer.

›Lauf!‹, rief der Junge erneut, mit der Donnerstimme eines Engels, und dann fiel er über den Wächter her und biss und trat nach ihm.

Endlich begriff ich, was er von mir wollte.

Ich rannte los.«

Cabrera reibt sich den Unterarm. Ich sehe ihn als kleinen Jungen, doch es vermischt sich mit der Gegenwart. Der Angst, der Unentschlossenheit und der Freude, aus der Hölle entkommen zu sein. Den Schuldgefühlen, genommen zu haben, was der Junge ihm dargeboten hatte, und ihn allein zurückzulassen.

»Sie müssen nicht wissen, wie es danach gewesen ist, nicht in allen Einzelheiten. Jedenfalls, ich entkam und kehrte zu meiner Familie zurück. Ich lebte einige Jahre als stiller, bekümmerter Knabe und später als bekümmerter Mann. Ich war kein Heiliger, ich war sehr oft ein Sünder, doch ich lebte, und das ist das Wichtigste. Ich überlebte. Ich beging nicht Selbstmord, hatte meine unsterbliche Seele nicht der Verdammnis überantwortet. Verstehen Sie? Der Junge hat mich vor dem allerschlimmsten Schicksal bewahrt. Dank ihm steht der Himmel mir nach meinem Tod offen.«

Ich teile Cabreras Glauben nicht, doch ich kann seine Stärke spüren, die Kraft, die er aus ihm zieht, und das rührt mich.

»Ich ging nach Amerika«, fährt er fort. »Ich glaubte an Gott, doch ich war voller Kummer, ständig voller Kummer. Ich schäme mich zu sagen, dass ich manchmal Drogen nahm. Dass ich zu Prostituierten ging. Ich infizierte mich mit dem Virus.« Er schüttelt den Kopf. »Wieder Verzweiflung. Wieder der Gedanke, dass der Tod vielleicht besser ist als das Leben. Damals wurde mir klar, dass das Virus eine Botschaft von Gott war. Er hatte mir einmal einen Engel geschickt, und der hat mich gerettet. Ich hätte dankbar sein sollen. Stattdessen hatte ich meine Jahre damit verschwendet, über meinen eigenen Sorgen und meiner Wut zu brüten.

Ich hörte auf Gottes Warnung. Ich änderte mein Leben, wurde zölibatär. Ich kam Gott näher. Und eines Tages, vor elf Jahren, kehrte mein Engel zurück.«

Cabreras Augen sind mit einem Mal voll Trauer.

»Er war noch immer ein Engel, doch er war kein Engel des Lichts mehr. Er war ein dunkler Engel geworden. Ein Todesengel, der einzig für die Rache existiert.«

Die Tätowierung, geht es mir durch den Kopf.

»Er erzählte mir, dass er Furchtbares durchgemacht hatte, weil er mir zur Flucht verholfen hatte. Ich kann Ihnen nicht wiedergeben, was er mir erzählt hat. Es ist zu schrecklich, zu böse. Er erzählte mir, dass sogar er zu manchen Zeiten an Gottes Liebe zweifelte. Doch dann erinnerte er sich an mich, und er betete zu Gott und war wieder sicher. Gott prüfte ihn. Gott würde ihn von diesem Ort wegführen.« Cabrera verzieht das Gesicht. »Eines Tages führte Gott ihn weg. Eines Tages wurden all die Gebete, der Glaube, sein Opfer für mich, all diese Dinge von Gott belohnt. Er und die anderen Kinder, inzwischen in Amerika, wurden von der Polizei gerettet, vom FBI.

Er hat es als einen wunderbaren Augenblick beschrieben. Es war, als hätte Gott ihn geküsst. Sein Glaube und sein Leiden waren belohnt worden.«

Cabrera verstummt. Er schweigt für lange Zeit. In mir steigt ein ungutes Gefühl auf. Eine innere Stimme verrät mir, was als Nächstes kommt.

»Eines Nachts, so erzählte er, hätte Gott sie geholt und in die Hölle zurückgebracht. Männer kamen, während sie schliefen, und ermordeten die Polizisten, die sie beschützten. Sie nahmen ihn und die anderen Kinder mit und führten sie zurück in die Sklaverei. Es war furchtbar«, flüstert Cabrera. »Können Sie sich das vorstellen? In Sicherheit zu sein und dann wieder geraubt zu werden? Erneut alle Hoffnung zu verlieren? Für ihn war es schlimmer als für alle anderen. Sie wussten, dass er geholfen hatte, dass er der Polizei den Namen eines seiner Schergen genannt hatte. Sie brachten ihn nicht um, doch sie bestraften ihn … auf eine Weise, die seine frühere Existenz in der Hölle wie den Himmel erscheinen ließ.«

Ich habe es gewusst. Irgendetwas in mir hat es gewusst, und jetzt habe ich die Bestätigung.

Ich trete neben Alan. »Der Name des Jungen war Juan, stimmt das?«, frage ich Cabrera.

Er nickt. »Ja. Er war ein Engel mit Namen Juan.«

Ich weiß nicht, ob sein Bild von Juan als einem jungen Heiligen der Wahrheit entspricht oder ob es die idealisierten Erinnerungen eines verängstigten, gequälten und missbrauchten Kindes sind, das einen guten Freund fand, als es ihn am dringendsten brauchte. Doch ich weiß, dass ich Geschichten wie diese schon häufiger gehört habe. Es sind Geschichten, bei denen niemand gewinnt, nicht einmal wir.

Killer sind Killer, und was sie tun, ist unverzeihlich, doch es gibt eine gewisse Tragik bei denen, die zu Killern gemacht wurden. Man kann es sehen, an ihrer Wut. Ihr Tun hat weniger mit Lust zu tun, mehr mit Raserei und Brüllen. Sie brüllen den Vater an, der sie missbraucht hat, die Mutter, die sie geschlagen hat, den Bruder, der sie mit Zigaretten verbrannt hat. Sie beginnen mit Hilflosigkeit und enden mit Tod. Man schnappt sie und sperrt sie ein, weil es getan werden muss, doch man spürt keine Befriedigung dabei.

»Bitte fahren Sie fort«, sagt Alan. Seine Stimme klingt jetzt sanft und freundlich.

»Er sagte mir, ihm wäre klar geworden, dass Gott einen neuen Plan für ihn hätte. Dass er gesündigt hatte, indem er sich als Heiligen betrachtet und seine Leiden mit denen Christi verglichen hatte. Seine Pflicht, das wisse er nun, bestünde nicht darin zu heilen, sondern zu rächen.« Unruhig verlagert Cabrera sein Gewicht auf dem Stuhl. »Seine Augen waren furchtbar anzuschauen, als er diese Worte sprach. Solch eine Wut, solch eine Raserei! Sie sahen nicht aus wie die Augen eines Menschen, den Gott gesegnet hat. Doch wer war ich, darüber zu urteilen?« Cabrera seufzt. »Er war seinen Wächtern ein weiteres Mal entkommen. Er erzählte mir, dass er später zurückgekehrt war, um Blut und Rache auf die Männer herabzubeschwören, die ihn gefoltert hatten. Auf diese Weise erfuhr er, dass es zwei Männer gewesen waren, ein Polizist und ein FBI-Agent, die ihn und die anderen Kinder verraten hatten. Diese Männer, sagte er, seien die Schlimmsten von allen. Sie würden Masken tragen, und sie würden sich hinter Symbolen verstecken, hinter Abzeichen.

Er hatte einen Plan, einen langfristigen Plan, und er bat mich, ihm zu helfen. Er durfte sich nicht fassen lassen, nachdem er alles getan hatte, nachdem alles erledigt war. Gott hatte ihm enthüllt, dass sein Werk über die Rache für das eigene Leid hinausging. Er brauchte mich, damit ich für das FBI und die Polizei in seine Rolle schlüpfte. Ich war einverstanden.«

»Sir«, sagt Alan. »Wissen Sie, wo wir Juan finden können?«

Cabrera nickt. »Selbstverständlich. Aber ich werde es Ihnen nicht sagen.«

»Warum nicht?«, fragt Alan. »Sie müssen doch wissen, dass er nicht Gottes Willen ausführt, Gustavo. Er hat unschuldige Menschen ermordet. Er hat das Leben eines jungen Mädchens zerstört.« Alan starrt Cabrera in die Augen. *»Du sollst nicht töten*,

Gustavo. Sie haben für ihn getötet. In der Eingangshalle des FBI-Dienstgebäudes starben unschuldige junge Männer. Gute Männer, die niemals ein Kind verletzt oder irgendetwas anderes als ihre Arbeit getan haben.«

Schmerz erfüllt sein Gesicht. »Ich weiß! Ich weiß es! Und ich werde zu Gott beten, dass er mir vergibt. Aber Sie müssen verstehen … ich kann ihn nicht verraten. Er hat mich gerettet! Ich kann ihn niemals verraten! Ich tue das nicht wegen dem, was er heute ist. Ich tue es für den, der er früher einmal war.«

Es klingt melodramatisch, doch Cabreras Ernsthaftigkeit macht es herzzerreißend.

Alan versucht es wieder und wieder. Er bringt Cabrera zum Schwitzen, das Zucken der Wange ist wieder zurück, doch es ist vergebens. Es ist, als würde er gegen eine Wand anrennen.

Cabrera wurde vor einem Schicksal bewahrt, das nach Meinung vieler Menschen schlimmer ist als der Tod. Juan half ihm zu entkommen, nicht nur aus seinem körperlichen Gefängnis, auch aus seiner Verzweiflung. Cabreras Leben war bis zu einem gewissen Maß zerstört durch Böses, das andere ihm angetan hatten, doch sein Glaube versprach ihm immer noch die Erlösung. Es war eine Tür, die Juan für ihn offengelassen hatte.

Was Juan betraf … das war eine Horrorgeschichte, die ich einfach nicht fassen konnte. Das absolut Schrecklichste, das Allerschlimmste daran war, dass wir, das FBI und die Polizei von Los Angeles, geholfen hatten, dieses Monster zu erschaffen. Irgendein korrupter Mistkerl hatte Juan verkauft und den sanften Knaben mit dem unerschütterlichen Glauben für immer vernichtet. Juan war ein gefallener Engel – dank der Hilfe jener Menschen, denen er am meisten vertraut hatte.

Alles an dieser Geschichte handelte vom absolut Schlimmsten oder Besten im Menschen, und ich konnte mir nicht vorstellen, dass Cabrera nachgeben würde.

»Es gibt da eine Sache, die Juan mir erlaubt hat«, sagt er schließlich.

»Und das wäre?«

Er neigt den Kopf nach links. »Drüben im Arbeitszimmer. Im Computer. Das Versteck, wo die Mädchen sind, Jennifer und Theresa. Sie sind am Leben.« Er seufzt erneut, trauriger diesmal. »Ein Engel hat sie in die Hölle gestoßen. Sie hatten eine schwere Zeit.«

»*Wo* sind sie?«

Ich stelle Alan die Frage, obwohl er sie mir bereits beantwortet hat. Ich fasse es einfach nicht.

»North Dakota«, sagt er. »In einem ehemaligen Raketensilo. Tausend Quadratmeter, unterirdisch, irgendwo mitten im Nichts. Die Regierung hat in den letzten Jahren eine Reihe von Silos und unterirdischen Basen aufgegeben. Sie wurden leergeräumt und verkauft, hauptsächlich an Immobilienunternehmen, die sie provisorisch hergerichtet und an Privatpersonen weiterverkauft haben.«

»Ist das legal?«, frage ich erstaunt.

Alan zuckt die Schultern. »Wieso nicht?«

Wie Cabrera versprochen hat, haben wir den Ort, an dem Theresa und Jennifer gefangen gehalten werden, auf dem Computer in seinem Arbeitszimmer gefunden, zusammen mit körnigen Fotos der Mädchen – zumindest nehme ich an, dass es die Mädchen sind. Sie sind nackt und sehen jämmerlich aus, verhärmt und verzweifelt, doch sie scheinen unverletzt.

»Setz dich mit dem FBI in North Dakota in Verbindung. Wir werden die Mädchen befreien und herbringen. Weißt du, wie man in diese Anlage gelangt?«

»Ein elektronisches Kombinationsschloss mit einem Kode aus dreißig Ziffern. Ich sorge dafür, dass sie ihn parat haben.«

Er geht zur Vorderseite des Hauses. Die Luft draußen ist erfüllt vom Lärm der Hubschrauber, die für verschiedene Nachrichtensender vor Ort sind. Bis jetzt sind nur diese Helikopter hier – einer der Vorteile, weil das Haus von Cabrera auf dem Land und hinter Mauern und einem Tor liegt. Brady hat Männer an den Eingängen zum Grundstück postiert, bis die einheimische Polizei eintrifft und übernimmt. Keiner kommt rein, basta.

Boone und ein anderes Mitglied von Bradys SWAT-Team sind im Wagen des Coroners und eskortieren Cabreras »Leichnam« zum Leichenschauhaus. In Wirklichkeit wird Cabrera nicht dort ankommen. Wir werden ihn in ein sicheres Versteck bringen, wo er bewacht wird.

Ich nehme mir einen Moment Zeit und schaue mich um.

Er war hier, aber er hat nicht hier gewohnt.

Ich tippe eine Schnellwahlnummer auf meinem Handy.

»Ja?«, fragt James ohne Umschweife oder Begrüßung, wie üblich.

»Wo bist du?«

»Ich entlasse mich selbst. Diese Spinner wollen, dass ich noch bleibe. Ich gehe nach Hause.«

»Das ist nicht nett von dir, James. Diese ›Spinner‹ haben dich zusammengenäht.«

»Das war ja auch in Ordnung. Mich hierzubehalten aber nicht.«

Ich gebe es auf. »Ich brauche deine Meinung.«

»Schieß los.«

Das ist einer der Gründe, weshalb wir James nicht längst schon erwürgt haben. Er ist immer versessen auf die Arbeit. Ich berichte ihm, was passiert ist.

»Cabrera sagt, er kennt die Identität des Künstlers. Aber er will sie uns nicht verraten.«

James schweigt. Denkt nach.

»Mir fällt nichts ein.«

»Mir auch nicht. Hör zu … ich weiß, du willst nach Hause, aber ich brauche dich noch einmal an Michael Kingsleys Computer. Die Verschlüsselung des Künstlers kann so schwer nicht zu knacken sein. Schließlich *will* er ja, dass wir die Daten finden.«

»Dakota ist dran«, sagt Alan und reißt mich aus meinen Gedanken. »Sie schicken Leute und ein SWAT-Team sowie das einheimische Bombenkommando, falls der Künstler eine nette Überraschung vorbereitet hat.«

»Wo ist Kirby?«

»Nicht mehr da. Sie hat gesagt, sie geht zum Versteck zurück.«

»Wir haben ein Problem, Alan. Wir haben keine Beweise. Kein einziges forensisches Indiz. Selbst wenn wir die Identität des Künstlers kennen würden, hätten wir nichts gegen ihn in der Hand. Überhaupt nichts.«

Er breitet die Hände aus. »Dann können wir nur eins tun.«

»Und das wäre?«

»Wir müssen den Acker pflügen. Schaff Callie und Gene und was weiß ich wen herbei. Wir müssen die Leute befragen. Ich habe das schon mehr als einmal durchgemacht. Manchmal gibt es keinen Ersatz für langwierige, schmutzige Polizeiarbeit.«

»Ich weiß, ich weiß. Mein Problem ist eher konzeptionell. Soll ich dir sagen, was ich sehe, wenn ich diesen Fall betrachte? Keiner unserer Fortschritte beruht auf Spuren. Wir sind allein dadurch weitergekommen, dass wir verstanden haben, wie dieser Bursche *funktioniert*. Er lässt keine Spuren zurück.«

»Aber er lässt Dinge aus. Wie die Sache mit Theresa. Er konnte es nicht kontrollieren, und er hat nicht bemerkt, dass Sarah es ausgelassen hat.« Alan zuckt die Schultern. »Er ist gerissen, aber nicht übermenschlich.«

Ich weiß, Alan hat recht. Ich weiß es tief in meinen Eingeweiden. Es wurmt mich trotzdem. So nahe dran zu sein und erkennen zu müssen, dass man eigentlich keinen Schritt weitergekommen ist.

Ich gebe nach. »Also schön. Holen wir Callie und Gene her.«

»Machen wir.«

Ich gehe in Cabreras Arbeitszimmer und versuche meinen Zorn und meine Enttäuschung in den Griff zu bekommen, während Alan bei Callie anruft und sie über die bevorstehende Aufgabe informiert. Das Arbeitszimmer ist eingerichtet wie der Rest des Hauses: dunkles Holz, dunkle Teppiche, braune Wände. Altmodisch und luxuriös, jedenfalls soll es den Anschein erwecken. Für mich ist es einfach nur hässlich.

Der Schreibtisch ist tadellos aufgeräumt. Zu ordentlich. Ich trete näher heran und nicke vor mich hin. Cabrera ist zwanghaft. Auf der linken Seite des Schreibtisches liegen drei Füllfederhalter. Sie sind untereinander und in Richtung zur Schreibtischkante perfekt ausgerichtet. Auf der rechten Seite des Schreibtisches liegen drei weitere Stifte, und ein flüchtiger Blick bestätigt mir, dass sie nicht nur untereinander, sondern auch zu den Stiften auf der linken Seite ausgerichtet sind. Am oberen Rand, in der Nähe des Computermonitors, liegt ein Brieföffner. Er liegt genau in der Mitte zwischen den Stiften rechts und links. Neugierig öffne ich die mittlere Schublade und erblicke exakte Arrangements von Klammern, Klipsen und Gummis. Ich habe nicht vor, sie zu zählen, doch ich schätze, sie passen mengenmäßig zueinander. Interessant, aber nicht hilfreich.

Ich blickte auf den Monitor. Eines der Symbole erweckt meine Aufmerksamkeit. Das Adressbuch.

Ich beuge mich vor, bewege den Cursor auf das Symbol, klicke es mit der Maus an. Eine Liste mit Telefonnummern und Adressen öffnet sich. Es sind nicht viele – eine Mischung aus geschäftlichen und privaten Einträgen. Ich gehe sie durch.

Etwas erweckt meine Aufmerksamkeit. Ich runzle die Stirn und scrolle die Liste erneut von oben nach unten. Da war es wieder.

Auslassungen …

Irgendetwas fehlt. Was?

Ich scrolle die Liste noch fünf weitere Male durch, bevor ich es sehe.

»Verdammt!« Ich richte mich kerzengerade auf. Ich bin schockiert. Ich schlage mir mit der Hand gegen die Stirn, entsetzt über meine eigene Dummheit. »Du blöde Kuh!«, schimpfe ich über mich selbst.

Es sind nicht die Beweise, die auf ihn hindeuten.

Es ist das Fehlen jeglicher Beweise.

»Alan!«, rufe ich.

Er kommt zu mir, die Augenbrauen fragend erhoben.

»Was ist?«

»Ich weiß, wer der Künstler ist.«

KAPITEL 59 »Sie haben die Mädchen befreit«, berichtet Alan. Er hat soeben eine längere Unterhaltung auf seinem Handy geführt. »Jessica und Theresa. Sie sind körperlich gesund, aber noch nicht vernehmungsfähig.« Er verzieht das Gesicht. »Mein Gott, Jessica war mehr als zehn Jahre in diesem Silo gefangen. Theresa fünf. Dieser Kerl hat ihnen tausend Quadratmeter Raum gegeben, hat ihnen zu essen und zu trinken gegeben … verdammt, er hat ihnen sogar Satellitenfernsehen und Musik erlaubt. Nur nach draußen durften sie nicht. Kein einziges Mal. Und sie durften keine Kleidung tragen. Er hat zu ihnen gesagt …« Alan zögert. »Er hat zu ihnen gesagt, wenn sie versuchen zu fliehen oder sich umzubringen, tötet er jemanden, den sie lieben. Beide Mädchen sind psychische Wracks. Möglich, dass er sie geschlagen hat.«

»Wahrscheinlich sogar«, sage ich. Ich bin froh, dass die Mädchen leben, doch der Gedanke an ihr Los macht mich wütend, wie alles andere an diesem Fall.

Wir haben im Wagen gesessen und auf Callie gewartet, als der Anruf einging. Mir kommt ein Gedanke.

»Ruf sie zurück«, sage ich zu Alan. »Der Agent in Charge soll die Mädchen fragen, ob sie je sein Gesicht gesehen haben.«

Alan wählt. »Johnson?«, fragt er. »Ich bin es noch mal, Alan Washington. Sie müssen den Mädchen eine Frage für mich stellen …«

Wir warten.

»Ja?«, fragt Alan. Sieht mich an. Schüttelt den Kopf. Die Mädchen haben das Gesicht des Künstlers nicht gesehen.

Verdammt.

Alan runzelt die Stirn. »Verzeihung, können Sie das wiederholen?« Seine Miene wird ernst. »Oh. Sagen Sie ihr, Sarah geht es gut. Und noch was, Johnson. Sie müssen Jessica Nicholson eine Nachricht überbringen …« Er beendet das Gespräch. »Theresa hat sich gleich als Erstes nach Sarah erkundigt.«

Ich antworte nicht. Was soll ich auch sagen?

Callie und Gene sind da. Callie springt aus dem Wagen und kommt herbei. Sie hat sich sauber gemacht und sieht so makellos aus wie immer. Sie nickt in Richtung Haus, betrachtet die zerschossenen Fenster, den von Kugeln umgepflügten Rasen. »Gefällt mir, was ihr hier veranstaltet habt.«

»Hallo, Smoky«, sagt Gene. Er wirkt müde.

»Hi, Gene.«

Ich will gerade berichten, als ein weiterer Wagen zum Haus kommt. Brady erscheint wie aus dem Nichts, während der Wagen sich nähert.

»AD Jones«, sagt er.

»Hört, hört, die ganze Bande ist versammelt«, murmelt Callie. »Übrigens – Kirby schien enttäuscht zu sein, weil sie niemanden erschießen durfte.«

»Sie hat ihre Sache gut gemacht«, sagt Brady, während er Callie nachdenklich mustert.

Ich beobachte, wie Callie den Blick erwidert, erkenne das

beinahe lustvolle Funkeln in ihren Augen. Sie streckt Brady eine Hand entgegen.

»Ich glaube nicht, dass wir uns schon mal begegnet sind«, sagt sie.

»Brady.« Der SWAT-Commander schüttelte ihr die Hand. »Und Sie sind …?«

»Callie Thorne. Aber Sie können gern Schönheit zu mir sagen.«

»Nicht zu viel verlangt.«

Callie zwinkert mir zu. »Der Mann gefällt mir.«

Der Wagen hält bei uns, und AD Jones steigt aus. Das neckische Geplänkel verstummt. Der Assistant Director erinnert mich an Callie und Brady zugleich: unermüdlich, voller Energie, tadelloses, gepflegtes Äußeres.

»Erzählen Sie mir, was Sie haben«, sagt er ohne Umschweife.

Ich informiere ihn über den Zugriff, das nachfolgende Verhör Cabreras und die Mädchen im ehemaligen Raketensilo in North Dakota.

»Neuigkeiten über die Mädchen?«, wendet Jones sich an Alan.

»Nein, Sir. Wir rechnen aber jeden Moment damit.«

Ich erzähle Jones von Juan und sehe, wie in Jones' Augen ein Ausdruck der Trauer erscheint. Er dreht den Kopf zur Seite. Leise sagt er: »Mein Gott, und wir sind schuld daran. Wir haben das zu verantworten.«

Ich warte, bis er sich wieder gefasst hat.

»Okay«, sagt er. »Wir wissen also, wer er war. Wissen wir auch, wer er ist? Haben wir einen Namen?«

Ich sage es ihm. Alan weiß es bereits. Es ist das erste Mal, dass Callie es hört, und ihr schockierter Gesichtsausdruck passt zur Miene von AD Jones.

»Gibbs?«, fragt Jones ungläubig. »Der Verwalter der Stiftung? Wollen Sie mich auf den Arm nehmen?«

»Ich wünschte, es wäre so, Sir. Aber es ergibt Sinn. Wir hätten schon früher daran denken müssen. Es war mein Versäumnis, Sir. Der Kerl sitzt direkt vor unserer Nase, aber ich habe es nicht gesehen – bis ich die Liste in Cabreras Computer gefunden habe. Es war aber nicht das, was auf der Liste stand, sondern das, was *nicht* darauf stand.«

Er starrt mich an, runzelt die Stirn. Dann hellt seine Miene sich auf, als er begreift. »Gibbs stand nicht auf der Liste?«

»So ist es, Sir. Eine Suche in Cabreras Arbeitszimmer brachte nichts zu Tage, das mit Gibbs oder der Langstrom-Stiftung in Verbindung gestanden hätte. Doch Cabrera ist pedantisch, beinahe schon zwanghaft. Die Liste der Kontakte, die ich gefunden habe, war absolut vollständig. Er hatte Telefonnummern von allem und jedem, angefangen bei der Frau, die ihm die Haare schneidet, bis hin zur Müllabfuhr. Festnetznummern, Mobilnummern, E-Mail-Adressen, Faxnummern … aber nicht die Nummer seines *Anwalts?* Auf keinen Fall hat er sie versehentlich ausgelassen. Und da ist noch etwas.« Ich blinzle AD Jones an. »Juan war ziemlich hellhäutig, nicht wahr?«

»Ja. Er sah fast wie ein Weißer aus.«

»Gibbs ist weiß. Cabrera nannte Juan einen ›weißen Engel‹. Ich dachte, es wäre eine Redensart, aber zusammen mit dem fehlenden Eintrag in Cabreras elektronischem Adressbuch dämmerte mir, dass er damit die Hautfarbe gemeint hat.«

»Es ist noch nicht erwiesen«, sagt Alan, »aber es trifft sehr wahrscheinlich zu. Er versteckt sich vor unser aller Augen, für jeden zu sehen. Gerissen, aber riskant. Das passt zu ihm und seiner Vorgehensweise.«

AD Jones schüttelt den Kopf. Auf seinem Gesicht spiegeln sich Unglauben, Verbitterung und Zorn. Ich weiß genau, wie er sich fühlt. »Und was ist das Problem?«, fragt er.

»Keine Beweise«, sage ich. »Niemand außer Cabrera hat sein Gesicht gesehen. An keinem der uns bekannten Tatorte wurde irgendeine Spur gefunden, irgendetwas Beweiserhebliches. Wir haben nichts, um ihn mit einem der Verbrechen in Verbindung zu bringen, es sei denn, er legt ein Geständnis ab.« Ich deute auf Callie und Gene. »Die beiden werden das Haus auf den Kopf stellen. Vielleicht haben wir diesmal Glück und finden etwas.«

AD Jones schüttelt den Kopf. »Verdammt!« Er zeigt mit dem Finger auf mich. »Sie *müssen* etwas finden, Smoky. Egal was. Genug ist genug. Machen Sie dieser Geschichte ein Ende.«

Er macht kehrt und geht zurück zu seinem Wagen, ohne mich noch eines Wortes zu würdigen. Ich blicke ihm verwundert nach. Sekunden später ist der Wagen unterwegs zum Tor und der wachsenden Traube wartender Reporter.

»Tja«, sagt Callie zu Brady, »ich nehme an, Sie und ich müssen unsere Unterhaltung auf später verschieben. Es wird doch ein Später geben?«

Brady tippt sich an einen imaginären Mützenschirm.

»Absolut, Ma'am.«

Er schlendert davon. Callie starrt auf seinen Hintern, als er sich entfernt.

»Ah, Lust«, seufzt sie. Dann wendet sie sich zum Haus, zwinkert mir zu. Callie tut, was sie immer tut: Sie versucht, den Dingen ihre unerträgliche Schärfe zu nehmen. Wie das Radio und das Sonnenlicht in meinem Schlafzimmer vor einer halben Ewigkeit.

»Bereit, Gene?«, fragt sie.

»Bereit.«

Sie gehen gemeinsam zum Haus. Ich sehe, wie Callie in ihre Tasche greift und eine Vicodin einnimmt.

Ich wünsche mir im Moment nichts so sehr wie einen ordentlichen Schluck Tequila.

Nur einen.

Ich warte. Es macht mich wahnsinnig.

Ich habe alles getan, was ich tun kann. Gibbs wird observiert.

Cabrera ist in Gewahrsam. Theresa und Jessica sind im Krankenhaus, wo Ärzte und Krankenpfleger sich um sie kümmern. Bonnie, Elaina und Sarah sind in Sicherheit. Alan telefoniert mit Elaina und erzählt ihr, was wir über Theresa wissen, damit sie es Sarah weitersagen kann. Callie und Gene sind in Cabreras Haus und versuchen, Schnelligkeit mit Sorgfalt in Einklang zu bringen. Die Sorgfalt trägt den Sieg davon.

Ich kann nichts tun als warten.

Alan kommt zu mir. »Elaina wird es Sarah erzählen. Wenigstens können wir ihr ein wenig Hoffnung geben.«

»Was meinst du, Alan? Selbst wenn wir Juan erwischen – wird es ein gutes Ende geben? Oder wird er tun, was er schon die ganze Zeit tun wollte?«

Ich weiß selbst nicht, warum ich Alan diese Fragen stelle. Vielleicht, weil er mein Freund ist. Vielleicht, weil von meinen Mitarbeitern derjenige ist, an den ich mich lehnen, zu dem ich aufblicken kann, Untergebener oder nicht.

Er schweigt einen langen Augenblick. »Wenn wir ihn schnappen, tun wir unsere Arbeit. Wir verhindern, dass er noch mehr Unheil anrichtet. Wir verschaffen Sarah die Chance auf ein normales Leben. Mehr nicht, aber auch nicht weniger. Es mag nicht die beste Antwort sein, aber mehr können wir nun mal nicht tun, und für mehr sind wir auch nicht verantwortlich.« Er schaut mich an, lächelt. »Du willst wissen, ob Sarah innerlich bereits tot ist? Ob er ihren Geist, ihre Seele ermordet hat? Ich weiß es nicht. Sarah weiß es selbst nicht. Aber wir verschaffen ihr die Chance, es herauszufinden. Vielleicht ist das nicht genug, aber es ist besser als nichts.«

»Und was ist mit Juan?«, frage ich.

»Er ist ein Verbrecher. Seine Tage als Opfer liegen lange zurück.«

Ich denke über Alans Worte nach. Sie trösten mich – und auch wieder nicht. Meine Stimmung schlägt Kapriolen, wirft sich umher wie jemand, der auf einem Bett zu schlafen versucht, das nur an manchen Stellen weich ist. Dieses Gefühl ist nicht neu für mich.

Gerechtigkeit für die Toten. Wenigstens das. Doch es ist keine Erlösung, erst recht keine Auferstehung. Die Toten bleiben tot, auch wenn die gefangen wurden, die für ihren Tod verantwortlich sind. Die Wahrheit, das Traurige an alledem ist – es macht unsere Arbeit weder erfüllend noch völlig sinnlos.

Akzeptanz und Unruhe. Zwei Wellen, die mich sanft hin und her wiegen, für immer und ewig.

Ich warte.

Während ich warte, ruft Tommy an. Ich fühle mich schuldig und freue mich zugleich – zwei neue Wellen. Schuldig, weil ich ihn nicht angerufen und mich erkundigt habe, wie es ihm geht. Erfreut darüber, seine Stimme zu hören, glücklich, dass er lebt.

»Wie geht es dir?«, frage ich.

»Geht so. Keine größere Verletzung des Muskels. Das Schlüsselbein ist gebrochen, und es tut höllisch weh, aber ich werde dadurch nicht zum Invaliden.«

»Tut mir leid, dass ich mich nicht gemeldet habe.«

»Schon okay. Du tust deinen Job, Smoky. Es gibt Zeiten, da bin ich genauso sehr mit meiner Arbeit beschäftigt. Das ist nun mal so. Wenn wir anfangen, darüber Buch zu führen, ist es vorbei, bevor es richtig losgeht.«

Seine Worte wärmen mich. »Wo bist du im Augenblick?«

»Zu Hause. Ich wollte dich anrufen, bevor ich meine Schmerzmittel nehme. Sie machen mich ein wenig vertrottelt, weißt du.«

»Tatsächlich? Vielleicht sollte ich vorbeikommen und es ausnutzen, solange du unter dem Einfluss von dem Zeug stehst.«

»Schwester Smoky badet mich und seift mich ein? Nicht übel. Ich sollte mich häufiger in die Luft sprengen lassen.«

Der psychische Druck lässt mich mit einem albernen Kichern reagieren. Erschrocken schlage ich mir die Hand vor den Mund.

»Mach dich wieder an die Arbeit«, sagt Tommy. »Wir reden morgen.«

»Okay. Bye«, sage ich und unterbreche die Verbindung.

Alan sieht mich an. »Hast du gerade gekichert?«

Ich runzle die Stirn. »Ich? Aber nein, ich kichere nicht.«

»Aha.«

Wir warten.

Callie und Gene haben das Haus zur Hälfte durch. Sie haben mehrere Fingerabdrücke von Cabrera, die sie zum Vergleichen benutzen. Bis jetzt haben sie nichts gefunden.

Es ist drei Uhr morgens. Die Reporter und die Helikopter sind verschwunden. AD Jones hat sie clever ausgetrickst. Er hat sich als Informationsquelle präsentiert, und sie sind ihm gefolgt wie eine Horde hungriger Vampire. Ich nehme an, die Story, wie *wir* sie wollen, ist inzwischen über die Fernsehschirme der Nation geflimmert und steht zum Nachlesen auf den Internetseiten. Morgen früh wird sie die Titelseiten der Zeitungen schmücken: Cabrera gefunden. Verdächtiger tot. Fall gelöst.

Wir warten.

Um halb fünf summt mein Handy.

»Ja?«

»Kirby hier.«

Die schlichte Tatsache, dass sie mit ernster Stimme spricht und keine Sprüche folgen, lässt sämtliche Alarmglocken in mir schrillen.

»Was ist passiert?«, frage ich.

»Sarah ist verschwunden.«

KAPITEL 60 Ich schreie Kirby beinahe an. Es ist Wut, angefacht durch Angst.

»Was soll das heißen, sie ist verschwunden? Sie sollten auf das Mädchen aufpassen!«

Kirbys Stimme ist ruhig, aber nicht rechtfertigend. »Ich weiß. Ich habe auf Leute gewartet, die versuchen, von draußen in das Versteck einzudringen. Ich habe nicht damit gerechnet, dass Sarah versuchen könnte, es zu verlassen. Sie stand nicht unter Arrest. Sie ist einfach gegangen. Ich war auf der Toilette, und da ist sie zur Tür raus. Sie hat eine Notiz zurückgelassen. ›Ich muss etwas erledigen‹, hat sie geschrieben.«

Ich nehme das Handy vom Ohr. »Verdammter Mist!«, fluche ich. Alan war im Haus. Jetzt kommt er herausgerannt.

»Wissen Sie, wohin Sarah gegangen sein könnte?«, fragt Kirby.

Ich halte inne, wie vor den Kopf geschlagen.

Weiß ich es?

Die Stimme in meinem Kopf antwortet. Sie ist anklagend.

Natürlich weißt du es. Hättest du zugehört, hättest du gewusst, dass es so weit kommt. Aber du warst zu sehr mit dir selbst beschäftigt.

Plötzlich erscheint die Wahrheit, die ich mir klarzumachen versuche.

Sarah, die ihn sich einprägt. Die Art, wie er spricht. Sie hat gesagt, sie würde seine Stimme niemals vergessen.

Sarah, die vor ein paar Tagen einen Anruf von Gibbs entgegennimmt, den er angeblich macht, um sich davon zu überzeugen, dass Sarah nichts gegen unseren Besuch in ihrem Elternhaus hat.

Ich fasse mir mit einer Hand an die Schläfen. In meinem Kopf dreht sich alles, und mein Herz pocht wie verrückt.

Der Künstler hat vor kurzem mit ihr gesprochen – an dem Tag, als er die Kingsleys umgebracht hat. Anschließend hat er mit ihr am

Telefon geredet, im Krankenhaus, und sich als Gibbs ausgegeben. Sarah wusste es in dem Augenblick, als sie seine Stimme hörte. Er wollte wahrscheinlich, dass sie es weiß.

»Ja«, sage ich zu Kirby. »Ich könnte mir vorstellen, wohin sie gegangen ist. Bleiben Sie bei Bonnie und Elaina. Ich melde mich wieder.«

Ich lege auf, bevor sie etwas erwidern kann.

Sarah wusste es. Sobald sie erfuhr, dass Theresa in Sicherheit war, hat sie sich auf den Weg gemacht, um zu tun, was sie sich mehr ersehnt als alles andere.

Sie hat sich auf den Weg gemacht, um den Künstler zu töten.

Der endlose Kreis.

»Was ist?«, fragt Alan.

Ich sehe die Angst in seinen Augen. Ich kann es ihm nicht verdenken. Das letzte Mal, als wir vor dem Abschluss eines Falles standen und ich einen Anruf erhielt, der bei mir eine solche Reaktion bewirkte, war Elaina in Gefahr.

»Elaina und Bonnie geht es gut«, sage ich rasch. »Sarah ist ausgebüchst.«

Ich sehe, wie Alan überlegt, wie sein Verstand rast. Und dann sehe ich, dass auch ihm klar wird, wohin Sarah will.

»Gibbs. Sie will zu Gibbs und ihn töten.«

»Ja«, sage ich.

Die Angst bleibt in seinen Augen. Es geht nicht um Elaina, nicht um Bonnie, nicht um mich. Es geht nicht um Callie, nicht um James.

Es geht um Sarah.

Ich höre James' Stimme in meinem Kopf. *Jedes Opfer.*

»Wenn wir zulassen, dass sie ihn tötet, findet sie nie wieder zurück«, murmelt Alan.

Seine Worte reißen mich aus meiner Erstarrung.

»Setz dich mit der Observation in Verbindung, Alan. Alarmiere sie, verschaff dir die Adresse. Wenn sie Sarah entdecken, sollen sie sie festhalten. Ansonsten sollen sie warten, bis wir da sind. Ich gebe Callie Bescheid, wohin wir fahren.«

Ich renne zum Haus. Callie ist in einem der Schlafzimmer.

Ich sage ihr, was passiert ist – und was passieren wird. Erneut sehe ich Angst. In ihren Augen ist die gleich Angst wie in Alans Augen. Es ist eigenartig, Callie so zu sehen. Beunruhigend. Keiner aus dem Team hat sich Sarahs Geschichte, ihrem Tagebuch entziehen können, ohne eine Narbe zurückzubehalten.

»Dann fahr schnell«, sagt Callie. »Ich kümmere mich um alles hier vor Ort.«

KAPITEL 61 Wie sich herausstellt, wohnt Gibbs – Juan – nicht weit entfernt, nicht nach den Maßstäben von Los Angeles. Zu dieser frühen Morgenstunde, da kein Verkehr uns behindert, müssten wir in zwanzig Minuten im San Fernando Valley und vor seinem Haus sein.

Auf dem Weg dorthin summt mein Handy erneut.

»Spreche ich mit Smoky Barrett?«, fragt eine tiefe Männerstimme.

»Ja. Wer ist da?«

»Mein Name ist Lenz. Ich bin einer der Agenten, die mit der Observation von Gibbs beauftragt wurden. Wir haben ein Problem, Ma'am.«

Mein Herz schlägt schneller. »Was?«

»Mein Partner und ich haben das Haus im Auge behalten. Alles war ruhig. Vor fünf Minuten aber hat plötzlich jemand auf uns gefeuert … das heißt, nicht auf uns, sondern auf den Wagen. Einschläge im Kofferraum und in der Heckscheibe. Wir haben uns in die Sitze geduckt und unsere Waffen gezogen. Als wir die Köpfe schließlich wieder nach draußen gesteckt haben, sahen wir eine junge Frau am Wagen vorbei zur Tür von Gibbs rennen.«

»Verdammt!«, entfährt es mir. »Ist sie ins Haus eingedrungen?«

Agent Lenz' Stimme klingt zerknirscht. »Ja. Vor höchstens drei Minuten.«

»Ich bin gleich bei Ihnen! Bleiben sie zurück, und halten Sie die Augen auf!«

Es ist ein kleines Haus. Bescheiden. Zweistöckig, in älteren, was so viel heißt wie besseren, Zeiten erbaut. Es hat einen kleinen Vorgarten, ohne Zaun und ohne Bäume. Die Einfahrt führt von der Straße zu einer abseitsstehenden Einzelgarage. Die Straße liegt still da. Bald geht die Sonne auf; wir sehen das Licht des neuen Tages über den Dächern.

Ein Agent, den ich nicht kenne, erwartet uns. Er kommt zu uns, als wir aus dem Wagen steigen.

»Lenz«, stellt er sich vor. Er ist um die vierzig, wirkt ein wenig hausbacken und hat das hagere Aussehen und die fahle Haut eines starken Rauchers. »Diese Geschichte tut mir sehr leid, Agentin Barrett.«

»Sie bleiben hier«, sage ich zu ihm. »Ihr Partner soll die Rückseite des Hauses im Auge behalten. Wir gehen zur Vordertür.«

»Verstanden.«

Lenz und sein Partner setzen sich in Bewegung. Alan und ich ebenfalls. Wir haben unsere Waffen nicht gezogen, doch unsere Hände ruhen auf den Griffen. Als wir die Stufen zur Eingangsterrasse hinaufsteigen, höre ich Sarah. Sie schreit, sie kreischt.

»Du hast den Tod verdient! Ich bringe dich um! Hast du gehört?«

Eine Stimme antwortet. Sie ist zu leise, als dass ich die Worte verstehen könnte.

»Bereit?«, frage ich Alan.

»Bereit«, flüstert er, mein Freund, zu dem ich insgeheim aufblicke.

Es ist der entscheidende Augenblick. Ich höre es an Sarahs Stimme. Keine Zeit für Finesse. Jetzt ist Handeln gefragt.

Wir huschen zur Vordertür. Ich drehe prüfend den Knauf. Er bewegt sich, und ich stoße die Tür weit auf, springe ins Innere, mit gezogener Pistole. Alan folgt mir auf dem Fuß.

»Sarah?«, rufe ich. »Bist du da?«

»Gehen Sie weg! Gehen Sie weg! Gehen Sie weg, weg, weg!«

Es kommt aus der Küche, im hinteren Teil des Hauses. Es ist nicht weit; mit ein paar Schritten bin ich bei der Tür. Ich blicke in die Küche und erstarre.

Sie ist klein und altmodisch. Der Esstisch steht abseits vom Herd, sauber, doch abgewetzt, mit vier alten Küchenstühlen darum. Schlicht und einfach.

Juan sitzt auf einem der Stühle. Lächelt. Sarah steht vor ihm, vielleicht anderthalb Meter, und zielt mit einer Waffe auf seinen Kopf. Die Waffe sieht nach einem schweren Achtunddreißiger Revolver aus. Eine Obszönität in Sarahs kleinen Händen. Etwas, das nicht dorthin gehört.

Ich erkenne Gibbs kaum wieder. Er trägt keinen Bart.

Es war ein falscher Bart, Idiotin.

Er dreht sich zu mir um, sieht mich, lächelt noch breiter.

Und die Augen sind nicht blau, sie sind braun. Er hat farbige Kontaktlinsen getragen.

»Hallo, Agentin Barrett«, begrüßt er mich mit unterwürfiger Stimme, doch seine Augen leuchten. Er hat die Maske fallen lassen, zeigt den Wahnsinn, der ihn beherrscht. »Sind Sie die gute Seite von dem, was aus mir geworden ist?«

»Halt's Maul!«, schreit Sarah ihn an. Die Waffe in ihren Händen zittert.

Ich sehe zu Alan. Schüttle den Kopf. Bedeute ihm zu warten. Ich senke die Waffe, ohne sie wegzustecken.

Sarah hat völlig die Fassung verloren. Ich sehe ihr Gesicht, und endlich verstehe ich, was der Künstler alias Juan all die Jahre erreichen wollte.

Sarahs Gesicht ist das eines Engels – ein Engel mit gestutzten Flügeln, dem die Gnade Gottes entzogen wurde. Da ist kein Glaube mehr, keine Hoffnung.

Ein zerstörtes Leben.

Ich blicke zu Juan und sehe, wie er das Entsetzen in sich aufsaugt, das für ihn zu einer Art Ekstase geworden ist. Vielleicht hat er irgendwann einmal gesagt, dass es nur um Gerechtigkeit geht. Vielleicht ging es irgendwann tatsächlich einmal darum. Doch seitdem hat er sich verändert, auf die grundlegendste und schlimmste nur denkbare Weise, bis es ihm nur noch um eines ging: die Freude, andere leiden zu lassen.

Er hatte sich aufgemacht, böse Menschen zu bestrafen. Und indem er das tat, wurde er selbst böse.

»Das ist nicht das Ende, das ich geplant hatte«, sagt er. Er beachtet mich jetzt gar nicht mehr. »Doch Gottes Wille ist in allem, und ich sehe, was er hier tut in seiner unendlichen Weisheit, gelobt sei der Herr. Er hat mich auf den Weg gesandt, um dich nach meinem Ebenbild neu zu erschaffen, und jetzt sehe ich, dass dies nur vollendet werden kann, wenn ich von deiner Hand sterbe, Sarah. Gelobt sei der Herr. Du wirst mich im Namen der Rache töten. Du wirst mich töten, weil du denkst, dass es richtig ist, doch ich sehe jetzt, dass du mich nur deswegen töten wirst, weil Gott es so will, gelobt sei der Herr.« Er zögert, blickt zu Boden.

»Du wirst mich nicht töten, um Theresa zu retten. Sie wurde bereits befreit, ist unverletzt. Du wirst mich töten, weil du danach dürstest, mein Blut zu vergießen, ein Verlangen, das in dir brennt, das dich verzehrt mit seiner Kraft. Und woher kommt dieses Verlangen? Woher kommt diese verzehrende Flamme?«

Er nickt, grinst. »Es ist die Flamme Gottes, Little Pain. Siehst du das nicht? Ich war ein Racheengel, den der Schöpfer gesandt hat, um die Männer zu vernichten, die sich hinter Symbolen verstecken. Dämonen, die in feinen Anzügen durch die Welt streifen und so tun, als wollten sie Gutes tun, während sie in Wirklichkeit die Seelen der Unschuldigen verderben.

Ich wurde von Gott gesandt, um eine Schneise zu schlagen, eine Schneise voller Blut, in dem sowohl Täter als auch Opfer ertrinken, Unschuldige und Schuldige, ohne Unterschied. Was bedeuten schon ein paar unschuldige Tote, wenn es um das große Ganze geht? Ich wurde geopfert, sodass der Herr mich zu seinem Schwert schmieden konnte. Ich habe dich geopfert, damit du zu mir werden und meinen Platz einnehmen kannst, gelobt sei der Herr!«

Er beugt sich vor, schließt die Augen, einen Ausdruck der Glückseligkeit auf dem Gesicht. »Ich bin bereit, Gott dem Herrn gegenüberzutreten. Der Mutter Gottes, voll der Gnade.«

Ich betrete die Küche, ignoriere Juan, beobachte Sarah. Ich gehe zu ihr, bleibe nicht stehen, bis ich direkt neben ihr bin. Sie reagiert nicht, kann den Blick nicht von Juans Gesicht lösen.

Sie sieht, wird mir bewusst, wie ich sehe. Wie James sieht. Wie jene arme FBI-Agentin, die sich in den Kopf geschossen hat. Sarah sieht Juan, und sie begreift.

Ihr Schmerz ist sein Klimax. Doch die Gründe hinter allem sind Tragödie und Irrsinn.

Ich kann den Schmerz, die Not, die Verzweiflung spüren, die Sarah ausstrahlt. Es brennt wie Feuer. Ihr Finger am Abzug zittert, und sie verharrt im Augenblick. Sie will seinen Tod, doch sie hat auch Angst. Angst, dass es nicht reichen könnte. Dass es nicht lange genug dauern könnte. Dass es zu schnell vorbei ist und nicht ausreicht, um das Loch in ihrem Innern zu füllen.

Und sie hat recht. Sie könnte ihn für eine ganze Ewigkeit töten, und am Ende würde sie nur sich selbst verlieren.

Was soll ich ihr sagen? Ich habe nur eine Chance. Vielleicht zwei.

Juan betet. Inbrünstig, eifrig, stolz.

Wahnsinnig.

Er hat als organisierter Täter angefangen, doch Dr. Child,

der Profiler, hat recht. Der Wahnsinn war bereits da gewesen, hatte im Verborgenen geschlummert und dann heimtückisch wie ein Virus zugeschlagen.

Ich verdränge seine Stimme aus meinen Gedanken, konzentriere mich ganz auf Sarahs Engelsgesicht.

Im Fallen begriffen, aber noch nicht ganz gefallen.

Theresa, Buster, Desiree. Güte und Lächeln und Liebe … alles dahin. Wo ist der Schlüssel? Wie kann ich sie von dem Abgrund wegzerren, an dessen Rand sie steht? Wie kann ich ihren nächsten Schritt verhindern, der sie unwiderruflich in die Tiefe stürzen lässt?

Nach und nach dämmert es mir. Nicht mit einem Donnerschlag, eher wie eine im Wind tanzende Feder. Ein geisterhafter Kuss.

Ich beuge mich vor, bringe den Mund an ihr Ohr. Ich flüstere zu ihr, und ich lege die Macht meines ganzen Ich in meine Stimme, meinen eigenen überstandenen Schmerz. Wir sind beide Engel mit gestutzten Flügeln, außen und innen vernarbt, und wir bluten beide aus Wunden, die nicht heilen wollen. Die Entscheidung ist keine Entscheidung zwischen Gut oder Böse. Zwischen Glücklich- oder Traurigsein. Zwischen Hoffnung oder Verzweiflung. Die Entscheidung ist die einfachste von allen. Es ist die Entscheidung zu leben oder zu sterben. Darauf zu setzen, dass das Leiden nachlässt, wenn das Leben seinen Lauf nimmt, und dass irgendwann wieder bessere Zeiten kommen.

Ich lege Matt und Alexa in meine Stimme, und ich hoffe, dass sie meine Worte in Sarahs Herz lenken.

»Deine Mutter sieht aus den Wolken zu dir herab, Sarah. Für immer und alle Zeit, und sie will das nicht. Der einzige Ort, an dem sie noch lebt, ist in dir, Sarah. Das ist der letzte Rest von ihr. Wenn du ihn tötest, stirbt auch sie, endgültig.« Ich richte mich auf, trete zurück. »Mehr werde ich dir nicht sagen. Es ist deine Entscheidung. Du triffst die Wahl.«

Juan blickt aus zusammengekniffenen Augen zu mir. Mustert Sarah. Lächelt wie eine Schlange, die Milch mit Honig schleckt.

»Du hast deine Wahl bereits getroffen, Little Pain«, sagt er dann. »Brauchst du meine Hilfe? Brauchst du mich, um dich zu erinnern? Um die Flamme in dir zu entfachen, damit du Gottes Wille erfüllen kannst?« Er leckt sich über die Lippen. »Deine Mutter … Ich habe sie angefasst, nachdem sie tot war. Ich habe sie an den intimsten Stellen angefasst. *Ich war in ihr.*«

Sarah erstarrt. Mir stockt der Atem. Ich warte darauf, dass sie ihn erschießt. Ein dunkler Teil meiner Selbst, jener Teil mit den Killeraugen, vergisst mein Vorhaben und will, *sehnt* sich danach, dass sie Juan tötet.

Stattdessen fängt Sarah an zu zittern.

Es beginnt als leichtes Erbeben, wie der Tremor, der einem Erdbeben vorangeht. Er bewegt sich von ihren Händen über die Arme zu den Schultern. Über die Brust nach unten, zu den Beinen; es ist ein furchtbares Zittern, bis es so aussieht, als müsste sie jeden Moment zerspringen – und dann erstarrt sie.

Legt den Kopf in den Nacken.

Stößt ein Heulen aus. Ein grauenvolles, herzzerreißendes Heulen.

Es ist das Heulen einer Mutter, die aufwacht und sieht, dass sie sich im Schlaf auf ihr Baby gerollt und es erstickt hat. Es bohrt sich in mein Herz.

Während sie heult, sehe ich Juan und bemerke seine Ekstase. Ich sehe ihn erzittern, sehe, wie es ihn schüttelt, beobachte, wie sein Oberkörper vornübersinkt, wie seine Hände sich zu Fäusten ballen. Ich höre ihn stöhnen. Lang anhaltend, voller nasser, widerlicher Dinge, voll stinkender, klebriger Toter. Es harmoniert mit Sarahs misstönendem Geheul. Es ist dämonisch. Juans Sturz ist bodenlos, vollständig. Er ist nicht besser als die Männer, die ihn zu dem gemacht haben, was er nun ist.

Sarah stürzt zu Boden, krümmt sich. Sie heult weiter, immer weiter.

»Keine Bewegung«, rufe ich Juan über das schreckliche Heulen hinweg zu.

Er beachtet mich gar nicht. Er kann den Blick nicht von Sarahs Agonie wenden.

Als er endlich spricht, bebt seine Stimme vor Faszination.

»Dort bin *ich*.«

Am Ende

Die Dinge, die leuchten

KAPITEL 62

»Bist du dir ganz sicher, Kleines?«

Bonnie lächelt zu mir auf. Sie meint es ernst.

Wir sind im Begriff, ein Verhörzimmer zu betreten. Das Zimmer, in dem Juan wartet. Bonnie hat darauf bestanden, ihn zu sehen. Die Gründe will sie mir nicht verraten, noch nicht. Zuerst habe ich mich geweigert. Ich wurde sogar richtig böse, doch Bonnie ließ sich nicht von ihrem Entschluss abbringen.

»Warum?«, habe ich sie gefragt. »Kannst du mir wenigstens den Grund verraten?«

Sie vollführt eine Pantomime. Jemand, der jemand anderem etwas gibt.

»Du willst ihm etwas geben? Ein Geschenk?«

Sie nickt. Zögert. Macht eine Bewegung, als würde sie etwas an mich reichen, dann etwas an Juan, wie sie mir zu verstehen gibt, indem sie auf den Namen auf dem Papier deutet.

»Du hast ein Geschenk für mich und für Juan?«

Ein ernstes Lächeln. Ein Nicken.

Ich hatte gehofft, dass Juan mir die Begegnung erspart, indem er sich weigert, uns zu sehen, doch zu meinem Erstaunen – und meiner Beunruhigung – hat er zugestimmt. Und jetzt stehen wir hier.

Bonnie hat einen Notizblock unter dem Arm. Sie trägt einen Marker in der Hand. Einen Stift hat man ihr nicht gelassen. Zu spitz, zu gefährlich. Es war nicht einfach, die Wachen zu überreden, ihr wenigstens den Marker zu erlauben.

Wir betreten das Zimmer. Und da ist Juan, gefesselt an Händen und Füßen, mit einer Kette an einer Öse im Boden gesichert. Er lächelt, als wir eintreten. Es ist ein breites Lächeln, ein träges Grinsen, ein Hund, der sich an einem sonnigen Fleck räkelt.

Für den Moment ist er der Sünder, nicht der Heilige.

Man hat mich informiert, dass Juan ständig zwischen diesen beiden Rollen wechselt. Vor kurzem hat er einen ganzen Nachmittag in der Gefängniskapelle verbracht, auf den Knien, die Arme ausgebreitet, und zu Gott gebetet. Noch in der gleichen Nacht hat er seinen Zellengenossen vergewaltigt. Hat vor sich hin gekichert, als der jüngere Mann schrie. Seit diesem Zwischenfall betet und schläft Juan nur noch allein in seiner Zelle. Einzelhaft.

»Agentin Barrett!«, sagt er. »Und die kleine Bonnie! Wie geht es Ihnen beiden?«

Nachdem ihm bewusst geworden war, dass er nicht sterben würde, hatte er geredet wie ein Wasserfall. Wie nicht anders zu erwarten, war er stolz auf seine Taten. Er war selbstgerecht, und jetzt hatte er endlich eine Zuhörerschaft, der er predigen konnte. Wir hingen an seinen Lippen, nahmen jedes Wort in uns auf und lauschten, wie er sich selbst um Kopf und Kragen redete.

Es hatte eine ganze Weile gedauert, bis er zweifelsfrei herausgefunden hatte, welche beiden Mitglieder der Sondereinheit ihn damals verraten hatten, als er noch ein kleiner Junge gewesen war.

Juan hatte Jahre gebraucht, um den Geldfluss von seiner Quelle bis zum Ziel zu dokumentieren. Zuerst hatte er die Beweise gegen Tobias Walker zusammen. Das war vor mehr als einem Jahrzehnt gewesen. Die Spur beim FBI war schwieriger zu verfolgen. Jacob Stern war ein gerissener Bursche gewesen.

Juan hatte herausgefunden, dass Stern über das LAPD zum FBI gekommen war, und dass er tatsächlich für eine gewisse

Zeit auf dem gleichen Revier Dienst getan hatte wie Walker. Das hatte Juans Misstrauen erweckt. Seine Beharrlichkeit und seine Unbarmherzigkeit hatten ihm schließlich die Informationen beschafft, die er brauchte.

Walker war der primäre Kontakt zur Unterwelt, der eigentliche Judas bei der ganzen Sache. Später hatte er Sterns Hilfe benötigt, um die Spur des Geldes zu verwischen; deshalb hatte Walker den FBI-Mann in seinen Plan mit einbezogen. Juan hatte Beweise für Sterns Mittäterschaft und für Walkers Sünden. Alles war auf Michael Kingsleys Computer gespeichert.

»Ich wollte Ihnen das Passwort geben und warten, bis Sie ein Auslieferungsersuchen gestellt hatten. Sobald er hier gewesen wäre, hätte ich meine Rache an ihm vollzogen.« Juan zeigt ein Raubtiergrinsen. »Es hätte selbstverständlich wie ein Unfall ausgesehen, schließlich war ich ja offiziell tot. Aber damit hätte ich leben können. Wichtig ist, dass die Welt erfahren hätte … dass sie verstanden hätte. Symbole bedeuten nichts. Die Seele ist entscheidend. Symbole sind bloß Symbole.«

Was das angeht, war er tatsächlich erfolgreich. Das Auslieferungsverfahren gegen Stern ist in vollem Gang. Ich hoffe, dass er einen grausamen Tod im Gefängnis stirbt. Stern und Walker sind letzten Endes verantwortlich für alles, was geschehen ist. Sie haben dieses Monster erschaffen, und wenn Juan sich damit zufriedengegeben hätte, nur diese beiden zu »besuchen«, wäre in meinen Augen der Gerechtigkeit Genüge getan worden. Stattdessen hat Juan viele Jahre lang Leid und Tod über zahlreiche Menschen gebracht. Er hat Unschuldige vernichtet, und das kann ich ihm nicht verzeihen.

Wir haben ihn nach AD Jones gefragt. Seine Antwort war überraschend pragmatisch: »Zu riskant, einen Assistant Director zu töten. Ich wollte abwarten und ihn zu einem späteren Zeitpunkt erledigen.«

Alles das erklärt auch, warum Juan sich überhaupt gezeigt hat. Es war eine geplante Abfolge von Ereignissen, die uns zu

Cabrera führen sollten und von dort zu Stern. Sobald Stern in den Staaten war …

Schaudernd denke ich daran, wie kurz davor Juan war, seine Pläne in die Tat umzusetzen.

Juan wirft sämtlichen anderen Mitgliedern der damaligen Sondereinheit vor, Walkers und Sterns »wahre« Farben nicht gesehen zu haben. Seiner Meinung nach war es ihre Aufgabe, ihn zu schützen. Sie haben versagt, und deswegen haben sie den Tod verdient.

Den Frauen gegenüber ließ er mehr Gnade walten, weil sie nicht Teil des ursprünglichen Betrugs waren.

»Doch sie waren Huren, blind für die Unzulänglichkeiten der Seelen ihrer Männer«, sagt Juan.

Sie hatten *versagt*. Deshalb verdienten sie den Tod.

Es ging um Versagen, wurde mir bewusst. Alles drehte sich nur darum. Juans Umgebung hatte versagt, wahrscheinlich von Geburt an, und so war er zu einem Killer herangewachsen, der kein Erbarmen mit Versagern hatte.

Als Juan über Walker sprach, erlebte ich den reinsten, tiefsten Hass, den ich wahrscheinlich in meinem ganzen Leben zu sehen bekomme. Juans Gesicht blieb ruhig, doch in seinen Augen loderte das Feuer der Hölle, und seine Stimme vibrierte vor unterdrückter Wut und Gift.

»Er entkam meiner Hand«, sagte er. »Nicht aber seine Kinder und deren Kinder!«, brüstete er sich voller Hass. »Ich habe die Langstroms vernichtet. Sie hätten ihre *Sorge* sehen sollen. Es war *wunderbar!* Und ihr Tod war meine Rache, meine *Gerechtigkeit*. Wissen Sie warum? Weil ich dafür gesorgt habe, dass sie nun in der Hölle schmoren!« Seine Augen schienen nur noch aus Pupillen zu bestehen, schwarz wie die Nacht. »Verstehen Sie? Sie haben Selbstmord begangen! Was auch mit mir geschehen mag, sie brennen bis in alle Ewigkeit in der Hölle!«

Er hatte gelacht und gelacht und gelacht. Der reinste Irrsinn.

Ich war neugierig gewesen, warum er seine Vorgehensweise immer wieder geändert hatte. Er hatte Haliburton erschossen, nachdem er ihn gezwungen hatte, ein Gedicht zu schreiben, und er hatte Gonzalez gefoltert und kastriert.

»Weil es nicht um ein Ritual ging«, erklärte er mir. »Es ging um Leid. Ich habe ihren Tod so bewerkstelligt, dass sie vorher die größtmöglichen Qualen durchlitten. Das Körperliche war auch wichtig, natürlich, doch der seelische Schmerz war das Allerwichtigste, gelobt sei Gott der Herr.«

Sarah gehörte selbstverständlich ihm – allerdings nur in seinen Augen. Er hatte ihr Leben manipuliert, hatte Verrat und Betrug erschaffen und ihr eine Ahnung des lebendigen Albtraums verschafft, den er selbst durchlebt hatte, in der Gewissheit, dass sie – wenn er fertig war – zu dem werden würde, was er selbst war.

Er ist allen Ernstes überzeugt, dass es genauso gekommen ist.

Ich weiß es besser. Sarah ist kein Juan. Juan ist böse. Sarah ist gut. In meinem Job denke ich selten in solchen Schwarzweißbegriffen, doch hier ist es erforderlich. Sarahs Seele ist vernarbt, aber nicht brandig.

Der Mr. Unbekannt, den Vargas in seinem Video erwähnt hat, ist längst tot. Juan hatte dafür gesorgt. Er war seinen Häschern entkommen, als er fünfzehn war. Vier Jahre später hatte er sie gejagt und zur Strecke gebracht, einen nach dem anderen. Sie alle starben auf unterschiedliche, grässliche Art und Weise. Das Video war ein Ablenkungsmanöver gewesen, das uns beschäftigen und auf eine falsche Fährte führen sollte. Juan hatte Vargas bezahlt, damit er das Video drehte.

»Er war so hinüber«, erzählte Juan, »dass er nicht einmal wissen wollte, wofür ich das Video brauchte. Er wusste nicht mehr, wer ich war. Soll man das für möglich halten? Diese Junkies sind wirklich der Liebe Gottes beraubt.«

Jetzt stehen wir hier, und ich frage mich warum. Ich möchte

nicht hier sein. Juan ist eine verlorene Seele, nicht zu retten, würdig sowohl meines Erbarmens als auch meiner Wut.

Er richtet seine leuchtenden Augen auf Bonnie. »Warum wolltest du mich unbedingt sehen, kleine Person?«

Bonnie ist die ganze Zeit gelassen geblieben. Juan scheint sie nicht zu berühren, oder das, was er ist, oder seine Gegenwart. Sie tritt zum Tisch, klappt den Block auf und beginnt zu schreiben. Ich sehe ihr gespannt zu.

Als sie fertig ist, hält sie mir den Block hin. Gibt mir zu verstehen, dass ich lesen soll, was sie geschrieben hat.

»Sie möchte wissen, ob Sie vertraut sind mit Bonnies Geschichte.«

Juan nickt. Sein Interesse ist aufgeflammt. »Selbstverständlich bin ich damit vertraut! Das war ein inspirierender Akt! Dich zum Zusehen zu zwingen, während er deine Mutter vergewaltigt und tötet, und dich an ihren Leichnam zu fesseln! Ein Meisterwerk von einem wahren Künstler des Todes.«

»Du Dreckskerl!«, fauche ich, zitternd vor Wut.

Bonnie legt mir eine Hand auf den Arm. Sie nimmt den Block wieder an sich. Ich funkle Juan an, während sie wieder ein paar Worte schreibt. Juan lächelt mich an. Bonnie reicht mir den Block. Ich lese, was sie geschrieben hat, und mein Herz stottert …

»Sie …« Ich räuspere mich. »Sie möchte wissen, ob Sie gerne von ihr erfahren möchten, warum sie nicht spricht. Den wahren Grund. Sie glaubt, dass Sie es zu schätzen wissen.«

Ich schaue Bonnie an. »Wir sollten gehen. Das alles gefällt mir nicht.«

Wieder tätschelt sie meinen Arm. Heiter, gelassen.

Vertrau mir, sagt ihr Blick.

Juan leckt sich die Lippen. Ein Mundwinkel zuckt.

»Oh, das würde ich sehr gerne hören!«, sagt er.

Bonnie lächelt ihn an, nimmt den Notizblock, kauert über ihm, schreibt. Sie reicht ihn mir, doch bevor ich lesen kann, bemerke ich ihren Blick. Ich sehe Besorgnis in ihren Augen. Ich sehe ein klein wenig Weisheit. Entschieden zu viel für ein Mädchen ihres Alters. Und ich sehe noch mehr von dieser unbeirrbaren Heiterkeit.

Mach dich bereit, aber hab keine Angst, scheint ihr Blick mir sagen zu wollen.

Ich lese, was sie geschrieben hat, und ich weiß warum. Mir stockt der Atem. Meine Hände zittern. Eine Träne kullert mir über die Wange. Ich habe das Gefühl, als würde ich fallen.

Mein Schmerz ist ein gefundenes Fressen für Juan. Blut in seinem Wasser. Seine Nüstern beben.

»Sag es mir!«, verlangt er.

Ich starre Bonnie an, fühle mich wie betäubt. Verzweiflung breitet sich in mir aus.

Ein Geschenk für Juan? Zugegeben, es ist eins. Er würde es lieben, jener böse Teil von ihm. Warum wollte sie ihm dieses schreckliche, dieses furchtbare Geschenk machen?

Sie streckt die Hand nach meinem Gesicht aus, wischt mir die Träne von der Wange.

Nur zu, sagt ihr Lächeln. *Vertrau mir.*

Ich atme tief durch.

»Sie sagt …« Ich stocke. »Sie sagt, dass sie nicht mehr reden will, weil ihre Mutter es auch nicht mehr kann.«

Juan ist genauso berührt von dieser Eröffnung, wenngleich aus völlig anderen Gründen. Er öffnet den Mund, lehnt sich zurück. Er blinzelt in schneller Folge, und sein Atem geht flach.

Die Freude am Leiden anderer.

Ich schaue Bonnie an. »Können wir jetzt gehen?«, frage ich sie. Ich fühle mich hohl. Ich will nach Hause, will mich unter der Bettdecke verkriechen und weinen.

Sie hebt den Finger.

Eine Sache noch, sagt sie.

Sie wendet sich Juan zu und lächelt ihr wundervolles, unschuldiges Lächeln, und es überrascht Juan. Er runzelt die Stirn. Fühlt sich mit einem Mal unbehaglich. Unsicher.

»Aber ich habe meine Meinung geändert«, sagt Bonnie mit fester, deutlicher Stimme. »Ich habe beschlossen, dass die Zeit gekommen ist, wieder zu sprechen.«

Ich springe so unvermittelt von meinem Stuhl auf, dass er polternd nach hinten kippt.

»Bonnie!« Es löst sich als Schrei aus mir.

Sie steht ebenfalls auf. Klemmt sich ihren Notizblock unter den Arm und nimmt meine Hand. »Hi, Smoky.«

Jetzt bin ich diejenige, die die Sprache verloren hat.

»Fahren wir nach Hause«, sagt Bonnie. Sie dreht sich zu Juan um. Ihre Heiterkeit schwindet für einen Moment. »Schmoren Sie in der Hölle, Mister.«

Er starrt sie an, wütend, nachdenklich.

Versteht er es?, frage ich mich. *Sieht er, was sie sagt?*

In diesem Moment war Bonnie in gewisser Weise der Engel, der Juan selbst einst gewesen ist. Unschuldig und rein, ohne Erbarmen und Mitleid für ihn, ohne einen Gedanken an das, was er einmal gewesen ist und voller Gewissheit, was er heute ist.

Sie hat ihm das Geschenk ihrer Verzweiflung gemacht und es ihm gleich wieder weggenommen, indem sie mir meinen Triumph geschenkt hat.

In dem Verhörzimmer, zusammen mit diesem bösen, verlorenen Mann, war ich so glücklich wie seit vielen Monaten nicht mehr. Und das war es, was Bonnie mir, uns, jedem sagen wollte.

Wie schlimm es auch werden mag – in den wichtigen, entscheidenden Dingen triumphieren die Bösen nur dann, wenn wir sie lassen.

Es war auch der Moment, in dem mir klar wurde, dass ich nicht nach Quantico gehen würde. Ich war lange genug davongerannt.

In diesem Moment begann das Leben endlich wieder zu strahlen.

So wird es immer sein. Man muss es nur zulassen.

KAPITEL 63 Ich sitze im Sessel vor Matts Computer und starre auf den Monitor. Ich habe ein Glas Tequila in der Hand, das bereitwillig darauf wartet, mir zu helfen. Flüssiger Mut.

Ich starre auf das Glas und runzle die Stirn.

Bonnie schläft. Ich denke an ihre Stärke im Vergleich zu meiner Schwäche, und ich fühle mich beschämt.

Ich stelle das Glas ab. Starre auf den Monitor.

1forUtwo4Me.

Fünf Tage. So viel Zeit ist vergangen von meinem ersten Zusammentreffen mit Sarah bis zur Festnahme von Juan. Seither sind weitere Tage vergangen, doch es sind jene fünf Tage, die mir in der Erinnerung wie Jahre erscheinen.

Ich trage eine neue Narbe in mir. Sarahs Narbe. Sie ist unsichtbar, doch die tiefsten Schnitte sind immer die unsichtbaren, der *Todesmarsch* im Innern. Der Körper altert und verwelkt und stirbt. Eine Seele kann ebenfalls altern. Eine sechs Jahre alte Seele kann binnen eines Herzschlags sechzig werden.

Doch im Unterschied zum Körper vermag die Seele diesen Vorgang umzukehren und vielleicht nicht wieder jung werden, doch sie kann sich revitalisieren. Wieder *leben*.

Sarahs Erlebnisse haben mich tief getroffen. Meine eigenen Erlebnisse haben mich altern lassen, zu schnell, zu sehr. Doch Narben sind mehr als Erinnerungen an ehemalige Wunden. Sie sind auch der Beweis für Heilung.

Ich akzeptiere, dass ich wohl mein Leben lang Augenblicke voller Schmerz erleiden werde, wenn ich an Matt und Alexa denke. Aber das ist nun mal so. Es gibt nur eine Möglichkeit, für immer davon frei zu sein: Die beiden zu vergessen. Aber ich bin nicht bereit, auch nur auf eine Sekunde auf sie zu verzichten.

Ich akzeptiere, dass es Augenblicke großer Angst gibt, wenn es um Bonnie geht, und ich akzeptiere, dass auch dies vielleicht nie enden wird. Alle Eltern haben Angst um ihre Kinder, und ich habe mehr Grund zur Angst als die meisten anderen.

Ich bin gezeichnet. Die Vergangenheit hat ihre Spuren bei mir hinterlassen, doch ich lebe. Und ich bin ziemlich sicher, dass ich häufiger glücklich sein werde als traurig. Ziemlich sicher, dass zumindest Teile meines Lebens strahlen werden.

Mehr kann ich nicht erwarten. Mehr kann ich vielleicht erhoffen, aber nicht verlangen.

Wir sind fertig mit dem Wegpacken im Haus, Bonnie und ich. Wir haben Alexas Zimmer in ein kleines Atelier für Bonnie verwandelt. Ein passendes Andenken.

Jetzt kommt die letzte Sache.

1forUtwo4Me.

Ich habe erkannt, dass meine Angst vor dem, was vor mir liegt, nicht allein daher rührt, was ich vielleicht finden werde.

Man liebt einen Menschen, lebt mit ihm zusammen, heiratet ihn. Man verbringt sein ganzes Leben damit, ihn kennen zu lernen. Ich habe jeden Tag etwas Neues über Matt herausgefunden, jeden Monat, jedes Jahr. Und dann starb er, und das Lernen endete.

Bis heute.

Wenn ich *1forUtwo4Me* eingebe und den Ordner öffne, der als »Privat« markiert ist, werde ich etwas Gutes oder etwas Schlechtes erfahren, doch was immer es sein mag, es ist das unwiderruflich Letzte, das ich jemals über meinen Mann erfahren werde.

Ich habe Angst vor dieser Endgültigkeit.

Vielleicht sollte ich damit warten. Vielleicht sollte ich warten, bis ich alt und grau bin.

Ich ignoriere meinen Tequila. Ich beuge mich vor, klicke auf den Ordner. Ich gebe das Passwort ein und erhalte Zugriff.

Ich sehe Symbole, die darauf hinweisen, dass es sich bei den Dateien um Fotos handelt. Sie sind alle nummeriert. Ich fahre mit dem Mauszeiger auf ein Symbol, zögere erneut.

Was werde ich sehen, wenn ich hier drauf klicke?

Für einen Moment, einen kurzen Moment, überlege ich, ob ich alles löschen soll. Es auf sich beruhen lassen.

Dann klicke ich auf das Symbol, und das Bild öffnet sich. Mein Unterkiefer sinkt herab.

Es ist ein Bild von mir und Matt beim Sex.

Ich blinzle, schaue genauer hin, erinnere mich. Das Bild wurde von der Seite aufgenommen, sodass unsere Körper im Profil zu sehen sind. Mein Kopf liegt im Nacken, meine Augen sind in Ekstase geschlossen. Matt blickt auf mich herab. Sein Mund ist leicht geöffnet.

Es ist kein künstlerisches Bild, doch es ist auch nicht rein anatomisch oder gar primitiv. Es sieht aus wie ein Amateurfoto. Was es ja auch ist.

Matt und ich haben eine Phase durchgemacht, von der ich heute weiß, dass viele Paare sie durchleben. Wo Sex zu einem Gegenstand konzentrierter Faszination und gegenseitiger Erkundung wird. Man probiert Dinge aus, man experimentiert, man verlässt den Bereich des eigenen Behagens ein klein wenig. Schließlich findet man sein Gleichgewicht, einen Ort, der die Balance jener Dinge bewahrt, die einen erregen, ohne Scham zu erwecken. Es ist eine Zeit des Fummelns, der Verlegenheit, der Fehler. Es erfordert Vertrauen. Das Erkunden ist nicht immer anmutig. Manchmal kann es demütigend sein.

Matt und ich haben beim Sex Fotos voneinander gemacht. Zuerst fanden wir es aufregend, doch es hielt nicht an. Es war nichts, weswegen wir uns schämten; es war etwas, das wir abgehakt hatten, weil wir damit fertig waren. Wir hatten es probiert, es war interessant – und wir wandten uns anderen Dingen zu.

Ich blättere die Fotos durch, öffne eins nach dem anderen, erinnere mich an jeden Moment. Es sind Fotos von mir, auf denen ich versuche, frech zu sein (ohne albern auszusehen). Ein Bild von Matt, wie er auf dem Bett sitzt, den Kopf auf dem Kopfbrett. Er lächelt. Ich schließe die Augen. Ich brauche das Bild nicht. Ich sehe das Lächeln, das zerzauste Haar, das Funkeln in seinen Augen. Ich sehe seinen Penis, und ich erinnere mich, wie ich einmal dachte, dass ich ihn besser kenne als irgendeine andere Frau, dass er in mir und an mir und auf mir war. Ich habe ihn berührt, habe gekichert, ich war wütend auf ihn gewesen, wenn er zu sehr gefordert hatte. Ich hatte meine Jungfräulichkeit an ihn verloren.

Meine Augen brennen. Das, denke ich, sind Augenblicke, die niemals wiederkehren werden. Ich weiß nicht, was die Zukunft in Bezug auf Liebe und Beziehung bringen wird. Ich weiß, dass ich nie wieder so jung sein werde wie auf diesen Fotos, dass ich nie wieder das brennende Verlangen haben werde, auf Erkundung zu gehen.

Matt und ich haben alles erforscht. Wir haben gevögelt und gelacht und geweint und gelernt und unsere Neugier befriedigt.

Das hier war seins, seins ganz allein.

»1forUtwo4Me, Baby.« Ich lächle, und Tränen kullern mir über die Wangen.

Matt antwortet nicht. Er lächelt mich an. Wartet.

Sag die Worte, ermahnt mich dieses Lächeln.

Also sage ich sie.

»Leb wohl, Matt.«

Ich schließe den Ordner.

KAPITEL 64 »Bist du fertig?«, fragt Tommy.

»Mach meinen Reißverschluss zu, und meine Antwort lautet Ja«, antworte ich.

Er gehorcht, und dann zieht er mich mit seinem unverletzten Arm an sich. Er küsst mich auf den Hals. Es fühlt sich vertraut an. Es tut gut.

Ich höre sich nähernde Schritte. Meine frühreife Tochter erscheint in der Tür. Sie verdreht die Augen.

»Könnt ihr nicht mal für einen Moment damit aufhören? Ich will endlich zu Sarah!«

»Ja, klar, Zwerg«, sage ich lächelnd und löse mich von Tommy. »Wir sind fertig.«

Ein Monat ist vergangen. Sarah hat eine Woche im Bett gelegen. Eine Woche später fing sie wieder an zu reden. Theresa, Bonnie und Elaina verbrachten Stunden an ihrem Bett im Krankenhaus und haben ihr geholfen, die Verzweiflung zu überwinden. Doch es ging langsam, sehr langsam.

Es ist Cathy Jones, die schließlich zu Sarah durchgedrungen ist. Callie hat die ehemalige Polizistin ins Krankenhaus gefahren. Sarah hat sie gesehen und ist in Tränen ausgebrochen. Cathy ist zu ihr gegangen und hat sie in die Arme geschlossen, und wir haben die beiden allein gelassen.

Und Theresa? Sie war tatsächlich so wunderbar und unverwüstlich, wie Sarah sie geschildert hat. Sie hatte kein großes Interesse an ihrer eigenen Genesung oder daran, aufgepäppelt zu werden. Sie wollte nur eins. Sie wollte Sarah sehen. Theresa ist von einer Kraft und einer Wärme beseelt, die nicht einmal Juan hat auslöschen können. Sie gibt mir Hoffnung für Sarah.

Letzte Woche erhielt ich den Anruf. Sarah wurde aus dem Krankenhaus nach Hause entlassen. In ihr richtiges Elternhaus – das Zuhause, das sie vor so vielen Jahren verlassen musste. Die

Ironie, dass dieses Geschenk ausgerechnet von Juan stammt, entging keinem von uns. Es war uns egal.

Cathy war auf Theresas Bitte in das Haus eingezogen. Theresa hatte es von oben bis unten gereinigt, hatte sämtliche Läden weit geöffnet und Licht und Luft hineingelassen. Sie hatte das Bild an die Wand über dem Fußende von Sarahs Bett gehängt.

Ich hatte ebenfalls eine Idee. Eine Möglichkeit. Mit Theresas Hilfe ging ich der Sache nach und stellte fest, dass wir ein Begrüßungsgeschenk für Sarah hatten, von dem wir ziemlich sicher waren, dass es ihr gefallen würde.

»Sind wir bald da?«, fragt Bonnie.

»Fast«, sagt Tommy. »Ich weiß nur nicht mehr genau, welchen Abzweig ich nehmen muss. Die blöden Serpentinen von Malibu!«

»Es geht nach links«, sagt Bonnie geduldig. »Ich hab den Weg auswendig gelernt.«

Ich lehne mich zurück und genieße das Geräusch von Bonnies Stimme. Es ist wie Zauberei für mich. Musik.

»Da wären wir.«

Wir halten am Straßenrand. Elaina und Theresa und Callie kommen aus dem Haus, um uns zu begrüßen, gefolgt von einem Überraschungsgast: Kirby.

»Ist sie da?«, fragt Bonnie aufgeregt und rennt ihnen entgegen.

»Ja«, sagt Elaina und lächelt. »Sie ist im Haus. Sie ruht sich aus.«

Bonnie rennt zur Tür, so schnell ihre Füße sie tragen.

»Jetzt sehe ich, wo unser Platz in der Ordnung der Dinge ist«, sagt Callie. »Wir sind uninteressant, Zuckerschnäuzchen. Alt und uninteressant.«

»Du vielleicht, Rotschopf«, sagt Kirby. »Ich bleibe für alle Ewigkeit jung.«

»Das liegt wahrscheinlich daran, dass du sterben wirst, bevor du alt bist«, sagt Brady in seinem breiten kalifornischen Dialekt und kommt aus dem Haus.

Er und Callie treffen sich jetzt öfters. Ich erinnere mich daran, was sie mir über ihre Probleme mit Beziehungen erzählt hat und darüber, wie ausgehungert und leer sie ist, und ich frage mich, ob sich vielleicht auch das ändert. Ich hoffe es für Callie. Ihre Hand gleitet immer noch verstohlen nach der Jackentasche mit dem Vicodin, öfter als mir lieb ist, und es ist ungewiss, was sich aus dieser Geschichte entwickelt. Doch es gibt verschiedene Arten von Schmerz, und der Schmerz der Einsamkeit … das ist ein Schmerz, gegen den es keine Pillen gibt.

Es überfällt mich aus dem Nichts. Es rauscht auf mich herab, keine Fledermaus, keine Taube, sondern irgendetwas dazwischen. Alan, verfolgt von den Geräuschen einer kreischenden Mutter. Callie, äußerlich perfekt, verletzlich und verwundet im Innern. Ich und meine Narben. Mir wird bewusst, dass wir Freude und Schmerz teilen, für immer unter uns teilen, während wir unsere Donuts essen und nach dem Lichtschimmer am Wasserloch suchen.

Und das ist in Ordnung so. Das ist das Leben. Immer noch die beste Alternative zum Tod.

»Und?«, fragt Theresa aufgeregt. »Geht ihr ihn holen?«

Ich lächle. »Gleich. Ich will nur warten, bis alle im Haus sind.«

Die Gruppe geht nach drinnen. Es wird nicht lange dauern, bis andere hinzukommen. Callies Tochter und Enkel. Barry Franklin. Leute, die Juan begegnet sind oder die Sarah einfach nur Hoffnung machen wollen. Leute, die den Kreis durchbrechen wollen, bei Juan.

Die dafür sorgen wollen, dass Sarah kein zerstörtes Leben ist.

Ich gehe nach nebenan und klopfe. Einen Moment später

wird mir geöffnet. Jamie Overman steht dort, und sie bittet mich herein. Ihr Ehemann erscheint neben ihr.

»Danke, dass Sie das machen«, sage ich zu den Overmans. »Danke, dass Sie es ermöglicht haben.«

John ist ein schüchterner Mann. Er lächelt und schweigt. Jamie nickt. »Es war uns ein Vergnügen. Sam und Linda waren gute Nachbarn und gute Menschen. Warten Sie, ich gehe sie holen.«

Sie geht davon und kommt kurze Zeit später mit dem zurück, was ich haben will. Etwas aus der Vergangenheit, von dem ich glaube, dass es Sarah Hoffnung geben wird.

Ich blicke hinunter auf den Hoffnungsspender, etwas Lebendigem aus einer lange toten Vergangenheit. Sie ist älter, grauer, langsamer. Doch ich sehe einen Funken von jener dummen Zuneigung und Erwartung in ihren Augen, der mich zum Lächeln bringt.

»Hi, Doreen«, sage ich zu der Hündin und gehe in die Hocke, sodass wir uns in die Augen sehen. Sie wedelt mit dem Schwanz und leckt mir das Gesicht.

Selber hi und ich mag dich und was machen wir?

»Gehen wir, Süße. Ich möchte dir jemanden von früher vorstellen. Sie braucht dich.«